LEO CAREW

Der dunkle König

Under the Northern Sky

GOLDMANN
Lesen erleben

Leo Carew

Der dunkle König

Under the Northern Sky

Band 2

Roman

Aus dem Englischen
von Wolfgang Thon

GOLDMANN

Die englische Originalausgabe erschien 2019 unter dem Titel »The Spider«
bei Wildfire, an imprint of Headline Publishing Group, London.

Dieses Buch ist auch als E-Book erhältlich.

Für Dad, in Liebe

MIX
Papier aus verantwortungsvollen Quellen
FSC® C083411
FSC www.fsc.org

Verlagsgruppe Random House FSC® N001967

1. Auflage
Deutsche Erstveröffentlichung August 2019

Neumarkter Str. 28, 81673 München
Umschlaggestaltung: UNO Werbeagentur, München
Umschlagmotiv: Wolf: Lee Gibbons.
Weitere Bilder: © LANBO/Shutterstock; phiseksit/Shutterstock;
photka/Shutterstock; FinePic®, München
Karte: © Morag Hood
Redaktion: Waltraud Horbas
KS • Herstellung: kw
Satz: KompetenzCenter, Mönchengladbach
Druck und Bindung: CPI books GmbH, Leck
Printed in the Czech Republic
ISBN: 978-3-442-48736-3
www.goldmann-verlag.de

Besuchen Sie den Goldmann Verlag im Netz

ALBION
AVONSEE
HASKOLI
SCHLACHT VON HARSTATHUR
DAS SCHWARZE KÖNIGREICH
SCHLACHT VON GITHRU
SCHLACHT AUF DER FLUTEBENE
DAS HINDRUNN
FLUSS ABUS
N
UNHIEREA
SÜDDAL
LUNDENCEASTER
EREBOS

PROLOG

Ein kleines Boot schaukelte auf dem pechschwarzen, trägen Meer, während der Regen sanft wie Entendaunen vom Himmel fiel. Mond und Sterne verbargen sich hinter dichten Wolken. Nur das Klatschen der Ruder und das Plätschern der Wellen gegen den Rumpf waren zu hören. Der dunkle Umriss an den Riemen ächzte und stieß bei jedem Atemzug einen feinen Sprühnebel aus. Der einzige Passagier, eine schwarze Silhouette am Heck des Bootes, war so riesig, dass sein Gewicht den Bug aus dem Wasser hob.

»Ich weiß noch immer nicht, was du vorhast«, sagte der Ruderer.

Die dunkle Gestalt am Heck antwortete nicht. Stattdessen zog sie die Kapuze über den Kopf, um sich vor dem Regen zu schützen, und starrte auf das Meer hinaus.

»Du könntest mitrudern«, schlug der Ruderer vor. Sein Name war Unndor. »Dann kämen wir schneller vorwärts.«

Der Schatten deutete auf seinen verbundenen Arm, den er schützend an die Brust gedrückt hielt. »Schwerlich.«

Das Boot nahm Kurs auf einen hellen Lichtfleck, der weit entfernt über dem Wasser schwebte. Die Wellen schlugen gegen den Rumpf des Kahns und schaukelten die beiden durch, während das ferne Licht allmählich näher kam und sich der Umriss eines Schiffs abzuzeichnen begann. Das Funkeln wurde immer wieder von dunklen Gestalten verdeckt, die über das

Deck hasteten. Das schlingernde, schwitzende und dickbäuchige Ungetüm von einem Schiff wurde immer größer. Es hatte weder Bullaugen noch Mast und wurde von zwei Ankerseilen aus Hanf gehalten, die unter der Wasseroberfläche verschwanden. Gelbes Lampenlicht überflutete das Deck und wurde verdunkelt, als das kleine Boot in den Schlagschatten des Rumpfes gelangte. Man hatte sie bemerkt: Die Silhouette eines Kopfs tauchte über der Reling auf. »Ellengaest, seid Ihr das?«

»Ich bin es«, erwiderte die dunkle Gestalt am Heck.

Der Kopf verschwand augenblicklich.

»Man hat dich erwartet?«, erkundigte sich Unndor.

»Ich bin der einzige Besucher, der bei Nacht hier auftaucht.«

Ein Seil wurde über die Seite heruntergeworfen, und zwei Hände befestigten das obere Ende an der Reling. Unndor nahm das Seil und knotete es an einem eisernen Ring am Bug des Ruderbootes fest.

Dann entrollte sich eine Strickleiter und purzelte den Rumpf herab, bis das Ende unmittelbar über dem schaukelnden Dollbord des Bootes baumelte. Der Passagier, Ellengaest, rührte sich nicht. Schließlich stand Unndor auf, setzte einen Fuß auf die unterste Sprosse der Leiter und stieg hinauf. Erst als etliche Hände ihm über die Reling halfen, folgte Ellengaest ihm.

Man zog ihn auf das riesige Deck, das von einer niedrigen Reling gesäumt wurde und leicht gewölbt war, wie ein Ausschnitt eines riesigen Fasses. Überall waren Pfosten eingelassen, an denen rußgeschwärzte Sturmlaternen hingen. Die Männer an Deck in ihren schwarzen Mänteln wirkten erschöpft. Ihnen allen haftete der rauchige Geruch von Teer an. Der Regen perlte auf den schweren Gewändern und trieb in Böen durch den Lampenschein. Galti, der Kapitän, war klein und bucklig und hielt etwas mehr Abstand als üblich von der großen Gestalt Ellengaests.

»Was kann ich für Euch tun, Sir?«, fragte er und wies dann sofort seine Matrosen an: »Lasst uns allein!«

Ellengaest sah den sich eilig entfernenden Männern nach. »Dieser Ort ist die Hölle«, sagte er.

Galti widersprach nicht, sondern fixierte starr seinen Besucher, während ihm der Regen über das Gesicht lief.

»Wir wollen zu einem deiner Gefangenen, Kapitän«, antwortete Ellengaest. »Urthr Uvorenson.«

Galti scharrte unbehaglich mit den Füßen. »Was wollt Ihr von ihm, Sir? Ich frage nur, weil er ein sehr wichtiger Gefangener ist.«

»Das geht dich nichts an, Kapitän. Führ uns zu ihm.«

Galti zögerte, führte sie dann jedoch zähneknirschend zu einer breiten Luke in der Mitte des Decks. Als er sie aufzog, setzte er damit eine Dunstwolke aus Feuchtigkeit, Exkrementen, Urin und Fäulnis frei. Unndor taumelte zurück, während Galti seinen Fuß auf die Sprossen einer von außen nicht sichtbaren Leiter setzte und in dem Loch verschwand. Die beiden Neuankömmlinge blieben neben der Luke stehen.

»Ellengaest?«, fragte Unndor. »Warum ausgerechnet Ellengaest? Klingt wie ein Wort der Südlinge.«

»Du gehst als Nächster.« Ellengaest würdigte Unndor keines Blickes.

»Mein Bruder vegetiert seit mehr als drei Monaten da unten vor sich hin?«

»Steig runter und frag ihn selbst.«

Unndor verzog das Gesicht und verschwand ebenfalls durch die Luke. Er musste sich winden, damit seine breiten Schultern hindurchpassten. Ellengaest atmete einmal tief durch, dann folgte er den beiden Männern hinab.

Die Luft unter Deck glich einem giftigen Pesthauch. Ein halbes Dutzend Kerzen beleuchtete den Gang vor ihm. Ellengaest ging weiter und ignorierte die glänzenden Augen hinter den Gitterstäben, deren Blicke ihm folgten, als er vorüberging. Der Gang schwankte mit dem Rollen des Schiffs, und auf beiden Seiten ertönte leises Klirren, wenn die Gefangenen sich bewegten.

Als er Galti und Unndor erreichte, stand die Zellentür bereits offen. Er trat ein und nahm die Kerze, die Galti ihm hinhielt. Ihr Licht fiel auf zwei Holzkojen. Die obere war leer. Auf der unteren lag ein angeketteter Gefangener, der sich steif aufrichtete, als die Neuankömmlinge seine Zelle betraten. Er blinzelte, geblendet vom Licht der Kerze.

»Lass uns allein!«, befahl Ellengaest dem Kapitän.

Galti gehorchte, und während seine Schritte im Gang verhallten, maßen sich Ellengaest, Unndor und der Gefangene mit ihren Blicken.

Urthr Uvorenson war von Ellengaest selbst in diesen stinkenden Schiffsbauch verfrachtet worden, obwohl er das vermutlich nicht einmal wusste. Er hatte erst drei Monate seiner sechzigjährigen Strafe abgesessen und sah bereits jetzt aus wie ein gebrochener Mann. Er war abgemagert, sein Haar verfilzt und seine Miene wachsam. Offene Wunden schwärten an den Händen, und seine Nägel waren spröde von der endlosen Arbeit, Getreide zu mahlen, geteerte Taue aufzutrennen und Eisenerz zu zertrümmern.

»Bruder«, sagte er und sah Unndor an. Dann wandte er seine Aufmerksamkeit dem anderen Besucher zu. »Und dich kenne ich auch. Du bist …«

»Ellengaest«, schnitt ihm der Mann das Wort ab. »Mein Name ist Ellengaest.«

Urthr starrte ihn bei diesen Worten an, dann zuckte er mit den Schultern. »Was willst du hier?«

Der Besucher, Ellengaest, lächelte Urthr humorlos an. »Ich will in Erfahrung bringen, ob du hier rauswillst, als freier Mann.«

Urthr lachte kurz und tonlos. Dann warf er seinem Bruder einen verbitterten Blick zu und zog sich in die Ecke seiner Koje zurück, um seiner Empörung über diesen grausamen Scherz Ausdruck zu verleihen.

»Ich mache keine leeren Versprechungen«, erklärte Ellengaest.

Urthr zuckte mit den Schultern. »Und wie willst du das bewerkstelligen?«

»Ich könnte dich gleich heute Nacht mitnehmen«, antwortete Ellengaest. »Dein Bruder und ich sind mit dem Boot hier herausgefahren. Es liegt draußen vertäut. Die Sache ist ganz einfach: Du willigst ein, mir zu helfen, dann rudern wir drei in diesem Boot zum Strand zurück.«

Urthr musterte ihn eingehend. »Man würde uns daran hindern.«

»Der Kapitän«, Ellengaest beugte sich vor, um Urthrs Reaktion zu beobachten, »steht bis zum Hals in meiner Schuld. Wir haben eine sehr befriedigende Vereinbarung getroffen. Ich bewahre Schweigen über das, was ich für ihn getan habe, und dafür verfüge ich frei über die Gefangenen, die ich brauche.«

Ungläubig sah Urthr ihn an. »Und was genau hast du für ihn getan?«

»Wenn ich es dir sagte, würde es die Schuld tilgen.«

Urthr hob seine mit den Handschellen gefesselten Hände. »Ich bin für jede Vereinbarung zu haben, die mich aus diesem Loch holt. Also, was willst du von mir?«

»Es geht nicht darum, was ich *von* dir will. Sondern was ich *für* dich will. Für euch beide.« Er deutete auf Unndor. »Rache. An dem Mann, der euren Vater getötet und dich in dieses Loch gesteckt hat, um für Verbrechen zu sühnen, die du nicht begangen hast. Wir werden den Schwarzen Lord stürzen.«

Urthrs Kopf fuhr zu seinem Bruder herum, dann sah er Ellengaest wieder an. »Und warum solltest du das tun?« Er sprach leise, kaum hörbar.

»Du hast den Schlüssel zu deiner Freiheit selbst in der Hand«, erwiderte Ellengaest. »Aber wenn du zu ungehobelt bist, könnte er dir zwischen den Fingern hindurchrutschen.«

Unndor beugte sich aus der Ecke vor, in die er sich zurückgezogen hatte, und ergriff das Wort. »Du kannst nicht einfach davon ausgehen, dass wir dir vertrauen. Es kursieren Gerüchte über dich. Und wie willst du dein Vorhaben überhaupt verwirklichen, wo doch schon unser Vater daran gescheitert ist? Wie willst du Roper zu Fall bringen?«

»Auf der anderen Seite des Abus lebt ein Mann«, antwortete Ellengaest. »Ein Mann aus dem Süden, ein ungewöhnlich gerissener Mann. Er lässt die Kunde verbreiten, dass er Spione anwirbt.«

»Bellamus.« Urthr klang nicht beeindruckt. »Er ist der vielleicht ärgste Feind des Schwarzen Königreiches. Und ausgerechnet ihn willst du manipulieren?«

»Ich werde ihn benutzen. Ebenso wie die Kryptea. Und ihr helft mir dabei, oder du wirst hier verfaulen. Du hast die Wahl.«

In der Dunkelheit ertönten auf dem Deck über ihren Köpfen laute Schritte. Sie konnten förmlich spüren, wie neugierige Ohren versuchten, irgendeines ihrer Worte aufzuschnappen.

»Ich kenne dich«, sagte Urthr schließlich. »Und ich kenne deinen Ruf. Du kommst hierher und machst ein verlockendes Angebot, aber ich kann mir keine Gegenleistung vorstellen, mit der du zufrieden wärest. Was also würde es mich kosten, wenn ich mir von dir helfen lasse?«

»Nichts, was dir teuer ist. Und nichts, was du nicht schon längst verloren hättest. Ich benötige Boten. Ich kann nicht regelmäßig auf die andere Seite des Abus übersetzen, um meinem Auftraggeber meine Spionageberichte zu überbringen. Das wäre zu auffällig, und außerdem würde man mich bald vermissen. Hier kommt ihr beide ins Spiel. Euch vermisst niemand. Du bekommst deine Freiheit zurück und kannst dich an dem Mann rächen, der deinen Vater getötet hat. Wirst du die Gelegenheit ergreifen?«

Eine Zeit lang herrschte Schweigen. Dann begann Urthr zu lachen. Sein Lachen war so unbeherrscht, dass selbst Ellengaest ein wenig zurückwich und den Gefangenen misstrauisch beäugte. Schließlich verstummte Urthr und zerrte an den Handschellen.

»Ja«, sagte er schließlich. »Schaff mich von diesem Monstrum herunter, dann mache ich alles für dich, was du willst. Und Roper Kynortasson zu töten ganz besonders gern.«

»Und du?« Ellengaest sah Unndor an.

»Sicher«, erwiderte der. »Gewiss. Allerdings glaube ich, du wirst bald feststellen, dass diese Wahnsinnigen von der Kryptea nicht so leicht zu manipulieren sind.«

»Die Kryptea spielt dabei die unbedeutendste Rolle«, erwiderte Ellengaest verächtlich. »In dem bevorstehenden Krieg wird jede Seele mitkämpfen. Süddal ist schwach. Wir müssen jeden einzelnen Feind finden, den Roper hat, und ihn gegen ihn aufhetzen. Und nicht nur gegen ihn. Auch alle, die ihm nahestehen, werden sterben.«

Urthr grinste immer noch. »Wer?«

»Seine Brüder sind die Ersten«, sagte Ellengaest. »Falls sie nicht schon bereits tot sind, werden sie es in wenigen Tagen sein. Der Mann, dem ich diese Aufgabe übertragen habe, hat mich noch nie enttäuscht.«

Die beiden betrachteten Ellengaest eine Weile. Das einzige Geräusch war das Knarren der Schiffsplanken. »Wann geht es los?«

Ellengaest lächelte. »Es hat bereits angefangen.«

TEIL I

DER NORDEN

1. KAPITEL

LEICHENFALL

Der Schwarze Lord war ein großer Mann, wenngleich auch nicht so groß, wie oft angenommen wurde. Er hatte eine sehr aufrechte Haltung. Sein Haar war dunkel, die Gesichtszüge hart und kontrolliert. Doch der Eindruck täuschte. Seine Aufmerksamkeit, hatte man sie erst gewonnen, war von ebenso beständiger wie freundlicher und intelligenter Natur. Er hatte Ecken und Kanten, die sich unter einem einstudiert ablehnenden Verhalten verbargen. Gewöhnlich nahmen nur diejenigen, die ihm sehr nahestanden, sein hämmerndes Herz wahr, das ihn wie die Feder eines Uhrwerks antrieb, immer weiter. Und in ebendiesem Moment zeigte sein Gesicht diese unbeteiligte Maske, die er immer in Zeiten großen inneren Aufruhrs aufsetzte.

Denn sein Bruder war tot.

Er stand an einem weißen Sandstrand, an der Spitze eines lang gezogenen Sees, in einen dunklen Umhang gehüllt. Die einzige Person in einem Umkreis von drei Metern war eine große Frau mit schwarzem Haar und giftgrünen Augen. Sie trug ebenfalls einen dunklen Mantel. Ihr Name war Keturah, und die beiden hielten sich ein Stück abseits von den etwa zwei Dutzend anderen Trauergästen. Am Ufer, etwa fünfzig Schritte entfernt, näherte sich eine Prozession in dem peitschenden Wind, der über den See fegte: ein Dutzend Jungen, nicht älter als zwölf Jahre, die in zwei parallelen Reihen nebeneinander hergingen.

Sie trugen den Leichnam eines Kindes.

Der graue, schlaffe Körper wurde von den Jungen ungeschickt zwischen den Reihen gehalten. Sein Mund war ein dunkles Oval, und die Arme, dünn wie Weidenstöcke, wippten bei jedem Schritt. Der nackte Körper war von einer Schicht Holzkohle überzogen, und eine Kette aus Raubvogelfedern lag um seinen Hals. Eine Langtrommel, die hinter dem Leichnam hergetragen wurde, begleitete jeden Schritt, den die Jungen taten, mit einem dumpfen Schlag.

Bumm. Bumm. Bumm.

Roper nahm keine Notiz von der Trommel, ebenso wenig wie er die Berge sah, die den See auf drei Seiten mit einer steilen, grünen Wand einrahmten. Er war in Erinnerungen verloren, von denen es an diesem Ort überreichlich gab.

Er erinnerte sich an einen ruhigen Tag an ebendiesem Strand, als er und sein Bruder von einem Schwarm Mücken umschwirrt wurden. Sie waren am Strand auf und ab gelaufen, um sie loszuwerden, aber wohin sie sich auch wandten, warteten nur noch mehr Mücken auf sie. Sie hatten sich in den See gestürzt, um auf die Rückkehr des Windes zu warten. Es war viel zu kalt gewesen. Schließlich hatten sie Schutz im Rauch ihres Feuers gesucht, das Roper dem Schwarm vorzog, obwohl er den heißen Dunst einatmen musste. Er hatte vorgeschlagen, ihre Umhänge zu holen. Aber sein Bruder hatte behauptet, die Mücken hätten ihn bestimmt schon bis auf die Knochen abgenagt, bevor Roper zurückgekehrt wäre. Sie hatten gescherzt, sich vorgestellt, sie würden den Rest des Tages mit der Jagd auf die Mückenkönigin verbringen, falls eine solche Tyrannin überhaupt existierte, und sie als einen Liebesdienst an die Menschheit vernichten. Eine bessere Tat würden sie gewiss nie wieder vollbringen können, solange sie lebten.

Roper erinnerte sich an die strahlende Mondnacht, in der sie zusammen auf einer kleinen Landzunge am anderen Ende des Sees geangelt hatten. Wie verärgert war er gewesen, weil sein Bruder zwei wunderschöne Forellen gefangen hatte, er dagegen gar nichts. Dann dachte er an seine letzte Begegnung mit Numa zurück. Der hatte an diesem Strand gestanden, während sich die eisengrauen Wolken am Himmel hinter ihm zusammenbrauten. Roper hatte sich im Sattel umgedreht, als er mit zwei ihm unbekannten Legionären der Pendeen davongeritten war. Er sah vor seinem inneren Auge, wie Numa und sein Zwillingsbruder ihm nachgeschaut hatten, ohne zu winken. Sie hatten einfach nur noch einen letzten innigen Blick getauscht, bevor Roper sich abgewendet hatte. Er hörte noch das metallische Zischen des Regens auf dem flachen See und spürte die Kälte, als der Regen über seine Wangen und seine Lippen gelaufen war. An all das erinnerte er sich, empfand aber dennoch keine Trauer. Er spürte nur ein rastloses Hämmern in seiner Brust, verzehrte sich nach Rache.

Die Prozession näherte sich jetzt dem Grab neben Roper, dessen Erdwände von sich überlappenden Handabdrücken übersät waren; sie sahen aus wie ein Baldachin aus Blättern. Als sie näher kamen, begannen die Trauernden zu singen: eine leise Totenklage, die bebte und zitterte, anschwoll und dann zu einem heulenden Trauergesang anstieg, der beinahe das Dröhnen der Trommel übertönte. Einer der Sänger neben dem Grab schien ein Doppelgänger des Toten zu sein. Sein Gesicht war ein tränenüberströmtes Spiegelbild des toten Antlitzes vor ihm. Gray stand neben ihm, sang mit den anderen und legte eine Hand auf die bebende Schulter des Jungen, ohne dabei den schwankenden Leichnam aus den Augen zu lassen.

Der wurde jetzt von den Jungen über das Grab gehalten, mit dem Kopf nach Osten und so nah bei Roper, dass er die tiefen Schnitte in der Haut sehen konnte. Sie war in Streifen geschnitten worden, um den Fäulnisprozess zu beschleunigen, sobald die Knochen seines Bruders in der Erde lagen. Die dunklen

Arme des Leichnams wurden angewinkelt und an seine Seiten gepresst. Einen Moment lang schien er über dem Grab zu schweben.

Das Echo der Trommel verklang, und der Gesang verstummte. Selbst der Wind legte sich.

Dann ließen sie den Leichnam los.

Er fiel in die Erde, landete in ihrer schmutzigen Umarmung. Erdklumpen spritzten hoch. Mit einem dumpfen Schlag traf die Leiche auf ihrem Ruheplatz auf, und Numas Altersgenossen und sein erschütterter Zwilling begannen, die aufgehäufte Erde mit bloßen Händen vorzuschieben und das Grab zu füllen. Roper wandte sich ab und begegnete dem prüfenden Blick der grünen Augen.

»Und jetzt finden wir heraus, wer ihn getötet hat.«

* * *

»Meister.« Roper suchte den Blick eines uralten gebeugten Mannes in schwarzer Robe. Er grüßte ihn, dachte jedoch zu spät daran, seine finstere Miene zu glätten. Der Meister des Haskoli und Roper trafen sich zwischen den sich umarmenden Trauergästen und schüttelten sich die Hände. Die Hand des Meisters war eine angeschwollene Klaue, kalt und klobig. Sein Gesicht war so runzlig, dass die Haut an Pergament erinnerte, das auf dem Grund eines Reisesacks gelegen hatte. Keturah und eine andere Frau in dunkler Robe traten zu ihnen, und der Meister schenkte Roper ein mildes Lächeln.

»Ein trauriger Tag, Lord.«

»Ja, ein trauriger Tag«, pflichtete Roper ihm bei. »Aber für mich ist nun wichtig herauszufinden, warum es überhaupt zu einem solchen Tag kommen musste.«

Das Lächeln des Meisters blieb unverändert. Er war derselbe Mann, der Roper während seiner Zeit im Haskoli beaufsichtigt hatte – ein Mann, den Roper als Schüler grenzenlos gefürchtet und bewundert hatte. Der Meister war einst ein Heiliger Wächter gewesen, aber eine Verletzung hatte ihn gezwungen, sich in die Berge zurückzuziehen. Dennoch umhüllte ihn immer noch die unverkennbare Aura eines Mannes, der die Schwelle des Zorns so oft überschritten und sich dann doch wieder unter Kontrolle bekommen hatte, dass sie jetzt beinahe unerreichbar hoch war.

»Es tut mir sehr leid, Mylord. Aber derartige Vorfälle sind uns nicht gänzlich unbekannt.«

Roper kniff die Augen zusammen. »Ich bin nicht sicher, ob ich verstehe, was du meinst.«

Der Meister faltete die Hände vor seiner Brust. »Diese Jungen sind großem Druck ausgesetzt, Mylord. Gewiss erinnert Ihr Euch an Eure eigene Zeit hier vor Ort. Wir lehren sie die Grundzüge der heiligen Kunst des Krieges. Sie lernen, unter gar keinen Umständen nachzugeben, und zwischen den verschiedenen Gruppen entwickelt sich eine glühende Rivalität. Manchmal gerät das außer Kontrolle. Ich habe es mehr als einmal erlebt. Meist während eines Kampfes, der zu weit geht. Keine Bosheit, nichts Ungewöhnliches – einfach nur ein Unfall, verursacht durch Jungen, die ihre Grenzen ausloten.«

»Du glaubst, einer von Numas Kameraden ist dafür verantwortlich?«

Der Meister nickte. »Das ist die wahrscheinlichste Erklärung, Lord.«

Keturah, die aufmerksam zugehört hatte, stieß einen ungeduldigen Laut aus. »Glaubst du das wirklich?« Sie strich sich eine Haarsträhne hinter das Ohr. »Das würde vielleicht zutreffen, wäre Numa ein normaler Schüler gewesen. Aber er ist der Bruder eines Schwarzen Lords, der gerade einen sehr mächtigen Feind besiegt hat. Dieser Vorfall hier trägt ohne Zweifel die Handschrift von Uvorens übrigen Anhängern. Ich bin sicher, dass die Weise Inquisitorin mir da beipflichten wird.«

Sie deutete auf die Frau neben sich, die zustimmend lächelte. Ihr Name war Inger, und sie war knapp über hundert Jahre alt.

Ihr Haar, das ihr rundes, blasses Gesicht umrahmte, ergraute bereits. Sie trug eine dicke schwarze Kutte mit einem aufgestickten hundeköpfigen Engel aus Silberfäden auf der Brust. Weiße Adlerfedern waren in ihr Haar geflochten. Normalerweise milderte Inger diese Amtsinsignien mit einem zerstreuten Lächeln ab, um den Eindruck zu erwecken, sie wäre sich nicht einmal ihrer unmittelbaren Umgebung gewahr. Den größten Teil der Reise hierher hatte sie den Tross mit sonderbaren und bemerkenswerten Beobachtungen zum Lachen gebracht, aber Roper wusste, dass sie unmöglich so zerstreut sein konnte, wie sie vorgab. Um den Rang einer Weisen Inquisitorin zu erlangen, bedurfte es ungewöhnlicher Hellsichtigkeit und eines scharfen Verstandes.

»Unmöglich ist das nicht«, antwortete der Meister auf Keturahs Behauptung. »Doch da ich diese Schule jetzt bereits seit zwei Dutzend Jahren leite, kann ich Euch nur sagen, was mir am wahrscheinlichsten vorkommt. Würden tatsächlich Uvorens Leute dahinterstecken, hätten sie gewiss deutlich machen wollen, dass es sich hier um keinen zufälligen Akt handelt, und eine gewalttätigere und erheblich drastischere Methode angewendet. Unglücklicherweise jedoch scheint Numa mit bloßen Händen getötet worden zu sein.«

»Der Zeitpunkt ist wichtiger als das Tatwerkzeug«, wandte Keturah ein.

»Dem stimme ich zu«, erklärte die Inquisitorin mit leicht abwesender Stimme.

»Wir werden die Wahrheit herausfinden, so oder so!«, stieß Roper hervor. Er glaubte keinen Augenblick daran, dass dies ein Unfall gewesen sein könnte. »Ich lasse zwei Heilige Wächter hier, Leon und Salbjorn. Sie werden der Inquisitorin helfen.« Roper deutete auf zwei Gewappnete, die in der Nähe standen und dem Gespräch schweigend folgten. Leon war ein hünenhafter dunkelhäutiger Mann mit einem groben, wie aus Stein gemeißelten Gesicht. Salbjorn, sein Protegé, stand neben ihm. Er war klein, drahtig und blond, hatte ein spitzes Kinn und hervorstehende Wangenknochen. »Saļbjorn wird bei den Ermittlungen helfen, und Leon wird Ormur beschützen.« Ormur war Numas überlebender Zwillingsbruder.

Der Meister neigte den Kopf. »Wie Ihr wünscht, Lord. Sie können oben in der Schule ein Quartier beziehen.«

»Ich danke dir für deine Hilfe, Meister«, gab Roper zurück. »Die Zeit arbeitet leider gegen mich. Ich spreche noch mit meinem Bruder, dann muss ich aufbrechen.«

Der Meister verbeugte sich, und Roper versuchte, sich unter die Menge der miteinander plaudernden Trauernden zu mischen. Aber sie wichen vor ihm zurück. Sie alle wussten, wer er war, und hielten lieber Abstand zu ihm. Roper ignorierte sie und sah sich suchend nach seinem jüngeren Bruder um. Er erspähte ihn fast augenblicklich: eine einsame Gestalt am Ufer. Das Wasser umspülte seine nackten Füße. Roper ging zu ihm, und beide starrten schweigend auf den See hinaus.

Ormur war klein für sein Alter, so wie Roper es einst auch gewesen war. Seine einnehmenden Gesichtszüge verrieten deutlich, was er fühlte, sie mussten sich erst noch zu der unerbittlichen Maske eines erwachsenen Anakim entwickeln. Im Augenblick erinnerten sie Roper an einen Menschen aus den Südlanden. Er überlegte, was er dem Jungen sagen sollte, der Ropers Auftauchen noch nicht einmal bemerkt zu haben schien. »Geht es dir gut?«

»Ja, Lord«, antwortete der Junge.

»Was ist passiert?«, fragte Roper. Ihm fiel keine Bemerkung ein, die seinem Bruder weitergeholfen hätte, also stellte er einfach die Frage, die ihm auf der Zunge lag. »Ich habe gehört, dass du seinen Leichnam gefunden hast.«

»Das habe ich, Lord.«

»Nenn mich nicht Lord, Ormur.«

»Ich habe ihn gefunden. Wir haben am Steilhang geangelt.« Der Junge deutete vage auf einen steilen Abhang am See, der von Zweigen beschattet wurde. Dort sammelten sich die Forellen und warteten auf die Insekten, die ins Wasser fielen. Schon als Roper hier seine Zeit abgeleistet hatte, war dieser Ort ein beliebter Platz zum Angeln gewesen. »Aber wir hatten kein Glück, und Numa wollte ein paar mit Ködern bestückte Angelschnüre am See auswerfen. Ich habe dort weitergeangelt.« Ormurs Gesicht verzerrte sich, und Roper legte seinem Bruder eine Hand auf den Arm. Sanft drehte er ihn um, weg vom See.

»Sieh mich an, Bruder.« Er blickte in Ormurs graue Augen. Das war nicht mehr der wilde, immer zu Späßen aufgelegte Bursche, an den Roper sich erinnerte. »Und jetzt atme tief durch.«

Ropers Berührung schien Ormur zu stärken. Er schloss die Augen und sog tief die würzige Bergluft ein.

»Bist du bereit?«

Ormur nickte. »Er ist nicht zurückgekommen. Ich habe bis spätabends geangelt. Der Mond schien, und ich habe auf ihn gewartet. Es war schon dunkel, als ich zusammengepackt und mich auf die Suche nach ihm gemacht habe.«

Roper sah, wie Ormur erneut von Trauer übermannt zu werden drohte, und reagierte sofort. »Hast du etwas gefangen?«

»Einen Saibling«, erwiderte der Junge. »Aber keinen besonders großen.«

»Ich vermisse die Saiblinge.« Roper betrachtete seinen Bruder aufmerksam. »Es ist ihr besonderer Duft, den angeblich alle mit dem Haskoli assoziieren, nachdem sie fortgegangen sind. Das Aroma von über dem Feuer geröstetem Saibling.« Diese kleine Pause in ihrer Unterhaltung hatte Ormur ein wenig Zeit gegeben, um seine Kräfte zu sammeln, und Roper wartete, dass er weitersprach.

»Ich habe ihn unten am Seeufer gefunden.« Ormurs Stimme klang undeutlich, gepresst. »Er war so bleich im Licht des Mondes. Ein Arm lag unter ihm, der andere im Wasser des Sees. Erst habe ich gar nicht erkannt, dass er tot war. Ich dachte, er wäre ausgerutscht und hätte sich verletzt. Dann habe ich ihn auf den

Rücken gedreht, und …« Ormur hustete, senkte den Blick und ließ das Kinn auf die Brust sinken. Er holte tief Luft, dann warf er sich gegen Roper. Mit dem Kopf an Ropers Brust schluchzte er krampfhaft, wimmerte, ein Laut, der an ein Tier erinnerte. Roper fühlte den heißen Atem an seiner Brust. Er legte seinem Bruder die Hände auf die Schultern, hielt ihn fest, beugte sich zu ihm herab. Ormur versuchte weiterzusprechen, und Roper wollte es verhindern. Aber der Junge ließ sich nicht aufhalten. Er presste die Worte zwischen heftigen Schluchzern heraus. »Er … wurde … erwürgt!« Er keuchte. »Seine Augen …!«

»Hör auf!«, befahl Roper nachdrücklich.

Sie schwiegen eine Weile. »Es tut mir leid, Bruder«, murmelte er dann, den Mund in Ormurs Haar gedrückt. »Es tut mir so leid. Wir werden sie finden, ganz sicher. Diejenigen, die Numa getötet haben. Wir werden sie finden, und sie werden dafür zahlen.«

Ormurs Schultern bebten nicht mehr, und sein krampfhaftes Schluchzen hatte nachgelassen und war tiefen Atemzügen gewichen.

»Ich lasse eine Inquisitorin mit zwei Heiligen Wächtern hier. Die Inquisitorin und Salbjorn werden Numas Mörder finden. Leon wird dich beschützen.« Der Junge antwortete nicht, und Roper ließ ihn los. Ormur richtete sich auf. »Glaubst du, dass einer der Jungen des Haskoli Numa getötet hat?«

Ormur schüttelte sofort den Kopf, und sein von Trauer gezeichnetes Gesicht wirkte sehr überzeugt. »Nein. Nein.«

»Ich ebenfalls nicht.« Roper deutete auf die Gruppe der Trauernden. Die meisten von ihnen entfernten sich bereits vom See und gingen in Richtung Schule. Die beiden folgten ihnen, und schweigend schritten sie eine Weile nebeneinanderher. »Weißt du, welche Woche wir haben?«, fragte Roper schließlich.

»Hookho«, antwortete Ormur. Es war die Woche, in der der Kuckuck zu rufen beginnt.

»Gut. Und die nächste Woche?«

»Gurstala?« Ormur riet und nannte die Woche der Glockenblumen.

»Du hast zwei Wochen unterschlagen.« Jetzt kam es Roper sonderbar vor, aber dann erinnerte er sich daran, dass er während seiner Zeit im Haskoli ebenso unwissend gewesen war wie Ormur. Jede Woche der Anakim wurde nach irgendeinem für die jeweilige Jahreszeit typischen Ereignis benannt. Aber die Berge rund um die Schule hatten ihr eigenes Klima und ihre eigene Zeitrechnung. Die Wochennamen waren Roper damals ebenso willkürlich vorgekommen, wie sie ihm jetzt sinnträchtig erschienen. »Nächste Woche ist Pipalaw, die Woche der Regenbögen.«

Sie holten die Menschen ein, die auf dem Rückweg zur Schule waren. »Pass auf dich auf, Bruder. Arbeite hart und sei vorsichtig. Bessere Zeiten werden kommen.«

Ormur sah mit glasigen Augen zu Roper auf, nickte kurz und wandte sich ab. Dann folgte er der Gruppe rund um den See zum Haskoli. Roper sah drei Gestalten, die auf ihn warteten: die beiden Heiligen Wächter und die Inquisitorin. Er ging zu ihnen und nahm nacheinander ihre Hände, bevor er sie stumm und abwartend anblickte.

»Ich werde denjenigen finden, der für den Tod Eures Bruders verantwortlich ist, Lord«, sagte Inger. Sie hielt seinem durchdringenden Blick mit einem Lächeln stand. »Ich finde sie immer.«

»Dreht jeden Stein um«, sagte Roper leise. »Gönnt ihm keine Sekunde Pause. Folgt ihm wie ein Rudel mordlüsterner Hunde und flößt ihm glühende Furcht ein. Verfolgt ihn bis auf die Winterstraße und darüber hinaus, wenn es sein muss, und wenn ihr ihn erwischt habt, bringt mir seinen Kopf mit zwei leeren Augenhöhlen.«

»Es wird geschehen, wie Ihr wünscht, Lord«, antwortete Inger.

Roper musterte die drei noch einen Moment. »Viel Glück.«

Die Anakim und die Menschen aus den Südlanden, zwei der Völker, welche Albion bewohnten, hatten nicht viel gemeinsam. Für Letztere war die Welt voller Farben, für die Anakim war sie mit Erinnerungen angefüllt. Die Menschen aus dem Süden liebten es zu reisen, was den Anakim wiederum verhasst war. Das Volk südlich des Abus liebte es, sich zu schmücken, wofür ihre Nachbarn im Norden nur Verachtung übrig hatten. Erstere unterwarfen ihr Land der Knute des Ackerbaus, während Letztere die Wildnis verehrten. Ihre Gesetze waren unterschiedlich, ihre Sitten klar voneinander abgegrenzt, und noch nie hatte es zwei erbittertere Feinde gegeben. Doch zumindest eines verband sie: das Streben nach Rache. In beiden Völkern galt es als Angriff gegen die gesamte Familie, wenn man jemandem Mutter, Vater, Schwester oder Bruder nahm, ganz gleich, wie kompliziert ihre Beziehungen auch sein mochten. Und man durfte weder Ruhe noch Gnade erwarten, bis Vergeltung geübt worden war.

2. KAPITEL

DER BRAND

Obwohl bereits die kalte Luft am Avonsee die unverkennbare Signatur der Berge trug, lag das Haskoli, die harte Schule, in welche man die Jungen im Alter von sechs Jahren schickte, um sie zu Legionären auszubilden, noch höher – hinter einem der Berge, die an den See grenzten. Der Aufstieg dauerte zwei Stunden, und als Inger und ihre Eskorte aus Heiligen Wächtern endlich dort eintrafen, dunkelte es bereits. Die Bäume waren verkümmerten Sträuchern gewichen, und hohe Schneeverwehungen schimmerten silbern unter der Sichel des Mondes.

Die Schule war in den Berg hineingebaut worden. Steile Klippen umgaben sie auf drei Seiten und boten so einen gewissen Schutz vor den Elementen. Die Gebäude sahen alle gleich aus – ein Dutzend Langhäuser aus rotem Kiefernholz mit Dächern aus Heidekraut. Sie bildeten einen Innenhof aus Sand und Steinen, über den der Schnee fegte. Davor breitete sich ein anderer, kleinerer See aus. Seine eisige Oberfläche war zerklüftet, weil das Eis immer wieder geborsten und dann erneut überfroren war. Hinter der Schule ragte die dunkle Silhouette eines uralten Baumes auf, der es irgendwie geschafft hatte, den Bergwinden zu trotzen. Es war eine einsame riesige Kiefer mit nur noch wenigen Nadeln an der Spitze. An den restlichen Zweigen hingen

Hunderte von zerfetzten Raubvogelschwingen, die wie dunkle Blätter im Wind flatterten.

»Das ist unsere Unterkunft für die nächste Zeit«, sagte Inger leichthin. »Da es bereits dunkel ist, würde ich vorschlagen, wir beziehen heute Abend unser Quartier und fangen morgen in aller Frühe mit unseren Ermittlungen an.«

Die beiden Wächter murmelten zustimmend. Sie wurden von einem schwarz gekleideten Tutor zum nächstgelegenen Langhaus geführt. Im Inneren war es dunkel, und es roch stark nach Kiefernharz. Sie stiegen eine kleine Treppe hinauf, legten ihre Rucksäcke auf die Ziegenfelle, die den Boden bedeckten, und packten sie schweigend aus. Kurz darauf nahm Leon sein Schwert und marschierte hinaus. Er beabsichtigte, vor Ormurs Quartier zu schlafen.

»Wie ein Hund«, murmelte Salbjorn, der seine eigene Ausrüstung ausbreitete, um sie zu pflegen. Er zündete vier qualmende Kerzen an, damit er bei seiner Arbeit etwas sehen konnte. »Glaubst du wirklich, dass der Meuchelmörder noch hier ist?« Er setzte sich schwer auf den Boden, zog einen Tiegel mit Schmierfett zu sich heran und begann, es mit bloßen Händen in das Leder seiner Stiefel zu reiben.

Inger sah zu ihm hinüber. »Was glaubst du denn?«

Der Wächter wandte ihr kurz sein vom Schatten verdunkeltes Gesicht zu, bevor er sich wieder um seine Stiefel kümmerte. »Er ist weg. Du bringst nicht einfach den Bruder des Schwarzen Lords um und drückst dich dann weiter am Schauplatz des Verbrechens herum.« Als Inger nicht antwortete, sah Salbjorn sie noch einmal an. »Hab ich recht oder nicht?«

»Das kommt wohl darauf an, aus welchem Grund du ihn umgebracht hast«, erwiderte Inger friedfertig.

Regen prasselte auf das Rieddach und wehte in Schleiern vor dem Fenster vorbei.

»Hast du schon irgendwelche Verdächtigen?«

»Viele«, gab Inger zurück. »Der Schwarze Lord hat sehr viele

Feinde, und jeder von ihnen könnte dahinterstecken. Die beiden Söhne von Uvoren, Unndor und Urthr, fristen ihr Leben entweder in Schande oder vegetieren auf einem Galeerenschiff, dank Roper. Vielleicht ist es ein Freund von ihnen. Tore, der Kommandeur der Grauen, war seit seiner gemeinsamen Zeit mit Uvoren in diesem Haskoli dessen Freund. Er kommandiert sehr viele Männer. Vielleicht hat einer von ihnen auf seinen Befehl hin gehandelt. Dasselbe gilt für Randolph, den Kommandeur der Schwarzfelsen. Aber vielleicht hat die Sache auch gar nichts mit Uvorens Tod zu tun. Man sollte nie den unbändigen Zorn der Kryptea unterschätzen und die sonderbaren Motive, die sie für jeden Mord ersinnen können. Möglicherweise war es auch das Werk der Südlande. Vielleicht stammte der Meuchelmörder aus Süddal, und der Mord war eine Vergeltungsmaßnahme für das Massaker auf Harstathur. Vielleicht sind die Männer aus den Südlanden zu dem Schluss gekommen, dass Ropers Brüder ein leichteres Ziel wären als der Schwarze Lord selbst.« Inger verstummte und blickte nachdenklich auf eine flackernde Kerze. »Und das ist nur der Anfang. In unserem Königreich sind dunkle Mächte am Werk. Sie tun Dinge, die wir noch nicht verstehen.«

Mittlerweile war es draußen vollständig dunkel geworden, und das Prasseln des Regens erfüllte den Raum. Salbjorn war mit seinen Stiefeln fertig und kümmerte sich um den Rest seiner Ausrüstung. Jedes fertige Teil legte er auf einen ordentlichen Haufen. Sein Kürass hatte Beulen, Dellen und kleine Löcher, aber man fand darauf keinen einzigen Flecken Rost, Schmutz oder Blut. Der Kettenpanzer darunter war von gebrochenen Kettengliedern durchzogen, doch er glitzerte wie Wasser im Sonnenschein. Und das Langschwert, das blank geputzt an der Wand lehnte, damit das frisch aufgetragene Öl trocknen konnte, hatte kleine Scharten an der Schneide, die jedoch zu mörderischer Schärfe gewetzt war.

»Riechst du auch den Rauch?« Inger fuhr plötzlich aus ihrer Träumerei hoch.

Salbjorn deutete auf den Tiegel mit Schmierfett. »Das ist das Fett.«

»Nein, das habe ich schon vorher gerochen.« Inger stand auf. Sie wandte sich zum Fenster um und blickte auf den verregneten Hof der Schule. Ein paar Sekunden lang konnte sie nichts erkennen. Dann hatten sich ihre Augen an die Dunkelheit gewöhnt, und sie nahm den roten Schein wahr, der auf dem Boden vor ihrem Langhaus flackerte. Sie sah zwar keine Flammen, aber ihr war sofort klar, dass dies nur daran lag, weil sie unmittelbar unter ihr loderten. Sie fuhr herum, und eine entsetzliche Erkenntnis breitete sich auf ihrer Miene aus, als sie den Rauch im Licht der Kerzen bemerkte.

»Feuer!«, schrie sie und lief sofort zur Treppe. »Unter uns!«

Salbjorn verharrte einen Moment verwirrt. Dann jedoch sah auch er den Rauch, der durch den Kerzenschein waberte und in dichtem Nebel die Treppe hinaufquoll. Er stieß einen Fluch aus, sprang auf die Füße und rannte hinter Inger her. Sie polterten die Treppe hinab, in den Rauch hinein, der immer heißer und ätzender wurde. Nach wenigen Stufen und lange bevor sie das Erdgeschoss erreichten, wurde ihnen klar, dass sie auf diesem Weg nicht mehr würden entkommen können. Dunkler Nebel umhüllte sie. Die Flammen flackerten schon auf den Kiefernwänden. Sie blieben stehen und starrten entsetzt auf die Flammen, die wie Flüssigkeit über den Boden quollen und die Türen und Wände hinaufleckten. Schwarze Rauchwolken hatten sich unter der Decke gesammelt. Plötzlich hörte Inger Leons Stimme von draußen. Er schrie um Hilfe.

Salbjorn fluchte erneut. Inger machte kehrt und prallte gegen ihn. »Zurück nach oben!« Hustend und keuchend mühten sich die beiden denselben Weg zurück, den sie gekommen waren. Inger stolperte über die oberste Stufe und stürzte zu Boden. Hinter ihr wälzte sich unaufhörlich Rauch die Treppe hinauf.

»Zum Fenster!«, rief sie und ließ sich von Salbjorn vom Boden hochziehen. Ihre Lunge verkrampfte sich, als der Rauch brennend durch ihre Kehle drang. Das Feuer unter ihnen breitete sich rasend schnell aus, viel zu schnell, als dass es ein Unglücksfall hätte sein können. Den wilden Flüssen aus Feuer nach zu urteilen, musste jemand die Dielen mit Öl getränkt haben. Die beiden rannten zu einem Fenster, beugten sich über das Fensterbrett und in den Regen hinaus. Tief sogen sie die kalte Luft ein. Unter ihnen schlugen die Flammen gierig aus den Fenstern im Erdgeschoss, krochen an den Außenwänden empor und schienen sie zu verschlingen. Gestalten rannten im Hof hin und her, ihre langen Schatten zuckten über den Boden. Sie schrien in Panik durcheinander und wurden von Leon, dessen hünenhafte Silhouette deutlich zu erkennen war, zum See beordert. Scheinbar versuchten sie eine Eimerkette zu bilden, um die Flammen zu löschen, aber das würde zu lange dauern, um Inger und Salbjorn zu retten. Sie waren im Obergeschoss gefangen.

»Wir müssen springen«, sagte Salbjorn. Sein Kopf verschwand im Langhaus, und als er wieder auftauchte, schleuderte er seine kostbare Ausrüstung hinaus. Die Waffen und die Rüstung landeten sieben Meter tiefer auf dem Boden und klirrten und polterten über das Pflaster. Vielleicht konnte Salbjorn springen, schließlich war er ein Athlet, jung und stark. Aber Inger war bereits in fortgeschrittenem Alter und sicher, sie würde sich auf den Steinen sämtliche Knochen brechen, wenn sie aus dem Fenster sprang.

»Ich springe nicht«, erklärte sie ruhig.

Salbjorn hatte bereits einen Fuß auf das Fensterbrett gesetzt und drehte sich zu ihr um. »Du musst.«

»Nein.« Sie schüttelte den Kopf und legte die Hand auf seinen Arm. »Geh du. Ich denke mir etwas anderes aus.«

Salbjorn betrachtete einen Herzschlag lang ihr Gesicht. »Wenn du springst, könntest du dich möglicherweise verletzen«, stellte er fest. »Aber wenn du hierbleibst, stirbst du mit Sicherheit!«

Sie lächelte ihn an. »Ich würde einen vom Rauch inspirierten Schlaf jederzeit gebrochenen Beinen, Blutverlust und Fieber vorziehen.«

Sie starrten einander an. Schreie hallten von unten herauf: Die Leute beschworen sie, ihr Glück zu versuchen und zu springen. Die Hitze schlug in Ingers Rücken, und sie sah, wie die Luft waberte, die über ihr aus dem Fenster drang. Schweiß stand ihr auf der Stirn und lief ihr den Rücken hinab.

»Also gut.« Salbjorn lenkte unvermittelt ein und ging wieder in den Raum zurück. Inger versuchte ihn festzuhalten, als er sich vom Fenster abwandte.

»Du musst springen!«, sagte sie. Aber der Rauch zwang sie, sich wieder zum Fenster umzudrehen. »Du kannst nicht bleiben …« Sie begann zu husten. »Bitte! Ich werde springen, wenn du dann ebenfalls springst.«

»Das werde ich auch.« Salbjorn tauchte mit Ziegenfellen im Arm auf. Tränen quollen unter seinen geschlossenen Augenlidern hervor, sein Gesicht war schweißbedeckt, und er blieb keuchend am Fenster stehen, während er versuchte, die Augen wieder zu öffnen. Dann warf er die Ziegenfelle hinab und stellte sich auf das Fensterbrett. »Und du wirst es auch tun«, sagte er und ließ sich über das Fensterbrett hinabgleiten. Einen Moment hielt er sich noch mit den Fingern fest und baumelte hoch über dem Boden, während er in die Tiefe blickte. Dann ließ er los.

Salbjorn stürzte in die Dunkelheit hinab, landete auf dem steinernen Boden und wurde durch die Wucht des Aufpralls zurückgeschleudert. Inger hörte ihn vor Schmerz stöhnen, als die Luft aus seiner Lunge gepresst wurde. Ihr war klar, dass sie sich bei einem solchen Sprung die Beine brechen würde. Selbst Salbjorn konnte sich nur mühsam und schwankend aufrichten. Scheinbar hatte er sich den Knöchel verletzt. Er rief Leon zu sich, und die beiden berieten sich hastig. Hinter ihnen wurden endlich die ersten Eimer Wasser von der Löschkette in die Flammen gekippt, aber es ging viel zu langsam. Sie zeigten kaum mehr Wirkung als der Regen, der auf den Boden des Hofes prasselte. Ein solch tödliches Feuer musste geplant worden sein.

Unter Inger breitete sich plötzlich ein dunkler Fleck aus. Leon und Salbjorn hatten jeder den Rand eines Ziegenfells gepackt und spannten es zwischen sich. »Spring!«, rief Salbjorn. »Versuch, auf der Haut zu landen. Sie wird den Aufprall mildern!«

Selbst wenn die beiden Wächter ihren Sturz abfedern konnten – das Ziel wirkte aus dieser Höhe winzig. Inger sah in den Raum zurück, musste sich jedoch rasch wieder von der schrecklichen Hitze abwenden, die ihr ins Gesicht schlug. Ihre Augen tränten. Blind tastete sie sich vorwärts und kletterte auf das Fensterbrett. Dort blieb sie einen Moment stehen und balancierte, zitternd und zögernd, aber es gab keinen Grund, länger zu warten. Ihre Sehkraft würde nicht zurückkehren, jedenfalls nicht, bevor sie nicht an der frischen Luft war.

Also ließ sie sich einfach nach vorn fallen.

Inger stürzte blindlings durch die Dunkelheit und ruderte mit den Armen, während kalte Luft an ihr vorbeipfiff. Sie landete mit einem dumpfen Knall auf der Ziegenhaut. Durch ihren Schwung prallte sie auf die Steine darunter, die den Sturz abrupt abbremsten. Leon und Salbjorn wurden von der Wucht des Aufpralls aufeinander zu gezogen und fielen auf sie. Einen Moment lang lag Inger einfach nur keuchend da, die Augen weiterhin tränenblind. Ihre Kehle brannte, und noch immer versuchte sie, den ekelhaften Qualm aus der Lunge zu husten. Sie spürte, wie die beiden Gestalten über ihr zur Seite rollten. Jemand packte ihre Schulter und drehte sie herum, sodass ihr der eisige Regen ins Gesicht schlug.

»Inquisitorin? Bist du verletzt?« Es war Salbjorns Stimme. Inger atmete die kalte Bergluft ein und spürte ihren Herzschlag im ganzen Körper. Sie schüttelte den Kopf.

»Wir müssen dich von den Flammen wegbringen. Bleib ruhig liegen.«

Sie spürte, wie das Fell unter ihr angespannt wurde, als die beiden Wächter erneut die Seiten packten und sie über den Hof schleppten. »Bleib, wo du bist, Herrin«, ertönte Salbjorns Stimme aufs Neue, als sie zum Stehen kamen. »Wir müssen verhindern, dass sich die Flammen weiter ausbreiten. Danach kommen wir zu dir zurück.«

Inger hörte, wie die beiden wegrannten. Hustend setzte sie sich auf, wischte sich die Augen und zwang sich dann, sie aufzuschlagen. Ihr Langhaus auf der anderen Seite des Hofs war ein Inferno, die Außenwände nichts weiter als eine fragile, skelettartige Fassade zwischen der Nacht und den tosenden Flammen dahinter. Davor kippten Gestalten Eimer mit Wasser in die Flammen und gossen auch Wasser auf die benachbarten Langhäuser, um zu verhindern, dass sie ebenfalls ein Opfer des Feuers wurden. Die ganze Szenerie war von einer unheimlich schillernden Aura umgeben, die von den Tränen in ihren Augen verursacht wurde. Sie brauchte dringend etwas zu trinken, rappelte sich mühsam auf und humpelte zu dem benachbarten Langhaus, um dort einen Kübel zu suchen. Als sie sich dem Rand des Hofs näherte, bog eine Gestalt um die Ecke des Langhauses und prallte gegen sie. Inger taumelte zurück, zu überrascht, um rechtzeitig reagieren zu können.

Dann konzentrierte sie sich auf das halb beleuchtete Gesicht vor ihr. Es war eine grobe, von Narben übersäte Visage, die sie so drohend anstarrte, dass sie unwillkürlich noch einen Schritt zurückwich. Die Silhouette verriet, dass es sich um einen untersetzten Mann handelte, viel zu kräftig, als dass er einer der jungen Tutoren des Haskoli hätte sein können. Und an seiner Seite blitzte ein langes, scharfes Messer auf.

Einen atemlosen Moment lang starrten sie sich einfach nur an, beide gleichermaßen geschockt. Dann holte Inger tief Luft.

»Eindringling!«, brüllte sie.

Meuchelmörder.

3. KAPITEL

WENN DIE TOTEN SICH ERHEBEN

Roper und Keturah ritten unter einem Blätterbaldachin von Ulmen entlang, gefolgt von Gray und einem anderen Heiligen Wächter, Hartvig. Am Abend zuvor waren sie von den Bergen herabgekommen, auf deren Pässen noch so viel Schnee lag, dass die Pferde kaum durchgekommen waren, und ritten jetzt in kameradschaftlichem Schweigen.

Roper wusste nicht, was Keturah beschäftigte, aber seine eigenen Gedanken wurden von einem Bild in seinem Kopf beherrscht: das Antlitz seines toten Freundes Helmec. Sein verdrehter Hals, die gepanzerte Brust. Der Schmutz, der ihn überzog, die Leichen, auf denen er lag. Das Bild war bedeutsam, so viel wusste Roper. Dennoch konnte er es nicht mit einem bestimmten Gefühl in Verbindung bringen. Wenn es in seinem Geist auftauchte, was mehrmals täglich geschah, empfand er weder Schock noch Trauer. Es war einfach nur wichtig und verlangte nach seiner Aufmerksamkeit. Er hörte weder die leise Unterhaltung von Pryce und Gray, die, wie er wusste, diesen Moment begleitet hatte, und war sich ebenso wenig des Geruchs von Schlamm, Regen und Blut gewahr. Seine Erinnerung zeigte ihm einfach nur dieses Gesicht, sonderbar deutlich und unbestreitbar bedeutsam.

Roper empfand mit derselben Gewissheit, mit der er um die

Bedeutung des Bildes wusste, dass er nicht allzu lange daran festhalten durfte. Von einer Sache derartig verzehrt zu werden war Besessenheit, eine Todsünde im Schwarzen Königreich. Also sah er zu Keturah, die starr geradeaus blickte und die Stirn leicht gerunzelt hatte.

»Dein Vater hat mir heute Morgen noch eine Nachricht geschickt«, sagte er.

»Noch eine? Worüber beschwert er sich denn jetzt?«

»Wieder über die Wollknappheit.«

»Beklagt er sich schon länger über Wollknappheit?«

»Endlos«, erwiderte Roper. »Das ist die dritte Nachricht, die er mir deswegen geschickt hat. Er scheint zu glauben, dass ich ihn ignoriere.«

Keturah zuckte mit den Schultern. »Also dürfen die Frauen in der Festung eine kleine Pause in ihrer endlosen Webarbeit einlegen«, bemerkte sie bissig. »Die Welt wird trotzdem weitergehen – wo liegt das Problem?«

»Er meint, die Leute hätten nicht mehr genug Wolle, um neue Sommerkleider herzustellen. Wir hätten bei den Welfen so viel Wolle gegen Eisen eingetauscht, dass wir jetzt unter einem echten Mangel daran litten. Ich hätte meine Einwilligung für den Beginn des Handels zu früh gegeben, und jetzt wären unsere Vorräte erschöpft.«

Keturah verdrehte die Augen. »Das hat ihn bestimmt aufgeregt. Mein Vater verliert sich in diesen Einzelheiten. Aber es ist schwerlich die größte Krise, mit der du es bisher zu tun bekommen hast. Wie lange dauert es noch, bis die Schafe von den Weiden geholt werden, fünf Wochen? Dann können die Untertanen so viel Sommerkleidung herstellen, wie ihr Herz begehrt.«

»Ich verstehe das Problem auch nicht so ganz«, gab Roper zu.

Keturah warf ihm einen Seitenblick zu und grinste dann leicht.

Roper war versucht, sie zu ignorieren, was er für einen Moment auch tat. Hinter ihnen unterhielten sich Gray und Hartvig darüber, welchem Tier sie am wenigsten gerne allein im Wald begegnen würden. Gray tendierte zum Bären, Hartvig dagegen zum Auerochsen. Aber sofort tauchte das Bild von Helmec wieder vor Ropers innerem Auge auf, und er gab auf und drehte sich wieder zu seiner Frau herum. »Also gut. Was ist?«

»Du bist ein Kriegsherr, mein Gemahl«, erwiderte sie knapp. »Das ist das Einzige, was deine Aufmerksamkeit so lange zu fesseln vermag, dass du es wirklich begreifst.«

Roper blinzelte und ritt eine Weile schweigend weiter, während er über ihre Worte nachdachte.

»Was meinst du damit?«, fragte er schließlich.

»Nach allem, was man so hört, und angesichts dessen, was du erreicht hast, bist du ausgesprochen klug und tüchtig, wenn es um einen Feldzug geht«, antwortete Keturah. »Mehr als das. Gray hat mir erzählt, dass du nicht einmal besonders angestrengt über dein Handeln nachdenken musst. Dein Verständnis von Gesten, von der Denkweise deiner Feinde und den Reaktionen deiner Männer scheint ganz natürlich für dich zu sein. Bist du jedoch zu Hause …« Sie ließ den Satz ausklingen, drehte sich im Sattel herum und schenkte ihm ein ätzendes Lächeln. »Du langweilst dich. Du denkst nicht einmal nach. Selbst Handelsvereinbarungen interessieren dich nicht genug, um wenigstens so viele Gedanken an sie zu verschwenden, dass du sie einschätzen kannst. Die Folge ist, dass keiner der Pläne, die du in Friedenszeiten machst, in sich stimmig ist. Die Wollknappheit ist ein ausgezeichnetes Beispiel. Das Problem inspiriert dich längst nicht so wie eine Schlacht. Also denkst du nicht darüber nach, und folglich werden Leute wütend.«

»Es ist mir wichtig«, behauptete Roper und lächelte schwach über ihre Tirade.

»Du kümmerst dich darum, wenn es deine Aufmerksamkeit

erregt.« Keturah neigte verzweifelt den Kopf zur Seite. »Aber wenn mein Vater oder ich immer wieder versuchen, deine Aufmerksamkeit auf gewisse Dinge zu lenken, langweilt dich auch das sehr schnell.«

Die Worte trafen Roper, aber sie machten auch vorab jegliche Entschuldigung zunichte, die er sich hätte ausdenken können, um ihr zu widersprechen.

»Ich glaube nicht, dass wir das ändern können«, fuhr Keturah fort. »Aber betrachten wir einmal deine Regentschaft bis jetzt. Sie hat damit begonnen, dass sich sämtliche Legionen zum ersten Mal aus einer Schlacht zurückzogen. Dieser Niederlage folgten die erste Seuche nach Jahrzehnten und eine etwas ungeschickte Säuberung, bei der du auch noch offenkundig für den Tod oder die Schande einiger hochgeschätzter Untertanen verantwortlich warst.« Sie griff nach seinem Arm, sah ihn an und lächelte erneut, aber diesmal mit einem ganz anderen Ausdruck als zuvor. Sie wusste, dass er es nur getan hatte, um sie zu beschützen. »Und schließlich hat einer deiner Leutnants ...«

»Dein Cousin«, unterbrach Roper sie.

»Dein Leutnant«, beharrte Keturah. »Er hat einen der beliebtesten Krieger des Königreiches getötet und seine Leiche auch noch in Stücke gehackt.«

Roper seufzte. Nach der Schlacht auf Harstathur, wo sie gegen die Armee des Südens gekämpft und gesiegt hatten, hatte Pryce die Gelegenheit genutzt, um Ropers alten Rivalen Uvoren zu töten, und überdies hatte er dessen Leichnam tatsächlich zerstückelt. Es war kein primitiver Akt der Wildheit gewesen, obwohl Pryce ein derartiges Verhalten durchaus zuzutrauen wäre. Nein, er hatte ein Exempel statuieren wollen. Sobald sich Desaster, die apokalyptische, gepanzerte Schlange aus der Wüste im Osten erhob, würde der Tod sich zu ihr gesellen. All jene mit einem intakten Skelett würden sich dann aus der Erde erheben und zwischen den Farnen und Bäumen stehen, während sie sich mit schlammgefüllten Augenhöhlen nach Waffen umsahen. All jene, die ehrenvolle, vornehme Untertanen gewesen waren, würden sich dieser Herausforderung stellen und gegen die Schlange kämpfen. Die Leichen der größten Helden der Anakim waren sogar im Heiligen Tempel einbalsamiert, sodass sie bewaffnet, gewappnet und bereit waren, ihre Schwerter in diesem letzten, großen Konflikt zu ziehen. Sie waren gen Osten aufgestellt und warteten auf den Moment, in dem sich Desaster erheben würde. Bereit, augenblicklich Widerstand zu leisten.

All jene jedoch, die zu Lebzeiten selbstsüchtig, voller Selbstmitleid, eifersüchtig oder willensschwach gewesen waren, würden sich von Desasters Versprechungen von Wohlstand und Ruhm verführen lassen und an ihrer Seite kämpfen. Als Pryce Uvorens Leichnam verstümmelt hatte, hatte er ein Urteil über ihn gefällt. Er hatte entschieden, dass der Hauptmann zu denen gehören würde, die mit Desaster gegen die Engel kämpften. Das war nicht nur die schwerste Beleidigung, die er ihm hätte zufügen können, seine Tat verurteilte Uvorens Seele auch dazu, eine gequälte irdische Existenz zu führen. Ohne den stabilisierenden Einfluss seines Körpers konnte sie die Reise über die Winterstraße nicht antreten und nicht in die Anderwelt übergehen, das Jenseits der Anakim. Dieser Akt hatte einen öffentlichen Aufschrei verursacht. Es gab viele, die Uvoren nicht gemocht hatten, aber der Tod sprach einen sicherer von seinen Sünden frei als jede Sühne. Diese Art der Exekution hatte ihn zu einem Märtyrer gemacht.

»Das scheint mir eine ziemlich harte Einschätzung zu sein«, antwortete Roper auf Keturahs Beurteilung seiner Herrschaft.

»Auf der Habenseite«, fuhr Keturah fort, »stehen deine nicht unbeträchtlichen kriegerischen Erfolge. Drei gewaltige Siege, jeder errungen in einer fast aussichtslosen Situation. Deshalb bist du so beliebt. Unser Volk liebt Ruhm und verehrt dich dafür. Aber je länger du als Friedensherrscher regierst, desto mehr werden deine Mängel auffallen. Du wirst in das Hindrunn zurückkommen und dich wieder den feindseligen Blicken von

Menschen aussetzen müssen, die dich für einen schlechten Lord halten.«

»Haben sie denn Harstathur bereits vergessen?«, fragte Roper.

»Dieser Sieg wurde durch Uvorens Tod überschattet, und es kursieren Gerüchte, dass er auf deinen Befehl hin ermordet wurde. Gemahl«, sie gab plötzlich ihre Zurückhaltung auf, »du brauchst einen neuen Feldzug. Du hast versprochen, dass du Lundenceaster erobern würdest. Unser Königreich kann durch einen Krieg wieder reich werden, statt weiter zu verarmen. Geh diesen Weg, und die Menschen werden sich wieder an deine Fähigkeiten erinnern. Sie werden dir deine wirren Handelsabkommen verzeihen, die Getreideknappheit oder die Feinde im Land, die du unterdrückst, sobald du deinen Ruf als Schwarzer Lord festigst, der uns siegreich in die Schlachten führt. Oder du sitzt zu Hause herum und siehst zu, wie die Leute noch unzufriedener werden und die Kryptea immer unruhiger wird.«

Die Kryptea war einer der mächtigsten Feinde von Roper und zudem einer, der für ihn unerreichbar war. Es war ein Orden von Meuchelmördern, die die Aufgabe hatten, für Stabilität im Königreich zu sorgen. Sie erfüllten sie oft dadurch, dass sie einen despotischen Schwarzen Lord töteten. Ursprünglich waren sie als eine Kontrollinstanz gegen Tyrannei gegründet worden. Doch im Laufe der Jahrhunderte hatten sie immer mehr an Macht gewonnen und sie eifersüchtig geschützt, sodass ihre Handlungen mittlerweile vollkommen unberechenbar waren. Trotzdem hatten die Menschen viel zu viel Angst vor der Kryptea, als dass sie sich gegen sie gestellt hätten.

»Es gibt bessere Gründe, nach Süddal einzumarschieren, als diesen«, antwortete Roper.

»Mir fällt leider keiner ein.« Keturah klang, als wäre die Angelegenheit damit erledigt.

»Ich weiß einen sehr guten Grund, den ich bisher noch von niemandem gehört habe«, beharrte Roper. »Weißt du, wie viele Legionäre ich kommandiere?«

Keturah zuckte mit den Schultern.

»Nicht einmal siebzigtausend«, erklärte Roper. »Und weißt du, wie viele Legionäre wir Anfang letzten Jahres hatten?«

Sie schüttelte den Kopf.

»Neunzigtausend. Zwanzig Jahre davor hat mein Großvater eine Invasion an der Spitze von einhundertzwanzigtausend Legionären angeführt. Mit jedem Jahr, den dieser Krieg andauert, verfügen wir über weniger Legionäre. Wie viele wird es am Ende meiner Herrschaft noch geben? Wie viele werden für die nächste Generation übrig sein? Es reicht nicht mehr, einfach nur unsere Grenzen zu verteidigen. Die Menschen aus Süddal werden immer mehr Männer haben als wir. Landwirtschaft bedeutet, dass sie sich wie eine Plage vermehren, und wenn sie eine Schlacht verlieren, dezimiert das ihre Bevölkerung längst nicht so einschneidend wie bei uns. Sie werden immer genug Männer haben. Uns dagegen stehen jedes Jahr weniger zur Verfügung.«

»Ich verstehe nicht, wieso das einen Überfall auf den Süden rechtfertigen sollte«, wandte Keturah ein.

»Das wird kein Überfall«, widersprach Roper, »sondern eine Invasion. Es genügt nicht mehr, einfach nur unsere Lebensweise zu verteidigen. Ich kann nicht glauben, dass das bisher noch niemand begriffen hat. Unsere Stärke schwindet zusehends, und unsere Möglichkeiten, Süddal zu unterwerfen, um diesen Krieg ein für alle Mal zu beenden, werden von Jahr zu Jahr geringer. Dieses Kind, das du unter deinem Herzen trägst«, er streifte die kleine Kugel unter ihrem Mantel mit einem kurzen Blick, »wird vielleicht in einer Welt leben, in der wir der Willkür der Südlinge ausgeliefert sind. Es wird uns möglicherweise verfluchen, weil wir diesen Krieg nicht beendet haben, als wir die Chance dazu hatten, sondern stattdessen einfach nur blind hofften, er würde unsere Epoche überdauern. Aber dieser Krieg wird weiterwüten, und in zwanzig Jahren sind wir nicht mehr genug, um Süddal zu erobern. Wir werden immer weiter zerfressen werden, bis wir unseren Niedergang nicht mehr aufhalten können und es keinen Weg mehr zurück gibt. Noch aber haben wir eine Wahl«, setzte er grimmig hinzu. »Wir können die ganze Insel einnehmen und dafür sorgen, dass ein offener Ozean zwischen uns und den Menschen aus den Südlanden liegt. Wir können der Bedrohung jetzt ein Ende machen und die Sicherheit unserer Kinder gewährleisten. Und die ihrer Kinder. Wir können die Nation von Süddal vernichten.«

Keturah schwieg einen Moment. »Mein Gemahl!«, sagte sie dann leise und ließ das Wort einen Moment wie einen Ausruf zwischen ihnen stehen. »Als du damals nach Harstathur darüber gesprochen hast, habe ich dich nicht ernst genommen. Seitdem kursieren Gerüchte, dass dieser Feldzug ein Rachefeldzug werden wird. Auf dem wir Furcht säen, Beute machen, die jungen Legionäre trainieren und die Menschen aus den Südlanden dazu bringen, dass sie es sich zweimal überlegen, bevor sie noch einmal den Abus überqueren. Aber wenn dein Volk begreift, dass du vorhast, dort zu bleiben … Süddal auslöschen und dann … was?«

»Wir geben es der Wildnis zurück«, sagte Roper. »Wir erschaffen uns eine neue Heimat im Süden.«

Keturah hatte offensichtlich so viele Fragen, dass sie nicht zu wissen schien, wo sie anfangen sollte. »Was wird aus den Südlingen, die dort leben?«

»Sie werden eine Weile für uns arbeiten, doch es wird ihnen verboten werden, Waffen zu schmieden. Wenn ihr Land an die Wildnis zurückfällt, müssen sie auf jeden Fall weichen. In der Wildnis ist kein Platz für sie.«

»Aber die Menschen werden das für Wahnsinn halten! Wie sollten wir das überhaupt bewerkstelligen: Jahrzehnte südlich des Abus in einem fremden Land zu verbringen? Wie du schon sagtest, wir verfügen über siebzigtausend Legionäre. Das sind bei Weitem nicht genug, um die Millionen zu unterdrücken, die den Süden bevölkern! Dein Volk würde sagen, es wäre Selbstmord, und damit hätte es recht.«

»Die Alternative zu meinem Vorschlag«, gab Roper zurück, »wäre ein noch sichererer Selbstmord und noch dazu fürchterlich verantwortungslos. Wir würden der nächsten Generation ein unlösbares Problem aufbürden. Es hieße, sich mit dem langsamen Untergang unseres Volkes abzufinden. Wir sind in der Verantwortung, ganz gleich, ob wir handeln oder nicht handeln, aber wenn wir etwas tun, dann haben wir wenigstens eine Chance. In Wahrheit hätten wir das schon vor Jahren tun sollen, aber wir haben noch eine letzte Möglichkeit, um unsere Würfel erneut zu werfen. Ist das nicht meine Aufgabe? Du sagst, ich achte nicht auf die kleinen Dinge. Vielleicht hast du recht. Aber ich denke an die größten Dinge, die andere nicht zu bemerken scheinen, weil sie sich auf Schafe und neue Sommerkleidung konzentrieren.«

Keturah sah ihn ungläubig an, und ausnahmsweise schienen ihr die Worte zu fehlen. Dann schüttelte sie sich unvermittelt. »Aber, Gemahl, alles, was du sagst, ist ohnehin bedeutungslos, weil du nicht die Autorität besitzt, um es durchzusetzen. Du weißt, wie unser Volk auf die Vorstellung reagieren würde, Jahrzehnte in einem fremden Land zu verbringen! Die Legionshauptmänner und Ratsmitglieder wären entsetzt. Die Kommandeure würden dich möglicherweise unterstützen, aber nur deshalb, weil sie Feldzüge lieben und du bei ihnen einen gewissen Ruf genießt. Trotzdem würden das zweifellos etliche von ihnen für blanken Wahnsinn halten. Die Akademie wird sich offen dagegen aussprechen, und das würde deine Legionäre außerordentlich nervös machen. Die Lothbroks werden liebend gern jeden Vorwand nutzen, um dich zu stürzen, und die Frauen des Hindrunn würden uns das Leben zweifellos sehr schwermachen, wenn sie davon erfahren.«

Die Straßen des Hindrunn wurden von Frauen beherrscht. Eigentum wurde bei der Eheschließung geteilt, eine Spiegelung der Partnerschaft, die Ehemann und Ehefrau eingegangen waren. Im Falle des Todes eines der beiden ging es auf den anderen über. Legionäre starben mit einer solchen Regelmäßigkeit, dass der größte Teil des Wohlstandes und Eigentums von Frauen kontrolliert wurde. Dadurch waren sie eine mächtige und sehr einflussreiche Gruppe und zudem eine, in der sich Roper keiner sonderlichen Beliebtheit erfreute. Da sie keinen Anteil an den Feldzügen hatten, waren sie mehr mit Ropers Unfähigkeit in zivilen und häuslichen Angelegenheiten vertraut, und aus ihrer Sicht war er kein fähiger Anführer.

»Und der Allmächtige allein weiß, wie die Kryptea reagieren würde«, setzte Keturah hinzu. »Du versuchst, Millionen mit nur siebzigtausend Legionären zu beherrschen. Jokul würde der Schlag treffen.«

»Ich werde einen Weg finden«, sagte Roper ruhig. »Es muss getan werden, wir haben keine Wahl. All diese Gruppen und Fraktionen, von denen du sprichst, muss ich gefügig machen, denn sonst sind wir dem Untergang geweiht. Oder siehst du das anders?«

Dies war eine der seltenen Gelegenheiten, bei denen Roper keine Spur von Belustigung auf Keturahs Gesicht entdecken konnte. Sie blickte einfach nur starr auf die Straße vor sich, die Stirn gerunzelt. »Ich bin in dieser Sache hin- und hergerissen zwischen ihrer Notwendigkeit und ihrer offensichtlichen Unmöglichkeit. Aber ich bin deine Ehefrau. Ich bedaure fast, dass ich dich überzeugender finde, als die meisten anderen es tun werden.«

Roper lächelte schwach.

»Wer weiß davon?«, fragte sie unvermittelt.

»Ich habe dir und Gray schon vor Wochen davon erzählt«, antwortete Roper. »Obwohl du mich anscheinend nicht ernst genommen hast. Ansonsten habe ich niemandem etwas davon gesagt.«

»Gut!«, stieß sie hervor. »Belass es dabei.«

»Trotzdem müssen wir es tun«, wiederholte Roper störrisch.

»Dann belasse es dabei!«, wiederholte Keturah. »Denn wenn du den Menschen die Wahrheit erzählst, wirst du niemals die nötige Unterstützung bekommen. Bist du fest entschlossen, diese Sache durchzuziehen, mit allen Mitteln?«

»Selbstverständlich.«

»Dann lass die Leute auch weiterhin glauben, was ich angenommen habe. Sollen sie denken, es wäre nur ein Rachefeldzug. Die Kommandeure und Legionäre werden deinem Plan am ehesten gewogen sein, weil sie dich als Feldherrn kennen. Sie sind dir gegenüber loyal, jedenfalls die meisten. Warte, bis wir im Süden sind, und dann erzählst du denen, die mit dir gekommen sind, wie dein Plan aussieht und warum du ihn gefasst hast. Sollte irgendjemand vorher etwas davon erfahren, wird man dich zweifellos auf der Stelle daran hindern!« Sie schnippte mit den Fingern. »Du wirst vielleicht sogar abgesetzt oder von einem Meuchelmörder der Kryptea heimgesucht.«

Roper dachte einen Moment nach, erwog den Plan in seinem Kopf. Er gefiel ihm. Unwillkürlich lächelte er. »Wirst du mir helfen, Liebste?«

Keturah blieb eine Weile stumm. »Weißt du, Gemahl«, antwortete sie dann, »ich glaube wirklich an dich. Vielleicht habe ich das zuvor noch nie erwähnt …« Sie machte eine Pause und zog nachdenklich die Stirn kraus. »Möglicherweise habe ich das tatsächlich versäumt. Aber ich glaube, dass du einer unserer großen Anführer werden wirst. Ich kann kaum fassen, dass du das letzte Jahr überlebt hast. Du besitzt eine ganze Reihe von Fähigkeiten, die dich meiner Meinung nach von den anderen Herrschern auf dem Steinernen Thron unterscheiden. Du bist getrieben, mit einem Blick für das Große und Ganze. Außerdem klammerst du dich wie besessen an Prinzipien. Du bist an der Lösung von Problemen interessiert, und vor allem bist du unnachgiebig. Das alles verstehe ich. Ich verstehe jetzt, warum du es tun musst. Tatsächlich hatte ich noch nie zuvor darüber nachgedacht. Aber dennoch brauchst du meine Hilfe.«

Roper war überrascht, diese Worte aus dem Mund seiner meist so zynischen Frau zu hören. Aber er hatte schon lange gewusst, dass sich hinter ihrem bissigen Humor und der scharfen Art und Weise, Kritik zu üben, eine bedingungslose Loyalität verbarg. Sie hatte es nur noch nie zuvor in so deutliche Worte gefasst.

»Als meine Partnerin«, sagte er, »was willst du tun?«

»Ich werde mich daranmachen herauszufinden, wie du Millionen von Menschen mit nur siebzigtausend Legionären unterwerfen kannst«, antwortete sie. »In der Akademie sind all die Antworten darauf vorhanden, wenn auch verstreut. Ich werde sie sammeln.«

Roper sah sie an. »Du bist also auf meiner Seite? Ich habe erwartet, dass Gray mir beisteht, aber mir Sorgen gemacht, dass ich dieses Unterfangen ansonsten alleine angehen müsste.«

»Hast du meine Worte nie ernst genommen, wenn ich sagte, dass wir eine Partnerschaft haben?« Sie legte ihm die Hand auf den Arm. »Ich stehe an deiner Seite.«

* * *

Der Ritt zurück zum Hindrunn dauerte eine Woche, und bei ihrer Ankunft empfing sie lauter Jubel am Großen Tor. Es stand bereits offen, und das Gefolge des Schwarzen Lords galoppierte durch den steinernen Tunnel auf die Pflastersteine des äußersten Wohnbezirks. Diese Straßen waren für Roper mit Erinnerungen getränkt. Bei seinem ersten Einmarsch als Schwarzer Lord hatte man ihn verhöhnt und gedemütigt. Bei seinem zweiten Einmarsch waren die Straßen verlassen gewesen: Seine Untertanen waren sich sicher gewesen, dass er sich mit Gewalt Zutritt in das Hindrunn verschaffen würde und diese Gewalt sich möglicherweise gegen sie richten könnte. Erst bei seinem letzten Einmarsch war er endlich mit lautem Jubel empfangen worden. Bündel mit bitteren Kräutern waren vor den Heereszug geworfen worden, und die Menschen hatten nach ihm gegriffen und versucht, ihn zu berühren, als er an ihnen vorüberritt.

Jetzt wurde er von weniger Untertanen erwartet als gewöhnlich. Die meisten Hilfslegionen hatten die Festung verlassen und die Arbeit an Ropers gewaltigem Bauprojekt begonnen: dem großen Kanal. Der Fluss Abus erstreckte sich fast von einer Küste Albions bis zur anderen, und das unbewachte Ende der Insel wurde von einem Kanal geschützt. Der Kanal und der Fluss mussten zusammengeführt und beide sollten verbreitert und befestigt werden. Dadurch würde man einen einzigen Wasserstreifen schaffen, der als Verteidigungslinie diente und die Insel in zwei Hälften teilte. Er sollte durch einen neuen Damm beherrscht werden, der hinter dem Hindrunn errichtet werden musste. Die Frauen der Anakim waren schlechte Schwimmerinnen, und die Männer konnten sich wegen der schweren Rüstung aus Knochenplatten unter ihrer Haut gar nicht über Wasser halten. In der Vorstellung eines Anakim war ein Graben aus Wasser nahezu unüberwindlich.

Die Menschen, die im Hindrunn zurückgeblieben waren, ließen es ruhig angehen. Sie tratschten auf den Straßen, hielten jedoch inne, um Roper aufmerksam zu beobachten, als er vorbeiritt. Ein Herold stand auf einem Podest und verkündete lautstark Nachrichten: Vier Schiffe aus den Südlanden hatten im Nordwesten Schiffbruch erlitten und faszinierende Fracht an Land gespült. Zwei Männer waren beim Bau des Großen Kanals gestorben. Die Schneeschmelze aus den Bergen hatte im Osten zu Überschwemmungen geführt. Ein sonderbarer blutroter Regen war etwas nördlich vom Hindrunn vom Himmel gefallen. Jeder, der mehr hören wollte, konnte bei dem Herold Speisen, Arbeit oder Eisen gegen weitere Einzelheiten eintauschen. Der Mann war schon bald von schreienden Menschen umgeben, die mehr von den zerstörten Schiffen hören wollten.

Sie ließen die Pferde in den Stallungen unter dem Hohen Fried. Dann stiegen Roper und Keturah hinauf zu ihrem Quartier ganz oben in einem der Türme. Roper ließ den Mantel von den Schultern gleiten, und Keturah schloss die Tür hinter ihnen. Dann machte sich beredtes Schweigen in dem Raum breit.

»Du weißt, wo ich anfangen muss«, sagte Roper nach einer Weile.

»Ich weiß, wo du glaubst beginnen zu müssen«, antwortete Keturah.

»Unhierea.«

Ein Land mit Tälern und Bergen westlich von Albion, das von einem Geschlecht fast vergessener Giganten bewohnt wurde. Es war ein Ort, den seit Generationen kein Anakim mehr betreten hatte und dessen Bewohner allen Berichten zufolge die Grenzgebiete zu Süddal als Jagdgründe betrachteten. Für sie waren die Menschen aus den Südlanden nur eine weitere Beute.

Keturah runzelte die Stirn, trat zu einem Fenster und öffnete es weit. »Ich halte es für sehr viel wahrscheinlicher, dass du dein Leben verlieren wirst, wenn du dort hingehst, als dass du in ihnen Verbündete findest.« Sie drehte sich wieder zu ihm um.

»Es könnte gefährlich sein«, gab Roper zu. »Aber wie wir bereits besprochen haben, strapazieren wir die Ressourcen, die wir zur Verfügung haben, bereits bis zur Grenze des Möglichen. Wir müssen es versuchen, uns bleibt keine andere Wahl. Auf Harstathur sind viele unserer Krieger gefallen. Ich weiß nicht, ob wir stark genug sind, um Süddal zu unterwerfen, und wenn ich bei dem Versuch zu viele Männer verliere, dann beschwören wir genau die Apokalypse herauf, die wir verhindern wollen. Wir müssen es bei den Giganten versuchen.«

»Aber du musst nicht selbst dorthin reisen, das ist dir doch klar«, beharrte Keturah. »Ein König, der alleine in ein fremdes Land geht und sich nur hinter seinen Worten verstecken kann. Wir wissen nicht einmal, ob sie eine Sprache sprechen, die wir verstehen können. Und wenn doch, ob wir genug gemeinsam haben, um eine Vereinbarung mit ihnen treffen zu können. Möglicherweise töten sie jeden Eindringling, der ihnen über den Weg läuft. Sie könnten sich als vollkommen unberechenbar und unzuverlässig erweisen. Wenn du in Unhierea fällst, was wird dann aus deinem großen Plan, unsere Nation zu retten?«

Roper warf seinen Rucksack auf den Boden und räumte ihn aus. »Du würdest ihn weiterführen, oder nicht? Wenn ich sterbe, fällt diese Aufgabe dir zu.«

Keturah hob die Brauen, und Roper wandte den Blick ab, bevor er weitersprach. »Aber ich kann von meinen Männern nicht verlangen, an einen Ort zu gehen, an den selbst ich mich nicht wage. Außerdem werde ich ohnehin nicht alleine sein. Ich werde Hilfe brauchen – jemanden so Hirnlosen und Wilden, dass selbst die Unhieru ihn nicht einschüchtern können. Jemand, der kein Nein als Antwort akzeptiert, der nicht zurückweicht, und der sie vielleicht wütend macht, aber zweifellos ihren Respekt gewinnt.«

Keturah lachte grimmig auf. »Du nimmst also Pryce mit.«

»Richtig«, bestätigte Roper. »Aber er wird sie zweifellos in Wut versetzen. Tekoas Autorität wäre mir ebenfalls sehr willkommen, und er braucht einige Furcht einflößende Krieger in seinem Gefolge. Vigtyr und noch ein paar andere Männer, die nicht gerade für ihre Zurückhaltung bekannt sind.« Wen auch immer er mitgenommen hätte, Roper hätte auf Vigtyrs Gegenwart bestanden. Der hünenhafte Liktor, der Zuchtmeister von Ramneas Hunden, hatte sich als wertvoller Verbündeter erwiesen. Roper empfand immer noch Unbehagen, weil er ihn nicht so hatte belohnen können, wie er es in ihren ursprünglichen Verhandlungen angedeutet hatte: mit einer Position in der Heiligen Wache. Vigtyr hatte es gut aufgenommen und sich überschwänglich für das Schwert und den Besitz bedankt, die Roper ihm statt dieser hohen Position überreicht hatte. Aber Roper wollte ihn noch enger an sich binden, wollte den Zuchtmeister ehren, weil er ein ungewöhnlich fähiger und findiger Diener war.

Keturah machte sich daran, ihren eigenen Rucksack auszupacken. Ihre Miene hatte sich verfinstert. »Vigtyr ist verletzt, hab ich recht?«, fragte sie mit leicht abwesender Stimme.

»Nicht sehr schlimm, wie ich höre«, erwiderte Roper. »Aber wir haben keine Zeit zu verlieren. Wir brauchen eine ganze

Feldzugsaison, daher müssen wir sofort nach Unhierea aufbrechen. Das Freyi liegt auf dem Weg. Dort könnte Vigtyr dann zu uns stoßen.« Das Freyi war die Mädchenschule in den wilden Wäldern westlich des Hindrunn.

Aber Keturah schien ihn nicht gehört zu haben. Ihre Miene wirkte ungewöhnlich bedrückt, und er begriff zu spät, dass er bei seinen Plänen nicht bedacht hatte, dass zu seinen Gefährten für diese höchst gefährliche Reise auch ihr Cousin und ihr Vater gehören sollten. Er wollte gerade etwas dazu sagen, als ihn ein Klopfen an der Tür unterbrach. »Boten, Boten«, sagte er und trat an die Tür. »Wenn das Tekoa ist, der sich schon wieder über die Wollknappheit beschwert, werde ich ihn in Unhierea zurücklassen.«

Er zog die Tür auf und blieb dann einen Moment regungslos in der Öffnung stehen. Draußen im Korridor stand ein Legionär mit einer Leine in der Hand, die um den Hals eines kleinen Schafs geschlungen war. Das Tier war geschoren worden und starrte ihn mit leicht vorwurfsvollem Blick an.

»Eine Aufmerksamkeit von Kommandeur Tekoa, Lord«, sagte der Legionär und hielt ihm die Leine hin. Roper blickte einen Moment auf das Schaf und trat dann zur Seite, damit seine Frau es ebenfalls sehen konnte.

Keturah sah kurz von dem Tier zu Roper, und da sie noch nie einem Scherz hatte widerstehen können, egal, wie derb er war, brach sie in schallendes Gelächter aus.

4. KAPITEL

DER KOMPLIZE

Inger und der Meuchelmörder starrten sich noch einen Herzschlag länger an. Dann riss er das Messer hoch und stach damit nach der Stelle unter ihren Rippen. Dort hätte er sie auch erwischt, wenn Inger nicht instinktiv ihre Hände ausgestreckt hätte. Mit den Handflächen blockte sie sein Handgelenk und stoppte die Klinge. Das Messer blitzte gefährlich zwischen ihren Unterarmen auf, während sie die Kraft spürte, mit der er diesen Hieb geführt hatte. Dann versetzte er ihr mit seiner anderen Hand einen Stoß gegen die Brust, und sie taumelte zurück. Er trat feuchten Kies und Schlamm in Ingers Gesicht, dann wirbelte er herum und rannte davon. Inger stürzte zu Boden, während sie mühsam versuchte, die brennenden Augen zu öffnen. Sie sah zwei verschwommene dunkle Gestalten, die an ihr vorbeirannten. Im Licht der Flammen blitzten Schwerter. Salbjorn und Leon.

»Halt!«, krächzte sie. »Halt! Einer von euch muss hierbleiben und den Jungen beschützen. Beschützt den Jungen!« Salbjorn war ein kleines Stück hinter Leon und blieb sichtlich frustriert stehen, bevor er sich zu Inger umwandte. Leon dagegen rannte weiter, verfolgte den Meuchelmörder rund um das Langhaus in die Dunkelheit.

Salbjorn trat zu Inger und hielt ihr die Hand hin. Sie packte sie und zog sich hoch. »Das Feuer war nur ein Ablenkungsmanöver!« Sie versuchte immer noch, sich die Augen zu säubern. »Wir müssen den Jungen finden. Wo schläft er?« Salbjorn deutete auf das letzte Langhaus auf der linken Seite, und sie rannten los.

Die Eimerkette stockte, als die Tutoren sich umdrehten und die Szene hinter sich betrachteten. Dann schritt der Meister des Haskoli in den Hof und brüllte sie an, sie sollten weitermachen und das benachbarte Langhaus retten.

Gemeinsam humpelten die Inquisitorin und der Heilige Wächter zu Ormurs Schlafquartier. Salbjorn zog die Tür auf, und sie drängten sich hinein. Ein erschrockenes Keuchen war bei ihrem Eintreten zu hören, aber es war so dunkel im Inneren, dass sie nichts erkennen konnten.

»Wo ist Ormur?«, fragte Inger in die Dunkelheit. »Ormur Kynortasson?« Sie konnte nur glänzende Augen in der Düsternis erkennen, die sich in unterschiedlicher Höhe befanden. Jedes Augenpaar wirkte ausgesprochen wachsam.

»Er ist hinausgegangen«, antwortete eine junge Stimme. »Gerade eben.«

Inger hörte, wie Salbjorn hinter ihr abrupt den Raum verließ. »Wohin? Hat er gesagt, wohin er gehen wollte?«

Eine kleine Pause trat ein. »Wir haben das Wort *Eindringling* gehört. Ich glaube, er dachte, es handele sich um den Mörder seines Bruders, und wollte ihn verfolgen.«

»Bleibt hier!«, befahl Inger, trat wieder in den Regen hinaus und sah sich auf dem Hof um. Die Schatten der Langhäuser ragten vor ihr auf, eines davon ein loderndes Skelett. Im Flammenschein sah sie die schwarzen Umrisse der Tutoren hin und her huschen. Die Berge, die die Schule umringten, schienen im flackernden Licht näher zu rücken.

»Inquisitorin!«, schrie jemand links von ihr. Sie wandte sich um und humpelte auf die Stimme zu, suchte sich einen Weg zwischen zwei Gebäuden hindurch. Dort fand sie zwei miteinander ringende Gestalten. Die eine umklammerte die andere, die offensichtlich versuchte zu entkommen. »Ich habe ihn!«

Es waren Salbjorn und Ormur. Der Wächter hielt den Jungen mit der einen Hand am Kragen, mit der anderen hatte er sein Handgelenk gepackt. Ormur wehrte sich so heftig, dass sein Schatten wie ein Schwarm flatternder Krähen wirkte, während er versuchte, sich loszureißen.

»Lass mich los!«, zischte der Junge.

Einen schrecklichen Moment befürchtete Inger, dass Salbjorn das auch tun würde. Er ließ Ormurs Kragen los, aber im nächsten Moment schlug er dem Jungen hart auf den Kopf. Ormur brach betäubt zusammen, und Salbjorn setzte einen Stiefel auf seine Brust, um ihn festzuhalten. »Idiot«, brummte der Wächter. Ormur antwortete nicht und bewegte sich nur schwach.

»Der Meuchelmörder ist da oben«, setzte Salbjorn hinzu und deutete mit einer kaum wahrnehmbaren Geste auf den Berg hinter ihnen.

Inger spähte in die Dunkelheit, konnte aber nichts erkennen. Sie lauschte, und über das Prasseln des Regens, das Knistern der Flammen und die Schreie der Tutoren hinweg, die versuchten, das Feuer zu löschen, hörte sie das Geräusch von rollenden Steinen über ihnen. Plötzlich brüllte jemand. »Bastard!« Es musste Leon gewesen sein, aber die Stimme klang so angespannt und wild, dass der Laut eher dem Schrei eines verletzten Tieres ähnelte. »Bastard!«

Salbjorn beugte sich über Ormur und sank dann auf ein Knie, als schließlich die Verletzung, die er sich bei seinem Sturz aus dem Langhaus zugezogen hatte, ihre Wirkung zeigte. »Er hat ihn verloren«, erklärte der Wächter leise.

* * *

Im Morgengrauen betrachteten die Inquisitorin und die Heiligen Wächter die qualmende Ruine des Langhauses. Es waren nur noch ein paar rußgeschwärzte Balken und eine Fläche aus grauer Asche übrig geblieben, aber die Menschen hatten mit ihrer Eimerkette zumindest das benachbarte Langhaus retten können. Inger fror, und sie war erschöpft. Im Chaos der letzten Nacht hatte sie nicht gemerkt, wie sehr ihr Sprung aus dem Fenster sie beeinträchtigt hatte. Jetzt, am Morgen, konnte sie nur noch mühsam humpeln.

»Was ist passiert?«, fragte sie Leon.

»Er hat mich abgehängt!« Leon klang erst wütend, dann schlug seine Wut in Missmut um. »Wer auch immer es ist, er kann verdammt schnell laufen.« Inger stieß einen leisen Laut aus und tätschelte Leons Arm. Er zog ihn gereizt weg und trat einen Schritt von ihr zurück.

»Wenigstens schließt das die Theorie aus, dass der Mord von einem von Numas Gefährten begangen worden sein könnte«, erklärte Salbjorn.

»Das war sowieso eine absurde Theorie«, murmelte Leon.

»Möglicherweise«, räumte Inger ein.

Eine Weile herrschte Schweigen. »Was meinst du mit ›möglicherweise‹?«, fragte Leon.

»Numa kann zwar von dem Mann ermordet worden sein, den wir gestern Abend gesehen haben. Aber höchstwahrscheinlich hatte er einen Helfer innerhalb der Schule.«

»Wie kommst du darauf?«, wollte Salbjorn wissen.

»Oh, das ist nur ein Verdacht.«

»Der worauf basiert?«

Inger drehte sich von der Ruine des Langhauses weg und schlenderte in Richtung des Berghangs, wo der Meuchelmörder Leon in der Nacht zuvor abgehängt hatte. Die beiden Heiligen Wächter sahen ihr kurz nach und folgten ihr dann.

»Worauf basiert dein Verdacht?«, hakte Salbjorn noch einmal nach.

Inger wirkte etwas verwirrt. »Ist das nicht offensichtlich? Der Meuchelmörder muss gewusst haben, dass Ormur bewacht wurde, sonst hätte er einfach nur versucht, rasch in das Haus hinein- und wieder hinauszugelangen, und zwar, ohne diesen Wirbel zu machen. Aber er wusste ganz genau, dass es notwendig war. Wer auch immer gestern Nacht unser Langhaus in Brand gesetzt hat, hat das absichtlich getan und Lampenöl auf Boden und Wände gespritzt. Ich vermute, er hat noch nicht einmal unbedingt versucht, uns loszuwerden. Er wollte vor allem eine Ablenkung, um Leon aus Ormurs Langhaus zu locken. Wenn der Meuchelmörder tatsächlich jemand ist, der außerhalb des Haskoli lebt, woher wusste er dann, wo wir übernachten werden? Und woher wusste er, dass wir gekommen sind, um den Mord zu untersuchen? Jemand in dieser Schule arbeitet mit dem Mörder zusammen und hat das Feuer gelegt, damit der Mörder in dem Chaos unbeobachtet in das Haus eindringen und seine Aufgabe zu Ende bringen kann.« Sie sah zwischen den beiden Männern hin und her. »Glaubt ihr nicht?«

Die Wächter sahen sich an. Schließlich zuckte Salbjorn mit den Schultern. »Vielleicht.«

»Ich glaube schon«, erklärte Inger und drehte sich wieder in Richtung Berg. »Und hier haben wir auch eine frische Spur.« Sie blickte den steilen Geröllhang hinauf, über den der Meuchelmörder entkommen war. »Der Angreifer wird auf eine weitere Gelegenheit warten, Ormur zu töten. Er ist irgendwo da oben in diesen Bergen, und ich will, dass du ihn aufspürst, Salbjorn. Die Fährte wird sehr schnell kalt werden, ich hoffe also, dass du dich sofort an die Arbeit machen kannst. Leon, du bleibst hier und beschützt Ormur, wenn er zurückkehrt.« Der Junge war mit dem Rest seiner Herde im Morgengrauen aufgebrochen. Für gewöhnlich unternahmen sie diese Ausflüge allein. Eine »Herde«, hatte Inger gelernt, war ein abfälliger Begriff der Tutoren für die Gruppen, denen die Schüler zugeteilt wurden. Diesmal jedoch hatte Inger darauf bestanden, dass zwei mit Speeren bewaffnete Tutoren ihn begleiteten, obwohl sie insgeheim bezweifelte, dass die beiden in der Lage wären, den Eindringling aufzuhalten, dem sie gestern Nacht von Angesicht zu Angesicht gegenübergestanden hatte.

»Der Mörder wird jede Menge Gelegenheiten haben«, knurrte Leon missmutig. »Dieser Ort hier ist vollkommen ungeschützt, und wenn wir ihn nicht finden, ist der Junge so gut wie tot. Ich kann nicht Tag und Nacht an seiner Seite sein.«

»Wir werden den Meuchelmörder finden, und bis dahin musst du einfach dein Bestes tun«, antwortete Inger leichthin.

»Ich werde ihn finden«, erklärte Salbjorn schlicht. Er hob die Hand zum Abschied und brach in Richtung des Berges auf. Er war bei den Skiritai gewesen, den Waldläufern, bevor er sich einen Platz bei der Heiligen Wache verdient hatte, und war ein erfahrener Fährtenleser. Er fand die Fährte auch sehr schnell, und Ingwer beobachtete, wie er langsam den Hang hinaufstieg, sich nach rechts und links umsah und dann hinkniete, um verschiedene Spuren zu untersuchen. Als er schließlich den kaum wahrnehmbaren Pfad gefunden hatte, dem er folgen wollte, lief er los und verschwand außer Sicht. Leon war bereits in den Hof zurückgegangen, und Inger drehte sich um, um ihm zu folgen und sich in der Schule etwas genauer umzusehen.

Die beiden Wächter schienen von ihrer Rolle und der dafür erforderlichen Taktik überfordert zu sein. Auf einem Schlachtfeld gab es klare und einfache Regeln: Töte jeden, der nicht auf deiner Seite steht. Hier jedoch war mehr Feingefühl gefordert, und genau dafür war Inger zuständig. Seit zwei Jahrzehnten war sie nun schon eine Weise Inquisitorin, obwohl sie immer noch jung für diese Position war. Es war ein sehr einflussreicher Posten, und ihre strengen Traditionen verlangten, dass er nur von einer Witwe eingenommen werden durfte. Daran herrschte im Schwarzen Königreich kein Mangel. Am Anfang verbrachte man etliche Jahre in der Akademie, studierte die Einzelheiten von Tausenden von Verbrechen und die Schritte, die unternommen worden waren, um sie aufzuklären. Dem waren etliche Jahrzehnte Lehrzeit bei einer Weisen Inquisitorin gefolgt, bevor sich Inger endlich das Recht erarbeitet hatte, den hundeköpfigen Engel auf ihrer Brust zu tragen: Ramnea, den Engel der göttlichen Vergeltung.

Ramnea war eine gnadenlose Figur, und auch wenn sie die letzte Autorität der Inquisitorin war, war sie für Ingers Geschmack ein wenig harsch. Wenn sie ermittelte, stellte sie sich einen anderen Geist vor, der ihr über die Schulter sah und ihre Blicke lenkte. Dieser Weg war ein Versuch gewesen, den schmerzlichen Erinnerungen an ihren verstorbenen Ehemann zu entkommen. Aber je weiter sie ihn ging, desto enger schien sein Geist ihr zu folgen. Sie konnte ihn auch jetzt spüren, an ihrer Schulter, wie er die Szene mit seinen scharfen grünen Augen beobachtete.

»Also, wohin zuerst, Liebster?«

Sie schlenderte über den Hof und betrachtete die Langhäuser, die ihn an drei Seiten umschlossen. Dahinter erhoben sich steile Geröllhänge und Klippen. Leon hatte recht – die Schule war schrecklich ungeschützt. Es war fast unmöglich, für Ormurs Sicherheit zu sorgen. Mit ihr standen drei Schwarzmäntel auf dem Hof: junge Tutoren, die im Berjasti, der zweiten Stufe der Erziehung im Schwarzen Königreich, vielversprechend erschienen waren und die bei der Erziehung der jüngeren Jungen halfen, während sie selbst eine beschleunigte Ausbildung in Führerschaft erhielten.

In diesem Moment liefen die Schüler über die Hügel, also genossen die Schwarzmäntel einen seltenen Moment des Friedens. Sie näherte sich ihnen und lächelte leicht. Jungen dieses Alters hatten nur selten eine Frau gesehen, seit sie mit sechs Jahren ins Haskoli gekommen waren, und sie beobachteten Inger entsprechend fasziniert.

»Eine lange Nacht«, bemerkte sie, als sie vor ihnen stehen blieb. »Ihr müsst alle sehr müde sein.«

Sie sahen sich an und nickten dann. »Wie ist das Feuer ausgebrochen?«, fragte einer der drei. Er hatte dunkle Augenbrauen. »Hat jemand eine Öllampe umgeworfen?«

»Oh, vielleicht«, antwortete Inger. »Ich bin nicht sicher.

Andererseits haben wir jemanden gefunden, der hier nichts zu suchen hatte.«

»Was hat er gemacht?«, wollte einer der anderen Tutoren wissen. Die Frage kam Inger ziemlich unvermittelt vor, und sie merkte sie sich, ebenso wie das Gesicht des Sprechers.

»Das haben wir leider nicht in Erfahrung bringen können«, erwiderte sie. »Aber es besteht durchaus die Möglichkeit, dass er etwas mit dem Todesfall zu tun hatte, der sich hier vor zwei Wochen ereignet hat.«

»Ich dachte, das wäre eine rivalisierende Herde gewesen«, sagte der erste Sprecher.

»Vielleicht, kann sein«, erwiderte sie schulterzuckend. »Aber nach letzter Nacht könnte man vielleicht auch etwas anderes annehmen. Hat jemand von euch etwas bemerkt, bevor das Feuer ausgebrochen ist?«

Sie schüttelten alle die Köpfe. »Nein. Wir waren bereits im Bett.«

»Du jedenfalls hast bestimmt nichts gesehen!«, setzte der dritte aus der Gruppe unvermittelt hinzu und starrte den Tutor mit den dunklen Augenbrauen an. »Du hast ja auch deine Fackel verloren.«

Der Angesprochene sah seinen Gefährten ausdruckslos an. »Wieso hätte ich auch eine Fackel gebraucht? Der ganze Hof hat geleuchtet wie ein Sonnenuntergang.«

Inger hatte das Gefühl, als legte sich eine Hand auf ihre Schulter. »Du hast deine Fackel verloren?«, fragte sie.

»Ich muss sie irgendwo liegen gelassen haben.«

»Und sie ist bis jetzt nicht wieder aufgetaucht?«

Der Tutor schüttelte den Kopf.

»Hat jemand von euch eine Fackel gesehen, wo sie nicht hingehörte?« Die drei dachten angestrengt nach und verneinten dann murmelnd.

»Vielleicht irgendwelche unerklärbaren Lichter, bevor das Feuer ausgebrochen ist? Oder danach?« Wieder verneinten sie.

»Danke.« Inger lächelte die drei an und verneigte sich knapp. Dann drehte sie sich um und betrachtete die Fenster im Obergeschoss des Langhauses, in dem Ormur in der Nacht zuvor geschlafen hatte. Sie trat an die Mauer des Fundaments und folgte ihrem Verlauf über den Hof, den Blick fest auf den Boden gerichtet. Am Ende des Langhauses, in Richtung der trostlosen Berge dahinter, fand sie schließlich, was sie suchte. Ein dunkler Aschefleck auf den Steinen, fast fortgewaschen vom Regen der letzten Nacht. Sie blickte nach oben und fand hoch in der Wand darüber ein unverglastes Fenster.

»Interessant«, sagte sie.

Bevor Ormur von seinem Lauf zurückkehrte, verbrachte Inger den Rest ihrer Zeit damit, sein Langhaus zu durchsuchen, vor allem den Raum über dem Aschefleck. Sie fand jedoch nichts, was sie interessiert hätte, und wartete schließlich zusammen mit Leon im Hof, bis der Junge wieder auftauchte. Nach ihrer Rückkehr wurden die Schüler aufgefordert, aus einem Loch zu trinken, das in den gefrorenen See gehackt worden war. Das Wasser war so kalt, dass es an den Zähnen schmerzte. Danach wurde gerungen. Inger erkannte das Erziehungsmuster: eine harte Lektion nach der anderen, gefolgt von ausgedehnten Phasen der Besinnung.

Ormur stürzte sich in den Ringkampf, seine nackten Gliedmaßen und die Tunika schlammbeschmiert. Er versuchte, seinen größeren Widersacher zu Boden zu werfen.

»Der Junge ist gut.« Leon sah Inger nicht an. »Die meisten anderen Jungen sind viel größer als er, aber er hat noch keinen Kampf verloren.«

Inger betrachtete Ormur nüchtern. »Aber gut sieht er nicht aus.« Sie meinte sein Gesicht, das gleichzeitig schmerzerfüllt und gleichgültig wirkte.

Leon knurrte. »Hast du etwas herausgefunden?«

»Einer der Tutoren sagte, er hätte gestern Nacht seine Fackel verloren. Es gibt hier nicht sehr viele Orte, wo man etwas verlegen kann. Ich halte es für wahrscheinlicher, dass sie gestohlen wurde. Dann habe ich da drüben einen Aschefleck gefunden. Ich glaube, der Komplize des Mörders hat mit dieser Fackel von dem obersten Fenster ein Signal in die Berge geschickt, um zu zeigen, wo Ormur schlief.«

Dann zog Ormur selbst wieder die Aufmerksamkeit der beiden auf sich. Der Junge hatte seine Hände um das Knie seines Widersachers geschlungen und hob das Bein hoch. Sein Gegner hüpfte zurück, um sich zu befreien. Schlamm spritzte auf, als die beiden Jungen zu Boden krachten. Im Hof wimmelte es von staubigen Gestalten, und zwei weitere Jungen warteten am Langhaus darauf, dass sie Platz bekamen, um zu ringen. Inger fiel auf, dass sie sich immer dichter an Leon herandrängten. Sie redeten leise miteinander und starrten seine silberne Armspange an. Es war eine seltene Tapferkeitsauszeichnung.

Leon wandte gemächlich den Kopf und sah sie an. »Haltet Abstand. Sonst stecke ich euch in den See und halte euch fest, bis ihr dort festgefroren seid.« Die Jungen wichen zurück, und Leon richtete seine Aufmerksamkeit wieder auf Ormur.

»Wir haben eine Woche Zeit«, erklärte Inger.

»Eine Woche?« Das waren nach Zeitrechnung im Schwarzen Königreich nur fünf Tage.

»Ich habe mit dem Meister gesprochen«, erklärte sie. »Wir dürfen Ormur nicht aus den Augen lassen, damit er nicht stirbt, bevor wir mehr herausgefunden haben. Heute Morgen war er in Sicherheit. Der Mörder hat gestern Staub aufgewirbelt und wird nichts unternehmen, bis sich dieser wieder gelegt hat. Aber ich will nicht, dass Ormur die Schule noch einmal verlässt. Ich habe mit dem Meister ausgehandelt, dass er eine Woche lang hier unterrichtet wird. Dann kannst du ihn leichter bewachen. Danach kommen die Prüfungen, und der Meister meinte, sie wären zu geheiligt, um sie zu verlegen. Außerdem müssen die Jungen wieder ihre Ausbildung hinter der Schule beginnen. Dann hat der Meuchelmörder jede Menge Gelegenheiten, sein Ziel zu erreichen.« *Falls Ormur das Ziel ist,* dachte sie. Es schien die wahrscheinlichste Erklärung für seine weitere Anwesenheit in diesen Bergen zu sein, aber möglicherweise war er auch hinter etwas ganz anderem her.

Der Wächter dachte über diese Neuigkeiten nach. »Fünf Tage, um einen Mörder zu fangen?«, fragte er nach einer Weile.

»Das ist das, was wir bekommen haben. Vorläufig.«

Leon beobachtete sein junges Mündel, das jetzt auf dem Boden versuchte, seinen Widersacher zu besiegen. »Wo fängst du an?«

»Bei dem Komplizen hier in der Schule. Er ist unser Weg zu dem Meuchelmörder. Aber ich fürchte, dass das keine saubere Ermittlung werden wird.« Sie lächelte traurig über Ormurs Bemühungen. »Es sind bereits jetzt mehr Leute darin verwickelt, als ich gehofft hatte, und normalerweise bedeutet das, dass wir auf der richtigen Spur sind. Irgendjemand mit sehr viel Macht ist für Numas Tod verantwortlich. Jemand, der nicht davor zurückschreckt, einen Heiligen Wächter und eine Weise Inquisitorin zu verbrennen.«

»Vielleicht wird Salbjorn ihn ja heute erwischen«, sagte Leon. »Er ist ein ausgezeichneter Spurensucher.«

Sie warteten auf den Wächter und auf die Neuigkeiten, die er ihnen vielleicht bringen würde. Inger ging hinein und begann mit ihren Verhören, um den Komplizen zu ermitteln. Sie achtete darauf, ob sich irgendeiner der Tutoren in Widersprüche verwickelte und sich damit vielleicht verriet. Immer wieder blickte sie durch das große Fenster und beobachtete die Lektionen der Schüler draußen im Hof. Ihr fiel auf, dass es nicht einfach nur Unterricht zu sein schien, sondern fast schon Rituale. Bevor sie rangen, beteten die Jungen zusammen und wurden dann mit Asche überschüttet. Jeder Schüler trug für jedes Jahr, das er in den Bergen war, eine weiße Schneehuhnklaue am Gürtel. Ein Tutor hatte ihr gesagt, dass sie nach einer erfolgreichen Abschlussprüfung eine Adlerklaue bekämen. Am Ende jeden Tages folgte die rituelle gegenseitige Rasur ihrer Haare. Die Jungen durften es sich erst dann wachsen lassen, wenn sie die Ausbildung abgeschlossen und den Rang eines Subjekts erlangt hatten. Das Haskoli war nicht nur eine Schule, es war ein Tempel, in dem die Jungen in die Kunst des Krieges eingeweiht wurden. Deshalb lag er so hoch oben in den Bergen, hier sammelten sich die Gewitterwolken, flogen die Vögel und wurde das Wasser geboren. Inger war erneut vollkommen gefesselt von der Konzentration, die jeder hier an den Tag legte, und ein bisschen irritiert von der vorherrschenden Zielstrebigkeit. Von außen betrachtet war die Akademie ein unerbittlicher Ort.

Den Unterricht zu beobachten gab ihr auch die Möglichkeit, unauffällig nach Salbjorn Ausschau zu halten. Sie stellte sich vor, wie der blonde Wächter den Berg herunterpolterte, vielleicht sogar mit dem Meuchelmörder, gefesselt und geknebelt auf seinem Rücken, oder wie er ihn mit eisernem Griff hinter sich herzog. Aber obwohl die Sonne tiefer sank und ihr roter Schein die schneebedeckten Gipfel erglühen ließ, kehrte der Wächter nicht zurück.

Der Hundsstern leuchtete schon über ihren Köpfen, als Inger wieder in den kalten Hof zurückkehrte. Leon war bereits da, drückte sich gegen das Langhaus, in das sich Ormur zur Nachtruhe zurückgezogen hatte. Sein Atem dampfte. »Kein Anzeichen von Salbjorn?«, fragte Inger.

»Nichts.«

Sie schwiegen einen Moment und blickten zum Horizont mit den zerklüfteten Berggipfeln. »Würde er denn normalerweise im Dunkeln draußen bleiben, was denkst du?«

Leon betrachtete stirnrunzelnd die letzten Strahlen der Sonne im Westen. »Eigentlich glaube ich das nicht«, sagte er nach einer Weile.

Inger saß bei Leon und zog ihren Mantel enger um sich, als die Luft immer kälter wurde. Zuerst leuchteten die Sterne am Himmel auf, dann wurden sie von den vorüberziehenden Wolken verdeckt. Schneeflocken rieselten herab und bedeckten das Paar wie eisiger Sternenregen, während sie auf ihren Gefährten warteten. Als Inger spürte, dass sie zu zittern begann, legte sie Leon eine Hand auf die Schulter und stand mit steifen Gliedern auf. Leon nickte kurz, und sie ging ins Bett und lag fröstelnd unter ihren Decken. Als sie am nächsten Morgen aufwachte, schneite es noch immer, und Leon saß noch genau da, wo sie ihn verlassen hatte. Sein Umhang war weiß vom Schnee.

»Immer noch kein Zeichen von Salbjorn?«

Er schüttelte den Kopf.

»Ich bin sicher, dass er die Zeit bei der Jagd vergessen hat«, sagte sie. »Er wird bald zurückkehren.«

Aber das tat er nicht.

Sie warteten den ganzen Tag, befragten erneut die Tutoren, während Leon Ormur bewachte. Mittlerweile war ihnen beiden klar, dass irgendetwas passiert sein musste. Der Schnee schwebte immer noch wie Daunenfedern vom Himmel. Er musste die Spur verdeckt haben, der Salbjorn gefolgt war. Als sich Ormur an diesem Abend zum Schlafen zurückzog, hielten die beiden erneut Wache im Hof. Die einzigen Geräusche waren die Schreie der Schneehühner und der leise herabrieselnde Schnee. Erneut blieb Inger draußen, bis sie fröstelte.

»Geh hinein«, sagte Leon. »Er kommt, oder er kommt nicht. Ich benachrichtige dich, wenn er es tut.«

»Er wird kommen«, sagte Inger und legte ihre vor Kälte gefühllose Hand auf Leons Schulter.

Leon erwiderte nichts. Aber etwas anderes antwortete. Eine Stimme, so schwach wie Sternenlicht und so spröde wie Eis.

»Leon«, sagte sie.

Die Inquisitorin und der Wächter starrten sich mit großen Augen an. Das Wort schien direkt aus der Anderwelt gekommen zu sein, so unwirklich klang es. Wären sie sich nach einem kurzen Blick auf das Gesicht des anderen nicht so absolut sicher gewesen, dass er sie auch gehört hatte, dann hätten sie es als den

Schrei eines Tieres oder den Abgang einer Schneeplatte abgetan.

»Hast du …?«, setzte Leon an, aber Inger brachte ihn mit einem scharfen Zischen zum Schweigen. Sie versuchte, ihr Zittern zu unterdrücken, und lauschte.

Dann sprach die Stimme erneut.

»Hilf mir.«

5. KAPITEL

DIE STEINE

Ein eiskalter Morgen graute, als Roper und seine kleine Gruppe die Mauern des Hindrunn hinter sich ließen. Neben Roper ritt Tekoa in seinem schimmernden Umhang aus Adlerfedern. Sie hatten ihn mitgenommen, um die Unhieru zu beeindrucken. Mit ihnen ritten Pryce und zwei Waldläufer der Skiritai, die Tekoa empfohlen hatte. Sie seien so wild, hatte er gesagt, dass sie kaum der Sprache mächtig wären. Und ihre wettergegerbten Gesichter und gnadenlos harten Augen schienen diese Behauptung auch zu bestätigen. Ihre Waffen und ihre Rüstungen wirkten abgenutzt und kampferprobt, und selbst ihre Pferde hielten sich selbstbewusst. Jeder Skiritai hatte eine Falkenfeder ins Haar geflochten, die jedem beim Eintritt in die Legion verliehen wurde. Ihre waren so zerrupft, dass kaum noch Federn an den Kielen hingen. Am Ende ritt eine bleiche Keturah zwischen Uvorens Witwe Hafdis und Gray. Die drei würden die kleine Gruppe bis zum Freyi begleiten, wo der Rest den Abus nach Unhierea überqueren würde.

Sie galoppierten los, zunächst durch das Tor an der äußeren Mauer des Hindrunn hindurch und dann in das Meer aus Gras hinein. Eine Wegstunde lang ritten sie so, schlugen eine Bresche in den Raureif auf den Gräsern und verscheuchten Schafe, bis sie die ersten vereinzelten Birken erreichten, die den Beginn des

Waldes markierten. Sie frühstückten unterwegs. Roper suchte in seiner Satteltasche nach einigen Stücken harten, salzigen Käses, die er mit Gray teilte. Die beiden hatten sich zurückfallen lassen, während die Skiritai sie anführten. Sie sprachen darüber, wie sehr sie Helmec vermissten und was es wohl bedeutete, dass Ropers Verstand immer wieder sein Antlitz beschwor. Außerdem redeten sie über den Tod von Numa und darüber, ob Inger den Mörder fassen würde. Sie waren sich einig, dass sie beide von dem Verhalten der beiden Skiritai beeindruckt waren, die Tekoa mitgenommen hatte, und spekulierten, wie sie wohl selbst eine solche Aura erlangen könnten. Gray erzählte die Geschichte eines Heiligen Wächters, dessen Gemahlin im Kindbett gestorben war, und sie diskutierten, ob Pryce richtig gehandelt hatte, als er Uvorens Leichnam zerstückelte. Allerdings vergewisserten sie sich vorher, dass der Läufer sie nicht hören konnte.

»Ich habe Bedenken, was Eure Mission angeht, Lord«, sagte der Hauptmann plötzlich. Roper sah ihn verblüfft an. Gray achtete bei allem, was er sagte, sorgfältig darauf, mit wem er sprach, und er würde niemals die Mission nach Unhierea unterminieren, wenn er nicht der Meinung wäre, dass es dazu etwas Wichtiges zu sagen gab. »Ich vertraue Vigtyr nicht«, fuhr er fort. »Es gefällt mir nicht, dass Ihr von ihm begleitet werdet. Noch dazu auf einer Reise, die ohnehin schon voller Gefahren und Unwägbarkeiten ist.«

Roper dachte kurz darüber nach. »Du glaubst doch hoffentlich nicht, dass wir ohne ihn sicherer wären? Er ist ein außerordentlicher Krieger und äußerst listenreich.«

»Ich glaube in der Tat, dass Ihr ohne ihn sicherer wäret, Lord«, erwiderte Gray. »Und ich gehe nicht davon aus, dass Geschicklichkeit im Umgang mit dem Schwert bei unserer Mission eine Rolle spielen wird. Wir sind nur zu sechst. Wenn es den Unhieru einfällt, Euch zu töten, wird ein einzelner guter Schwertkämpfer das nicht verhindern können.« Er sah Roper an. »Verzeiht meine offenen Worte, Lord.«

»Sprich weiter.«

»Aber eine so wenig vertrauenswürdige Person, die ihre eigenen Motive hat und die es nicht kümmert, was dem Rest von uns widerfährt, gibt sowohl innerhalb als auch außerhalb unserer Gruppe Anlass zur Sorge.« Gray schwieg einen Moment, weil diejenigen, die vor ihnen ritten, langsamer wurden und sie daher gezwungen waren, sich zurückfallen zu lassen, um ungestört weitersprechen zu können.

»Warum wollt Ihr ihn in Eurer Nähe haben, Lord?«, fragte Gray schließlich. »Alle haben Euch gesagt, dass man ihm nicht trauen kann. Er ist hinterhältig, manipulativ und krank vor Ehrgeiz.«

»Das hat man mir schon oft gesagt«, erwiderte Roper. Er suchte nach Worten, um auszudrücken, was seiner Empfindung nach die anderen nicht intuitiv verstanden. »Aber die Menschen irren sich so häufig! Man hat mir so oft Dinge erzählt, die sich als falsch herausgestellt haben. Im Haskoli wurde mir unaufhörlich gesagt, dass die Südlinge gedankenlos und rücksichtslos sind, aber vor allem unüberlegt handeln. Dann kämpfte ich gegen Bellamus und wurde eines Besseren belehrt. Ich habe Leute getroffen, die behaupteten zu wissen, dass ich Keturah untreu gewesen wäre oder dass ich letztes Jahr das östliche Königreich im Austausch gegen den Rückzug der Südlande aufgegeben hätte. Beide Lügen hat Uvoren in Umlauf gebracht. Eine Person erzählt mutwillig eine Lüge oder gibt eine tollkühne Vermutung zum Besten, erzählt es einem Freund, und dadurch, dass es immer wieder weitergegeben wird, wird es zu einer Tatsache, die schließlich alle für die ›Wahrheit‹ halten. Ich begegne dem, was man mir erzählt, mit Skepsis. Jeder, der erfuhr, dass wir nach Unhierea reisen, hat mir versichert, es sei Selbstmord. Aber woher wollen sie das wissen? Ich glaube, was ich sehe, vor allem was Menschen angeht. Vigtyr hat mir gut gedient, er war edelmütig und großzügig. Das ist der beste Beweis, den ich habe. Jedenfalls besser als die Gerüchte, die Menschen in die Welt setzen, die ihn nicht kennen.«

Gray wirkte nicht überzeugt. »Das ist ein weiser Weg, Lord«, sagte er.

»Aber?«

»Aber betrachtet, was er Euren Feinden angetan hat – und zwar im Namen seines Ehrgeizes. Männer sind gestorben, wurden eingekerkert oder entehrt. Und sagt Euch nicht auch Euer Instinkt, dass etwas mit Vigtyr nicht stimmt? Hat Euch Euer Gefühl, wenn ihr mit ihm spracht, nicht auch eingeflüstert: *Sei vorsichtig, dieser Mann wertschätzt weder dich noch irgendjemanden sonst?*«

»Ich habe diesen Instinkt tatsächlich«, gab Roper zu. »Und vielleicht ist das der Grund, warum es so viele unerfreuliche Gerüchte über ihn gibt. Menschen fühlen sich in seiner Gegenwart unbehaglich und wissen, wie einflussreich er ist. Das verführt sie zu Boshaftigkeit. Ich gedenke, ihn nach seinen Handlungen zu beurteilen, nicht nach seinem Gebaren. Und zu deinem ersten Argument – er hat all dies auf meinen Befehl hin getan. Also kann ich es ihm wohl schwerlich vorwerfen. Außerdem dürfte es die sicherste Methode sein, ihn zu verstimmen, wenn ich ihn jetzt verstoße, nachdem ich seiner Dienste nicht mehr bedarf. So will ich meine Verbündeten nicht behandeln. Ich werde ihn ehren und wertschätzen und hoffe, dass er uns dient und niemandem sonst.« Roper dachte einen Moment nach. »Ich möchte lieber meine eigenen Fehler machen, Gray, als die von jemand anderem.«

Gray nickte. »Das verstehe ich, Lord. Ihr seid Euren Überzeugungen immer treu geblieben, und das ist auch zweifellos eine Eurer größten Stärken. Ich diene Euch bedingungslos und werde das immer tun, aber darf ich mir eine Gunst von Euch erbitten?«

Roper blinzelte verwirrt. »Nenne sie, mein Freund.«

»Bitte vergesst nicht, was ich gesagt habe. Ihr habt vielleicht recht, und ich irre mich. Und Ihr habt mich überzeugt, dass es richtig ist, ihm diese Chance zu geben. Aber bitte erinnert Euch an meine Worte, wenn die Zeit kommt.«

»Selbstverständlich«, versprach Roper, obwohl er nicht verstand. »Natürlich.«

Gray nickte. Er war offensichtlich nicht zufrieden, schien die Sache im Moment aber nicht weiterverfolgen zu wollen.

Roper jedoch achtete nicht auf Grays Warnungen und dachte ebenso wenig über das nach, was sie in Unhierea erwarten würde. Denn der Wald hatte ihn vollkommen verzaubert. Außer Reichweite dieser uralten Bäume herrschten die Sonne und der Wind über die Hügel, und alles, was sich bewegte, schien klaren Linien zu folgen. Der Wald jedoch war erheblich subtiler. Das Sonnenlicht fiel gefiltert durch das Blätterdach, der Wind war eine kühle Brise, und die Tiere schlichen im Verborgenen umher. Die Farben waren weicher, die Bäume bewegten sich sacht, und zwischen den Stämmen sah Roper die Bewegungen seiner Gefährten wie abgehackt. Er roch die frischen Blätter und die Schösslinge, die aus Bäumen, Erdwällen und dem Boden brachen, und atmete den Moschusgeruch des Rotwilds ein, wenn sie an einer Lagerstatt vorbeikamen. Jeder Atemzug hier war wie ein freundliches Wort inmitten einer Horde von Feinden. Er freute sich über den Ruf des Kuckucks, die Bewegungen ringsum, wenn Eichhörnchen, Mäuse, Marder, Vögel und Wild zwischen den Bäumen im Blätterwald verschwanden. Er schwelgte im silbernen Klang eines Flusses. Es war *Gurstala*, die Woche der Glockenblumen, und ihre Pferde galoppierten durch einen lilafarbenen Nebel, wie es schien. Mussten sie wirklich nach Süden marschieren und all das hinter sich lassen? Würde nicht der Kanal, den sie bauten, den Norden für viele Generationen sichern? Aber Roper wusste, dass diese Gedanken der Furcht entsprangen, die seinen Magen zusammenschnürte.

In den ersten Nächten schliefen sie im Wald. Am dritten Tag wies Keturah sie auf vertraute Merkmale in der Landschaft hin, die sie noch aus ihrer Zeit im Freyi kannte. Da war die Schlucht, in die sie in einer mondlosen Nacht gestürzt war. Sie war durch die Dunkelheit gefallen und in dem Flussbett weiter unten gelandet. Dabei hatte sie sich den Knöchel verstaucht. Dann kamen sie an den ruhigen Fluss, der von Weidenbäumen überwuchert war. Sie mussten dort einfach eine Pause machen und ihre bevorzugten Flusskrebse fangen. Die Männer der Anakim konnten zwar nicht schwimmen, aber die Frauen schon. Und Keturah hatte es in diesem Fluss gelernt. Ah, ob sie diese gezackten Flügel gesehen hatten? Das muss der Reiher gewesen sein, der schon zu ihrer Zeit an diesem Fluss gejagt hatte.

Dichter Nebel hing zwischen den Bäumen, deren Stämme darin wie Säulen aus Holzkohle wirkten. Der Tag war alt und grau, bevor sie die Schule erreichten. Man wäre daran vorbeigeritten, hätte man nicht gewusst, wo man hinaufsehen musste. Dort oben, gut zehn Meter über dem Boden, befanden sich etwa zwei Dutzend Baumhäuser. Sie umringten die höchsten und stärksten Bäume und wurden von Stützen gehalten, die sich aus den Baumstämmen emporbogen. Die Dächer waren mit Farnkraut gedeckt, und es gab keinerlei Geländer, die angezeigt hätten, wo der sichere Weg endete und der Sturz ins Nichts begann. In jedem Baumhaus flackerten Lichter, und Rauch stieg in das Zwielicht empor. Im Herzen der Schule befand sich ein Haus, das größer war als die anderen. Es wurde von einer gewaltigen Weißbuche getragen. Schmale Hängebrücken, die wie die Fäden von Spinnennetzen aussahen, führten von jedem Baumhaus zu dieser zentralen Nabe, die heller erleuchtet war als alle Häuser um sie herum. Vor einem flackernden Herd hob sich die Silhouette einer Gestalt ab. Sie kehrte ihnen den Rücken zu und sprach zu irgendwelchen Zuhörern vor ihr.

Bei dem Anblick stieß Roper einen ungläubigen Laut aus, und Gray neben ihm ergriff das Wort. »Das ist das Freyi?«

»Und es ist eurem schrecklichen Berglager weit überlegen«, erklärte Keturah. Sie rief in die Bäume hinauf, um ihre Ankunft anzukündigen und mitzuteilen, dass sie ein Quartier für die Nacht benötigten. Nach einem kurzen Moment drehte sich die dunkle Silhouette zu ihnen herum.

»Und wer seid Ihr?«, verlangte eine gebieterische Stimme zu wissen.

»Hier sind der Schwarze Lord, die Schwarze Lady, Kommandeur Tekoa Urielson, der Hauptmann der Heiligen Wache und unsere drei Gefährten«, erwiderte Keturah freundlich. Sie übertrieb ein wenig, denn sie würde erst den Rang einer Lady haben, wenn sie das Kind geboren hatte, das sie unter dem Herzen trug. Aber Keturah hatte noch nie dazu geneigt, sich unter Wert zu verkaufen, und ihre Worte schienen die Gestalt zu befriedigen, die kurz verschwand.

Junge Mädchen drängten sich gefährlich dicht am Rand der Baumhäuser ringsum und starrten zu ihnen herab, bis eine strenge Stimme einen Befehl rief und sie hastig vom Rand zurückwichen.

Eine Strickleiter wurde von der Unterseite eines Baumhauses heruntergelassen, und dann tauchte die Frau wieder auf. Sie kletterte geschickt daran herunter. Roper schwang sich aus dem Sattel, und der Rest seiner Gruppe folgte seinem Beispiel.

»In dem da ist noch Platz«, verkündete sie und wies auf eines der Baumhäuser. Die Sprecherin war eine auffallend dürre Frau mit eisengrauem Haar, die Roper sehr gut kannte: Frathi, die Leitende Historikerin. Sie hielt die Strickleiter fest, während Keturah hinaufkletterte und Roper ihr folgte.

Die Sprossen wurden in der Mitte von einem Tau aus geflochtenen Streifen Lindenrinde gehalten, und Roper stellte fest, dass es einer gewissen Technik bedurfte, daran emporzuklettern. Hände und Füße mussten sich paarweise bewegen. Er ließ sich von Keturah auf die Plattform ziehen. Es war eine fest geflochtene Matte aus aufgespleißten Weidenzweigen, die unter jedem Schritt knarrten und quietschten.

Das Baumhaus war in Nischen unterteilt, deren Trennwände von der innersten Wand aus verliefen. In jeder Nische befand sich etwas über Bodenhöhe ein flaches Steinbecken, in dem ein Feuer brannte, das sein Licht über den Rand der Plattform warf.

Hinter Roper war die Leitende Historikerin wieder aufgetaucht und ging in die benachbarte Nische. Im Vorbeigehen erklärte sie schroff, dass sie ihren Unterricht unterbrochen hätten.

Roper wandte sich um und blickte in Richtung Wald, bevor man ihn noch weiterer Dinge beschuldigen konnte. Unter ihm trieben die Skiritai die Pferde in eine von Brombeersträuchern umgebene Koppel und zogen ein schweres Gitter aus Schwarzdorn vor den Eingang, um ihn zu sichern, damit keine der zahlreichen in den Wäldern lebenden Bären oder Wölfe hereinkommen konnten. Aufgrund des uralten und hart erkämpften Paktes zwischen diesen Bestien und den Anakim konnten die Erwachsenen ungehindert durch den Wald streifen. Aber bei den Mädchen des Freyi verhielt sich das anders – sie waren anfällig für Angriffe. Also wohnten sie auf den Bäumen und lernten Furchtlosigkeit, weil sie jeden Tag der Gefahr eines schwindelerregenden Sturzes ausgesetzt waren. Sie waren abgehärtet durch die Winde, die durch ihre wandlosen Quartiere fegten, ihre Geschicklichkeit im Handwerk erlangten sie durch die Zerstörung und stetige Erneuerung der Baumhäuser und Organisationsgeschick, weil sie auf räumlich so beschränktem Raum wohnen mussten.

Sie aßen die Flusskrebse, die sie auf Keturahs Geheiß unterwegs gefangen hatten. Sie wurden über dem Feuer geröstet und zusammen mit kräftigen gebackenen Wurzeln verzehrt. Keturah pellte die Krebse mit bloßen Händen, direkt nachdem sie sie aus dem Feuer genommen hatte. Schließlich befahl Tekoa ihr streng, sie erst abkühlen zu lassen. Sie hatte immer noch kein Gefühl in den Fingern, nachdem sie vor etlichen Monaten vergiftet worden war, und legte das heiße Schalentier beiseite, während sie ungeduldig mit der Zunge schnalzte. Erst als Roper zu Ende gegessen hatte und der Wald in einem dunklen, von Sternen beleuchteten Blau dalag, merkte er, dass einer aus ihrer Gruppe fehlte. »Hat jemand Gray gesehen?«

»Er sagte, er wollte zum Kreis gehen«, antwortete Pryce, während er einen Krebs aus seiner Schale pulte.

»Zum Kreis?«

»In der Nähe gibt es einen Steinkreis.« Keturah zeigte in die Richtung, in der er sich befand.

Roper kletterte in den Wald hinab und ging durch die Dunkelheit. Er navigierte durch die knorrigen Silhouetten der Bäume und erreichte schließlich eine Lichtung, die von einem Kreis aus aufrechten Steinen umschlossen wurde. Es waren Dutzende, und jede der Granitstelen war mehr als drei Meter hoch und von verwitterten Handabdrücken überzogen.

Roper wusste, dass diese Steinkreise sehr alt waren, älter sogar als der Wald. Älter als die Akademie, ja, sogar älter als das Königreich selbst. Man sagte, die uralten Anakim hätten sie damals errichtet, als Albion noch jung war und von Magie erfüllt. Sie markierten die Stellen, wo der Stoff der Welt dünn war und die Anderwelt nah. Wenn man ihre Ruhe störte, dann beschwor man Fiasko und Unglück herauf, und es war sinnlos, sie zu zählen. Roper hatte es nie versucht, aber man hatte ihm erklärt, dass es unmöglich war, zweimal auf dieselbe Zahl zu kommen. Einige dieser Steine bewegten sich angeblich spontan und blieben den sich verändernden Säumen der Erde auf der Spur. Man glaubte, dass Gebete, die man in ihren Grenzen sprach, besonders wirkungsvoll wären. Wenn ein Gebet eine besondere Bedeutung hatte, dann gab es keinen mächtigeren Ort, um es zu sprechen, als einen Steinkreis. Sollte es jedoch auch nur im Entferntesten Anzeichen von Eigeninteresse, Eifersucht oder Boshaftigkeit zeigen, konnte es durchaus bösartigere Aufmerksamkeit wecken.

Roper blieb außerhalb des Steinkreises stehen und betrachtete die Gestalt, die darin kniete. Sie hielt den Kopf nach Osten hin gesenkt, und ihr Mund bewegte sich stumm. Als sich Gray schließlich aufrichtete, betrat Roper den Kreis und ging zu ihm. Beide genossen einen Moment die Stille des Waldes.

»Du betest sehr viel, mein Freund«, sagte Roper schließlich.

»Das tue ich.«

Wieder herrschte eine Weile Schweigen, das von Flügelschlag gestört wurde, als ein unsichtbarer Vogel über sie hinwegflog.

»Was ist der Inhalt deiner Gebete?«

»Ich bin nicht sicher, ob das der Rede wert ist«, erwiderte der Heilige Wächter leise. »Wenn ich bete, bin ich nur eine vibrierende Membran vom Allmächtigen entfernt. Wie ich vor ihm erscheine, so möchte ich vor allen Menschen erscheinen – als ein Diener. Es ist eine Übung, so zu sein, wie ich sein will.«

Roper hatte oft an die Nacht am Feuer zurückgedacht, an jene Nacht vor vielen Monaten, als Gray ihm seine große Aufgabe verraten hatte: alle egoistischen Motive und sogar sein Verlangen nach dem Leben selbst zu transzendieren und ein Leben als Diener zu führen. Er sprach nur selten davon, aber in der Stimmung, in der er sich gerade befand, fragte sich Roper, ob er vielleicht mehr sagen würde. »Versuchst du, auf diese Weise die Furcht zu besiegen? Und das Verlangen? Indem du dich vor dem Allmächtigen klein machst?«

»Zum Teil«, räumte Gray ein. »Aber allmählich glaube ich, dass der Zustand, den ich zu erreichen suche, mit der Zeit einfacher zu erlangen ist. Ich habe etwas festgestellt: Je mehr ich bewirkt habe, je mehr glückliche Erinnerungen ich angehäuft habe, je zufriedener ich mit dem Leben bin, das ich geführt habe – desto weniger bedeutsam erscheint mir der Tod. Ich stelle mir vor, dass der Tod nach einem gut gelebten Leben so etwas ist wie der Schlaf nach einem langen Tag. Es ist leicht.« Er blickte zu Roper hoch und zuckte lächelnd mit den Achseln. »Aber ich habe Eure Frage nicht beantwortet, Lord.« Er sah wieder in den Wald zurück. »Ich fürchte um das Schwarze Königreich. Wir haben so viele tückische und mächtige Feinde. Und wir werden weniger, von Jahr zu Jahr. Bellamus' Taktik auf dem Harstathur und die Schlacht auf der Flutebene zeigen, dass die Südmenschen Möglichkeiten gefunden haben, gegen uns zu kämpfen. Neben meinen üblichen Gebeten für meine Familie, für eine klare Sichtweise, Glauben und dem Dank für alles, was ich besitze, bete ich auch für unser Königreich. Ich habe wirklich Angst darum.«

»Ich auch«, gab Roper zu. Überzeugung und Selbstzweifel kämpften in ihm, und seine Zweifel bildeten eine erbarmungslose Liste. Ob er die Fähigkeiten hatte, einen Feldzug in einem fremden Land anzuführen. Ob er Bellamus besiegen konnte, wo doch der Sieg bei ihrer letzten Begegnung seiner Ansicht nach durch einen glücklichen Zufall errungen worden war. Ob sie genug waren, um Süddal zu erobern. Aber er hatte schon vor langer Zeit entschieden, dass das ein sicheres Zeichen war: Er sollte versuchen, etwas zu tun, wenn er im Zweifel war, ob er es überhaupt zu tun vermochte.

»Und deshalb müssen wir die Angelegenheit zu unseren Gunsten entscheiden«, fuhr Roper fort. »Bevor sie uns vollkommen geschwächt haben. Als ich mit dir und Keturah nach Harstathur darüber gesprochen habe, warum wir nach Süden ziehen müssen, hast du mir da geglaubt? Wusstest du, dass es mir ernst war, Süddal ein für alle Mal zu unterwerfen? Denn aus diesem Grund werden wir den Abus überschreiten, Gray, und aus ebendiesem Grund versuchen wir, die Unterstützung der Unhieru zu erlangen. Wenn wir die Sache nicht jetzt regeln, halsen wir diese Bürde einer Generation auf, die weniger Krieger haben wird, um diese Aufgabe zu bewältigen, und gleichzeitig werden sie es mit mehr Feinden zu tun haben. Wir kämpfen darum, dieses Land der Wildnis zurückzugeben und die Zukunft unseres Volkes zu sichern.« *Ich mag ein schlechter Herrscher im Frieden sein,* dachte Roper. Aber jetzt, als er mit Gray sprach, schien das keine Rolle mehr zu spielen. Denn für sein Ziel musste die Zeit des Friedens ohnehin warten.

Gray nickte. »Ja. Ich wusste, dass Ihr es ernst meintet, Lord. Und ich weiß, dass dieser Feldzug ein Eroberungsfeldzug ist.«

»Und, bist du auf meiner Seite?«

Gray sah Roper scharf an. »Wie sollte ich mich gegen Euch

stellen?«, fragte er dann sehr leise. »Obwohl ich fürchte, dass viele das tun werden.«

»Aus diesem Grund muss es auch einstweilen noch geheim bleiben«, erklärte Roper. »Wir werden das ganze Ausmaß unserer Pläne erst enthüllen, wenn die Invasion bereits begonnen hat. Bis es zu spät für die Tribunen, Ratsherren und Historiker ist, um uns aufzuhalten.«

Gray lächelte. »Ihr habt ein sehr feines Verständnis für Politik entwickelt, Lord Roper.«

Roper war viel zu erfreut über diese Anerkennung, um zuzugeben, dass er keineswegs ein derartiges Verständnis entwickelt, sondern nur jemanden geheiratet hatte, der eines besaß.

Sie gingen zu den Baumhäusern zurück, wo sich alle eine gute Nacht wünschten und sich in ihre jeweiligen Bettnischen zurückzogen. Roper und Keturah teilten eine und blieben noch eine Weile ins Gespräch vertieft sitzen. Roper ließ die Beine über den Rand des Baumhauses baumeln. Keturah hatte ihren Kopf in seinen Schoß gelegt und streckte eine Hand ins Nichts.

»Es scheint dir hier zu gefallen«, stellte Keturah fest.

»Dieser Ort strahlt Ruhe aus«, erwiderte Roper. »In letzter Zeit ging es mir nicht so gut, doch seit ich hier bin, scheint sich mein Zustand verbessert zu haben.«

»Es ging dir nicht gut? Wieso?«

Roper zögerte. »Jeden Morgen wache ich auf, als hätte mich ein Blitzschlag aus dem Schlaf gerissen. Selbst jetzt scheint mein Herz zu galoppieren, und meine Beine kribbeln, als wären sie mit Wespen gefüllt. So etwas habe ich noch nie zuvor empfunden. Aber vielleicht hat es etwas mit Helmecs Gesicht und mit Numa zu tun. Oder mit der Aufgabe, die im Süden auf uns wartet.«

»Ist es unangenehm?«, fragte Keturah stirnrunzelnd.

»Ja. Aber ich möchte nicht länger darüber nachdenken. Und auch nicht mit dir darüber reden. Wir haben nicht mehr allzu viel Zeit miteinander, und ich würde lieber über erfreulichere Dinge mit dir sprechen.« Er legte ihr die Hand auf die Stirn.

»Es ist gut, wenn du mir von deinen Sorgen erzählst.« So schnell wollte sie nicht aufgeben.

Er lächelte wieder. »Erzählst du mir von den Dingen, die dich wirklich beschäftigen? Zum Beispiel von deiner Mutter oder von irgendetwas, das in deinem Leben geschehen ist?«

»Nein«, erwiderte sie fröhlich. Roper hob vielsagend seine Brauen, als wäre dazu nichts weiter zu sagen. Sie schwiegen, bis das leichte Knarren der Matten Schritte ankündigten, die sich ihnen näherten. Es war die Leitende Historikerin. Sie trat in ihren Alkoven und betrachtete sie einen Moment. Hätte Kälte eine Farbe gehabt, dann wäre es das Blau ihrer Augen gewesen, so durchdringend war ihr Blick.

»Warum seid Ihr hier, Lord Roper?«, fragte sie.

Roper spürte, wie sich Keturah versteifte. »Ich besuche nur das Freyi, Lady«, antwortete er liebenswürdig.

»Tatsächlich. Ihr, zwei Heilige Wächter, ein Kommandeur, zwei Skiritai und Eure Frau kommen den ganzen Weg hierher, für einen Höflichkeitsbesuch?«

Roper lächelte. »Wir werden morgen nach Süden reisen, sobald sich uns ein letzter Gefährte angeschlossen hat.«

»Wohin?«

Roper zögerte. Er war sich sehr wohl bewusst, dass er die Pläne ihrer Invasion geheim halten musste, aber auch, dass diese Frau, die Hüterin des gewaltigen Wissensschatzes der Akademie, möglicherweise Informationen hatte, die ihnen bei ihrer Aufgabe weiterhelfen konnten. »Unhierea«, sagte er schließlich. Ihre blauen Augen setzten ihm zu. »Ich glaube, sie könnten sehr nützliche Verbündete sein.«

Sie trat einen Schritt vor und betrachtete Roper und Keturah gelassen. »Zweifellos. Aber glaubt Ihr wirklich, dass Ihr eine solche Mission überleben werdet?«

»Vielleicht könnt Ihr mir das ja sagen«, gab Roper zurück.

»Werdet Ihr nicht«, stellte sie fest.

»Erklärt das!«, forderte Keturah. »Wenn es Euch beliebt,

Mylady«, setzte sie hinzu, als der ausdruckslose Blick der Leitenden Historikerin sie traf.

»Die Akademie besitzt noch einige Erinnerungen an dieses Volk, aus der Zeit, als wir Albion teilten. Wir waren so schreckliche Feinde, dass keiner von uns jemals wieder mit dem anderen kämpfen wollte. Sie siedelten sich in den Niederungen und den Höhen an, in den Tälern und Bergen. Wir bekamen den Rest, und wir ließen uns gegenseitig in Ruhe. Wenn unser Volk das Geheul der Unhieru hörte, dann sind wir einfach denselben Weg zurück gegangen, den wir gekommen waren.«

»Das Geheul?«, fragte Roper.

»Sie markieren damit ihre Herrschaft über ein Stück Land. In Süddal sagt man, dass man die Rufe manchmal weit entfernt in der Nacht hören kann. Aber kein Mensch aus den Südlanden nähert sich der Grenze. Die Unhieru jagen sie wie Vieh.«

Eine dunkle Vorahnung beschlich Roper. »Werden wir mit ihnen kommunizieren können?«

»Ihr hättet mich in der Akademie aufsuchen sollen, Lord Roper. Ich hätte Euch zur richtigen Zelle führen können, die genauere Informationen hat«, antwortete die Historikerin. »Aber es ist sicher, dass sie der Sprache mächtig sind. Wir wissen, dass ihre Namen mit den Farben am Himmel korrespondieren. Gogmagoc ist, habe ich gehört, ihr Wort für die Farbe an der Spitze des Regenbogens. Wir wissen, dass sie Zeit wie einen Berg beschreiben und sie sehr subjektiv messen, nicht genau.«

»Sie betrachten die Zeit als einen Berg?«

»Für sie nimmt sie immer mehr ab, je höher man klettert. Deshalb vergeht das Leben schneller, je länger man es lebt: Man ist dem Gipfel nah, und die Zeit wird weniger. Was ein anderes Problem aufwirft. Obwohl sie sprechen, ergeben ihre Worte für Euch keinen Sinn, selbst wenn Ihr sie versteht.«

Keturah setzte sich unvermittelt auf, und Roper legte ihr eine Hand auf die Schulter. »Gibt es noch etwas, das wir über sie wissen?«, fragte er.

»Sehr wenig. Selbst wenn Ihr die richtige Historikerin fändet, sind ihre Informationen Tausende von Jahren alt, und die Dinge könnten sich beträchtlich verändert haben. Sie haben Werkzeuge aus Stein, oder jedenfalls hatten sie sie, als wir noch als Nachbarn miteinander gelebt haben. Wir wissen, dass sie Schafe züchteten und Apfelbäume gepflanzt haben.« Sie zuckte vielsagend mit den Augenbrauen. »Falls Ihr zurückkehrt, würde es mich sehr interessieren, Eure Schilderung zu hören. Vielleicht könnt Ihr mir berichten, wenn Ihr wieder hier seid?«

»Das werde ich, Mylady«, antwortete Roper.

Sie nickte und schien bekommen zu haben, weshalb sie die beiden aufgesucht hatte. »Viel Glück, Lord Roper.« Sie drehte sich um und verließ mit quietschenden Schritten den Alkoven.

Keturah ließ langsam wieder den Kopf in Ropers Schoß sinken. Ihre Miene war nachdenklich. »Pass in Unhierea auf dich auf, mein Gemahl«, sagte sie.

»Ich bin nicht in Gefahr«, erwiderte Roper brüsk. »Denk daran, wer mich begleitet.«

»Meine liebsten Familienangehörigen«, sagte sie. »Pass auch auf sie auf. Ich vertraue euch allen, aber ob diese Reise das Risiko wert ist? Mir scheint deine Aussicht auf Erfolg zu gering. Die Möglichkeit dagegen, dass du stirbst …« Sie verstummte.

»Wir müssen es einfach versuchen.« Er sah auf sie hinab. »Du übernimmst in meiner Abwesenheit die Rolle der Regentin. Das ist deine Chance, allen die Talente zu zeigen, von denen du so oft sprichst. Vielleicht kannst du ja das Königreich auch regieren, wenn wir mit der Invasion beginnen? Der Allmächtige weiß, dass jemand die Reaktionen all derer zu Hause auffangen muss, wenn sie erst unsere Pläne herausfinden.«

Keturah öffnete den Mund, um etwas zu erwidern, doch in dem Moment ertönte lauter Hufschlag unter ihnen. Roper blickte über den Rand hinab und sah einen einsamen Reiter, der durch den Nebel galoppierte und zu den Baumhäusern hinaufsah. »Lord Roper!«, rief er. »Lord Roper!«

»Hier oben!« Roper antwortete leise, um die anderen nicht zu wecken. Es war Vigtyr. Am nächsten Morgen würden sie den Fluss überqueren können.

* * *

Roper und seine Gruppe brachen am nächsten Morgen auf und ließen Keturah, Hafdis und Gray im Freyi zurück. Sie verabschiedeten sich unter dem Hauptbaumhaus. Roper umarmte Hafdis herzlich, nahm dann Gray jedoch weit inniger in die Arme. »Leb wohl, mein Bruder.« Als er vor Keturah stand, sah er sie nur an. Seine Miene war sonderbar, und er legte seine Hand auf ihre Hüfte, dann auf die Wölbung ihres Bauches, auf das Baby. Sie blickten sich in die Augen, und sie lächelte ihn an. Rasch wandte er sich ab, als könnte er einen richtigen Abschied nicht ertragen.

Tekoa verabschiedete sich als Nächster von ihr, und das mit vorhersehbaren Worten. »Leb wohl, meine süße Grasschlange.«

Neben ihr umarmten sich Pryce und Gray. Der Läufer löste sich aus der Umarmung und bemerkte, dass Keturah ihn spöttisch ansah. Er nickte ihr zu, was nur selten vorkam. »Cousine.« Mit diesem einen Wort wandte er sich von ihr ab. Sie sah zu, wie die kleine Gruppe aufstieg und ihre Pferde antrieb. Roper drehte sich im Sattel herum und wechselte noch einen letzten Abschiedsblick mit ihr, bevor er sich nach vorn wandte.

»Gute Reise und viel Glück euch allen!«, rief sie ihnen nach.

»Auf Wiedersehen, liebe Freunde!«, ertönte Grays ruhige Stimme neben Keturah.

Keturah drehte sich um und lächelte den Hauptmann an. *Sie werden zurückkehren,* wollte sie sagen, stellte aber fest, dass sie es nicht konnte. Also sah sie einfach nur wieder den sechs Gefährten nach, die zwischen den Bäumen verschwanden. Es war nicht weit bis zu diesem dunklen Kanal, und dann lag nur noch ein schmaler Streifen von Süddal zwischen ihnen und den unbekannten Bergen von Unhierea.

Plötzlich stieß Pryce einen Schrei aus und galoppierte vor den anderen her. Sein langer Pferdeschwanz tanzte im Wind, und er reckte die geballte Faust hoch in die Luft, während er wie entrückt ausrief: »Verabschiedet euch von eurem Heim, Männer des Nordens! Sagt Auf Wiedersehen zu euren Freunden, der Bequemlichkeit, der Musik und der Sicherheit. Wir überqueren das dunkle Wasser! Durch diese Gruppe Auserwählter, durch euch, werden die Unhieru unser Volk kennenlernen. Bei jedem heimwehkranken Schritt, den ihr tut, stehen zehntausend Helden hinter euch! Jedes Wort, das ihr von euch gebt, wird vom Jubelgebrüll unserer Standesgenossen im Himmel begleitet, die uns beobachten! Euer Leben wird keinen bedeutenderen Moment mehr bieten als diesen, also ergreift ihn beim Schopf, ihr Mistkerle! Gebt nicht nach, werdet nicht schwach und versagt nicht, denn nur euer Bestes wird genügen. Auf nach Unhierea! Nach Unhierea!«

6. KAPITEL

UNHIEREA

Ich habe gehört, dass Fledermäuse mit dem Kopf nach unten schlafen«, sagte Pryce.

Tekoa ritt neben ihm und warf ihm einen resignierten Blick zu. »Was?«

»Sie kleben beim Schlafen an der Decke, mit dem Kopf nach unten.«

»Nein, das tun sie nicht, Pryce.«

»Tun sie wohl«, beharrte Pryce. »Ich habe einen Flüchtling vom Feldzug letztes Jahr getroffen. Sie musste mehrere Monate mit Fledermäusen in einer Höhle hausen, weil die Krieger der Südlande ihr Heim verbrannt hatten. Sie sagte, die Tiere würden alle kopfüber an der Decke schlafen.«

Tekoa lachte spöttisch. »Du hast diesen Blödsinn geglaubt?«

»Es stimmt«, widersprach Pryce. »Es liegt daran, dass sie nicht aufrecht gehen können. Dafür sind sie nicht gebaut.«

Tekoa drehte sich zu den Skiritai hinter ihm um. »Das ist wirklich gut. Habt ihr das gehört? Wie können sie dann gebären?« Tekoa wandte sich wieder an Pryce. »Klatschen sie ihre Nachkommen an die Decke wie einen Nieser?«

»Ich wüsste gern, wie sie pissen«, sagte Gilius, einer der Skiritai, der Pryce noch aus seiner Zeit bei den Waldläufern kannte. »Pissen sie immer auf sich selbst?«

»Sie schlafen jedenfalls kopfüber«, erwiderte Pryce kurz angebunden.

Vigtyr lächelte spöttisch, und Tekoa amüsierte sich prächtig. »Warte, Pryce, Moment, wir sind noch nicht fertig«, stieß er lachend hervor. »Woran halten sie sich denn fest? Ich meine, wenn sie an der Steindecke hängen?«

Pryce starrte hochmütig nach vorn.

»Haben sie vielleicht klebrige Füße?«, spekulierte der Skiritai.

»Aber wie können sie dann loslassen?«, wollte Vigtyr wissen.

»Und bilden all diese Fledermäuse manchmal einen riesigen, klebrigen Ball, wenn all ihre Füße in der Mitte zusammenkleben?«

»Und wenn sie furzen, stoßen sie sich damit von der Decke ab?«

»Du hast das wirklich geglaubt!«, meinte Tekoa entzückt. »Zum Glück hast du noch andere Fähigkeiten, Pryce.«

»Vielleicht ist Pryce gar nicht so tapfer, wie wir alle glauben«, sagte Vigtyr. »Er ist sich nur niemals der Gefahr bewusst gewesen.« Alle lachten außer Pryce, dessen Gesicht sich drohend verfinsterte.

»Das lasse ich mir nicht von einer warmen Made sagen, die ein Zelt mitgebracht hat, Vigtyr!«, rief Pryce über die Schulter zurück. Das Lachen wurde lauter. Es war ihr Lieblingswitz – Vigtyr hatte tatsächlich ein Zelt mitgebracht. Aledas, der andere Skiritai, gestand, dass er noch niemals ein Zelt gesehen hatte. Und keiner von ihnen, nicht einmal Tekoa, hatte eines unterwegs benutzt. Es hatte viel Heiterkeit hervorgerufen, als Vigtyr die Segeltuchwände am Abend zuvor aufgestellt hatte.

Nur Pryce hatte nicht gelacht. Er fand das nicht komisch. Tatsächlich hatte er während des Ritts oft über Vigtyr nachgedacht. Er überlegte, dass es Meisterwerke gab, die man aus der Distanz ansehen musste, um sie wirklich wertschätzen zu können. Zum Beispiel einen Wandteppich aus Seide, in dem jede fein gewebte Gestalt einfach und eher grob erscheint, wenn man sie aus der Nähe betrachtet. Aber wenn man zurücktritt, dann zeigt sich eine fließende, sich ergänzende Ganzheit, die sich von einem Ende bis zum anderen erstreckt. Für Pryce war Vigtyr das Gegenteil davon. Betrachtete man ihn aus der Nähe, erschien alles stimmig. Er war spöttisch, charmant, engagiert, außerordentlich geschickt, körperlich beeindruckend und äußerst intelligent. Doch wenn man zurücktrat und ihn aus einer gewissen Distanz beobachtete, dann schrumpfte er irgendwie und war weniger als die Summe all dieser Eigenschaften. Vielleicht lag es an seinem glühenden Ehrgeiz, dass ihn selbst all das, was er bereits hatte, nicht zufriedenstellen konnte. Der Grund mochte auch sein, dass Pryce trotz seines Charmes einfach keine Beziehung zu diesem Mann aufbauen konnte. Und das Zelt schien all das zu verkörpern. Vigtyr brauchte keinen von ihnen. Er lachte mit ihnen, als Mitglied der Gruppe, aber er isolierte sich von ihnen als Individuen.

Pryce sah, dass Roper vor ihnen neben Aledas ritt. Die beiden führten ihre kleine Gruppe an. Des Spottes müde spornte er sein Pferd an und schloss zu ihnen auf. Sie ritten gerade über den schmalen Streifen von Süddal, der das Schwarze Königreich von den Bergen Unhiereas trennte. Sie hatten am Abend zuvor den Abus überquert, nachdem sie sich eine Barke von einer Familie geborgt hatten, die am Kanal lebte, um damit ihre Pferde und Waffen über die Fluten zu schaffen. Nun ritten sie rasch weiter, in der Hoffnung, es nach Unhierea zu schaffen, bevor sich herumsprach, dass eine Gruppe Reiter der Anakim in Süddal ihr Unwesen trieb.

Pryce zügelte sein Pferd neben Roper und schnalzte gereizt mit der Zunge, als Tekoa neben ihnen auftauchte. »Wie geht es dort hinten?«, fragte Roper die beiden.

»Es war ein ausgezeichnetes Gespräch«, verkündete Tekoa. »Zu dem ich sehr viel beigetragen habe.«

»Wie weit ist es noch bis Unhierea?«, fragte Pryce.

»Wir wissen es nicht«, erwiderte Roper. »Aber wenn wir weiter nach Südwesten reiten, können wir es schwerlich verpassen.«

»Wir sollten es herausfinden.« Pryce warf einen Blick auf die Sonne, die vor ihnen zum Horizont sank. »Wenn wir eine Nacht in Süddal verbringen müssen, dann sollten wir uns einen einsamen Flecken suchen.«

»Fragen wir doch einen der Einheimischen«, schlug Tekoa unbekümmert vor.

Sie machten einen kleinen Umweg, ritten über ein paar Hügel in ein Tal, angezogen zuerst von dem Geruch nach frischem Dung und dann dem Läuten von Kuhglocken. Dort fanden sie einen Kuhhirten. Der Mann trug schmutzige Lumpen aus Wolle und starrte sie mit offenem Mund an, als sie sich näherten. Als ihm dämmerte, dass diese Reiter Anakim waren, war es für eine Flucht bereits zu spät. Er versuchte es trotzdem, ließ seine Kühe im Stich und rannte zu einem Fluss in der Mitte des Tals. Zweifellos setzte er seine letzten Hoffnungen auf die in Süddal kursierende Legende, nach der diese dämonischen Anakim kein Wasser überqueren konnten. Allerdings schaffte er es nicht einmal bis zum Fluss. Aledas galoppierte hinter ihm her, nahm einen Stiefel aus dem Steigbügel und stieß den Mann mit einem gezielten Tritt zu Boden. Dann sprang der Waldläufer aus dem Sattel und hielt mit der einen Hand den Zügel fest und zerrte mit der anderen den Kuhhirten vom Boden hoch.

Die anderen Anakim versammelten sich in einem Kreis um den Mann aus dem Süden und starrten ihn an, während er verzweifelt in Aledas' Griff zappelte. Sein Blick zuckte von Vigtyr zu Roper zu Tekoa und wieder zu Roper zurück. Aledas schien er nicht ansehen zu wollen. Er bog sich, so weit er konnte, von der Faust weg, die ihn am Kragen gepackt hielt. Der Skiritai war für einen Anakim recht klein, nur wenige Zentimeter größer als der Kuhhirte, aber er strahlte eine stumme, Furcht einflößende Aura aus.

»Bitte!«, platzte der Kuhhirte auf Angelsächsisch heraus. »Bitte!« Er sah Roper flehend an.

»Ruhig.« Roper hob eine Hand. »Die Grenze zu Unhierea – wie weit ist das?«

Der Kuhhirte antwortete nicht, sondern murmelte leise ein Gebet.

»Unhierea«, wiederholte Roper. »Wie weit?«

»Fünf … Vier Stunden«, stammelte der Mann.

»Fünf Stunden zu Fuß oder zu Pferde?«

»Mit Pferden. Bitte, ich habe Kinder! Zwei kleine Mädchen!«

»Fünf Stunden für ihn«, mischte sich Tekoa ein. »Was heißt das, drei Stunden für uns, wenn wir uns beeilen?«

Aledas nickte, während der Kuhhirte unaufhörlich weiterplapperte.

»Tötet mich nicht, ich flehe Euch an, nicht!«

Roper und Tekoa wechselten einen Blick. »Niemand darf erfahren, dass wir nach Unhierea reiten«, sagte Roper, der in die Sprache der Anakim gewechselt war und jetzt auf den Mann hinabblickte. Augenblicklich glitt Pryce aus dem Sattel. Aledas wusste, was gleich passieren würde, und ließ den Kuhhirten sofort los. Er trat einen Schritt zurück, als Pryce sein Schwert zog. Als das Kratzen von Stahl ertönte, fuhr der Südling panisch herum. Er hatte die Drehung noch nicht ganz beendet, als Pryce ihm mit einem einzigen Rückhandschlag den Kopf vom Rumpf getrennt hatte. Der Leichnam des Mannes brach auf dem Boden zusammen, sein Kopf rollte auf seinen Schoß und dann den Talboden hinab in den Fluss.

»Erledigt«, sagte er, bückte sich und reinigte sein Schwert an der Kleidung des Kuhhirten. Die beiden Skiritai lachten.

Roper jedoch runzelte die Stirn, und Pryce erwartete jeden Moment, dass er ermahnt werden würde. Aber es hätte ihn nicht gekümmert. Sein Handeln war die einzige Möglichkeit gewesen, das Schweigen des Kuhhirten zu garantieren. Das Leben eines Individuums galt nichts im Vergleich zu ihrer Aufgabe, und offenbar sah Roper das auch so. Denn er zuckte nur mit den Schultern und wendete sein Pferd.

»Wir schaffen es vor Einbruch der Dunkelheit bis zur Grenze, wenn wir uns beeilen.«

Pryce blieb noch ein bisschen zurück, um sein Schwert zu reinigen. Es war aus Stahl – eine der beiden Klingen, *Hauer* und *Knochen*, die er aus dem Stahl des *Seelenjägers* gewonnen hatte, dem Streithammer, der Uvoren gehört hatte. Auch auf ihren Klingen war die wunderschöne, schlangenartige Maserung im Stahl zu erkennen, die sich so sehr von den Waffen der anderen Mitglieder in der Gruppe unterschieden. Die benutzten Waffen aus Unthank-Silber. Es war eine Legierung der Anakim, die leichter war, langsamer anlief und länger scharf blieb. Aber Pryce liebte das Gewicht von Stahl. Er mochte die Wucht, wenn er ein stählernes Schwert schwang, und außerdem vertraute er Waffen aus Unthank nicht mehr. Seine letzte Klinge war im Kampf zerbrochen.

Er holte die anderen ein, und gemeinsam ritten sie weiter, änderten leicht den Kurs, wenn sie Rinder der Südlinge witterten oder ein Gehöft sahen. Aber diese Umwege wurden immer seltener, je später es wurde. Auf den Hügeln wurde es ruhiger und leerer. Ausgebrannte und aufgegebene Gehöfte lagen über das Land verstreut. Mauern und Zäune waren verfallen. Und die Unterhaltung der Männer, die bislang hauptsächlich aus unaufhörlichem Spott bestanden hatte, nahm eine neue und grausamere Form an. Furcht machte sich in der Gruppe breit.

»Wir müssen schon nah sein«, sagte Roper leise. Kaum hatte er das gesagt, als der Boden vor ihnen abfiel. Sie alle hatten ihre Pferde unvermittelt gezügelt und blickten jetzt auf die riesige Verwerfung in der Erde unter ihnen hinab. Sie befanden sich auf einem Hügelkamm, und ihnen gegenüber lag ein weiterer. Hier trennten sich die Gebiete von Unhierea und Süddal. Auf der anderen Seite schichteten sich riesige Klippen hintereinander auf wie eine unendlich große Zitadelle. Eine dichte, schwere und bedrohliche Stille lag über allem. Einen Moment betrachteten sie schweigend die Aussicht.

»Ich frage mich, wann einer aus unserem Volk das letzte Mal seinen Fuß auf dieses Land gesetzt hat«, bemerkte Roper schließlich. »Weiter, meine Brüder.« Er schnalzte mit der Zunge und führte sein Pferd den Hang hinab, gefolgt von den anderen.

Sie brauchten lange, bis sie einen Weg die andere Seite hinauf fanden. Dort wurden sie sofort von einem Wald aus sonderbaren buschigen Bäumen umfangen. Für Pryce wirkten sie wie Holzapfelsträucher, obwohl sie keine Früchte trugen. Sie waren alle von Misteln überzogen, in denen kleine Vögel lebten. Ihr Gezwitscher wirkte an diesem Ort unanständig laut. Die einzige Kreatur, die sie außer den Vögeln zu Gesicht bekamen, war ein Eichhörnchen, das Aledas mit einem gezielten Schuss seiner Schleuder vom Ast schoss und an seinen Gürtel hängte.

Die Sonne verschwand hinter den Felswänden des Tals, die auf beiden Seiten aufragten. Der Talboden stieg stetig an, und ein beißender Wind kam auf. »Das ist ein Fallwind«, erklärte Gilius.

»Ein was?«

»Ein Fallwind. Wahrscheinlich wird er von dem Eis weiter oben erzeugt. Und er wird schlimmer werden.«

Pryce hatte keine Handschuhe mitgebracht, und seine Finger wurden steif und unbeweglich. Er ballte sie zu Fäusten und schob sie schützend unter seinen Mantel. Es wurde dämmriger, und der Wind begann zu heulen. Ihm fielen weiße Brocken in dem dünnen Gras auf dem Waldboden auf. Pryce hielt sie zuerst für Kreide, doch dann wurde ihm klar, was es war: Knochen, ein ganzer Teppich davon. Sie kamen an zerstörten Mauern vorbei. Die Bäume wurden kleiner, verkrüppelt durch die starken Winde, und neigten sich in Richtung Tal.

Plötzlich ergriff Tekoa das Wort. »Ist das eine Siedlung?« Eine riesige Struktur tauchte am Horizont des Tales auf. Sie ritten näher und sahen, dass es mehrere Bauwerke waren. Jedes bestand aus einer gewaltigen kreisförmigen Steinmauer mit einem massiven Dach aus Holzbalken, die aber in der Mitte schon lange zusammengebrochen waren. Als sie die Mauern erreichten, sahen sie, wie grob und klobig die Steine und wie primitiv die Bauwerke waren. Die Ruinen wirkten irgendwie noch leerer als das Tal, das sie gerade durchquert hatten.

Roper blieb vor den alten Mauern stehen. Die anderen scharten sich unbehaglich hinter ihm zusammen.

»Hallo?«, rief er.

Schweigen.

»Gogmagoc!«, rief Roper. »Gogmagoc!«

Es kam keine Antwort. Sie hörten nur den Wind, der durch die Spalten in der Mauer pfiff.

»Sieht verlassen aus«, sagte er schließlich. »Aber es wird dunkel. Wir schlagen hier unser Lager auf. Die Mauern schützen uns wenigstens vor dem Wind.«

Die Skiritai führten die Pferde der Gruppe in ein von Brombeeren überwuchertes Geviert neben der Felswand des Tales und verschlossen die Öffnung mit Brombeerzweigen. Roper und Tekoa kümmerten sich derweil um das Feuer.

»Was passiert, wenn man das sieht?« Vigtyr sah auf den kleinen Ball aus Kienspan, der fröhlich knisterte.

»Wir wollen gesehen werden«, antwortete Roper. »Wir sind hier, um zu verhandeln. Außerdem ist es kalt. Die Alternative ist, dass wir erfrieren.« Allerdings klang er, als würde er den zweiten Grund überzeugender finden als den ersten.

»Und wo sind jetzt die Unhieru?«, wunderte sich Tekoa laut. »Dieser Ort ist schon seit Jahrzehnten verlassen.«

»Wir werden sie finden«, versicherte Roper. Das Holz hatte Feuer gefangen, und die Flammen halfen, das Fremdartige dieser Ruinen etwas zu lindern. »Einige dieser Knochen auf dem Ritt hierher haben noch recht frisch ausgesehen. Allzu weit weg können sie nicht sein.«

»Ich kann etwas riechen«, meldete sich Aledas mit seiner tiefen, tonlosen Stimme.

Roper und Tekoa blickten auf. »Was denn?«

Der Waldläufer schüttelte den Kopf. »Etwas Neues. Es ist jedoch sehr schwach.«

Pryce sonderte sich von der Gruppe ab und machte sich daran, die alte Siedlung zu erkunden. Die Brombeerpferche am Rand waren vermutlich absichtlich gepflanzt worden, als Schutz für das Vieh. Jetzt jedoch überwucherten sie die Ruinen. Die alten Straßen, wenn man die unebenen Wege zwischen den Mauern überhaupt so nennen konnte, erstickten förmlich unter den dornigen Ästen. Die Mauern ragten hoch über seinem Kopf auf, und einige waren zusammengestürzt und blockierten den Weg, sodass er über die Trümmer klettern musste und dabei gegen den immer stärker werdenden Wind zu kämpfen hatte. Er fand einen primitiven Durchgang, den er eine Weile untersuchte. Der Sturz war zusammengebrochen, daher war schwer zu sagen, wie hoch er ursprünglich gewesen war. Aber der Durchgang war beinahe zwei Meter breit. Diese Ruinen waren fast geologisch: in ihrem Größenverhältnis, in ihrer Primitivität, ihrem Übermaß und ihrem offensichtlichen Alter.

»Seht euch das an!«, rief Vigtyr plötzlich.

Es war zu dunkel, um noch viel weiter herumzulaufen, und außerdem wurde Pryce kalt. Er drehte sich um und ging zum Lager zurück. Als er dort ankam, stellte er fest, dass Vigtyr einen Platz für sein Zelt freigemacht und dabei einen riesigen Kieferknochen unter einem Felsen gefunden hatte. Roper und Tekoa untersuchten ihn gerade, und Pryce stellte sich zu ihnen, dankbar für den Schutz, den die Mauer gegen den Wind bot. Die riesigen Backenzähne waren flach und gebrochen und die Schneidezähne zu bloßen Stumpen heruntergekaut.

»Gewaltig«, murmelte Tekoa. »Was ist mit den Vorderzähnen passiert?«

»Das weiß nur der Allmächtige.« Roper betrachtete den Kiefer. Dann blickte er hoch und an den Mauern entlang. »Ich hätte vorgeschlagen, unsere Fahne zu hissen, wenn der Wind nicht so stark gewesen wäre. Immerhin sind wir eine Delegation.«

Lord Roper schien niemals verzagt zu sein. Er machte den Eindruck, als wäre er stets interessiert, aber nie wirklich besorgt. Pryce vermutete zwar, dass es nur gespielt war, aber trotzdem wusste er das Verhalten zu schätzen. Gefühle sind ansteckend, und man musste sehr darauf achten, wie man sich verhielt, wenn man unter Druck stand. Die anderen waren erheblich bedrückter. Sie unterhielten sich nur leise und saßen zusammengekauert und steif da, als hockten sie in kaltem Wasser.

Sie bereiteten ihren abendlichen Eintopf zu, den sie mit dem gebratenen Fleisch des Eichhörnchens ergänzten, das Aledas erbeutet und das sie aufgespießt und geröstet hatten. Vigtyr versuchte, sein Zelt aufzubauen, aber niemand machte Anstalten, ihm zu helfen. Noch bevor er das Zelt sichern konnte, riss der Wind es ihm aus den Händen. Es flatterte durch das Tal, ein schwarzer Schatten, der wenige Augenblicke später von der Dunkelheit verschlungen wurde. Vigtyr kam ans Feuer und kauerte sich verlegen zwischen die anderen, die sich gerade den dampfenden Eintopf teilten. Jeder nahm einen Löffel davon und reichte den Topf dann weiter. Doch als Pryce ihn an Aledas weitergab, nahm der ihn nicht an. Der Waldläufer saß da, den Kopf zur Seite geneigt, und seine Augen blickten ins Leere. Ganz offensichtlich lauschte er. Pryce stellte den Topf ab und versuchte ebenfalls, etwas in der Dunkelheit wahrzunehmen.

Dann hörte er es.

Durch das Rauschen des Windes drang ein ferner Schrei wie von einem Vogel. Ein schrilles Stöhnen, das klagend durch das Tal hallte. Der Ruf verklang, und nur noch das Ächzen des Windes war zu hören. Dann, sehr schwach, antwortete eine andere Stimme aus der Dunkelheit jenseits des Tales. Sie schien halb Wolf, halb Wal, und bei ihrem Ruf sträubten sich Pryce die Nackenhaare. Die Männer auf der anderen Seite des Feuers rissen die Augen auf.

»Sie sind also in der Nähe«, stellte Roper ruhig fest. »Aledas, nimm dir etwas von dem Eintopf oder gib ihn weiter. Ich verhungere.«

In dieser Nacht schlief niemand besonders gut. Es war zu kalt, und Pryce war froh über den Wind, weil sein Heulen jeden Versuch sinnlos machte, in der Dunkelheit auf irgendwelche Schritte von Giganten oder irgendein fremdartiges Geräusch zu lauschen. Als der Morgen über den Felswänden des Tals dämmerte, saßen sie alle fertig zum Aufbruch am Feuer. Gilius erklärte, dass sich der Wind höchstwahrscheinlich legen würde, sobald die Sonne das Tal erwärmte. So war es auch. Müde packten sie ihr Zeug zusammen und wollten ihre Pferde holen.

Sie waren verschwunden.

Die Zweige, die das Geviert der Ruine versperrt hatten, waren weggerissen, und von den Tieren war nichts zu sehen. Die kleine Gruppe stand da und betrachtete schweigend den leeren von Brombeeren zugewucherten Pferch.

»Riecht ihr es jetzt?«, fragte Aledas. Und Pryce roch es tatsächlich. Es war ein Hauch von etwas Wildem, Animalischem. Der unbekannte und beunruhigende Geruch der Unhieru.

»Sie waren gestern Nacht also hier«, stellte Tekoa fest. »Sie müssen gewusst haben, wo wir sind. Warum sind sie nicht vorbeigekommen?«

Niemand antwortete darauf, und Roper warf sich einfach nur die Satteltasche über die Schulter. »Weiter«, sagte er. »Finden wir heraus, wohin dieses Tal führt.«

Also marschierten sie zu Fuß weiter. Pryce bemühte sich abergläubisch, zwischen die Knochenstücke zu treten, die auf dem Boden zu sehen waren. Er ging zusammen mit Aledas, der Pryce auf einige fast unsichtbare Spuren auf dem Waldboden hinwies, am Ende der Gruppe.

»Wir folgen jemandem«, sagte er.

»Den Unhieru?«

»Etwas anderem.« Der Waldläufer hob den Kopf und zog witternd die Luft durch die Nase.

Während sie weitergingen, tauchte der dunkle Eingang einer Höhle in der Talwand über ihnen auf. Er lag halb hinter Holzapfelbäumen verborgen.

»Ich hole euch wieder ein«, erklärte Gilius, trennte sich von der Gruppe und trottete den Hang zu der Felswand hinauf. Schon bald hatte er den Eingang der Höhle erreicht, wo er einen Moment zögerte, bevor er darin verschwand.

Eine ganze Weile marschierten sie schweigend weiter, dann deutete Aledas in die Ferne. »Dort«, sagte er. »Dem sind wir gefolgt.« Vor ihnen schritt ein dunkles, massiges Wesen schaukelnd und langsam durch das Tal.

»Was um alles in der Welt ist das?«, murmelte Roper. Sie näherten sich dem Tier, das sie zu ignorieren schien und friedlich graste. Es war kein Raubtier, so viel war klar. Vage erinnerte es an einen zerzausten Auerochsen, hatte jedoch nur ein Horn mitten auf der Stirn statt eines an jeder Seite des Kopfes. Sie schlugen einen großen Bogen um das Tier, während Tekoa es bewundernd betrachtete.

»Ich glaube, ich habe in der Akademie von solchen Kreaturen gehört«, sagte er. »Es ist ein Rhinozeros. Sie waren in ganz Albion noch verbreitet, als unsere Urahnen dort ankamen.«

»Wo ist Gilius?«, fragte Roper plötzlich.

»Er wollte sich die Höhle da hinten ansehen.« Pryce deutete mit dem Daumen in die Richtung, aus der sie gekommen waren.

Die Gruppe blieb stehen, und die Männer sahen sich beklommen an. »Das war vor einer halben Stunde«, sagte Roper. Er warf Aledas einen Blick zu. »Er müsste uns doch mittlerweile längst eingeholt haben?«

Der Skiritai antwortete nicht und reagierte auch sonst nicht, außer dass er Ropers Blick erwiderte.

»Er wird es schon schaffen«, meinte Tekoa. »Zweifellos hat er sich in dieser Höhle verirrt und muss jetzt seinen Weg heraus finden.«

»Wir sollten zurückgehen und ihn suchen«, sagte Roper.

»Eine halbe Stunde ist viel Zeit, um eine Höhle in Augenschein zu nehmen. Vielleicht sitzt er in der Falle.« Roper sprach nicht weiter, aber er hätte auch hinzusetzen können: *Oder Schlimmeres.* Jedenfalls dachte das Pryce. Und wenn er sich schon Sorgen um den Waldläufer machte, dann die anderen erst recht.

Sie kehrten um und machten erneut einen Bogen um dieses sonderbare, gehörnte Tier, bis sie wieder unter der Höhle standen. Roper führte die Gruppe den steilen Hang hinauf und rief dabei die ganze Zeit den Namen des Waldläufers: »Gilius! Gilius!«

Niemand antwortete.

Pryce lief zu Roper, sodass die beiden den Eingang der Höhle gemeinsam erreichten. Er war breit und niedrig und verströmte den moschusartigen Geruch, den sie zuvor bemerkt hatten. Es war ein starker Gestank nach Urin, und Pryce spürte ein Kribbeln im Nacken, als würde er von unsichtbaren Augen beobachtet.

»Gilius!«, schrie Roper in die Höhle hinein. Als Antwort kam nur ein schwaches Echo zurück. Die anderen versammelten sich um ihn und blickten in die dunkle Öffnung. Alle schwiegen und lauschten eine Weile, als erwarteten sie, dass der Waldläufer ihnen antworten und versichern würde, dass er sie hören konnte und unverletzt war.

»Ich gehe hinein und suche ihn«, sagte Roper. »Bewacht den Eingang für mich!«

»Ich begleite Euch«, erwiderte Pryce. Roper lächelte und berührte kurz die Schulter des Läufers. Beide legten ihre Hand auf den Griff ihres Schwerts und tasteten sich langsam in die Höhle vor.

»Lasst Euch nicht zu viel Zeit, Lord!«, rief Tekoa ihnen nach. Mit jedem Schritt wurde das Licht schwächer und der animalische Gestank stärker.

Roper hatte noch nie eine Höhle betreten. Für die Anakim waren sie heiliger Boden und wurden nur in Zeiten äußerster

Not benutzt. Irgendwie konnte er das Gefühl nicht abschütteln, dass er verschlungen wurde.

»Gilius!«, rief er erneut.

Als die Dunkelheit sich verdichtete, rückten sie immer langsamer vor. Roper zückte *Kaltschneide* und tastete sich damit in die Dunkelheit vor. Es war kaum hell genug, um den dunklen Umriss des Gangs zu erkennen. Sie hatten vielleicht zwanzig Schritte zurückgelegt, als die Höhle sich gabelte. Der größere Gang führte nach links, und ein schmaler, flacherer zweigte rechts ab. Roper und Pryce starrten in den dunklen Schlund der Tunnel, konnten jedoch nichts erkennen.

»Mylord.« Pryce betrachtete eine Stelle des Felsens am Rand des rechten Gangs, der feucht schimmerte. Er trat einen Schritt darauf zu, streckte die Hand aus und wischte mit den Fingern über die unebene Oberfläche. Sie war schleimig. Vorsichtig berührte er die feuchte Fingerspitze mit seiner Zunge. Der Geschmack von Metall erfüllte seinen Mund, und er spuckte aus. »Blut.«

Roper und Pryce sahen sich ein paar Herzschläge lang an. »Wir kehren um«, sagte Roper leise. »Ich fürchte, dass wir Gilius nicht mehr helfen können.« Seine Augen waren in der Dunkelheit weit aufgerissen, aber weder er noch Pryce bewegten sich. Pryce vermutete, dass Roper herausfinden wollte, ob er die Entscheidung aus Klugheit oder Furcht getroffen hatte.

In diesem Moment bewegte sich etwas hinter ihm.

Im Nu hatte Pryce *Hauer* gezogen. Als der Stahl aufblitzte, fuhr Roper herum, aber er hatte die Drehung noch nicht vollendet, als er von den Füßen gerissen wurde. *Kaltschneide* flog ihm aus der Hand und landete klirrend auf dem Steinboden, während eine riesige, bleiche Faust seine Knöchel umklammerte und ihn vom Boden hochriss. Ein gewaltiger Schatten hatte ihn gepackt, der jetzt vortrat und zu einer Silhouette wurde. Der Kopf war riesig und die Schultern rund. Die Gestalt hielt Roper mit einer Hand hoch, während der um sich schlug und brüllte. Der widerliche Gestank von Urin traf Pryce wie ein Schwall. Mit gefletschten Zähnen trat er vor. Seine Klinge blitzte, und er suchte nach einer geeigneten Stelle, wo er dieses Monster angreifen konnte.

Ein lautes Gebrüll hinter ihm lenkte ihn ab. Pryce konnte sich zwar nicht umdrehen, weil er sich auf die Bestie konzentrierte, die Roper gepackt hatte, aber er hörte Tekoas Schrei und Vigtyrs Fluchen. Offenbar wurden seine Gefährten draußen vor der Höhle ebenfalls angegriffen. Roper schrie etwas in unverständlichem Angelsächsisch, als er vergeblich versuchte, seinem Häscher verständlich zu machen, dass sie gekommen waren, um zu reden.

Dann erlosch das letzte Licht in der Höhle.

Etwas Riesiges hatte den Eingang blockiert und kam durch den Gang auf sie zu. Pryce hörte die schweren Schritte immer näher kommen und drehte sich halb herum. Sein Blick zuckte zwischen Roper und dem Schatten hin und her, der sich jetzt von der gegenüberliegenden Seite näherte und den Ausgang versperrte. Wenn dieses Ding es an seinen Kameraden draußen vor der Höhle vorbeigeschafft hatte, dann musste es sie überwältigt haben. Die Kreatur schlurfte durch den primitiven Tunnel und streckte die Hand gierig nach Pryce aus.

Die Reflexe des Läufers setzten ein, und er wich der Hand aus. Diese Situation war völlig neu für ihn. Noch nie zuvor war er Beute gewesen und nicht Jäger. Seine Instinkte waren an eine solche Rolle nicht gewöhnt. Also trat er nicht zurück, sondern stattdessen aggressiv vor, duckte sich unter der Hand hinweg und packte selbst den Schädel der Kreatur hoch über ihm in der Dunkelheit. Seine Finger gruben sich in verfilztes, zerzaustes Haar. Er ballte die Faust und zerrte den Kopf zu sich herunter, während er gleichzeitig die blitzende Spitze von *Hauer* unter das Kinn des Unhieru drückte.

»Halt!«, schrie er.

Schlagartig herrschte Stille in der Höhle. Der Lärm draußen dagegen verstummte nicht. Animalisches Knurren und die

Schreie der Anakim waren zu hören, aber alles in der Höhle war wie erstarrt. Die Kreaturen, die sie angegriffen hatten, mochten vielleicht das Wort nicht verstanden haben, wohl aber den Tonfall und auch die Bedeutung der blanken Klinge, die Pryce unter den Kiefer seines Feindes bohrte. Er drehte sie ein bisschen hin und her. Der Unhieru knurrte.

»Lass meinen Gefährten los!« Pryce' Stimme hallte laut durch die Höhle. Die Kreatur rührte sich nicht. Vielleicht hatte sie ihn nicht verstanden. »Lass ihn los!« Er riss an dem Haar in seiner linken Faust. »Fallen lassen!«

Das beschattete Gesicht über ihm stieß ein paar kehlige Laute aus, und Pryce hörte hinter sich, wie Roper mit einem Krachen auf der Erde landete. Pryce drehte den Kopf und sah, wie der Schwarze Lord *Kaltschneide* aufhob und sich aufrichtete. Er lehnte sich an die Mauer des Gangs und hielt das Schwert vor sich ausgestreckt.

»Und jetzt die draußen!«, verlangte Pryce und riss den Kopf am verfilzten Haar zum Eingang der Höhle herum. Sein Schwert grub sich immer noch in den Kiefer der Kreatur. Als sein Gefangener nicht reagierte, bohrte Pryce das Schwert langsam tiefer in den Kiefer, bis es die Haut ritzte. Die Kreatur begann zu knurren, versuchte den Kopf zurückzureißen, und Pryce deutete erneut auf den Eingang der Höhle. Er hörte noch immer Tekoa, der dort auf Angelsächsisch herumschrie. Auf Pryce' unwiderstehliche Aufmunterung hin drehte der Unhieru seinen gewaltigen Schädel zum Eingang der Höhle und gurgelte irgendwelche Laute in die Dunkelheit. Der Lärm draußen verstummte.

»Und jetzt …«, knurrte Pryce und blickte in das dunkle Gesicht über sich. Er sah die beiden hellen Flecke, die große, feuchte Augen markierten. »… bring uns zu Gogmagoc.« Die Kreatur bewegte sich leicht im Dunkeln und neigte den gewaltigen Kopf in seine Richtung.

»Gogmagoc!«, wiederholte Pryce. Der Name wurde von den Wänden des Gangs zurückgeworfen.

Die Gestalt vor ihm blieb lange stumm. »*Hokhmakhoc?*«, wiederholte sie schließlich.

»Ja, Gogmagoc!«, schnarrte Pryce. »Dein König. Bring uns zu ihm. Gogmagoc. Jetzt. Führe uns zu ihm.«

Das schien das erste Wort zu sein, das dieses Monster tatsächlich verstanden hatte. Einen Moment herrschte Stille in der Höhle.

Dann begann die Kreatur brüllend zu lachen.

7. KAPITEL

DER MANN IN DEN BERGEN

Salbjorns Bewusstsein kehrte zurück, lange bevor er das Bedürfnis verspürte, die Augen zu öffnen. Er hörte das Fauchen und Knistern der Flammen und spürte, wie ihre Hitze sein Gesicht wärmte. Er roch heißen, duftenden Tee. Und noch etwas anderes, Schlammiges, Saftiges, leicht Verbranntes.

Er öffnete die Augen und stellte fest, dass er neben dem Herd in einem Raum im Obergeschoss des Langhauses lag, der nur selten beleuchtet wurde, in dem jetzt aber die Flammen loderten. Über ihnen hing ein rußiger Kessel, und neben dem Feuer lagen drei ausgenommene Lachsforellen, aus deren Körpern klare Flüssigkeit sickerte. Draußen war es kalt, und er sah Schneeflocken am Fenster vorbeitreiben. Neben ihm hockte Leon, ein Tuch in der Hand. Er nahm den Kessel vom Haken und füllte einen Becher aus Birkenrinde mit dampfendem Kieferntee.

»Leon?«, krächzte er. »Wie bin ich hierhergekommen?«

»Du bist gekrochen«, antwortete sein Mentor, ohne ihn anzusehen. »Wir haben dich gestern rufen hören, hinter dem Langhaus. Du hast eine gefrorene Blutspur von den Bergen bis hierher hinterlassen.«

»Gestern Abend?« Salbjorn wälzte sich auf den Ziegenhäuten und hatte das Gefühl, als würden Nadeln in seine Gliedmaßen stechen. Er konnte sich an seine Rückkehr nicht erinnern, und ihm schwindelte. »Seitdem habe ich geschlafen?«

»Aber ja. Du warst in einem entsetzlichen Zustand. Du hattest überall Prellungen, warst mit getrocknetem Blut bedeckt, und deine Lippen waren ganz blau. Hast du ihn gefunden?«

Salbjorn versuchte herauszufinden, wen Leon meinte. Dann erinnerte er sich daran, was er überhaupt in den Bergen gewollt hatte. *Der Meuchelmörder.*

»Nein«, antwortete er. »Ich glaube …« Er brach ab, bis Leon ihn mit einem sanften Tritt aufforderte weiterzusprechen. »Aber ich glaube, ich hätte es fast geschafft. Seine Spur war deutlich zu erkennen, bis sie an einer Felswand endete. Ich weiß nicht, ob er einen anderen Weg genommen hat als ich …« Salbjorn machte erneut eine Pause und runzelte die Stirn. »Vielleicht ist er auch einfach nur ein besserer Kletterer. Jedenfalls versuchte ich ihm zu folgen und bin abgestürzt.«

»Aus welcher Höhe?«

»Hoch«, erwiderte Salbjorn und unterdrückte die Erinnerung an den fürchterlichen Sturz. »Ich muss das Bewusstsein verloren haben. Als ich aufwachte, war es bereits dunkel.« Er versuchte zu erklären, wie es sich angefühlt hatte, aber Leon würde es niemals verstehen. Und er war zu benommen, um es auch nur zu versuchen. Zu schildern, wie es war, dort im Dunkeln zu liegen und auf den Tagesanbruch zu warten, um herauszufinden, wo er war. Wie der Schnee ihn bedeckte, während die Wärme allmählich aus ihm heraussickerte, bis er im Dunkeln eine Bewegung hörte. Das Knarzen des vom Wind dicht gepackten Schnees, als jemand darüberging. Die Kreatur, die langsam vorbeiging, kaum zwanzig Schritt von der Stelle entfernt, an der er lag.

Trotz seiner Erschöpfung hatte Salbjorn sich aufgerichtet und in die Finsternis gestarrt. Er hörte das Rieseln des Schnees, der langsam um ihn herum zu Boden sank, konnte seine steifen Finger und seine weit aufgerissenen Augen fühlen, aber es gab nichts zu sehen. Die Schritte waren langsam und schwer und hätten alles sein können: ein Wolf, ein Bär, eine Ziege. Oder ein Mörder. Was auch immer es gewesen war, es schien ihn nicht bemerkt zu haben. Es ging weiter, bis er es nicht mehr hören konnte. Salbjorn starrte noch in die Dunkelheit, lange nachdem die Geräusche verklungen waren. Die Schwärze schien auf seine Augäpfel zu drücken, bis er schließlich zusammenbrach und sein Herz ihm bis zum Hals schlug.

»Als der Morgen dämmerte, habe ich angefangen zurückzukriechen. Aber ich kann mich nicht daran erinnern, dass ich dich gefunden hätte«, beendete Salbjorn seinen unzusammenhängenden Bericht. Leon schien nicht zuzuhören. Er benutzte einen langen Metallhaken, um die beiden Forellen von ihren Spießen auf ein großes Stück hartes Brot zu schieben. Er stellte das Brot vor Salbjorn hin und schob ihm eine dampfende Schale zu.

»Danke«, sagte dieser und stützte sich auf einen Ellbogen, um den Tee zu schlürfen.

»Bist du verletzt?«, wollte Leon wissen.

Salbjorn horchte kurz in sich hinein. Er war vollkommen erschöpft, seine Muskeln waren schlaff und schwer, und ihn schmerzten so viele Stellen an seinem Körper, dass er sie kaum genau orten konnte. »Mein Knöchel lässt sich nicht richtig bewegen. Ich weiß nicht, ob er gebrochen ist. Und ich habe kein Gefühl in meinen Fingern.«

»Sie waren erfroren«, erwiderte Leon brüsk, während er sich die andere Forelle auf ein hartes Stück Brot schob. Salbjorn stellte die Schale ab und nahm einen Streifen von dem Fisch. Das Fleisch war zart und ölig, und er war plötzlich sehr hungrig. Eine Weile aßen sie, warfen die Gräten und die Haut in das Feuer. Salbjorn hatte den Fisch rasch verschlungen und machte sich dann über das Brot her. Es war muffig, aber von dem warmen Öl durchtränkt.

Er vermutete, dass sie beide über dasselbe nachdachten: über einen Meuchelmörder, der einem Heiligen Wächter entkommen war, im Dunkeln und im Regen über eine Felswand klettern konnte, wo ein anderer Heiliger Wächter im Licht abstürzte. Sie waren nicht hinter einem gewöhnlichen Mörder her. Mit welchem Widersacher auch immer sie es hier in diesen Bergen zu tun haben mochten, er war geschickt und rücksichtslos.

»Wo ist der Junge?«, wollte Salbjorn wissen.

»Er meditiert in dem Langhaus. Er ist in Sicherheit.«

Salbjorn blickte Leon einen Moment durchdringend an. »Dieser Meuchelmörder muss einen Komplizen hier in der Schule haben. Der Junge ist nur sicher, wenn du bei ihm bist.«

»Ich musste mich gerade um dich kümmern«, bemerkte Leon.

»Der Junge braucht deine Aufmerksamkeit mehr als ich«, erwiderte Salbjorn, wenn auch etwas verlegen.

»Weil er sich auf deine Aufmerksamkeit wohl nicht mehr verlassen kann, Salbjorn, stimmt's?«, gab Leon trocken zurück. »Du bist zu weit gegangen, du hast dich überschätzt, und jetzt bist du keine Hilfe mehr, bis du wieder gesund bist.«

»Wir sollten nach Unterstützung schicken«, murmelte Salbjorn.

»Das können wir nicht«, sagte Leon nach einer kurzen Pause. »Der Schnee hat die Pässe blockiert. Und es sieht nicht so aus, als würde es aufhören zu schneien.«

Salbjorn drehte sich zu dem Fenster herum und warf einen Blick auf die Flocken, die daran vorbeischwebten. Sie waren also in diesen Bergen zusammen mit einem Mörder und zumindest einem Komplizen, die gegen sie arbeiteten, gefangen. »Also hängt es nur an uns.«

»Jedenfalls für die nächste Zeit. An uns und der Inquisitorin.«

»Wo ist sie?«

»Sie arbeitet noch. Sie nimmt die Tutoren ins Kreuzverhör und versucht, diesen Komplizen zu finden. Ihrer Meinung nach ist er die Schwachstelle des Meuchelmörders.«

»Ich will auch helfen«, erklärte Salbjorn.

»Du wirst auch ganz bestimmt nicht einfach hier nutzlos herumliegen!«, gab Leon zurück. »Der Verdacht der Inquisitorin richtet sich hauptsächlich gegen die Tutoren, sodass die Befragung der Schüler uns überlassen bleibt. Damit fangen wir morgen an, und bis dahin werde ich den Jungen weiter bewachen.« Er stand auf und ging zur Tür. »Du kommst allein zurecht, da du ja jetzt wach bist«, murmelte er.

Leon war ein energischer Mensch und nicht daran gewöhnt, seine straffe Trainingsroutine aus irgendeinem Grund zu verändern. In den Bergen festzusitzen und sich jeden wachen Moment um einen Jungen zu kümmern war für einen solchen Mann eine besonders schwierige Aufgabe.

Salbjorn, dem jeder Knochen im Leib wehtat, gab sich damit zufrieden, etwas zu ruhen, bevor sie am nächsten Morgen mit den Befragungen begannen.

* * *

Salbjorn und Leon führten diese Befragungen im selben Zimmer durch, sodass Salbjorn sich einfach nur an den Tisch setzen musste, den Leon geholt hatte. Sie befragten die Zeugen nach Hinweisen auf diesen Komplizen, aber der Morgen verstrich ohne auch nur die Spur eines Fortschritts. Leon war alles andere als hilfreich. Er langweilte sich schnell und machte das deutlich, indem er gelegentlich missbilligend mit der Zunge schnalzte und wie ein Aal an der Angel herumzappelte. Es war kalt in dem Zimmer, und sie trugen dicke Umhänge. Vor Salbjorn auf dem Tisch stand eine Schale mit dampfendem Piniennadeltee. Leons Schale lag leer und umgestürzt auf dem Boden neben ihm.

»Du hast also nichts in der Nacht gesehen, in der dieser Eindringling vertrieben wurde?«, fragte er gerade einen Schüler.

»Nichts, Herr«, erwiderte der Junge. Seine Augen schimmerten ungewöhnlich hell, dann sah er rasch zu Boden.

»Geht es dir gut?« Salbjorn beugte sich vor.

Der Junge nickte und wischte sich eine Träne von der Wange.

Als er sprach, blickte er weiter zu Boden. »Ist dieser Eindringling gekommen, um einen von uns zu töten, Herr? Alle sagen, er versucht, Ormur umzubringen, aber wenn das gar nicht stimmt? Möglicherweise beschützt Ihr die falsche Person.«

Salbjorn rührten die ängstlichen Worte des Jungen. »Er ist jedenfalls nicht aus einem wohlwollenden Grund hier«, antwortete er. »Deshalb musst du es uns sofort sagen, wenn du etwas siehst. Aber hier im Haskoli sind eine Weise Inquisitorin und zwei Heilige Wächter. Wir werden ihn finden, bevor er irgendjemandem etwas antun kann. Warte.« Er wühlte in seinem Lederbeutel und zog einen bröckeligen Hirsekeks heraus, der mit Schlehe purpurn gefärbt war. Den hielt er dem Jungen hin, der danach griff und ihn sich ohne ein Wort in den Mund stopfte. »Du kannst gehen.« Salbjorn schenkte dem Schüler ein Lächeln und deutete zur Treppe am Ende des Zimmers.

»Danke«, nuschelte der Junge, stand auf und ging hinaus.

»Woher kriegst du immer diese verdammten Kekse?« Leon starrte den Jungen ausdruckslos an, als er an ihm vorbeiging.

»Ich backe sie«, erwiderte Salbjorn.

»Woraus?«

»Aus allem, was gerade wächst. Diese sind noch vom letzten Herbst übrig.«

»Heiliges Desaster«, sagte Leon. »Dieser Junge war nicht aufgeregt. Er wusste nur, dass du auf kleine Jungs stehst und jeden mit Süßigkeiten vollstopfst, der auch nur einmal schnieft.«

»Deshalb versuchen sie, mir zu gefallen«, antwortete Salbjorn. »Und das bedeutet, wir bekommen die Informationen, die wir haben wollen.«

»Ich will auch jemanden befragen.«

»Ich lasse dich all jene befragen, von denen ich glaube, dass sie mir nichts sagen wollen, und die ich bestrafen will«, antwortete Salbjorn, ohne aufzusehen.

»Ich bin dein Mentor, du kannst mich nicht daran hindern.«

»Das kann ich sehr wohl«, widersprach Salbjorn großspurig.

»Denn ich fungiere als stellvertretender Inquisitor. Wer ist der Nächste?« Er wies mit dem Kopf in Richtung Hof, wo die Jungen warteten.

»Sieh selbst nach, stellvertretender Inquisitor!«

Salbjorn lachte. »Ich bin verletzt, Leon.«

Leon stand widerwillig auf und steckte den Kopf durch eines der kleinen Fenster. Draußen war es neblig, und es schneite. Salbjorn hörte, wie ein Tutor eine Kriegshymne rezitierte, die die Schüler pflichtbewusst wiederholten.

Das Ende ist nah, die Sonne steht tief, obwohl die Reise gerade erst begann.
Von der sterblichen Seite der Erde kam ich und betrat diesen Pfad aus Eis.
Mein ganzes Leben bin ich gelaufen, begleitet von dem Schatten an meiner Seite,
den Wind im Rücken, zur Orientierung nur des Sternenhimmels Weite.
Im gespenstischen Licht des silbernen Mondes und in völliger Finsternis
streifen die Wölfe vorüber und folgen mir durch die Düsternis.
Meine Knochen zerfallen zu Staub, doch mein Geist steht in Flammen,
auf dem Weg zur Winterstraße hinterlassen meine Schritte weiße Spuren.

»Du da!« Leon deutete in den Hof. »Du bist der Nächste.« Dann ließ er sich wieder auf seinen Stuhl fallen, und sein Opfer, ein Junge in einem löchrigen Umhang aus geflochtenem Ried, eilte kurz danach die Stufen zu ihrem Raum hinauf. Er setzte sich vor Salbjorn, während die Hymne weiter durch das Fenster in den Raum drang.

Die Reise ist meine Prüfung, meine erste und letzte Gelegenheit.
Ich werde den Wolf nicht fürchten und tat es auch nicht in der Vergangenheit.
Ich habe gekämpft, an der Seite jener, die mich liebten, oder auch allein.
Ich habe in der Wildnis gefochten, im Krieg, und kehre nun zurück zu meinem Heim.

Aus irgendeinem Grund war dieser Junge ziemlich dick, eine beeindruckende Leistung an einem Ort wie dem Haskoli, wo die Nahrung so streng zugeteilt wurde. Erwartungsvoll sah er Salbjorn an. Offensichtlich hatte er bereits von den Keksen gehört.

»Guten Morgen«, sagte Salbjorn.

Der Junge sah ihn wortlos an, und Salbjorn fühlte sich versucht, Leon zu gestatten, diese Befragung durchzuführen.

»Es ist unhöflich, einen vollwertigen Untertan anzusehen, Junge.« Der senkte sofort den Blick. »Ich nehme an, du weißt, worüber wir reden werden. Du hast von den Umständen gehört, unter denen dein Altersgenosse Numa gestorben ist. Hast du an dem Tag, an dem das passierte, irgendetwas Ungewöhnliches gesehen?«

»Nein«, erwiderte der Junge.

»Gar nichts? Lass dir Zeit. Denk an den Tag zurück. Hat sich irgendjemand sonderbar benommen?«

»Ich habe nichts gesehen«, sagte der Junge. Hinter ihm verdrehte Leon die Augen und rutschte gereizt auf seinem Stuhl hin und her. »Es ist kalt hier drinnen«, fuhr der Junge fort und sah sich um, als erwartete er, einen nicht benutzten Feuerkorb zu entdecken.

»Schön. Du musst den Aufruhr mitbekommen haben, als vor ein paar Nächten das Langhaus niedergebrannt ist. Wir glauben, dass das der Mann getan hat, der auch für Numas Tod verantwortlich war. Hast du an diesem Tag etwas Sonderbares oder einen Fremden gesehen?«

»Nein. Habt Ihr nicht noch einen Umhang, den ich haben könnte?« Die Schüler mussten sich ihre Umhänge selbst flechten, und der dieses Jungen bestand nur noch aus Fetzen.

»Das bringt uns nicht weiter«, sagte Salbjorn. »Schon gut, du kannst gehen.«

»Ich habe gehört, dass Ihr Kekse verteilt«, gab der Junge zurück.

»Da hast du falsch gehört«, erwiderte Salbjorn und wedelte mit der Hand in Richtung der Stufen.

Der Junge brummte unzufrieden, stand auf und ging zur Treppe. Leon und Salbjorn sahen sich vielsagend an, als der Junge plötzlich stehen blieb und sich zu ihnen herumdrehte. »Würdet Ihr mir einen geben, wenn ich Euch von etwas Sonderbarem berichte, das ich gestern gesehen habe?«

Salbjorn verschränkte die Hände auf dem Tisch vor sich und sah den Jungen an.

»Irgendjemand lebt dort oben in den Bergen. Ich habe den Rauch eines Feuers gesehen.«

»Wo?«, erkundigte sich Salbjorn nach einem weiteren kurzen Blick auf Leon.

»Direkt zwischen Skafta und Vatni.« Das waren zwei Berge. »Vielleicht zwei Wegstunden entfernt.«

»Du bist sicher, dass es sich um Rauch handelte? Und nicht um einen Wolkenfetzen?«

Der Junge verdrehte die Augen. »Ich weiß, wie Rauch aussieht.«

»Danke. Das ist hilfreich.«

»Das ist doch sicher einen Keks wert?«

»Das denkst du dir so, was?« Salbjorn schickte den Jungen mit einer Handbewegung fort. Der schnaubte verächtlich und polterte die Treppe herunter. Dann wandte sich Salbjorn zu Leon um. »Wir sollten es Inger sagen.«

»Sie ist erschöpft.«

»Aber sie wird es wissen wollen. Ich sage es ihr.«

»Lass mich gehen und bewache du den Jungen. Ich muss mal hier raus. Ich habe diese Schule schon seit einer Woche nicht mehr verlassen, und es macht mich allmählich krank. Ich will ein bisschen laufen.«

»Ich kann im Moment niemanden beschützen«, wandte Salbjorn ein. »Behalt du den Jungen im Auge. Ich wollte mich ohnehin bewegen, also gehe ich zu Inger und rede mit ihr.« Insgeheim wollte Salbjorn seinem Mentor keinen noch so kleinen Teil dieser Ermittlungen anvertrauen. Leon war ein Furcht einflößender Kämpfer, so beweglich wie der Wind und unnachgiebig bis zum Starrsinn. Aber seine ungeheure Zuverlässigkeit entsprang teilweise auch einer gewissen Beschränktheit. Denn derselbe Mangel an Vorstellungskraft, der es ihm verunmöglichte, einen Rückzug anzutreten oder seine Trainingsroutinen zu unterbrechen, machte es ihm auch unmöglich, einer Spur zur nächsten zu folgen. Er konnte sich nicht in einen Angreifer hineinversetzen, konnte sich nicht vorstellen, was er als Nächstes tun würde oder warum, und er konnte auch nicht erkennen, welche Information wichtig sein könnte.

Salbjorn stemmte sich aus dem Stuhl hoch und machte sich auf die Suche nach Inger. Als er hinausging, benutzte er sein in der Scheide steckendes Schwert als Gehstock, um seinen geschwollenen Knöchel zu stützen. Er sah ihre dunkle Gestalt oben am Rand einer Klippe, hoch über der Schule. Es war nicht das erste Mal, dass er Inger dort sitzen sah. Von dieser Stelle aus konnte sie das Haskoli überblicken, saß da, ließ die Beine über den Rand baumeln und starrte mit leerem Blick ins Nichts. Es führte kein direkter Weg zu ihr, also humpelte er aus dem Hof in den Wind hinein. Hinter ihm lag die ausgebrannte Ruine des Langhauses, in dem sie in der ersten Nacht logiert hatten und die schon halb unter dem Schnee begraben lag.

Die Heide durchstieß die Schneedecke und bewegte sich im Wind. Eine Gruppe von Schülern auf dem Hang unter ihm erblickte ihn. Hastig zogen sie ihre groben Schuhe aus Hasenfell aus, denn sie hätten barfuß herumlaufen sollen. Aber Salbjorn kümmerte es nicht. Er hatte es während seiner Zeit hier genauso gemacht. Sie ernteten Heide, um sie zusammen mit der geschorenen Wolle, die über die Berge trieb, als Füllung für ihre Betten zu verwenden. Als er an ihnen vorbeiging, hielten sie inne und starrten ihn an. Salbjorn empfand zu seiner Verlegenheit Genugtuung, dass er ohne seinen Mentor hier war. Die Schüler waren vollkommen besessen von Leon. Sie hatten alle von ihm und seinem Schwert *Schweigen* gehört und starrten seine Tapferkeitsauszeichnung immer wieder an. Nur ein paar ältere Jungen kannten auch Salbjorns Namen, der erst seit zwei Jahren ein Heiliger Wächter war.

Der Pfad führte an der »Prüfung« vorbei: eine der heiligsten und grundlegendsten Übungen im Haskoli. Salbjorn war diese Herausforderung öfter angegangen, als er zählen konnte, und er hatte sie ein einziges Mal erfolgreich absolviert, worauf er immer noch stolz war. Die meisten beendeten sie nie. Als er hier gewesen war, hatte er ihren Sinn nicht verstanden. Es war Leon gewesen, der ihm den Grund für diese Prüfung verraten hatte, als er zur Heiligen Wache gekommen war. Die Prüfung testete keine besonderen athletischen oder anderen Fähigkeiten. Sie war einfach nur hart. Man wurde aufgefordert, eine nahezu unmögliche Aufgabe immer und immer wieder anzugehen, wurde von seinen Tutoren und Altersgenossen angefeuert oder verspottet, wenn sie sich versammelten, um zuzusehen. Man wurde vom Beispiel der unglaublich Wenigen angetrieben, die sie erfolgreich absolviert hatten. Es gab keine Erklärung dafür, warum man aufgefordert wurde, diese unzumutbare und so gut wie nicht zu bewältigende Aufgabe in Angriff zu nehmen. Man musste es einfach versuchen, immer und immer wieder. Irgendwann, mit jedem weiteren gescheiterten Versuch, wurde sie zu etwas, das Salbjorn einfach tun musste. Er hörte auf, nach dem Grund zu fragen. Irgendwann hatte er das Stadium erreicht, in dem ein Scheitern unbedeutend schien, das Aufgeben selbst aber angesichts des Unmöglichen einfach undenkbar geworden war.

Und genau das war der Zweck der Prüfung.

Sie lehrte *Asappa*, den Begriff der Anakim für: *Du musst damit leben.* Darin steckte Mitgefühl, er war jedoch gleichzeitig auch verächtlich. *Asappa* sollte jede Neigung zu Selbstmitleid im Keim ersticken. Und die Prüfung lehrte Verantwortlichkeit: *Das hier war dein Schicksal und nicht das irgendeines anderen.* Vor allem aber kündete sie von Unausweichlichkeit: *Man kann es nicht aufhalten oder davor weglaufen. Du musst dich ihm stellen.* Das gehörte zu den wichtigsten Lehren, die im Haskoli erteilt wurden. Deshalb wurden die Schüler in eiskaltes Wasser getaucht, wenn sie bei ihren Aufgaben versagten. *Asappa.* Deshalb wurde man als Gruppe bestraft oder belohnt: Ungeachtet seiner eigenen Leistung bestand immer die Möglichkeit zu leiden. *Asappa.* Das war der Zweck dieser Akademie und dieser unvernünftigen, willkürlichen Prüfungen. Hier wurden Menschen herangezogen, die sich nicht beschwerten, niemals aufgaben und nicht auf ihr eigenes Leiden achteten.

Salbjorn erinnerte sich an den Triumph seines eigenen Erfolges, nachdem er es jahrelang versucht hatte. Er erinnerte sich daran, wie er voller Unglauben ein paar Jahre später hörte, dass ein junger Schüler, der gerade erst angefangen hatte, als er selbst die Schule absolviert hatte, einen neuen Rekord aufgestellt und die Prüfung schon bei seinem vierten Versuch vollendet hatte. Er erinnerte sich sogar an seinen Namen: Pryce Rubenson.

Er humpelte den steilen Pfad zu der Klippe hinauf. Als er oben ankam, sah er Inger zufrieden am Rand sitzen. Sie musste sein Kommen bemerkt haben, aber sie war vollkommen regungslos und starrte in den wirbelnden Schnee. »Gefällt es dir hierzusitzen?«, fragte Salbjorn und ließ sich schwer auf ein Knie sinken. So nah am Rand, wie er es wagte.

Sie nickte und lächelte, während sie über die Berge blickte. »Ja«, erwiderte sie schlicht.

»Gibt es dafür einen besonderen Grund?«

»Es erinnert mich an meine Zeit im Freyi. Die Baumhäuser sind ebenfalls hoch über dem Erdboden und haben keine Geländer. Und der Abgrund klärt die Dinge, gibt einem einen Fokus.« Sie zuckte gelassen die Achseln, und Salbjorn staunte erneut darüber, dass in diesem so unbekümmert scheinenden Verstand so viel Tiefe und Einsicht war, dass sie den hoch geschätzten Rang einer Weisen Inquisitorin hatte erlangen können.

»Es gibt also Fortschritte?«, erkundigte er sich.

Sie nickte. »Ich glaube, ich habe Widersprüche in den Berichten der Tutoren entdeckt. Ich werde sie erneut befragen.«

»Gut«, antwortete er. »Einer der Jungen, die wir befragt haben, hat gerade eben berichtet, dass er Rauch zwischen zwei Bergen hat aufsteigen sehen, die nur zwei Wegstunden entfernt sind.«

»Hat er das?« Sie lächelte Salbjorn an. »Ich fürchte, du bist nicht in der Lage, der Sache nachzugehen, mein Fährtenleser. Und Leon muss den Jungen beschützen.«

»Ich habe mich gefragt, ob Leon dort hingehen und den Jungen mitnehmen könnte«, schlug Salbjorn vor.

»Hältst du das für sicher?«

Salbjorn lächelte. »Es gibt vielleicht zwei Männer im ganzen Königreich, die bei einem Schwertkampf eine Chance gegen Leon haben könnten. Ich glaube kaum, dass unser Meuchelmörder einer von ihnen ist.«

»Glaubst du wirklich, dass er sich Leon im offenen Kampf stellt?«, fragte Inger nachsichtig. »Du denkst, er arbeitet allein?« In dem darauffolgenden kurzen Schweigen begann Salbjorn zu frösteln. »Unsere kleine Gruppe wird bereits durch deine Verletzung geschwächt«, setzte sie hinzu. »Wir wollen Leon und den Jungen nicht in einem Schneesturm losschicken, nur um einem Phantom nachzujagen.«

Verlegen und frustriert über seine eigene Schwäche stimmte Salbjorn ihr mürrisch zu und wandte sich zum Gehen.

»Lass dich auf dem Rückweg nicht von den Bergen verführen!«, rief Inger ihm nach. »Bei mir hätten sie es fast geschafft.«

An diesem Abend ließ das Schneetreiben nach. Der Wind legte sich, und die Wolken lösten sich auf, bis auf eine im Osten. Wie eine Säule stieg sie zwischen zwei Bergen empor: Skafta und Vatni.

* * *

Obwohl Ingers Verhalten den Eindruck erweckte, dass sie ihre Ermittlungen recht zerstreut durchführte, ging sie in Wahrheit sehr gründlich vor. Und nach drei weiteren Tagen voller Befragungen rief sie Salbjorn in ihren dunklen Verhörraum. Als er eintrat, saß ein Tutor mit einem schwarzen Umhang Inger gegenüber. Ihr rundes, blasses Gesicht wandte sich Salbjorn zu. Es schwebte wie ein Mond vor dem mitternachtsschwarzen Hintergrund.

»Genau im richtigen Moment«, sagte sie und lächelte. »Ich bin mit unserem Freund hier fertig.« Sie deutete auf den Mann im schwarzen Umhang. »Würdest du mir den Nächsten schicken? Und vielleicht danach bei mir bleiben?«

Salbjorn trat zur Seite, damit der Tutor den Raum verlassen konnte. Inger hatte noch nie zuvor um seine Gesellschaft gebeten. »Bedeutet das, dass Ihr unseren Hauptverdächtigen verhören wollt, Mylady?« Er hätte sie nicht *Lady* nennen müssen – Heilige Wächter und Inquisitorinnen hatten den gleichen Status, aber Salbjorn hatte noch nie eine Weise Inquisitorin getroffen und konnte das Gefühl nicht abschütteln, dass sie über Gaben verfügte, die seinen Horizont überstiegen. Sie trug den silbernen Engel auf der Brust, die weißen Federn eines Raubvogels zierten ihr Haar, und dann war da noch die unbestrittene Leichtigkeit, mit der sie diese Ermittlung durchführte.

Ingers Augen funkelten. »Ich habe einen Verdacht. Aber bis jetzt wissen wir noch nicht, ob er wirklich etwas damit zu tun hat. Es ist ein Tutor namens Hagen, und wir müssen unvoreingenommen bleiben und an seine Unschuld glauben, bis seine Schuld erwiesen ist.«

Salbjorn verbeugte sich. »Gewiss. Ich gehe und hole diesen schuldigen Mistkerl.« Er verließ den Raum und humpelte durch das Schneetreiben auf dem Hof, um diesen neuen Jüngling zu suchen, der von der freundlichen Inquisitorin verhört werden sollte. Er kehrte mit Hagen zurück, führte ihn in den Raum, schloss die Tür und lehnte sich dagegen.

Hagen warf einen nervösen Blick über seine Schulter auf Salbjorn. Er war ein kleiner braunhaariger Jüngling mit einem bleichen Gesicht. Er strahlte eine gewisse Nervosität aus, wirkte fahrig und ein bisschen zerstreut.

»Du scheinst dich nicht wohlzufühlen, obwohl du gerade meditiert hast«, bemerkte Inger freundlich. »Entspann dich.«

Hagen versuchte seine Schultern zu lockern, aber sein Blick glitt unstet durch den Raum.

»Es muss ziemlich aufregend sein, dass diese Ermittlung in deinem Heim stattfindet«, fuhr Inger fort. »Sogar verwirrend, wie es scheint.« Sie ließ die Pause wirken, was Salbjorns Aufmerksamkeit steigerte. Die Wirkung auf Hagen war erheblich drastischer. Der junge Hilfstutor drehte sich um und starrte Salbjorn an, der den Ausgang versperrte. Salbjorn hatte noch niemanden getroffen, der Schweigen so gut einzusetzen wusste wie die Inquisitorin.

»Verwirrend?«, fragte Hagen schließlich.

»Ja, verwirrend.« Inger beugte sich vor. »Erzählst du mir noch einmal, was du in jener Nacht getan hast, in der dieser Meuchelmörder das letzte Mal in der Schule gewesen ist?«

»Ich war im Lagerhaus«, antwortete Hagen kläglich.

Er bricht bereits zusammen, dachte Salbjorn.

»Und was hast du dort gemacht?«

»Ich habe eine Inventur der Lebensmittel vorgenommen.«

»Allein?«

»Ja.« Seine Stimme wurde lauter.

»Dafür musst du eine ganze Weile gebraucht haben?«

»Ja. Aber die Inventur wird üblicherweise allein gemacht.«

»Ist zufällig irgendjemand hereingekommen und hat dich dabei gesehen?«

Hagen machte eine lange Pause. »Nein.«

»Niemand?« Inger betonte das Wort so, als wäre sie zufällig auf diese Ungereimtheit gestoßen.

»Niemand.«

»Ich habe gerade mit deinem Freund Tarla gesprochen. Er hat erklärt, dass er das Lagerhaus an diesem Abend betreten hat, um Birkensirup zu holen.«

»Er lügt«, sagte Hagen. »Ich habe niemanden gesehen.«

»Richtig, einer von euch lügt«, pflichtete Inger ihm bei, und plötzlich schüttelte sie ihre beiläufige Haltung ab. »Aber nicht er ist der Lügner, stimmt's?«

»Er lügt!«, wiederholte Hagen trotzig.

»Warum wurdest du dann dabei gesehen, wie du, zehn Minuten bevor das Feuer unser Langhaus verzehrte, dieses Langhaus verlassen hast? Zu einer Zeit, in der du angeblich im Lager gewesen sein willst?«

Salbjorn spannte sich an in Erwartung dessen, was jetzt kam.

»Wer hat mich denn gesehen?«

»Du streitest es nicht ab«, bemerkte Inger.

Hagen blieb stumm.

»Wieso wurdest du dabei gesehen, wie du etwas früher am Tag aus dem niedergebrannten Langhaus herausgekommen bist? Was hattest du da zu schaffen?«

Hagen sagte immer noch nichts.

»Du hast eine Fackel gestohlen«, fuhr Inger fort. »Die du zunächst dafür benutzt hast, dem Meuchelmörder ein Signal zu geben, und dann, um Feuer in unserem Langhaus zu legen. Du hast dem Mörder durch ein Zeichen verraten, wo Ormur schlief, aber dann hat Leon die Sache vereitelt, weil er draußen vor der Tür geschlafen hat. Du bist in Panik geraten und hast unser Langhaus in Brand gesetzt, als Ablenkungsmanöver, um Leon von dem Jungen wegzulocken und um uns loszuwerden.«

Hagen bewegte sich vollkommen unvermittelt. Er sprang mit einer Energie hoch, die Salbjorn überrumpelte, und stürzte sich auf den Wächter. Er versuchte, ihn von der Tür wegzustoßen und zu flüchten. Salbjorn hörte nicht einmal Ingers Schrei: »Halt ihn auf!« Er mochte unvorbereitet sein und immer noch verletzt, aber er war ein Heiliger Wächter, der Hilfstutor dagegen nur ein halb ausgebildeter Jüngling. Salbjorn dachte weder nach, noch kostete es ihn Mühe, den jungen Mann auf den Steinboden zu schleudern, wo er mit einem dumpfen Krachen landete.

»Gut gemacht«, sagte Inger, die ebenfalls aufgesprungen war. »Hilf ihm bitte hoch.«

Salbjorn bückte sich steif, packte Hagens Umhang und zerrte ihn in eine sitzende Position hoch. Inger kauerte sich vor ihn auf den Boden.

»Das war dumm«, sagte sie. »Und jetzt wirst du uns alles erzählen. Du wirst uns helfen, den Meuchelmörder zu finden.«

»Das kann ich nicht!«, jammerte Hagen. Tränen liefen ihm über die Wangen. »Ich kann nicht. Bitte! Er wird mich umbringen!«

»Wer? Wer wird dich umbringen?«

»Der Ellengaest!«

8. KAPITEL

DIE PRÜFUNGEN DES KÖNIGS GOGMAGOC

Das Lachen des Unhieru klang, als würde eine Schotterlawine abgehen. Es erfüllte die ganze Höhle. Und es beunruhigte Roper sehr.

Pryce schien keine Lust zu haben, länger zu warten. »Gehen wir!«, sagte er barsch und zerrte den Unhieru am Haar wie an einer Leine hinter sich her zum Ausgang. Sein riesiger Gefangener musste ihm gebückt folgen, sich des Schwertes sehr bewusst, das ihm Pryce immer noch unter das Kinn hielt. Zusammen schlurften sie zum Höhleneingang. Roper warf dem anderen Unhieru, der ihn am Knöchel gepackt hatte, einen kurzen Blick zu. Er konnte nur seine glänzenden Augen erkennen.

»Nach dir.« Er wedelte mit *Kaltschneide*. Die Kreatur schien ihn einen Moment nachdenklich zu betrachten, dann spürte er, wie die massige Gestalt an ihm vorbeischlurfte. Roper folgte ihr, die Spitze seines Schwertes auf ihr Rückgrat gerichtet. Dennoch war er sich nicht sicher, ob er den Giganten aufhalten konnte, falls der sich entschied, ihn anzugreifen.

Sie marschierten durch den Gang, und es wurde immer heller in der Höhle, bis Roper schließlich ins Freie trat, die Augen zusammenkniff und erleichtert das Licht und die Offenheit des Tals registrierte. Um ihn herum lagen Vigtyr, Tekoa und Aledas auf dem Boden. Sie waren offenbar gerade erst von den Unhieru losgelassen worden, die hinter ihnen standen. Einschließlich der beiden, die gerade aus der Höhle getreten waren, waren sie zu fünft. Und jetzt, als sie im Licht standen, konnte Roper diese Giganten erst richtig einschätzen.

Ihre Haut war grau gefleckt, sie waren nackt, und ihre Haare bestanden aus einer dunklen, verfilzten Mähne. Die Gesichter waren flach, wirkten intelligent und besaßen eine unheimliche Schönheit. Sie hatten derbe Wangenknochen, weit auseinanderstehende Augen und breite Münder. Insgesamt jedoch ähnelten sie eher Bären. Sie waren nicht schlank, sondern massig und so kräftig gebaut, dass sie sich mit einer fast schon hypnotischen Geschmeidigkeit bewegten. Derjenige, den Pryce bedrohte, war mit seinen fast drei Metern bei Weitem der Größte. Seine Augen waren von einem faszinierenden weichen Honigbraun. Seine Mähne war länger als die aller anderen Unhieru und reichte ihm bis zur Taille. Das breite Gesicht war haarlos, die Haut glatt und die Miene vollkommen undurchdringlich. Roper vermutete, dass dieser Gefangene der Anführer der kleinen Unhieru-Gruppe war: Obwohl sie die Anakim mit Leichtigkeit hätten überwältigen können, wagten die Giganten es nicht zu reagieren, solange Pryce ihrem Anführer jeden Moment die Kehle durchschneiden konnte.

Tekoa stand auf, schüttelte die zerzausten Federn seines Umhangs und warf dem Unhieru hinter ihm einen giftigen Blick zu. »Gilius?«, fragte er Roper.

Der blickte vielsagend auf den Unhieru, der ihn in der Höhle festgehalten hatte. Die Finger der Kreatur waren schmutzig rot, und seine Brust war blutbefleckt. Tekoa folgte seinem Blick und sah den Unhieru dann finster an.

»Du verfluchter Bastard!«, sagte er leise.

»Was jetzt?« Vigtyr war aufgestanden, und die Spitze seines Schwertes zuckte von einem Giganten zum anderen.

»Der hier führt uns zu Gogmagoc.« Pryce riss wütend an

dem Strang aus Haaren in seiner Hand. »Die anderen können wir wegschicken.«

»Wie denn?«, wollte Vigtyr wissen. »Wir können ja nicht einmal mit ihnen kommunizieren.«

»Doch, können wir«, sagte Aledas ruhig. Sowohl Anakim als auch Unhieru beobachteten aufmerksam den Waldläufer, während dieser sich bückte und den Bogen aus seinem Rucksack nahm. Ohne sonderliche Eile zog er eine Sehne aus der kleinen Tasche an seinem Stiefel, spannte den Bogen und nockte einen Pfeil ein. Dann richtete er die Waffe auf den blutüberströmten Unhieru und zog die Sehne bis an sein Ohr.

Roper hatte keine Gelegenheit mehr, ihn aufzuhalten.

Die Sehne knallte, und der Pfeil grub sich aus dieser kurzen Entfernung bis zur Fiederung in die Kehle des Unhieru. Sein gewaltiger, behaarter Schädel ruckte zurück, er taumelte und griff nach den schwarzen Federn in seiner Kehle. Dann fiel er hintüber, landete krachend auf dem Boden und rollte in das Tal hinab.

»Für Gilius«, sagte der Waldläufer. Er klang eisig. Dann griff er nach einem weiteren Pfeil, woraufhin die anderen Unhieru hastig zurückwichen. Mit langen Schritten rannten sie los und flüchteten in das Tal, alle bis auf den Anführer mit den honigfarbenen Augen, der von Pryce festgehalten wurde.

»Das hat mir gefallen!«, stieß Tekoa hitzig hervor.

»Und jetzt …« Pryce zog einmal heftig an dem Haar in seiner Faust. »*Gogmagoc.*«

Sie führten den Gefangenen in das Tal hinab, wo sie auf die Leiche des Unhieru stießen, den Aledas getötet hatte. Sie schnitten ihm mit ihren Schwertern das Haar ab und fesselten mit den Strähnen ihrem Gefangenen die Hände auf den Rücken. Nach einem Blick auf die mächtigen Muskeln wickelte Roper so viel Haar um die Handgelenke der Kreatur, bis sie jede Hoffnung aufgeben musste, sich befreien zu können. Dann stießen sie den Unhieru vor sich her das Tal hinauf, während Aledas und Vigtyr ihn mit schussbereiten Bögen flankierten.

So gingen sie schweigend etwa eine Wegstunde lang, während sie die Flanken des Tals beobachteten für den Fall, dass die geflüchteten Unhieru auf die Idee kamen zurückzukehren. Vermutlich jedoch waren sie vorausgeeilt, um den Gigantenkönig darüber zu informieren, dass einer von ihnen tot und ein anderer gefangen war. Das war wahrscheinlicher und auch beunruhigender.

Tekoa ließ sich zu Roper am Ende der Gruppe zurückfallen. »Das ist vielleicht die letzte Möglichkeit zur Umkehr, Mylord«, murmelte er. Vigtyr hatte ihn gehört und blickte kurz zurück. Er schaffte es nicht mehr, den Ausdruck von Hoffnung auf seinem Gesicht zu verbergen.

»Ich bezweifle, dass Gogmagoc unsere Delegation besonders herzlich willkommen heißt, nachdem wir einen seiner Leute getötet haben. Oder dass er uns besser versteht als diese Unhieru aus der Höhle. Sie hatten nicht das geringste Interesse daran, mit uns zu reden. Diese Leute werden niemals unsere Verbündeten.«

Roper lächelte Tekoa an. »Ich weiß nicht, wie unsere Mission enden wird, Tekoa. Genauso wenig weiß ich, wie wir bewerkstelligen können, dass Gogmagoc uns versteht, oder wie wir ihn überzeugen sollen, dass wir seiner Freundschaft würdig sind. Aber wir sind schon zu weit gekommen, um jetzt umzukehren. Sie wissen, dass wir kommen. Die anderen sind uns vorausgeeilt und haben zweifellos unsere Gegenwart gemeldet. Unsere Pferde sind weg und mit ihnen auch jede Chance zu entkommen, bevor sie uns einholen. Wir werden Unhierea nicht verlassen, bevor diese Aufgabe erledigt ist.«

Pryce war dem Gespräch gefolgt. Jetzt blieb er stehen, griff in seinen Rucksack und holte die Fahne des Schwarzen Lords heraus, den Silbernen Wolfskopf. Er befestigte sie an seinem nicht gespannten Bogen und hielt es als Banner hoch über die kleine Gruppe.

Ihr Gefangener ging voraus, und schon bald erreichten sie

weitere, von Brombeersträuchern geschützte Gevierte. Ihre Eingänge wurden von den dornigen Büschen versperrt, und darin drängten sich Herden von dunklen Schafen. Irgendwo hinter den Brombeerhecken stieg eine dunkle Rauchsäule in den Himmel. Der Gefangene blickte auf Roper herab, der jetzt an der Spitze der Gruppe ging, und warf dann einen Blick auf den Rauch. »*Hokhmakhoc*«, stieß die Kreatur hervor.

Dann ertönte ein fernes, scharfes Heulen.

Es hallte durch das Tal, so laut, dass die Anakim zusammenfuhren und alle gleichzeitig wie angewurzelt stehen blieben. Für Roper klang es wie ein schrecklicher Schmerzensschrei, ein Schrei, wie ihn vielleicht irgendein gepeinigtes Seeungeheuer ausstoßen würde. Wie als Antwort auf diesen Schrei tauchten riesige Gestalten mit aschfarbener Haut aus den Büschen vor ihnen auf. Bei ihnen waren Hunde mit zotteligem, hellem Fell, die mindestens drei Fuß von der Schulter bis zum Boden maßen. Sie kläfften wie verrückt, als sie auf die Anakim zurannten.

Roper zog *Kaltschneide* und trat einen Schritt zurück, während er die Hand nach Pryce ausstreckte. »Gib mir unser Banner, Pryce.« Der Sprinter gehorchte, zog dann sein Schwert und setzte ihrem gigantischen Gefangenen erneut die Spitze an die Kehle.

»Gogmagoc!«, brüllte Roper. Die Hunde rannten weiterhin auf sie zu, waren noch fünfzig, vierzig und dann dreißig Schritt entfernt, und eine wachsende Anzahl von wilden Männern und Frauen tauchte hinter ihnen auf. Sie kläfften fast genauso wild. »Gogmagoc!«

Erneut ertönte dieses Heulen, doch die Hunde wurden langsamer. Jetzt kläfften sie nicht mehr, sondern knurrten. Die Gruppe der Unhieru, die mittlerweile auf siebzig oder achtzig Köpfe angewachsen war, wurde ebenfalls langsamer, und Roper sah, wie eine Gestalt sich zwischen ihnen hindurch nach vorn drängte.

Dann trat ein Gigant unter diesen Giganten vor die Menge.

Es war eine wahre Bestie mit einem massigen, tonnenförmigen Körper. Seine dunkle, zu Zöpfen geflochtene Mähne reichte über den Rücken bis zu seiner Taille. Knochenstücke waren in die Haare geflochten. Die Kreatur hatte dieselben honigfarbenen Augen wie der gefangene Unhieru, aber sie war erheblich breitschultriger. Sie näherte sich ihnen langsam. Die Augen in dem flachen, so unheimlich einnehmenden Gesicht waren auf Roper gerichtet, bevor ihr Blick dann langsam zwischen ihm und dem Gefangenen hin und her glitt, dem Pryce immer noch das Schwert an die Kehle hielt.

»Lord König«, sagte Roper auf Angelsächsisch. Es konnte nur Gogmagoc sein. »Wir sind gekommen, um zu verhandeln.«

Bei Ropers Worten verlor das Gesicht des Giganten alle Schönheit. Er lächelte breit und enthüllte einen Mund voller zerbrochener, fauler Zähne. Seine Miene zeigte plötzlich einen Anflug von Wahnsinn. Dann stieß er ein knurrendes, atemloses Grollen aus, und Roper verlor alle Hoffnung. Diese Sprache hatte er noch nie zuvor gehört.

Doch dann erkannte er ein Wort und begriff, dass er sich geirrt hatte. Der Gigant sprach Angelsächsisch, aber mit einer derartig gurgelnden Stimme, dass die Worte fast nicht zu verstehen waren. »Die Pferdereiter!«, stieß er hervor. »Dumme, tote, kleine Südmänner.«

Tekoa antwortete als Erster. »Nenn mich nie wieder einen Südling!«, entgegnete er angewidert. »Wir sind Anakim.«

»Ahh.« Der Atem der Kreatur pfiff über seine schartigen Zähne. »Flussleute.«

»Du bist König Gogmagoc?«, fragte Roper.

»Ich bin Gogmagoc.«

»Ich bin der Schwarze Lord, Roper Kynortasson. Wir sind gekommen, um mit dir zu reden, Lord König.«

Gogmagoc warf einen Blick auf den gefangenen Unhieru, dann sah er Pryce an und das Schwert in dessen Faust. »Bedrohst du deshalb meinen Sohn?«

Ropers Handflächen wurden schweißnass. Deshalb hatten die Unhieru in der Höhle ihren Angriff so plötzlich abgebrochen, als Pryce ihre Geisel bedrohte. Er war ein Unhieru-Prinz.

»Wir wussten nicht, dass er dein Sohn ist«, erklärte Roper. »Er führte eine Schar an, die einen von uns getötet hat. Dafür haben wir ebenfalls einen getötet und ihn als Geisel genommen, um sicher hierherzugelangen.«

Dann geschah etwas Sonderbares.

Roper überkam plötzlich eine Welle schrecklicher, wilder Furcht, wie er sie noch nie zuvor verspürt hatte. Sie schien sich durch seine Brust zu fressen, so kraftvoll, dass er fast gewürgt hätte. Aus dem Taumeln seiner Gefährten schloss er, dass sie diese Furcht ebenfalls empfanden, und Vigtyr sank sogar auf ein Knie. Der Pfeil fiel klappernd von seiner Bogensehne. Roper musste sich zusammenreißen, um *Kaltschneide* festzuhalten.

»Lass ihn los«, knurrte Gogmagoc und durchbohrte Pryce mit seinem Blick.

Roper drehte sich um und bemerkte, dass der Läufer sonderbar auf diese alles überwältigende Furcht reagierte. Statt zu erbleichen wie die anderen Anakim, zitterte er vor kaum unterdrückter Wut. »Ich verstehe diese dumme Sprache nicht!«, stieß er hervor. »Aber ich werde diesem fetten Bastard gleich die Kehle durchschneiden.«

»Nein, Pryce!« Roper hob beschwichtigend die Hand. Die anderen Unhieru schlurften rastlos hin und her, umzingelten ihre kleine Gruppe, wagten jedoch nicht, etwas zu unternehmen, solange ihr Prinz als Geisel gehalten wurde. Roper wandte sich wieder Gogmagoc zu. »Mein Gefährte wird deinen Sohn freilassen, wenn du einwilligst, mit uns zu sprechen, und zustimmst, dass wir gehen können, wenn wir fertig sind.«

Roper nahm Gogmagoc kaum noch wahr. Er brauchte seine ganze Energie, damit seine Stimme angesichts dieser schrecklichen Furcht nicht zitterte, sondern fest und entschlossen klang. »Dieser Mann ist nur schwer zu bändigen«, fuhr Roper fort. »Wenn wir keine Zusage von dir bekommen, kann ich ihn schwerlich aufhalten.«

»Lass ihn los!« Gogmagoc siedete vor Wut. »Dann reden wir.«

Roper und Tekoa sahen sich an. Der Kommandeur war leichenblass. »Wir können immer noch umkehren, Mylord«, sagte er leise. »Wir nehmen den Prinzen als Geisel und kehren zur Grenze zurück. Was auch immer Ihr tut, übergebt diesem Ungeheuer nicht unser einziges Unterpfand.«

»Lass ihn frei«, befahl Gogmagoc erneut.

Roper warf einen Blick auf den Gigantenkönig und sah, dass sein aschfarbenes Gesicht allmählich von einer tiefen Röte überzogen wurde.

»Lass ihn los, Pryce«, befahl Roper. »Er hat gesagt, wir reden.«

»Mylord, nicht …«, zischte Tekoa.

Pryce betrachtete einen Moment forschend Ropers Gesicht. Dann ließ er das Schwert sinken und trat von ihrer Geisel zurück.

Augenblicklich hob sich das Gewicht dieser schrecklichen Furcht von Ropers Brust. Es fühlte sich an, als wäre irgendein eiterndes Geschwür ausgetrocknet, und er atmete leichter. Er hörte das Seufzen seiner Gefährten, als auch sie befreit wurden, und die Röte in Gogmagocs Gesicht verblasste wieder.

»Und jetzt …« Roper richtete sich auf und sah Gogmagoc in die Augen. »Jetzt reden wir.«

* * *

»Haben wir einen Plan?«, erkundigte sich Vigtyr.

»Der Plan lautet, ruhig zu bleiben«, erwiderte Roper, ohne sich umzudrehen. »Bedroht niemanden, seid nicht aggressiv, fasst nichts an und sagt nichts. Tut einfach gar nichts, es sei denn, ich befehle es euch. Haben das alle verstanden?« Aledas bestätigte das, und Tekoa und Vigtyr murmelten irgendetwas Beschwichtigendes.

Tekoa drehte sich um und sah Pryce an. »Pryce, ich glaube, das war vor allem auf dich gemünzt. Verstehst du, was Lord Roper gesagt hat?«

»Ich verstehe es.«

»Wirst du dem Befehl gehorchen?«

»Wahrscheinlich nicht.«

»Vigtyr, es ist deine Aufgabe, Pryce zurückzuhalten, wenn er irgendetwas Dummes anstellen will.«

»Mit Vergnügen, Mylord«, gab Vigtyr zurück.

Pryce' Gesicht war vollkommen ausdruckslos, als er Vigtyr ansah. Der hob kurz die Brauen und grinste.

Gogmagoc führte die Delegation der Anakim zuerst an den Brombeerhecken vorbei, in denen ihr Vieh stand, und dann an Dutzenden niedriger Lagerhäuser aus Bruchsteinen entlang. Roper erwartete, dass die stumme Menge der Unhieru jeden Moment über sie herfallen und sie steinigen oder ihnen mit ihren eingerissenen, scharfen Fingernägeln die Glieder ausreißen würde. Die Kreaturen taten jedoch nichts dergleichen, sondern sahen nur in unheimlichem Schweigen zu, wie die Anakim in die Mitte des Lagers geführt wurden. Zu einem lodernden Feuer, das von Nestern aus grünem Farn umringt war, in denen weitere Unhieru saßen und sie aufmerksam beobachteten. Der animalische Gestank stieg Roper zu Kopf und ließ ihn schwindeln.

Gogmagoc setzte sich neben das Feuer, wo ihm sofort etliche riesige Frauen Gesellschaft leisteten, vermutlich seine Ehefrauen. Sie rückten dichter an ihn heran und machten sich über seine Mähne her. Geschickt öffneten sie die Zöpfe, zogen die Knorpel und durchlöcherten Schienbeinknochen aus seinen Locken und warfen sie klappernd auf einen Haufen. Dann kämmten sie ihm mit eingeritzten Rippenknochen das Haar.

»Sprich.« Gogmagoc deutete mit seiner riesigen Hand auf Roper. Sein Blick war immer noch undurchdringlich, und Roper hatte keine Ahnung, wie lange der Gigantenkönig seine Delegation beherbergen würde. Drei der hellen Hunde trotteten an das Feuer, in die Nähe des Königs, und legten sich hin, die Köpfe auf den Pfoten.

»Ich habe ein Geschenk mitgebracht, Lord Gogmagoc.« Roper griff in eine Satteltasche und holte einen Schlauch mit bestem Met heraus, der vernehmlich schwappte, als er ihn dem Gigantenkönig hinhielt.

Gogmagoc nahm den Schlauch, zog den Pfropfen heraus und roch daran. Dann spritzte er sich einen Strahl der goldenen Flüssigkeit in den Mund, vorbei an seinen verfaulten Zähnen, und leerte fast die Hälfte des Weinschlauchs, bevor er ihn an seine Frauen weitergab, die den Inhalt unter sich aufteilten. Roper wartete, ob Gogmagoc so etwas wie Anerkennung zeigen würde, aber als dieser keinerlei Anstalten dazu machte, sprach er einfach weiter. »Das ist ein Zeichen unseres guten Willens. Ich bin gekommen, um einen Pakt zwischen unseren beiden Völkern vorzuschlagen.«

Gogmagoc machte eine ungeduldige Handbewegung.

»Wir bieten dir Folgendes an: Schon sehr bald werden wir Süddal erobern. Es wäre uns lieb, wenn ihr mit uns kämpftet. Wenn ihr uns helft, versprechen wir euch die Rückgabe der Ländereien eurer Vorfahren, die euch die Menschen aus dem Süden gestohlen haben.«

Doch Gogmagoc hörte ihm nicht zu, sondern blickte stattdessen über Ropers Kopf hinweg. Dann stieß er einige raue Worte auf Unhieru aus, die von einer Handbewegung begleitet wurden. Roper drehte sich um und sah zwei ihrer gestohlenen Pferde. Sein eigenes und Pryce'. Die Tiere wurden auf die Lichtung geführt. Sie bockten, schnaubten und wehrten sich mit weit aufgerissenen Augen gegen den Griff der Männer, die sie am Zügel hielten. Hinter ihnen folgte der Unhieru-Prinz, den Pryce bedroht hatte: Gogmagocs Sohn. Er hatte einen gewaltigen Ast in der Hand.

Ohne viel Federlesens oder Mühe hob der Unhieru den Ast hoch über den Kopf und hämmerte ihn auf den Hals von Pryces'

Pferd. Es knackte laut, und das Tier brach zusammen. Eine schockierende Kraft und Brutalität lag in dieser schnellen Bewegung, und das überlebende Pferd wieherte schrill vor Entsetzen. Pryce trat vor und beschimpfte den Unhieru, aber Vigtyr hielt ihn am Arm fest.

»Lass mich los, du Dreckskerl!«, schnarrte der Zuchtmeister und versuchte, seinen Arm loszureißen. Aber Vigtyr packte ihn an der Schulter und schlang beide Arme fest um ihn. Ropers Pferd wurde einen Herzschlag später getötet. Die Unhieru benutzten kleine Messer, die aussahen, als wären sie für die Hände von Südlingen geschmiedet worden, um die beiden Kadaver auszubluten. Die drei Hunde kamen sofort herbeigerannt und begannen gierig, das Blut vom Boden aufzulecken.

Aledas hatte nicht reagiert, und Pryce und Vigtyr waren wie erstarrt, während sie die Szene verfolgten. Tekoa stand stocksteif neben ihnen. Er hatte die Zähne gefletscht, und sein Gesicht hatte die Farbe einer Krabbenschale angenommen.

»Mylord?« Roper sah Gogmagoc an. Der hatte die Augen geschlossen, als die sterbenden Pferde schrill wieherten, und auch das weitere Geschehen nicht verfolgt.

»Ihr wollt Freunde sein«, brummte Gogmagoc in seinem kaum verständlichen Angelsächsisch. Sein Blick fiel auf Ropers Taille. »Ich will dein Schwert.«

»Mein Schwert steht nicht zum Gebot«, antwortete Roper.

»Zeig es mir«, beharrte Gogmagoc.

Roper schnallte *Kaltschneide* ab und hielt die Waffe Gogmagoc hin, damit er sie inspizieren konnte. Er spürte, wie sich die Blicke seiner Gefährten auf ihn richteten, als er seine Waffe übergab. »Sie ist für kleinere Hände gemacht als für deine, Lord König. Aber wir könnten Waffen herstellen, die zu den Unhieru passen.«

Gogmagoc nahm den Griff von *Kaltschneide* mit Daumen und Zeigefinger und zog die Klinge vorsichtig aus der Scheide. Dann glitt sein Blick darüber. »Ich will diese hier«, sagte er. »Sie ist besser als die Waffen der Südmenschen.«

»Diese Klinge gehört mir«, erklärte Roper unmissverständlich. »Aber wenn ihr mit uns kämpft, schmieden wir Waffen für jeden Unhieru.«

Gogmagocs einzige Reaktion bestand darin, *Kaltschneide* auf den Boden fallen zu lassen. Er machte sich nicht die Mühe, das Schwert zurückzugeben, sondern betrachtete Roper erneut. Die honigfarbenen Augen musterten ihn von Kopf bis Fuß.

»Deine Haut«, sagte er langsam. »Deine Metallhaut. Ich will auch sie.«

Roper begriff, dass der König seine Rüstung meinte. Er zögerte, als er sich vorstellte, wie Gogmagoc in Stahl gewappnet eine Axt schwang, die seiner Körpergröße angemessen war. Er war nicht sicher, ob er einem so machtvollen Verbündeten jemals würde trauen können, ganz zu schweigen von einem, der so bedenkenlos seine Gefährten tötete und seine Pferde schlachtete.

»Wir schmieden euch Waffen, und dafür helft ihr uns, Süddal zu erobern. Dann bekommt ihr die Länder eurer Vorfahren zurück. Das ist ein guter Handel.«

Gogmagoc lächelte, und wieder nahm sein Gesicht diesen wahnsinnigen Ausdruck an. Wenn er keine Miene verzog, wirkte er intelligent, aber das Lächeln mit den verfaulten Zähnen entstellte sein Gesicht zu einer Maske. »Wir brauchen nicht mehr Land. Wir nehmen uns, was wir wollen. Dein Angebot ist langweilig.«

Langsam und bedächtig näherte sich Roper Gogmagoc und bückte sich, um sein Schwert aufzuheben. Gogmagoc bewegte sich nicht, sondern ließ Roper die Waffe nehmen.

»Was noch?«, fragte der Schwarze Lord, während er langsam wieder zurücktrat. »Was kann dich überzeugen, dich uns anzuschließen, Lord König?«

Gogmagoc lächelte immer noch. »Kämpfe gegen uns.«

»Kämpfen?« Roper kniff die Augen zusammen.

»Schickt uns Waffen, schickt uns Metallhaut. Aber jetzt wird einer von euch gegen einen von uns kämpfen«, fuhr Gogmagoc fort. »Wir mögen Wettkämpfe. Gewinnt, dann sind wir Freunde.«

»Wir sind nicht hier, um zu kämpfen«, antwortete Roper.

»Er schon.« Gogmagoc winkte herablassend in Pryce' Richtung. Der Läufer bemerkte die Geste und sah Gogmagoc in die Augen.

»Ein Kampf wäre ebenfalls langweilig«, erwiderte Roper friedfertig und versuchte, das wachsende Gefühl von Feindseligkeit zwischen Pryce und Gogmagoc zu zerstreuen. Der Läufer war ganz offensichtlich wütend über den Tod von Gilius und darüber, dass man sein Pferd geschlachtet hatte. Ebenso wie Gogmagoc über die Bedrohung seines Sohnes ergrimmt war. »Du bist zu groß, und der Kampf wäre im Nu vorbei. Es sei denn natürlich, wir könnten unsere Schwerter einsetzen, was eine Verschwendung deiner großartigen Untertanen wäre. Deshalb schlage ich ein Rennen vor. Mein Gefährte«, er deutete auf Pryce, »ist ungeheuer schnell. Das wäre ein guter Wettkampf.«

Gogmagoc ließ Pryce nicht aus den Augen, während seine Frauen hinter ihm begonnen hatten, seine Haarmähne zu Zöpfen zu flechten und die Knochen wieder in die Locken einzuarbeiten.

»Vielleicht«, gurgelte er. »Aber er hat meinen Sohn bedroht. Wenn er verliert, bezahlt er.«

»Er bezahlt? Wie?«

»Ich töte ihn«, antwortete Gogmagoc tonlos. »Das macht deinen Wettlauf interessant. Wenn er verliert, stirbt er.«

»Das ist nicht nötig«, antwortete Roper, immer noch ruhig. »Wir haben deinen Sohn als Geisel genommen, weil er uns angegriffen hat. Wir haben es nur getan, um unsere Sicherheit zu gewährleisten. Es war keine Beleidigung, sondern nur eine Bestätigung deines furchterregenden Rufs.«

»*Er* hat meinen Sohn bedroht«, schnarrte Gogmagoc und machte erneut die wegwerfende Handbewegung in Pryce' Richtung. »Er läuft. Verliert er, stirbt er. Sonst ist das Reden vorbei.«

»Was sagt er?« Pryce verstand zwar die angelsächsischen Worte nicht, war sich aber des Blicks dieser honiggoldenen Augen bewusst, der unverwandt auf ihm ruhte.

»Er will einen Wettkampf.« Roper wandte sich zu dem Läufer um. »Ich habe ein Rennen vorgeschlagen, du gegen einen von ihnen. Aber er ist verärgert, weil wir seinen Sohn bedroht haben, und will dich daher töten, wenn du verlierst.«

Pryce zuckte mit den Schultern. »Lass uns laufen. Ich bin auf jeden Fall schneller als jeder dieser fetten Bastarde.«

Roper hob beschwichtigend die Hand. »Denk genau nach, mein Freund. Das ist kein Befehl. Ich möchte, dass du dich freiwillig dazu bereit erklärst. Du allein entscheidest.«

»Haben wir eine Wahl?«

Darauf antwortete Roper nicht.

»Also ja, ich bin mir sicher«, sagte Pryce.

Roper drehte sich wieder zu Gogmagoc herum. »Wir akzeptieren«, sagte er.

Gogmagoc schlug mit der flachen Hand auf seinen Schenkel, um zu zeigen, dass die Angelegenheit damit entschieden war. Dann richtete er sich auf und schlurfte zu dem Kadaver des Pferdes, das bereits gehäutet worden war. »Erst essen wir. Dann laufen wir.« Die Pferde wurden aufgespießt und brieten kurz danach über dem Feuer. Der Geruch von geröstetem Fleisch erfüllte die Luft.

»Kommt mit.« Roper führte die kleine Gruppe zu der Felswand des Tals am Rand des Lagers. »Hierher.« Er wollte, dass sie wenigstens auf einer Seite vor den Unhieru geschützt waren, die sie immer noch boshaft anstarrten. Die Anakim entzündeten ihr eigenes Feuer und rösteten ihre Hirsekekse. Kurz danach begannen die Unhieru die kaum gebratenen Pferde mit wuchtigen Schlägen eines Spalthammers zu zerteilen, den sie wie ein Hackbeil schwangen.

»Alle ihre Werkzeuge stammen von den Menschen aus den Südlanden«, bemerkte Tekoa bissig.

»Parasiten.« Vigtyr betrachtete die Unhieru kalt. »Warum sollten sie ihr Metall selbst bearbeiten, wenn es so einfach ist, es Leuten zu stehlen, die das vermögen?«

»Diesen Menschen könnte man niemals beibringen, wie man Metall bearbeitet«, behauptete Pryce. »Nicht einmal in tausend Jahren.«

»Sie sind nicht dumm«, widersprach Roper. »Und ich fürchte, dass sie weit klüger sind, als sie es bis jetzt gezeigt haben. Es ist so, wie Vigtyr sagte, sie ernten das Metall einfach. Die Menschen aus dem Süden bauen an, und sie ernten es.« Er machte eine kleine Pause. »Ich würde gern wissen, ob noch jemand von euch dieses Gefühl von Furcht empfunden hat, vorhin«, setzte er dann hinzu. »Als Gogmagoc wollte, dass wir seinen Sohn freilassen, überkam mich plötzlich das sichere Gefühl, dass ich sterben würde. Es war, als würde die Welt enden, und als würde der Himmel jeden Moment auf mich herabstürzen. So etwas habe ich noch nie empfunden.«

»Ich habe es auch gefühlt«, bestätigte Aledas.

»Ich ebenfalls«, schloss sich Tekoa an. »Und gleichzeitig haben neben meinen Füßen kleine Steine angefangen zu klappern.«

Niemand wusste, was er davon halten sollte.

»Sonderbar«, sagte Roper schließlich. »Ich bin mir sicher, dass Gogmagoc das irgendwie herbeigeführt hat. Er hat dafür gesorgt, dass wir uns so fühlten, aber ich kann mir einfach nicht vorstellen, wie. Vielleicht ernten sie ja auf diese Weise das Eisen von den Südlingen. Sie flößen ihnen so viel Angst ein, dass sie sich unterwerfen. Pass bei deinem Rennen gut auf, Pryce. Was auch immer das für ein Spiel ist, ich bin mir nicht sicher, ob wir nach denselben Regeln spielen.«

Pryce schien sich jedoch keine Sorgen darüber zu machen, nach welchen Regeln die Unhieru spielten. »Was passiert, nachdem ich gewonnen habe?«, fragte er.

»Dann schließt Gogmagoc einen Pakt mit uns.« Vigtyr starrte

immer noch auf die Giganten, die sich um die am Spieß röstenden Pferde drängten.

»Wollen wir das wirklich?« Tekoa sah Roper forschend an. »Zweifellos sind sie mächtige Verbündete, aber bisher habe ich in ihrem Verhalten nichts bemerkt, was mich glauben lässt, dass wir in der Lage wären, einen gemeinsamen Feldzug mit ihnen durchzuführen. Diese Menschen sind das reinste Vieh!«

»Wir brauchen dieses Vieh«, erwiderte Roper ruhig. »Wir müssen sie nicht kontrollieren, sondern nur von der Leine lassen. Aber, Pryce: Nimm dieses Rennen ernst. Unterschätze sie nicht.«

Doch Pryce hörte nicht wirklich zu, sondern starrte stattdessen Vigtyr an. Roper folgte seinem Blick und sah, dass der Zuchtmeister hastig zur Seite sah. Etwas Merkwürdiges ging zwischen diesen Männern vor, aber Roper wusste nicht, was es war. Er legte Pryce die Hand auf die Schulter. »Einverstanden?«, hakte er nach.

»Es wird das leichteste Rennen sein, in dem ich je gelaufen bin«, erwiderte Pryce nüchtern und riss seinen Blick von Vigtyr los. »Ich werde nicht gegen einen Unhieru verlieren.«

Gogmagoc kam kurz darauf zu ihnen, die fetttriefende Keule eines halb gerösteten Pferdes an einem Knochen haltend, der im Feuer gelegen hatte. Er musste glühend heiß sein, aber das breite Gesicht des Unhieru war vollkommen ausdruckslos. »Zeit zu laufen.« Er öffnete den Mund und riss ein Stück Pferdefleisch vom Knochen. Dabei benutzte er seine Backenzähne, nicht seine zerbrochenen, verfaulten Vorderzähne.

»Welche Strecke schlägst du vor?« Roper stand auf.

»Durch das Tal«, sagte der zottelige König, wandte sich ab und schritt aus dem Lager. Roper bedeutete seinen Gefährten, ihm zu folgen. Gogmagoc führte sie an den Lagerhäusern und den Brombeerpferchen vorbei, in denen jetzt keine Schafe mehr standen, und schließlich aus dem Lager heraus. Die Hunde folgten ihm und starrten hungrig auf die Pferdekeule, die in seiner Hand schwang.

Unmittelbar hinter dem Lager, wo Roper und Gogmagoc zum ersten Mal aufeinandergetroffen waren, blieben sie stehen. Vor ihnen lag ein felsiger Hang, der als Rennstrecke genügen würde. Gogmagoc deutete mit der Pferdekeule darauf. »Hier.«

Pryce schnaubte verächtlich. »Das ist die Strecke? Dann sag diesem Oger, er soll seinen schnellsten Untertanen auswählen.«

»Wer ist dein Läufer?«, übersetzte Roper taktvoll. Er betrachtete die Strecke und kam zu der Schlussfolgerung, dass die unebene Fläche den längeren Schritt eines Unhieru begünstigte.

Zur Antwort sah Gogmagoc auf einen der Hunde, die gehorsam neben ihm saßen und auf die Keule in seiner Hand starrten.

Zuerst verstand Roper nicht. Dann jedoch dämmerte ihm die wahre Natur dieses Wettkampfs. »Ein Hund?« Er sah Gogmagoc entsetzt an. »Du sagtest, wir würden gegen einen von deinen Leuten antreten!«

»Nein«, widersprach Gogmagoc. »Ich sagte, es würde ein Rennen geben. Und wenn dein schnellster Mann verliert, stirbt er.«

Trotz Gogmagocs hünenhafter Größe und der Zuschauer, die sich um sie herum sammelten, schlug heiße Wut in Roper hoch. »Ich will eine neue Herausforderung!«, verlangte er. »Du hast uns hintergangen.«

»Nein«, wiederholte Gogmagoc. »Nein. Dieser Wettkampf. Oder das Reden ist vorbei.«

Das verstand Roper. *Das Reden ist vorbei* bedeutete keineswegs nur, dass die Verhandlungen zu Ende waren und sie gehen konnten. *Das Reden ist vorbei* bedeutete für die Unhieru, dass Ropers Gruppe denselben Status wie die Pferde einnehmen würde, die sie gerade zerhackt hatten, oder die Südlinge, die sie beraubten, oder wie der arme Gilius, als er sich in die Höhle gewagt hatte. Wenn das Reden vorbei war, machte das auch allem anderen ein Ende.

Roper drehte sich zu Pryce herum und wusste nicht genau, wie er dem Läufer erklären sollte, in was für eine Falle er sie manövriert hatte. Aber Pryce erwiderte seinen Blick gelassen. »Er will, dass ich gegen seinen Hund laufe«, sagte er. Pryce sprach zwar kein Angelsächsisch, verstand aber offensichtlich weit besser als Roper die Gesten, die Haltung und die Macht der Unhieru.

Roper atmete langsam aus. »Ja. Genau das will er.«

Pryce nickte und betrachtete gelassen die Hunde, von denen einer sein Gegner werden würde. Dann richtete er den Blick auf Gogmagoc, und die Feindseligkeit zwischen den beiden trat unverhüllt zutage.

»Sag ihm, ich akzeptiere«, erklärte Pryce.

* * *

Die Mittagsstunde war bereits verstrichen. Sanft strömte der kühle Abendwind durch das Tal. Die Luft war frisch, der Himmel grau und bedeckt, und es hagelte leicht. Neben der Rennstrecke hatten sich die Unhieru versammelt. Sie brodelten förmlich von bösartiger Energie, die offenbar nur von Gogmagocs unerbittlicher Aura in Schach gehalten wurde. Roper bezweifelte, dass nur Pryce mit seinem Leben bezahlte, wenn der Läufer verlor. Er musste den Hund einfach schlagen.

Pryce grub sich mit einem Stein zwei Startlöcher. Wenn er fertig war, würde Gogmagoc den Knochen in seiner Hand so weit werfen, wie er konnte. Er war jetzt vollkommen abgenagt und milchig weiß. Wer auch immer ihn zuerst erreichte, Anakim oder Hund, würde zum Sieger erklärt.

Ob Pryce nun so geschickt darin war, seine Gefühle zu verbergen, dass sie ihm unter seinem unbekümmerten Verhalten nicht anzumerken waren, oder ob er tatsächlich nur in dem Moment existierte, in dem er sich gerade befand, jedenfalls zeigte der Läufer keinerlei Anzeichen von Besorgnis. Er grub in Ruhe die Startlöcher zu Ende und blieb dann unbeweglich stehen, eingehüllt in seinen Mantel. Roper musterte die Rennstrecke, sein Blick glitt über die dünne Schneeschicht auf den Felsen, den leicht abfallenden Hang, die Mulde in etwa vierzig Schritten Entfernung, wo seiner Vermutung nach der Knochen landen würde.

Gogmagoc schnalzte, und der Hund rannte zu ihm. Er setzte sich zu seinen Füßen nieder und starrte aufmerksam auf den langen Knochen in der Hand des Königs. Pryce beobachtete ihn ebenfalls. Dann ließ er den Mantel von den Schultern gleiten und schlenderte, als hätte er alle Zeit der Welt, zu seinen Startlöchern.

Der Hund zitterte vor Erregung, tänzelte auf der Stelle, während er darauf wartete, dass der Knochen geworfen wurde. Pryce' Energie wirkte dagegen wie ein gebündelter Sonnenstrahl, der genau die Stellen belebte, an die er ihn schickte. Alles an ihm war vollkommen ruhig, bis auf die Beine, als er die Füße in die Mulden stellte. Die Unhieru sahen schweigend zu, und das einzige Geräusch war das Knirschen von Schotter, als Pryce seinen Fuß in die zweite Startmulde schob. Er prüfte den Halt und presste seine Sohlen kurz gegen die Kanten, bevor er sich hinkniete, zurücklehnte und die Hände an seiner Tunika abwischte. Gogmagoc beobachtete ihn unter seiner knochigen Stirn hervor und wartete, bis Pryce bereit war. Schließlich lehnte sich der Sprinter vor und nahm Startposition ein. Er erstarrte, geduckt, angespannt und wachsam.

Die Anakim hatten sich nebeneinandergestellt, die Arme über die Schultern ihres Nebenmannes, und beobachteten ihren Läufer.

Gogmagoc holte weit aus.

Der Knochen schoss in die Höhe, wirbelte, drehte sich langsam in der Luft. Pryce dagegen schien förmlich zu explodieren. Wie ein gewaltiges verdrehtes Seil, das durch immer mehr Drehungen immer stärker gespannt wurde, bis schließlich ein Strang riss und sich in einem brutalen Wirbel löste, flog Pryce förmlich aus seinen Startlöchern. Seine Stiefel wirbelten Steine und Schnee auf und gruben kleine Löcher in den Schotter, die ihm Halt gaben, während er startete. Mit kleinen Schritten nahm er Fahrt auf, und ein Wirbel aus Steinchen und Erde sprühte hinter ihm auf. Seine Flugbahn waberte kurz, wie ein instabiler Himmelskörper, doch dann schien er nicht mehr geschoben, sondern gezogen zu werden, und die Bahn begradigte sich wie die eines Meteors.

Die athletische Kraft des Hundes schien während dieser ersten Herzschläge keine Herausforderung für Pryce zu sein. Die Krallen des Tiers rutschten auf dem gefrorenen Fels, und er kam auf den glatten Steinen kaum von der Stelle. Pryce hatte rasch einen Vorsprung von gut zehn Schritten gewonnen, der jedoch von Schritten auf Fuß und dann auf Handbreit zusammenschmolz, als der Hund sich streckte und immer schneller wurde. Er fegte anmutig und kraftvoll über den Boden, und je schneller er wurde, desto weniger rutschten seine Krallen ab. Schließlich rannten Hund und Mensch gleich schnell, und Pryce hatte noch fünf Schritte Vorsprung, als der Knochen polternd etwa sechzig Schritt von der Startlinie entfernt landete.

Die Unhieru hatten angefangen zu heulen. Es war ein Geräusch, als würde ein mächtiger Wind durch das Tal fegen. Einen Moment sah es so aus, als könnte Pryce seinen Vorsprung halten. Seine Adern waren hervorgetreten, Arme und Beine pumpten, und er hatte die Zähne gefletscht. Dann jedoch holte der Hund auf. Unter seinem zottigen Fell dehnte und spannte sich sein Körper wie eine ungeheure Feder. Bei jedem langen Satz kam er einen halben Meter näher an Pryce heran. Er hatte Pryce fast eingeholt, als der Sprinter seine Bahn veränderte und die Bahn des Hundes kreuzte, wodurch er gegen dessen Schulter prallte. Das brachte das Tier durcheinander. Es musste ein paar Schritte auslassen, um nicht zu stürzen, und erneut hatte Pryce drei Schritte Vorsprung. Der Hund hatte die Ohren fest an den Kopf angelegt, und seine Augen waren vor Gier weit aufgerissen, während er Pryce verfolgte. Der Sprinter schien noch schneller zu rennen, und der Hund näherte sich ihm langsamer als zuvor.

Aber er holte auf. Der Hund lief jetzt ein Stück weiter von Pryce entfernt, sodass der Anakim ihn diesmal nicht stoßen konnte, und näherte sich ihm mit langen, kraftvollen Sätzen, bis er ihn eingeholt hatte. Die beiden Gestalten waren zwei Bündel aus galoppierender Raserei. Schließlich hatte der Hund eine halbe Länge Vorsprung. Doch Pryce beschleunigte erneut, seine Bewegungen wurden heftiger, und der Hund konnte keinen größeren Vorsprung herauslaufen. Der Knochen war noch fünfzehn Schritt entfernt, zehn, dann fünf. Pryce beugte sich immer weiter vor, der Hund dagegen wurde langsamer und riss das Maul auf. Pryce stürzte sich nach vorn.

Er hatte kein bisschen an Geschwindigkeit verloren, als er auf dem Boden landete und den Arm nach dem Knochen ausstreckte. Der Hund war langsamer geworden und senkte den Kopf, und die beiden verschwanden in einer Wolke aus Sand und Schnee. Dann tauchte die Flanke des Hundes wieder auf, als der sich mehrfach überschlug. Pryce rollte hinter ihm her, und erneut verschwanden sie beide in der schmutzig braunen Wolke. Einen Herzschlag lang beugten sich die Zuschauer in Richtung der Szene vor, die Augen weit aufgerissen, dann tauchte Pryce über der Wolke auf und ließ etwas Weißes, Blitzendes über seinem Kopf kreisen.

Die Anakim brüllten triumphierend und stießen die geballten Fäuste in die Luft, als Pryce den Arm gen Himmel reckte und den Knochen hoch in die Luft warf. Als er herabfiel, schnappte der Hund ihn. Die Unhieru verstummten. Einige von ihnen winkten enttäuscht ab, während sie sich zum Gehen wandten. Pryce' Umriss war im Schnee nur undeutlich zu erkennen. Aber er grinste ebenso wild, wie Gogmagoc gelächelt hatte, als er die Hände und das Gesicht zum Himmel hob. »Ich kann nicht verlieren! Der Allmächtige liebt mich! Ich kann nicht verlieren!«

Tekoa fluchte unaufhörlich und schüttelte grinsend seine Faust in Pryce' Richtung. Aledas lächelte ebenfalls, zum ersten Mal, seit Roper ihn kannte, und nickte dem jubelnden Läufer zu.

Nur Vigtyr schien ungerührt zu sein. Er starrte Pryce an, und seine Miene war ihm so fremd, dass Roper sie nicht genau entschlüsseln konnte. War er neidisch?

Pryce ging über die Rennstrecke zu ihnen zurück, hielt ein Ende des Knochens fest und zog den Hund daran mit sich. Roper ging ihm entgegen, bis die beiden sich auf dem Hang trafen. Pryce ließ den Knochen fallen, und sie umarmten sich.

»Gut gemacht, Bruder«, sagte Roper.

»Das ist ein verdammt schnelles Vieh«, stellte Pryce fest. Sein Gesicht war schmutzig, und auf der linken Seite hatte er sich die Haut blutig geschrammt, als er nach dem Knochen gehechtet war. Tekoa umarmte Pryce als Nächster, und Aledas schüttelte dem Läufer die Hand und schlug ihm auf den Rücken. Roper hörte schwere Schritte und drehte sich um. Gogmagoc stand ein Stück hinter ihrer Gruppe, neben einer seiner Frauen. Seine Miene war immer noch vollkommen undeutbar.

Roper ging zu ihm. »Und jetzt, Lord König«, sagte er freundlich, »sind wir Verbündete.«

»Nein«, sagte Gogmagoc.

Roper erstarrte. »Nein? Wieso?«

»Nein«, wiederholte Gogmagoc schlicht. »Er hat betrogen. Er hat meinen Hund getreten. Sonst hätte er verloren.« Gogmagocs Frau neben ihm stieß ein leises, grollendes Geräusch aus, das Roper als Lachen identifizierte. Sie war etwa so groß wie Aledas und damit die Kleinste in ihrer Gruppe, aber das glich sie durch ihre Breite aus. Ihr Körper war eine riesige, gedrungene Trommel, mit Gliedmaßen an den Gelenken so dick wie Ropers Taille. Sie betrachtete den Anakim höhnisch, der mittlerweile begriffen hatte, was Gogmagoc damit meinte, und drehte sich zu ihm herum. Das Lächeln erlosch auf allen Gesichtern.

»Er hat keine deiner Regeln verletzt«, antwortete Roper unnachgiebig. »Und außerdem ist ein Rennen Mann gegen Hund ohnehin nicht fair. Wir haben alle Bedingungen erfüllt, von denen du gesprochen hast.«

»Nein«, wiederholte Gogmagoc nur. »Ich bin nicht zufrieden.« Er machte eine gleichgültige Handbewegung.

Damit waren die Anakim entlassen.

Roper starrte Gogmagoc weiterhin an, hinter ihm jedoch ertönten Laute der Erleichterung. Jemand berührte seinen Ellbogen, und als er sich umdrehte, stand Tekoa neben ihm. »Wir sollten gehen, Lord«, sagte Tekoa leise auf Anakim. »Wir haben alles getan, was uns möglich war, und jetzt können wir lebendig von hier weggehen. Ehrlich gesagt ist das mehr, als ich erwartet hätte. Es wird Zeit zu verschwinden. Diese Menschen werden niemals unsere Verbündeten sein.«

Sie machten Anstalten, sich zurückzuziehen, alle bis auf Pryce, der nur Augen für Roper hatte.

Der Schwarze Lord hatte sich nicht gerührt. Er drehte sich zu Gogmagoc herum und starrte in dessen honigfarbene, goldene Augen. Eine Gruppe Unhieru hatte sich um ihren König und ihre Königin geschart und musterte die Anakim.

»*Nein*«, sagte Roper auf Angelsächsisch.

Schweigen legte sich über das Tal, stumm wie die Welle, die sich aufbäumt, wenn sie an die Oberfläche gedrückt wird, und sich hoch und glatt über das Meer erhebt. Roper reckte das Kinn vor, seine Füße gruben sich in die Erde, und er verengte die Augen. Er spürte, wie Pryce neben ihn trat. »Nein«, wiederholte er. »Wir gehen nirgendwohin.«

Ruhig kehrte der Rest seiner kleinen Gruppe zu ihm zurück und bezog hinter ihm Aufstellung.

Roper war wütend. Sie waren hierhergekommen, um einen Pakt zu schmieden, nicht, um sich von diesem frustrierenden, ungleichen Kräfteverhältnis einschüchtern zu lassen. Umgeben von so vielen Unhieru und so weit weg von jeder Hilfe hatte Roper keine Möglichkeit, seinen Willen durchzusetzen. Er musste sich Gogmagocs Launen fügen. Der König der Giganten spielte nur ein Spiel mit den Anakim. Er hatte nicht das geringste Interesse an der Allianz, die Roper vorgeschlagen hatte. Er wollte sich nur amüsieren. Es wurde Zeit, Gogmagoc dazu zu bringen, sie ernst zu nehmen.

»Noch ein Wettkampf«, schlug Roper grimmig vor. »Du bestimmst ihn, Lord König. Aber wir bleiben hier.«

Roper fühlte, wie seine Gefährten sich bei seinem aggressiven Ton versteiften, und ein Anflug dieser sonderbaren Röte färbte Gogmagocs aschfarbenes Gesicht. Aber seine Frau lächelte immer noch hinterhältig.

»Ja.« Ihre Stimme klang heiser vor Boshaftigkeit. »Ein weiterer Wettkampf wäre sehr unterhaltsam.«

»Dem stimme ich zu«, sagte Roper. »Wie ist dein Name, Mylady?«

»Gighath«, antwortete sie. »Deinen Namen brauche ich nicht zu wissen, kleiner Flussmann. Komm!« Sie packte Gogmagocs Arm. »Noch einen Wettkampf.«

»Und wenn wir gewinnen«, sagte Roper, »dann schließt ihr euch uns an.«

Gogmagocs Röte verblasste langsam. Er schien zu überlegen. Dann ruckte er einmal mit dem Kopf und berührte zart Gighaths Gesicht. »Morgen«, sagte er. Die Sonne war bereits am Horizont des Tals verschwunden, und der Wind frischte auf. »Du bekommst noch eine Chance.« Damit kehrte Gogmagoc ihnen den Rücken zu und ging zu den Brombeerhecken zurück.

»Kommt«, sagte Roper zu seinen Gefährten. Es bedeutete zwar, dass sie die Nacht im Lager der Unhieru verbringen mussten, aber wenigstens hatten sie noch eine weitere Chance bekommen.

»Sollten wir nicht besser weit weg von den Unhieru schlafen?«, schlug Tekoa vor.

»O nein«, widersprach Roper. »Es ist Gogmagoc, der sie im Zaum hält. Wir sollten in seiner Nähe bleiben.«

Sie folgten den Unhieru das Tal hinauf, gegen den Wind. Es war dunkel, und der Schnee fegte durch die Luft, als Aledas plötzlich die Hand hob und auf den Rand des Tals zeigte. Gegen den helleren Himmel dahinter zeichnete sich eine massige Silhouette ab. Roper konnte zuerst im Heulen des Sturms nichts hören. Dann jedoch ertönte ein einsamer Ruf in Richtung Berge und verklang allmählich im Tal, bis nur noch der rauschende Wind zu hören war. Kurz darauf antwortete sehr schwach eine andere Stimme aus der Dunkelheit jenseits des Tales.

»Sie wünschen sich eine gute Nacht«, erklärte Roper.

9. KAPITEL

AUFSTEIGENDE RÖTE

Es war eine lange Nacht bei den Unhieru. Ropers Männer zogen sich an den Rand des Lagers zurück und versuchten zu schlafen, aber sie wurden von den monströsen Silhouetten vor dem Feuer wach gehalten, deren Schatten über die Felswände des Tals zuckten. Die Unhieru holten Trinkschläuche heraus, deren Inhalt nach fermentierter Milch roch, und tranken, bis die Männer anfingen zu ringen. Den Gewinnern wurden Geschenke überreicht, zumeist Werkzeuge aus dem Süden, aber gelegentlich auch Beutel mit Erde, aus deren Spitze ein Schössling herauslugte. Diese Pflanzen schienen besonders kostbar zu sein und wurden sehr sorgfältig verstaut. Die Frauen saßen am Rand, kämmten sich gegenseitig die Haare mit Kämmen aus eingekerbten Rippen und unterhielten sich in ihrer grollenden Sprache.

Irgendwann nach Mitternacht wurden die restlichen Pferde der Anakim in den Kreis geführt. Sie wurden weit weniger sorgfältig geschlachtet als ihre Vorgänger. Sie lebten zum Teil sogar noch, als die langhaarigen Giganten sich Fleisch herausrissen. Das Pferdefleisch wurde fast roh mit Wildäpfeln verspeist, die man aus den niedrigen steinernen Lagerhäusern holte, welche die Felswände des Tals säumten.

Roper übernahm die Mitternachtswache und stellte fest, dass

es zwei Klassen von Männern der Unhieru zu geben schien. Diejenigen, die rangen, waren riesig, hatten diese faszinierenden Augen von honigfarbenem Gold und gewaltige, zerzauste Mähnen. Die anderen beteiligten sich nicht an den Kämpfen. Sie waren kleiner, schlanker, hatten braune Augen, und ihre Haare waren kaum länger als die der Frauen. Während also die langhaarigen Männer kämpften, saßen die anderen unruhig herum und beobachteten den Wettkampf. Einige schlichen sich dichter an die Stapel mit Geschenken heran, die jeder Meisterkämpfer aufgehäuft hatte. Wenn die Kämpfe auf dem Höhepunkt waren, stahlen die anderen etwas von ihren Geschenken und zogen sich dann unauffällig zurück. Die gestohlenen Geschenke schienen sie zu benutzen, um sich die Gunst der Frauen zu erkaufen. Und das führte zu dem schockierendsten Moment des ganzen Abends – noch schockierender als das Schlachten der Pferde.

Roper hielt gerade Wache, während seine Gefährten hinter ihm zu schlafen versuchten, und bemühte sich, die Regeln des Wettkampfs zu begreifen. Soweit er feststellen konnte, galt nur der Kontakt mit den Augen und mit den Lenden als inakzeptabel. Jemanden zu würgen wurde dagegen durch lautes Johlen ermutigt. Jenseits des Wettkampfplatzes näherte sich einer der kleineren Männer dem Stapel eines Meisterkämpfers und versuchte, einen der Schösslinge zu stehlen. Er hatte ihn ergriffen und zog sich gerade zurück, als jemand plötzlich seine Knöchel packte. Der Besitzer hatte ihn beim Diebstahl erwischt und zerrte ihn jetzt zu seinem Haufen zurück, während der kleinere Mann wie verrückt schrie. Das Gesicht des langhaarigen Unhieru hatte urplötzlich seine Farbe verändert. Zum ersten Mal erkannte Roper so etwas wie einen Ausdruck darin. Es lief tiefrot an, erst die Wangen, dann der Hals, und schließlich dehnte sich die Röte auch über seine Brust aus. Die Farbe bildete einen schockierenden Kontrast zu der blassen Haut seines Oberkörpers. Es war dieselbe Farbe, die auch Gogmagoc ins Gesicht gestiegen war.

Der rot angelaufene Mann kniete auf seinem kleineren Kameraden, der immer noch jaulte und um sich schlug. Aber er konnte ihm nicht entkommen, sondern lag hilflos wie festgenagelt auf dem Boden, als der Angreifer mit seiner riesigen Hand nach seinem Auge griff und begann, es mit seinen langen, eingerissenen Nägeln aus der Augenhöhle zu drücken. Er presste das Auge schließlich ganz heraus, während sein Opfer nach wie vor wie verrückt, wenn auch vergeblich auf seine Brust schlug. Dem Mann fehlte offensichtlich die Geduld, auch das zweite Auge herauszubohren, denn er begnügte sich damit, es einfach nur mit der Faust zu traktieren. Die Regeln, die während des Ringkampfs gegolten hatten, schienen aufgehoben zu sein. Niemand mischte sich ein. Roper beobachtete, dass Gogmagoc so ausdruckslos wie immer zusah.

Der kleinere Mann würde nie wieder sehen können, aber sein Angreifer war noch nicht fertig mit ihm. Roper begriff zuerst nicht, was passierte, bis der Angreifer mit gefletschten Zähnen den Kopf zwischen den Lenden des kleineren Mannes vergrub. Roper wandte den Kopf ab, als ein Schrei ertönte – ein gequälter, schriller Schrei, der das dunkle Tal erfüllte. Roper wünschte sich, der kleinere Mann würde das Bewusstsein verlieren oder sterben, Hauptsache, dieses panische Geschrei hörte endlich auf. Er drehte sich um und sah, dass seine Gefährten wach waren und allesamt entsetzt auf die Szene vor ihnen blickten.

Die Schreie verstummten, und die letzten Echos verklangen langsam im Tal. Als Roper wieder nach vorn blickte, sah er, dass der Angriff endlich von einer Gruppe von vier Frauen beendet worden war. Sie hatten aufgehört, sich zu kämmen, waren aufgestanden und hatten den aufgebrachten Mann zur Seite geschoben. Sein Gesicht und seine Brust waren immer noch dunkel gerötet, und er versuchte weiterhin, seinen am Boden liegenden Widersacher zu erreichen. Der war zwar noch nicht tot, würde es aber bald sein.

»Was in diesem Tal geschieht, geschieht«, stellte Roper ruhig fest. »Versucht zu schlafen.«

Diese Unhieru waren ein sonderbares Volk. Ihre Gesichter waren auf so schaurige Weise schön, bis sie lächelten, und sie schienen die ganze Spannbreite ihres Verhaltens zu beinhalten. Hingabe und Wildheit waren fest miteinander verschränkt und zugleich nur um Haaresbreite voneinander getrennt. Der Wahnsinn schien der vorherrschende Zustand zu sein, während die Eigenschaften Vernunft, Einsicht und Zurückhaltung kaum entwickelt waren. Und doch waren sie untereinander eng verbunden, wie Gogmagocs unmittelbare Reaktion auf die Bedrohung seines Sohnes und seine Achtung Gighaths Wünschen gegenüber gezeigt hatten. So gut wie keine Regungen waren auf ihrem Gesicht erkennbar, bis auf dieses wilde Grinsen und die Röte, die Roper gerade gesehen hatte. Und was war mit diesem Gefühl des Entsetzens, das Gogmagoc anscheinend hervorrufen konnte?

Als Roper zugesehen hatte, wie dieser rot angelaufene Mann seinen eigenen Stammesgenossen zerfetzt hatte, war ihm voller Schrecken bewusst geworden, dass er seine Gefährten hier in diesem Tal festgehalten hatte. Sie hatten die Chance gehabt, es zu verlassen, aber er hatte sie hier zurückgehalten, in dem Versuch, mit diesem vollkommen wahnsinnigen König und seinen brutalen Untertanen zu verhandeln.

Erst nachdem sich die Unhieru im Morgengrauen schlafen gelegt hatten und die Feuer bereits heruntergebrannt und mit ihnen die Furcht einflößenden Schatten von den Felswänden verschwunden waren, konnte Roper endlich schlafen. Sein hämmerndes Herz und seine unruhig zuckenden Beine weckten ihn am Morgen noch vor den anderen. Er unterdrückte das Gefühl und setzte sich zu Tekoa, der Wache hielt. Der Wind hatte sich gelegt, und sie betrachteten gemeinsam die massigen Körper der Unhieru.

»Habt Ihr bemerkt, dass sie sich gegenseitig Apfelbäume geschenkt haben?«, fragte Tekoa.

»Diese Pflanzen waren Apfelbäume?«

Der Kommandeur nickte. »Das ist der einzige Obstbaum,

den ich hier gesehen habe. Apfelbäume. Und abgesehen von Fleisch ist das auch die einzige Nahrung, die sie zu sich nehmen. Wir hätten mehr Pferde mitbringen sollen. Wie es aussieht, sind Pferde unser einziger Besitz, den sie wertschätzen.«

»Das stimmt«, bestätigte Roper. »Hast du noch mehr Ideen? Falls wir diese letzte Aufgabe nicht bewältigen?«

»Ideen wofür? Um zu verhindern, dass sie uns fressen, oder um die Verhandlungen fortzuführen?«

»Ehrlich gesagt wäre ich an beidem interessiert.«

»Ich weiß nicht, warum ich überhaupt gefragt habe.« Tekoa machte eine hilflose Handbewegung. »Ich weiß gar nichts.«

»Die Ideen kommen, wenn wir sie brauchen«, antwortete Roper.

Tekoa reagierte eine Weile nicht. »Wir stimmen vielleicht nicht darin überein, ob es klug ist hierzubleiben, Lord, aber ich bin froh, mit Euch hier zu sein. Ihr habt die Gabe, selbst unter großem Druck ruhig zu bleiben.«

Roper zuckte die Achseln. »Wir verdanken Pryce unser Leben. Wir alle wären tot, wenn er in der Höhle gestern nicht so gehandelt hätte.« Vielleicht war der Läufer bereits wach gewesen, möglicherweise aber auch durch die Nennung seines Namens geweckt worden. Jedenfalls stand er in diesem Moment auf und setzte sich zu ihnen.

»Wie der arme Gilius«, meinte Tekoa. »Er war ein außergewöhnlich guter Waldläufer. Außergewöhnlich gut.« Die drei saßen eine Weile schweigend da. »Sollten wir jemals aus diesem Land entkommen, haben wir einige Geschichten zu erzählen.« Tekoa drehte sich zu Pryce herum und zuckte vor der entstellenden Narbe an seinem Kopf zurück, wo einst sein Ohr gewesen war. Uvorens Diener Costa hatte es ihm abgerissen. »Dein Ohr sieht schrecklich aus, Neffe. Konntest du schlafen?«

Pryce berührte den Fleischklumpen. »Ich habe geschlafen«, erwiderte er. »Aber zu spät bemerkt, dass etwas neben meinem Kopf ins Gras geschissen hatte.«

»Wer würde nicht dorthin scheißen, wenn er die Chance dazu hat?«, spottete Tekoa.

Pryce ignorierte seine Worte und musterte stattdessen die schlafenden Unhieru. Seine Bewegungen wirkten immer zielstrebig. Er zögerte nicht, tänzelte nicht herum, und doch siedete er förmlich vor Energie. Roper spürte sie, merkte, wie sie sich unter der Oberfläche dieses Mannes regte, als wäre er eine gespannte Feder.

»Was machen wir hier, Lord Roper?«, fragte Pryce. »Das sind Wilde! Wir können ihnen nicht vertrauen und schon gar nicht an ihrer Seite kämpfen.«

Roper ließ sich Zeit mit seiner Antwort. »Ich will wissen, dass wir unser Bestes versucht haben, ganz gleich, was geschieht. Ich fürchte, dass wir ohne ihre Hilfe dem Untergang geweiht sind.«

Pryce nickte. »Gray hat mir vorausgesagt, wie Ihr antworten würdet. Er hat mich gewarnt und gesagt, dass Ihr nicht umkehren würdet.«

Roper drehte sich zu dem Läufer herum. »Was hat er gesagt?«

»Er sagte, ganz gleich, wie fruchtlos dieses Unternehmen sich entwickeln würde, wie unmöglich uns die Unhieru vorkämen oder in wie großer Gefahr wir wären, Ihr würdet nicht aufgeben. Er hat mir vorhergesagt, dass Ihr angesichts einer Herausforderung einfach nicht mehr die Frage stellen würdet, ob es überhaupt eine gute Idee war. Sondern Ihr würdet Euch dann gezwungen fühlen, es zu tun, einfach nur, weil es schwer ist.« Pryce gab diese Bemerkungen vollkommen sachlich wieder, ohne sich irgendwie anmerken zu lassen, dass seine Worte Roper vielleicht Unbehagen bereiten könnten.

Roper runzelte die Stirn und betrachtete die schlafenden Unhieru, während er überlegte, ob das, was Pryce gesagt hatte, stimmte.

Tekoa räusperte sich nachdrücklich. »Das könnte durchaus zutreffen, Lord. Seht nur, wie stark sie jetzt bereits sind. Und für ihre Bereitschaft, an unserer Seite zu kämpfen, wollen sie Waffen und Rüstungen. Sind wir bereit, uns einen zweiten Feind zu schaffen, der noch tödlicher ist als der erste? Wollen wir wirklich dieses Volk neben uns haben?«

»Ja«, erwiderte Roper sofort. Aber er war sich nicht sicher, ob er es auch wirklich so meinte.

»Sie schlafen«, fuhr Tekoa leise fort. »Sie haben letzte Nacht so viel getrunken, dass sie sich die nächsten Stunden nicht rühren werden. Wir könnten jetzt verschwinden.«

»Du kannst gehen, wenn du möchtest, Tekoa«, sagte Roper. »Ich halte dich nicht hier. Wenn du gehen willst, dann solltest du es tun. Ich bleibe.«

Ihr Gespräch weckte Vigtyr, der sich allerdings nicht zu ihnen gesellte. Er blieb unter seiner Decke, setzte sich aber auf und lehnte den Rücken an die Bruchsteine eines Lagerhauses.

»Vigtyr.« Pryce sah ihn nicht an. »Konntest du ohne dein Zelt schlafen?«

»Ich habe gut geschlafen, Pryce«, erwiderte Vigtyr kalt.

Sie warteten darauf, dass die Unhieru aufwachten. Pryce langweilte sich jedoch bald und trat über die Schlummernden hinweg, um glimmende Kohlen aus den Lagerfeuern zu sammeln. Er trug sie zum Lager der Anakim, wo er ein kleines Feuer entfachte, auf dem sie ihre Hirsekekse rösten konnten. Es war bereits Mittag, und feine Wolkenstreifen überzogen den Himmel, als die Unhieru sich erhoben. Gogmagoc war einer der Letzten, die aufwachten. Er suchte mit seinem Blick sofort die Anakim, die sich etwas abseits von seinem Volk zusammengeschart hatten. »Machen wir unseren letzten Wettkampf.« Er setzte sich auf.

»Was schlägst du vor?«, fragte Roper.

Gogmagoc antwortete nicht sofort, sondern stand stattdessen auf und ging in ein Lagerhaus. Er kam mit zwei Gegenständen aus Holz wieder heraus. Der längere war ein riesiger Kriegsbogen, den Gogmagoc mit einer ausgefransten Sehne spannte. Selbst gebogen war die Waffe gut neun Fuß lang. Das Holz war steif, dunkel und in der Mitte mit einem Stück Horn verstärkt. In der anderen Hand hielt er einen anderthalb Meter langen Stab, der eine schwarze Fiederung und eine primitive Spitze hatte.

»Das ist der letzte Wettkampf«, knurrte Gogmagoc. »Ihr schießt weiter als ich.« Der Hüne nockte den Pfeil ein und spannte den Bogen, während er ihn in den Himmel hob. Seine mächtigen Arme zitterten, als die Waffe zu einem perfekten Halbkreis gespannt war. Die Pfeilspitze war knapp zwei Zentimeter vom Griff entfernt und zitterte in der Erwartung, abgefeuert zu werden.

Gogmagoc feuerte den Pfeil mit einem Schrei ab, der wie der eines Bussards klang. Die Sehne knallte so laut, als sie sich entspannte, dass Roper einen Augenblick glaubte, der Bogen wäre gebrochen. Der Pfeil war ein paar Herzschläge später nur noch ein Splitter am Himmel, der über die Felsflanken des Tales stieg und eine schier unglaubliche Zeit weiterflog, bevor er sich zu Boden senkte. Er landete fast senkrecht in der Erde, etwa fünfhundert Meter weiter im Tal, neben einem kleinen Lagerhaus. Der Aufprall bei der Landung war in der ruhigen Luft deutlich zu hören. Gogmagoc wandte sich zu den Anakim um und legte die Handfläche auf die immer noch summende Bogensehne.

Roper betrachtete den Bogen. Es war eine prachtvolle Waffe, gewaltig in der Größe und in der Kraft, die wahrlich zu einem Unhieru passte. Und dieses geniale Stück Horn über dem Bauch des Bogens war mit einer Präzision eingefügt, die selbst die Bogenbauer der Anakim nur schwer erreichen würden, jedenfalls konnte Roper sich das nicht anders vorstellen. Wie es schien, waren die Giganten durchaus zu großer Handwerkskunst in der Lage, vorausgesetzt, sie hatten die richtige Motivation.

Roper sah Tekoa an. »Können wir diesen Schuss übertreffen?«

»Der Rekord für den Bogenschuss eines Skiritai liegt bei

etwas über vierhundert Meter«, antwortete Tekoa mutlos. Selbst ein derart gewaltiger Schuss war sehr viel kürzer als der ungeheure Schuss Gogmagocs. »Aledas hat häufig fast genauso weit geschossen«, setzte der Kommandeur hinzu. Damit erklärte er die Chancen, dass der Skiritai diese Aufgabe bestehen würde, für nahezu nicht vorhanden.

»Wählt euren Schützen.« Gogmagoc deutete auf die Anakim.

Roper sah Aledas an. »Ich nehme an, es hängt jetzt von dir ab, Aledas.«

Der Skiritai antwortete nicht, sondern gehorchte einfach nur Ropers Bitte. Er nahm den Bogen aus seinem Packen und spannte ihn mit einer Sehne, die er aus der kleinen Tasche in seinem Stiefel nahm. Dann ging er mit dem Bogen und einem Pfeil zu der Stelle, von der aus Gogmagoc geschossen hatte, und blickte in das Tal. Er atmete mehrmals tief ein und aus, nockte den Pfeil ein, hob den Bogen, zielte in Richtung der Wolken und rollte mit den Schultern, bevor er die Sehne spannte.

»Warte!«, sagte Roper plötzlich. »Warte noch, warte und nimm den Bogen wieder herunter.« Aledas ließ den Pfeil ein Stück vorgleiten und sah Roper fragend an. »Ich möchte, dass du deine Kraft sammelst, bevor du schießt«, erklärte der Schwarze Lord. »Bitte, setz dich hin.«

Aledas sah ihn an, den Bogen nach wie vor schussbereit vor sich. »Ich brauche keine Ruhe.«

Doch Tekoa schien Ropers Plan begriffen zu haben. »Ich glaube, du wirst sehr bald feststellen, wie dringend du sie benötigst«, zischte er und sprach dabei jedes Wort deutlich aus, während er Aledas mit seinem Blick durchbohrte. »Entspanne den Bogen, du hirnloser Ochse!« Unter Tekoas eisernem Blick kniete sich Aledas hin, bog den Bogen und nahm die Sehne ab. Er setzte sich und rollte sie wieder zusammen.

Gogmagoc rührte sich unmerklich. »Er sollte schießen«, sagte der König und sah Roper an.

»Mein Bogenschütze verfügt über ungeheure mentale Kraft«,

antwortete Roper. »Um sie zu sammeln, muss er sich jedoch eine Weile konzentrieren. Das wird ihm dabei helfen, weit zu schießen.«

Gogmagoc verlor das Interesse und ging in ein Lagerhaus, um sich Äpfel zu holen.

Sie warteten. Roper befahl seiner Gruppe, sich warm anzuziehen und sich zusammenzusetzen. Die Unhieru waren unruhig, schlichen um sie herum und starrten die Anakim finster an. Einige stießen raue Laute aus. Besonders Aledas galt ihre Aufmerksamkeit. »Reagiere auf keinen Fall auf sie«, sagte Roper.

»Vigtyr«, brach Pryce nach einer Weile das Schweigen. »Wie kommt es, dass du Angelsächsisch sprichst?«

Alle sahen den großen Legionär an, der am Rand der Gruppe saß.

»Sprichst du Angelsächsisch?«, wollte Roper wissen.

»Er hat verstanden, was Gogmagoc gestern zu Euch sagte«, antwortete Pryce an Vigtyrs Stelle, während er den Zuchtmeister mit seinen hellblauen Augen zu durchbohren schien. »Habe ich recht?«

Vigtyr lächelte ironisch, ohne einen von ihnen anzusehen. »Ich spreche die Sprache nicht wirklich«, antwortete er. »Aber ich bin am Ufer des Abus aufgewachsen, und dort sind sächsische Begriffe durchaus gebräuchlich. Ich habe einige Wortfetzen davon aufgeschnappt.«

»Am Ufer des Abus?«, hakte Roper ein. »Bist du jemals Menschen aus Süddal begegnet?«

»Wir konnten sie manchmal sehen, über den Fluss hinweg«, erwiderte Vigtyr amüsiert. »Dann blieben wir stehen und starrten einander an. Manchmal winkten wir auch. Und einmal habe ich einen von ihnen gefunden. Er hatte sich in unserem Schweinekoben versteckt.«

»Was hast du getan?«, wollte Tekoa wissen.

»Ich erinnere mich noch daran, dass er eine sonderbare Geste machte.« Vigtyr hob einen Finger und drückte ihn senkrecht auf die Lippen. Seine Augen verengten sich, als er sich erinnerte.

»Was, glaubt ihr, sollte das bedeuten?«

Tekoa antwortete, den Blick fest auf Vigtyr gerichtet. »Es bedeutet, halt den Mund. Und was hast du getan?«

»Ich bin weggelaufen und habe es meinem Vater erzählt.«

»Und was tat der?«

»Er hat ihn getötet.« Vigtyr erzählte diese Geschichte in seinem üblichen Tonfall. Wenn er sprach, schien er zu genießen, was er sagte, und sein Blick war die ganze Zeit humorvoll. Wenn man jedoch zu ihm sprach, verhielt er sich vollkommen unbeteiligt, als würde er sich langweilen. Er gab sich nicht viel Mühe, so zu tun, als lausche er aufmerksam. Sein Verhalten brachte zwar niemanden gegen ihn auf, aber es hielt alle auf Armlänge von ihm fern.

Sie sprachen noch ein bisschen länger über die Menschen aus dem Süden und über die Gebiete, durch die sie auf dem Weg hierhergekommen waren, bevor Pryce plötzlich die Geduld verlor.

»Worauf warten wir?«

Roper deutete mit einem Nicken ins Tal. »Sieh nach oben, Pryce.«

Der Läufer drehte sich um, und Roper sah, wie er begriff, als er jetzt auch den Wind spürte, der durch das Tal wehte. Er wandte sich wieder zu Roper um und nickte kurz. Vigtyr brummte ebenfalls bestätigend. Aledas reagierte jedoch nicht und blickte auch nicht ins Tal. Entweder war ihm der Plan bereits vor einer Weile klar geworden, oder aber Tekoa hatte ihn so beleidigt, dass er sie jetzt alle keines Blickes mehr würdigen wollte.

In diesem Moment kam Gogmagoc zu ihnen. »Schießt!«, befahl er. Roper spürte einen Anflug dieser Furcht, die der Gigant offenbar in jedem erwecken konnte. Sie regte sich kurz in seiner Brust, verschwand jedoch sogleich wieder.

»Bald«, antwortete Roper entschlossen. Hinter Gogmagoc

rückten die anderen Unhieru näher. Sie streckten die Arme aus und ließen die Finger schnappen, als feuerten sie einen Pfeil ab.

»Jetzt!«, verlangte Gogmagoc. Die Furcht überkam Roper erneut. Fast hätte er sich übergeben. Er spürte, wie seine Gefährten zurückwichen, und er wusste nicht mehr, ob sein Gefühl echt war oder ob Gogmagoc es erzeugte.

»Nein!«, widersprach er, so ruhig er konnte. »Bald.« Er blickte in die goldfarbenen Augen und stellte sich vor, dass er nur Verachtung für diesen Gigantenkönig empfand. Als er im Jahr zuvor seinen Thron erobert hatte, hatte er Selbstbewusstsein vorgetäuscht, selbst als er nur wenig empfand. Ein Versagen hätte seinen Tod bedeutet. Er musste die Rolle eines Mannes verkörpern, der glaubte, zum Regieren geboren zu sein, und der unter jedem Druck standhielt. Er hatte gelernt, seine Gesichtszüge zu beherrschen, das Kinn zu heben, gerade aufgerichtet zu gehen, mit langsamen und gemessenen Schritten, sodass selbst in einem Raum voller Krieger, die ihn verachteten, niemand auch nur die Stimme gegen ihn erhob. Sein ganzes Leben schien er sich auf diese Konfrontation mit Gogmagoc vorbereitet zu haben. Der Gigantenkönig würde keine Schwäche in ihm finden.

Und so war es auch. Denn unvermittelt ließ die Furcht nach. Gogmagoc schien das Interesse an Roper zu verlieren, wandte sich ab und ging zu der Leiche des Diebes, der in der Nacht zuvor getötet worden war. Die anderen Giganten jedoch richteten ihre Aufmerksamkeit weiter auf Ropers Gruppe und umkreisten sie rastlos. Aber Roper achtete nicht auf sie. Die Anakim mochten nicht so groß oder so stark sein wie die Unhieru. Und sie besaßen weder die Feinsinnigkeit, die Gier oder die Fähigkeit, sich mittels Symbolen zu verständigen, wie die Menschen aus Süddal, noch deren komplexe Schrift, die, wie Roper insgeheim fand, sehr beeindruckend war. Aber er war der Meinung, dass die Anakim eine Tugend besaßen, die all jene Eigenschaften überwog: Selbstvertrauen.

Angesichts ihrer Ausstrahlung verloren einige Unhieru tatsächlich bald das Interesse und gesellten sich zu Gogmagoc. Der war gerade dabei, seinen toten Sippenbruder zu zerteilen und seine Gliedmaßen aufzuspießen, um sie zu rösten.

»Kannibalen!«, stieß Tekoa angewidert hervor. Zumindest lenkte die Mahlzeit die Unhieru kurz ab, während Gogmagoc das gebratene Fleisch an einige wenige Auserwählte verteilte. Als die Mahlzeit beendet war, kehrten jene, die nichts bekommen hatten, zu Roper und seinen Gefährten zurück und setzten ihnen zu, noch erboster als zuvor.

»Wartet«, befahl Roper. »Wir warten weiter.«

In kleinen Gruppen zu zweit oder zu dritt näherten sich die Unhieru den Anakim. Ganz offenbar hatten sie vor, Aledas zum Schuss zu zwingen oder ihn und seine Begleiter wegen ihrer Trödelei zu bestrafen. Pryce stand unvermittelt auf, als einer ihm zu nahe kam. Er zog sein Schwert aus der Scheide und zwang einen der riesigen Menschen, sich rasch zurückzuziehen. Der Unhieru blieb knapp außerhalb der Reichweite des Schwertes stehen und knurrte ihn böse an.

»Ganz ruhig«, sagte Roper. »Nur noch ein kleines bisschen länger.«

Der Wind trieb die Wolken auseinander. Dahinter schien die Sonne auf dem Rand des Tales zu balancieren, als würde sie gleich hineinfallen und an der Seite herunterrollen. Schon bald war sie verschwunden und die schwache Wärme mit ihr. Es wurde schattig, und wie schon zuvor frischten die Fallwinde heulend auf.

»Jetzt?«, schlug Tekoa vor.

»Wartet noch!«, befahl Roper. »Wir müssen uns vollkommen sicher sein.« Die Unhieru wurden immer wütender, und Roper befahl seinen Kameraden, aufzustehen und sich in einem Kreis Schulter an Schulter aufzustellen. »Zieht eure Schwerter. Aledas, du bleibst in der Mitte.« Mehr und mehr Unhieru kamen heran und bedrängten die Gruppe. »Noch ein kleines bisschen«, beharrte Roper. »Noch nicht.«

Es war fast vollkommen dunkel, und die Kraft des Windes zwang Roper, sich vorzubeugen. Moos, Flechten und trockene Gräser umtosten die Anakim. Auch wenn es nicht mehr schneite, so fegte ein feiner Sprühnebel über die Steine. Gogmagoc hatte aufgehört zu essen und warf den Anakim einen finsteren Blick zu. Dann stand er auf.

»Jetzt.« Roper tippte Aledas auf die Schulter. »Schnell.«

Die Schwerter blitzten auf, als sie den Kreis weiteten und Aledas in der Mitte Raum gaben, um seinen Bogen zu spannen. Die Unhieru hielten inne, als sie sahen, dass der Skiritai sich endlich bereit machte. Selbst Gogmagoc, der auf sie zugekommen war, blieb stehen und sah zu. Seine goldenen Augen leuchteten in der Dämmerung. Aledas spannte seinen Bogen, zielte hoch über das Tal und feuerte. Der Pfeil schoss in die Nacht und hoch in die Luft, schrumpfte zu einem dunklen Splitter im Abendhimmel. Er segelte das Tal hinunter, getragen vom Wind, und flog weit über das Lagerhaus hinweg, neben dem Gogmagocs Schuss gelandet war. Der Pfeil war nicht mehr zu sehen, bevor er landete.

Diesmal ertönten keine lauten Schreie, die Pryce' Sieg gefolgt waren. In der bitterkalten Dunkelheit drehten sich die Anakim zu Gogmagoc um, während ihre Umhänge um ihre Knie wehten. Er hatte Aledas' Schuss gesehen, aber nicht reagiert.

»Wartet hier«, befahl Roper. Alleine ging er auf Gogmagoc zu und machte eine Handbewegung, die besagte: *Es ist vorbei.* »Wir haben deinen Schuss übertroffen, Lord König.« Roper blieb vor dem Giganten stehen und blickte zu ihm hoch. »So, wie wir deinen Hund besiegt haben. Wir werden dir Waffen schicken. Wir werden dir Rüstungen schicken. Wirst du dich uns jetzt anschließen?«

Gogmagoc starrte auf Roper herab. Dann lächelte er sein wahnsinniges Lächeln. »Nein, ich muss mich dir nicht anschließen, Flussmann.«

Roper atmete hörbar aus und sackte ein wenig in sich zusammen. Wut und Frustration kochten in ihm hoch, angesichts dieses letzten Beweises dafür, dass Gogmagoc nur mit ihm gespielt hatte. Er hatte sie zu seiner Belustigung hierbehalten, für nicht mehr. Und jetzt glaubte selbst Roper nicht mehr, dass er Gogmagocs Meinung ändern könnte. Sie standen sich schweigend gegenüber. »Wir hatten eine Abmachung«, sagte Roper schließlich.

»Ich verstehe deine Abmachungen nicht«, erwiderte Gogmagoc gleichgültig.

»Aber selbst ihr habt Regeln«, protestierte Roper dickköpfig. »Wie zum Beispiel beim Ringen gestern Nacht. Ihr habt Gesetze, die ihr nicht brecht. Es sei denn, ihr lauft rot an.«

Gogmagoc machte eine Bewegung, die vielleicht ein Schulterzucken war. »Rot?«

»Als dein Stammesbruder den Dieb tötete, der seine Trophäe genommen hatte«, erklärte Roper. »Er ist knallrot angelaufen. Und alle Regeln waren vergessen. Ist es das?«

Gogmagoc lachte bellend. »Der *Andergeist?* Nein, Flussmann, das ist etwas anderes. Wäre das der *Andergeist,* würde ich mich nicht einmal an dich erinnern. Und du wärst tot. Du hast eure Freiheit errungen. Ihr dürft gehen. Und ihr könnt euch glücklich schätzen, dass ihr das dürft, nachdem ihr Fathochta bedroht habt.«

Roper blickte ihn einen Moment verständnislos an, bis er begriff, wen Gogmagoc meinte. »Deinen Sohn?« Noch vor der letzten Prüfung hätte er es nicht gewagt weiterzusprechen, aber jetzt kümmerte es ihn nicht mehr, ob er Gogmagoc wütend machte. »Ich habe gehört, Fathochta wäre längst tot. Ich habe den Mann getroffen, der ihn getötet hat.«

Gogmagoc erstarrte und fixierte Roper mit seinem Blick. Der spürte plötzlich wieder diese schreckliche Furcht. Gleichzeitig merkte er, dass *Kaltschneide* in seiner Scheide klapperte.

»Eoten-Draefend«, knurrte Gogmagoc. »Wo? Wo hast du ihn gesehen?«

Als der Gigant den Mund öffnete, verschwand Ropers Furcht, und *Kaltschneide* bewegte sich nicht mehr. Vielleicht war es ein Geräusch, das Gogmagoc machte, so tief, dass die Anakim es nicht hören konnten. Dennoch erweckte es Entsetzen, während es in ihren Lungen vibrierte.

»In meinem Land«, erwiderte Roper. Garrett Eoten-Draefend war ein Mischling, den Roper vor etlichen Monaten getroffen und der damit geprahlt hatte, er hätte Fathochta in einem Zweikampf getötet. »Er ist mit der Invasion Anfang des Jahres nach Norden gekommen.«

»Er ist ein Feind?«, hakte Gogmagoc nach.

»Ganz gewiss ist er das.«

Gogmagoc schwieg und betrachtete Roper mit einem ganz anderen Ausdruck im Gesicht.

»Also hat er ihn getötet?«, wollte Roper wissen.

»Der letzte Fathochta wurde getötet. Mein ältester Sohn. Dieser ist der neue.«

Roper fiel wieder ein, dass die Leitende Historikerin gesagt hatte, die Namen der Unhieru stünden für Farben. Wie es schien, waren es auch Titel, weil der Name Fathochta auf Gogmagocs zweiten Sohn übergegangen war, nachdem der erste getötet worden war. Er erinnerte sich an Gogmagocs Wut, als dieser mit angesehen hatte, wie sein Sohn bedroht wurde, und an die enge Bindung, die er zu seinen Frauen zu haben schien. Endlich kam es ihm vor, als ob er dieses Volk ein klein wenig besser verstand.

»Wenn wir Freunde würden«, sagte Roper, »könnten wir den Eoten-Draefend gemeinsam bekämpfen.«

Gogmagoc rührte keinen Muskel.

»Ich kann dir Vergeltung versprechen«, sagte Roper. »Wenn du dich uns anschließt, gehört der Eoten-Draefend dir. Wir werden dir helfen, ihn zu erwischen. Wir können ihn gemeinsam töten.« Roper spürte fast, wie die Blicke seiner Gefährten sich während dieser längsten Verhandlung, die er bisher mit Gogmagoc geführt hatte, in seinen Hinterkopf bohrten. Endlich war es ihm gelungen, die ganze Aufmerksamkeit des langhaarigen Giganten zu gewinnen, und auch wenn es entsetzlich war, er hielt seinem Blick stand.

»Schick mir die Metallhaut«, sagte Gogmagoc endlich. »Schick mir die Waffen. Wenn sie kommen, dann schließen wir uns dir an. Und ich werde den Eoten-Draefend töten.«

Roper leckte sich die Lippen. »Also wirst du an unserer Seite stehen, Lord König?«

»Um gegen ihn zu kämpfen«, antwortete Gogmagoc. »Um Fathochta zu rächen. Ja, dafür komme ich, Flusskönig.«

Bei Gogmagocs Worten empfand Roper keineswegs die Genugtuung, die er sich ausgemalt hatte. Stattdessen durchströmte ihn eine sonderbare Vorahnung. Seit Roper gesehen hatte, wie der rot angelaufene Unhieru seinen eigenen Standesgenossen in der Nacht zuvor verstümmelt hatte, seit Pryce' Worten an diesem Morgen, war sein Zweifel gewachsen, ob sie wirklich klug handelten. Und jetzt, als er endlich diesen mächtigen Verbündeten gewonnen hatte, den sie mit so viel harter Arbeit rekrutiert hatten, war er sich nicht mehr ganz so sicher, ob er ihn wirklich haben wollte.

»Gut«, sagte er zu Gogmagoc. »Gut. Wir schicken dir, was du für den Krieg brauchst. Und dann kommst du mit uns.«

10. KAPITEL

DIE PRÜFUNG

Inger schloss die Tür des dunklen Raumes und dämpfte so Hagens heftiges Schluchzen. Die glühende Aufmerksamkeit, die während des Verhörs langsam in ihr gewachsen war, war ihrem üblichen geistesabwesenden Verhalten gewichen. »Lass uns hochgehen. Wir werden eine Weile nichts mehr aus ihm herausbekommen. Offensichtlich hat er schon sehr lange unter großem Druck gestanden, und jetzt ist der Damm gebrochen. Er muss sich wieder sammeln.«

»Was ist dieser Ellengaest?«

Inger ging voraus, die Treppe hinauf. »Ich habe keine Ahnung«, antwortete sie liebenswürdig.

»Aber dir hat dieser Name doch etwas gesagt!«, protestierte Salbjorn.

»O ja. Um wen es sich dabei handelt, wird sowohl von den Ephoren als auch von der Kryptea bereits eine Weile erforscht. Es ist jemand mit mehr Macht, als uns lieb ist, und seine Ziele weichen in letzter Zeit ziemlich drastisch von denen des Schwarzen Königreichs ab.«

»Ein Verräter?«

»Das nehme ich an. Und zudem ein Spion. Die Kryptea gibt nicht oft Informationen an uns weiter, aber sie glaubt, dass er den Menschen im Süden unsere Geheimnisse verrät.«

»Sie können ihn nicht aufhalten?«

»Er – obwohl es möglicherweise gar kein Er ist – achtet sehr genau darauf, keine Spuren zu hinterlassen und auch die seiner Herren in Süddal zu verwischen. Aber für dich ist einstweilen vor allem wichtig, dass es kein gutes Zeichen ist, wenn Ellengaest in diese Angelegenheit verwickelt ist. Wie gesagt: Bislang ist es sehr schwierig gewesen, ihn aufzuhalten.«

Salbjorns Respekt vor Inger wuchs. Unter ihrer Bescheidenheit und Zurückhaltung verbarg sich ein Einsichtsvermögen, das ihm ziemlich fremd war. Die beiden setzten sich ans Feuer, das länger nicht geschürt worden und bis auf die Glut heruntergebrannt war. Salbjorn legte etwas Holz nach und blies in die Asche, während Inger seine Bemühungen regungslos verfolgte. Leon war nirgendwo zu sehen. Vermutlich bewachte er den Jungen.

»Aber immerhin hast du jetzt seinen Namen«, sagte er. »Irgendjemand muss wissen, wer er ist.«

»Ich glaube nicht, dass Ellengaest sein wirklicher Name ist«, sagte sie. »Und er spricht auch nur selten direkt mit seinen Spionen. Der Tutor, den wir unten eingesperrt haben, hat vermutlich keine Ahnung, wer er ist. Trotzdem wurde er eingeschüchtert und bedroht, damit er ihm half. Wir glauben, er arbeitet hauptsächlich mit Erpressung, indem er dafür sorgt, dass Menschen in seiner Schuld stehen, und das dann nutzt, um sie zu zwingen, in seinem Sinne zu handeln. Und er scheint offensichtlich gern Gefangene einzusetzen. Wenn er sie von den Gefangenenschiffen befreit, schulden sie ihm ihr Leben. Außerdem haben Gefangene keine Verpflichtungen, denen sie nachkommen müssen, oder eine Familie, die erwartet, sie zu sehen. Deshalb können sie sich ungewöhnlich frei bewegen und handeln. Manchmal finden wir auch entkommene Gefangene tot auf, wahrscheinlich weil sie ihm nicht gehorcht haben. Aber der Kryptea ist es gelungen, einige seiner Spione lebend zu fassen. Bis jetzt hatte keiner von ihnen jemals direkten Kontakt mit ihm. Er hält sie auf Abstand und kontrolliert sie mithilfe einiger ausgesuchter Handlanger. Wer weiß? Vielleicht kann Hagen uns helfen, den Meuchelmörder zu fassen. Und vielleicht ist dieser einer von den Wenigen, die direkt mit dem Ellengaest Kontakt hatten.« Sie zuckte gelassen mit den Schultern.

Salbjorn richtete sich vom Feuer auf und warf einen Blick auf Ingers friedliches Gesicht. »Hast du das schon vorher vermutet?«

»Ja«, bestätigte Inger. »Ich war besorgt, dass Numas Tod möglicherweise nur ein winziger Teil von etwas viel Größerem sein könnte. Und jetzt genügt es vielleicht nicht mehr, diesen Meuchelmörder aufzuhalten. Ormur wird wahrscheinlich so lange in Gefahr sein, bis Ellengaest gefunden wurde und man ihm seinen verräterischen Schlangenschädel von den Schultern geschlagen hat.« Sie sah Salbjorn an. »Wo wir gerade davon reden – wir sollten uns mit dem Jungen unterhalten. Morgen ist der Tag der Prüfung, wir müssen ihn vorwarnen.«

»Ich hole ihn.«

Salbjorn fand Ormur, der gerade dabei war, ins Bett zu gehen, und brachte ihn zur Inquisitorin. Er sah ebenso bedrückt aus wie Hagen, und als Inger ihn sah, schien sie sich wieder zu konzentrieren.

»Verzeih uns unsere Dekadenz«, sagte sie und deutete auf das Feuer. »Wir haben ziemlich hart gearbeitet, um dieser ganzen Angelegenheit auf den Grund zu gehen.« Ormur streifte Salbjorn mit dem Blick und richtete ihn dann rasch auf die Flammen.

»Bitte, setz dich.« Inger lächelte freundlich. »Bist du bereit für morgen?«

»So bereit wie gewöhnlich«, erwiderte der Junge leise und ließ sich vor dem Feuer auf ein Ziegenfell sinken. Salbjorn setzte sich nicht, sondern bezog hinter ihm Posten und stützte sich auf sein Schwert.

»Wie fühlst du dich?«

»Gut«, antwortete der Junge gleichgültig.

Inger nickte. »Du weißt, warum wir hier sind?«

»Weil ihr glaubt, dass der Mann, der meinen Bruder getötet hat, mich als Nächsten umbringen will.« Ormur klang resigniert.

»Bedauerlicherweise denken wir genau das.«

»Ich hoffe, dass er es versucht.« Ormurs Stimme war plötzlich erschreckend kalt. »Ich will ihm begegnen. Es kümmert mich nicht, ob er mich tötet, denn ich werde ihn zuerst verletzen. Ich werde nach seinen Augen schlagen.«

Salbjorn versteifte sich etwas bei diesem Gefühlsausbruch. Das war der erste engere Kontakt, den er mit dem Jungen hatte, und ihm war nicht klar gewesen, wie tief Ormurs Trauer ging.

Inger sah den Jungen nachsichtig an. »Du musst vorsichtig sein«, sagte sie. »Komm nicht auf die Idee, nach diesem Mann zu suchen.«

»Das tue ich doch längst«, gab Ormur zurück. »Wenn ich Nahrung suche, dann gehe ich zu der Stelle, wo mein Bruder starb, und warte auf ihn.«

»Das ist außerordentlich dumm!«, erklärte Inger streng. »Das ist unsere Aufgabe. Wir sind hier, um ihn zu fangen und herauszufinden, wer ihn geschickt hat. Er wird sterben, so oder so, aber wenn er dich zuerst töten kann, dann bekommt er genau das, was er will. Du machst es ihm leicht. Schwöre mir, dass du nicht weiter nach ihm suchen wirst.«

Der Junge schwieg störrisch, und Salbjorn gab ihm eine Kopfnuss.

»Antworte der Inquisitorin!«

Inger beschwichtigte Salbjorn mit einer Handbewegung. »Dein Bruder würde sicher nicht wollen, dass der Mörder dich ebenfalls erwischt. Schwöre es, Junge!«

Anders als die anderen Schüler, mit denen sie bis jetzt gesprochen hatten, schien Ormur von dem erhabenen Status einer Weisen Inquisitorin und eines Heiligen Wächters nicht beeindruckt zu sein. Er sah einen Moment mürrisch zwischen den beiden hin und her. »Ich schwöre«, sagte er schließlich.

»Bei den Gebeinen deines Bruders!« Die Inquisitorin ließ

nicht locker. Ormur zuckte zusammen und starrte die Frau an, aber sie blieb unnachgiebig. »Schwöre es!«

»Ich schwöre es bei den Gebeinen meines Bruders«, antwortete der Junge leise.

»Sehr gut.« Inger schien plötzlich wieder abgelenkt zu sein. »Sei morgen wachsam. Du bist sehr weit von der Schule entfernt, und alle sind abgelenkt durch die Prüfung, also bist du angreifbar. Leon und Salbjorn werden so viel von deiner Strecke bewachen, wie sie können, aber du musst trotzdem aufmerksam sein. Wir wissen, dass der Mörder sehr schnell ist. Du musst denselben Kurs absolvieren wie alle anderen, aber du solltest dabei deine Umgebung im Auge behalten. Bist du dem gewachsen?«

Ormur nickte.

»Dann viel Glück«, sagte Inger. »Wir werden bei dir sein.«

* * *

Salbjorn stellte fest, dass er seine Rüstung nicht anlegen konnte. Er bewegte sich wegen seines verletzten Knöchels viel zu mühsam, als dass er dieses zusätzliche Gewicht noch hätte tragen können. Also stand er auf einem Gletscher, langsam und schutzlos wie er war, und überwachte die Strecke von Ormurs Prüfung. Dabei behielt er die Menge im Auge, die sich entlang der Strecke versammelt hatte: Schüler jeden Alters, ihre Tutoren, die eingeladen waren, die Wettkämpfer anzutreiben oder zu verspotten. Es war unmöglich zu entscheiden, ob sie alle Bewohner des Haskoli waren. Und selbst wenn, sie hatten ja bereits einen aus ihrer Schar als Verräter enttarnt. Es gab keine Garantie, dass Hagen der einzige Komplize des Meuchelmörders war.

Plötzlich begannen die Zuschauer zu schreien. Ormur und der Meister standen am Anfang der Strecke, und der Meister hatte gerade den Kopf des Jungen mit dem Blut des Schneehuhns übergossen und hielt segnend die Hand über seinen Scheitel. Das Blut war das Zeichen, dass die Prüfung begonnen hatte. Hinter Salbjorn war eine zerfetzte schwarze Fahne erhoben worden als Signal, dass Ormur jetzt in einem Rennen gegen die Wasseruhr lief, die seine Bemühungen messen würde.

Der Junge riss sich von dem Meister los und setzte sich in Bewegung. Er war barfuß und rannte fünfzig Meter durch den Schnee zu seinem ersten Hindernis: Frystir, eine lange Senke, in der mehr als einen Meter hoch Schmelzwasser vom Gletscher stand und in die zusätzlich Brocken von Gletschereis geworfen worden waren, um das Wasser noch kälter zu machen. Ormur stürzte sich hinein, und das Wasser spritzte hoch auf. Dann kämpfte er sich durch die Hindernisse aus Eisbrocken. Er hob die Knie hoch und stampfte so fest, er konnte, während er sich durch das Becken kämpfte und schließlich hinausstieg. Er stolperte, blieb jedoch auf den Beinen und machte sich dann an den zweihundert Meter langen Lauf zum Gletscher. Salbjorn hatte das selbst schon oft gemacht und erinnerte sich sehr genau daran, wie taub seine Beine und Arme gewesen waren. Er hatte das Gefühl gehabt, dass seine Füße weiche Sandsäcke wären, mit denen er die von Felsbrocken übersäte Sprintstrecke überwinden musste.

Ormur war zwar sehr schnell losgelaufen, war aber dennoch fähig, auf den letzten zwanzig Schritten noch einmal zu beschleunigen. Der Lärm der Zuschauer, die ihn anfeuerten, schwoll an. Sie trieben ihn mit ihrem Gebrüll weiter voran, und Ormur sprang in den Schnee auf der Spitze des Gletschers. Er hatte Glück: Der Schneefall der letzten Tage hatte die Spitzen der Steine abgepolstert, die um diese Jahreszeit für gewöhnlich freilagen. Seine nackten Füße versanken, und er watete langsam weiter. Das war die Stelle, an der die meisten Jungen scheiterten. Ihre Füße waren zu betäubt, und sie konnten nur noch langsam weiterkriechen. Ihr Elend wurde für gewöhnlich durch ein weiteres Fahnensignal beendet, wenn die Wasseruhr durchgelaufen war.

Ormur jedoch blieb auf den Beinen, watete förmlich durch den Schnee und rannte zu Salbjorn hoch. Die Wut und die Qual, die seine Bemühungen befeuerten, waren an seinen gefletschten Zähnen und seinem trotzig vorgereckten Kinn zu erkennen. Obwohl er langsamer wurde und sich bei jedem Schritt gerader aufrichtete, statt vorgebeugt weiterzulaufen, blieb er auf den Beinen, pflügte sich über den Gletscher und ließ dessen eisigen Griff hinter sich. Salbjorn spürte einen Kloß in der Kehle, und ein Jubelschrei kam über seine Lippen, als Ormur zum nächsten Stadium der Prüfung humpelte, einer Reihe von Trittsteinen über einem tiefen gefrorenen Becken. Er sprang auf den ersten, den zweiten, auf den dritten, hielt stets die Balance, doch dann rutschte er plötzlich aus und brach durch die dünne Schicht Eis ins Wasser.

Salbjorn stieß die Luft aus. Der Junge kam wieder an die Oberfläche und kämpfte sich zum Rand des Beckens, aber seine Prüfung war vorbei. Der Wächter hatte für einen Moment vollkommen vergessen, dass er eigentlich nach einem Meuchelmörder Ausschau halten sollte. Hastig sah er sich um. Er konnte jedoch nichts Verdächtiges erkennen und richtete seine Aufmerksamkeit wieder auf Ormur. Der war mittlerweile aus dem Wasser geklettert und hatte seine Arme um die Brust geschlungen. Das Wasser hatte das Blut von seinem Kopf und seinem Gesicht gewaschen. Er lief zu einem Feuer, das neben der Wasseruhr brannte, wo jene, die sich ausreichend bemüht hatten, mit einem Umhang und einem Becher warmer Schafsmilch belohnt wurden.

Ormur hatte sein Bestes getan, hatte aber erst die Hälfte der Prüfung absolviert. Salbjorn wusste, dass an diesem Tag niemand die Prüfung bestehen würde. Der Schnee auf dem Boden war unglaublich kalt. Es hatte ihn erstaunt, dass Ormur überhaupt so weit gekommen war. Dann sah er Leon, der seinen Posten verlassen hatte und in seine Richtung kam. Er humpelte ihm entgegen. »Was jetzt?«, fragte Salbjorn, als sie sich trafen.

»Der Meister weigert sich, die Jungen länger in der Schule zu behalten«, sagte Leon. »Sie werden wieder nach draußen gelassen, laufen über die Hügel und suchen in einem noch größeren Umkreis nach Nahrung.«

»Und wie sollen wir ihn dann beschützen? Ich kann mich nicht einmal richtig bewegen.«

Leon runzelte die Stirn. »Wir werden eine Möglichkeit finden. Das Beste wäre, den Bastard zu erwischen, der seinen Bruder getötet hat.«

»Inger glaubt, das könnte schwierig werden«, sagte Salbjorn. »Sie ist der Meinung, dass wir es hier mit etwas weit Größerem zu tun haben. Selbst wenn wir den Mörder fangen, könnte er nur einer von vielen sein.«

»Sie ist eine Inquisitorin!«, fuhr Leon hoch. »Sie ist es gewohnt, die Verantwortlichen für Verbrechen aufzuspüren, die bereits begangen wurden. Aber wir versuchen zu verhindern, dass ein Verbrechen überhaupt passiert. Einfach nur stur den Hinweisen zu folgen reicht nicht. Wir müssen schneller sein.«

Salbjorn wandte sich von Leon ab und schwieg einen Moment. Er versuchte sich daran zu erinnern, welche Woche sie im Schwarzen Königreich hatten, und nicht hier in den Bergen. *Svadn,* dachte er dann. Es war die Woche, in der es in den Teichen und Weihern von Kaulquappen nur so wimmelte. »Ich vertraue Inger«, sagte er schließlich. »Sie hat den Komplizen aufgespürt, und er …«

»Ist jetzt gebrochen«, unterbrach ihn Leon. »Ich habe sein Jammern durch die geschlossene Tür gehört. Er hat zu viel Angst vor demjenigen, der ihn kontrolliert, als dass er ihr irgendetwas verraten würde. Das ist eine Sackgasse.«

»Ich vertraue ihr trotzdem«, sagte Salbjorn. »Hast du vielleicht einen besseren Plan?«

Leon zögerte, was sehr selten vorkam. »Wir brauchen den Mörder. Und wir haben eine Sache, die er offensichtlich haben will.«

Salbjorn starrte seinen Mentor lange an, bis Leon schließlich ungeduldig mit dem Fuß auf die Erde stampfte. »Der Junge«, sagte Salbjorn. »Du willst ihn als Köder benutzen.«

11. KAPITEL

DIE HAND

Immer wenn Inger an dem dunklen Raum vorbeiging, in dem Hagen, der Komplize des Meuchelmörders, festgehalten wurde, spürte sie diese Hand, die sich sachte auf ihre Schulter legte. Dann musste sie lächeln. »Schon wieder, mein Engel? Er scheint zusammengebrochen zu sein. Ich bin nicht sicher, dass wir hier weiterkommen.« Aber die Hand war so hartnäckig wie nie zuvor, also trat sie erneut in die nach Kiefern duftende Dunkelheit.

Hagen war an die Wand gekettet, und er war eindeutig schmutziger als bei ihrem letzten Besuch. Er blickte nicht einmal mehr hoch, als sie eintrat. Mittlerweile hatte er jedes Interesse an Nahrung verloren, und soweit sie erkennen konnte, trank er nicht einmal mehr aus dem Wasserkübel neben sich. Er lehnte einfach nur zusammengesunken an den rot gefleckten Brettern, bleich und mit verfilztem Haar. Wie immer trat sie zu ihm und setzte sich vor ihn auf den Boden.

»Wie geht es dir heute, Hagen?«

Sie bekam keine Antwort. Inger studierte sein gequältes Gesicht eine Weile. Dieses gebrochene Individuum würde weder auf Drohungen noch auf Schmerz reagieren, was Leon bereits ausprobiert hatte, das wusste sie. Nichts, was sie ihm antun konnten, kam dem Entsetzen gleich, das dieser Ellengaest in dem Jungen hervorrief. Aber er war verzweifelt, und verzweifelte Menschen reagierten oft auf Freundlichkeit. Sie spürte erneut die Hand auf ihrer Schulter und beschloss, es zu versuchen.

»Nun, da wir schon hier sitzen, würde ich gern mit dir reden, selbst wenn du nicht antworten möchtest. Mein Ehemann war ein Legionär der Salzmäntel. Er war so oft bei der Ausbildung oder auf einem Marsch, dass ich ihn nicht allzu häufig zu sehen bekam. Er war ein guter Mann. Aber nicht nur gut in dem Sinne, wie jeder hier im Schwarzen Königreich gut ist.« Sie lächelte vage in Richtung Hagen, der nach wie vor zusammengekauert dahockte. »Du weißt schon – geradeheraus, aufrecht, voller Tatendrang. All das war er, aber er war auch sehr mitfühlend. Er war nicht abgestumpft wie so viele Legionäre. Er hatte immer noch viel Herz, und ich habe ihn sehr vermisst, wenn er weg war. Vor vierzig Jahren starb er den Tod, für den wir alle angeblich dankbar sein sollen: auf dem Schlachtfeld, ehrenvoll und mit Ruhm …« Sie hob kurz die Brauen. »Ich versuchte zu trauern, jedenfalls eine Weile, aber irgendwie fühlte es sich nicht richtig an. Ich konnte weder glauben noch akzeptieren, was passiert war. Vielleicht, weil ich ohnehin so viel Zeit ohne ihn verbracht hatte, veränderte sich nicht plötzlich alles, nur weil ich wusste, dass er tot war. Es war unglaublich. Ich ertappte mich immer wieder dabei, dass ich mich ganz normal fühlte, und ich musste mich selbst daran erinnern, dass mein Ehemann gestorben und nicht einfach nur auf einem Feldzug oder einem Marsch unterwegs war. Aber ganz gleich, wie oft ich mich auch daran erinnerte, ich fühlte mich scheinbar tatsächlich etwas weniger einsam als zuvor. Es dauerte eine Weile, bis ich das begriff und darauf hörte, aber mir fiel auf, dass ich nie allein irgendwohin ging. Ich konnte etwas neben mir fühlen, in jedem Moment. Etwas, das über meine Schulter blickte und mich beschützte. Eine neue Präsenz begleitete mich, und jetzt bin ich nie wieder ohne ihn. Ich spüre ihn jeden Augenblick. Und er hat mir gesagt, dass du mir helfen wirst.«

Sehr, sehr langsam hob Hagen sein Kinn von der Brust und

richtete den Blick seiner tief in den Höhlen liegenden Augen auf Inger. Sie spürte, wie ihr die Tränen kamen, und als sie lächelte, rollten sie ihr über die Wangen. »Ich habe das noch nie zuvor jemandem erzählt«, gab sie zu. »Aber ich vertraue dieser Präsenz, und außerdem stimme ich mit ihr überein. Ich glaube, dass du ein guter Mensch bist, der nur eingeschüchtert wurde. Und ich glaube, dass du mir helfen wirst.«

In Hagens Gesicht zeichnete sich tiefste Verzweiflung ab. Sie sah ihn hoffnungsvoll an, und er wandte sein Gesicht ab. *Er reagiert,* dachte sie.

»Ich möchte dir helfen«, flüsterte er.

»Dann werde auch ich dir helfen«, sagte sie. »Wie bedroht Ellengaest dich?«

Es war ein Fehler, den Namen auszusprechen. Hagens Gesicht verschloss sich augenblicklich, und er schüttelte erneut den Kopf. Inger unterdrückte einen Seufzer und stand auf. »Du bist ein guter Mann, Hagen, das erkenne ich.« Sie ließ ihn in dem Raum zurück in der Hoffnung, dass diese Worte in ihrer Abwesenheit etwas bewirkten. Dann stieg sie langsam zu ihrer Lieblingsstelle auf den Klippen hinauf, von der aus sie die Schule überblicken konnte, setzte sich an den Rand und ließ ihre Beine baumeln.

Man kann Zugang finden zu diesem Menschen, dachte sie. *Er wird uns helfen.*

Sie blickte über die zerklüftete, von Felsen gesäumte Landschaft hinweg, die jetzt unter einer Schneedecke lag. »Dieser Ort hier hat etwas Heiliges, Liebster. Ich spüre deine Nähe mehr als je zuvor.« Ihr Instinkt, dass diese Spur direkt zu Ellengaest führen könnte, verstärkte sich in der dünnen Luft. Sie mochten vielleicht den Mord an Numa nicht rächen können, aber sie würden den Übeltäter finden. Sie ließ die Beine baumeln, und kleine Steine fielen klappernd an der Felswand hinab. Das Ausmaß von Hagens Furcht war für sie schwer nachzuvollziehen. Wurde ein Mitglied seiner Familie von Ellengaest als

Geisel gehalten? Was, glaubte er, würde passieren, wenn er einwilligte, ihnen zu helfen?

Wieder begann es, stark zu schneien, viel zu früh für diese Jahreszeit. Die Pässe waren bereits blockiert und würden auch eine Weile unpassierbar bleiben. Während sie daran dachte, hörte sie plötzlich gedämpfte Schritte hinter sich. Sie sah sich um in der Erwartung, Salbjorn oder Leon zu sehen, erblickte jedoch stattdessen den alten Meister des Haskoli, der auf sie zuhumpelte.

»Meister.« Sie machte Anstalten aufzustehen. »Ich hoffe, Ihr seid nicht meinetwegen den ganzen Weg hier heraufgekommen.«

Er lächelte sie müde an und bedeutete ihr mit einer Handbewegung, sitzen zu bleiben. »Ganz und gar nicht, Mylady. Das hier ist schon seit vielen Jahren mein Lieblingsplatz, wenn ich nachdenken will.«

»Dann lasse ich Euch allein«, bot Inger an, aber der Meister bedeutete ihr erneut, sitzen zu bleiben.

»Wir können ihn gemeinsam genießen, Inquisitorin.« Er setzte sich neben sie und stöhnte leise, als er seine steifen Glieder arrangierte und die Beine über den Rand schob. »Ich finde, dieser Ort klärt die Dinge ein wenig, findet Ihr nicht?«

»Doch, das tue ich«, stimmte sie ihm zu.

»Und hilft es Euch bei Eurer Aufgabe hier?«

»Ich glaube schon. Wir sind zwar in einige Sackgassen geraten, und wie es scheint, führt nur ein Weg zum Mörder. Aber ich bin dennoch hoffnungsvoll. Ich glaube, dass der Tutor, den wir eingesperrt haben, uns helfen kann. Vielleicht können wir ihn überreden, dem Meuchelmörder ein Signal zu geben, so wie er es in unserer ersten Nacht hier getan hat, um ihn in die Schule zu locken. Dann können die Wächter sich um ihn kümmern. Ich glaube, Hagen wird am Ende begreifen, dass er keine andere Wahl hat, als uns zu helfen. Wir müssen nur Geduld haben. Und wenn wir diesen Mörder erwischen … Möglicherweise führt er uns zu einer noch größeren Beute.«

Der Meister räusperte sich vernehmlich. »Der arme Hagen. Als er ankam, war er so zuversichtlich und stolz. Ich musste mit ansehen, wie er zerbrach.«

Was denn jetzt, Liebster? »Wann hat das angefangen?«, erkundigte sich Inger. Sie war abgelenkt, weil sie erneut die Hand auf ihrer Schulter spürte.

»Es kam ganz plötzlich. Ein paar Monate, nachdem er hier eintraf. Er ließ den Kopf hängen, zog die Schultern hoch und sprach fast gar nicht mehr. Ich habe noch nie erlebt, dass jemand so vollkommen von der Anspannung überwältigt wurde.«

»Und ist das mit etwas zusammengefallen, woran Ihr Euch erinnern könnt? Kam zu der Zeit ein Bote zur Schule? Oder ein neuer Tutor?« Sie strich sich mit einer leichten Bewegung den Schnee von den Schultern.

Der Meister runzelte die Stirn. »Nicht, dass ich wüsste. Aber wenn Ihr mir etwas mehr Zeit zum Nachdenken gebt, dann fällt mir vielleicht etwas ein.«

»Lasst es mich gleich wissen, wenn Ihr Euch an etwas erinnert.«

»Und wer ist diese größere Beute, am Ende von alldem hier?«

»Vielleicht habt Ihr von diesem Ellengaest gehört?« Inger war immer noch abgelenkt.

Der Meister versteifte sich. »Ihr glaubt, dass dieser Unhold in die Angelegenheit verwickelt ist?«

»Das glaube ich. Und er ist die Person, vor der Hagen in Wirklichkeit Angst hat.«

Einen Moment herrschte Stille. »Ich habe viel über diesen Mann gehört«, sagte der Meister leise. »Sein Ruf reicht selbst bis hier oben hinauf, bis in die Berge.« Seine Stimme wurde schneidend. »Er ist ein tollwütiger Hund! Ein Mann ohne Skrupel und mit grenzenlosem Ehrgeiz, aber ohne Verstand. Wenn Eure Fährte zu ihm führt, solltet Ihr ihr vielleicht nicht folgen. Das kann nicht gut enden.«

Inger lachte. »Aber nein, ich habe vor, diesen Wahnsinnigen

aufzuspüren. Er muss vor die Ephoren gestellt werden und sich für all das verantworten, was er verbrochen hat.«

»Der Allmächtige lässt sich nicht verhöhnen«, erklärte der Meister. »Ramnea wird ihn am Ende bekommen, und sie verhängt immer angemessene Strafen.«

»Aber wie viel Schaden hat er bis dahin unserem Königreich zugefügt?«, fragte Inger. »Und vielleicht erwischt Ramnea ihn zu spät, nachdem Ormur ermordet worden ist. Ich werde mich nicht untätig zurücklehnen und darauf warten, dass der Allmächtige handelt.« Sie umklammerte den hundeköpfigen Engel auf ihrer Tunika. »Ich arbeite mit seinen Engeln zusammen. Ich werde diese Spur bis zum Ende verfolgen.«

Der Meister schwieg lange. Auf einmal fand Inger, dass er sehr dicht neben ihr saß. Sie rückte ein wenig von ihm ab, weil sie sich plötzlich unbehaglich fühlte.

Und wieder legte sich die Hand auf ihre Schulter, flehte sie an, dass sie begriff, bevor es zu spät war.

12. KAPITEL

DER GROSSE KANAL

Erde wurde ausgehoben. Schwitzende Männer mit Schaufeln arbeiteten sich durch den Schlamm und gruben große Furchen in die Landschaft. Ein ratternder Tausendfüßler aus Fuhrwerken brachte Berge aus Lehm vom Norden heran. Die Karren bogen sich förmlich unter ihrer Fracht. Eine andere, nie endende Kolonne lieferte frisch gehauene Steinquader aus dem Westen und eine dritte geteerte Holzplanken aus den ringsum gelegenen Wäldern. Über alldem erhoben sich halb vollendete steinerne Türme und mächtige Kräne aus Holz, die große Paletten mit Nachschub abstellten, über die die Männer herfielen. Sie wurden rasch abgeladen und mit Schlitten verteilt. Riesige Felsbrocken wurden in das Flussbett gerollt, um Turbulenzen und unberechenbare Strömungen zu erzeugen. Das erschwerte es, den Fluss außer an einigen vom Ufer aus nicht erkennbaren Stellen zu überqueren. Zehntausende Menschen arbeiteten, und ein Dutzend kleinerer Fuhrwerke brachte ihnen Schaffleisch, Getreide, Wurzeln, Zwieback, Werkzeuge, Feuerholz und anderen Nachschub.

Der Abus wurde befestigt und von einer natürlichen Barriere zu einem künstlich verstärkten Hindernis umgebaut, dem Großen Kanal.

Keturah gefiel das nicht. Ihr kam es vor wie ein Werk der

Südlande. Sie ordneten und manipulierten all das Wilde, das den Anakim so kostbar war. Das Vorhaben war in seiner Größe grotesk: ein brutales Unterfangen, das Land zu kultivieren, bei dem es sie kalt überlief. Roper hatte es jedoch für notwendig erklärt, um das Schwarze Königreich und alles, was darin wild und gesund war, vor der gierigen Hand der Südlinge zu schützen. Ebenso passend war es, versuchte er, ihr einzureden, dass die Grenze zwischen den beiden Völkern ein befestigter Fluss war. Halb Anakim, halb Südling. Sie war nicht sicher, ob er das selbst glaubte.

Sie stand mit Gray auf einem Hügel auf der Seite des Schwarzen Königreiches und blickte auf den Kanal und die Arbeit unter ihnen hinab. Nach ihrer Rückkehr zum Hindrunn hatte sie den Oberbefehl über dieses Projekt übernommen. Es war, wie sie schnell feststellte, ermüdende Verwaltungsarbeit. Heute würde sie sich mit den Waffenschmieden, den Pfeilmachern, den Schmieden und den Quartiermeistern besprechen. Sie war unruhig, klopfte nervös mit dem Fuß auf den Boden und streckte sich unablässig.

»Ratet, was ich sehen kann«, sagte Gray plötzlich.

»Schlamm«, erwiderte Keturah.

»Menschen.« Gray deutete zum Horizont. Auf einem der Hügel südlich des Kanals waren drei Reiter aufgetaucht. Es waren sonderbare Reiter, die ungewöhnlich groß auf ihren Tieren wirkten und die Arbeiten am Fluss beobachteten. Schließlich überquerten sie die Bergkuppe und näherten sich der riesigen Baustelle.

»Sie sehen sonderbar aus«, meinte Keturah.

»Das liegt daran, dass sie zu zweit auf einem Pferd sitzen«, erklärte Gray.

»Südlinge?« Keturah konnte aus dieser Entfernung nicht erkennen, um wen es sich bei den Reitern handelte.

»Das werden wir gleich erfahren.« Die Reiter näherten sich einer provisorischen Brücke aus Baumstämmen, die ein Stück rechts von Keturah und Gray das trockengelegte Flussbett überquerte. »Sollen wir sie empfangen?«

»Warum nicht, Hauptmann?«

Sie hatten das Ende der Brücke erreicht, als die Reiter gerade die Hälfte hinter sich hatten. Die Pferde klapperten über die Baumstämme, und als die beiden Gruppen sich trafen, stieß einer der Reiter einen lauten Freudenschrei aus und sprang von seinem Pferd. Gray stürmte vor, und die beiden Gestalten umarmten sich. Die anderen Reiter ignorierten es und ritten weiter zu Keturah. Die grinste zu der Gestalt auf dem ersten Pferd hoch.

Tekoa wirkte von der Reise gezeichnet, schien aber ansonsten wohlauf zu sein: Sein Gesicht war sonnenverbrannt, sein Haar vom Wind zerzaust. Er wartete, bis Aledas hinter ihm abgestiegen war, dann glitt er selbst aus dem Sattel und umarmte Keturah. Hinter ihm ritt Roper, der als Einziger ein eigenes Pferd hatte.

»Vater.« Keturah strahlte. »Was gibt es für Neuigkeiten?«

»Kurz gesagt – wir kamen in ein Tal voller wilder Barbaren, die mordlüstern waren und vorhatten, uns alle zu fressen. Durch großartige individuelle Bemühungen und außerordentlich inspirierte Führerschaft ist es uns gelungen, Freundschaft mit ihnen zu schließen.«

»Ist das dein Ernst?«

»Das ist im Großen und Ganzen alles.« Tekoa nickte knapp.

Keturah lachte entzückt und umarmte Roper, der zu ihnen getreten war. »Du musst wirklich einiges zu erzählen haben«, sagte sie, als sie sich aus ihrer Umarmung lösten.

»Das kann man wohl sagen«, bestätigte Roper. Gray und Pryce traten Arm in Arm zu der restlichen Gruppe und schüttelten den anderen die Hände.

»Wo ist Gilius?« Grays Blick wanderte über die kleine Gruppe.

»Gilius hat sein Leben für unsere Aufgabe gegeben«, erwiderte Roper.

Einen Moment kehrte Schweigen ein.

»Dass der Rest von euch gesund und munter zurückgekehrt ist, ist wirklich mehr, als ich erwartet habe«, erklärte Keturah dann.

»Zwischendurch gab es Momente, in denen das höchst unwahrscheinlich schien«, stimmte Vigtyr ihr zu.

»Sind das Pferde aus den Südlanden?« Keturah betrachtete die kleinen Tiere von Kopf bis Fuß.

Die sechs Reisenden wechselten Blicke und lachten dann schallend. »Es gibt wirklich viel zu erzählen«, meinte Roper. Die Freude über ihre Heimkehr überstieg anscheinend die Trauer über den Tod eines der ihren.

»Dann heraus damit!«, forderte Keturah ihn auf, hob dann aber unvermittelt die Hand und sagte: »Nein. Zuerst ans Feuer mit euch. Esst ein Stück Hammelfleisch und trinkt ein wenig Wein, damit ihr Kraft für diese Geschichte habt. Ich denke, das zumindest habt ihr euch verdient.«

»Zudem würde ich mich gern kurz waschen und die Kleidung wechseln«, setzte Tekoa hinzu.

»Ich könnte etwas Pinientee vertragen«, schloss sich Vigtyr an.

»Vigtyr hat auch sein Zelt verloren«, meinte Roper. »Wir müssen sofort ein neues für ihn besorgen.«

»Vergesst alle anderen Wohltaten«, stimmte Pryce ihm zu. »Hüllt ihn einfach nur in ein Stück Segeltuch ein.«

»Segeltuch und Tee für Vigtyr«, fasste Tekoa zusammen und drehte sich dann zu dem Skiritai um. »Aledas, was nimmst du? Hast du Appetit auf ein Baby?«

Keturah und Roper führten die Gruppe vom Kanal weg zu ihrem eigenen Herd. Es war *Eapea*, die Woche des Rotkehlchenliedes, und drei der kleinen Vögel folgten der Gruppe, während Keturah einem Lakaien auftrug, Holz, Wasser, Wein und Fleisch zu bringen.

»Wir hatten bereits Tee«, sagte sie lächelnd zu Vigtyr. »Und wir können dich bestimmt mit einem neuen Zelt belohnen, Zuchtmeister. Vor allem, da deine Frau hier ist«, setzte sie zwinkernd hinzu. Vigtyr schien sich bei diesen Worten eher unbehaglich zu fühlen. Er hatte kürzlich viel Zeit mit einer Gefährtin verbracht. Es kursierten Gerüchte, dass er ihr den Hof machte. Sie würde in dem Fall Vigtyrs vierte Frau werden, und das in einem Land, in dem bereits eine einzige Scheidung ein Skandal war.

»Ihr seid gerade rechtzeitig zurückgekehrt, meine Freunde«, sagte Gray. »Die Brücke, die ihr überquert habt, ist die erste von einem Dutzend solcher Brücken, die in den nächsten Tagen errichtet werden, damit wir über sie nach Süden gelangen können. Wir sind jederzeit bereit für die Invasion.«

»Wie es scheint, habt ihr ebenfalls ein paar Geschichten zu erzählen«, stellte Vigtyr fest.

»Aber keine ist so bedeutsam wie diese«, sagte Keturah. »Wir bereiten uns schon seit Tagen darauf vor.« Sie sprach gelassen, als sie sie durch einen Gang zwischen etlichen Bündeln von Pfeilen führte, die auf jeder Seite fast vier Meter hoch gestapelt waren. »Die ganze Kraft des Schwarzen Königreichs kann jederzeit auf den Süden losgelassen werden.« Sie bog in einen anderen Korridor ab, der aus riesigen, nach Pech stinkenden Fässern bestand. Sie waren ebenfalls hoch aufgestapelt, und der Gang erstreckte sich, so weit sie blicken konnten. »Sobald der Schwarze Lord den Befehl gibt, werden wir marschieren.«

Sie verließen den Korridor und betraten eine Grasebene, auf der Tausende von Lagerfeuern brannten. Eine gewaltige Rauchwolke erhob sich darüber. Männer und Frauen schwärmten vor ihnen aus, Holz splitterte und krachte, und in der Ferne erklangen Schläge von Metall auf Metall. Holzkohle glühte unter feuerspeienden Hügeln, während Ochsengespanne riesige Baumstämme zu wartenden Männern zogen. Diese standen mit Sägen in den Händen bis zu den Knöcheln in Sägespänen. Im Hintergrund dieser Szenerie sah man einen fernen Wall aus angepflockten Pferden, die ihre Köpfe gesenkt hatten und Gras abrupften.

Roper schloss mit ein paar schnellen Schritten zu Keturah auf. »*Wir* sind bereit loszumarschieren?« Er lächelte leicht. »Du bleibst hier, um in meiner Abwesenheit das Schwarze Königreich zu regieren, schon vergessen?«

Sie erwiderte sein Lächeln. »Ich will ganz offen sein, mein Gemahl. Die Aussicht, im Hindrunn zu bleiben, während du Süddal ausplünderst, langweilt mich.«

»Das ist eine Ehre.« Roper hob seine Brauen. Dann überzeugte er sich mit einem kurzen Blick über die Schulter, dass die anderen außer Hörweite waren. »Und du solltest das Hindrunn in meiner Abwesenheit kontrollieren, weißt du noch? Du musst mit all jenen fertigwerden, die höchst aufgebracht sein werden, wenn sie herausfinden, dass dies eine Besatzung ist, kein Überfall. Es mangelt dir ja nicht an Ideen, wie man die Dinge am besten handhabt, und jetzt hast du die Gelegenheit, sie umzusetzen.«

»Das ist tatsächlich einer der Gründe, warum ich lieber nicht hierbleiben würde«, antwortete Keturah. »Kannst du dir den Aufruhr vorstellen, wenn herauskommt, was du da tust? Diese Aufgabe, die du angehst, ist zu groß für einen einzigen Mann. Wir bewältigen sie gemeinsam. Ich habe Nachforschungen in der Akademie angestellt, wie ich angekündigt hatte. Ich habe eine Strategie entwickelt, wie wir Süddal unterwerfen können. Du wirst mich brauchen, mein Gemahl.«

»Dein Ratschlag wäre mir zweifellos willkommen, aber du bist außerdem schwanger, sosehr du auch tust, als wärst du es nicht.« Keturah legte unwillkürlich die Hand auf ihren kleinen Bauch. »Du brauchst die Sicherheit des Hindrunn und die Erfahrung der dortigen Hebammen bei deiner ersten Geburt. Welche Alternative kannst du vorschlagen?«

»Dass ich mit dir nach Süden ziehe«, antwortete sie. »Ich habe bereits mit der Leitenden Historikerin darüber gesprochen. Sie sagt, dass ich auf dem Feldzug als ihre Assistentin fungieren könnte. Ich mache Geschichte, statt sie nur zu lernen. Ich erforsche ein neues Land und ein neues Volk. Und außerdem helfe ich dir.«

Gray hatte die beiden eingeholt, ganz offensichtlich als Verstärkung für Keturah. Roper warf ihm einen kurzen Blick zu, bevor er weitersprach. »Du willst also den Feldzug miterleben.«

»Selbstverständlich will ich das. Ich bin kein bisschen glücklicher bei der Vorstellung, zu Hause zurückzubleiben, als du es wärest.«

Roper nickte kurz bei ihren Worten. »Du hast sehr oft zu mir gesagt, dass wir eine Partnerschaft haben«, antwortete er schließlich. »Ich verlasse mich mittlerweile darauf. Aber wer soll das Hindrunn in deiner Abwesenheit regieren?«

Keturah runzelte verärgert die Stirn. Dieses Argument hatte sie nicht vorhergesehen. »Eine Partnerschaft bedeutet nicht, dass ich die Unordnung aufräumen muss, die du hinterlässt. Es gibt viele andere, die sich mit der Verwaltung und der Organisation des Hindrunn weit besser auskennen als ich. Jemand, der regelmäßig an Ratssitzungen teilnimmt und nicht die ersten vier Monate damit zubringen muss, seine Pflichten kennenzulernen. Ich bin noch sehr jung. Ich muss noch viele Erfahrungen sammeln, bevor ich die Verantwortung für das Schwarze Königreich übernehmen kann. Das habe ich in den letzten Wochen gelernt.«

Ihre Worte entlockten Roper ein aufrichtiges Lachen. »Ich habe dich noch nie so bescheiden von dir selbst sprechen hören! Normalerweise bist du dir ziemlich sicher, dass du die Fähigkeit besitzt, mit jeder Situation klarzukommen.«

»Trotzdem ist das weise«, erklärte Gray, und Keturah strahlte bei seinem Einwurf.

»Es ist nur sonderbar, dass diese Weisheit sich zum ersten Mal in ausgerechnet dem Moment zeigt, wo es eine Möglichkeit gibt, nach Süden zu ziehen«, entgegnete Roper amüsiert.

»Das wird ein sehr langer Feldzug werden. Was machst du, wenn es Zeit wird zu gebären?«

»Dann ziehe ich wieder nach Norden«, antwortete Keturah. »Ich will mein Kind nicht in einem fremden Land zur Welt bringen. Aber ich will mit nach Süden kommen. Ich will nicht zurückgelassen werden, zusammen mit den Alten und Verkrüppelten.«

»Und den Schwangeren«, flocht Roper ein.

Sie schnalzte missbilligend mit der Zunge. »Ich werde mich schon nicht in die vorderste Schlachtreihe stellen, Gemahl«, sagte sie scharf.

Roper sah Gray fragend an. »Wir sollten Skallagrim mit seiner Legion zurücklassen«, schlug der Heilige Wächter vor. »Er wird zweifellos am verstörtesten reagieren, wenn er die wahren Motive dieses Feldzugs erfährt, und er wäre in Friedenszeiten ein guter Regent.«

»Siehst du.« Keturah warf Gray hinter Ropers Rücken einen triumphierenden Blick zu. »Die Sache ist abgemacht.«

»Wie ich sehe, habt ihr das Thema bereits diskutiert«, meinte Roper leicht gereizt und gleichzeitig belustigt. »Ich fühle mich in die Zange genommen und ausmanövriert.«

Keturah lachte und nahm den widerwilligen Roper am Arm. »Du wirst froh sein, dass ich bei dir bin, mein Gemahl«, sagte sie liebevoll.

»Auf welche anderen Kommandeure kann ich mich noch verlassen?«, erkundigte sich Roper.

»Auf alle außer auf Tore, Lord«, antwortete Gray. »Er würde alle um sich scharen, die unsicher sind und versuchen, Widerstand gegen die Besetzung Süddals zu formieren.« Tore war ein Anhänger Uvorens gewesen und rebellierte nach wie vor gegen Ropers Oberbefehl. Nach seinem Verhalten in der Schlacht von Harstathur jedoch, wo er Ropers Befehle ignoriert und stattdessen Uvoren gehorcht hatte, war er von Roper zum Kommandeur der Soay-Legion degradiert worden. Diese Hilfslegion genoss weit weniger Ansehen als sein vorheriges Kommando, die Grauen.

»Dann lassen wir ihn und Skallagrim im Hindrunn«, entschied Roper. »In der Streitmacht, die wir nach Süddal führen, darf es keine Zauderer geben.«

Sie hatten das Feuer erreicht. Während die anderen sich daranmachten, Hammelfleisch vorzubereiten, die Flammen mit dünnen Eichenästen anfachten und Wein holten, drehte sich Roper langsam einmal um seine Achse. Ein Grinsen zeichnete sich auf seinem Gesicht ab, während er die Vorbereitungen beobachtete.

Keturah stand auf, um Wasser zu holen, und Roper bot an, ihr zu helfen. Er ging neben ihr her. »Also, Gemahlin, sprich mit mir«, sagte er. »Welche Strategie hast du ersonnen? Wie wollen wir mit nur siebzigtausend Kriegern über eine Nation von Millionen Menschen herrschen?«

»Mit sechzigtausend.« Sie warf ihm einen spöttischen Blick zu. »Da du ja zwei Legionen zurücklässt. Aber ich glaube, dass wir das Problem aus einem falschen Blickwinkel betrachten. Wir haben uns ein Volk vorgestellt, das dem unseren ebenbürtig ist. Doch meine erste Entdeckung in der Akademie war, wie wenig die Menschen im Süden miteinander in Verbindung stehen. Die meisten kümmern sich nur um ihre eigenen Angelegenheiten, bestellen ihre eigenen Höfe, halten ihre Herden und gehen ihren Berufen nach. Sie sind nicht durch dieselbe Erziehung und dieselben Ziele vereint wie wir. Wenn wir also ihre Armee besiegen und ihre Verteidigungsstellungen überwinden, ohne dass die Legionen zu viele Verluste erleiden, ist es vielleicht nicht unmöglich, über sie zu herrschen. Es ist eine Frage des Vertrauens. Man muss sie überzeugen, dass ihr Leben einfach so weitergeht, wenn sie uns akzeptieren. Aber dass die Hölle losbricht, wenn sie sich uns widersetzen.«

»Und wie erreichen wir das?«

Keturah schürzte die Lippen. »Rücksichtslosigkeit«, sagte sie schließlich. »Wenn sich uns irgendeine Stadt oder Siedlung widersetzt, muss sie vollkommen zerstört werden. Dann werden die Menschen aus dem Süden begreifen, dass Widerstand nicht nur zwecklos ist, sondern ihnen weit mehr Ärger einbringt, als er wert ist. Diese Strategie hat sich bei anderen, ähnlichen Feldzügen als sehr effektiv erwiesen. Es wird Tausenden unserer Legionäre das Leben retten.«

Roper atmete langsam aus. »Also jede Stadt, die sich uns widersetzt … Es wird deren viele geben, anfangs. Wir sollen alle Menschen dort töten?«

»Das denke ich, ja«, bestätigte Keturah. »Wir operieren auf Messers Schneide. Selbst wenn wir bei jedem Kampf nur wenige Krieger verlieren, werden wir nur noch eine Rumpfstreitmacht sein, bis wir Lundenceaster erreichen. Dann ist der Feldzug spätestens dort für uns vorbei. Aber wenn wir die Menschen in Süddal überzeugen können, dass es keinen Sinn hat, sich uns zu widersetzen, dann retten wir nicht nur das Leben unserer Soldaten, sondern auch das vieler Südlinge. Die Städte allerdings müssen zerstört werden, ob die Menschen darin überleben oder nicht. Wir können kein mögliches Zentrum für einen Widerstand zurücklassen.«

»Massenexekutionen«, sagte Roper niedergeschlagen. Er dachte an Bellamus, seinen ärgsten Feind vom letzten Feldzug, und daran, dass er bei den wenigen Begegnungen mit ihm eine gewisse Sympathie für den Meisterspion entwickelt hatte. Er dachte an den plappernden Mann aus den Südlanden, der ihnen bei ihrer Reise den Weg gezeigt und dem Pryce dafür den Kopf abgeschlagen hatte.

»Haben wir nicht längst entschieden, dass wir das tun müssen?«, wollte Keturah wissen. »Wenn wir es mit einer Taktik versuchen, von der wir im Voraus wissen, dass sie höchstwahrscheinlich scheitern wird, ist das eine ebenso große Feigheit, als würdest du es gar nicht versuchen. Beides sind nur langsame Formen des Selbstmordes. Es ist unser einziger Weg, Gemahl.

Wir müssen das Entsetzen für uns kämpfen lassen. Wir werden uns während des Feldzugs mit den Unhieru vereinigen und Süddal gemeinsam zerschlagen. Dann werden wir niemals wieder der Bedrohung einer Invasion ausgesetzt sein. Wir werden das offene Meer zwischen uns und den Menschen aus den Südlanden haben und diese ganze Insel der Herrschaft der Wildnis zurückgeben. Wie wir das erreichen? Gewiss, dafür müssen viele Menschen sterben. Aber hast du denn wirklich geglaubt, es gäbe einen anderen Weg?«

13. KAPITEL

NACH SÜDDAL

Sie waren bereit. Die Legionen nahmen an dem großen, rauschenden Fluss Aufstellung. Jeder Mann starrte über die glitzernden Fluten auf das dicht verzweigte Grün jenseits der Wasser. Die Kommandeure ritten an ihrer Front und bespritzten ihre Soldaten mit einem Stab, der aus in Birkensaft getauchten Stechpalmenblättern bestand. Sie erflehten Schutz vom Allmächtigen vor den vergifteten Landen, die sie jetzt betreten würden. Tausende von Kriegern knieten sich gleichzeitig hin und beteten, und als sie sich erhoben, begannen sie zu singen.

Vor ihnen ritt die Kavallerie.

Eine donnernde Horde heißer, staubiger Körper, die über die Brücken stürmten und sich zwischen den Hügeln Süddals verteilten. Die Erde erzitterte unter dem Dröhnen ihrer Hufe, und Schlamm spritzte auf, als sie den Pfad hinter sich aufwühlten. Sie breiteten sich aus wie eine bösartige Wolke, die sich über die Landschaft legte.

Als Nächstes kamen die Skiritai, gepanzert mit leichten, flexiblen Plattenrüstungen und bewaffnet mit je zwei Kurzschwertern und einem Bogen. Dahinter ritt der Schwarze Lord. Ein nachtschwarzer Umhang mit eingestickten Blitzen lag um seine Schultern und über der Hinterhand seines kolossalen Hengstes. Ihm folgte die Heilige Wache – prachtvoll in ihren schweren

Rüstungen, zu Fuß und paarweise, Mentor und Protegé, entspannt und zuversichtlich. Nach ihnen überquerten die Ratgeber, Historiker, Meisterassassinen, Herolde und Adjutanten den Fluss.

Und dann marschierten die Legionen.

Klirrende eiserne Kolonnen von Männern, jeweils sechs nebeneinander, die durch den tiefen Schlamm wateten, den die Kavallerie hinterlassen hatte. Sie brüllten die Hymne des Vorstoßes, eine stakkatoartige, wortlose Anrufung, im Rhythmus mit ihren Schritten. Die Knochentrompeten hinter ihnen gellten, und über ihnen flatterten gespenstisch fremdartige Banner. Zerfetzte Wolfs- und Bärenhäute. Hohe, schmale Fahnen, mit den primitiven, verstörenden Bildern der Anakim. Adlerschwingen, Geierflügel, Gefieder von Falken und Bussarden, alle flatterten, tanzten und hüpften. Nur zwei Hilfslegionen blieben im Norden zurück, um den Großen Kanal weiterzubauen und das Königreich zu schützen. Sechs Stunden lang marschierten Soldaten über den Fluss, und es ähnelte weniger einer Invasion als vielmehr einer bewaffneten Migration, bis sie schließlich zwischen den Hügeln verschwanden.

Und auch wenn die hastig konstruierten Brücken sich bogen und knarrten, in ihren Gelenken zersplitterten, hörte es noch längst nicht auf. Den Legionen folgte der Versorgungstross. Ein mächtiger Wagenzug aus Fuhrwerken, Ochsen und Schafen, der doppelt so lang war wie die bewaffnete Kolonne, die ihm vorausgegangen war, und deren Karren zumeist von Frauen gelenkt wurden.

Auf einem Hügel stand neben zwei Gefährten ein dunkelhaariger Mann aus dem Süden und beobachtete diesen eisernen Vormarsch in sein Heimatland. Seine Haltung war entspannt. Ab und zu näherte sich ihm ein Bote, den er jedes Mal augenblicklich mit irgendeinem neuen Befehl oder einer Bemerkung wegschickte. Unbemerkt beobachtete er diesen Vormarsch vom Morgengrauen an, bis schließlich der Einbruch der

Dunkelheit die letzten Reste des Versorgungstrosses verhüllte. Dann nickte er seinen Gefährten zufrieden zu und wandte sich ab.

Er war ein Emporkömmling, ein Ausgestoßener, ein ehemaliger Wilderer und Mörder. Er war ein Meisterspion, ein Schurke und ein Charmeur niederer Herkunft. Der König Süddals wollte seiner ebenso dringend habhaft werden, wie der Schwarze Lord nach seinem Kopf trachtete.

Sein Name war Bellamus.

TEIL II

DER SÜDEN

14. KAPITEL

DER MEISTERSPION

Bellamus ritt befriedigt ins Lager zurück.

Sein Lager nannte sich Brimstream – eine ehemalige Stadt, in der er einst zwei seiner eigenen Leute aufgehängt hatte und die jetzt zum Hauptquartier ihres kleinen Widerstands geworden war. Er ritt über die einzige Straße an den Zelten vorbei, die aus den Seiten der riedgedeckten Gebäude zu wachsen schienen, und hob eine Hand als Erwiderung auf die Grüße, die man ihm zurief.

»Ihr habt sie gesehen, Herr?«

»Ich habe sie gesehen. Ihre Zahl entspricht den Berichten. Will, such mir eine Bibel mit Platz für eine Botschaft im Buchrücken.«

»Ich habe eine Botschaft aus dem Westen bekommen, Herr. Keine Anzeichen von ungewöhnlichen Bewegungen bei den Unhieru.« Eine dunkelhaarige dünne Frau lief neben Bellamus' Pferd her. Der Emporkömmling ritt zu dem Gebäude, das einst die Herberge des Dorfs gewesen war und jetzt das Spinnennetz genannt wurde. Teilweise wegen der zahllosen geheimen Informationen, die hier zusammenkamen, aber auch, weil jedem Bewohner klar war, dass sie weggewischt werden würden, wenn sie von einer der beiden Seiten entdeckt wurden.

»Wie erwartet, Aelfwynn. Antworte mit einfacher Chiffrierung, dass wir zumindest in den nächsten vierzehn Tagen nichts weiter erwarten, bis die Anakim ihre Waffen und Rüstungen losgeschickt haben.« Bellamus stieg ab und gab der Frau die Zügel seines Pferdes. Dann drehte er sich um, sodass er mit dem Rücken zum Spinnennetz stand, und breitete die Arme zur Straße aus. »Kommt her zu mir, Kameraden! Kommt! Kommt und hört, was das Schicksal für uns bereithält!«

Leute tauchten aus den Gebäuden ringsum auf und versammelten sich um den Meisterspion. Hier herrschte eine besondere Atmosphäre. Ihre Arbeit war so gefährlich, dass jeder Tag ihr letzter sein konnte. Das erzeugte in dieser Stadt eine fast schon überbordende Energie. Um dem zu entsprechen und um das Leben seiner Spione erträglich zu machen, duldete Bellamus einen gewissen Hedonismus. Er versorgte sie mit so viel Alkohol wie möglich und kümmerte sich nicht darum, wie viel sie davon tranken. Solange sie am nächsten Morgen immer noch reiten und kämpfen konnten, war er bereit, jeden Exzess zu tolerieren.

Er strahlte die Versammelten an – Soldaten, die ihm ihr Schicksal anvertrauten, obwohl er in Ungnade gefallen war und im Exil lebte. Wegen ihres Dienstes für ihn aus Süddal verbannt, von den Anakim verächtlich als »Einsiedlerkrebse« bezeichnet, nannten sie sich selbst *Thingalith*. Von beiden Seiten ausgestoßen, handverlesen und von Bellamus auf Feldzügen und bei kleinen Scharmützeln mit den Anakim gerettet, waren sie ein höchst erfindungsreiches und verlässliches Völkchen, mit einer starken Neigung zur Isolation. Bellamus ermunterte sie, sich für etwas Besseres zu halten als ihre Volksgenossen aus den Südlanden, und genau das taten sie. Jeder von ihnen konnte lesen, und jeder trug eine Knochenrüstung der Anakim.

Unter ihnen waren auch mehrere Dutzend spezialisierte Spione, zumeist Frauen, weil sie unauffälliger durch das Land streifen konnten. Jede Einzelne war von Bellamus persönlich ausgewählt worden, und sie hielten immer noch die Botschaften und die genial gefertigten Apparaturen in den Händen, die

Werkzeuge ihres Gewerbes. Ihre Gesichter waren hager und gebräunt, aber erfüllt von ihrem glühenden Glauben an die Aufgabe, der sie sich gewidmet hatten.

Und an Bellamus selbst.

Dunkle Schatten umrahmten seine Augen, seine Schläfen waren grauer geworden, und sein ständiger Begleiter war ein Weinschlauch. Trotzdem grinste er sie mit seiner alten Energie an. »Meine Brüder und Schwestern, meine Thingalith, meine Spione, meine Soldaten: Die Zeit ist gekommen, und wir haben gute Nachrichten. Die Zahl der Feinde beträgt nur knapp sechzigtausend.« Er machte eine wegwerfende Handbewegung, woraufhin seine Leute lachten. »Und wir werden ihr Untergang sein. Ich sollte nicht mehr von euch verlangen, als ihr mir bereits gegeben habt. Noch nie hat ein Mann so loyale und erfindungsreiche Kameraden gehabt. Und dennoch muss ich mehr von euch fordern. Die Anakim dürfen es nicht erfahren, aber Süddal ist schwach. Sehr schwach. Unsere Streitkräfte wurden bei den beiden Invasionen im letzten Jahr ausgeblutet, und unser König ist ein Kohlkopf…« Erneut brandete Gelächter auf. »Wir sind weder stark genug, noch haben wir die Anführer, um den Anakim auf dem Schlachtfeld wirklich Widerstand leisten zu können.« Er machte eine Pause und verzog das Gesicht zu dem Ausdruck, der ihn in diesen Tagen am wenigsten Kraft kostete: eine Miene müder, abgespannter Zuversicht. »Also gibt es nur uns. Wir müssen unseren Widerstand mit subtileren Waffen leisten, als unser Feind sie benutzt. Mit der Schrift, mit Informationen, Fehlinformationen, Gift und kleinen Störungen. Wir müssen passiven Widerstand leisten, sie immer wieder wütend machen und behindern, sie dazu bringen, dass sie sich in dem Heimweh suhlen, das alle Anakim in fremden Ländern befällt. Wenn wir sie am Ende genug geschwächt haben, dann endlich werden wir in der Lage sein, sie auf dem Schlachtfeld zu bezwingen oder sie mit blutiger Nase nach Hause zu schicken. Glaubt. Glaubt und habt Zuversicht. Wir können diesen Konflikt gewinnen, und morgen beginnt er. Ihr alle wisst, was ihr zu tun habt. Ihr alle seid vorbereitet. Denkt stets an eines: Es gibt nur noch uns! Wir sind alles, was die Südlande haben.« Er ließ seine Worte einen Moment wirken, dann grinste er wieder. »Aber heute Nacht will ich euch feiern hören, weil das Warten vorbei ist. Betrinkt euch, erzählt Geschichten und teilt Erinnerungen an Zeiten, als das Leben noch leicht war und unsere Zukunft gewiss. Denn morgen beginnt es.« Sie jubelten ihm zu. Bellamus verbeugte sich bescheiden, drehte sich zum Spinnennetz um, duckte sich unter das Ried und trat ein.

Im Inneren brannte ein Feuer in einem schmutzigen Herd, und zwei riesige Tische beherrschten den Raum. Einer war von Karten aller Größen und Maßstäbe übersät und zur Hälfte von einem großen Wandteppich von Süddal bedeckt. Überall darauf standen Gegenstände und Spielzeuge, die Soldaten und strategische Positionen markierten. Auf dem anderen Tisch stapelte sich Papier, das von sauberen Steinen beschwert wurde, sodass der Luftzug, als er die Tür öffnete, nur die Ecken jedes Stapels erzittern ließ. Der riesige Gefährte, der mit Bellamus geritten war, betrat geduckt hinter ihm den Raum.

»Gewürzbier?«, erkundigte er sich und rieb sich die Hände.

»Haben wir Milch?«

»Gallonen davon.«

»Du bist ein guter Mann, Stepan.«

»Pastete?«

»Was für eine?«

»Schweinefleisch, Apfel und Salbei.«

»Du bist ein sehr guter Mann.« Bellamus zog seinen Mantel aus, legte ihn hinter sich auf einen Stuhl und setzte sich an seinen von Papier überhäuften Tisch. Er blickte einen Moment auf eine mit Rubinen besetzte Silberbrosche, die die Form einer Spinne hatte. Es war das Symbol, das er für seine Spione benutzte. Das Schmuckstück war ihm von der Königin geschickt worden. Es war zweifellos wertvoll, aber sonderbarerweise brachte er es nicht über sich, es zu verkaufen. Es war ein neues Gefühl für ihn, einem materiellen Objekt einen Wert beizumessen. So klein es auch sein mochte, es war die einzige Anerkennung für die Arbeit, die sie hier taten, die er jemals erhalten hatte.

Stepan, der Ritter mit dem rotblonden Bart, brachte ihm einen Zinnteller mit einer dicken Scheibe Pastete. Das Innere schimmerte von Sülze. »Du verwandelst dich langsam in meinen Leibkoch«, bemerkte Bellamus. Er nahm ein Stück von der kalten Pastete und biss ab. Sie war salzig, schmackhaft und fett, und er lehnte sich zurück, um sie genüsslich zu verzehren.

»Das ist einfacher, als zu spionieren«, erwiderte Stepan, schnitt sich selbst ein ordentliches Stück ab und stellte den Teller neben Bellamus. Dann ging er zurück zum Herd und füllte Bier, Milch und Gewürze in einen großen, schwarzen Kessel.

»Ganz offensichtlich liebst du Ingwer«, bemerkte Bellamus mit vollem Mund.

»Das ist die beste Zutat darin«, erwiderte Stepan, während er den Kessel an den Haken über dem Feuer hängte und es kräftig schürte, bevor er sich zu Bellamus setzte. »Solange du ihn besorgen kannst, werde ich ihn verwenden.«

Die beiden hatten den ganzen Tag geredet und begnügten sich jetzt einfach damit, schweigend zu essen. Stepan schien ohnehin mehr an Speisen als an Kämpfen interessiert zu sein, seit sie aus dem Schwarzen Königreich geflüchtet waren, und Bellamus tat, als würde ihm nicht auffallen, wie oft sich Stepan jetzt vor Überfällen und Scharmützeln drückte, indem er behauptete, dass er anderen, dringenden Pflichten nachkommen müsse. Er spürte, dass der große Ritter keine Lust mehr zum Kämpfen hatte und sich nach Frieden in seinem Leben sehnte. Er fürchtete, dass dieses Verlangen sie schon sehr bald trennen würde. Denn Bellamus war nach wie vor ehrgeizig und immer noch gierig. Sie waren beide vom Schwarzen Königreich gefesselt, aber Stepan schien immer weniger bereit zu sein, dorthin zurückzukehren, außer in seiner Erinnerung. Bellamus wollte erneut zwischen den Bergen und den riesigen Bäumen stehen, den merkwürdigen Duft von Moschus einatmen und dem Geheul unbekannter Tiere lauschen.

Um das zu tun, mussten sie diese Invasion aufhalten, und Bellamus' Fähigkeiten, ihren Verlauf zu beeinflussen, waren sehr begrenzt. Er war bei Hofe in Ungnade gefallen. Wenn er einen Boten mit einer Nachricht über alles, was er wusste, in den Süden schickte, würde man ihm den Kopf des Boten höchstwahrscheinlich in einem Beutel zurücksenden. Der einzige Grund, warum seine eigensinnige Bande bis jetzt noch nicht ausgelöscht worden war, bestand darin, dass König Osbert größere Probleme hatte als eine winzige Rebellion.

Bellamus konnte sich nur auf einen einzigen Verbündeten verlassen: Königin Aramilla, und selbst sie hatte nur wenig formale Macht. Sie konnte besser schmeicheln, manipulieren und erpressen als die meisten anderen, aber wenn herauskam, dass ihre Informationen von Bellamus stammten, dann wäre das ihr Ende. Der Emporkömmling war gezwungen gewesen, sich zu einem Experten für verschlüsselte Botschaften an Ihre Majestät zu entwickeln. Sie kamen in Büchern verborgen an, in Eiern, in dem Absatz eines Schuhs, in Verbänden von Krüppeln, die sie voll Mitleid verarzten ließ, wurden in neue Gewänder eingenäht und in Weinkorken eingerollt.

Um die Anakim zu besiegen, mussten sie sehr gerissen sein. Bellamus hatte versucht, sich ihnen in einer offenen Feldschlacht zu stellen – mit wenig Erfolg. Süddal war schwach, und sie würden die Anakim nicht im Kampf Mann gegen Mann besiegen können. Ihre Soldaten waren zu gut, ihr Sinn für Kameradschaft zu stark, und sie wurden von dem jungen Schwarzen Lord ausgezeichnet geführt. Dieser Krieg brauchte eine neue Arena. Eine Arena, in der die Anakim im Nachteil waren, und Bellamus hatte seine Bemühungen als Meisterspion verdoppelt. Weil sie nicht schreiben konnten, begriffen die Anakim nicht, wie wertvoll ein beschriebenes Pergament sein konnte. Sie schienen den Schwarm von Nachrichten nicht zu bemerken, die stumm durch das Schwarze Königreich flatterten und alle in diesem Dorf landeten. Es gab keinen Südmenschen nördlich des Abus, also hatte Bellamus einzelne Anakim gegen ihre Volksgenossen aufwiegeln müssen. Das war eine sehr schwierige Aufgabe gewesen. Da sie Dingen keinen großen Wert beimaßen, waren sie für gewöhnlich für Bestechung nicht sonderlich empfänglich, und die meisten hassten die Menschen aus den Südlanden aus ganzem Herzen und liebten mit gleicher Inbrunst ihr eigenes Volk. Aber sie hatten ihre Schwächen, wie alle anderen auch.

Stepan war mit seinem Stück Pastete zuerst fertig, stand auf und warf einen Blick auf den Kessel mit dem gewürzten Bier. Allein der Duft war berauschend. Er rührte um und schmeckte ab, füllte dann noch ein bisschen Milch ein und rührte wieder.

Da klopfte es an der Tür.

»Herein!«

Die Tür schwang auf, und eine Gestalt duckte sich unter dem Türsturz ins Innere. Sie wirkte ungewöhnlich riesig an diesem schmuddeligen Ort.

Bellamus stand nicht auf, sondern winkte die Person zu sich. »Unndor, stimmt's?«

Der Mann nickte. Er war einer der Anakim-Boten, die manchmal in diese Stadt kamen und Nachrichten von den Spionen in der Armee des Schwarzen Lords überbrachten. Mit finsterer Miene überreichte er Bellamus eine Schriftrolle, die mit einer Wachsspinne versiegelt war.

»Danke.«

Unndor drehte sich auf dem Absatz um und verschwand wortlos. Bellamus sah ihm nach.

Dann brach er das Wachssiegel und fand leere Blätter im Inneren. Stepan trat mit zwei Krügen Bier wieder an den Tisch. Bei dem starken Duft von Ingwer, der aus seinem Krug aufstieg, hustete Bellamus leise. »Bringst du mir eine Kerze, Stepan?« Der

Ritter gehorchte, bevor er sich neben Bellamus setzte, der die Kerze heranzog und die Schriftrolle darüberhielt.

»Schon wieder dieser Kerl.« Stepan warf einen Blick auf die Schriftrolle. »Sein Bote schien nicht sonderlich glücklich zu sein.«

»Er wird widerspenstig«, pflichtete Bellamus ihm bei. »Zweifellos hat er eine interessantere Tätigkeit erwartet, als er rekrutiert wurde.«

Stepan sah zu, wie Bellamus das Pergament der Schriftrolle langsam über der Kerzenflamme hin und her schwenkte. »Ich weiß nicht, wie du diese Briefe lesen kannst. Sie sind schrecklich.«

»Es ist mühsam«, gab Bellamus zu. »Aber seine Fähigkeit, Briefe zu verfassen, ist für einen Anakim gar nicht so schlecht. Ich würde gern versuchen, ein Kind der Anakim im Schreiben zu unterweisen und herauszufinden, ob sie vielleicht doch dazu fähig sind. Die meisten Erwachsenen sind jedenfalls überhaupt nicht dazu in der Lage.«

Langsam erzeugte die Hitze der Flamme dunkle, breite Buchstaben auf der Schriftrolle. Sie waren mit unbehandelter Schafsmilch auf das Papier aufgetragen worden, die braun anlief, kurz bevor das Papier versengte, und die versteckten Worte so enthüllte. Aber sie waren kaum entzifferbar. Die Buchstaben waren schief und krakelig, viele Worte waren ausgelassen worden oder an sonderbaren Stellen getrennt, und ihre angelsächsische Bedeutung war nebulös.

»Das Versenden der Rüstungen für die Unhieru wurde beschleunigt«, sagte Bellamus und betrachtete stirnrunzelnd das Papier. »Ich glaube … ich glaube, er will sagen, dass sie die Rossharnische umarbeiten, statt sie ganz neu zu fertigen. Seiner Meinung nach müssten die Waffen in vier Tagen geliefert werden.« Er ließ die Ränder der Schriftrolle zurückschnappen und legte die Rolle dann auf den Tisch. Er nahm den Humpen mit dem heißen Bier und trank einen Schluck. »Wir müssen dafür sorgen, dass diese Lieferung niemals ankommt«, sagte er, stellte sein Bier weg und nahm die nächste Nachricht von einem Haufen auf dem Tisch.

Stepan war sichtlich nervös, wechselte dann jedoch das Thema. »Wer versorgt uns mit diesen Informationen? Vertrauen wir ihm?«

Bellamus runzelte die Stirn. »In gewisser Weise schon, in anderer Hinsicht ganz und gar nicht. Er nennt sich selbst den Ellengaest, und er ist der einzige Anakim, der von sich aus Kontakt mit mir aufgenommen hat. Gegen alle anderen haben wir irgendwelche Druckmittel in der Hand«, erklärte er und deutete auf den Stapel von Briefen, die auf dem Tisch lagen. »Er dagegen scheint von sich aus motiviert zu sein, was mich etwas argwöhnisch macht.«

»Das ist mehr als nur verdächtig«, bestätigte Stepan. »Warum um alles in der Welt sollte er uns helfen wollen?«

»Ich habe ihn nie persönlich kennengelernt«, antwortete Bellamus nachdenklich. »Nur seine Boten. Aber aus seinen Briefen lässt sich zugegebenermaßen schließen, dass er nicht ganz normal ist. Sie enden oft mit Hasstiraden gegen den Schwarzen Lord. Und er scheint sich selbst eine leuchtende Zukunft in Süddal auszumalen. Er hat davon gesprochen, sich einen Platz an König Osberts Hof verdienen zu wollen, als geehrter Ratgeber, weil er den Untergang der Anakim herbeigeführt hat.« Bellamus lachte verbittert. »Wenn ich eine solche Position besetzen könnte, würde ich sie mir selbst vorbehalten. Aber es kann nicht schaden, ihn zu ermutigen.«

»Er ist also desillusioniert?«

»So sieht es jedenfalls aus.« Bellamus nahm den nächsten Brief vom Tisch. »Er wird von irgendeiner Fraktion innerhalb des Schwarzen Königreichs geschützt, was verhindert, dass er entdeckt wird. Ich verstehe es nicht ganz. Aber wenn du wissen willst, warum ich seinen Informationen vertraue … Seinen Botschaften hängt der Ruch einer schrecklichen Selbstverachtung an. Das überzeugt mich, was seine Motive angeht. Außerdem waren seine Informationen bisher stets zutreffend.«

»Trotzdem wäre ich vorsichtig, was diese Quelle angeht«, riet Stepan zweifelnd.

»Ich bin so vorsichtig, wie ich es mir leisten kann«, antwortete Bellamus, ohne aufzusehen.

Sie schwiegen eine Weile, bis Stepan erneut das Wort ergriff. »Hast du gehört, dass sie in dieser Woche drei Mischlinge verloren haben?«

Bellamus blickte finster auf das Papier. »Ich dachte, man würde ihnen jetzt weniger gefährliche Arbeiten übertragen?« Es lebten Dutzende von Menschen-Anakim-Mischlingen in dieser Stadt, die von den Bewohnern als Sklaven gehalten wurden. Bellamus hatte versucht, ihre Lebensbedingungen zu verbessern. Im Geheimen hegte er den Plan, dass sie möglicherweise gute Soldaten werden könnten, wenn er sie richtig wütend machen konnte. Immerhin war Garrett Eoten-Draefend ein Mischlingskrieger, der beträchtliches Ansehen genoss und jetzt Bellamus diente. Aber bisher hatte die Veränderung ihrer Lebensbedingungen noch keinerlei Wandlung in ihrem Verhalten bewirkt. Sie blieben gefährliche und unberechenbare Kreaturen. Trotzdem wollte Bellamus nicht von der Idee lassen, sie als Soldaten einzusetzen. Man musste sie am Ende nicht unbedingt kontrollieren. Es genügte, wenn man sie in die richtige Richtung losließ.

»Es war nicht die Arbeit«, sagte Stepan. »Man hat mir gesagt, es wäre die Sklavenpest.«

»Die Sklavenpest«, wiederholte Bellamus erschöpft. »Wurden sie isoliert?«

»Sie sagten, das wäre nicht nötig.«

Bellamus stellte seinen Humpen ab und sah von dem Papier hoch. »Was? Sie haben keine Quarantäne verhängt?«

»Ich glaube nicht.«

Bellamus sah sich einen Moment um, als suchte er eine Antwort in den dunklen Ecken der Herberge. »Um Gottes willen!«, stieß er schließlich hervor, stand auf, warf sich den Umhang über die Schultern und ging zur Tür.

»Ich halte dein Bier warm«, sagte Stepan unbekümmert, aber Bellamus war bereits verschwunden. Er marschierte durch die Nacht und suchte den verdammten Narren auf, der seine erkrankten Sklaven immer noch durch das Dorf spazieren ließ.

Er ging durch die Dunkelheit zu einer Scheune, in welche der ursprüngliche Besitzer des Spinnennetzes verbannt worden war. Rund um die Scheune standen etwa zwei Dutzend primitive Zwinger, in denen die Mischlingssklaven hausten. Bellamus zog seinen Umhang vor seine Nase, als er an ihnen vorüberging. Er spürte, wie ihre wachsamen gelben Augen ihm durch die Dämmerung folgten. Bellamus ignorierte sie und hämmerte an die Tür der Scheune. Sie wurde nach einer ziemlich langen Zeit und wiederholtem Hämmern geöffnet, und ein Mann mit schütterem, zu Zöpfen geflochtenem Haar und einem traurigen Hundegesicht erschien in der Öffnung.

»Ich habe gehört, es gibt eine Seuche«, verkündete Bellamus.

Der ehemalige Wirt hasste Bellamus, der ihm dieses Gefühl nicht wirklich verübeln konnte. Immerhin hatte er ihm seine Herberge weggenommen und ihn gezwungen, mit drei Ochsen in einer Scheune zu hausen. Das schlaffe Gesicht verzog sich säuerlich, und er blickte Bellamus durch einen schmalen Spalt in der Tür kalt an.

»Was geht Euch das an?«

»Das geht mich etwas an, weil deine Sklaven immer noch hier draußen herumlaufen und nicht isoliert sind.« Bellamus deutete auf die Zwinger hinter sich. »Wenn ein einziger meiner Männer die Pest bekommt, weil du nicht gehandelt hast, dann brenne ich deine Scheune nieder.«

»Du idiotischer Fremdling!«, fuhr der Mann ihn an. »Die Pest wird durch schlechte Luft verursacht. Ich kann die Luft nicht einsperren, und es liegt in Gottes Hand, welcher meiner Sklaven sie einatmet.«

»Nein«, widersprach Bellamus barsch. »Sie wird durch Kontakt mit den Kranken übertragen. Wenn du deine Sklaven nicht augenblicklich isolierst, befehle ich meinen Männern, das zu tun.«

Der Mann öffnete die Tür so weit, dass er einen Arm hindurchstrecken konnte, und bohrte einen dicken Finger in Bellamus' Brust. »Deine Männer können die Sklavenpest nicht bekommen, du Narr! Es ist keine normale Krankheit. Sie verbreitet sich nur unter den Mischlingen.«

Bellamus spürte, wie seine Wut einer sonderbaren Hoffnung wich. Er hielt einen Moment inne und versuchte, ihre Quelle zu identifizieren. Da ihm das nicht gelang, fuhr er fort, den alten Mann zu tadeln. »Deine Meinung über Infektionen interessiert mich nicht. Du stellst sie sofort unter Quarantäne.«

»Was weißt du denn?« Der alte Mann bohrte erneut den Zeigefinger in Bellamus' Brust. »Ich habe mein ganzes Leben lang mit Mischlingen zu tun gehabt. Mein ganzes Leben! Ich hätte die Pest schon ein Dutzend Mal bekommen, wenn das möglich wäre. Aber wir können nicht an der Sklavenpest erkranken!«

Bellamus' Ärger legte sich ein wenig angesichts der überzeugten Haltung des Mannes. Trotzdem erschien ihm der alte Wirt leichtsinnig. Er packte die Hand des Mannes und schob den Finger von seiner Brust. Dann bemühte er sich, ruhiger weiterzusprechen. »Ich will, dass sie isoliert werden. Selbst wenn das, was du sagst, stimmt! Einer meiner Krieger ist ein Mischling.«

»Ich habe ihn gesehen«, zischte der alte Mann. »Was für ein Wahnsinn, einen Mischling für den Krieg auszubilden!«

Bellamus tat diesen Einwand mit einer Handbewegung ab. »Isoliere sie, dann bezahle ich dich dafür.«

»Ich weiß genau, wie vertrauenswürdig deine Zahlungsversprechen sind«, knurrte der alte Mann.

»Glaube mir und hoffe auf Zahlung, oder weigere dich. Das steht dir frei, aber sie kommen in Quarantäne, so oder so!« Bellamus wühlte in seiner Tasche und fand einen Penny. Er gab ihn dem alten Mann. Die Münze verschwand in irgendeiner abgründigen Falte seines Umhangs. Wieder wurde Bellamus von diesem sonderbaren Gefühl der Hoffnung abgelenkt, das aus dem Nichts gekommen zu sein schien. »Es tut mir leid, dass ich dir Mühe mache. Aber isoliere sie.« Er nickte dem alten Mann zu und wandte sich ab. Dabei ignorierte er das mürrische Knurren hinter sich, als das Scheunentor zuschlug.

Als er erneut das Spinnennetz betrat, war seine Miene nachdenklich. Langsam schloss er die Tür hinter sich.

»Was hat er gesagt?« Stepan hatte sich mittlerweile einen zweiten Humpen Bier eingeschenkt. Bellamus sah seinen Freund an und wurde sich plötzlich der Quelle dieser Hoffnung bewusst. Als er die Verbindung identifiziert hatte, schlug die Hoffnung, die er empfunden hatte, in blankes Entsetzen um. Er unterdrückte es und schilderte Stepan das Gespräch.

»Er schien ziemlich sicher zu sein, dass wir Menschen aus dem Süden die Sklavenpest nicht bekommen können.«

»Das hat er mir auch erzählt«, antwortete Stepan. »Glaubst du, dass er recht hat?«

»Um das herauszufinden, müsste ich es ausprobieren«, sagte Bellamus leise.

»Oh.« Stepan lachte leise. »Du hast eine überaus loyale Gruppe um dich geschart, mein Hauptmann, aber ich wünsche dir viel Glück bei dem Versuch, einen Freiwilligen dafür zu finden. Sei nur vorsichtig und stecke sie vorsichtshalber in Quarantäne.«

»Das werde ich, keine Sorge. Aber ich muss trotzdem herausfinden, ob Menschen aus dem Süden sich mit der Sklavenpest infizieren können.«

Stepans Augen wirkten im Licht des Feuers weiß. »Sag mir nicht, dass du vorhast, es an dir selbst auszuprobieren!«

Bellamus antwortete nicht.

* * *

Am nächsten Morgen stellte Bellamus erfreut fest, dass die Zwinger leer waren und die Sklaven in der Scheune gehalten wurden. Er bemühte sich, eine Entschädigung für den ehemaligen Herbergswirt aufzubringen. Er förderte ein silbernes Altarkreuz zutage und hackte einen Arm davon ab. Dann verbrachte er den Morgen damit, eine verschlüsselte Botschaft an die Königin zu verfassen, in der er Einzelheiten über die Invasion der Anakim berichtete, ihre Zahl nannte und ihren letzten Aufenthaltsort. Den hatte er von der kleinen Reitergruppe erfahren, die die Anakim auf seinen Befehl hin verfolgt hatte. Er verschob die Symbole auf seiner Landkarte von Süddal, empfing ein Dutzend Botschaften und kopierte die Informationen in einen dicken Folianten. Eine Botschaft stammte von einer neuen und sehr verlässlichen Quelle, einem Mann, den Bellamus erpresste. Er hatte dafür gesorgt, dass eine seiner weiblichen Agenten einen verheirateten Offizier verführte und dann drohte, die Affäre öffentlich zu machen, wenn er nicht kooperierte. Darauf war Bellamus sehr stolz: Er nutzte die unerbittliche Moral der Gesellschaft der Anakim und den gewaltigen Skandal, den diese Affäre verursacht hätte, als Waffe. Allmählich wurde er immer besser in solchen Dingen. Zwei andere Botschaften stammten von Spionen, die glaubten, dass sie für die Kryptea und damit für das Schwarze Königreich arbeiteten. Ihre Verbindungsleute hatten sich ihnen mit dem Zeichen des Kuckucks genähert, und die loyalen Untergebenen der Anakim waren nur zu gern bereit gewesen zu kooperieren.

Während der Arbeit war Bellamus jedoch abgelenkt, machte häufig Pausen und tippte mit seiner Feder auf das Pergament. Dann nahm er seinen Weinschlauch und leerte ihn, während er einem Agenten in der Nähe von Lincylene Anweisungen schrieb. Die Chiffrierung ging ihm schwerer von der Hand als gewöhnlich. Als ihm klar wurde, dass er den Text zum dritten Mal durch ein paar willkürliche Tupfer ruiniert hatte, warf er seinen Gänsekiel zur Seite. »Um Himmels willen!«, murmelte er, legte seinen Umhang um und ließ den leeren Weinschlauch achtlos liegen.

Einen Moment später hämmerte er erneut an die Tür der Scheune. Der alte Herbergswirt stürmte fast augenblicklich heraus. Er war wütend und auf eine Konfrontation aus, hielt jedoch inne, als er Bellamus' Gesicht sah. »Was denn jetzt?«

»Ich möchte eine Weile bei deinen Mischlingen bleiben«, sagte Bellamus, der nicht genau wusste, wie er seine Absicht formulieren sollte.

»Warum?«

»Ich möchte mich gern um die Kranken kümmern.«

»Ich kümmere mich selbst um die Kranken!«, erwiderte der alte Mann ablehnend.

»Bitte, tu mir den Gefallen.« Bellamus förderte einen weiteren Penny zutage. Er wurde ihm aus den Fingern gerissen, und der alte Mann verschwand wieder in der Scheune. Bellamus folgte ihm und schloss die Tür hinter sich. Er konnte sich an das Innere der Scheune erinnern. Er hatte keinen Fuß mehr hineingesetzt, seit er zwei seiner Männer darin aufgeknüpft hatte, weil sie den alten Mann bestohlen hatten. Die Holzbögen, an denen die Stricke gebaumelt hatten, liefen über ihm zusammen, und die Melkschemel, die er unter den Füßen seiner Soldaten weggetreten hatte, standen noch an der Wand. Es roch nach Staub, Heu und Dung. Am anderen Ende der Scheune war ein hohes Podest, auf das der alte Mann sein Bett gestellt hatte, und in einem Stall links davon kauten drei Ochsen hingebungsvoll an einem Heuballen. In dem Stall auf der anderen Seite befanden sich drei kahlköpfige Sklaven. Sie alle lagen zitternd unter etlichen Decken. »Wo sind die Gesunden?«, wollte Bellamus wissen.

»Ich habe sie in das Haus meines Sohnes gebracht«, antwortete der Wirt, öffnete die Stalltür und warf einen vielsagenden Blick ins Innere.

Bellamus trat ein, und die Tür wurde hinter ihm geschlossen.

Er hockte sich hin, um den ersten Sklaven zu untersuchen. Weil sein Kopf geschoren war, brauchte Bellamus einen Moment, bis er in dem Mischling eine Frau erkannte. Ihre Augen waren fest geschlossen, und sie zitterte und stöhnte leise. Ihre Lippen und Ohren waren bläulich verfärbt, sie atmete angestrengt und hustete schwach.

»Sie wird sterben«, erklärte der alte Mann, der über die Stalltür hinweg ins Innere blickte.

Die Sklavenpest schien gar keine Pest zu sein, jedenfalls keine, wie Bellamus sie kannte. Auf ihn wirkte sie eher wie eine besonders starke Form der Wintergrippe. Er blieb eine Weile in dem Stall, während der alte Mann ihm einen Kübel voll mit Wasser verdünnter Milch holte. Dann fütterte Bellamus die Sklaven, die trinken konnten, mit der verwässerten Milch. Er versuchte, es der bewusstlosen Frau etwas bequemer zu machen, als ihr Husten sich verstärkte und rosafarbener Schaum zwischen ihren Lippen hervorquoll. Dabei lief ihr Gesicht dunkel und bläulich an. Obwohl er eigentlich keine Zeit dafür hatte, stellte Bellamus fest, dass er nicht einfach gehen konnte. Er blieb in dem Stall mit den drei Sklaven sitzen, die trotz ihrer Krankheit angekettet waren, und sah zu, wie die Frau langsam starb. Ihre Atmung wurde schneller und flacher. Ihr Gesicht verzerrte sich vor Verzweiflung und entspannte sich dann. Plötzlich wirkte sie ganz ruhig, ihre Atmung hatte aufgehört, und unerwartet legte sich der unverkennbare Friede des Todes über den Stall.

Nach den Lehren der Kirche waren diese Kreaturen Halbdämonen. Die Frau war ohne Hoffnung auf Erlösung in Sünde geboren. Es gab nur ein einziges Ziel für ihre Seele. Ihr Leben war elend gewesen, und ihr Tod würde nicht besser sein. Trotzdem beugte sich Bellamus vor, legte die Hand auf ihre kühle Stirn und sprach ein kurzes Gebet für sie. Aus ihrer Nase lief Flüssigkeit auf die Decke unter ihrem Kopf, und Bellamus betrachtete das kleine Rinnsal einen Moment. Dann berührte er es vorsichtig mit einem Finger und inspizierte seine schimmernde

Fingerspitze einen Augenblick. Schließlich führte er den Finger an den Mund und platzierte einen kühlen Tropfen der Flüssigkeit auf die Innenseite seiner Lippe. Das müsste wahrlich genügen.

Dann stand er auf und fragte sich, wie verzweifelt er wohl sein musste, dass er in dieser elenden Scheune mit solchen Dingen experimentierte. Er überlegte, welche Ergebnisse er von seinen Nachforschungen erwartete, abgesehen davon, dass er damit seine eigene Immunität gegen die Krankheit bewies. Schließlich beschloss er, nicht länger darüber nachzudenken. Er ging hinaus und kehrte etwa eine Stunde später mit zwei Näpfen voll Kaninchensuppe und etwas Zwieback für die überlebenden Sklaven zurück.

Als er in das Spinnennetz zurückkehrte, hielt er Abstand zu seinen Freunden und den Thingalith. Stattdessen vergrub er sich in seine Chiffrierungscodes, um seine Gedanken von dem abzulenken, was er in der Scheune getan hatte. Selbst Stepan wurde verbannt, und Bellamus aß allein am Tisch etwas Suppe und leerte dazu einen weiteren Weinschlauch. Als der Mond aufgegangen war und er sich schlafen legte, war es ihm fast gelungen, sich einzureden, dass dies das Ende eines ganz normalen Tages wäre. Aber diese Überzeugung wurde von einem nagenden Gefühl in seinem Innersten Lügen gestraft. Am nächsten Morgen wachte er auf und richtete seine Aufmerksamkeit sofort auf seine Befindlichkeit. Er atmete normal. Ihm war weder heiß, noch hatte er Fieber. Schlug sein Herz etwas schneller? Vielleicht, aber ihm blieb nichts anderes übrig, als weiterzumachen.

15. KAPITEL

DAS KAHLE LAND

Dort liegt es.« Gray deutete auf eine Ansammlung von Lehmhäusern, die sich zwischen die fernen Hügel schmiegten. Sie hatten den Geruch von Holzfeuer schon vor einer Meile gewittert, hatten die Nesseln auf dem Weg bemerkt, die immer in der Nähe der Siedlungen der Südlinge zu wachsen schienen. Deshalb hatten sie diesen Anblick erwartet. Roper, Gray und Pryce waren auf ihre Pferde gestiegen, um mit den Skiritai-Kundschaftern der Armee mitzureiten. Jetzt grinsten sie einander an und gaben ihren Pferden die Sporen.

Sie überholten die Skiritai und donnerten einen Hang hinab auf den Rand der Siedlung zu. Dort hackte eine Frau irgendwelches Kraut aus einem Entwässerungsgraben. Beim Klang der Hufschläge blickte sie auf, und ihr klappte der Kiefer herunter. Hastig wich sie zurück, ließ die Hacke fallen und rannte zum Dorf. Der Schal, den sie über den Kopf gezogen hatte, rutschte herunter und flatterte auf die Straße.

Die Anakim verfolgten sie in die schmalen Gassen, die von den groben Mauern der Lehmhäuser gesäumt wurden. Ein Mann tauchte aus einem Weg rechts von ihnen auf und sah sie überrascht an, als Pryce' Pferd ihn auch schon rammte. Er hatte keine Zeit zu reagieren, sondern wurde von dem Kriegsross zur Seite geschleudert. Sein Kopf krachte schwer auf die Pflastersteine. Der Lärm schreckte eine Schar Tauben auf, die am Boden herumgepickt hatten. Sie flohen mit wild flatternden Flügeln vor den Reitern der Anakim. Hinter den Vögeln trat ein anderer Mann aus einer Scheune ein Stück weiter die Straße hoch. Er sah die Reiter, sprang wieder ins Innere des Gebäudes und verrammelte die Tür.

Roper deutete auf die Stalltüren, die beiden Wächter brüllten zustimmend, und die drei zügelten ihre Pferde unmittelbar neben der Scheune. Zwei weitere Dorfbewohner tauchten aus einer Tür auf der anderen Straßenseite auf. Es waren ein Mann und eine Frau, die sich an den Händen hielten und flüchteten. Die Anakim ließen sie laufen, weil sie jetzt nur an einem interessiert waren.

Sie stiegen ab, und Pryce stieß mit der Hand gegen die Stalltür. Die bog sich ein bisschen, schwang jedoch nicht auf. »Verrammelt«, stellte er fest. Gray und er hakten sich ein und traten zusammen dagegen, einmal, zweimal. Beim zweiten Tritt hörten sie ein Krachen, und unter dem dritten Tritt brach die Tür nach innen auf. Der Holzbalken, der sie verschlossen hatte, war in der Mitte gebrochen und aus seinen Fassungen gerissen worden. Skiritai galoppierten donnernd durch die Gasse hinter ihnen, begleitet von Legionären von Ramneas Hunden. Roper und seine Gefährten zückten ihre Schwerter und betraten die Scheune.

Der Mann wartete unmittelbar hinter der Tür auf sie. Er hatte die Augen weit aufgerissen und umklammerte eine Mistgabel. Als Erstes stürzte er sich auf Roper, der auf den Angriff nicht reagierte, sondern abwartete, bis die Gabel gegen seinen Kürass prallte. Die stumpfe Eisenspitze konnte gegen den Stahl nichts ausrichten, stattdessen brach eine der Zinken ab.

»Her damit!« Roper packte den Schaft der Mistgabel und riss sie dem Mann aus der Hand. Dann schleuderte er sie in eine Ecke, und Pryce trat dem Mann mit dem Stiefel in den Bauch. Der taumelte fünf Schritte zurück, fiel dann rücklings ins Heu und stöhnte bei jedem Atemzug vor Schmerzen. »Sehr wirkungsvoll«, bemerkte Roper.

Dann achteten die drei nicht mehr auf den stöhnenden Südling, sondern widmeten sich dem eigentlichen Ziel in dieser Siedlung: dem dunklen Inneren der Scheune. Alle Armeen benötigten einen schier unendlichen Nachschub an Nahrungsmitteln, und obwohl die Anakim für gewöhnlich von den Früchten des Landes lebten, wenn sie im Norden waren, war das hier in Süddal kaum möglich. Das Land war so stark bestellt und von der Landwirtschaft durchzogen, dass die meisten Wildfrüchte ausgerottet waren. Stattdessen mussten die Anakim jetzt von derselben Nahrung wie die Menschen Süddals leben, was bedeutete, dass sie ihnen ihre Lebensmittel abnehmen mussten. Eigentlich hätte es die leichteste Jagd sein sollen, auf die sie je gegangen waren.

Aber die Scheune war leer.

»Nicht schon wieder!« Gray nieste, als der feine Heustaub seine Nase kitzelte.

»Untersucht das Heu«, befahl Roper. Die drei stocherten mit ihren Schwertern in den Heuhaufen an der Seite der Scheune herum, fanden jedoch nichts. Weder Vieh noch Getreide waren hier versteckt. Wie schon in jeder Scheune, jedem Getreidespeicher, auf jeder Weide und in jedem Gehöft, an denen sie bisher vorbeigekommen waren, hatte man auch hier sämtliche Nahrung weggeschafft. Auf dem Weg hierher waren sie über Aschefelder geritten, auf denen selbst die grünen Getreidekeime verbrannt worden waren. »Wovon leben diese Menschen nur?« Pryce trat wütend in das Heu.

»Fragen wir sie doch«, schlug Roper vor. Der Mann, der ihn mit der Mistgabel angegriffen hatte, hatte sich mittlerweile auf den Bauch gerollt und versuchte, auf die Straße zu kriechen. Von dort drangen Schreie und lautes Krachen in die Scheune, als die Legionäre sich durch die Stadt kämpften. Roper packte den Mann am Kragen und zerrte ihn hoch. »Deine Lebensmittel!«, fuhr er ihn auf Angelsächsisch an. »Wo sind sie?«

»Verschwunden, Lord«, keuchte der Südling. Er rang nach Pryce' Tritt immer noch nach Luft.

»Wohin?«

»Sie wurden geraubt ... von einem Mischling.« Der Mann keuchte. »Und seiner Bande von Bewaffneten. Er hat uns gesagt, dass Ihr kommen würdet ... Er sagte, er würde unsere Vorräte nach Lincylene bringen ... und auch unser gutes Eisen, damit es Euch nicht in die Hände fällt. Er sagte, wir sollten auch dorthin flüchten, wenn wir nicht verhungern wollten.«

Roper warf Gray einen vielsagenden Blick zu. »Beschreibe mir diesen Mischling.«

»Ein Hüne«, antwortete der Mann. »Brutal ... Verstümmelte Nase, hellblondes Haar. Er sagte, wenn wir unsere Nahrungsmittel nicht herausgäben, würde er unsere ganze Stadt niederbrennen.«

»Der Eoten-Draefend«, sagte Gray.

Bei dem Namen knurrte Pryce gereizt. »Was redet der Kerl?«, wollte er wissen.

»Dass seine Nahrungsmittel von einem blonden Mischling mit einer zerhackten Nase gestohlen wurden«, übersetzte Roper. Garrett Eoten-Draefend war der Mischlingskrieger, dessen Tod Gogmagoc wollte. Früher einmal war er ein Lehnsmann von König Osbert gewesen, hatte jedoch dem König den Rücken gekehrt und sich auf Bellamus' Seite geschlagen. Der Speer mit der langen Klinge, den er bei sich trug, war aus *Blitzschock* geschmiedet worden. Dieses Schwert hatte Ropers Vater gehört, bis er gefallen war, die Klinge noch in der Scheide. Bellamus hatte die Leiche gefunden und das Schwert an sich genommen. Roper wollte die Waffe nach wie vor zurückhaben und mit ihr Garretts Kopf.

Er ließ den Mann auf den Boden fallen. »Wir suchen weiter«, erklärte Roper. »Garrett kann unmöglich alles mitgenommen haben.«

Die drei traten auf die Straße und sahen, dass bereits Rauch aus dem Ried einiger Gebäude schlug, der in einer schmutzigen Säule in den Himmel emporstieg. Zwei räudige Hunde sprangen kläffend aus einem Haus heraus und rannten die Straße entlang. Die Legionäre erstickten jeden Widerstand im Keim, die Skiritai suchten nach Lebensmitteln und zündeten jedes Haus an, von dem sie wussten, dass es leer war. In wenigen Stunden würde diese Siedlung nur noch ein Haufen Asche sein. Die Dorfbewohner, die sich den Anakim nicht überflüssigerweise widersetzt hatten, würden überleben und mussten weiterziehen, um Furcht zu verbreiten und von der Invasion der Anakim zu künden.

Eines von Ropers Lieblingsessen im Berjasti waren die Larven der Holzameise gewesen. Um an sie heranzukommen, musste man den Ameisenhügel ausgraben, in dem sie lebten, und das Innere auf einem Stück freigefegten Waldboden ausbreiten, nachdem man mit Holzscheiten ein Geviert darauf ausgelegt hatte. Dann wartete man. Nach ein oder zwei Stunden drehte Roper die Holzscheite um und entdeckte die Larven, die die Ameisen so hilfreich gerettet und im Schatten der Scheite abgelegt hatten. Jetzt konnte er sie nach Belieben einsammeln, in Fischtran braten und mit warmem Brot genießen. Das hatte seine Strategie zu Beginn des Feldzugs beeinflusst. Sie waren mit dem Ziel in dieses Land eingedrungen, Chaos zu verbreiten. Sie hatten alles verbrennen und zerstreuen wollen, damit die Menschen aus den Südlanden alles, was ihnen kostbar war, einsammelten und sich zum nächstgelegenen »Holzscheit« zurückzogen: Lincylene, ihre große Stadt im Norden. Dort wollte Roper sie dann in Ruhe aufsammeln. Das ersparte seiner Armee, von zu viel Ballast und Gefangenen aufgehalten zu werden, bevor sie einen Ort gefunden hatten, wo sie sie einsperren konnten. Und es bedeutete, dass sie schnell weiterziehen und viel von Süddal einnehmen konnten, bevor sich Widerstand formierte. Lincylenes Mauern waren bei der letzten Invasion der Anakim geschleift worden, und die neuesten Informationen, die von einem Raubzug im vorigen Jahr stammten, lauteten, dass man immer noch keine neuen Wälle um die Stadt errichtet hatte.

Roper hatte zwar erwartet, dass die Menschen im Süden versuchen würden, ihre Vorräte zu verstecken, aber nicht damit gerechnet, dass sie tatsächlich sämtliche Lebensmittel wegschafften. Sie waren jetzt seit einer Woche in Süddal, und jede Siedlung vor dieser war ähnlich leer geräumt worden. Die meisten von ihnen waren zudem auch noch menschenleer gewesen. Die einzige Erklärung dafür war, dass die Menschen in Süddal gewusst hatten, dass die Anakim kamen. Woher sie das wussten und wie sie so gut vorbereitet sein konnten, darüber konnte Roper nur spekulieren.

Sie gingen durch Straßen, deren Häuser bereits von Flammen loderten. Ein Mann lag im Schlamm, die Eingeweide unter sich ausgebreitet, neben ihm zwei silberne Kerzenleuchter. Er hatte offenbar versucht, sie zu retten. Diese Mühe hätte er sich sparen können. Die Anakim waren an Silber nicht interessiert. Einige Skiritai versuchten, Wasser aus einem Brunnen am Ende der Straße zu schöpfen. Aber die ersten drei Eimer, die sie hochgezogen hatten, hatten nur durchnässte Hühnerleichen zutage gefördert.

»Schon wieder Garrett!« Pryce starrte finster auf die nassen Federn. Die Tierkadaver hatten zwar das Wasser verdorben, aber es war trotzdem noch nicht ganz verschwendet.

Die Skiritai warfen die verwesenden Hühner zur Seite und gossen Wasser auf die Erde in der Nähe der Häuser, unter die Bäume und neben die Mauern. Wenn die Dorfbewohner ihre Nahrungsmittel erst vor Kurzem vergraben hatten, würden sie sie in der Nähe leicht zu merkender Wahrzeichen verstecken, damit sie sie wiederfanden. Wasser versickerte in frisch gegrabener Erde schneller und würde so das Versteck verraten und den Skiritai zeigen, wo sie graben mussten.

»War hier schon jemand drin?«, fragte Pryce einen Waldläufer, der gerade einen Wassereimer ausgoss, und deutete auf das Haus links von ihm. Der Skiritai zuckte mit den Schultern. Pryce trennte sich von Roper, und Gray und stieß die Tür auf, die in das schattige Innere des Hauses führte.

Es schien eine recht wohlhabende Siedlung zu sein, denn auch dieses Haus hatte zwei Stockwerke. Im Erdgeschoss fand sich nur ein ausgebrannter Kamin, in der Ecke ein schmutziges Bett und eine Treppe, die ins Obergeschoss führte. Pryce bohrte sein Schwert in das Bett, aber unter den groben Decken befand sich nur eine Strohmatratze.

Dann tropfte ihm etwas auf den Kopf.

Pryce blickte hoch und sah einen Spalt in den rauen Bodendielen über sich. Etwas Dunkles tropfte dazwischen hindurch. Er hob die Hand, strich über den feuchten Fleck in seinem Haar und betrachtete seine Fingerspitzen. Sie waren rot.

Er packte *Hauer* fester, schlich zur Treppe und stieg die grauen Stufen so leise hinauf, wie er konnte. Dann reckte er den Kopf vorsichtig über die Bodendielen und sah zwei Leute im oberen Stockwerk. Der eine war ein Südling. Er lag regungslos und blutend auf den Bodendielen seines Heims. Die andere Person war Vigtyr. Der Zuchtmeister hatte sich gebückt, das blutige Schwert in der linken Hand, und machte sich mit der Rechten am Handgelenk des Mannes zu schaffen. Er nahm ihm etwas Glänzendes ab, das leise klapperte, als er sich aufrichtete. Dann bemerkte er Pryce, der ihn von der Treppe aus beobachtete, und schrak zusammen.

»Oh, Pryce.« Vigtyr gewann sofort die Fassung zurück und grinste. »Dieser Mistkerl hat versucht, mich umzubringen.« Er stieß mit dem Fuß gegen die Leiche.

Pryce betrachtete den Zuchtmeister einen Moment lang ausdruckslos. »Womit denn, Vigtyr?«

»Mit dem Seil da.« Vigtyr deutete ungerührt auf ein Stück Seil am Boden. Pryce maß ihn noch einen Moment länger mit seinem Blick, bevor er sich abwandte, die knarrende Treppe hinunterging und in das graue Tageslicht hinaustrat. Auf der Straße unterhielten sich Roper und Gray gerade mit Tekoa, und er gesellte sich zu ihnen.

»Es war bis jetzt immer das Gleiche, in allen Siedlungen«, sagte Tekoa gerade. »Keine Nahrungsmittel, die Wasservorräte sind vergiftet, die meisten Menschen verschwunden und alles Metall, das nicht weich und wertlos ist, wurde weggeschafft.« Er trat wütend gegen den silbernen Kerzenleuchter, der klappernd über die Pflastersteine rollte.

»Finden die Skiritai denn irgendetwas Vergrabenes?«

»Nichts!«, stieß Tekoa wütend hervor.

Während Tekoa zornig war, wirkte Roper nachdenklich. »Falls der Eoten-Draefend alles Wertvolle in diese Stadt schafft, dann hat er uns die Arbeit nur abgenommen«, sagte er. Jetzt brauchten sie nur noch die Larven einzusammeln. »Also gehen wir und holen es uns.«

* * *

Die Armee, die sich über den ganzen Norden Süddals verstreut hatte, zog sich in dieser Nacht zusammen.

An den Lagerfeuern wurden aufgeregte Gespräche geführt, als die Legionäre sich gegenseitig berichteten, was sie in diesem sonderbaren Land gefunden hatten. Die vorherrschende Meinung lautete, dass das Fehlen von Nahrung eines bedeutete: Es würde in Kürze eine Schlacht geben, in der sie gegen die Menschen aus dem Süden um ihre Vorräte kämpften.

Roper ignorierte diese Gerüchte und auch die Frage nach Lebensmitteln. Er hatte dringendere Sorgen.

Zum ersten Mal, seit sie den Abus überquert hatten, rief Roper seinen Kriegsrat zusammen. Es waren mehrere Dutzend Ratgeber: die Kommandeure, Offiziere, Historikerinnen und Herolde. Sie plauderten lautstark miteinander, während sie sich auf den Holzstämmen verteilten, die Roper in einem großen Kreis um sein Feuer hatte anordnen lassen. Sie hatten zwar nichts zu essen gefunden, aber die Offiziere wussten nicht, wie lange dieser Feldzug werden würde, und folglich auch nicht, wie wichtig es war, frischen Proviant zu finden.

»Gefährten!« Roper stellte sich vor sie und hob die Hand, um die Gespräche zum Verstummen zu bringen.

»Gefährten. Morgen ziehen wir nach Lincylene.« Schweigen senkte sich über die Gruppe, und die von den Flammen in orangefarbenes Licht getauchten Gesichter der Anwesenden wandten sich Roper zu. Ihre Blicke legten sich wie eine schwere Bürde auf ihn. Unruhig ging er in dem Kreis der Versammelten umher und sah zwischen dem Feuer und seinen Zuhörern hin und her.

»Wie ihr alle bemerkt haben werdet, wussten die Südlinge aus irgendeinem Grund, dass wir kommen. Sie haben sich alle Mühe gegeben, die Wasservorräte zu vergiften und alle Nahrungsmittel wegzuschaffen. Aber das ist kein Problem, mit dem wir nicht fertigwerden könnten. Sie müssen von irgendetwas leben, und es gibt Anlass zu der Vermutung, dass sie all ihre Vorräte nach Lincylene geschafft haben. Wenn wir dorthin kommen, werden wir also Nahrung finden und auch, möchte ich behaupten, unsere erste Schlacht schlagen.«

Die Kommandeure grinsten, und Roper lächelte spöttisch. »Ich erwarte sie ebenso begierig wie ihr, das versichere ich euch. Aber vorher sollt ihr wissen, warum wir überhaupt dorthinmarschieren. Ihr sollt erfahren, warum wir hier sind.« Einige Gesichter rund um das Feuer verfinsterten sich. »Ich will offen sein. Wir sind nicht hier, um Süddal zu überfallen. Wir wollen das Land nicht ausplündern oder uns rächen. Wir sind gekommen, um zu bleiben. Wir unternehmen diesen Feldzug, um das Land zu erobern. Wenn er endet, werden wir über die Nation von Süddal herrschen und sämtlichen Widerstand niedergeschlagen haben.«

In der folgenden Stille war nur das Knistern der Flammen zu hören.

Einige wenige Zuhörer wechselten vielsagende Blicke, die meisten jedoch starrten Roper nur finster an und warteten darauf, dass er weitersprach.

»Ich werde euch sagen, warum«, fuhr Roper fort, und in seiner Stimme schwang ein Anflug von Ärger mit. »Am Ende könnt ihr darüber nachdenken, ob ihr mir zustimmt, dass dies die einzig vernünftige Alternative für uns ist. Wir gehen eine Aufgabe an, um die wir uns schon vor Jahrhunderten hätten kümmern sollen. Wir sind mit unserer gesamten Streitmacht hier, die nur noch knapp sechzigtausend Krieger zählt. Eine Legion nach der anderen wurde vernichtet, und wir haben kaum noch genug Männer, um die Reihen aufzufüllen. Unser Königreich liegt im Sterben. Und selbst wenn wir auf dem Schlachtfeld siegen, ist jeder Sieg auch stets ein kleiner Gewinn für die Südlande. Denn wir haben erneut einen Teil unserer Bevölkerung verloren, während die Lücken ihrer Streitmacht innerhalb eines Jahres wieder geschlossen werden. Dem müssen wir ein Ende machen, jetzt, solange wir noch die Kraft dafür haben. Und der einzige Weg, das zu erreichen, und zwar endgültig, besteht darin, dieses Land zu unterwerfen.«

Er sah sich in dem Kreis um. »Will das einer von euch bestreiten?« Ob sie nun schockiert waren oder fasziniert, niemand aus dem Kriegsrat antwortete. Es war klar, dass nicht jeder seiner Meinung war, aber ebenso unbestreitbar war Ropers ungeheure Willenskraft.

»Wir werden vorgehen wie die Heuschrecken«, fuhr Roper fort. Der persönliche Charme, den er so oft an den Tag legte, verschwand plötzlich, als er um das Feuer herumging, sein Gesicht die unerbittliche Maske des Schwarzen Lords.

»Wir werden nach Lincylene marschieren und sie auffordern, sich zu ergeben. Tun sie das, nehmen wir ihnen die Waffen weg, ihr Eisen und ihre Nahrung, und ziehen dann weiter. Widersetzen sie sich, vernichten wir sie. Wir müssen darauf achten, so wenig Soldaten wie möglich zu verlieren, aber wir werden Entsetzen verbreiten und schnell vorrücken, was weitere Kämpfe möglicherweise überflüssig macht, wenn wir erst angekommen sind. Es ist möglich, dass die Südlinge zunächst nicht kapitulieren wollen und dass viele sterben werden. Dann sei dem so. Was ihnen zustößt, wird andere vielleicht überzeugen, schneller aufzugeben. Tod und Verluste auf beiden Seiten wird es hauptsächlich am Anfang dieses Feldzuges geben. Danach, wenn sie entsetzt genug über die Folgen sind, die es nach sich zieht, wenn sie gegen die Legionen kämpfen, werden sie schon den Gedanken daran nicht mehr ertragen können. Wenn sie erst begriffen haben, was Widerstand bedeutet, wenn viele Männer gestorben sind und sie endlich erkennen, dass der Preis der Freiheit höher ist, als sie es sich leisten können, dann wird sich dieses Land uns unterwerfen.«

Die Flammen knisterten und leuchteten in den Augen der Versammelten. Roper vermutete, dass sie ihn für verrückt hielten, aber das kümmerte ihn nicht. Jeder, den er ansah, senkte den Blick zu Boden, bis er in die blauen Augen der Leitenden Historikerin blickte.

»Du hast uns getäuscht, Lord Roper.« Sie erwiderte seinen Blick ausdruckslos. »Warum hast du uns das nicht vorher gesagt?«

»Weil man mich dann aufgehalten hätte«, entgegnete Roper. Irgendwie kam es ihm vor, als gäbe es eine freie Stelle im Kreis der Zuschauer, eine schwarze Abwesenheit wie ein fehlender Zahn, eine Lücke, wohin Roper nicht zu sehen wagte. Es war der Platz von Jokul, dem Meister der Kryptea. »Die Leute hätten abgewinkt und Probleme vorgeschoben und gezaudert. Hundert verschiedene Einsprüche wären von hundert verschiedenen Fraktionen erhoben worden, und unsere Trägheit hätte uns weit sicherer bezwungen, als die Streitkräfte Süddals das könnten. Aber all diese Widersprüche sind bedeutungslos, weil wir untergehen, wenn wir diese Aufgabe nicht bewältigen. Eines nicht allzu fernen Tages, in vielleicht wenigen Jahrhunderten von heute an, wird das Hindrunn leer stehen. Efeu wird die Waldwege überwuchern, und die Bären und die Wölfe werden sich fragen, wo das dritte große Raubtier geblieben ist, mit dem sie einst ihr Land geteilt haben. Ihr hier – ihr seid die wenigen Auserlesenen, die diese Zukunft verhindern können.« Er sah von einem Kommandeur zum nächsten. »Denn ist das nicht der Grund für eure Existenz? Zukünftige Generationen zu beschützen? Ist es nicht genau das, wofür ihr lebt? Welchem größeren Zweck könntet ihr wohl dienen?«

Die Legionskommandeure waren auf seiner Seite, das sah Roper ihren Mienen an.

»Diese Aufgabe ist zu groß für uns, Lord Roper«, wandte die alte Historikerin ein. »Noch nie zuvor wurde der Versuch unternommen, Süddal zu unterwerfen. Nicht, seit die Südlinge hierhergekommen sind.«

»Mylady.« Roper ging langsam auf sie zu. »Hat es denn schon einmal jemand versucht? Wir haben das Land überfallen und ausgeplündert, manchmal auch eine oder zwei Städte oder Siedlungen besetzt, aber wurde so etwas wie dies, eine vollkommene Unterjochung, je in Angriff genommen?«

»Noch nie.«

»Es gefällt uns nicht, fern von unserem Zuhause zu sein«, fuhr Roper ruhig fort. Er deutete auf die menschenleere Landschaft, die sie umgab. »Wir sind ein paar Monate nach Süden gezogen, waren krank vor Heimweh und kamen zu dem Schluss, dass dieser Ort entsetzlich und unsere Heimat um so vieles besser ist. Aber unsere Heimat wird ohne diesen Feldzug ebenfalls der Landwirtschaft anheimfallen. Und selbst wenn es uns tausend Jahre kostet, wir werden Süddal zu unserer neuen Heimat machen. Dankt dem Allmächtigen, dass ihr in der Lage seid, diese Aufgabe auf euch zu nehmen: Es ist die größte Verantwortung von allen. Niemals wird ein Anakim wieder ein so bedeutendes Leben führen wie wir hier, im Schein dieses Feuers. Die Namen aller Anwesenden werden durch die Zeitalter in Funken sprühenden Worten genannt, nur weil ihr dabei wart. Sturla Karson. Randolph Reykdalson. Meino Finnbiorson. Arslan Veeson.« Roper deutete bei jedem Namen auf den entsprechenden Legionskommandeur. »Wir dürfen nicht scheitern, und ob ihr es nun wisst oder nicht, ihr seid schon euer ganzes Leben lang diesen Weg gegangen. Und wir sind bereits zu weit gegangen, als dass wir umkehren könnten.«

Eine sonderbare Spannung lag in der Luft. Einige Gesichter am Feuer zeigten blankes Entsetzen, wirkten jedoch gleichzeitig sonderbar fasziniert, als könnten sie nicht glauben, dass sie auf Ropers Seite standen.

Dann jedoch fegte Jokuls Stimme wie ein kalter Hauch durch den Kreis, und Ropers Haare sträubten sich.

»Was für ein Wahnsinn ist das?«, fragte er eisig. Der Meister der Kryptea war klein, bleich, dürr wie eine Distel und zudem von so geringer Substanz, dass er vom Westwind hätte hierhergeweht worden sein können. »Ihr geht zu weit, Lord Roper. Das ist Machtmissbrauch. Ihr könnt nicht erwarten, dass die Kryptea untätig zusieht, wie Ihr das ganze Königreich mit einer derartig gewaltigen Täuschung blendet.«

Roper suchte noch nach einer passenden Antwort, als eine andere wütende Stimme ihm zuvorkam.

»Und was werdet Ihr dagegen unternehmen, Meister Jokul?« Gray war aufgestanden und starrte Jokul finster an. »Wollt Ihr Eure Bande von Feiglingen rufen und meinen Lord hinterrücks ermorden? Denn ich versichere Euch, dass Ihr das nicht überleben würdet!« Roper legte Gray eine Hand auf die Schulter, um ihn zu beruhigen, aber im selben Moment wurde er von einem dumpfen Murmeln der Zustimmung überrascht, das durch den Kreis lief. Als er Gray sanft auf seinen Baumstamm zurückdrückte, deutete der Hauptmann der Heiligen Wache auf Jokul.

»Hütet Eure Zunge, Meister. Ihr seid nicht der einzige Mann, der Mörder unter seinem Befehl hat. Sollte Lord Roper etwas zustoßen, wird die Heilige Wache Euch ein außerordentlich langsames Ende bereiten!«

Seinen Worten folgte tiefes Schweigen. Man akzeptierte, dass der Meister der Kryptea das Recht hatte, Vergeltung zu üben, wenn er der Meinung war, der Schwarze Lord hätte seine Befugnisse überschritten. Aber ebenso wussten alle um die alte und glühende Rivalität zwischen der Heiligen Wache und der Kryptea, die seit der Gründung Letzterer existierte. Und Gray, der offenkundig von den Kommandeuren unterstützt wurde, hatte diese Rivalität zum ersten Mal offen angesprochen.

»Widerstand gegen die Kryptea wird mit dem Tode bestraft«, bemerkte Jokul eisig.

»Und? Wollt Ihr uns alle umbringen?«, fragte Pryce abschätzig. »Ihr und Eure Handvoll wahnsinniger Meuchelmörder, die noch existieren?«

»Ja, haltet den Mund, Jokul!«, fuhr Tekoa ihn an. Jokul bemerkte die grimmigen Gesichter rund um das Feuer, die ihn wütend anstarrten, und verstummte.

Roper betrachtete die Mitglieder seines Kriegsrates. »Im letzten Monat haben drei von uns, die hier am Feuer sitzen, eine geheime Mission nach Unhierea unternommen, um die Giganten dazu zu bringen, sich unserer Sache anzuschließen. Sie werden uns bei dieser gewaltigen Aufgabe unterstützen. Ihr auch? Werdet ihr mir folgen, auch dieses Mal?«

Keturah, Gray, Pryce und Tekoa standen sofort auf, womit Roper gerechnet hatte. Keturah hatte eine Hand auf die Hüfte gestützt, während die drei anderen ihre Schwerter zogen und sie übereinander auf den Boden warfen. »Wir stehen zu Euch, Lord.« Während Gray sprach, wandte er den Blick nicht von Jokul ab.

Die anderen im Kreis schwiegen. Einige von ihnen blickten auf die vier, die standen, und hoben die Brauen.

Dann erhob sich auch Randolph, ein alter Verbündeter von Uvoren. Er zog sein Schwert und warf es in die Mitte des Kreises auf die anderen. »Ich unterstütze Euch bei dieser großen Aufgabe, Lord Roper.«

Ein halbes Dutzend anderer Versammelter stand unmittelbar danach ebenfalls auf.

»Ich mit den Ulpha«, erklärte ein Kommandeur.

»Die Grauen stehen zu Euch.«

»Die Insel-Legion.«

Eine Welle schien von den Kommandeuren auszugehen und erfasste die anderen, die um das Feuer saßen. Auch sie erhoben sich.

Die Leitende Historikerin stand als Letzte auf und warf Roper einen finsteren Blick zu. »Die Geschichte wird sich Eurer erinnern, Lord Roper«, sagte sie, »so oder so.«

Schließlich saß nur noch Jokul auf seinem Baumstamm.

Roper kümmerte das nicht. Er sah sich in dem Kreis um und spürte mehr denn je die Last der Verantwortung auf seinen Schultern. Aber er war auch sonderbar erregt. Nichts würde ihn jetzt noch von seinem Plan abbringen, weder die Kryptea noch die Politik, die Südmenschen oder irgendeine Mühsal, so unmöglich zu realisieren er auch schien.

»Morgen marschieren wir nach Lincylene. Und jetzt wisst ihr, warum.«

16. KAPITEL

LINCYLENE

Nachdem der Kriegsrat aufgelöst worden war, verschwand Jokul einfach wortlos in der Nacht. Als Roper sich in dieser Nacht neben Keturah zum Schlafen niederlegte, erwartete er fast, nie wieder aufzuwachen.

Vielleicht hatte jedoch die Unterstützung der Heiligen Wache und der Kommandeure Jokul zu der Überzeugung gebracht, dass jetzt nicht der richtige Moment zum Handeln war. Als Roper wieder aufwachte, war der Himmel bedeckt und der Morgen feucht.

Sie marschierten weiter durch dieses Land, das Roper so fremd war. Es zu durchqueren fühlte sich an, als würde er durch einen Garten schlendern. Alles war hübsch und geschwungen. Die Hügel ähnelten den riedgedeckten Dächern der Südmenschen. Runde Hügel ohne Felsen oder Gipfel. Die Landschaft blieb nackt, ein leerer, wogender Horizont auf allen Seiten, frei von Bergen oder Wäldern. Dadurch wehte ungehindert ein sanfter stetiger Wind, und Roper fühlte sich ungeschützt. Die Bäume mussten sich nicht der Sonne entgegenwenden, sondern wuchsen breit und niedrig und übersäten die Hügel wie gewaltige Pilze. Auf Roper wirkten sie einsam. Ein Baum sollte ebenso wenig allein stehen wie ein Mensch, und doch standen sie vereinzelt da, über den ausgedehnten Getreidefeldern, die noch zu unreif waren, als dass Garrett sich die Mühe gemacht hätte, sie zu vernichten. Und das war das Schlimmste, diese wartende Ernte zu sehen. Gleichförmige Pflanzen, versklavt und gezüchtet, die sich bereits unter ihrer grotesken Last von riesigen Ähren bogen. Das Südvolk liebte es, Eisen zu benutzen, dieses kurzlebige rostende Metall, sodass überall der Rost blühte. Es gab sehr viele Krähen, aber nur wenig andere Vögel, sehr wenig Rotwild und keinerlei Raubtiere, jedenfalls keine, die er gesehen hätte. Und auch keine Biber, was bedeutete, dass die Flüsse schmale, ordentliche Ströme waren. Sie flossen freudlos, nicht mit der Ausgelassenheit der Flüsse jenseits des Abus. Dieses Land kam Roper erschöpft vor. Ausgebeutet, ausgepeitscht und unterjocht.

Auf der Straße nach Lincylene nutzten Roper und Tekoa die Zeit, um der Leitenden Historikerin Einzelheiten ihrer Expedition nach Unhierea zu berichten. Roper marschierte wie die Legionäre mit einem Rucksack auf dem Rücken, während die beiden anderen auf ihren Schlachtrössern neben ihm herritten.

»Die Unhieru sind ein untergehendes Volk«, sagte Roper und widerstand dem Impuls hinzuzufügen: wie wir.

»Sie führen ein Dasein wie Parasiten und leben von den Südmenschen. Statt selbst Steinwerkzeuge zu fertigen, haben sie sich darauf verlegt, Metall aus Süddal zu stehlen. Ihre Apfelbäume, die ihre Haupternte zu sein scheinen, ersticken förmlich unter Misteln.«

»Ich möchte behaupten, dass sie durchaus etwas mehr Mühe aufwenden können, wenn es sein muss«, warf Tekoa ein. »Das Einzige, was sie tatsächlich zu kultivieren scheinen, ist ihre Freizeit. Sie sollten sich vielleicht gegenseitig etwas weniger pflegen und dafür mehr Zeit auf ihre Apfelbäume verwenden.«

»Ihre gegenseitige Pflege scheint wichtig zu sein, um Verbindungen zu knüpfen«, bemerkte Roper.

»Sie brauchen sich gar nicht weiter zu verbinden«, erklärte Tekoa. »Sie bewundern sich bereits gegenseitig, wie Schweine den Schlamm lieben. Sie wälzen sich miteinander über den Boden, sobald sie auch nur die geringste Chance dazu bekommen.«

»Abgesehen von dieser *Röte*!« Roper benannte das, was ihn am meisten an den Unhieru fasziniert hatte.

Die Leitende Historikerin sah ihn an. »Die was?«

»Als wir bei ihnen waren, sahen wir, wie ein Mann einen anderen bestahl. Der Größere schien vollkommen die Kontrolle zu verlieren. Er lief dunkelrot an und tötete den Dieb mit bloßen Händen. Noch lange danach war er nicht bei Sinnen. Gogmagoc nannte das den *Andergeist*.«

»Es gibt Geschichten über diesen *Andergeist*«, antwortete die Leitende Historikerin. Sie schien einen Hauch von Interesse zu verspüren. »Es ist ein unbewusster Zustand der Krieger, der vor allem die langhaarigen Männer überkam. Es gibt einen Gesang, der nahelegt, dass sie sich an keine ihrer Handlungen erinnern können, wenn sie rot angelaufen sind, bis sie wieder normal aussehen.«

»Genau das ist es, was mir Sorgen bereitet, wenn wir neben ihnen kämpfen«, sagte Roper. »Ob wir sie uns vom Hals halten können, wenn wir sie erst einmal zum Kochen gebracht haben. Und außerdem ist da noch ihre Intelligenz«, setzte er hinzu und sah Tekoa an. »Hast du auch dieses Gefühl gehabt?«

Tekoa nickte.

»Es könnte sein, dass dies die intelligentesten Menschen sind, denen ich bis jetzt begegnet bin«, fuhr Roper fort. »Dieser Bogen, den Gogmagoc besitzt. Er war herrlich. Was sie davon abhält, eine großartige Gesellschaft zu erschaffen, ist nicht der Mangel an Fähigkeiten, sondern der Mangel an Begehren. Dieses Volk ist auch das zufriedenste Volk, das ich je gesehen habe. Sie haben alle Fähigkeiten, aber keinerlei Antrieb.«

»Ein Volk mit Intelligenz, Macht und Schwäche.« Die Historikerin hob eine Braue. »Könnt Ihr sie kontrollieren, Lord Roper?«

Roper und Tekoa wechselten einen kurzen Blick. »Das weiß ich nicht«, gab Roper zu.

»Wie habt Ihr Euch ihrer Hilfe versichert?«, wollte sie wissen.

»Wir haben ihnen Waffen und Rüstungen angeboten«, räumte Roper ein. »Und Gogmagoc hat uns zwei Aufgaben gestellt. Er war jedoch erst dann wirklich überzeugt, als er herausfand, dass wir zusammen gegen den Mann kämpfen würden, der seinen Sohn getötet hat. Garrett Eoten-Draefend. Er scheint seine Sippe sehr zu beschützen, und ich glaube, er will Rache.«

Selbst der Leitenden Historikerin schien das Unbehagen zu bereiten. »Nach allem, was ich über dieses Volk gehört habe, erscheint mir der Gedanke, sie mit Waffen und Rüstungen zu versorgen ... furchtbar. Wie viele sind es?«

»Es werden etwa zwölftausend kommen«, sagte Roper. Es hatte lange gedauert, das Zahlensystem der Unhieru, das auf Paaren zu beruhen schien, so umzurechnen, dass die Anakim es verstehen konnten.

»Und wenn es dazu kommen sollte«, fragte die Historikerin nach einer Weile, »falls wir dazu gezwungen wären, glaubt Ihr, dass die Legionen diese Streitmacht besiegen könnten?«

Roper und Tekoa sahen sich erneut an. »Das glaube ich«, antwortete Roper schließlich. »Ich glaube, dass die Anakim diejenigen sein werden, die als Letzte auf dem Schlachtfeld stehen. Allerdings dürften es dann wohl nicht mehr allzu viele von uns sein.«

Sie waren an einen Fluss gekommen und machten eine Pause, um Wasser zu schöpfen. Roper hatte sich gebückt und den Stöpsel aus einem Wasserschlauch gezogen, als Tekoa ihm eine Hand auf die Schulter legte. »Riecht Ihr das?«

Jetzt, da er darauf hingewiesen wurde, nahm Roper es ebenfalls wahr. Der Wind trug einen ranzigen Geruch heran. Tekoa deutete mit einem Nicken flussaufwärts, und Roper sah, wie der aufgeblähte Leichnam einer Kuh in den Wellen schaukelte. Sie musste irgendwo im Flussbett befestigt sein, denn sie schwamm nicht stromabwärts. Roper richtete sich wieder auf, verschloss seinen Wasserschlauch und fluchte leise. »Wie hat er das geschafft?«

»Wenn Ihr sagt *er* …«, begann Tekoa.

»… meine ich Bellamus«, beendete Roper den Satz für ihn. Sie wussten, dass der Eoten-Draefend an der Evakuierung beteiligt war, und auch, dass er mit dem Meisterspion zusammenarbeitete. Also musste Bellamus dahinterstecken.

»Aber sie können nicht jede Wasserquelle vergiften«, nahm Tekoa den Faden wieder auf. »Damit würden sie ihre eigene Bevölkerung dem Tode weihen. Sie müssen wissen, wohin wir wollen, und nur das Wasser, das vor uns liegt, vergiften. Aber wie können wir sie aufhalten?«

Die Leitende Historikerin war ein paar Schritte weitergeritten, drehte sich dann jedoch im Sattel herum und bellte ihnen nur ein Wort zu. »Jokul!«

Roper und Tekoa wechselten einen Blick. »Bitte nicht«, sagte Roper. Er hatte nichts mehr vom Meister der Kryptea gehört, seit Gray ihn am Feuer angeschnauzt hatte, und er hatte keine Lust auf eine Konfrontation mit ihm.

Doch die Historikerin hatte recht, er musste mit ihm reden. Am nächsten Morgen rief Roper Jokul zu sich. Der Meister tauchte an seinem Feuer auf wie ein kalter Luftzug. Roper stand auf, um ihn zu begrüßen. Steif schüttelten die beiden sich die Hände, während sie gleichzeitig versuchten, Abstand zueinander zu wahren.

»Meister«, sagte Roper. »Geht es dir gut?«

»Selbstverständlich«, antwortete Jokul mit seiner dünnen, trockenen Stimme, obwohl er alles andere als gut aussah. Und er klang auch nicht so. Er trug einen dicken schwarzen Umhang, den er gereizt über seiner Brust zusammenzog. »Was kann ich für Euch tun, Lord Roper?«

Roper deutete auf das kleine Feuer neben ihm. »Du kannst dich hinsetzen und reden, wenn es dir recht ist.« Jokul seufzte wenig begeistert und ließ sich zu Boden sinken. Es klang, als hätte jemand ein Bündel mit Feuerholz abgelegt. Roper ignorierte den Seufzer. »Tee, Meister?«

Jokul nickte knapp. »Das wäre willkommen.«

Roper wickelte ein Stück seines Umhangs um seine Hand und nahm einen Topf mit kochendem Wasser vom Feuer. Er goss es über Pinienzweige, die bereits in zwei Bechern aus Birkenrinde lagen. Einen dieser Becher reichte er Jokul und setzte sich neben ihn. Beide starrten in die Flammen.

»Wir hatten unsere Meinungsverschiedenheiten, Meister«, begann Roper. »Und unsere Ziele haben sich nicht immer gedeckt.«

Jokul hob eine dünne Braue. »Das hätten sie aber tun sollen«, sagte er.

»Ich habe getan, was ich tun musste«, gab Roper zurück. »Haben wir jetzt nicht die Stabilität, die deine Organisation so bewundert?«

»Stabilität ist ein sehr großzügiger Begriff, wenn Ihr noch nicht einmal Eure eigenen Offiziere beherrschen könnt, Ihr selbst Verbündete sucht, die wir nicht kontrollieren können, und drastische Entscheidungen fällt, ohne Euch mit irgendeinem anderen hohen Amt im Königreich abzusprechen.«

»Ich werde diese Kritik in dem Moment akzeptieren, in dem du mir irgendwelche anderen Mittel zur Verfügung stellen kannst, durch die ich das hier hätte erreichen können!« Roper sprach weiter, bevor Jokul etwas erwidern konnte. »Wir haben jetzt diesen Feldzug begonnen und müssen unsere Differenzen beilegen, um ihn so erfolgreich wie möglich beenden zu können. Und bis jetzt sind wir nur auf ein einziges Hindernis gestoßen.«

»Bellamus von Safinim«, warf Jokul trocken ein.

»Du weißt von seiner Beteiligung?«

»Es war offensichtlich«, antwortete Jokul. »Wir wissen, dass er Informanten in unseren Reihen platziert hat. Das war kein allzu großes Problem, als die Südmenschen letztes Jahr in unser Reich eingefallen sind. Aber in ihm vertrauten Gebieten hat er weit mehr Möglichkeiten, unser Vorrücken zu behindern.«

Roper dachte darüber nach. Es war genau so, wie Gray ihn vor all den Wochen gewarnt hatte. Die Südmenschen fanden Möglichkeiten, gegen sie zu kämpfen. »Also vergiftet er die Wasservorräte?«

»Das vermuten wir«, antwortete Jokul. »Aber ihn aufzuhalten ist sehr schwierig, das muss ich zugeben. Die Südmenschen besitzen die Schrift, was in einem lautlosen Krieg ein sehr großer Vorteil ist. Und die Kryptea ist zuvorderst ein Orden von Assassinen, nicht von Spionen. Wir haben natürlich versucht, Südmenschen auf unsere Seite zu ziehen, aber sie halten uns zum größten Teil für so bösartig und fremd, dass es schwierig ist, mit ihnen Kontakt aufzunehmen. Und in letzter Zeit sind die Dinge noch schwieriger geworden. Offenbar gibt es eine Fraktion, die gegen das Königreich arbeitet und sich der Ellengaest nennt. Ich halte es zunehmend für unwahrscheinlich, dass es sich um eine einzige Person handelt. Viel wahrscheinlicher ist es eine Gruppe. Aber wer auch immer er oder sie ist oder sind, sie verfügen über beträchtliche Ressourcen.«

Jokul warf Roper einen verstohlenen Seitenblick zu, als hätte er Angst, zu viel zu enthüllen. »In jedem Fall«, fuhr er zurückhaltender fort, »sieht es unter dem Strich so aus: Bellamus hat viele Informanten und wir keine.«

Roper wusste, dass das Wort *gaest* auf Angelsächsisch Dämon bedeutete, und er hatte so eine Ahnung, dass der Wortteil *ellen* in irgendeiner Weise so etwas wie Macht beschwor. Es war sehr interessant, dass dieser Verräter sich für einen angelsächsischen Namen entschieden hatte.

»Also müssen wir herausfinden, wer die Informanten sind«, sagte Roper. »Wir müssen in Erfahrung bringen, wer oder was Ellengaest ist, und ihm ein Ende bereiten.«

»Ja«, pflichtete Jokul ihm bei. Dann herrschte eine Weile Schweigen.

»Wie?«, wollte Roper schließlich wissen. »Bringen wir falsche Informationen in Umlauf?«

Jokul schnalzte mit der Zunge und trank einen Schluck Tee. »Ohne eigene Spione würden wir niemals erfahren, welche Informationen Bellamus erreicht haben und welche nicht. Wir müssen einfach sehr wachsam und verschwiegen sein, Lord Roper. Ihr müsst Eure Pläne für Euch behalten, bis wir bereit sind, sie zügig auszuführen. Bereitet Euch so vor, als hättet Ihr viele Möglichkeiten zu Eurer Verfügung. Wenn Ihr Euch dann in letzter Minute für eine entscheidet, wird das ihre Möglichkeiten begrenzen, etwas dagegen zu unternehmen. Und dann müssen wir sie beobachten. Wir müssen herausfinden, wer sich sonderbar benimmt, und entsprechende Nachforschungen anstellen.«

»Das klingt ganz nach dem Geschäft der Kryptea«, stellte Roper fest.

»Das ist es auch«, erwiderte Jokul knapp. »Ihr müsst diese Angelegenheit uns überlassen, Lord Roper. Ich kann Euch versichern, dass Bellamus' Spione ihm zunehmend weniger bereitwillig helfen werden. Darauf habt Ihr mein Wort.«

»Wirst du mich auf dem Laufenden halten?«

Jokul richtete den Blick seiner hellen Augen auf Roper und trank einen Schluck aus seinem Birkenbecher.

»Ich werde Euch informieren, sobald wir jemanden verhaftet haben«, bot er schließlich an.

»Es wäre auch hilfreich, wenn du mir sagen würdest, wen ihr verdächtigt«, beharrte Roper.

»Das wäre nur hilfreich für Bellamus«, sagte Jokul. Seine Stimme klang gedämpft, als er den Becher erneut an die Lippen setzte.

»Du vertraust mir nicht?«

»Ich vertraue niemandem«, gab Jokul zurück. »Warum auch? Was für ein unsinniger Impuls. Der Wunsch entspringt nur dem kindlichen Verlangen nach einem Vertrauten. Wenn Ihr ihm nicht widerstehen könnt, beschwört Ihr förmlich eine Katastrophe herauf.«

Roper sah Jokul an und lächelte kurz. »Also ist das hier«, er deutete auf Jokuls Haltung, seine finstere Miene, als er Roper ansah, »all diese Kälte und Distanz nur deiner Tätigkeit geschuldet? Deshalb bist du so, wie du bist? Der hingebungsvolle Meister der Kryptea, der niemandem nahesteht, der nicht angreifbar und vollkommen unbestechlich ist?«

Jokul betrachtete Roper eine Weile. »Vielleicht mag ich Euch ganz einfach nicht, Lord Roper.«

Roper brach in schallendes Gelächter aus. Jokul drehte den Kopf langsam wieder zum Feuer und presste die Lippen so fest zusammen, dass es schien, als würde er tatsächlich ein Lächeln unterdrücken. Er hatte so hart und so lange auf einem so einsamen Posten gearbeitet. *Es muss nett sein,* dachte Roper, *dass endlich einmal jemand diese Mühen honoriert.* Er hatte Jokul nie gemocht, weil dessen Methoden keine Ehre hatten und weil kein Blut durch sein Herz pumpte, sondern Schmelzwasser. Aber zum ersten Mal empfand Roper Respekt für ihn.

»Dann tu, was du tun musst«, sagte Roper schließlich und wiederholte damit die Worte, die der Meister selbst einst zu ihm gesagt hatte.

* * *

Das vergiftete Trinkwasser behinderte ihren Vormarsch beträchtlich. Ein großer Teil von Ropers Strategie bei dieser Invasion stützte sich darauf, dass er die Stärke und die Beweglichkeit der Legionen nutzen konnte, um rasch durch das Land zu marschieren und die Widerstandsnester der Südmenschen überraschte. Jetzt mussten sie viele Meilen weit Kundschafter ausschicken, die nach sauberem Wasser suchten, was ihnen häufig nicht gelang. Es bedeutete, sie mussten Feuerholz suchen und mühsam das Wasser abkochen, das sie fanden. Dadurch kamen sie nur noch im Schneckentempo voran, was ihre Vorräte rasend schnell schrumpfen ließ, und Lincylene schien ihre einzige Hoffnung zu sein, diese Vorräte wieder auffüllen zu können.

Roper dachte nach Einbruch der Dunkelheit darüber nach,

doch immer wenn er diese Gedanken verbannen konnte, tauchte Helmecs Gesicht vor seinem inneren Auge auf. Er betrachtete es, musterte die vernarbte Wange, die blasse Haut, den Helm, der zum Teil zerstört war. Den verdrehten Hals. Dort hörte er auf. Er konzentrierte sich auf die Sterne, erinnerte sich daran, wie Keturah im Freyi ihre Hände zu den Sternen erhoben und gehofft hatte, dass es ihre gefühllosen Finger heilen würde. Er erinnerte sich an das Gefühl von Frieden, das er dort empfunden hatte, und verglich es mit dem Pochen des Herzens an seinen Rippen, das er nun stattdessen fühlte. Teilweise war dafür das unbehagliche Heimweh verantwortlich, das die Anakim *Kjardautha* nannten. Es wurde schlimmer im Alter, und Roper wusste, dass sein Gefühl nichts im Vergleich zu dem Schmerz war, den seine Legionäre empfinden mussten.

Als sie sich schließlich Lincylene näherten, stieg Roper auf Zephyr, sodass er mit den Skiritai und Gray kundschaften konnte und endlich seine erste Stadt der Südlande mit eigenen Augen sah. Er roch sie bereits, bevor er sie sah. An diesem Frühlingsmorgen war das Gras von Raureif überzogen, und der Himmel war klar und blau. Dieser stetige Wind, der durch das Tal wehte, trug den Geruch von Holzfeuern, Abwasserrohren, Schimmel, Sägemehl, Bierhefe und hundert andere Gerüche mit sich, die Roper nicht identifizieren konnte. Er spornte Zephyr immer stärker an, als sie den letzten Hügel hinaufritten, und kam schließlich vor Gray und den Skiritai oben an.

Dort blieb er stehen und starrte hinab. Vor ihm lag eine schlammige Siedlung mit eng zusammenstehenden Häusern, die zum Licht zu drängen schienen. Die hellen, steilen Dächer waren von Holzrauch umgeben, und in den Gängen zwischen den Häusern drängten sich die Menschen. Über dem Rauch, in der Mitte der Stadt, ertönte ein sonderbares musikalisches Geräusch aus einem großen Holzturm. Aber Roper bemerkte kaum etwas davon. Seine Blicke glitten über den äußeren Rand der Stadt, und er konnte kaum glauben, was er sah.

Wälle.

Ein solider hölzerner Palisadenwall, der von Steintürmen unterbrochen wurde, erhob sich über einem Erdwall, vor dem sich ein Graben befand. Roper erkannte einen der Gerüche, den er zuvor nicht hatte identifizieren können: frisch geschnittenes Holz. Die Mauer war neu. Deshalb hatte Garrett den Südmenschen befohlen, sich hierher zurückzuziehen. Die Anakim hatten geglaubt, die Mauern wären zerstört. Deshalb hatten sie keine Belagerungsmaschinen mitgenommen, um leichter und schneller marschieren zu können. Die Südmenschen hatten sich ganz offensichtlich bereits sehr lange im Voraus vorbereitet und ihre Stadt mit Nahrungsmitteln vollgestopft, sodass man sie nicht so leicht aushungern konnte. Die Legionen mussten die Stadt mit Leitern oder Mauerbrechern erobern und sich auf einen Nahkampf in engen Gassen einstellen.

»Ah«, sagte Gray, als er sein Pferd neben Roper zügelte. »Sie haben ihre Wälle neu errichtet!«

»Also wussten sie ganz genau, wann wir kommen würden!« Roper starrte wütend auf die Stadt unter sich. »Sie haben das Land evakuiert, sämtliche Nahrungsmittel mitgenommen, alles Trinkwasser vergiftet und ihre Städte neu befestigt. Sie zwingen uns schon in die Knie, ohne dass wir auch nur auf einen einzigen feindlichen Soldaten gestoßen wären. Bist du jemals einem so gut organisierten Widerstand begegnet?«

»Noch nie!«, gab Gray zu.

»Dieser verdammte gottverfluchte Bellamus!«

17. KAPITEL

EINE GEBROCHENE KRÄHE

Es kam Salbjorn vor, als wäre ihre Aufgabe zunehmend unmöglich geworden. Hagen weigerte sich zu reden, obwohl Inger entschlossen war, ihn zu überzeugen. Zweimal hatten sie eine frische Spur gefunden, die zu dem Mörder führte; einmal hatten sie ihn bei der Jagd verloren, und ein anderes Mal hatten sie ihm gar nicht folgen können. Jetzt trainierte Ormur wieder mehrere Meilen von der Schule entfernt, lief über die Hügel, fischte und jagte. Letzte Nacht war er gar nicht zurückgekehrt. Er und seine Herde waren in den Bergen geblieben, wo Salbjorn und Leon versucht hatten, ihn zu überwachen. Sie hatten sich abgewechselt, und Salbjorn kehrte jetzt zu der Schule zurück, um etwas zu schlafen, bevor er Leon ablöste.

Es war ein bitterkalter Morgen, und er fluchte, als er zur Schule hochsah. Sein Blick fiel auf eine dunkle Stelle am Fuß der steilen Felsklippe, eine schwarze Masse, neben der eine Gestalt kauerte. »Hierher, Wächter, hierher!« Es war der Meister der Schule, der ihn bestürzt zu sich rief. Er stand über etwas gebeugt, das aussah wie eine riesige Krähe, die auf dem Boden zerschmettert war. Die Federn über ihren gebrochenen Flügeln schienen im Wind zu wehen. Salbjorn blieb stehen, verwirrt von dem Entsetzen, das langsam in ihm hochstieg, und dann wurde er von einer unsichtbaren Macht fast dorthingezogen.

»Inquisitorin?« Er rannte los und fluchte wie von Sinnen. »Inger?« Sie lag mit dem Gesicht auf dem Boden, einen Arm unter ihrem Körper begraben, die Beine gespreizt. Diese Position war so unnatürlich, dass er sicher war, dass sie tot sein musste. Er warf einen Blick zum Rand der Felsenklippe hinauf, von der sie gestürzt sein musste. »Meister? Was ist passiert?«

»Sie ist abgestürzt!«, sagte der alte Mann. »Sie saß am Rand der Klippe, als der plötzlich abgebrochen ist. Helft mir!«

Der Meister versuchte, ihren Körper umzudrehen, aber es kam Salbjorn so vor, als machte es alles nur noch schlimmer, wenn sie sie berührten. Doch sie konnten sie schwerlich hier liegen lassen. Also drehten sie sie vorsichtig um. Salbjorn beugte sich vor und horchte nach Atemgeräuschen. Er hörte sie: unregelmäßig und rasselnd, aber vernehmlich. Ihre Lippen waren dunkelviolett angelaufen, und als der Meister ihr geschwollenes Handgelenk berührte, zog sie abwehrend die Arme zusammen.

»Inger? Kannst du mich hören?« Er bekam keine Antwort. »Wir müssen sie in die Schule bringen, Meister!«

Stolpernd und mit vielen Pausen schafften sie es, sie vor das Langhaus zu schleppen und hinauf in das Zimmer im Obergeschoss, in dem Salbjorn selbst verletzt gelegen hatte. Er warf die drei Ziegenhäute auf den Boden, und sie zogen Inger darauf. Dann deckten sie sie mit einer Wolldecke zu. Wenn sie berührt wurde, bewegte sie die Arme, aber sie hatte ihre Beine bislang noch nicht bewegt. Die beiden Männer knieten sich keuchend vor Anstrengung neben sie und schwiegen. Der Meister ließ den Kopf in die Hände sinken. Salbjorn starrte nach oben und versuchte, wieder zu Atem zu kommen, dann richtete er seine Aufmerksamkeit erneut auf Inger.

»Ich glaube, ihre Hüfte ist gebrochen. Helft mir, sie zu verbinden, sonst wird sie innerlich verbluten.«

Salbjorn konnte sich an die nächsten Stunden später kaum noch erinnern. Sie taten alles, was sie konnten, aber Inger sprach nicht, und ihre Atmung wurde lauter und langsamer. Als Ormurs

Herde schließlich zurückkam und Leon in das Langhaus stürmte, weil er von Salbjorn wissen wollte, wo er geblieben war, blieb er beim Anblick der Inquisitorin unvermittelt stehen. Meister und Wächter knieten an ihrer Seite.

»Beim allmächtigen Gott, was ist los?«

»Sie ist abgestürzt«, sagte Salbjorn, der seinen Mentor nicht ansehen konnte.

»Ich glaube nicht, dass sie noch einmal zu sich kommt«, sagte der Meister leise.

Leon warf sein Schwert und seinen Rucksack zur Seite und bückte sich, um Inger selbst zu untersuchen. »Ein Lungenflügel ist zerstört«, sagte er brüsk. »Und ihr Rückgrat ist gebrochen. Aber manchmal werden die Menschen davon bewusstlos und wachen dann trotzdem noch einmal auf. Wir müssen abwarten.«

»So etwas habe ich noch nie erlebt«, erklärte der Meister.

»Du warst auch nicht in Lundenceaster«, erwiderte Leon. »Dort gab es viele solcher Stürze. Und wie ist es überhaupt passiert? Hat jemand den Sturz beobachtet?«

Der Meister nickte grimmig. »Ich habe es gesehen. Sie saß am Rand der Klippe, als ein Teil davon abbrach. Es war ein schrecklicher Sturz.« Er schüttelte sich. »Die arme Inquisitorin. Wenn ich mir vorstelle, wie oft ich an der Stelle gehockt habe, an der sie saß ...«

Salbjorn spürte, wie ihm die Tränen in die Augen stiegen. Er legte eine Hand auf ihre Stirn. Ihr Haar, mit Silber durchflochten und mit Federn geschmückt, war schweißnass, und plötzlich hustete sie.

»Ihr müsst nicht bleiben«, sagte der Meister freundlich und sah Salbjorn an. »Ich sorge für sie. Vielleicht solltet Ihr Euch lieber um den Jungen kümmern?«

»Nein.« Salbjorn machte eine abwehrende Handbewegung, konnte den Meister aber nicht ansehen. »Ich bleibe bei ihr. Danke, Meister.«

Der alte Mann zögerte, nickte aber schließlich. »Es tut mir so leid. Benachrichtigt mich, wenn sie aufwacht.« Nachdem er gegangen war, lehnten sich Leon und Salbjorn müde an die Wand.

»Wo ist der Junge?«, fragte Salbjorn schließlich matt.

»In Sicherheit«, erwiderte Leon. »Er ist draußen beim Schwerttraining.«

Die beiden schwiegen, bis Leon sich unvermittelt schüttelte. »Was jetzt?«, fragte er. »Was machen wir ohne die Inquisitorin?«

Salbjorn antwortete nicht.

»He, aufwachen!«, knurrte Leon.

»Halt den Mund, Leon!«, gab Salbjorn leise, aber scharf zurück. Leon fügte sich, und Salbjorn saß eine Weile da und dachte nach.

»Das alles ist einfach zu viel«, sagte er schließlich. »Wir dachten, wir wären hier, um einer Inquisitorin dabei zu helfen, ein Verbrechen aufzuklären. Stattdessen bekommen wir es mit einem Meuchelmörder zu tun, der nur einer aus einem ganzen Netzwerk zu sein scheint, über das dieses Monster Ellengaest befiehlt ... Wir brauchen Hilfe. Mindestens noch eine Inquisitorin und mehr Wächter.«

»Aber wie sollen wir das machen?«, fragte Leon resigniert. »Die Pässe sind unpassierbar. Niemand kann im Moment das Gebirge verlassen oder kommt hier herauf. Selbst wenn wir nicht hier festsäßen ... wann ist das letzte Mal ein Bote hierhergekommen? Und wann kommt das nächste Mal einer? Im Schwarzen Königreich gibt es mittlerweile keine Krieger mehr. Sie sind alle nach Süden gezogen.«

Fast hätte Salbjorn gesagt: *Ich könnte gehen.* Er könnte versuchen, sich durch den Schnee zu kämpfen, um das Hindrunn zu erreichen und darüber zu informieren, was hier passiert war. Aber das war unmöglich. Er wurde hier gebraucht. Er konnte Leon nicht allein mit diesem Meuchelmörder zurücklassen an diesem Ort, der sich als so tückisch herausgestellt hatte.

»Es ist so, wie du schon gesagt hast«, meinte Salbjorn schließlich. »Unsere einzige Spur ist der Meuchelmörder selbst. Wenn wir ihn aus seinem Loch locken können, könnten wir ihn fangen und verhören. Wir könnten den Jungen dafür benutzen.«

Das lange darauffolgende Schweigen wurde nur vom Klacken der hölzernen Trainingsschwerter auf dem Innenhof gestört, das durch das Fenster drang.

»Als Köder«, setzte er hinzu.

Leon antwortete nicht. Er starrte auf die Inquisitorin, die auf dem Boden vor ihm lag.

Ihre Augen waren offen.

18. KAPITEL

DIE PÄSSE SIND GESCHLOSSEN

Inquisitorin?« Salbjorn beugte sich vor und flüsterte ihren Namen. »Inger?« Ihre Augen flackerten und waren erschreckend unterschiedlich. Eine Pupille war riesig, die andere normal. Sie starrte eine Weile wie trunken an die Decke, dann drehte sie langsam den Kopf zu Salbjorn. Er dachte, sie würde ihn ansehen, und legte seine Hand auf ihre Schulter.

»Inquisitorin, ich bin es, Wächter Salbjorn.« Er wusste nicht genau, ob sie ihn verstand. »Du bist im Haskoli, in unserem Zimmer. Du bist von der Klippe gestürzt.«

Inger drehte den Kopf zur Seite und bewegte ziellos ihren rechten Arm.

Leon und Salbjorn sahen sich vielsagend an. »Du wirst wieder gesund, Inquisitorin. Es war ein schwerer Sturz, aber du hältst dich gut. Du hältst durch.«

Inger sagte etwas Unverständliches. Sie schüttelte schwach den Kopf und wiederholte es. »Großen.«

»Wir sollten sie abkühlen«, sagte Salbjorn. »Sie kocht ja förmlich.« Er zog die dicke Decke beiseite. Inger versuchte, noch einmal zu sprechen.

»*Großen*?«, wiederholte Leon verblüfft.

Salbjorn war erstarrt und blickte auf Inger herab. »Ich glaube, sie meint ›gestoßen‹.«

Inger wiederholte das Wort, diesmal lauter.

»Gestoßen?«, fragte Salbjorn. »Hast du das gesagt?«

Die Frau stöhnte zustimmend.

»Von wem gestoßen?«, zischte Leon.

Aber Inger hatte die Augen erneut geschlossen, und ihre Atmung wurde wieder unregelmäßiger.

Salbjorn und Leon starrten sich an. »Um das herauszufinden, braucht man keine Inquisitorin, hab ich recht?«, sagte Salbjorn schließlich. »Der Meister sagt, er hätte sie fallen sehen. Sie sagt, sie wurde gestoßen. Der alte Mann steckt bis zum Hals in dieser Sache drin.«

»Richtig.« Leon stand abrupt auf, schnappte sich sein Schwert, das in der Scheide an der Wand lehnte, und ging zur Treppe.

»Wohin willst du?«

»Ich gehe und erledige die Dinge auf meine Weise!«, brüllte der Wächter und verschwand die Treppe hinunter. Es dauerte nur wenige Augenblicke, bis er wieder auftauchte. Er hielt das blanke Schwert in der einen Hand und umklammerte mit der anderen die Robe des Meisters. Der alte Mann wurde grob die Treppe hinaufgezerrt und taumelte hilflos hinter Leon her. Mit ausdruckslosem Gesicht hob dieser den Meister hoch und schleuderte ihn gegen die Wand. Der dürre Körper des alten Mannes prallte von dem Holz ab, und er brach auf dem Boden zusammen. Von dort starrte er Leon fassungslos an.

»Auf meine Art und Weise!«, wiederholte Leon, noch immer außer sich vor Wut, und hob mit der Schwertspitze das Kinn des Meisters an. »Wer ist Ellengaest? Und was für einem Nest von Verrätern stehst du vor?«

»Leon, ruhig!«, mahnte Salbjorn und sprang auf.

»Ihr habt ja keine Ahnung ...« Der alte Mann keuchte und rang so angestrengt nach Luft, dass er kaum sprechen konnte, aber sein Gesicht war ruhig. »Keine Ahnung ... wen ihr da jagt.«

»Das trifft zu«, räumte Leon ein. »Aber du wirst es uns jetzt erzählen. Du, der du selbst einst ein Heiliger Wächter warst!« Der Meister senkte bei diesen Worten den Blick. »Der das Auge des Allmächtigen auf seiner Uniform trug, dem die Erziehung unserer Kinder anvertraut wurde und der den Tod von zwei Menschen zu verantworten hat, die in seiner Obhut waren! Zwei, von denen wir wissen … Wie viele andere hast du noch ermordet und versucht, das als Unglücksfälle von Schülern darzustellen?«

»Ich habe niemanden ermordet!«, gab der Meister verbittert zurück.

»Leon, beruhige dich!«, beschwor Salbjorn ihn erneut. Er war sicher, dass sein Mentor kurz davor war, die Beherrschung zu verlieren.

»Was ist mit der Weisen Inquisitorin?« Leon deutete auf die am Boden liegende Inger. »Glaubst du wirklich, dass sie noch einmal aufstehen und laufen wird? Lüge nicht, du alte Viper, du hast sie hinabgestoßen! Du hast sie ermordet!«

»Er hat meinen Sohn in seiner Gewalt«, erwiderte der Meister leise und sah Leon mit Tränen in den Augen an. »Mein Junge wird von seinen Männern festgehalten. Was würdest du denn tun?«

Salbjorn beobachtete die Szene entsetzt, aber Leon war unerbittlich. »Glaubst du tatsächlich, dass dein Balg mehr wert ist als die Zwillinge, deren Tod du hier zugelassen hättest? Oder als eine Weise Inquisitorin?«

»Für mich schon.« Der Meister klang hoffnungslos.

»Selbstsucht ist Selbstsucht«, gab Leon unbeeindruckt zurück. »Ganz gleich, ob sie dir gilt oder deiner Brut. Du entehrst das Auge des Allmächtigen, du entehrst dein Amt.«

»Ich weiß.« Der Meister starrte Leon mit geröteten Augen an und schüttelte schwach den Kopf. »Aber was hättest du getan?«

»Nicht, was du getan hast!«, behauptete Leon.

Der Meister und er starrten sich an.

»Ich bin froh, dass es herausgekommen ist«, sagte der alte

Mann schließlich. »Jetzt bleibt mir nur noch das zu tun, was ich schon vor Monaten hätte tun sollen.«

Er machte einen Satz auf Leon zu. Der deutete die Bewegung als Angriff und hielt sein Schwert kampfbereit vor sich, womit der Meister offensichtlich gerechnet hatte: Er spießte sich auf der Klinge auf, rammte sie sich selbst tief in den Hals. Leon riss das Schwert fluchend zur Seite, als der Meister zurücktaumelte.

»Nein!«, brüllte Salbjorn und stürzte los, aber es war zu spät. Der Meister brach in der Ecke zusammen und schien zu schrumpfen, während das Blut aus dem dürren Körper strömte.

»Nein! Er war unsere einzige Verbindung zu Ellengaest! Die einzige Möglichkeit, den Jungen zu retten!«

»Was für ein Feigling!«, stieß Leon verächtlich hervor.

Salbjorn sank gegen die Wand zurück und rutschte daran herunter. Dann stützte er den Kopf in die Hände. »Was hast du getan? Was für ein Durcheinander! Man hat uns eine Aufgabe anvertraut, und was für ein entsetzliches Chaos haben wir stattdessen angerichtet? Wir haben die Untersuchung vermasselt, wir haben alles zerstört!«

Leon hockte sich hin und starrte verächtlich auf die Leiche des Meisters. Eine lange Zeit war das lauteste Geräusch in dem Zimmer Ingers angestrengtes Atmen, das mittlerweile fast wie ein Schnarchen klang. Der Leichnam des Meisters lag bleich und regungslos da, und Leon rührte sich nicht einmal, als sein Blut um seinen Stiefel quoll.

»Es tut mir leid«, knurrte er schließlich. »Ich habe nicht mit seiner Reaktion gerechnet.«

Salbjorn blickte nicht auf. »Was jetzt?«, fragte er erschöpft. »Wie sollen wir jetzt weitermachen? Wir brauchen Hilfe.«

»Ich sage es noch einmal«, erklärte Leon. »Die Pässe sind durch den Schnee vollkommen blockiert. Außerdem werden wir beide hier gebraucht. Ohne uns ist der Junge verloren.«

»Wir könnten zwei Tutoren losschicken«, schlug Salbjorn vor. »Vielleicht kommen sie ja durch.«

»Ich glaube kaum, dass wir uns noch länger auf die Unterstützung der Tutoren verlassen können.« Leon warf einen vielsagenden Blick auf den Leichnam des Meisters.

Salbjorn hatte noch nicht darüber nachgedacht, wie diese Szene auf all jene wirken würde, die nicht anwesend gewesen waren. Der Meister, dessen Position in dieser Schule fast heilig war, war eines gewaltsamen Todes gestorben, und nur sie beide waren als Zeugen zugegen gewesen. »Dann bleibt uns nur noch die Möglichkeit, die ich vorhin vorgeschlagen habe«, erklärte Salbjorn trostlos. »Wir müssen auf den Jungen aufpassen, aber aus der Ferne. Wir benutzen ihn als Köder und warten darauf, dass der Meuchelmörder zu uns kommt.«

»Und was würde Lord Roper sagen, wenn er von unserem Plan erfährt?«

»Er ist nicht hier«, entgegnete Salbjorn. »Und wir haben keine anderen Möglichkeiten mehr. Wenn wir den Jungen beschützen wollen, müssen wir den Assassinen abfangen. Und wir haben das eine, was dieser Meuchelmörder will, also sollten wir es benutzen.«

Zuerst jedoch mussten sich die Wächter um die Schwarzmäntel kümmern. So ruhig, er konnte, trat Salbjorn hinaus und rief die drei Tutoren, die er dort fand, in das Verhörzimmer. Ihre Blicke fielen auf ihren Meister, auf die Blutpfütze, in der er lag, und dann auf Leons rachsüchtiges Gesicht und seine blutrote Schwertspitze. Nur das gewaltige Ansehen, das die Heilige Wache genoss, verhinderte, dass die Tutoren auf der Stelle revoltierten. Aber sie ignorierten Salbjorns zunehmend verzweifelte Erklärungen und gingen schweigend die Treppe hinab. Schock und Argwohn zeichnete sich deutlich auf ihren Gesichtern ab.

»Euer Meister war ein Feigling und ein Verräter!«, schrie Leon ihnen nach, was ebenfalls nicht besonders hilfreich war.

Die beiden Wächter wurden in der Folge vollkommen isoliert. Jeder Tutor, der in die Schule zurückkehrte, wurde über die Geschehnisse in Kenntnis gesetzt, und alle distanzierten sich von Salbjorn und Leon. Sie würdigten die beiden Wächter keines Blickes und gingen hastig weiter, wenn Salbjorn versuchte, sie anzusprechen. Die beiden bemühten sich, etwas Vertrauen zurückzugewinnen, indem sie eine angemessene Bestattung für den Meister organisierten. Aber Leon knurrte mehr als einmal laut und vernehmlich, dass dieser verräterische Wurm so viel Respekt gar nicht verdient hätte. Und die Schwarzmäntel ignorierten ihre Bemühungen ohnehin.

Und gerade als sich Salbjorn so isoliert fühlte wie noch nie zuvor, starb Inger. Salbjorn hielt neben ihr Wache, als es geschah, drei Tage nach dem Tod des Meisters. Er weinte um sie und organisierte ihr Begräbnis, das ihm weit näher ging als das davor. Selbst Leon verstummte, als er die Nachricht hörte, und ließ Ormur kurz unbewacht, um eine Handvoll Erde auf Ingers Leichnam zu werfen. Sie wurde ein Stück abseits von der Schule bestattet, mit dem Kopf nach Osten gerichtet zu den Bergen. Salbjorn blieb noch eine Weile an ihrem Grab stehen, nachdem es zugeschüttet worden war, und grub seine Finger in die Erde.

»Hilf uns, Inquisitorin«, murmelte er.

Sie versuchten, Ormur aus der Ferne zu bewachen und den Meuchelmörder so anzulocken. Sie folgten dem Jungen unauffällig, wenn er seine Lektionen und Rituale absolvierte. Aber sie waren nicht die Einzigen, die unter Druck standen, und Ormurs Verhalten wurde immer leichtsinniger. Die Wächter sahen von einem Fenster im Obergeschoss aus zu, als er sich einem Ausdauertest in dem eisigen Wasser des Etchachansees unterzog. Am Rand des Sees wurde ein Feuer entzündet. Daneben lagen Decken, und heiße Schafsmilch wurde bereitgehalten, um die Jungen aus dem Wasser zu locken. Denn es gab nur genug Milch für etwa drei Viertel der Kohorte. Je länger sie also in dem eisigen Wasser blieben, desto wahrscheinlicher wurde es, dass sie hungrig nach Hause gehen mussten. Wer jedoch bis zum Schluss blieb, wurde zum Sieger erklärt, und die Herde dieses

Jungen wurde mit einer Kette aus Falkenfedern belohnt. Ormurs Gruppe gewann, vor allem wegen der Bemühungen des Jungen. Er blieb in dem stillen, kalten Wasser, bis er noch nicht einmal mehr zitterte. Seine Augen begannen zu flackern, und das Wasser stieg ihm bis zum Kinn, bevor ein Tutor ihn schließlich unter den Armen packte und seinen schlaffen Körper aus dem See zog.

Ormur hatte diese selbstmörderische Hingabe bei jeder Aufgabe gezeigt, die man ihm gestellt hatte und in die er sich grimmig und entschlossener als die anderen Schüler hineingeworfen hatte.

»Ich werde mit ihm sprechen.« Salbjorn wandte sich von dem Fenster ab und ging zur Tür.

»Er sieht nicht gut aus«, meinte Leon.

Man hatte den Jungen neben das Feuer gelegt und in eine Decke gehüllt. Er war so lange im Wasser geblieben, dass seine Gefährten bereits das Feuer verlassen hatten, um Nahrung zu suchen. Ormur war unter der Obhut eines Tutors zurückgelassen worden, damit er sich erholte.

»Ich passe auf ihn auf«, erklärte Salbjorn. Der Tutor blieb ganz offensichtlich nicht gerne in der Gesellschaft des verdächtigen Wächters und verschwand sofort. Salbjorn saß neben dem Jungen, bis seine Lippen nicht mehr blau waren und er wach wurde. Nach einer Weile setzte er sich auf, hielt den Blick aber höflich gesenkt.

»Sieh mich an, Junge.«

Ormur gehorchte, langsam, als würde das Gewicht der ganzen Welt ihn daran hindern. Einen Herzschlag lang gelang es ihm, Salbjorns Blick zu erwidern. Dann traten ihm Tränen in die Augen, er senkte den Kopf und fing schrecklich an zu weinen. Salbjorn legte den Arm um den Jungen, der an seiner Schulter weiterschluchzte.

»Was ist passiert, Junge?«, fragte er leise.

»Ich weiß es nicht«, keuchte Ormur. Seine Stimme wurde von Salbjorns Tunika gedämpft.

»Doch, du weißt es wohl.«

Als einzige Reaktion darauf verstärkte sich Ormurs Weinen. Er weinte und weinte, als würde er nie wieder aufhören.

»Ich schaffe das einfach nicht.«

»Was schaffst du nicht?«

»Numa«, stieß der Junge hervor. Die folgenden Worte kamen gequält über seine Lippen. Ihnen folgte ein Schluckauf oder ein Keuchen, als würde Ormur ertrinken. »Mein Bruder wartet auf der Winterstraße auf mich. Er würde sie niemals ohne mich beschreiten. Ich weiß, dass er wartet und nicht auf die andere Seite geht, bis auch ich dort bin!« Er hob sein verweintes Gesicht zu Salbjorn empor. »Entbindet mich von meinem Eid. Mir bleibt nur noch eines, was ich tun kann.«

»Ganz und gar nicht«, widersprach Salbjorn. »Ich nehme dich bei deinem Eid, Junge. Du hast mir geschworen, den Mörder nicht zu verfolgen, und Numa würde wollen, dass du dein Wort hältst. Er will, dass du es erträgst. Überlebe und lebe für euch beide.«

»Das kann ich nicht! Entbinde mich!«

»Nein.«

Erneut brach Ormur in Tränen aus. Er schlug Salbjorn zweimal schwach gegen die Seite und sackte dann erneut an seiner Schulter zusammen. Salbjorn hielt ihn fest, bis der Junge völlig erschöpft war, seine Tränen getrocknet waren und seine krampfhaften Schluchzer aufgehört hatten.

»Wir werden deinen Bruder gemeinsam rächen, Junge. Und deine Rolle ist die wichtigere. Denn du wirst den Meuchelmörder überleben und seine Pläne vereiteln. Und ich werde ihn Numa zu Ehren töten. Sind wir uns einig?«

Ormur lehnte seine Stirn gegen Salbjorns Brust und blieb stumm. »Haben wir eine Abmachung, Junge?«

»Einverstanden«, flüsterte Ormur.

Müßiggang wurde im Haskoli nicht geduldet, und Ormur musste sich sein Abendessen selbst besorgen oder hungrig ins

Bett gehen. Leon und Salbjorn, beide steif von der langen Wartezeit, folgten ihm in einigem Abstand zum Avonsee und sahen zu, wie er seine Angelschnüre überprüfte.

»Unser Plan wird nicht funktionieren«, sagte Leon unvermittelt.

Salbjorn sah ihn mürrisch an. »Und warum nicht?«

»Weil der Meuchelmörder weiß, dass wir hier sind. Er wird nicht glauben, dass wir den Jungen einfach sich selbst überlassen. Es ist vollkommen offenkundig, dass wir ihn als Köder benutzen.«

Salbjorn hätte fast erwidert, dass es allerdings offenkundig sein musste, wenn selbst Leon darauf kam, verkniff es sich jedoch.

»Also gut«, sagte er stattdessen. »Wenn wir diese Falle wirklich richtig stellen wollen, dann müssen alle sehen, wie wir ihn allein lassen.«

»Und wir überlassen es dem Jungen, sich allein zu verteidigen?«

»Selbstverständlich nicht.« Salbjorn machte eine kleine Pause. »Nein, aber ich habe eine Idee.« Er erklärte sie Leon, und am nächsten Tag verließ Leon das Haskoli und winkte den Tutoren zum Abschied zu, die seine Geste jedoch ignorierten. Er trug die Rüstung der Heiligen Wache und hatte einen großen Rucksack auf den Schultern. Neben ihm ging eine andere Gestalt in der Rüstung eines Wächters. Nur war es nicht Salbjorn. Hätte jemand die beiden genauer beobachtet, die das Haskoli verließen, dann hätte er gesehen, dass der eine Wächter nur mühsam schlurfen konnte und die Schultern hängen ließ. Sie hätten vielleicht auch bemerkt, dass Leon ihn mit einer Hand an seinem Nacken führte. Und wer die Bewohner des Haskoli tatsächlich kannte, hätte das Gesicht dieser zweiten Gestalt erkannt. Es war Hagen, der entehrte frühere Tutor.

Salbjorn blieb zurück. Während er Ormur beschützte, würde Leon Hagen aus der Schule führen und einen Tag mit ihm durch den Schnee stapfen. In den beiden nächsten Nächten würden sie im Schutz der Dunkelheit zum Haskoli zurückkehren. Für jeden, der die Schule beobachtete, musste es so aussehen, als hätten die beiden Wächter, die Ormur beschützten, versucht, auf den verschneiten Straßen das Haskoli zu verlassen, vielleicht weil sie mutmaßten, der Meuchelmörder wäre endgültig verschwunden. Oder vielleicht, um nach dem Tod des Meisters und der Inquisitorin Hilfe zu holen.

Salbjorn hoffte, dass dies genügte, um den Mörder zur Rückkehr zu verlocken, obwohl er sich allmählich wirklich fragte, ob der Assassine überhaupt noch in den Bergen war. Vielleicht war er dieses Spiels müde geworden und kämpfte sich längst durch den Schnee seinen Weg hinaus. Obwohl Salbjorn seine Pflichten Ormur gegenüber ernst nahm, entspannte er sich ein wenig.

Am ersten Tag sah er nichts. Er folgte Ormur von der Nahrungssuche zu den Lektionen und versuchte, sich im Unterholz und im Schatten zu halten. Und nachts schlief er, so wie Leon es getan hatte, unmittelbar vor der Tür zu Ormurs Quartier.

Im Morgengrauen folgte er Ormur bei seinem Morgenlauf. Wegen seines verletzten Beines fiel es ihm schwer, mit dem Jungen mitzuhalten, und weil er sich im Unterholz hielt, verlor er ihn häufig aus den Augen. Schließlich war er gezwungen, einen Waldweg über dem von Ormur zu benutzen, sodass er ihn einholen konnte. Er lief eine Weile durch den Schnee, bis er den Jungen wieder unter sich sehen konnte. Er blieb keuchend stehen und suchte nach einem Anzeichen von Gefahr.

Dann bewegte sich etwas, das er zunächst für einen Schatten neben dem Weg gehalten hatte. Es verschwand hinter einem großen Felsen und tauchte dann auf der anderen Seite auf, war kurz zwischen den Bäumen zu sehen: eine dunkle Gestalt, die sich dem Pfad des Jungen näherte und dann hinter einer Böschung verschwand. Salbjorns Herz hämmerte plötzlich heftig. Er kletterte den Hang hinab und rannte zwischen den Bäumen entlang, um Ormur zu erreichen, bevor der Schatten bei ihm war.

Ormur lief weiter, ohne auf den Wettkampf in seinem Rücken und den tödlichen Schatten zu achten, der sich ihm näherte. Salbjorn rannte rücksichtslos den Hügel hinab, sprang über Senken, Felsen und Baumstämme hinweg. Er hielt den Griff seines Schwertes fest und ignorierte den stechenden Schmerz in seinem geschwächten Knöchel. Nach wenigen Herzschlägen hatte er das Seeufer erreicht und landete auf dem gefrorenen Schotter direkt vor Ormur. Der Junge schrak zusammen und starrte ihn verblüfft an.

»Herr?«, platzte er heraus. »Was macht Ihr da?«

Salbjorn ignorierte die Frage und blickte über die Schulter des Jungen. Etwa siebzig Schritte weiter am Flussufer stob eine dunkle untersetzte Gestalt davon.

»Zurück zur Schule, und zwar schnell!«, schrie er und verfolgte den Schatten. Die Gestalt vor ihm rannte den Hügel hinauf und verschwand in einer schmalen Schlucht. Salbjorn stürmte hinter ihm her, und dann sah er den Meuchelmörder wieder, der immer noch vor ihm weglief.

Diesmal, das wusste Salbjorn, würde er ihn erwischen. Es war hell. Der Schnee verriet seine Spur. Salbjorn trug keine Rüstung, die ihn behindert hätte, er konnte mit seinen leichten Lederstiefeln rennen, und trotz seiner Schmerzen war er immerhin ein Heiliger Wächter. Das war das erste Mal seit Wochen, dass er wirklich ernsthaft laufen musste, aber er wollte verdammt sein, wenn ihm irgendein gemeiner Mörder entkam. Entweder durch seine Schnelligkeit oder durch seine Ausdauer würde er diesen Mistkerl einholen, alles aus ihm herausprügeln, was er zu erzählen hatte, und ihm dann den Kopf abschlagen.

Er packte sein Schwert und kletterte die Wand der Schlucht empor.

19. KAPITEL

THINGALITH

Der Frühling hatte einen milden Regen in diesen Teil von Süddal mitgebracht, und der steinige Weg unter Bellamus' Stiefeln lag unter mehreren Zentimetern schlammigen Wassers. Es war drei Tage her, seit sich Bellamus absichtlich mit der Sklavenpest infiziert hatte. Mittlerweile akzeptierte er endlich, dass er gesund war und seine Geschäfte wie gewohnt weiterführen konnte. Er kontrollierte ihren Speicher, der mit Getreide aufgefüllt worden war, das von den Flüchtlingen nach Lincylene als eine Art »Maut« erhoben worden war. Dort erkundigte er sich, ob sie einen Terrier als Rattenbeißer gefunden hatten, was zu seiner Genugtuung geschehen war. Dann ging er weiter zur Waffenkammer. Sie war mit Waffen aller Art ausgestattet sowie mit den Knochenplatten der Anakim, die jedoch noch durchbohrt und mit Draht zu Rüstungen gefertigt werden mussten. Außerdem befand sich hier ein ständig wachsender Haufen von Beute, die sie im Chaos der letzten Invasion zusammengerafft hatten. Die Thingalith würden davon einen großen Teil für sich selbst beanspruchen, aber das kümmerte Bellamus nicht. Er hätte in ihrer Lage dasselbe getan, und sie brauchten dringend eine Entschädigung für die Gefahren, denen sie ausgesetzt waren.

Eine dünne dunkelhaarige Frau grüßte Bellamus vom anderen Ende der Straße. Sie hatte braune Augen und ein ernstes Gesicht. »Ich habe Euch gesucht, Meister!«, erklärte sie, während sie den Futterbeutel am Kopf des Pferdes befestigte. »Die Anakim haben es satt, durch die verlassene Landschaft zu stolpern«, sagte sie. »Sie belagern Lincylene.«

Bellamus lächelte sie an. »Das habe ich gehört, danke, Aelfwynn. Weißt du, wie es um ihre Wasservorräte steht?«

»Sie sind zwar nur sehr langsam vorangekommen, aber irgendwie haben sie sich weitergeschleppt, Meister. Ich kann mir einfach nicht vorstellen, wovon sie sich ernähren.«

»Bedauerlicherweise ist unser Feind erheblich vertrauter damit, in Extremsituationen zu überleben, als wir. Trotzdem hast du deine Aufgabe ausgezeichnet erledigt. Mach hier halt, iss und trink etwas und lass dein Pferd ausruhen. Du musst von jetzt an vorsichtig sein. Da sie jetzt nicht mehr weiterziehen, werden sie ihr Wasser sehr scharf bewachen.«

Aelfwynn warf ihm ein müdes Lächeln zu, verbeugte sich und zog sich in das gegenüberliegende Haus zurück. Sie hatten es zu einem Speisesaal umgebaut, und es gab dort stets heißen Eintopf und Brot.

Bellamus blieb auf der Straße und blickte zu den westlichen Hügeln. Seine Sehkraft war von dem Wein noch etwas beeinträchtigt, der ihm in den drei Tagen seiner Isolation geholfen hatte durchzuhalten. In der Ferne erblickte er eine Gestalt, die sich ihnen näherte. Sie sah aus wie eine Ameise auf einem Stück Haut und ritt zielstrebig auf Brimstream zu. Der Reiter hatte es offenbar sehr eilig. Sein Haar wehte hinter ihm her, und das Pferd stolperte zweimal vor Erschöpfung. Als er näher kam, erkannte Bellamus das blasse Gesicht und das lange rote Haar der Frau. Er packte das Halfter des schweißüberströmten Pferdes und sah ihr so ruhig ins Gesicht, wie er konnte. »Ich nehme an, du hast etwas Wichtiges zu berichten, Marian.«

Sie nickte. »Ja, Meister. Ihr sagtet, Ihr wolltet benachrichtigt werden, sobald Einzelheiten der Waffenlieferung an die Unhieru bekannt würden.«

»Und?«

»Sie wurden auf einer Straße nördlich des Kanals losgeschickt. Sie werden an der letzten Brücke nach Süddal übersetzen und von dort auf direktem Weg zum König der Unhieru reisen.«

»Wann hast du davon gehört?«

»Sie wurden gestern Morgen losgeschickt, Meister, und ich habe heute Morgen davon erfahren.«

»Und die Verteidigung? Weißt du, wie diese Lieferung geschützt wird?«

»Darüber wurde nichts bekannt, Meister«, gab Marian zu.

»Schon gut, wir haben keine Zeit zu verlieren!«, erklärte Bellamus. »Du hast deine Sache ausgezeichnet gemacht. Bitte verzeih mir, aber ich muss augenblicklich aufbrechen. Wirst du die Dinge hier koordinieren, bis ich zurückkehre?«

Er war verschwunden, bevor sie auch nur antworten konnte, und rannte in den Speisesaal.

»Thingalith!«, schrie er. »Kommt mit mir, wenn ihr euer Land und eure Familien retten wollt! Nehmt Waffen, Rüstung, Proviant und Wasser mit und macht euch für einen Vier-Tage-Ritt bereit. Wir brechen in einer Viertelstunde auf!«

Im Speisesaal brach Hektik aus, als hätte er eine Scheunentür aufgerissen und eine ganze Horde Ratten aufgescheucht. Bellamus eilte wieder hinaus, lief über die Straße und hämmerte an die Tür jedes Hauses, an dem er vorbeikam. »Thingalith! Thingalith! Reitet, reitet, reitet! Ihr habt eine Viertelstunde! Proviant für vier Tage, Waffen und Rüstungen. Macht euch sofort bereit!«

Männer rannten aus den Häusern und liefen zwischen der Waffenkammer, der Speisekammer und den Stallungen hin und her.

»Wo ist Garrett?«, fragte Bellamus in die Menge hinein.

»In den Stallungen, Meister«, berichtete ein Mann.

»Sorg dafür, dass er bereit ist!«, befahl Bellamus. Er sah den

Schock in dem Gesicht des Mannes und sein Zögern, als er überlegte, ob er den Zorn von Bellamus oder den von Garrett mehr fürchtete.

»Geh!«, wiederholte Bellamus, und der Mann rannte davon. »Stepan?«

»Hier, Hauptmann.« Der rothaarige Ritter tauchte unter einer niedrigen Tür auf.

»Wir werden dich brauchen, mein Freund.«

Stepan atmete tief aus und blickte zu den fernen Hügeln. »Wohin reiten wir?«, fragte er dann.

Bellamus drängte sich zwischen den Thingalith in das dunkle Innere des Hauses hinter Stepan und bedeutete dem Ritter, ihm zu folgen. Im Schatten drehte er sich zu seinem Freund herum. »Die Waffenlieferung an die Unhieru ist unterwegs. Wir haben nur diese eine Chance, sie abzufangen und damit zu verhindern, dass die Unhieru sofort in den Krieg eingreifen. Wer weiß, vielleicht gelingt es uns sogar, sie ganz aufzuhalten.«

»Sie wird sehr schwer bewacht sein«, sagte Stepan.

»Selbstverständlich. Deshalb brauchen wir dich.« Stepan wandte mit einer Grimasse den Blick ab, und Bellamus legte ihm eine Hand auf die Schulter. »Ich weiß, dass du eigentlich nicht hier sein möchtest, Stepan.«

»Nein, Hauptmann …«, wollte Stepan protestieren, aber Bellamus fuhr ihm über den Mund.

»Nein, schon gut«, sagte er. »Das verstehe ich, und du bist als ein Freund hier. Aber ich brauche dich jetzt, Süddal braucht dich. Wirst du noch einmal mit uns reiten?«

Stepan holte tief Luft. »Selbstverständlich, mein Hauptmann.«

Bellamus nickte. »In einer Viertelstunde.« Dann trat er in das Zwielicht auf der Straße hinaus. Er verfügte über fast sechshundert Männer und vermutete, dass er hier in diesem Dorf in diesem Moment auf etwas mehr als zweihundert zurückgreifen konnte. Er hoffte, dass es genügte. Dass die Anakim der Meinung waren, dass die Südmenschen sich auf die Invasion konzentrierten und deshalb diese Lieferung für nicht besonders gefährdet hielten. Dann hatten sie vielleicht nur eine kleine Bewachung mitgeschickt, um Strauchdiebe abzuschrecken. Er hoffte, dass sie sie noch einholen konnten, bevor sie Unhierea erreichten. Er hoffte, dass sie nicht zu spät kamen.

Bellamus ging in sein Quartier, legte ein Kettenhemd an und bewaffnete sich mit einem Kurzschwert. Dann stopfte er Käse, geräuchertes Schweinefleisch und ein paar alte Roggenbrote in einen Beutel und rannte wieder nach draußen. Am Rand von Brimstream wurden die Pferde zusammengetrieben. Einige Krieger waren bereits aufgestiegen und hielten die reiterlosen Pferde am Zügel.

Garrett war ebenfalls dort. Der riesige Mischling mit den gelblichen Augen hatte bereits seine klappernde Rüstung aus Knochenplatten angelegt und hielt seinen Speer mit der langen Spitze in der Faust. Die Schneide steckte in einer Hülle aus Anakim-Haut. Stepan stieg neben ihm auf. Er trug ein glänzendes Kettenhemd, und in seinen prallen Satteltaschen steckte die Knochenplattenrüstung der Anakim. Ebenso gewappnete Thingalith stiegen überall in ihre Sättel, und sie jubelten, als Bellamus zu ihnen trat. Er unterdrückte die Übelkeit von seinem übermäßigen Weingenuss und strahlte sie alle an. »Seid ihr bereit, meine Krieger?«, rief er. »Keine Streitmacht ist so schnell wie ihr! Keine Streitmacht ist so leicht und so mächtig, und keine kann in so kurzer Zeit bereit sein. Bei Gott, ich bin stolz darauf, euer Hauptmann zu sein!« Er schnallte seine Satteltaschen auf ein Pferd, das Stepan für ihn hielt, stieg auf und gab dem Gaul sofort die Sporen.

»Abrücken! Es gibt nur uns! Reitet, meine Thingalith, reitet!«

20. KAPITEL

UNTER BELAGERUNG

Lincylene war umzingelt.

Nichts kam durch die Palisadenmauern, weder hinein noch hinaus, obwohl die Rammen und die Sturmleitern, die gerade gebaut wurden, das ändern würden. Die Bäume in der Umgebung wurden gefällt, und es befriedigte Roper, wenn er sich vorstellte, dass die kräftigeren Sorten der Anakim sie später ersetzen würden. Das Holz wurde für den Bau von Belagerungswaffen verwendet, die dicker waren als normal, weil sie aus Frischholz bestanden.

»Irgendwie scheint es nichts anderes zu tun zu geben!«, beschwerte er sich bei Gray. Der Hauptmann und er saßen auf dem Hügel, von dem aus sie die Stadt zum ersten Mal erblickt hatten. Es war bereits Vormittag, und der graue Himmel über ihnen war bewölkt. Roper hielt einige herausgerissene Grashalme in der Hand, auf denen er unbewusst herumkaute.

»Es ist sonderbar, Euch so reden zu hören.« Gray stützte seine Hände hinter sich auf den Hügel und blickte auf die Stadt hinab. »Ihr tretet so zielstrebig an alle Feuer und versteht es so gut, die Legionäre zu motivieren, dass ich immer wieder vergesse, wie neu das für Euch ist. Im Krieg geht es hauptsächlich ums Warten. Kurze Anfälle extremer Aktivität wechseln sich mit langen Zeiten von Untätigkeit ab.«

»Untätigkeit ist schlecht«, erwiderte Roper.

»Im Krieg gewiss«, stimmte Gray hinzu. »Zu Hause jedoch ist sie wichtig, wie meine Gemahlin mir stets ins Gedächtnis ruft. Aber niemand will zu viel Zeit haben, um vor einer Schlacht nachzudenken. Man braucht etwas Zeit danach, aber vorher will sie niemand.«

»Aber Untätigkeit ist doch stets verschwendete Zeit, ganz gleich, ob im Krieg oder zu Hause.«

»Darüber solltet Ihr mit Sigrid diskutieren«, schlug Gray vor. »Oder mit der Leitenden Historikerin. Denn sie hat Sigrid sich zum Vorbild genommen. Ich verstehe es nicht so gut wie sie, aber niemand schätzt Schweigen mehr als meine Gemahlin.«

Roper gab so etwas wie ein interessiertes Brummen von sich.

»Sie hat mich überzeugt, dass Stille sehr positiv ist. Aber das gilt nur für zu Hause. Vor einem Angriff ist diese Stille etwas Schreckliches.«

»Also wie wollen wir sie füllen?«

»Für die Männer? Ganz gleich, womit. Baut mehr Belagerungswaffen, als wir brauchen, lasst sie Feuerholz sammeln oder Proviant und Wasser besorgen.«

»Die Barden könnten abends für uns singen«, schlug Roper vor.

»Das auch«, bestätigte Gray. »Ihr jedoch, Lord, könnt diese Zeit für die Verbesserung Eurer Schwertkunst verwenden.«

Roper war von diesem Vorschlag sofort angetan. »Ich wäre gern ein besserer Kämpfer«, gab er zu.

»Das ist unabdingbar, wenn Ihr Euren derzeitigen Führungsstil fortsetzen wollt. Ihr begebt Euch ständig in Gefahr und braucht die Fertigkeiten, die Euch helfen zu überleben. Sucht Euch jemanden, der Euch im Gebrauch der Klinge unterweist.«

»Mir gefällt diese Idee«, sagte Roper. »Wie wäre es mit dir? Wirst du mich unterweisen?«

»Ihr braucht jemanden, der besser ist als ich«, entgegnete Gray mit einer Entschiedenheit, die keinen Widerspruch duldete.

»Pryce? Er hat immerhin Uvoren im Zweikampf besiegt.«

»Pryce' Kampfstil funktioniert nur für Pryce«, wandte Gray ein. »Er ist ein Barbar mit einem Schwert. Wir brauchen jemanden, der technisch bewandert ist.«

»Aber Pryce ist doch sicher jetzt der beste Kämpfer im Königreich. Ich kann mir nicht vorstellen, dass irgendjemand ihn herausfordern würde, nachdem er Uvoren geschlagen hat.«

»Uvoren war einer der besten«, pflichtete Gray ihm bei. »Aber er selbst hat zugegeben, dass ein aufgebrachter Leon ihm Angst machen würde. Und jedermann in unserem Reich fürchtet Vigtyrs Schwert.«

»Könnte Vigtyr Pryce töten?«, sinnierte Roper. »Selbst wenn ihn eine Kanonenkugel träfe, würden sich seine Einzelteile wohl wieder von alleine zusammensetzen.«

»O ja. Selbst wenn man ihm den Schädel mit einer Keule einschlägt, würde sein Körper aufstehen und weiterkämpfen.«

»Wenn Vigtyr wirklich technisch so exzellent ist, warum bitte ich ihn dann nicht, mich zu unterweisen?«, schlug Roper vor.

Gray runzelte die Stirn. »Er ist wahrlich beeindruckend«, gab der Hauptmann zu. »Aber das macht ihn nicht unbedingt zu einem guten Lehrer.«

»Wenn dir niemand Besseres einfällt ...«

Gray dachte nach. »Wenn Vigtyr Euch einen Teil seines Könnens vermitteln kann, wäre die Zeit gut genutzt. Ich kann mich weiter umhören, aber er könnte solange die Lücke füllen.«

Es war Roper nie in den Sinn gekommen, dass er Zeit darauf verwenden könnte, sich selbst weiterzuentwickeln. Als er das Amt des Schwarzen Lords übernommen hatte, musste er um sein Überleben kämpfen. Jeder Moment, der ihn vor einem Meuchelmord bewahrte, vor politischer Schande, vor einer Invasion der Südmenschen oder davor, jemand Nahestehenden zu verlieren, war ein Moment gewesen, in dem er sich hinsetzte und durchatmete, damit das Klingeln in seinen Ohren abnahm und sein Herz wieder langsamer schlug. Grays Vorschlag hatte das wilde

Vergnügen und die glühende Entschlossenheit neu entfacht, die er während seiner Erziehung erlebt hatte. Das Gefühl, an sich zu arbeiten. Zu scheitern und zu wachsen, sich zu jemandem zu entwickeln, der eine Spur widerstandsfähiger war als vorher.

Als Gray weggegangen war, hatte Roper ihn gebeten, Vigtyr zu ihm zu schicken. Jetzt trat der große Zuchtmeister neben ihn auf die Hügelkuppe. Unter den tief hängenden Wolken aßen sie ihre Ration Pastete und Käse, wobei Roper Vigtyr darüber in Kenntnis setzte, dass er ihn im Umgang mit dem Schwert unterweisen sollte.

»Das wäre mir eine Ehre, Lord.« Vigtyr richtete den Blick seiner grauen Augen auf Roper. Es war der Blick, den Keturah Vigtyrs »träges Stieren« genannt hatte – er schien sich nicht auf die Person zu richten, die er ansah, sondern ging stattdessen direkt durch sie hindurch. Es war, als blickte er auf den Felsbrocken hinter Roper, statt auf den Schwarzen Lord selbst.

»Wenn wir diesen feinen Käse verzehrt haben, könnten wir vielleicht gleich damit beginnen.«

Vigtyr kaute ein Stück Pastete und nickte langsam. Sein Blick fiel auf das Schwert an Ropers Seite. »Darf ich mir Eure Klinge ansehen?« Roper nahm *Kaltschneide* aus der Scheide und hielt Vigtyr den marmorierten Griff hin. Der Zuchtmeister vergaß das kostbare Essen, als er das Schwert packte. Er stand auf und prüfte den Griff der Waffe. Dann hielt er das Schwert gerade vor sich und ließ die Spitze sinken, holte Schwung und schwang die Waffe dann in einem vollen Bogen wieder zu ihrer horizontalen Ausgangslage zurück. »Sie ist ungewöhnlich, Lord, stimmt's?«

»Ungewöhnlich?«

»Eine Klinge, die sich nicht verjüngt. Man sollte annehmen, dass sie zu viel Gewicht an der Spitze hat, aber … sie fühlt sich ausbalancierter an, als ich erwartet habe.« Vigtyr ließ den Blick langsam über die Schneide gleiten, und diesmal lag in seinen Augen keine Spur von Trägheit. »Das ist eine sehr raffinierte Schmiedearbeit.« Er warf einen Blick auf Roper, drehte das

Schwert herum und hielt dem Schwarzen Lord den Griff hin. »Dann kommt, Lord«, sagte er. »Finden wir heraus, was Ihr damit anfangen könnt.«

Roper legte das Stück Käse weg und stellte sich vor Vigtyr. Der Zuchtmeister zog sein eigenes Schwert – es war die prachtvolle Waffe, die Roper ihm einst für seine Verdienste geschenkt hatte.

»Heute lassen wir es langsam angehen«, sagte Vigtyr. »Morgen bringe ich zwei Trainingsschwerter mit, dann können wir die Lektion mit einem Übungskampf beenden. Aber jetzt zeigt mir zuerst Eure Haltung.«

Roper kramte in seinem Gedächtnis nach allem, woran er sich erinnern konnte, und spreizte seine Füße schulterbreit, hielt das Schwert vor sich, beugte leicht die Beine und stellte den rechten Fuß schräg vor seinen linken. Vigtyr betrachtete ihn kritisch von vorn und ging dann einmal um Roper herum, um ihn besser inspizieren zu können. »Meine Güte.«

»Nicht gut?«, wollte Roper wissen.

»Nein, Mylord, nicht gut.« Vigtyrs Schwert blitzte auf, und er tippte einmal mit der flachen Seite gegen die Innenseite von Ropers Handgelenk, dann gegen sein inneres Knie und dann auf eine Stelle unter seiner Schulter. »Euer Handgelenk ist zu weit geöffnet.« Er streckte die Hand aus und korrigierte Ropers Schwerthand. »Euer Arm ist zu dicht an der Seite Eures Körpers.« Er korrigierte ihn erneut. »Euer rechter Fuß steht zu weit vorn.« Er schob ihn mit dem Fuß ein paar Zentimeter zurück. »Und Euer linker Fuß ist zu weit nach außen gestellt.« Er schob Ropers linken Fuß nach innen. Dann stieß er Roper, der zurückstolperte und versuchte, auf den Beinen zu bleiben. Vigtyr redete bereits weiter, bevor er das Gleichgewicht wiedergefunden hatte. »Vor allem aber seid Ihr zu steif. Eure Gliedmaßen ähneln den Wurzeln und Ästen eines Baumes, und Bäume sind keine guten Schwertkämpfer. Ihr müsst summen wie eine Wespe.« Vigtyr hielt sein Schwert gerade vor sich, und die Spitze zitterte. »Nicht zu fest und nicht zu schnell. Sonst ermüdet Ihr zu rasch. Summt, und Ihr werdet Euch schneller und präziser bewegen. Jetzt stellt Euch so hin, wie ich es Euch gezeigt habe, und summt.«

Roper versuchte, die Haltung zu imitieren, die Vigtyr ihm gezeigt hatte, und musste sich die Korrekturen des Zuchtmeisters anhören. Dann ließ er die Schwertspitze ebenso zittern, wie sein Tutor es getan hatte.

»Zu viel Spannung, Ihr werdet langsamer und ermüdet zu schnell«, erklärte Vigtyr. »Die Muskeln Eures Arms sollten locker sein, aber die Nerven angespannt. Stellt Euch mehr auf die Fußballen, denn Ihr müsst jederzeit bereit sein, Euch zu bewegen.«

Roper versuchte, all das zu behalten, was Vigtyr gesagt hatte, aber wenn er ständig auf den Fußballen stand, bedeutete das, dass er die Haltung vergaß, zu der Vigtyr ihm geraten hatte. Kaum hatte er sie wiederhergestellt, war sein *Summen* wieder zu angespannt. Und so ging es weiter. Vigtyr wurde immer ungeduldiger bei seinen Korrekturen. Nach einer Weile verdeutlichte er Roper mit leichten Hieben seines Schwertes, warum er einen Fehler gemacht hatte. Er schlug ihm auf die Knöchel, das Handgelenk, den Unterarm. Jeder Schlag hinterließ eine kleine Wunde auf seiner Haut, die sich mit Blut füllte. Es sickerte zwischen Ropers Fingern in seine Handfläche und machte den Griff klebrig. Vigtyr war jedoch stets präzise und fügte Roper nie größere Wunden zu, als er beabsichtigt hatte. Dabei leierte er kalt Ropers Fähigkeiten und Schwächen herunter.

»Ihr reagiert schnell«, bemerkte er, »aber Ihr führt langsam aus. Euer Muskelgedächtnis ist schlecht ausgebildet. Ihr denkt zu viel. Eure Ausdauer ist gut. Aber Ihr seid langsam. Langsam, langsam, langsam.«

Roper beschwerte sich nicht. Er würde dem Zuchtmeister gegenüber niemals zugeben, wie sehr ihn die Schnitte an seinem Arm schmerzten, wie schwer seine Beine und Arme wurden, oder wie ihm der Kopf von all diesen neuen Informationen brummte. Er blieb stehen und versuchte es weiter, bis Lincylene selbst von sanften Lichtern erleuchtet wurde und ihn auf den sich verdunkelnden Himmel aufmerksam machte. Vigtyr folgte Ropers Blick und nickte. »Wir setzen den Unterricht für Eure Haltung morgen fort. Und wir gehen erst weiter, wenn Ihr das beherrscht. Es hat keinen Sinn, auf ein schwaches Fundament zu bauen.«

Roper sank auf ein Knie und legte *Kaltschneide* auf den Boden. Er atmete keuchend auf das glänzende Metall, in dem sich der dämmrige Himmel spiegelte. Vigtyr verbeugte sich, äußerte jedoch kein einziges ermutigendes Wort.

»Ich muss meinen Pflichten nachkommen, wenn Ihr gestattet, Lord. Morgen um die gleiche Zeit?«

»Ja bitte, Liktor. Macht nur.« Nachdem Vigtyr gegangen war, packte Roper schwer atmend seine brennende Hand. Er blickte auf die Stadt hinab, während der Schweiß auf seinem Körper langsam abkühlte und sich der Schmerz sonderbar süß anfühlte. So verharrte er eine Weile, bevor der kalte Wind ihn überzeugte, dass er sich bewegen sollte. Er stand mühsam auf, sammelte mit der linken Hand die Reste ihres Mittagessens auf und legte sie in ein Tuch. Etwas Blut schimmerte auf der Klinge von *Kaltschneide*, also schob er sie nicht in die Scheide, sondern marschierte steifbeinig ins Lager zurück.

»Beim Allmächtigen, was ist denn mit dir passiert?«, stieß Keturah nach einem Blick auf seine blutige Hand hervor. Sie kniete gerade am Feuer und schichtete frisch gehacktes Holz über die Glut.

»Schwerttraining mit Vigtyr«, brachte Roper heraus.

»Er hat dich zerfetzt!«

»Die Wunden sind nicht tief.« Roper ließ das Tuchbündel und sein Schwert neben dem Feuer fallen. Dann sank er ebenfalls zu Boden und drehte sich zu Keturah herum. »Machst du Eintopf? Soll ich Wasser holen?«

»Du bleibst ruhig sitzen!«, befahl Keturah. »Deine Hände müssen behandelt werden.« Roper blieb gehorsam sitzen, während Keturah Wasser holte, dazu saubere Streifen aus Leinen und ein Bündel mit Kräutern, die sie im Freyi gesammelt hatte. Sie goss das Wasser in den Topf, stellte ihn zum Aufwärmen neben das Feuer und gab Schafgarbe und Ziest hinzu.

»Was hast du gemacht?«, erkundigte sich Roper.

Keturah zuckte mit den Schultern. »Ich gehe der Leitenden Historikerin zur Hand. Aber gerade eben habe ich mich mit Vigtyrs neuer Frau unterhalten.«

»Ach ja? Sie ist also auch hier?«

»Sie ist beim Tross«, erklärte Keturah. »Sie heißt Adras und ist ziemlich unverschämt.«

»Und das von dir?«

»Um nicht zu sagen liederlich«, fuhr Keturah sichtlich entzückt fort. »Ich muss zugeben, dass ich ihre Gesellschaft allerdings nicht ganz und gar genießen konnte. Ich bin verwirrt, mein Gemahl. Sie ist keine besondere Schönheit und entspricht so gar nicht der Persönlichkeit der Frauen, mit denen Vigtyr sich für gewöhnlich umgibt. Er mag seine Gefährtinnen ja eher zuckersüß.« Keturah schüttelte sich demonstrativ.

»Bei seinen früheren Frauen scheint das jedenfalls nicht genügt zu haben. Wie haben sie sich kennengelernt?«

»Sie sind Jugendfreunde«, antwortete Keturah. »Sie haben in enger Nachbarschaft gelebt, unmittelbar am Abus.«

»Vielleicht hat sich ihre Beziehung ja entwickelt, als sie noch beide ganz andere Menschen waren«, spekulierte Roper.

Keturah schnalzte mit der Zunge, sichtlich unzufrieden mit seiner Reaktion. »Möglich. Aber wenn ich die beiden zusammen gesehen habe, wirkte Vigtyr immer irgendwie beklommen.«

»Das ist interessant«, stellte Roper fest.

Keturah überprüfte die Temperatur der im Wasser ziehenden Kräuter, zuerst mit den Fingern, dann schnalzte sie gereizt mit der Zunge, weil ihre Finger immer noch betäubt waren, und tauchte den Ellbogen ein. Offensichtlich war sie zufrieden, denn sie schob Ropers Hand in das heiße Wasser und rieb mit einem Stängel Schafgarbe das getrocknete Blut ab. Roper schloss die Augen, weil es brannte, aber Keturah achtete nicht darauf, sondern befahl ihm streng, seine Faust zu öffnen. Als sie fertig war, nahm sie seine Hand aus dem Wasser, trocknete sie ab und wickelte sauberes Leinen darum, das sie mit einem Knoten befestigte. Das Feuer loderte jetzt, und Keturah holte Ropers Umhang und legte ihn über seine Schultern. »Danke, Frau, aber die Wächter werden bald zurück sein, und sie dürfen mich nicht so sehen.«

»Du bist wirklich absurd stolz«, gab sie verächtlich zurück.

»Du etwa nicht?«

Sie lachte, da sie wie immer einer geistreichen Bemerkung nicht widerstehen konnte.

Roper begann, *Kaltschneide* zu säubern und zu ölen. Das Brennen auf seiner Hand wurde von dem Verband gelindert, und er hatte sein gereinigtes Schwert längst in die Scheide gesteckt, als die Wächter in kleinen Gruppen zurückkehrten. Gray setzte sich mit Pryce zu Roper.

»Was ist mit Eurer Hand passiert, Lord?«, erkundigte sich Pryce.

»Ich habe heute trainiert«, antwortete Roper. »Vigtyr unterweist mich im Gebrauch des Schwertes.«

»Und was hat er mit Eurer Hand gemacht?«, fragte Gray.

»Das sind nur ein paar kleine Kratzer.«

»Warum macht er das?«, setzte Gray ruhig nach.

Roper zuckte die Achseln. »Um mir zu zeigen, wann ich einen Fehler mache.«

»Das kann er auch tun, ohne Euch gleich zu verstümmeln. Ich suche jemand anderen für Euch.«

»Ich will es weiter mit Vigtyr versuchen«, entschied Roper.

»Von ihm werdet Ihr nichts lernen«, erklärte Pryce verächtlich.

»Er ist ein so guter Schwertkämpfer, dass sich der Versuch

lohnt, und damit ist die Sache entschieden.« Roper wollte sich nicht wie ein Kind behandeln lassen und sich seinen eigenen Lehrer aussuchen. Außerdem gefiel ihm die Vorstellung, von jemandem zu lernen, der so hervorragend war wie Vigtyr. »Wo wart ihr beiden denn?«

Pryce antwortete nicht. Ganz offensichtlich hatte Ropers barscher Ton ihn verärgert.

»Ich bin mit ihnen über die Hügel gelaufen«, erklärte Gray. Er klang ebenfalls etwas distanziert, und Roper legte ihm eine Hand auf die Schulter.

»Eine lange Strecke?«

»Nein. Aber sehr strapaziös. Sie haben sich ihr Abendessen verdient.« Strapaziös war der richtige Ausdruck für das Nahkampftraining der Legionäre. Dafür legten sie ihre Rucksäcke an, suchten sich einen Hügel, rannten hinauf und kämpften sich dann wieder hinunter. Das wurde so lange wiederholt, bis die Soldaten würgten, hechelten und in die Knie gingen. Trotzdem war das kein Vergleich mit der Erschöpfung, die man in einer Schlacht erlebte. Stärke und Geschicklichkeit im Umgang mit dem Schwert waren in den ersten vierzig Herzschlägen eines Kampfes von großer Bedeutung. Danach jedoch überwog Ausdauer alle anderen Tugenden. Ein kräftiger und ausdauernder Krieger mit nur begrenzter Geschicklichkeit im Umgang mit den Waffen konnte sich verteidigen, bis er seinen Widersacher erschöpft hatte, und ihn dann erledigen.

»Aber wir sind den ganzen Weg zurückgelaufen«, schloss Gray seinen Bericht ab.

»Pryce ist nur empört, weil er als Letzter angekommen ist«, warf ein anderer Wächter ein.

»Ich bin eben ein Sprinter«, sagte Pryce hochmütig.

Keturah lachte. »Was? Das hast du ja noch nie erwähnt, Cousin.« Die anderen Wächter am Feuer lachten schadenfroh. Roper blieb stumm. Er bewunderte einfach nur Keturah im Schein des Feuers und lächelte.

Aber seine Stimmung wurde von den Nachrichten getrübt, die Gray bei seiner Rückkehr im Lager aufgeschnappt hatte. »Wir mussten eine Kolonne aus Fuhrwerken zusammenstellen, um frisches Wasser zu holen, Lord«, sagte er. »Jeder Fluss rund um dieses Lager ist vergiftet.«

Roper starrte ins Feuer. »Wir werden diesen Mann töten. Je früher, desto besser. Wie weit ist die nächste saubere Wasserquelle entfernt?«

»Etliche Wegstunden«, antwortete Gray. »Sturla hat dafür gesorgt, dass stets Fuhrwerke unterwegs sind, damit genügend Vorräte ins Lager kommen. Aber wenn Bellamus begreift, wie abhängig wir von dieser Wasserquelle sind, dann dürfte auch sie sehr bald vergiftet werden.«

»Das wird nicht notwendig sein«, sagte Roper. Er deutete mit einem Nicken auf ein kleines Wäldchen im Süden. »Dort wachsen Erlen und Weiden, und im Norden und Westen gibt es noch mehr davon. Dicht unter der Oberfläche muss genügend Wasser sein. Wir können dort ein paar Erdbrunnen graben und sicher sein, dass wir sauberes Wasser finden.« Die Südmenschen verließen sich vielleicht auf offene Wasserquellen, waren aber schon lange nicht mehr mit den Besonderheiten ihres Landes verwurzelt.

»Was, glaubt ihr, denken sie in dieser Stadt?« Einer der Wächter blickte auf die dunklen Palisadenwälle von Lincylene. »Glaubt ihr, dass sie Angst haben?«

»Natürlich haben sie Angst«, erwiderte Pryce.

»Warum haben sie sich dann noch nicht ergeben?«

»Weil wir sie noch nicht gefragt haben, nehme ich an«, antwortete Roper nachdenklich. »Vielleicht sollten wir das tun. Wir können unseren Argumenten sehr viel Nachdruck verleihen.«

»Ganz gewiss könnten wir das, Lord«, sagte Gray.

Roper nickte bedächtig. »Also fragen wir sie morgen.«

Als er sich in dieser Nacht schlafen legte, konnte Roper kaum seine nächste Lektion mit Vigtyr erwarten. Er war fasziniert von dieser Herausforderung. Gleichzeitig fürchtete er den unvermeidlichen Schmerz. Seine Glieder fühlten sich immer noch schwer an, seine Hand pochte, und Ruhe war eine ungewöhnlich verlockende Aussicht. Er umschlang Keturah, die in ihren Berührungen erheblich zarter war als mit ihren Worten, und schlief fast sofort ein.

Als er aufwachte, ritt Roper nach Lincylene, um in Erfahrung zu bringen, ob sie kapitulieren würden.

Er ritt direkt zum Haupttor. Gray war rechts neben ihm und hielt ein flatterndes Banner aus zerfetzter weißer Seide hoch. Tekoa flankierte ihn auf der anderen Seite. Er hatte den Umhang aus Adlerfedern über die Schultern gelegt und hielt das Wolfsbanner des Schwarzen Lords hoch über seinen Kopf. Roper ritt auf Zephyr, seinem riesigen grauen Schlachtross. Das Tier war ein Hochzeitsgeschenk von Tekoa gewesen. Es war jetzt vollkommen mit einer abschreckenden Rüstung geschützt. Die stählernen Platten schillerten wie Eis an dem Pferd. Auf diesem Tier überragte Roper seine Gefährten mit Kopf und Schultern. Er trug seine eigene strahlende Rüstung und hatte den schwarzen, mit Blitzen bestickten Umhang übergeworfen. Keturah hatte das nach der Schlacht von Harstathur arrangiert, als ihre Streitkräfte durch einen vernichtenden Blitzschlag gerettet worden waren. Sonderbarerweise hatte das Ropers Ruf weit mehr verbessert als die Talente, die er verkörperte. Die Legionäre waren fromm, und für sie war Roper nicht nur einfach geschickt, sondern er war gesegnet.

Die drei Reiter blieben vor den Toren der Stadt stehen, unmittelbar außerhalb der Reichweite ihrer Bogenschützen. Roper hatte sechs Legionen befohlen, dreißigtausend Männern, sich gepanzert und bewaffnet hinter ihm zu versammeln. Ihre schrecklichen und sehr unterschiedlichen Banner hingen über ihnen. Sie standen etwa zweihundert Schritte entfernt und warteten stumm.

Roper erinnerte sich an seine erste Verhandlung mit dem Feind vor etwas weniger als einem Jahr. Er wusste noch, wie er sich hinter der Schulter seines Vaters geduckt hatte, abgelenkt von dem charismatischen Hauptmann der Wache und schockiert von den Gesichtern der Südmenschen vor ihm. Jetzt trommelte er mit den Fingern auf seinen Sattel und starrte ungeduldig auf die Tore vor sich. Sie öffneten sich allmählich. Wie schon bei Kynortas quoll eine große Zahl von Rittern der Südlande heraus, um Roper zu begrüßen. Fünfzig von ihnen ritten unter ihrem eigenen flatternden weißen Banner.

Niemand verhandelt bei Verhandlungen. Es ist eine Übung in der Kunst der Einschüchterung.

Roper und seine Gefährten rührten sich nicht, sondern warteten, bis die Ritter und die Person, die sie schützten, sich näherten. In ihrer Mitte ritt eine Gestalt in Pelzen und Kettenhemd. Eine dicke goldene Kette lag über ihren Schultern. Als die Delegation Lincylenes näher kam, ertönte ein rhythmisches Donnern hinter Roper. Er drehte sich nicht um. Es waren seine Legionäre, die in der Geschwindigkeit eines langsamen Herzschlags mit den Füßen aufstampften. *Bumm. Bumm. Bumm. Bumm.*

Die Gestalt in der Mitte, der Lord im Pelz, erreichte Roper und hob grüßend die Hand. Die Geste wurde nicht erwidert. »Ihr müsst der Schwarze Lord sein«, sagte er auf Angelsächsisch.

»Ich weiß nicht, wer du bist«, antwortete Roper in derselben Sprache.

»Almund«, antwortete der Mann. »Ich bin der Bürgermeister von Lincylene.« Almunds sommersprossiges Gesicht wurde von Haaren und einem Bart in der Farbe von rostigem Eisen umgeben. Er hatte die Nasenflügel gebläht, und seine Brust hob und senkte sich schnell. Ob aus Furcht oder vor Wut konnte Roper nicht erkennen.

»Das genügt«, sagte Roper. »Wir sind gekommen, um deiner Stadt die Möglichkeit anzubieten zu kapitulieren, Almund. Du wirst deine Tore öffnen, ihr werdet eure Waffen und Rüstungen vor die Stadt bringen und uns eure kampffähigen Männer ausliefern. Wir werden von der Stadt nehmen, was wir gebrauchen können, sowie natürlich eure Waffen. Wir werden eure Wälle einreißen und dann weiterziehen. Keiner eurer Bewohner muss ungebührlich leiden.«

Bumm. Bumm. Bumm. Bumm.

»Wenn ihr euch weigert, wird jede menschliche Seele in Lincylene sterben.«

Almund hörte sich das Angebot an, und sein Lächeln wurde breiter. Am Ende stieß er einen ungläubigen Laut aus, eine Mischung aus Lachen und Keuchen. Roper begriff, dass er wütend war, aber er spürte auch die ungeheure Angst des Mannes. »Ah! Man hat uns über Euer Kommen in Kenntnis gesetzt, Lord Roper«, antwortete er. »Wir haben schon seit Wochen Nahrungsmittel eingelagert. Unsere Wälle sind frisch und stark und mit Kämpfern besetzt. Es wird nicht lange dauern, bis die Armee Süddals sich gesammelt hat und uns zu Hilfe kommt. Es wäre weit besser für euch, wenn ihr umkehren, diesen stinkenden Fluss überqueren und in die albtraumhaften Wälder zurückkehren würdet, die euch ausgespuckt haben.«

Roper legte den Kopf in den Nacken und lachte. Als wäre es ein Signal, stimmten die Krieger hinter ihm ein düsteres Lied an. Almund würde die Worte zwar nicht verstehen, aber das Lied erklang wie von einem Furcht einflößenden Instrument gespielt, und die Ungeduld von dreißigtausend wilden Kriegern schwang unüberhörbar darin mit. Dabei ging das Dröhnen weiter, rhythmisch und regelmäßig, wie der Herzschlag der Erde selbst.

Aus dem Land der Schatten kommen wir,
in Nachtschwarz getaucht, in strahlendes Licht,
lautlos klingen die Schritte in unserem Land,
und das Heilige Auge sieht all unser Tun.
Geleitet nicht vom Licht, sondern durch uralte Sitten

suchen wir unseren Weg in der Fremde.
In unserem Land hat Angst einen anderen Namen,
und Halt gibt einzig die Hand des Kameraden.

Es war die *Hymne in der Fremde,* eine Antwort der Legionen auf ihr Heimweh, die ihren schwarzen Humor zeigte. Die Tiefen Historikerinnen lehrten, dass diese Kriegshymne der Ursprung der Musik war – ein mächtiger Aufruf zu Einheit und Einschüchterung. In ihr fanden sich die letzten Reste der Magie, die Albion durchtränkt hatte, als die Welt noch jung gewesen war. Obwohl ihre Macht wie die andere Magie verblasst war, über die die Anakim einst verfügt hatten, spürte Roper immer noch ihre Kraft. Das war etwas, was die Südmenschen, die schweigend in die Schlacht zogen, vergessen zu haben schienen.

»Wirklich eine sehr schöne Haltung, Almund«, sagte er. »Aber bist du nicht auch dem Wohlergehen der Bewohner deiner Stadt verpflichtet? Wenn du uns wirklich zwingst, die Stadt mit Gewalt zu nehmen, werden wir euch alle töten. Und es würde uns viele Tote in der Zukunft ersparen, wenn dein Volk durch dich erfährt, was mit Städten geschieht, die sich nicht widersetzen. Ich sage dir, es wird ansonsten keine Überlebenden geben.«

Almund lächelte, als er auf Ropers Worte antwortete. »Und Ihr wollt mir wirklich weismachen, dass wir nicht trotzdem alle sterben, wenn wir Euch unsere Tore öffnen?«

»Wir marschieren ohnehin durch diese Tore, Almund«, stellte Roper fest. »Ob ihr uns das gestattet oder nicht.«

Verabschiede dich von der Sonne, vom Licht,
sag Lebwohl zu Sternen und Nacht,
denn wir sind der Tod deines Volkes,
deines Gottes, der einst so hell strahlte.
Die Zeit der Entscheidung ist gekommen.
Wählen musst du, wenn du kannst,

wann du aufbegehrst, wann nicht.
Wirst du kämpfen oder kapitulieren?

»Und wenn ich mit euch Dämonen verhandle?« Almund hatte die Stimme gehoben, um den lauten Gesang der Legionen zu übertönen. »Wenn ich einen Pakt mit euch schließe in der Hoffnung, mein eigenes Leben zu retten? Wie soll ich das vor meinem Gott vertreten?«

»Du wirst schon die richtigen Worte dafür finden, davon bin ich überzeugt. Sag Ihm doch einfach, dass du keine Wahl hattest.«

Der Bürgermeister lächelte immer noch verbittert. »Was auch immer Ihr seid und was auch immer Ihr zu tun vermögt, wer auch immer Eure Freunde sind und was Ihr repräsentiert, eines weiß ich: Ihr seid mein Feind. Ich fühle das in meinem Bauch, meinem Herzen und meinen Knochen. Mehr als alles andere auf dieser Welt seid Ihr es, den man bekämpfen muss. Ich werde mein Glück in der Schlacht suchen.«

»Das ist wirklich sehr tapfer.« Roper blickte auf Almund herab. Dann berührte er Zephyr sachte mit den Fersen, sodass das Schlachtross sich rührte und seine Rüstung klirrte. »Und es freut mich auch, dass du das sagst.« Er grinste erneut. »Denn es gehört sich, dir die Möglichkeit zur Kapitulation anzubieten, weißt du? Aber diese Männer hinter mir«, Roper deutete mit seinem Daumen beiläufig auf die immer noch singenden Legionen, »lieben es, gegen euch Südlinge zu kämpfen. Ich bin nur ihr Anführer, und ich bin mir ehrlich gesagt nicht sicher, ob ich sie wirklich hätte zurückhalten können.« Dann wendete er Zephyr. Tekoa und Gray folgten seinem Beispiel. »Ich wünsche dir viel Glück.«

21. KAPITEL

DER LAUTLOSE KRIEG

Königin Aramilla hatte schon vor vielen Jahren festgestellt, dass das Leben als Hochadelige ihr nicht gefiel. Ihr Ehemann war ein König, ihr Vater ein Earl, und die Extravaganz, die sie ihr ganzes Leben umgeben hatte, langweilte sie. Sicherheit schien für sie nur ein anderes Wort für Beschränkungen zu sein, und die allgegenwärtige Bewunderung weckte lediglich ihre Sehnsucht nach Einsamkeit. Man merkte es an der düsteren Miene auf ihrem harschen und wunderschönen Gesicht, dem Wippen eines Satinpantoffels, der auf den Boden klopfte, an den Strippen, die sie an den Menschen in ihrem Umfeld erkannte und an denen sie zog. Vor allem jedoch konnte man das an den Risiken sehen, die sie einging, jeden Tag ein bisschen mehr.

Jetzt saß sie allein in einer nur von Kerzen erleuchteten Halle. Die brennenden Kiefernscheite im Kamin knackten und warfen lange Schatten über den Boden, während sie eine Nachricht entzifferte, die von einem ausgestoßenen Emporkömmling verschlüsselt worden war. Ein mit kleinen Fensterchen versehener Holzrahmen, eines von nur zwei existierenden Exemplaren, lag über dem Pergament. Sie besaß eines und Bellamus das andere. Damit konnte sie die entscheidenden Buchstaben in dem codierten Gekritzel erkennen, das er ihr heute Morgen in einem Buch versteckt geschickt hatte. Mehr als sechzigtausend Legionäre standen demnach südlich des Abus, das nördliche Süddal war überrannt worden, und die Anakim waren nach Lincylene gezogen. Dort hatten sie die Wälle entdeckt, die der König auf ihre Bitte hin neu hatte errichten lassen. Die Nachricht endete mit einer rätselhaften Andeutung von einer Waffe, die der Emporkömmling auszuprobieren gedachte. Sie hätte katastrophales Potenzial, und er wusste nicht genau, ob es angemessen sein würde, sie zu benutzen, wenn sie tatsächlich so effektiv war.

Diese Bemerkung löste einen Anflug von Erstaunen in ihr aus. Bellamus hatte sich nie viel um Ehre geschert, und sie konnte sich keine Waffe vorstellen, die er nicht ohne Zögern einsetzen würde. Wäre der Sinn seiner Worte nicht so deutlich gewesen, hätte sie vielleicht angenommen, dass sie bei der Entschlüsselung einen Fehler gemacht hatte. Einsamkeit und Erschöpfung sickerten ebenso deutlich aus dem Text, als wären die Seiten mit Tränen getränkt worden.

Sie versuchte gerade herauszufinden, wie viel davon sie dem König enthüllen könnte und ob ihre Angst vor den Anakim ihr ungeheures Verlangen überwog, endlich einmal einen leibhaftig vor sich zu sehen. In dem Moment klapperte die Tür im Schloss, und die Flammen loderten kurz auf, als ein Luftzug durch den Raum strich. Jemand hatte die Tür am anderen Ende des Korridors vor ihrer Kammer geöffnet. Aramilla stand unvermittelt auf und schob den Holzrahmen unter ein Kissen neben sich. Dann nahm sie rasch das Pergament mit der Botschaft vom Tisch, ging zum Kamin, knüllte das Papier zusammen und warf es über das eiserne Funkengitter in die Flammen. Es landete jedoch auf einem Holzscheit, und zwar an einem von den Flammen bislang verschonten Teil des Feuers, sodass es noch eine Weile dauern würde, bis es verbrannte. Aber sie hatte keine Zeit, es in die Flammen zu schieben, weil der Riegel an der Tür hinter ihr sich hob. Sie schob das Gitter wieder zurück und ließ dann die Arme locker an den Seiten hängen, als sie hörte, wie die Tür hinter ihr aufschwang.

Bedächtig wandte sie den Kopf, als hätte man sie dabei erwischt, wie sie blicklos in die Flammen starrte. Ihr Gemahl, König Osbert, schlurfte herein. Er war wie immer in dieses groteske Bärenfell gekleidet und hatte den mit Gold geränderten Helm aufgesetzt. Seine buschigen Augenbrauen waren zwei dunkle Flecken auf seinem schartigen Gesicht.

»Liebster.« Sie lächelte ihn kurz an, bevor sie sich wieder zu den Flammen umwandte. Das Pergament fing langsam an, sich zusammenzurollen, und die Ecken qualmten, aber die codierten Buchstaben waren in der Mitte deutlich zu erkennen. Sie drehte sich weg und rang um Fassung, als der König einen Stuhl von dem Tisch zurückzog, an dem sie noch vor einem Moment gesessen hatte. Darauf standen zahlreiche Kelche und eine Karaffe, ein halbes Dutzend Sticknadeln sowie Bücherstapel und Pergamente. Es waren Geschichtsbücher, Werke der Philosophie und biblische Schriftstücke: Der König hatte ihr diese Werke zu ihrer Erbauung gegeben. Jetzt nahm er die Karaffe, goss etwas in einen pflaumenblauen Kelch und trank einen Schluck, als sie sich ihm gegenübersetzte.

»Wie gefällt Euch Eure Lektüre, meine Gemahlin?« Er stellte den Kelch zurück auf den Tisch und deutete auf die Bücherstapel.

Aramilla riss sich zusammen und versuchte die Nachricht zu vergessen, die im Feuer verglühte. »Mir hat besonders dies hier gefallen.« Aramilla nahm ein Pergament hoch, das sie am frühen Morgen kurz überflogen hatte. »Wie interessant, dass die Menschen im Frankenreich einst das Bergvolk der Anakim verehrt und bewundert haben.«

»Ah.« Der König verfiel in einen leierhaften Singsang. »In der Tat. Es gab eine Zeit, in der ganz Erebos von dieser Verehrung überwältigt wurde, wie es scheint. Die Leute wandten sich von ihrem einzigen wahren Gott ab, fasziniert von den Anakim. Ich glaube, das ist ein Teil ihrer Magie. Ihre Macht war früher größer. Sie konnten einen Bann wirken, um ganze Nationen und

Völker zu verhexen. Nur durch den Glauben an Gott und indem wir ihre Federn verbrennen, schützen wir uns vor dieser Bedrohung.«

»Wir haben wirklich Glück, dass wir in einem so viel heiligeren Zeitalter leben«, bemerkte Aramilla.

Der König nickte weise. »Allerdings, wohl wahr. Aber hier ist noch viel mehr Weisheit zu finden.« Er klopfte auf die Bücherstapel vor ihr. »Ihr müsst weiterlesen. Es ist eine höchst interessante Periode. Ich habe Eurem Vater dieselben Texte geschickt, und er hat mir freundlicherweise mitgeteilt, dass er sehr fasziniert davon wäre.«

Das kann nur zutreffen, dachte Aramilla, *wenn sie beim Verbrennen eine besonders ungewöhnliche Farbe annehmen.*

»Es ist noch ein großes Geheimnis«, fuhr der König fort und beugte sich verschwörerisch vor. »Ich habe ihn zum Oberbefehlshaber der Streitmacht ernannt, die die Anakim zurückschlagen wird.«

»Ihr erweist uns allen eine sehr große Ehre, Liebster«, erwiderte sie pflichtschuldigst. Sie wusste schon seit Tagen, dass Earl Seaton den Oberbefehl über Süddals Truppen übernehmen sollte. »Ich nehme an, dass es keine Generäle gibt, die mehr Erfahrung im Kampf gegen die Anakim haben.«

»Nicht, seit Bellamus und der Eoten-Draefend sich gegen mich gewandt haben, wovor man mich zuvor bereits gewarnt hatte.« Der König ließ plötzlich den Kopf hängen. »Ich bin viel zu vertrauensselig, süßes Weib. Zu freundlich. Ich hätte mehr auf diejenigen hören sollen, die Zweifel an ihnen hegten und meinten, einem Mischling und einem Emporkömmling dürfte man nicht vertrauen.«

»Wann soll mein Vater gegen die Anakim marschieren?«

»Er ist der Meinung, es wäre nicht klug, ihnen in einer offenen Feldschlacht gegenüberzutreten«, antwortete Osbert. »Stattdessen werden wir das Land plündern und unsere Streitkräfte zurückziehen und sie durch Hunger schwächen. Wir haben die Städte jetzt schon seit Monaten befestigt. Sie werden jede einzelne erobern müssen, und wir treten ihnen erst auf dem Schlachtfeld entgegen, wenn sie bereits nahezu besiegt sind.«

Aramilla gab sich fasziniert, obwohl ihr auch das nicht neu war. Sie und Bellamus hatten diese Strategie entwickelt, und sie hatte sie ihrem Vater häppchenweise nahegebracht. »Das klingt sehr klug, Liebster. Ich wage, Hoffnung zu schöpfen.«

In dem Moment knallte es im Kamin, und der König fuhr heftig zusammen. Funken stoben hoch, von denen die meisten von dem Funkengitter aufgefangen wurden. Einige stoben jedoch durch einen Spalt am Rand, so auch die halb verbrannte Nachricht von Bellamus. Sie landete auf dem Steinboden davor, umringt von Glutbrocken, die wie glühende Rubine leuchteten. Der König warf einen Blick auf das Feuer, schien jedoch das Papier, das auf den Boden gefallen war, nicht sofort zu bemerken.

»In Lincylene funktioniert es jedenfalls sehr gut!«, platzte Aramilla in dem Versuch heraus, seine Aufmerksamkeit von der verräterischen Nachricht vor dem Kamin abzulenken. »Ohne die Wälle hätten die Anakim die Stadt längst eingenommen und ihre Vorräte aufgestockt.«

Der König sah wieder zu ihr zurück und atmete tief ein. Einen Moment schien er die Luft anzuhalten. »Ihr glaubt, dass die Anakim bereits Lincylene erreicht haben?«, fragte er dann und umklammerte seinen Kelch.

»Was?« Ihr wurde klar, dass sie einen Fehler gemacht hatte. Bellamus konnte durch seine Armee von Informanten häufig die Absichten der Anakim vorhersagen, und er schickte ihr seine Vermutungen darüber oft Tage, bevor die Neuigkeiten über die tatsächlichen Geschehnisse Lundenceaster erreichten. Für gewöhnlich hielt sie diese Informationen zurück, bis sie allgemein bekannt geworden waren. Doch als sie jetzt abgelenkt gewesen war, hatte sie sich verraten. Sie versuchte, sich irgendetwas auszudenken, und begegnete dem argwöhnischen Blick des Königs auf der anderen Seite des Tisches.

»Was genau habt Ihr gehört?«, erkundigte er sich.

Aramilla konnte immer noch nicht antworten, weil sie vollkommen auf die Nachricht fixiert war, die nur wenige Fuß von ihnen entfernt auf dem Boden lag. Sie musste ihn vor allem davon fernhalten. »Nur, dass Lincylene belagert wird«, sagte sie schließlich. »Wusstet Ihr es denn nicht? Ich habe es erst heute Morgen gehört.«

»Wo?« Aus dem Mund jedes anderen Mannes hätte die Frage ganz normal geklungen. Aber er redete so oft in einem nachsichtigen und wohlwollenden Ton mit ihr, dass jeder andere Tonfall sie bedrohte wie ein Schrei. Ihr Ehemann war extrem argwöhnisch, seit er die Nachricht von Garretts Verrat erhalten und erfahren hatte, dass Bellamus und er gemeinsame Sache machten.

»Nur Gerede von den Küchenmägden, das ich zufällig aufgeschnappt habe«, erwiderte sie vorsichtig. »Vielleicht ist es ja auch nur ein Gerücht«, setzte sie hinzu. »Das wahrscheinlich gar nicht stimmt.«

Der König betrachtete sie schweigend. »Ihr habt schon immer sehr viel über diesen Krieg gewusst«, sagte er dann leise. »Sehr viel.« Ungeschickt stand er auf und warf dabei seinen Stuhl um. Kurz starrte er Aramilla noch einmal an, dann wandte er sich von ihr ab und schlurfte zur Tür.

Sie rührte sich nicht, aus Angst, seine Aufmerksamkeit erneut auf sich zu lenken und dadurch möglicherweise auch auf Bellamus' Botschaft. Er öffnete die Tür und schlurfte hinaus. Sie fiel mit einem lauten Schlag hinter ihm zu.

Aramilla atmete langsam aus. Ihr war klar, dass sein Vertrauen in sie erschüttert war, aber trotzdem war sie erleichtert, dass er die Nachricht nicht bemerkt hatte. Sie hoffte inständig, dass bald ein Bote mit einer Nachricht von der Belagerung von Lincylene eintraf, denn dann würde es scheinen, als wären die Gerüchte in der Küche einfach nur etwas schneller als die offiziellen Herolde, was manchmal vorkam. Wenn nicht, konnte sie es trotzdem als Gerücht darstellen. Aber was auch immer sie tat, es würde ihr schwerfallen, sein Vertrauen zurückzugewinnen, von dem sie jetzt mehr als zuvor abhängig waren.

Sie stand auf, nahm den Codierungsrahmen aus seinem Versteck unter dem Kissen und legte ihn wieder auf einen Streifen der Polsterung unter ihrem Stuhl. Sie wollte gerade zu Bellamus' Nachricht vor dem Kamin treten, als sie unvermittelt stehen blieb.

Erneut wurde der Riegel der Tür geöffnet.

Das dunkle Holz schwang auf, und eine in Schwarz gekleidete Gestalt glitt herein. Vor ihr stand Earl Seaton.

Aramilla und ihr Vater ähnelten sich in so gut wie keinerlei Hinsicht. Sie war blond, und ihre honigfarbene Haut hatte Sommersprossen von der Sonne, Seaton dagegen war schwarzhaarig, bleich und so dürr wie ein Pfeil. Seine Gelenke bewegten sich irgendwie klappernd, als wären sie an Handgelenken, Hüften, Knien und Ellbogen mit Drähten aneinander befestigt. Seine Kleidung war schwarz und eng anliegend geschnitten, sein Hals und seine Finger waren von Goldschmuck bedeckt. Das Einzige, was sie gemeinsam hatten, war der Ausdruck oberflächlicher Belustigung, den er auch jetzt aufgesetzt hatte.

»Ah, Tochter, dachte ich mir, dass ich dich hier finde. Seine Majestät schien ein wenig aufgewühlt zu sein«, bemerkte er und trat zu ihr an den Tisch. Sie zögerte, unfähig, einen letzten Blick auf die Nachricht zu unterdrücken, die immer noch vor dem Feuer lag, und sank dann auf ihren Stuhl zurück.

Der Earl zog den Stöpsel aus der Karaffe und roch kurz an ihrem Inhalt. »Meine Güte!« Er rümpfte die Nase und schob den Stopfen wieder hinein. Dann sah er sie an. »Hast du etwas gesagt, das ihn aufgeregt hat?«

»Nur ein Gerücht, das ich gehört habe, nämlich dass die Anakim vor Lincylene stehen«, erwiderte sie gleichgültig. »Aber das schien ihn misstrauisch gemacht zu haben.«

Seaton schnalzte missbilligend mit der Zunge und setzte sich ihr gegenüber auf einen Stuhl. »Er ist in letzter Zeit ständig misstrauisch. Seit Garrett und dieser Emporkömmling sich gegen ihn gewendet haben, sieht er überall nur noch Verräter.«

»Das ist mir bereits aufgefallen.«

»Ach, wirklich?« Wieder sah er sie belustigt an. »Es muss zunehmend schwieriger sein, ihn um den Finger zu wickeln. Ich muss zugeben, als ich deine Ehe arrangiert habe, habe ich nicht erwartet, dass ich damit unseren König in eine derartige Marionette verwandeln würde.« Er lachte schneidend. »Ich sollte mich wahrscheinlich selbst wegen Hochverrats in den Kerker sperren.«

»Es muss dich sehr enttäuscht haben, dass du es nicht geschafft hast, ihn selbst zu versklaven«, erwiderte Aramilla kalt.

Er tippte nachdenklich mit dem Fingernagel gegen seine Zähne. »Ich möchte behaupten, dass es den Feldzug einfacher machen würde. Er ist völlig hin- und hergerissen zwischen dem Versuch, die Anakim zu beschwichtigen oder sie zu vernichten. Weißt du, was er mir neulich erst vorgeschlagen hat?«

Aramilla versuchte durch ihre Haltung zu signalisieren, dass es sie nicht kümmerte, aber ihr Vater sprach trotzdem weiter. »Dass wir die Bewohner von Lundenceaster bewaffnen und sie alle in die Schlacht nach Norden führen sollten.« Erneut knallte ein Scheit im Feuer, und der Earl blickte zum Kamin und sah den kleinen Spalt zwischen Kaminstein und Funkengitter. »Diese lächerlichen Kiefernscheite!«, stieß er gereizt hervor. »Es sollte ein Gesetz dagegen geben, sie in den königlichen Gemächern zu verwenden.« Er stand auf, und auch Aramilla ihm gegenüber erhob sich abrupt. Aber der Earl bemerkte es nicht. Er ging zum Kamin und schob das Funkengitter dichter an den Stein.

Dann erstarrte er.

Er bückte sich und hob die angesengte verschlüsselte Nachricht vom Boden auf. Lange starrte er darauf, den Rücken Aramilla zugewandt, die stumm hinter ihm stehen geblieben war. Schließlich drehte er sich um, richtete den Blick seiner dunklen Augen auf sie und hielt die Nachricht mit spitzen Fingern hoch, als hätte er eine zappelnde Ratte am Schwanz gepackt. »Was ist das?«

Das nun folgende Schweigen war das bösartigste und unerbittlichste, das Aramilla jemals erlebt hatte. Ihr Herzschlag, das Blut, das in ihren Ohren rauschte, und das Knacken des Feuers, nichts davon konnte es brechen. Die Stille um sie herum schien zu dröhnen, und sie starrte ihren Vater an, ohne eine auch nur halbwegs überzeugende Antwort ersinnen zu können.

»Ich denke, wir sollten uns unterhalten, meine Liebe, meinst du nicht?« Der Earl trat an den Tisch.

»Was ist das denn?«, brachte Aramilla schließlich heraus. Die einzige Antwort des Earls war ein grimmiges Lachen. Er führte sie mit kalten Händen zu dem Stuhl zurück und war im Begriff, sich ebenfalls hinzusetzen, als er es sich anders überlegte. Stattdessen wandte er sich um und blieb ihr gegenüber stehen, während er auf den Zettel blickte.

»Also«, sagte er kalt und sah ihr in die Augen. Die Nachricht zitterte leicht zwischen seinen Fingern. »Also, das ist seine Handschrift, stimmt's? Die Handschrift des Emporkömmlings Bellamus!« Noch nie hatte sie ihn so wütend erlebt.

»Ich weiß nicht, wo dieser Zettel herkommt«, log sie hartnäckig und erwiderte seinen Blick stolz. Der Earl konnte die Nachricht nicht entschlüsseln, nicht, solange er den Rahmen unter ihrem Stuhl nicht fand. »Du ziehst sehr voreilige Schlüsse, Vater.«

Seaton richtete sich auf. Auf seiner Miene zeigte sich ein Ausdruck, den sie noch nie zuvor gesehen hatte: Enttäuschung. »Glaubst du? Ich werde dir sagen, warum Seine Majestät zu misstrauisch dir gegenüber ist. Weil du erheblich mehr weißt, als du wissen solltest. Und zwar schon immer. Und du musst auch die Gerüchte über euch beide kennen. Du musst doch wissen, was alle argwöhnen.« Er zerknüllte den Zettel und schob ihn in sein Wams. »Wie könnte das auch anders sein? Schließlich muss ich mich jeden Tag diesen Gerüchten stellen. Am Hof muss ich das wissende Lächeln von Lord Sutton und Bischof Widukind ertragen, das mir sagt: ›Also wirklich, Seaton, wie kannst du da so hochmütig stehen, wenn wir doch beide wissen, dass deine Tochter sich mit einem Gemeinen erniedrigt?‹ Aber es ist nicht nur irgendein Gemeiner: Es ist ein ausländisches Wiesel, das in die Gesellschaft Höherstehender hinaufgeschlichen ist. Es ist unser Feind. Und wage es nicht, mich anzulügen!«

Aramilla konnte nicht verhindern, dass ihre Wangen zu brennen begannen. »Diese Nachricht beweist gar nichts«, sagte sie kalt. »Du kannst sie nicht entschlüsseln.«

Seaton nickte und nahm ihre Worte offenkundig als Bestätigung. Dann starrte er sie eine Weile an und kaute auf seiner Unterlippe. »Oh, meine Tochter«, sagte er, mit etwas weicherer Stimme. »Ich weiß, wie sehr du deine Spielchen liebst. Aber ich dachte, ein wenig mehr Disziplin hätte ich dich doch gelehrt. Nie hätte ich erwartet, dass du unsere Familie derartig entehrst … Ich hätte nicht gedacht, dass du mir das antust.«

Er machte erneut eine Pause und musterte sie. »Und jetzt stehe nur ich zwischen dir und dem Block des Henkers. Ich muss wirklich zugeben … Es ist wahrhaftig eine Versuchung. Wenn dein hässlicher Betrug schon herauskommen muss, wäre es mir fast lieber, wenn ich ihn ans Licht zerre.«

Aramilla erstarrte. Sie hatte gewusst, dass ihr Vater angewidert reagieren würde, wenn er von ihrer Beziehung mit Bellamus erfuhr, aber sie hätte niemals erwartet, dass er mit dem Gedanken spielte, sie exekutieren zu lassen.

»Ich bin deine Tochter!« Der Schock in ihrer Stimme war echt.

»Das ist wohl wahr.« Der Earl lachte zornig. »Also, liebst du ihn?«, fuhr er sie plötzlich an. »Den Emporkömmling?«

»Nein!«, presste sie zwischen den Zähnen hervor.

»Nun, immerhin etwas«, erwiderte der Earl. »Wenn du am Leben bleibst und unsere Familie den Skandal überlebt, besteht unsere einzige Option darin, ihn am Ende zu töten. Bis dahin können wir aber seine Informationen genauso gut für unsere Zwecke nutzen.« Er atmete tief durch.

»Wir werden diese Affäre von nun an folgendermaßen handhaben, Tochter. Ich werde alles daransetzen, um zu verhindern, dass unsere Familie durch dein Handeln in Ungnade fällt. Jede Botschaft, die du von diesem Emporkömmling erhältst, wirst du ab jetzt umgehend an mich weitergeben. Ich werde sie nutzen, um die Anakim zu vertreiben. Du wirst ihm nicht sagen, dass ich euer Geheimnis herausgefunden habe. Und wenn du dich entsprechend verhältst, wenn du dich zurückhalten kannst, bin ich vielleicht auch in der Lage, die Angelegenheit vor dem König zu verheimlichen.«

»Alles, was du hast, ist ein unentzifferbares Stück Papier«, widersprach Aramilla. »Ich bin eine Königin, Vater. Du kannst mich mit so etwas nicht erpressen.«

»O doch!«, widersprach der Earl grimmig. »Das kann ich sehr wohl. Du hast vielleicht bemerkt, wie außerordentlich argwöhnisch Seine Majestät zurzeit ist. Eine verschlüsselte Nachricht, die du zu vernichten versucht hast, dürfte für ihn Beweis genug sein.«

»Wenn du …«

»Ja, ja.« Der Earl machte eine abfällige Handbewegung und wandte sich ab. »Dann wirst du dafür sorgen, dass ich es bereue, davon bin ich überzeugt. Gehen wir einfach davon aus, dass du all deine Drohungen schon ausgestoßen hast.«

Er ging zur Tür und drehte sich mit der Hand am Griff noch einmal zu ihr um. »Es hat dir immer am Gespür für Perspektive gemangelt, Tochter. Du bist so bedachtsam und gebildet, verwandelst Männer und Frauen nach Belieben in Marionetten und lässt sie nach deinen Wünschen tanzen. Und doch bist du noch ein Kind, getrieben von launischen und oberflächlichen Begierden. Genau deshalb hast du dich kompromittiert. Ich habe nie viel von dir erwartet. Aber doch schon etwas mehr als das hier.«

Aramilla blinzelte. »Wir sind Familie«, erwiderte sie. »Wir sind miteinander verbunden, ob es dir gefällt oder nicht. Dieses Geheimnis wird eines bleiben, und wie du selbst gesagt hast: Wir brauchen Bellamus.«

»Ich brauche ihn nicht«, knurrte der Earl.

Aramilla änderte ihre Taktik. »Aber wir sind verwandt, Vater«, erklärte sie. »Wie kommst du darauf, dass du nicht mit mir gemeinsam untergehen wirst?«

Belustigung milderte den Zorn des Earls. »Sieh nur, wie du dich drehst und windest. Es gibt nichts, was du nicht gegen mich verwenden würdest, wenn es deinen Zwecken dient. Ich habe zugesehen, wie du zu einer rachsüchtigen Schlange herangewachsen bist, und mir ist vollkommen bewusst, dass die Beziehung zwischen dir und dem König nichts weiter als eine Maskerade ist. Du bist so hinterhältig wie eh und je. Aber wir werden in dieser Angelegenheit nach meinem Willen verfahren. Schreib mir einen Bericht, in dem du alles aufführst, was Bellamus dir erzählt hat. Sollte ich irgendwann auch nur argwöhnen, dass du mir etwas verschweigst, sorge ich dafür, dass dein Gemahl diese Botschaft findet. Und du solltest hoffen, dass Bellamus dich weiterhin mit Informationen versorgt.«

Er warf ihr einen letzten verächtlichen Blick zu, öffnete die Tür und trat in den Korridor hinaus. Sein Schatten huschte hinter ihm hinaus, bevor die Tür laut ins Schloss fiel.

»Du irrst dich, Vater«, sagte sie kalt zu der geschlossenen Tür. »Ich bin kein Kind mehr.«

Sie holte sich ein frisches Stück Pergament und begann, eine Nachricht an Bellamus zu verfassen.

22. KAPITEL

DER FELS

Es war ein Wolfstag, grau und wild. Die stahlgrauen Wolken hingen so dicht, dass das Gras und die Bäume keine Farben zu haben schienen. Bellamus lag auf dem Bauch und blickte in ein Tal hinab.

»Sind wir bereit?«

Stepan, der neben ihm lag, nickte kurz. Unter ihnen kroch eine Wagenkolonne durch das Tal. Sie wurde von etwa achtzig waffenstarrenden Legionären begleitet – eine bewaffnete und schwer gepanzerte Hundertschaft. Jedes Fuhrwerk wurde von zwei der riesigen Pferde der Anakim gezogen und holperte über die Steine des Pfades. Das Knarren und Quietschen der Achsen und eisenbeschlagenen Räder war ein gleichmäßiger Strom. Die Fuhrwerke waren mit Planen zugedeckt, aber Bellamus wusste, dass die Karren Tausende von Rüstungen und Waffen transportierten, die für Hünen entworfen worden waren.

Auf der anderen Seite des Tales leuchtete ein kleiner goldfarbener Punkt. Das war Garretts blonder Haarschopf. Von der kleinen Kolonne unter ihm nicht zu sehen, hob er den Speer und hielt ihn quer über den Kopf. Er war bereit.

Bellamus hatte auf beiden Seiten des Tales einhundert berittene Thingalith postiert. Sie hatten die Hufe ihrer Pferde mit Leder umwickelt, um ihre Annäherung bis zum letzten Augenblick geheim zu halten. Obwohl sie doppelt so viele waren wie die Legionäre, mussten sie schnell sein und einen Überraschungsangriff durchführen. Sonst verlor Bellamus vielleicht einhundert seiner Männer, die jedoch unter den gegebenen Umständen unersetzlich waren. Sie wollten warten, bis der Wagenzug den nächsten Abschnitt des Tales erreicht hatte, wo die Seiten flach genug waren, dass sie auf ihren Pferden mit den lederumwickelten Hufen herunterreiten konnten, ohne zu stürzen. Bellamus würde die eine Gruppe und Garrett die von der anderen Seite anführen und den Wagenzug zwischen sich zerquetschen.

Bellamus stand der Schweiß auf der Stirn, und Schweiß lief ihm auch über den Rücken. Er gab Garrett ein Zeichen mit dem horizontal gehaltenen, in der Scheide steckenden Schwert, was bedeutete: *weitermachen*. Leise kroch er vom Rand des Tales zurück. Er gab Stepan das Schwert, und nachdem sie sich weit genug zurückgezogen hatten, liefen sie geduckt weiter zu den Reitern, die etwa hundert Meter vom Rand des Tales entfernt warteten. Jeder von ihnen war mit einem Speer bewaffnet und trug die sich überlappende Knochenrüstung der Anakim und einen Helm mit langem Pferdehaar.

Plötzlich ertönte hinter Bellamus ein gedämpftes Hämmern, das rasch näher kam und zu einem rhythmischen Hufschlag wurde. Stepan und er sahen sich entsetzt an, als sie ein lautes Brüllen hörten und begriffen, was das bedeuten musste.

»Das macht er nicht!«, stieß Stepan hervor.

»Er ist wahnsinnig!«, erwiderte Bellamus.

Garrett griff verfrüht an.

Jetzt blieb nur noch eines – Bellamus wandte sich zu den Reitern um. »Los!«, schrie er. »Los, schnell!«

Die Pferde setzten sich in Bewegung und donnerten direkt auf Bellamus und den Rand des Tales zu. Ein Reiter blieb zurück und hielt die beiden für Bellamus und Stepan reservierten Tiere fest. Bellamus rannte los und überholte Stepan in seiner klappernden Knochenrüstung, während die braune Flut an ihm vorbei zum Rand der Schlucht donnerte und die Tiere ihn immer wieder streiften. Bellamus erreichte sein Pferd und wusste später nicht einmal mehr genau, wie er es schaffte, in den Sattel zu kommen. Eben noch lief er darauf zu, im nächsten Moment saß er auf dem Tier, als wäre er hinaufgeflogen. Ihm und Stepan war klar, dass sie im Notfall oft Dinge taten, die sie in einem ruhigen Moment nicht wiederholen konnten. Er spornte sein Tier an, galoppierte an Stepan vorbei und verfolgte die Thingalith, die allmählich verschwanden, als sie über den Rand in das Tal hinabdonnerten.

Bellamus konnte Garretts Tat nicht wirklich würdigen. Es stand außer Zweifel, dass dieses spaltnasige Monster einfach der Aussicht auf den bevorstehenden Kampf nicht hatte widerstehen können. Jetzt war ihr sorgfältig geplanter Angriff das reine Chaos.

Er galoppierte über den Rand des Tals in das chaotische Gemetzel unter ihm. Die Lederlappen um die Hufe waren zu rutschig für den steilen Hang. Fünf Pferde stolperten vor seinen Augen, überschlugen sich, rollten über ihre Reiter hinweg und wieherten schrill. Auf der anderen Seite hatte Garretts Gruppe den Hang bereits hinter sich gelassen und donnerte durch den Wagenzug hindurch, die Speere wie Lanzen gesenkt. Bellamus sah, wie zwei Legionäre niedergetrampelt wurden, wie drei Pferde der Südmenschen von den Langschwertern der Anakim gefällt wurden und wie Garrett, helmlos und blond, allein vor seinen Männern den Feind massakrierte.

Dann rutschte Bellamus' Pferd weg.

Er hatte plötzlich das Gefühl zu stürzen, und seine Augen schienen die Wirklichkeit in ein Kaleidoskop von Bildern zu zerlegen. Der Boden schoss auf ihn zu.

Dann sah er in den Himmel.

Zwei wild strampelnde Hufe fegten dicht an seinem Kiefer vorbei.

Er sah die Flanke seines sich überschlagenden Pferdes, Grasklumpen, die hinter ihm durch die Luft flogen.

Ein harter flacher Felsbrocken, der auf ihn zuschoss.

Er krachte gegen Bellamus' Wange und riss ihm fast den Kopf ab. Die Bilder verschwanden, oder vielleicht nahm er sie auch nur nicht mehr wahr, jedenfalls kugelte er weiter den Hang hinab und spürte den dumpfen Schlag auf seiner Brust, als er auf den Boden prallte und weiterrollte. Sein Gehör funktionierte: Schreie, Kreischen, sein eigenes verzweifeltes Stöhnen, das Klirren von Schwertern und Hufe, die um ihn herum auf den Boden schlugen wie Sternschnuppen. Schließlich rollte er langsamer und landete auf einer flachen grasigen Fläche. Er schmeckte Blut und Schmutz in seinem Mund, und sein Gesicht war in die Erde gepresst.

Er versuchte zu atmen, bekam aber keine Luft. Es fühlte sich an, als steckte seine Brust in einer engen Lederscheide. Er hoffte, dass ihm der Sturz nur die Luft aus den Lungen gepresst hatte. Er drehte sich auf den Rücken und versuchte, Atem zu holen, aber es ging immer noch nicht. Erst in diesem Moment registrierte er, dass er nichts sehen konnte. Er rieb seine Augen, versuchte das Blut wegzuwischen, aber irgendetwas stimmte nicht. Es blutete weiter, und was auch immer unter seiner linken Hand war, fühlte sich nicht wie ein Auge an. Es war rau, unregelmäßig, heiß und nass. Mit seinem rechten Auge jedoch konnte er etwas sehen, als er das Blut weggewischt hatte. Eine Gestalt kam auf ihn zu.

Bellamus versuchte, rückwärts zu krabbeln, während die Gestalt immer größer wurde. Sie war dunkelhaarig und unverkennbar ein Legionär mit einer schweren Klinge in der Rechten. Bellamus griff nach seinem Gürtel und bemerkte, dass er seine Waffe verloren hatte. Er versuchte aufzustehen und zu rennen, stolperte jedoch und fuhr zu seinem Angreifer herum.

In diesem Augenblick wurde der Legionär plötzlich zu Boden geschleudert. Ein galoppierendes Pferd war gegen ihn geprallt, und jetzt sprang ein Held in einer Knochenrüstung aus dem Sattel. Er hob ein schweres Zweihandschwert und schlug wie rasend auf den Hals des Legionärs, der vor ihm lag, ein, enthauptete ihn schließlich, als fürchtete er, die Leiche könnte sich wieder erheben, solange ihr Körper mit ihrem Kopf verbunden war.

Bellamus verspürte weiterhin den Zwang, eine Hand schützend über sein linkes Auge zu halten, obwohl er kaum atmen konnte. Mit dem anderen starrte er seinen Retter an, der sich nun zu ihm umwandte. »Könnt Ihr stehen, Hauptmann?«

»Stepan!«

»Kannst du stehen?«

Bellamus versuchte zu antworten, aber plötzlich fuhr ein Arm über Stepans Schulter und umschlang dessen Hals. Der Ritter wurde zurückgerissen und zu Boden geschleudert. Ein unbewaffneter Schwarzer Legionär warf sich auf ihn und legte seine schmutzigen Finger um Stepans Kehle. Bellamus' Herz hämmerte vor Furcht, doch er richtete sich erneut auf. Er zwang seinen zerschundenen Körper, zu dem Anakim zu taumeln, der seinen Freund würgte. Aber er war so unsicher auf den Füßen, dass er keine Kontrolle über seine Beine hatte und umzukippen drohte. Mit letzter Kraft zielte er auf den Anakim, eine Hand immer noch über sein Auge gelegt, und hämmerte mit seinem Kopf gegen den des Feindes. Dessen Schädel war hart wie ein Granitbrocken, und Bellamus stürzte zur Seite. Dennoch veränderte sein Eingreifen die Lage, denn Stepan schaffte es, seinen Dolch zu ziehen, und stach damit immer wieder in den Hals des Anakim. Blut spritzte über beide Kämpfer, und der Legionär brach schließlich über dem Ritter zusammen.

Der Lärm um sie herum dröhnte dumpf in Bellamus' Ohren, als wäre er unter Wasser. Vor ihm versuchten zwei panische Pferde, aus ihrem Geschirr zu entkommen, und kippten ihr Fuhrwerk schließlich vollkommen um. Es krachte und klapperte ohrenbetäubend, und ein Schwarzer Legionär wurde von dieser eisernen Lawine zu Boden gerissen und halb begraben. Nur sein Oberkörper ragte noch heraus. Heftig schlug er um sich in dem Versuch, sich zu befreien.

Stepan hatte sich erhoben und hielt Bellamus seine blutige Hand hin. »Steh auf, Hauptmann!«

Bellamus versuchte es. Es ging nur langsam, und er taumelte, aber Stepan hielt ihn fest. Dann überraschte er Bellamus, indem er ihn mit beiden Händen in den Sattel seines Pferdes hob. Das war eines dieser Dinge, die er unter gewöhnlichen Umständen wohl kaum hätte wiederholen können. Aber dies hier waren keine gewöhnlichen Umstände.

Vom Pferderücken aus betrachtete Bellamus das Chaos, in das sich der Angriff verwandelt hatte. Seine Männer konnten ihre Pferde nicht richtig bewegen, sie waren gefangen zwischen den steilen Talwänden und den Fuhrwerken. Die meisten steckten in Gruppen fest, unfähig, sich aus dem Gewühl ihrer Kameraden zu lösen. Einige Anakim kämpften allein, wurden rasch umzingelt und niedergeschlagen. Aber etwa drei Dutzend hatten sich um zwei Wagen versammelt und leisteten heftigen Widerstand. Sie wurden von den Thingalith umzingelt, die immer wieder Attacken gegen sie ritten, aber sie schlugen wild zurück. In Wellen sprangen sie vor und zogen ein oder zwei Reiter in ihre Formation.

Stepan stieg hinter Bellamus auf das Pferd, und sie ritten den Feinden entgegen.

»Gebt auf!«, schrie Bellamus. Seine Stimme klang etwas undeutlich. »Legt eure Waffen nieder und gebt auf!«

»Was ist das denn für eine Sprache? Ganz sicher nicht die der Anakim«, murmelte Stepan. Bellamus hatte gedacht, es wäre die Sprache dieser Hünen, doch dann wurde ihm klar, dass es seine Muttersprache war, der Dialekt von Safinim. Er dachte nach, und dann endlich fielen ihm die Worte ein.

»Ergebt euch! Wir wollen nicht euer Leben, sondern nur die Fuhrwerke!« Wenn die Legionäre weiterkämpften, dann würden die Thingalith katastrophale Verluste erleiden. Aber nur ein paar Feinde hatten ihn gehört und wandten ihm ihre vor Wut verzerrten Gesichter zu. Einer von ihnen spie hasserfüllt einen Fluch hervor und stürmte auf Bellamus zu. Er kletterte über ein Fuhrwerk, um dem Ring der Thingalith zu entkommen. Er lief über die Plane hinweg und schlug die feindlichen Speere mit einem zerbrochenen blutigen Schwert zur Seite. Dann sprang er von dem Wagen und rannte auf den Emporkömmling zu.

»Stepan!«, rief Bellamus warnend. Der Ritter manövrierte sein Pferd mit einer Hand seitlich zu dem Angreifer, um sie beide mit seinem Langschwert zu verteidigen. Aber ein anderer Thingalith erreichte den Legionär zuerst. Er schlich sich unbemerkt von der Seite an und rammte ihm die Lanze in die Achselhöhle. Der Anakim stürzte zu Boden. Im nächsten Moment wurde der Thingalith von einem weiteren Legionär aus dem Sattel geschleudert, der wie aus dem Nichts aufgetaucht war. Bellamus begriff, dass er sich im Schatten unter einem Fuhrwerk versteckt hatte. Stepan ritt näher heran, um seinem am Boden liegenden Kameraden zu helfen. Er schlug mit dem Schwert nach dem Legionär, aber der blockierte den Schlag und griff seinerseits an. Bellamus hielt sich benommen an der Mähne des Pferdes fest, als er sich zurückwarf, um dem Hieb auszuweichen. Stepan hatte den Legionär aber lange genug abgelenkt, sodass der Thingalith, der zu seinen Füßen lag, seinen Speer packen und dem Anakim die blutige Spitze zwischen die Beine hämmern konnte. Der brüllte vor Schmerz, und Stepan erledigte ihn mit einem Schlag gegen den Hals. Der Legionär stürzte zu Boden.

Bellamus' Angebot an die Anakim zu kapitulieren hatte nur ihre Kampflust angestachelt. Er hielt immer noch die Hand über sein linkes Auge, bestürzt von der Wildheit des Kampfes. Die Anakim bewegten sich brutal und abrupt, die Thingalith dagegen zögernd. Nur Garrett kämpfte ähnlich brutal wie die Anakim, als er sich in die Formation der Legionäre stürzte, seinen

Speer *Heofonfyr* senkte und mit einem seitlichen Hieb eine blutige Fontäne hinter sich herzog.

Der Mischling hatte nicht nur Talent zum Töten, sondern auch einen starken Hang zum Chaos. Bellamus hasste es, mit ihm allein zu sein. Wenn er ihm in die Augen sah, riet ihm ein starker und ursprünglicher Instinkt, sich abzuwenden und auf Abstand zu gehen. Der Mann strahlte geradezu ein Verlangen nach Unordnung aus. Wenn er aß, wurde alles vor ihm zerlegt, bevor er es in den Mund schob. Er schlief niemals zweimal am selben Ort, erfand lautmalerische Begriffe, die die anderen zu seiner Enttäuschung nicht verstanden, und traf Entscheidungen, die Bellamus bei einem Säufer erwartet hätte, der sich an sein Tun nicht mehr erinnern konnte. Er war auf allen Ebenen impulsiv, von seiner Lust gesteuert und zerstörerisch.

Jetzt schlug er mit seinem Speer auf die Legionäre ein und bildete eine Gasse für die anderen Thingalith.

»Lasst ein paar am Leben!«, brüllte Bellamus. »Wir brauchen mindestens drei. Nehmt sie gefangen. Gefangen nehmen, nicht töten!«

Garrett hatte sich mit seinem Pferd durch die Legionäre gepflügt und war auf der anderen Seite herausgekommen. Sein Pferd humpelte und stolperte, aber es gehorchte immer noch den Wünschen seines Herrn. Er griff erneut an. Die Thingalith folgten seinem Beispiel, verdoppelten ihre Bemühungen und kämpften allmählich ebenso aggressiv wie die Anakim.

In der Schlacht ging es um die richtige Einstellung, wie Bellamus oft genug beobachtet hatte. Die Anzahl der Kämpfenden, die Taktik und die Logistik, all das konnte die geistige Haltung der Streitkräfte vor der Schlacht beeinflussen, aber sobald die Schwerter klirrten, die Schlachtreihen sich vermischten und die ersten Krieger fielen, ging es um ihre Einstellung. Warst du bereit, wirklich bereit, all das zu geben, was dein Widersacher gab? Wie ernst war es dir mit dem Schlag deines Schwertes oder dem Stoß deines Speeres? Warst du in diesem seltenen Zustand, jenseits aller Einschüchterung oder Furcht, wo du dich ohne einen Blick zurück in den Konflikt stürzen konntest? Die Anakim waren überrumpelt worden und zahlenmäßig unterlegen, aber sie hatten die richtige Mentalität. Reine, unnachgiebige Aggression. Die Thingalith waren etwas chaotisch und neigten dazu, zu lange zu überlegen, was sie tun sollten. Sie waren noch nicht ganz bereit, es mit dieser Wildheit aufzunehmen. Außer Garrett. Und plötzlich, als bräche Sonnenlicht durch die Wolken, machte sein Vorbild den anderen klar, dass sie weder zurückkonnten, noch sich zurückhalten durften. Sie mussten angreifen!

Die Legionäre wurden zu Boden geschleudert oder um sich schlagend in die Reihen der Thingalith gezogen, wo sie überwältigt wurden. Ein Trupp von drei Reitern stürmte in die Formation der Anakim und schleuderte etwa ein Dutzend von ihnen mit ihren Pferden zu Boden, um sie anschließend niederzutrampeln. Die Zuversicht der Anakim begann zu bröckeln, als ihre Freunde um sie herum zu Boden stürzten und ihre kleine Insel sich allmählich auflöste. Sie weigerten sich dickköpfig nachzugeben, aber ihre Aggression schwand. Die Gruppe derjenigen, die Widerstand leisteten, zauderte. Am Ende waren sie doch nur Menschen.

Die Thingalith spürten ihre Überlegenheit und wurden grausam, metzelten die Überlebenden nieder und ignorierten Bellamus' wiederholte Schreie, sie lebendig gefangen zu nehmen. Auch das hatte der Emporkömmling bald gelernt: Wenn man einen Mann erst einmal angestachelt hatte zu töten, war es nicht leicht, ihn wieder unter Kontrolle zu bringen.

»Stepan!«, sagte Bellamus. »Ich kann nicht laufen. Sorge dafür, dass die Gefangenen am Leben bleiben. Unsere Leute dürfen nicht alle töten.« Dieser Kampf geriet allmählich außer Kontrolle. Das Entsetzen vor den Anakim war noch in den Köpfen der Thingalith, die jetzt diese Furcht an der schwindenden Zahl der Feinde ausließen. Er sah, wie ein Anakim sein Schwert fallen ließ, auf die Knie sank und seine Arme hob, um sich einem von Bellamus' Männern zu ergeben. Der hörte nicht, aber sah an den Bewegungen der Lippen, wie dieser Thingalith, ein Kamerad, mit dem er getrunken und gelacht hatte, die Worte *Zu spät, Abschaum!* brüllte und den Legionär mit seinem Speer durchbohrte. Ein anderer Freund stieß mit seinem Speer immer wieder in das Gesicht eines bereits toten Legionärs und hatte die Zähne vor Hass gefletscht, während er es zu Fetzen hackte. Neben ihm hatten sich zwei Thingalith auf einen Legionär gestürzt, der ebenfalls auf den Knien hockte, und versuchten ihn zu erwürgen. Sowohl Anakim als auch Thingalith zitterten und hatten rot angelaufene Gesichter.

Hinter Bellamus stieg Stepan ab und kämpfte sich durch das Getümmel. Er schlug mit der flachen Seite seines Schwertes die Thingalith zur Seite, um sie aus ihrem Wahnsinn zu reißen. Langsam legte sich der Blutrausch der Truppe. Die Bewegungen veränderten sich, das wilde Hacken und Stampfen, das nach Brutalität und Verzweiflung stank, wich einer gewissen Zurückhaltung.

Schließlich trat eine merkwürdige Stille ein, was auf entsetzliche Weise die brutale Stimmung der Soldaten erst enthüllte. Der Wahnsinn schwand, und die blutüberströmten Thingalith starrten sich gegenseitig an, mit weit aufgerissenen Augen. Einige hatten sich die Haut an den Fingern aufgeschürft, weil sie immer wieder zugeschlagen hatten, obwohl sie Schwerter in den Händen hielten. Andere hatten blutrote Zähne und blutverschmierte Lippen. Bellamus hatte auf keinem Schlachtfeld in ganz Erebos jemals etwas so Widerliches gesehen. Er sah sich suchend nach Garrett um. Der Mischling war blutüberströmter als alle anderen Männer. Bellamus' Blick ruhte auf dem Giganten, weil er sicher war, dass sein Beispiel diesen Blutrausch überhaupt erst ausgelöst hatte.

»Seid ihr jetzt alle wieder bei mir?«, brach Bellamus das schockierte Schweigen. »Seid ihr wieder bei Sinnen? Fesselt die

Gefangenen.« Die Männer gehorchten sofort, schweigend, mit gesenktem Blick. Die überlebenden Anakim wurden verschnürt und wie Beute nebeneinandergelegt, und Bellamus inspizierte in der Zwischenzeit seine Gruppe. Sie hatten weit weniger Verluste erlitten, als er befürchtet hatte. Ihre Taktik gegen die Anakim wurde besser. Bellamus hatte drei Angriffsmanöver für seine Männer ersonnen, bei denen sie auf die Lücken zwischen der Knochenrüstung zielten. Eines zielte auf die Halsschlagader, eines auf die Schlagadern in den Lenden und ein dritter Stoß auf die Nerven in der Achselhöhle und die empfindlichen Organe dahinter.

Stepan trat zu Bellamus, packte sanft das linke Handgelenk des Emporkömmlings und zog die Hand herunter. Bellamus hatte nicht gemerkt, dass er immer noch sein linkes Auge bedeckte, und ließ die Hand sinken.

»Mein Gott!«, murmelte Stepan.

»Das ist nicht sonderlich hilfreich!«, fuhr Bellamus ihn barsch an. »Was ist passiert?«

»Dein Auge«, antwortete Stepan. »Ich hole Hrothweard.«

Hrothweard war der Medicus der Thingalith. Er half Bellamus abzusteigen und setzte ihn mit dem Rücken an eines der Fuhrwerke der Anakim. Bellamus betrachtete seine entzündeten, geröteten Augen und den buschigen Bart, während der Medicus sein Auge untersuchte.

»Wie ist das passiert, Herr?« Seine Stimme war leise, und sein Gesicht wirkte sehr ernst.

»Mein Pferd ist gestolpert. Ich bin beim Sturz auf einen Felsen geprallt.«

Hrothweard betastete mit seinen schmutzigen Fingern vorsichtig Bellamus' Auge und zog an etwas. »Sagt mir, ob das wehtut.«

»Es tut weh.«

Hrothweard ignorierte seine Worte.

»Es tut wirklich weh!«

Der Arzt seufzte und richtete sich auf. »Das Auge ist verloren, Herr.«

Diese Nachricht löste bei Bellamus keine besonderen Gefühle aus. »Verstehe.«

»Der Felsbrocken hat es vollkommen zerstört. Wir können jetzt nur noch versuchen zu verhindern, dass es sich entzündet. Denn sollte das geschehen, könnte sich das auch auf Euer anderes Auge übertragen, und Ihr würdet vollkommen erblinden. Ich werde einen Salbenwickel vorbereiten.« Hrothweard wandte sich ab, während Bellamus zu Boden starrte.

»Es tut mir leid, Hauptmann«, sagte Stepan. »Das ist verdammtes Pech.«

Bellamus fluchte leise vor sich hin, als ihm die Konsequenzen langsam ins Bewusstsein sickerten. Er hatte ein Auge verloren. Und würde vielleicht sogar noch eins verlieren.

»Pech?«, fragte er nach einem Moment. »Wir hätten diesen verfluchten Steilhang nicht mit lederumwickelten Hufen hinabdonnern und zu früh angreifen dürfen! Schick mir Garrett!«

»Ich würde ihm einen Moment Zeit lassen, um abzukühlen«, schlug Stepan sanft vor.

»Schick ihn zu mir!«

Garrett tauchte pflichtgemäß auf, den Speer mit dem langen Blatt über eine Schulter gelegt. Sein hellblondes Haar war von braunem, getrocknetem Blut durchzogen.

»Du hast zu früh angegriffen!« Bellamus fixierte den Mischling mit seinem gesunden rechten Auge.

Garrett zuckte mit ausdrucksloser Miene die Achseln.

»Das hat uns Soldaten gekostet. Der Hang war für die mit Leder umwickelten Hufe zu steil, und Männer sind auf dem Weg ins Tal beim Sturz gestorben. Ich selbst habe ein Auge verloren.«

»Du hättest den Pferden die Lederlappen abnehmen sollen, so wie wir es getan haben«, antwortete der Mischling gleichgültig.

»Du hast das geplant?« Bellamus konnte es nicht glauben.

»Ganz ruhig«, sagte Garrett. »Wir hätten erheblich mehr Männer verloren, wenn ich nicht gewesen wäre. Wir drohten zu verlieren, bevor ich mich eingemischt habe.«

Bellamus starrte den Mischling benommen an und nickte schließlich. »Garrett Eoten-Draefend: Das war das letzte Mal, dass du einen meiner Thingalith befehligt hast.«

Seine Stimme war tonlos, aber seine Wut war trotzdem nicht zu überhören. Plötzlich bemerkte er, wie dicht der Mischling neben ihm stand, und sah auch die gefährliche Lanze auf seiner Schulter. Panik durchzuckte ihn, doch dann sagte er sich: *Behandele ihn wie einen Hund! Zeig ihm Selbstsicherheit!* Also starrte er mit seinem verbleibenden Auge in Garretts schwefelgelbe Augen. Ihm traten Tränen ins Auge, als er versuchte, nicht zu blinzeln. Garrett erwiderte seinen Blick ungerührt. Dann zuckte er noch einmal mit den Achseln, drehte sich um und ging fast gemächlich zum Schauplatz des Gemetzels zurück. Es schien ihm Spaß zu machen, auf die Leichen zu treten, sowohl auf die der Anakim als auch die der Südmenschen.

Hrothweard tauchte wieder auf. Er wusch Bellamus' Auge mit einigen Spritzern Wasser aus einem Wasserschlauch aus und bestrich die Wunde mit einer kühlen, schmerzlindernden Salbe. Aber Hrothweard war der Meinung, dass sich die Verletzung höchstwahrscheinlich dennoch infizieren würde, und riet Bellamus zu beten.

Sechs Anakim hatten das Gemetzel überlebt. Bellamus blickte auf die gefesselten Gestalten herab und fragte sich, ob er mit ihnen wirklich das machen sollte, was er geplant hatte. Er war sich noch nicht sicher, also beschloss er, sie erst einmal mitzunehmen und sich später zu entscheiden. Sie wurden auf die Karren mit den Waffen und den Rüstungen der Unhieru gelegt.

Bellamus ging, immer noch unsicher, zu dem umgekippten Karren, den einige Thingalith gerade ausluden, damit sie ihn wieder aufstellen konnten. Der Inhalt, der unter der Leinwandplane herausgequollen war, war wirklich beunruhigend. Die Kettenhemden waren so groß, dass man sie wie Segeltuch zusammengerollt hatte. Die Helme waren größer als Wasserkübel und aus absurd dicken Eisenplatten geschmiedet. Schon sie einfach nur hochzuheben war mühsam, und sie in einem Kampf zu durchdringen schien so gut wie unmöglich. Die Augenlöcher waren vollkommen rund, die Mundöffnung klaffte. Der Helm machte den Eindruck, als wäre der Träger vollkommen wahnsinnig.

»Ich bin froh, dass ich dir nicht in der Schlacht begegne«, sagte er zu dem Eisengesicht und warf den schweren Helm mit Mühe zur Seite. Und die Waffen – Äxte, so lang wie Hellebarden, und jede Klinge war so gerade wie ein Hackmesser.

»Verflucht!« Stepan hob eine der Äxte mühsam hoch. »Heute haben wir etwas wirklich Gutes vollbracht, Hauptmann.«

»Das war den Verlust eines Auges wert«, sagte Bellamus leise.

Stepan blickte von der Waffe in seinen Händen hoch. »Ja, mein Freund. Das war es wirklich.«

Es gelang ihnen nur unter erheblichen Schwierigkeiten, die Wagen umzudrehen. Dann fuhren sie die Straße hinauf, zurück nach Brimstream.

23. KAPITEL

STILLE

Roper stieg den Hügel hinauf, *Kaltschneide* an einer Seite seines Gürtels und einen Wasserschlauch an der anderen. Ihm war schwindlig vor Hunger. Sie hatten seit dem vorigen Tag die Rationen halbiert, und jetzt war alles schwieriger. Seine Beine fühlten sich an wie Blei, und ihm graute bei der Aussicht, erneut mit Vigtyr zu trainieren. Sie mussten Lincylene bald erobern, sonst würden sie verhungern.

Vigtyr hatte hölzerne Übungsschwerter mitgebracht und legte sie sorgfältig zur Seite, als Roper eintraf. Offensichtlich hatte er einen Kampf damit als Belohnung vorgesehen, falls Roper unerwarteterweise Fortschritte machen würde. Sie vertrieben sich die Tage damit, Eroberungsmaschinen zu bauen, und dies war ihre fünfte Trainingseinheit.

Vigtyr erklärte, er hoffe, dass er am Tag zuvor nicht zu hart mit Roper umgesprungen war. »Ich dachte, Ihr könntet es vertragen, Lord.« Er hob die Brauen. »Aber dann hat Hauptmann Gray mit mir gesprochen …«

»Er hat was gemacht?«

»Der Hauptmann kam zu mir und hat mit mir geredet. Er sagte mir, ich würde zu hart mit Euch umspringen und müsste etwas zurückstecken. Er meinte, Ihr könntet nicht ordentlich anführen oder kämpfen, wenn ich zu viel von Eurer Energie beanspruche. Ich dachte, er wäre auf Euren Befehl hin zu mir gekommen.«

»Verstehe.« Roper runzelte die Stirn. »Nein, zerbrich dir deshalb nicht den Kopf, Liktor. Ich habe nichts dergleichen zu Gray gesagt. Er hat wohl die Wunden auf meinen Armen gesehen und sich selbst ein Urteil gebildet. Ich werde mit ihm reden.«

»Wir können es auch langsamer angehen, wenn Euch das lieber ist, Lord.« Vigtyrs Miene sollte wohl ausdrücken, dass ihm beides recht war. »Aber mein Weg ist der beste, um rasch zu lernen, und mir scheint, Ihr besitzt die nötige Charakterstärke dafür.«

»Nein, mach dir keine Sorgen, Liktor«, wiederholte Roper. »Ich bin sehr zufrieden mit deinen Instruktionen.«

»Wenn Ihr sicher seid, Lord«, erwiderte Vigtyr. »Machen wir weiter, wo wir gestern aufgehört haben? Zeigt mir Eure Fußstellung.«

Das tat Roper, und Vigtyr verzog missbilligend das Gesicht. Er korrigierte Roper wieder mit seinem Schwert, diesmal jedoch mit der flachen Seite. »Arm an den Körper.«

Vigtyr korrigierte ihn erneut.

Und erneut. Und wieder. Die Korrekturen wurden ständig mehr, und Vigtyrs Miene wurde gleichzeitig immer entschlossener. »Seid Ihr dessen müde, Lord Roper?«

»Nein«, log er.

»Ihr wirkt auf mich wie ein sehr energischer Mann. Ein energischer Mann und ein ungewöhnlich entschlossener. Gebt Ihr Euch mit weniger als mit Perfektion zufrieden?«

»Nein«, gab Roper zu.

»Ich ebenso wenig. Und das braucht es auch, wenn man der Beste sein will. Den Schmerz an Eurer Hand. Die endlose Unzufriedenheit. Noch mal.«

Die Trainingseinheit musste Stunden gedauert haben, obwohl aufgrund des bewölkten Himmels und des Nebels schwer zu sagen war, wie viel Zeit tatsächlich verstrichen war. Schließlich forderte Vigtyr Roper auf, sich kurz auszuruhen, und gab ihm ein Übungsschwert. »Wir werden jede Sitzung auch in Zukunft auf diese Weise beginnen. Immer und immer wieder, bis Ihr perfekt seid.«

Roper ließ sein Schwert fallen und trank gierig aus seinem Wasserschlauch, während Vigtyr ihn kopfschüttelnd betrachtete. »Ihr trainiert für die Schlacht, Lord. Glaubt Ihr, dass dies hier härter ist als der Kampf in einer echten Schlacht? Wir dürfen nicht nachlassen.«

Roper warf den Schlauch zur Seite, hob das Schwert wieder auf, und sie kämpften. Vigtyr hielt sich nicht zurück. Es gelang Roper nur selten, ihn auch nur zu einer Parade zu zwingen. Vigtyrs Schwert tanzte förmlich in seiner kräftigen linken Hand, und die stumpfe Schneide prallte auf Ropers Hals, Achsel oder Schenkel.

»Noch mal!«, rief Vigtyr dann.

Auf dem Schlachtfeld in Harstathur, wo Roper mit Bellamus in einem Hagelsturm gekämpft hatte, hatte er den Blitzschlag gespürt. Alle in seiner Nähe waren in die Luft gerissen und zur Seite geschleudert worden, wo sie qualmend und leblos landeten. Roper hatte nur einen Hauch davon abbekommen: einen gewaltigen bebenden Schock, der ihm bis in die Eingeweide und Gliedmaßen gefahren war und ihn benommen und elend gemacht hatte. Das war derselbe Effekt, den das ständige *Noch mal!* Vigtyrs allmählich erzeugte. Er zuckte jedes Mal zusammen, wenn er es hörte, blinzelte wütend und nahm die Verteidigungsposition ein. Das Ergebnis war jedes Mal dasselbe. Ein kalter schmerzhafter Schlag. Und dann diese Worte … *Noch mal!*

So lernte Roper Vigtyr allmählich kennen. Die Energie des Zuchtmeisters schien unerschöpflich. Irgendetwas in ihm speiste eine nicht enden wollende Unzufriedenheit. Er machte immer und immer weiter, wurde immer unfreundlicher, und schließlich blätterte die Tünche der Zufriedenheit ab, und Gier kam darunter zum Vorschein. Sein Blick wurde sonderbar starr, als wäre der Zuchtmeister unter einem Bann. Immer und immer wieder griff er Roper an. *Noch mal!*

Roper wurde immer defensiver. Je wilder er angriff, desto härter bestrafte Vigtyr ihn. Aber er würde so lange weitermachen, wie der Zuchtmeister kämpfte. Aufzugeben kam nicht infrage. Von allen Studenten im Haskoli hatte Roper die Lektionen am gründlichsten aufgesogen. Niemals nachgeben! Gib dich vollkommen hin! Wenn einer kämpft, kämpfen alle. Dienen. Dienen. Dienen. *Noch mal! Noch mal! Noch mal!*

Als Vigtyr Roper schließlich mit dem Schwert am Kopf traf und ihn zu Boden warf, konnte Roper sich nicht mehr erheben. Vigtyr stand kampfeshungrig über ihm, und Roper konnte sich nur noch zu einem schützenden Ball zusammenrollen. Plötzlich glitt ein Schatten über das Gesicht des Zuchtmeisters. Er trat einen schnellen Schritt zurück und senkte sein Schwert.

»Geht es Euch gut, Mylord?«, wollte er wissen.

Roper nickte keuchend.

»Lassen wir es für heute gut sein«, erklärte Vigtyr. »Braucht Ihr Hilfe, Lord?«

Roper schwieg, während er sich sammelte. »Ich brauche nur … etwas Zeit, Vigtyr.«

Vigtyr verbeugte sich tief, sammelte die Trainingsschwerter ein und ließ Roper auf der Hügelkuppe zurück. Der wusste nicht, wie lange er dort liegen geblieben war. Am Ende zwang ihn dieses sonderbare Rasseln in seiner Brust, das er in den letzten Monaten ständig spürte, sich aufzusetzen und den Wasserschlauch zu holen. Erst als er ihn geleert hatte, bemerkte er zwei Stiefel neben sich. Sie waren aus braunem Leder, abgeschabt, alt und mit getrocknetem Lehm überzogen. Roper folgte mit dem Blick dem Stiefel nach oben, bis er das zerfurchte, gebieterische und markante Gesicht von Tekoa Urielson erkannte. Neben ihm stand Jokul, der ebenfalls auf Roper starrte.

»Ihr seht nicht gut aus, Lord Roper«, erklärte Tekoa. »Was auch angebracht ist.«

Roper streckte die Hand aus, und Tekoa zog ihn auf die Füße. »Angebracht?«

»Es gibt schlechte Neuigkeiten.«

»Und?«

»Uns wurde zugetragen«, begann Jokul barsch, »dass die Lieferung von Rüstungen und Waffen, die für die Unhieru gedacht waren, unterwegs abgefangen worden ist.«

»Abgefangen«, wiederholte Roper.

»Von Bellamus von Safinim«, sagte Jokul gedehnt.

»Was hat er damit gemacht?«

Jokul zuckte mit den Achseln. »Sie mitgenommen. Wir wissen nicht, wohin er sie gebracht hat, aber ganz sicher weit weg von den Unhieru.«

Roper sah Tekoa an, der ihn unter seinen zusammengezogenen Brauen anstarrte, als wäre Roper dafür verantwortlich. Roper verschränkte die Arme und blickte zu Boden.

»Und warum«, fragte er nach einem Moment, »sind Bellamus' Spione den unseren so sehr überlegen?«

»Ich habe Euch bereits gesagt, Lord Roper«, erklärte Jokul ungeduldig, »dass wir nichts haben, was mit ihrer Schrift vergleichbar wäre. Wir sind den Südmenschen so fremd, dass die meisten uns nicht einmal unter Androhung der Todesstrafe helfen wollen. Und jeden einzelnen Spion in dieser Armee auszumerzen …«

»Ausmerzen?«, fiel Roper ihm ins Wort. »Das ist doch Geierscheiße, Mann! Du bist der Meister der Kryptea! Wenn du einen Schwarm von Botentauben abfangen willst, versuchst du dann jede Einzelne abzufangen, die über deinen Kopf hinwegfliegt? Oder gehst du zu dem Mann, der sie aussetzt, und brennst sein verfluchtes Haus nieder? Vergiss die Spione – finde Bellamus!«

Jokul schwieg kurz. »Glaubt Ihr immer noch, dass dieser Feldzug hier richtig ist, Lord Roper?«, fragte er dann sehr leise. »Wir haben keinerlei Fortschritte gemacht, und jetzt haben wir auch noch die Verbündeten verloren, die wir unklugerweise rekrutiert haben.«

»Das ändert nichts«, knurrte Roper wütend. Er wusste jedoch, dass Jokul nicht der Einzige war, der nach Norden sah und davon träumte, nach Hause zurückzukehren. »Wir machen weiter. Du kannst gehen, Meister.«

Jokul drehte sich um und ging mit wütender Miene den Hügel hinunter. Roper wartete, bis er außer Hörweite war.

»Dieser Mensch ist eine fast ebenso große Last wie Bellamus selbst«, murmelte Roper. »Wusstest du, dass heute Morgen noch mehr ermordete Legionäre mit dem Brandmal des Kuckucks aufgefunden worden sind?«

»Das wusste ich«, bestätigte Tekoa. »Es waren Skiritai.«

»Können sie tatsächlich Spione gewesen sein?«

»Das ist verdammt unwahrscheinlich!«, erwiderte Tekoa.

»Also ermordet dieser Mistkerl willkürlich Legionäre, um Bellamus' Spione nervös zu machen«, sagte Roper verbittert. »Das untergräbt unsere Moral noch mehr, wo wir bereits hungern und frustriert sind.«

»Ich habe früher Aledas benutzt, um mir missliebige Leute vom Hals zu schaffen«, murmelte Tekoa.

Roper lächelte nicht. »Noch nicht, denke ich. Ich werde mich selbst um Jokul kümmern, bevor ich Aledas von der Leine lasse. Mehr Sorgen mache ich mir wegen der Unhieru. Vielleicht sollte man sie überzeugen, zu uns zu stoßen, noch bevor die Rüstungen eintreffen? Sie würden diese Palisaden im Nu zu Kleinholz verarbeiten.« Er warf einen Blick auf die Wälle von Lincylene.

»Ich habe Sorge, wie Gogmagoc reagieren wird, wenn er hört, dass die Südlinge uns einen so großen Schatz abgejagt haben«, sagte Tekoa. »Zweifellos würde er das als ein Zeichen ihrer Dominanz interpretieren und vielleicht zu dem Schluss kommen, sich die Sache mit dem Pakt noch einmal zu überlegen. Unabhängig davon … Wollt Ihr sie wirklich hier haben, unter unseren Männern? Ein paar Legionäre, die von der Kryptea getötet werden, sind unsere geringste Sorge, wenn wir ein Lager mit Gogmagocs Horden teilen müssen.«

»Wir müssen ihnen eine zweite Lieferung schicken«, erklärte Roper. »Und die sollte erheblich besser geschützt sein als die erste.«

Tekoa räusperte sich. »Wisst Ihr, wie viel die erste Lieferung gekostet hat, Lord Roper?«

»Das weiß ich nicht«, räumte der ein.

»Ich will Euch nicht mit derartigen Einzelheiten langweilen«, antwortete Tekoa säuerlich. »Es genügt zu sagen, dass Eure Schuld den Vidarr gegenüber schon jetzt ungeheuerlich ist und dieser Krieg bis jetzt kaum nennenswerte Beute eingebracht hat. Vielleicht sollten wir die Unhieru in ihrem Heimatland lassen.«

»Nicht schon wieder dieses Thema«, gab Roper zurück. »Unser Feldzug ist schon jetzt fast am Ende. Ohne die Unhieru können wir genauso gut denjenigen nachgeben, die verlangen, dass wir den Feldzug abbrechen.«

Dazu sagte Tekoa nichts.

»Was wir auf keinen Fall tun werden!«, fuhr Roper fort. »Wir müssen die Unhieru auf unsere Seite ziehen. Es muss uns einfach gelingen. Was es auch kosten mag, ich werde die Schuld begleichen und die Vidarr für ihre Mühe reichlich entlohnen.«

»Und wann werden wir diese Rückzahlung zu sehen bekommen?«, erkundigte sich Tekoa.

»Bei Tagesanbruch!«, erklärte Roper. »Verdammt sei die Warterei. Ich habe Hunger, und ohne den Nachschub dieser Stadt fällt die Armee auseinander. Was wir jetzt brauchen, ist neuer Schwung. Wir haben genug Belagerungswaffen, um die Wälle zu durchbrechen, also überfluten wir ihre Straßen, wie wir es den Männern versprochen haben. Lincylene soll bluten.«

Die beiden gingen ins Lager hinab.

Die Wolken waren aufgerissen, und die Fetzen wurden von

der Sonne rosafarben und rot angeleuchtet, während sie über ihnen dahinzogen. Selbst der Himmel dahinter war gerötet, und im Westen ging die Sonne so blutrot unter, dass es aussah, als wäre sie tödlich verwundet und würde sich nie wieder erheben.

Jeder konnte ein Informant für Bellamus sein. Als Roper den Kommandeuren erzählte, dass sie die Stadt im Morgengrauen angreifen würden, bat er sie deshalb, das bis zum letzten möglichen Augenblick vor ihren Männern geheim zu halten. In Erwartung neuen Proviants am nächsten Tag bereitete Keturah einen ungewöhnlich schmackhaften Eintopf zu, aber er fühlte sich zu elend, um viel essen zu können.

Roper verstand es, sich zu beschäftigen. Er schärfte *Kaltschneide,* reparierte seine Stiefel und wickelte Leder um seine Handfläche und zwischen seine Finger, um sich vor Blasen zu schützen und die Knochen in ihren Gelenken zu sichern. Er rieb etwas Fett auf die Haut, wo die Ränder von Rüstung und Helm drücken würden, und bohrte ein zusätzliches Loch in seinen Schwertgurt, der auf diesem Feldzug zu weit geworden war. Das half ihm, das Donnern in seiner Brust zu ignorieren und die Unruhe, die ihn erfüllte. Er sah aus den Augenwinkeln, wie Keturah ihn beobachtete.

»Was waren das für Fragen, die du der Leitenden Historikerin neulich abends über die Stille gestellt hast?«, fragte sie in dem offensichtlichen Bemühen, ihn abzulenken.

»Es ging um etwas, was Gray über die Tugend der Stille gesagt hat. Offenbar sind Sigrid und Frathi Autoritäten auf diesem Gebiet.«

Keturahs Miene verzog sich spöttisch. »Dieses Schweigen steht Sigrid gut an, weil sie wunderschön ist«, erklärte sie. »Wäre sie hässlich, würden die Menschen sie langweilig nennen.«

»Langweilig würde ich sie nicht nennen«, gab Roper zurück.

»Wie dann?«

»Linkisch.«

Keturah schnalzte missbilligend mit der Zunge. »Da irrst du

dich sehr, Gemahl. Sie ist nicht linkisch. Sie ist friedfertig.« Keturah setzte sich neben ihn, und als er weiter ins Feuer blickte, lächelte sie ihn von der Seite an. »Du wärst schrecklich gelangweilt, wenn ich schweigen würde.«

»So etwas könnte ich mir bei dir auch wirklich nicht vorstellen«, gab Roper zurück.

Keturah warf den Kopf in den Nacken und lachte schallend. »Du bist so entzückend, wenn du mürrisch bist, mein Gemahl. Diese kleinen Funken, die du schlägst.« Roper lächelte unwillkürlich. »War es denn nicht mein Geist, der dich angezogen hat?«

»Ich glaube, du erinnerst dich nicht richtig an die Umstände unserer Hochzeit«, gab Roper zurück und grinste.

Keturah lachte erneut. »Es hat nur eine Viertelstunde gedauert, deshalb kann man das leicht vergessen. Wenn wir Sigrid das nächste Mal sehen, werde ich dir beweisen, dass sie keineswegs linkisch ist.«

Die Kommandeure kehrten allmählich zum Feuer zurück. Gray setzte sich rechts neben Roper. »Ich habe gehört, du hast mit Vigtyr geredet«, sagte Roper unvermittelt.

»Das habe ich. Ich habe ihm gesagt, er solle Euch so gut wie möglich unterweisen, aber Euch dabei nicht verwunden. Und er sollte Euch auch noch am Ende jeder Lektion etwas Energie übrig lassen.«

Roper war nicht bewusst, dass er wütend war, bis er seine eigenen Worte hörte. »Ich bin kein Kind, Gray. Ich brauche deine Einmischung nicht. Wenn ich das Gefühl habe, dass Vigtyr mich zu hart behandelt, kann ich ihm das selbst sagen.«

»Nur würdet Ihr das nicht tun, Lord«, antwortete Gray ruhig und zog seine Stiefel aus. »Eure scheinbar unerschöpfliche Kraft ist genau das, was Euch dazu verleitet, Euch zu überfordern. Ihr stürzt euch in eine Sache und blickt nicht zurück. Ihr seid viel zu eifrig dabei, um Vigtyr aufzufordern, etwas weniger hart zur Sache zu gehen. Denn Ihr betrachtet das als eine Prüfung für Euch selbst.«

»Gray, du hörst mir nicht zu!«, fuhr Roper vehement fort. »Ich will nicht, dass du meine Schlachten schlägst.«

»Wenn Ihr meine Dienste nicht mehr benötigt, Lord, solltet Ihr mich entlassen.«

Roper knurrte frustriert. »Du bist fast so stur wie Pryce.«

»Dafür bewundere ich ihn sehr.«

Schweigen machte sich zwischen ihnen breit, das unangenehmste Schweigen, das Roper je mit seinem Freund erlebt hatte. Er starrte ins Feuer, selbst etwas erschrocken über seinen Ärger. Er brauchte eine Weile, bis er begriff, dass er immer noch die Narben von Uvorens Verhalten ihm gegenüber im letzten Jahr trug. Die kleinste Andeutung von Herablassung, Kontrolle oder Einmischung rief bei Roper sofort Widerstand hervor. Das und der Hunger, vermutete er. Alle waren gereizt.

Gray verzichtete darauf, sich wie die Kommandeure auf die Schlacht vorzubereiten. Er setzte sich mit verschränkten Beinen auf den Boden, einen Beutel mit frischem Wildbret vor sich. Mit einem Langmesser schnitt er das Fleisch zu dünnen Streifen und legte sie auf einen Trockenrahmen. Kurz darauf kam Sigrid, um das Fleisch einzusammeln, und sah auf ihn herab.

»Willst du nicht versuchen, etwas zu schlafen?«, fragte sie.

»Ich werde heute keinen Schlaf finden«, antwortete er. »Es ist besser, wenn ich mich ablenke.«

Grays Frau war so schön, wie Keturah gesagt hatte. Sie hatte ein schmales Gesicht, seidenweiche helle Haut, weißblondes Haar und Augen so blau wie der Himmel. Sie sah von Gray zu Roper und Keturah, ihre Mundwinkel hoben sich, und ihre Augen verengten sich … Ihre Art zu lächeln.

»Mylord, Lady«, sagte sie. »Wie schön, Euch beide wiederzusehen.« Die beiden standen auf und umarmten sie.

»Schön, dich wiederzusehen, meine Liebe«, wiederholte Keturah den liebevollen Gruß der Anakim. »Wie ich sehe, erfüllt dein Ehemann die häuslichen Pflichten erheblich lieber als meiner.«

Sigrid strahlte Keturah einfach nur an, ohne etwas zu sagen. Und Roper merkte sich diesen Moment, um ihn später als Beweis für Sigrids linkisches Benehmen anzuführen.

Keturah sprach weiter. »Ich fürchte, er bleibt nur deshalb so lange fort, damit wir nicht zu viel Zeit in der Gesellschaft des anderen verbringen müssen. Er glaubt, ich rede zu viel, und hofft, dass du mich von den Vorzügen der Stille überzeugen kannst.«

Sigrid lachte. »Ich bin mir nicht sicher, ob ich dazu etwas Kluges sagen kann.«

»Sag ihnen, was du mir erzählt hast, Liebste.« Gray war immer noch in seine Aufgabe vertieft. »Es wird heute sehr viel Stille geben. Es kann nur gut sein, wenn sie sie zu schätzen lernen.«

»Wenn Ihr etwas darüber hören wollt.« Sigrid kniete sich hin und setzte sich dann auf ihre Fersen.

»Im Moment würde ich mir alles anhören«, erklärte Roper.

Sigrid blickte nachdenklich ins Feuer. »Vielleicht sollten wir mit der Frage beginnen, warum wir hier sind. Ich glaube, um zu lernen. Um zu lernen, muss man zuhören, und um zuzuhören, muss man schweigen. Ich habe versucht, mein Leben nach diesem Grundsatz zu leben, und nach einer Weile erkennt man allmählich, wie gewalttätig Worte sein können, selbst freundliche. Stellt Euch einen perfekten Moment in einem Wald vor.«

Roper tat es. Er war im Freyi, Keturahs Kopf lag in seinem Schoß, und das Licht der Sterne drang durch das Laubdach.

»Vielleicht sagt ihr einander, wie wunderschön dieser Moment ist«, fuhr Sigrid fort. »Doch indem ihr es aussprecht, zerstört ihr ihn. Ihr beschneidet die Erfahrung. Worte definieren, umschließen und kategorisieren. Ihr solltet das Schweigen sprechen lassen. Ihr teilt die Erfahrung genauso in der Stille, wie ihr sie mit euren Worten teilen könnt. Ein Teil des Wunders dieses Augenblicks war die Stille und die Tatsache, dass ihr rein darin wart und sie nicht eurem Gefährten erklären musstet. Klingt das einleuchtend?« Sie hob den Blick und sah zwischen Roper und Keturah hin und her.

Roper spürte, wie seine Meinung von Sigrid sich veränderte. Es stimmte, nichts an ihr, an ihrem ruhigen blauen Blick, war linkisch.

»Ich glaube schon«, antwortete er nachdenklich.

»Nicht für mich«, widersprach Keturah unverblümt. »Wenn wir alle so leben würden, wäre da nicht das Ergebnis, dass jeder weniger Spaß daran hat zu reden? Und es wahrscheinlicher wird herauszufinden, dass du mit der Gesellschaft, in der du dich befindest, unzufrieden bist?«

»Das hängt davon ab, was Ihr an Eurer Gesellschaft wertschätzt«, antwortete Sigrid. »Aber ich spreche auch nicht davon, dass alle aufhören sollten zu reden. Ich sage nur, dass wir auch schweigen sollten, um ein bisschen Zeit für die Stille zu finden.«

Aber nicht jetzt, dachte Roper. *Nicht vor der Schlacht.*

»Ist das alles?«, wollte Keturah wissen.

»Fangt damit an«, sagte Sigrid, »und vielleicht erkennt ihr dann auch allmählich, wie wunderschön Worte tatsächlich sind. Stille schafft Kontrast. Man kann sie den Worten entgegensetzen, und sie verleiht ihnen mehr Gewicht. Kontrast ist eine der Wurzeln des Vergnügens. Aber Ihr, Lord Roper, wisst bereits sehr viel darüber«, setzte sie hinzu. »Denn erlebt Ihr nicht dieselbe Tugend auf dem Schlachtfeld? Ganz und gar den Moment zu leben, die Freiheit und das Vergnügen dieses Augenblicks. Der *Kontrast,* der Euer Leben zu Hause in die richtige Perspektive setzt und die süßen Momente noch süßer macht, und die Momente, die Ihr vielleicht langweilig nennt, friedvoll. Die Flut der Emotionen, die eine Schlacht freisetzt, und im Vergleich dazu die Banalität des Gewöhnlichen.«

Roper war fasziniert. Die Kommandeure hatten ihre Vorbereitungen erledigt und beobachteten Sigrid, und sie sah sich am Feuer um. »Ich muss zu meinen Pflichten zurückkehren«, sagte sie, stand auf und nahm den Rahmen mit dem trocknenden Wildfleisch. »Ich wünsche Euch allen morgen viel Glück.«

Die Kommandeure bedankten sich murmelnd und wünschten eine gute Nacht, und auch Tekoa erhob sich. Er wollte sich verabschieden und versuchen zu schlafen.

»Kameraden, bevor ihr geht«, sagte Roper. »Ihr wisst jetzt, wie der morgige Tag werden wird. Wir werden an Lincylene ein Exempel statuieren.« Er verzog bedauernd das Gesicht. »Sie haben sich uns widersetzt und unseren Forderungen verweigert. Aus diesem Grund gewähren wir keinerlei Gnade. Ich weiß, dass das grausam scheint. Ich weiß, dass es fast wie Besessenheit wirkt und Eure Ehre sich dagegen sträuben wird. Aber morgen werden wir jedes Lebewesen töten, das hinter diesen Palisadenwällen lebt. Nichts wird überleben. Gar nichts.« Er blickte kurz zu den kalten Sternen hoch und sah dann seine Kommandeure wieder an. »Habt ihr das verstanden?«

Sie nickten.

»Dann bis morgen.«

24. KAPITEL

DIE WAFFE

Die letzten Tage waren sehr aufwühlend für Bellamus gewesen.

Es war schon spät, und er saß am Feuer im Spinnennetz. Stepan und er hielten Becher mit gewürztem Bier in den Händen. Der Regen prasselte gegen die Fenster. Jedes Mal, wenn die Tür aufging und eine neue Botschaft für den Meisterspion gebracht wurde, fegte kalte, feuchte Luft herein, sodass die Flammen der Kerzen tanzten. Ihr letzter Besucher war Hrothweard, der Arzt, gewesen. Er hatte Bellamus' verletztes Auge untersucht und seine Verblüffung darüber geäußert, dass keine Spur einer Infektion zu sehen war.

Bellamus selbst jedoch war nicht besonders überrascht gewesen. Er hatte schon immer das Glück auf seiner Seite gehabt. Allerdings stellte er fest, dass er immer wieder an Gegenständen vorbeigriff, wenn er versuchte, sie aufzuheben, fand das aber meistens nur amüsant.

»Ich habe heute eine sonderbare Gestalt hier herumschleichen sehen«, sagte Stepan.

»Ach?« Bellamus war nicht sonderlich interessiert.

»Sehr groß, viel zu groß für einen Südmenschen, dachte ich. Er war am Ende der Straße und hatte eine Kapuze aufgesetzt. Ich habe ihm zugerufen, stehen zu bleiben. Er bog um die Ecke, und als ich ihm folgte, war er verschwunden. Ich habe ihn nirgendwo finden können.«

»Einer unserer Anakim-Boten«, behauptete Bellamus. »Unndor oder dieser andere, Urthr.« Garrett konnte es nicht gewesen sein, denn Bellamus hatte ihn sofort nach ihrer Rückkehr mit einem Auftrag aus Brimstream weggeschickt. Er war immer noch zornig auf den Mischling und wollte nicht mehr mit ihm allein sein.

»Wenn es wirklich einer von ihnen war, dann hat er sich jedenfalls merkwürdig benommen«, antwortete Stepan. Er warf sich eine Wolldecke über die Schultern und betrachtete Bellamus prüfend. Ganz offensichtlich war ihm dessen Gleichgültigkeit rätselhaft. »Was hast du denn die ganze Zeit in dieser Scheune gemacht?«, fragte er.

Bellamus trank einen Schluck Bier. Er lauschte dem Heulen des Windes und hörte das Quietschen von rostigen Angeln, die der Wind bewegte. »Ich habe etwas entdeckt«, antwortete er dann.

»Ach ja? Das klingt ja alles sehr geheimnisvoll«, meinte Stepan langsam. »Was denn?«

»Eine Waffe«, antwortete Bellamus. »Und ich bin nicht sicher, ob ich sie einsetzen will.«

»Würdest du mir das erklären?«

Bellamus trank noch einen Schluck Bier. »Das werde ich wohl müssen.« Er starrte nachdenklich vor sich hin und berührte dann den Verband mit der Salbe über seinem Auge. »Weißt du noch, was der frühere Herbergswirt dieser Schänke über die Sklavenpest gesagt hat? Dass wir sie nicht bekommen können, sondern nur die Mischlinge?«

Stepan nickte.

»Er hatte recht. Ich habe es selbst ausprobiert. Ich bin zu einem dieser erkrankten Mischlinge gegangen und habe alles getan, damit er mich ansteckt. Ich bin nicht erkrankt.«

Stepan lachte ungläubig. »Ist das dein Ernst?« Doch dann erkannte er an seiner Miene, dass sein Freund keineswegs einen Scherz gemacht hatte. »Bist du wahnsinnig geworden?« Er starrte ihn eine ganze Weile an, aber Bellamus erwiderte den Blick nicht. »Warum hast du das gemacht?«

»Weil ich vermutet habe, dass es der Anakim-Anteil eines Mischlings ist, der für diese Krankheit anfällig ist«, erklärte Bellamus. »Und ich musste herausfinden, ob das stimmt. Durch den Versuch, mich selbst zu infizieren, konnte ich ausschließen, dass es der Teil der Südmenschen ist. Und danach musste ich nur noch überprüfen, ob es auch die Anakim selbst befallen kann.«

»Allmächtiger Gott«, sagte Stepan leise. Seine Augen schimmerten weiß in der Dämmerung. »Deshalb wolltest du Gefangene der Anakim. Ich dachte, du wolltest versuchen, sie zu Informanten zu machen wie die anderen. Aber du stellst Experimente mit dieser Seuche an ihnen an!«

Bellamus nickte. »Ja, das mache ich. Das heißt, ich habe es gemacht.« Er blickte eine Weile in seinen Becher. »Und ich schäme mich dafür.« Das Feuer knackte laut. »Aber ich schäme mich, weil mein Verdacht zutreffend war. Die Anakim sind anfällig für die Sklavenpest. Der Legionär, den ich mit dieser Seuche infiziert habe, liegt jetzt, in diesem Augenblick, sterbend in der Scheune.«

»O mein Gott!«, stieß Stepan heiser hervor. Dann schwieg er lange. »Das ist so neu …«, sagte er schließlich. Der Ritter versuchte ganz offensichtlich Zugang zu diesem gewaltigen Thema zu finden. »Und zwar in jeder Hinsicht. Was dich angeht, deine Idee … Ich habe so etwas noch nie zuvor gehört. Warum hast du das gemacht?«, erkundigte er sich schließlich. »Ich habe noch nie erlebt, dass du Gefangene grausam behandelst. Selbst wenn du einen als Spion rekrutierst, hast du raffinierte Taktiken angewendet, gewiss, aber du hast dich immer an deinen Kodex gehalten. Ich erinnere mich noch gut, wie du über Erpressung geredet hast, über Irreführung und Täuschung. Aber du hast immer eine Grenze gezogen. Deine Verhöre sind so … höflich. Weder folterst du, noch benutzt du die Familie als Druckmittel, so effektiv so etwas auch wäre. Die Leute behaupten, dass du keine Skrupel hättest und zu allem imstande wärest, aber ich habe niemals einen Beweis dafür gesehen. Habe ich mich in dir getäuscht? Oder hat sich etwas verändert? Und wenn ja, warum?«

»Du hast dich nicht geirrt«, antwortete Bellamus. »Ich war immer ehrlich. Ich habe niemals die Familien meiner Gefangenen bedroht oder Druck oder Folter benutzt, aber ich habe mich vor allem aus egoistischen Gründen zurückgehalten. Der Gewinn erschien mir immer zu gering im Vergleich zu dem großen Leiden, das ich verursache, und das hätte sich unangenehm angefühlt. Aber dies hier … das ist etwas anderes. Es ist schlimm, was mit dem Legionär dort drüben passiert.« Bellamus deutete mit einem Nicken auf die Wand des Spinnennetzes, als könnten sie dahinter die dunkle Scheune im Regen sehen. »Er ist ein guter Mann, der zum falschen Zeitpunkt am falschen Ort gewesen ist. Ich bedaure ihn. Aber nachdem mir dieser Gedanke gekommen ist, hatte ich da nicht auch die Pflicht, ihm nachzugehen und ihn zu erforschen? Ich wusste, dass ich möglicherweise eine Waffe gefunden hatte, mit der wir diesen Krieg gewinnen könnten. Aber um sie zu entwickeln, musste einer unserer Feinde auf schrecklichste Art und Weise sterben. Wäre es nicht dennoch falsch gewesen, eine solche Gelegenheit zu ignorieren? Ist das, was ich getan habe, denn so viel schlimmer als der Tod der Legionäre, die wir bei dem Überfall auf diesen Waffentransport getötet haben?« Er sah den Ritter hoffnungsvoll an.

Stepan wandte den Blick ab. »Mir erscheint das schlimmer«, sagte er.

»Ich stimme dir zu, es scheint schlimmer zu sein, aber wenn ich genauer darüber nachdenke, finde ich keinen echten Grund, warum das so ist. Er stirbt auf schreckliche Weise, aber es ist kein üblerer Tod als der eines Kriegers, der bei einem Kampf verletzt wurde und an Wundfieber verreckt. Nein, sein Tod ist sogar erheblich sinnvoller als der der anderen. Stell dir vor, wie viele Menschen gerettet werden könnten. Ganz Albion könnte gerettet werden! Wäre ich vor diesen Experimenten zurückgeschreckt, obwohl ich wusste, dass sie den Ausschlag geben könnten, wäre das … Feigheit gewesen.« Er sagte das Wort trostlos ins Feuer und leerte seinen Becher. »Ich habe so lange nach einer Möglichkeit gesucht, wie wir unseren Feind besiegen können. Wir sind hoffnungslos unterlegen. Ich habe so viele Waffen entwickelt und ausprobiert, die uns einen Vorteil verleihen sollten.« Er deutete resigniert auf einen Tisch auf der anderen Seite des Raums, auf dem seine Erfindungen verstreut lagen. Bellamus selbst war kein besonders guter Handwerker, aber er hatte gute Ideen, und es gab keinen Mangel an erfahrenen Handwerkern in Brimstream, die sie umsetzen konnten. Er hatte überlegt, wie ein Südmensch am besten einen Vorteil gegenüber einem Anakim gewinnen könnte, und war zumeist auf Gift verfallen.

Gift wurde nicht von den Knochenplatten der Anakim aufgehalten, ebenso wenig von ihrer Größe und Stärke. Er hatte ein Dutzend Methoden entwickelt, wie man dieses Gift verabreichen könnte. Auf seinem Schreibtisch lag ein ungewöhnlich scharfer Gänsekiel, der in gewisser Weise auch zum Schreiben geeignet war. Jedenfalls gut genug, hatte er sich gesagt, um ein des Schreibens nicht mächtiges Volk zu täuschen. Aber die Tinte war ein schnell wirkendes Gift, das aus Fingerhut gewonnen wurde. Daneben lag ein Handschuh mit einer Geheimtasche auf dem Handrücken. Zog man an einem winzigen Faden, wurde ein Pulver freigesetzt, das den Feind blendete, wenn man es ihm in die Augen blies. Die untere Hälfte des harmlos wirkenden Stabes daneben war mit Blei umwickelt und so geschickt bemalt und geformt, dass dieses Blei dem Holz glich. Der Stab war so dünn, dass jemand versucht sein könnte, einen Arm zu heben, um den Hieb abzuwehren, der den Arm jedoch zertrümmern würde. Auf dem Tisch standen Kerzen, die einen schrecklichen Rauch erzeugten, wenn man sie anzündete, bei dem einem die Augen tränten. Besonders stolz war Bellamus auf ein Buch, dessen Deckel einen Federmechanismus in den Seiten verbarg. Wenn man das Buch öffnete, wurde eine Ladung ätzendes Kalkpulver freigesetzt, das Augen und Mund zerstörte. Da die Anakim nicht lesen konnten, hatte er das Buch sogar betitelt: *Die Giftigsten Seiten, von Bellamus von Safinim.* Der Untertitel lautete: *Unter keinen Umständen öffnen.*

»Das alles ist nur Spielzeug«, erklärte Bellamus abschätzig. »Ich kann die Thingalith vielleicht bis zu den Zähnen bewaffnen, aber das wird in diesem Krieg keine entscheidende Rolle spielen. Diese Seuche dagegen schon. Sie könnte verheerende Auswirkungen haben.«

»Aber was jetzt?«, wollte Stepan wissen. »Du hast also diese Waffe gefunden … eine Seuche, die nur unsere Feinde infiziert. Willst du sie gegen sie einsetzen? Und Zehntausende von ihnen mit dieser Krankheit töten?«

»Die Anakim müssen sterben, wenn wir diesen Krieg gewinnen wollen«, erklärte Bellamus.

»Aber auf dem Schlachtfeld!« Bellamus hatte Stepan noch nie so aufgebracht gesehen. »Ehrenvoll, im Kampf Mann gegen Mann. Und nicht von einer derartig heimtückischen Krankheit niedergestreckt.«

Bellamus lächelte seinen Freund traurig an. »Du betrachtest einen kriegerischen Konflikt aus dem Blickwinkel eines Ritters, mein Bruder. Ich dagegen habe eine weit bescheidenere Abstammung. Wenn ich diese Waffe nicht einsetze, wüsste ich nicht, wie wir die Anakim daran hindern sollten, ganz Süddal zu unterwerfen. Wenn wir sie auf dem Schlachtfeld bekämpfen, werden wir verlieren.«

»Das sagst du, aber haben wir es bis jetzt nicht gut gemacht?«, wollte Stepan wissen. »Werden sie nicht immer hungriger und opfern Männer und Zeit vor den Mauern von Lincylene? Und wir haben gerade die Unhieru daran gehindert, in den Kampf einzugreifen, oder es zumindest hinausgezögert. Ich sehe nicht, dass wir schon verlieren. Und ich glaube nicht, dass wir zu einem derartigen Mittel greifen müssen.« Er beugte sich vor und starrte Bellamus eindringlich an.

»Die Anakim marschieren weiter«, antwortete der Emporkömmling leise. »Ich habe gedacht, das Wasser zu vergiften könnte sie länger aufhalten, aber unser Feind hat große Erfahrung darin, von den Früchten des Landes zu leben. Ich dachte, dass sie ihrem Heimweh erliegen würden, wenn wir ihren Fortschritt behindern, und sie wieder nach Norden zurückkehren. Aber irgendein Wille treibt sie weiter. Wir verlieren, Stepan. Wir haben diese Armee nicht genügend schwächen können, und wenn Earl Seaton mit seinen Streitkräften hier eintrifft, wird er feststellen, dass die Armee der Anakim auf dem Schlachtfeld nahezu unaufhaltsam ist.«

Er stand auf, um seinen Becher neu zu füllen, und bot auch Stepan mehr von dem Bier an, doch der Ritter lehnte ab. »Aber ich habe noch nicht entschieden, was ich tun werde. Trotz allem, was ich gesagt habe, bringe ich es nicht über mich, diese Krankheit auf die Anakim loszulassen. Noch nicht.«

»Aber du würdest es tun?«

Bellamus zuckte unmerklich mit den Schultern. Stepan lehnte sich auf seinem Stuhl zurück und leerte den Becher mit dem Bier. Dann starrte er einen Moment in das leere Gefäß, bevor er aufstand und Speisen auf einen Teller häufte. Bellamus nahm den Stapel mit Botschaften, der neben ihm auf dem Tisch lag, und die alle auf irgendeine geniale Art zugestellt worden waren. Einige waren in Eiern versteckt gewesen, deren Schalen mit Essig aufgeweicht, mit einem harten Messer geöffnet und dann mit kaltem Wasser wieder gehärtet worden waren, nachdem die Botschaft hineingelegt worden war. Die, die er jetzt in der Hand hielt, war auf Seide geschrieben und in eine Strumpfhose eingenäht worden. Er lächelte schwach, als er an den ihm unbekannten Umhang dachte, den er am Tag zuvor hier gefunden hatte. Er hatte ihn in Fetzen gerissen auf der Suche nach einer verborgenen Botschaft, als plötzlich einer seiner Thingalith aufgetaucht war und sagte, er hätte seinen Umhang auf dem Tisch liegen lassen und ob Bellamus ihn vielleicht gesehen hätte. Bellamus hatte dem Mann versprochen, ihn zu ersetzen.

Als er jetzt auf das Stück Seide blickte, erkannte er Aramillas Handschrift. Er sah zu Stepan, der immer noch kaltes Fleisch auf seinen Teller häufte, und zog rasch den kleinen Holzrahmen heraus, mit dem er die Botschaft dechiffrieren konnte. Er hatte sie zu Ende gelesen und den Rahmen wieder in dem Stapel mit Papieren versteckt, als Stepan sich herumdrehte und zu seinem Stuhl zurückkehrte. Er wusste, dass er den Schock über das, was er gelesen hatte, in seiner Miene nicht verbergen konnte, aber Stepan schien abgelenkt zu sein. Er sah Bellamus nicht an, und als er schließlich sprach, klang er elend und resigniert.

»Ich will nach Hause, Hauptmann.«

»Nach Hause?«, fragte Bellamus abwesend. »Ist es wegen der Seuche?«

»Nein, nein!«, erwiderte Stepan hastig. »Es liegt nicht an irgendetwas, das du getan hättest. Aber als ich letztes Jahr nach Norden gezogen bin, erwartete ich, dass dieser Feldzug höchstens ein paar Monate dauern würde. Ich bin jetzt seit mehr als einem halben Jahr von meiner Frau getrennt, Gott segne sie, und auch von meinen Besitzungen. Ich glaube an das Werk, das wir hier tun, und du weißt, dass ich dir gegenüber loyal bin, Hauptmann. Der Herr weiß, dass ich unseren Rückzug aus dem Schwarzen Königreich ohne dich nicht überlebt hätte. Keiner von uns hätte das. Aber jetzt … Dieses Leben, das wir hier führen, ist nicht das, wofür ich ursprünglich aufgebrochen bin. Ich habe schon vor langer Zeit gedacht, es wäre endlich ein Ende in Sicht. Ich dachte, wir würden offen kämpfen, auf dem Schlachtfeld, nicht im Schatten. Ich vermisse meine Frau. Ich vermisse meine Hunde, ich vermisse es, Getreide zu säen. Immer wieder denke ich an die Apfelernte letztes Jahr und wie sie wohl gewesen ist. Wir haben ein Dutzend Setzlinge in die Erde gebracht, und ich möchte sehen, wie sie gedeihen. Ich weiß nicht, wie die Dinge bei mir zu Hause stehen, denn auch wenn ich Ede Botschaften schicke, kann sie mir nicht antworten, weil sie nicht erfahren darf, wo ich bin. Die Schwarzen Legionen werden Lincylene schon bald eingenommen haben und dann nach Süden marschieren. Ich will zu Hause sein, bei meiner Frau und meinen Dienern, wenn die Kriegsmaschinerie der Anakim über unsere Ländereien herfällt.«

Bellamus hörte ihm erschüttert zu. Stepan war der Mensch, der ihm im Moment am nächsten stand, fast wie ein Verwandter. Sie hatten Grenzen überquert und waren von Ehrgeiz und Gier getrieben worden, aber die Worte seines Freundes ließen ihn zum ersten Mal darüber nachdenken, was ihn das alles kostete. Dann jedoch nahm er sich zusammen. Stepans Vorstellung eines Zuhauses klang deshalb so romantisch, weil er ein Ritter war, der Besitzungen hatte und eine Zukunft. Bellamus verfügte über nichts dergleichen. Er musste hier sein tödliches Gewerbe ausüben, wenn er die Hoffnung auf eine solche Zukunft auch nur am Leben erhalten wollte.

»All das verstehe ich, Stepan«, sagte er. »Und ich kann dir nicht widersprechen oder dir ein einziges Wort davon vorwerfen. Dies ist ein langer, trostloser Kampf. Zweifellos wäre dein Leben mit deiner Frau in dem schönen Heim, das du beschreibst, erheblich angenehmer. Geh, wenn du das tun musst. Geh nur, ich halte dich nicht auf. Ich verdanke dir ebenfalls mein Leben. Du hast deine Schuld an mich mehr als nur zurückgezahlt. Ich kann nur sagen, dass ich mich immer auf dich verlassen konnte.«

Stepan rutschte unbehaglich auf seinem Stuhl hin und her. »Ich würde dich sehr vermissen, sowohl wegen deiner Gesellschaft als auch wegen deiner Fähigkeiten. Denn du wirst hier gebraucht und kannst etwas bewirken. Aber das soll dich nicht aufhalten, wenn du so empfindest, wie du es geschildert hast.« Bellamus hatte seine Familie mit vierzehn Jahren verlassen. Er konnte diese sexuelle Beziehung mit einer Königin unterhalten, ohne auch nur die geringste emotionale Bindung zu ihr zu verspüren. Und er hatte bei diesem Krieg schon so viele Kameraden verloren, dass er kaum noch Energie darauf verschwendete, zu einem von ihnen ein persönliches Band zu knüpfen. Aber irgendwie hatte er sich auf den Ritter verlassen, und jetzt wurde ihm klar, wie einsam er sich fühlen würde, wenn Stepan verschwunden war.

»Also …«, begann Stepan. »Die Schwarzen Legionen stehen immer noch vor Lincylene. Und soweit wir wissen, haben sie vor, es noch eine Weile zu belagern. Stimmt das?«

Bellamus nickte.

»Ich könnte bleiben, bis sie die Stadt eingenommen haben. Danach … danach muss ich nach Hause zurückkehren.«

»Dafür bin ich dankbar.« Bellamus hob seinen Becher und prostete Stepan zu.

Er brauchte jetzt dringender einen Freund als jemals zuvor. Denn die Nachricht, die Aramilla ihm geschickt hatte, besagte, dass man ihr Geheimnis gelüftet hatte. Ihr Vater hatte sie entdeckt, und er würde sie hinrichten lassen, wenn sie nicht genau das tat, was er ihr befahl. *Bitte,* stand in der Nachricht, *bitte, mein Emporkömmling: Schick mir alle Informationen, die du besitzt. Er wird sie im Kampf gegen die Anakim benutzen, und nur das kann mein Leben retten.*

Bellamus stand auf, um sich noch einen Becher Bier einzugießen. Als er am Kamin vorbeikam, versperrte er Stepan mit seinem Rücken den Blick und warf den Seidenfetzen in die Flammen.

25. KAPITEL

BRIMSTREAM

Es war Morgen. Niemand an Ropers Feuer hatte geschlafen. Den Legionären hatte man eine schlaflose Nacht erspart, denn ihnen wurde erst kurz vor Morgengrauen mitgeteilt, dass sie angreifen würden. Sie erhoben sich hastig und halfen sich gegenseitig in ihre Rüstungen. Keturah schnallte Roper seinen Kürass um, so fest, als wäre er eine Muschel, und drückte ihm einen Kuss auf seine Brustplatte. Dann flocht sie ihm das Haar zu einem Kriegerzopf, den sie durch ein Loch auf der Rückseite des Helms zog. Als sie ihm den Helm aufsetzte, wurde Roper zu der Waffe ihres Königreiches: dem Mann hinter dem Visier. Er zog seine Handschuhe an, und Keturah schnallte ihm den Schwertgurt um.

Als sie ihre Arme um seine Taille schlang, legte er ihr eine Hand auf die Schulter und deutete mit einem Nicken auf die grauen Mauern von Lincylene. Keturah drehte sich um und erblickte etwas Sonderbares: Über den Palisaden stieg eine Rauchsäule auf. Sie sah Roper an. »Feuer?«

»Aber warum?«, fragte er. Die anderen an ihrem Feuer waren bis auf Keturah und die Leitende Historikerin alle gepanzert und drehten sich jetzt ebenfalls dorthin um. Ihre Welt mochte ruhig sein, aber offenbar tobte in Lincylene irgendein Tumult.

»Wir sollten abwarten, bis wir wissen, was sich dort tut«,

meinte Tekoa, während er die Rauchsäule betrachtete. »Wer weiß schon, was sich hinter diesen Palisaden abspielt.«

»Noch besser wäre es«, widersprach Roper, »das zu nutzen und die Palisaden zu stürmen. Sollte das wirklich ein großer Brand sein, sind sie gewiss abgelenkt. Wir greifen jetzt an.« Er umfasste kurz Keturahs Ellbogen und wandte sich dann zu der Stadt um.

»Ich habe noch nie begriffen, warum man eine Siedlung aus Holz baut«, meinte Tekoa, als die Kommandeure sich hinter Roper einreihten und in Richtung Stadt marschierten. Sie schritten an den Reihen der Legionäre vorbei, an den Leitern und Rammböcken, und gelangten so zum Rand des Lagers. Die Kommandeure gingen zu ihren Legionen, und Roper bezog mit der Heiligen Wache vor dem Tor Aufstellung. Die Rüstungen der Soldaten blitzten, als sie hastig Formation einnahmen. Als es genug waren, gab Roper den Befehl zum Angriff. Etliche Hundert von ihnen liefen los, näherten sich stumm den Palisaden, während Roper die Rammböcke und Leitern nach vorn befahl. Dann brachte er sie mit erhobener Hand zum Stehen. Der Angriff endete, bevor er überhaupt begonnen hatte.

Über den Palisaden war etwas aufgetaucht. Es war Roper vertraut, und es war sehr grotesk.

»Das ist ein Schädel«, murmelte Gray.

Er hatte recht. Der Schädel wurde auf einer langen Pike hoch über die hölzernen Befestigungen gehalten und hob sich deutlich gegen die Rauchwolke ab, die hinter ihm aufstieg.

Dann geschah etwas noch Seltsameres.

Die Tore öffneten sich.

Ohne jede Fanfare oder Zeremonie und alles andere als synchron wurden die beiden Torflügel zurückgezogen und standen nun weit offen. Niemand kam heraus. Die Tore waren einfach nur geöffnet und unbesetzt. Dann wurde eine weiße Fahne neben dem Kopf gehisst.

»Sie wollen sich ergeben?« Gray war ratlos.

»Das ist eine Falle!«, erklärte Tekoa überzeugt. »Bürgermeister Almund würde sich uns niemals beugen.«

»Ich glaube, Almund hat nicht mehr das Kommando«, stellte Roper fest, während er auf den aufgespießten Kopf starrte. Ein Murmeln lief durch die Reihen der Legionäre, die Roper fragend ansahen.

»Unser Feind hat sich ergeben!«, rief er. »Besetzen wir die Stadt.« Er verbarg sein Zögern und führte die Männer zum Tor.

Zuerst erwartete er, von einer Pfeilsalve begrüßt zu werden. Als die nicht kam, rechnete er mit einem Schwarm von Verteidigern, als er durch das Tor schritt. Stattdessen wurde er von dem Geruch nach brennendem Brot begrüßt. Niemand war zu sehen, und die Legionen betraten die Stadt und gingen über die leeren gepflasterten Straßen.

»Was geht hier vor sich?«, murmelte Gray, der sein Schwert kampfbereit in der Hand hielt.

»Haltet dieses Tor!«, befahl Roper den Wächtern, die rechts und links daneben Position bezogen. Der Brandgeruch wurde stärker und der Rauch dichter. Sie gingen durch die Stadt, folgten dem Qualm und gelangten schließlich an dessen Quelle, ohne auf Widerstand zu stoßen. Dort fanden sie einen Berg von brennenden Lebensmitteln. Aus jeder Spalte und jeder Lücke in den Säcken mit Bohnen, Mais, Weizen und Trockenfleisch loderten Flammen. Es war ein richtiger kleiner Berg, eine Menge, die die Legionen mehrere Wochen lang hätte ernähren können und die sich jetzt vor ihren Augen in Asche verwandelte. Er schien genauso verlassen wie alles andere auch.

»Nein!«, stieß Roper hervor. »Nein!«

Sie brauchten Stunden, bis sie herausgefunden hatten, was geschehen war. Aber als sie schließlich den riesigen Tempel in der Mitte der Stadt fanden und den Priestern, die darin Schutz gesucht hatten, ein paar Fragen stellten, begriffen sie endlich. Um zu verhindern, dass die Anakim ihren Proviant auffrischen konnten, hatte Bürgermeister Almund jede Bohne und jedes

Getreidekorn, das er finden konnte, mit Gewalt konfisziert und es unter Bewachung in der Mitte der Stadt aufgehäuft. Sollten die Anakim die Mauern bezwingen, dann konnte all das zusammen verbrannt werden, um zu verhindern, dass es dem Feind in die Hände fiel. Bis dahin wurden die Lebensmittel für die Bewohner rationiert, aber so hart, dass sie dagegen revoltierten. Dies und die Kriegshymne der Anakim hatte die Bürger von Lincylene dazu gebracht, sich gegen ihre Befehlshaber zu erheben. In der Nacht, als die Kommandeure sich auf den Angriff vorbereitet hatten, hatte ein Mob das Haus des Bürgermeisters gestürmt, seine Wachen überwältigt und Almund enthauptet. Dann waren sie zu den Lebensmitteln geeilt. Wie es schien, war die halbe Stadt auf die Straße gegangen, und die Stadtwachen waren hoffnungslos in der Unterzahl. Aber unmittelbar bevor sie überwältigt wurden, war es ihnen gelungen, die Lebensmittelvorräte anzuzünden. Ohne Nahrung oder Führung hatten sich die Bewohner der Gnade der Anakim ergeben.

»Du wolltest eine Rückzahlung, Tekoa.« Roper starrte auf den brennenden Haufen mit Lebensmitteln. »Wir durchsuchen die Stadt nach Wertsachen. Und dann zünden wir sie an.«

Aber die wertvollste Beute innerhalb dieser Mauern verbrannte vor ihren Augen. Hätten sie diesen Haufen von Lebensmitteln erbeuten können, hätte das selbst die Verluste eines Angriffs ausgeglichen, aber das Schicksal hatte ihnen grausame Karten zugeteilt.

»Und wie wollt Ihr weitermachen, Lord?«, fragte Tekoa. »Wir haben die Rationen bereits halbiert. Ohne Lebensmittel werden wir schwächer und schwächer.«

»Dann ist es eben so.«

Tekoa und Gray wechselten einen kurzen Blick. »Mylord, wir werden verhungern«, wandte Tekoa ein. »Wenn wir nicht essen, können wir nicht kämpfen. Die Waffenlieferung an die Unhieru ist verloren gegangen, und Bellamus ist uns jedes Mal fünf

Schritte voraus. Aber wenn wir jetzt umkehren, können wir die Beute mitnehmen, wir haben keine Krieger verloren …«

»Wir kehren nicht um!«, schnitt Roper ihm das Wort ab. »Nicht, bevor wir Lundenceaster nicht dem Erdboden gleichgemacht haben. Es ist dein Hunger, der hier spricht, Tekoa, dein Hunger und *Kjardautha.* Wir werden die Häuser nach Edelmetall für die Vidarr durchsuchen und die Waffen der Garnison mitnehmen. Alles andere ist sein Gewicht nicht wert.«

Tekoa knirschte mit den Zähnen, um sich Roper nicht unbedacht zu widersetzen.

»Und was machen wir mit den Überlebenden, Lord?«, wollte Gray wissen.

»Das liegt ganz an ihnen selbst. Sie können verschwinden oder verbrennen.«

* * *

Lincylene brannte.

Durch das Feuer und den Rauch, der aus der Stadt aufstieg, wirkte sie wie ein glühendes Ventil in der Erde. Der Nachthimmel darüber war eine Kuppel aus rostigem Orange.

Keturah saß mit der Leitenden Historikerin, mit Sigrid, Hafdis und etlichen anderen Mitgliedern der Akademie zusammen und betrachtete die Stadt. Zwischen ihnen knisterte ein Feuer, das unbekümmert mit dem unheimlichen Leuchten über Lincylene konkurrierte. Sie hatten die Berichte der Ereignisse dieses Tages zusammengestellt. Jede ihrer leicht unterschiedlichen Erzählungen wurde unter Frathis Anleitung zu der Version zusammengefasst, die sie für die zutreffendste hielten.

»Kolleginnen, hat noch jemand etwas hinzuzufügen?« Die Leitende Historikerin sah jede von ihnen der Reihe nach an. »Ausgezeichnet. Es wird Zeit, dass wir wieder hinuntergehen und einen Tee trinken.«

Keturah erhob sich mühsam und hakte sich bei Sigrid ein, als sie den dunklen Hügel hinabstiegen. Neben ihnen ging die

Schlachten-Historikerin. Ihr Ehrenrang war markiert durch den kahl geschorenen Kopf, als Zeichen der besonderen Bedeutung ihrer Rolle und ihrer Hingabe. Keturah wusste, dass sie sehr jung verwitwet war und sich entschieden hatte, Inquisitorin zu werden, statt noch einmal zu heiraten. Später hatte sie ihre Dienste der Akademie gewidmet. Keturah legte ihr die Hand auf die Schulter.

»Mylady«, sagte sie, »ich würde gern erfahren, was am Avonsee vor sich geht. Dort versucht die Weise Inquisitorin den Meuchelmörder zu finden, der für den Tod meines Schwagers verantwortlich ist.«

»Ein weiterer Berufszweig, den Ihr für Euch in Erwägung zieht, Lady Keturah?« Die Historikerin lächelte schüchtern. Keturah fand sie sehr sympathisch: Sie war sanft und reserviert, aber außerordentlich angenehm und stets darauf bedacht, jeden zufriedenzustellen, der sie um Rat fragte.

»Es wäre wohl unangemessen, Neigung für eine Position einzugestehen, die den Tod meines Ehemannes voraussetzt«, merkte Keturah an. »Aber ich bin trotzdem fasziniert.«

Die Schlachten-Historikerin erklärte Keturah, wie die Inquisitorin vorgehen würde. Zuerst hörte Keturah genau zu, aber schon bald wurde sie von einer Bewegung um sie herum abgelenkt. Ein ständiger Strom von Männern, die nach Norden marschierten. »Was ist da los?« Sie sah sich in der Dunkelheit um. »Du!«, sagte sie gebieterisch zu einem Heiligen Wächter, der an ihnen vorüberging. Der Mann blieb unvermittelt stehen, offenbar hin- und hergerissen zwischen Verblüffung und Zorn, dass er so unhöflich angesprochen wurde. »Wohin gehst du?«

»Zu Eurem Gemahl«, erwiderte er.

»Und warum?«

»Er hat uns zu sich gerufen, ohne Verzögerung. Ich weiß nicht, warum. Verzeiht mir, Lady.« Damit drehte er sich um und verschwand in der Dunkelheit.

»Folgen wir ihm«, sagte Keturah und beschleunigte ihre

Schritte, während sie sich bei der Schlachten-Historikerin entschuldigte.

»Bist du nicht auch neugierig, Liebes?«, fragte sie Sigrid begeistert.

»Ich denke schon«, kam die geduldige Antwort aus der Dunkelheit.

Als sie Roper erreichten, war er bereits im Aufbruch begriffen. Er saß auf einem Schlachtross, hatte sich *Kaltschneide* auf den Rücken geschnallt und zwei große Satteltaschen an sein Pferd gebunden. Ganz offensichtlich wartete er nur darauf, dass die letzten Männer der Heiligen Wache ebenfalls aufsaßen, bevor er losritt.

»Mein Gemahl? Was hat das zu bedeuten?«, wollte sie wissen.

»Bellamus.« Roper sah zu ihr herunter. »Jokul hat herausgefunden, wo er sich aufhält. Wir müssen uns beeilen, bevor er gewarnt werden kann, dass wir unterwegs sind. Hier sind überall Informanten, und wir müssen ihnen diesmal einen Schritt vorausbleiben.«

»Du reitest also jetzt los? Mitten in der Nacht?«

»Der Mond scheint.« Roper blickte auf die Sichel am Himmel über ihnen. »Und außerdem haben wir keine andere Wahl. Sollten wir ihn zu fassen bekommen, wäre das das Wichtigste, was wir bis jetzt erreicht haben. Es ist weit wichtiger als die Einnahme von Lincylene.«

»Wirst du ihn umbringen?«, fragte sie.

Aber Roper war abgelenkt. Eine Stimme aus der Dunkelheit erklärte, dass die Heilige Wache bereit sei. Es war die Stimme von Pryce. Tekoa erklärte dröhnend, fünfhundert Skiritai wären bereits seit einer ganzen Weile fertig, und fragte, warum die Heilige Wache so lange gebraucht habe. Die Pferde spürten die Erregung, die in der Luft hing, tänzelten nervös, schnaubten und wieherten.

»Also dann!«, durchdrang Ropers Stimme den Tumult. »Wir

reiten los. Zu unserem Feind! Mir nach!« Er wendete sein Schlachtross und galoppierte in die Nacht, gefolgt von den Skiritai und der Heiligen Wache.

»Nicht mal ein Lebewohl«, sagte Keturah. »Und wer hat jetzt den Befehl?«

Sigrid warf ihr einen sonderbaren Blick zu. »Ihr natürlich«, sagte sie.

* * *

Bellamus wagte nicht, Stepan zu fragen, ob er die Nachrichten über Lincylene gehört hatte. Er vermutete, dass der Ritter vom Fall der Stadt erfahren hatte und seine Abreise nun beschlossene Sache wäre. Bis jetzt jedoch arbeiteten sie schweigend zusammen, während Bellamus ein sonderbares Gefühl in der Brust hatte. Die Anakim hatten ein Wort dafür, aber weder die Angelsachsen noch die Iberer, die Safinim und auch nicht die Alpenvölker schienen einen Begriff dafür zu kennen. Die Anakim nannten es *Drondila*, das Gefühl, dass etwas Gutes zu Ende geht.

Der Emporkömmling versuchte, das Gefühl mit einem weiteren Weinschlauch zu ertränken, kratzte zerstreut an seinem zerstörten Auge herum und verschlüsselte eine Nachricht an Aramilla. Darin berichtete er von der Kapitulation der Stadt und der Waffenlieferung an die Unhieru, die sie abgefangen hatten. Und er beschrieb, was er in der Scheune herausgefunden hatte. Er empfand absoluten Ekel bei der Erinnerung daran, dass er die Seuche als Waffe eingesetzt hatte, aber das verriet er niemandem. Der erste infizierte Legionär war immer schwächer geworden, und um zu verhindern, dass die Seuche mit ihm starb, war Bellamus gezwungen gewesen, einen zweiten Gefangenen damit zu infizieren. Die beiden dem Tode geweihten Anakim lagen jetzt gemeinsam in der Scheune. Der erste würde nicht mehr lange durchhalten, und der zweite hatte ebenfalls nur noch ein paar Tage zu leben.

Als Junge hatte Bellamus mit großem Vergnügen Jagdtechniken angewendet, die der Adel verschmähte, weil sie als nicht sportlich galten. Sie waren zu gut, als dass man sie benutzen durfte, sagten seine Herren. Bellamus hatte dafür nur Hohn übrig gehabt. Effizienz sollte der einzige Maßstab dafür sein, ob man eine Technik benutzte oder nicht. Und doch zauderte er jetzt selbst, eine Waffe zum Einsatz zu bringen, die zweifellos das wirksamste Mittel gegen die Anakim war, das jemals geschaffen wurde. Aber was war mit den beiden Anakim, die in der Scheune starben? Durfte man ihre Leben einfach verschwenden? Und was war mit dem Leben seiner Landsleute?

Stepans Gedanken zu diesem Thema hatten seine eigene Meinung gefärbt, und er hätte diese Nachricht fast in seiner Botschaft an Aramilla ausgelassen. Ihm war klar, dass sie vermutlich keinerlei Skrupel hatte, die Krankheit als Waffe einzusetzen. Ebenso wenig ihr Vater. Bei dem Gedanken an Earl Seaton verzog er unwillkürlich das Gesicht. Ein boshafter und extrem kompromissloser Mann, der seine Verachtung für Bellamus bei jeder Gelegenheit deutlich gemacht hatte. Bellamus hoffte fast, dass die Anakim ihn besiegten.

Stepan saß am Feuer und bohrte ein Loch in den Fuß einer hölzernen Königin. Es war eine Schachfigur, in der Bellamus den Seidenfetzen mit der Botschaft an Aramilla verstecken würde.

»Hier«, sagte Stepan und blies die Sägespäne von der Figur, bevor er sie Bellamus zuwarf. Der fing sie auf.

»Danke.« Er untersuchte das Loch und stellte die Königin neben ihre dunkle Widersacherin. Dann nahm er einen kleinen Stein von seinem Schreibtisch, steckte ihn in das Loch und hob die beiden Figuren an. Jetzt hatten sie in etwa dasselbe Gewicht. Er schnitt einen dünnen Lederflicken zu, der den Boden der Schachfigur bedecken sollte, und bestrich ihn mit Leim. »Fast fertig«, sagte er und knüllte den Seidenfetzen zusammen.

Stepan blieb stumm. Bellamus sah hoch und bemerkte, dass sein Freund nachdachte. Er sah, wie sich seine Lippen bewegten, und wusste bereits, welche Worte sein Freund gleich aussprechen würde. *Ich auch, mein Hauptmann*, würde er sagen.

Aber dazu kam es nicht.

Die Tür der Herberge flog auf, und eine Frau stürmte herein. Aelfwynn. »Meister, die Anakim! Sie kommen!«

Bellamus sprang so ungestüm auf, dass er seinen Stuhl zum Kippen brachte. »Was? Wie weit sind sie noch weg?«

»Sie sind schon hier! Auf den Hügeln, Hunderte von Reitern. Sie werden in …« Sie warf die Hände verzweifelt in die Luft. »Sie werden in wenigen Minuten hier sein!«

Stepan und er wechselten einen entsetzten Blick. »Flieh!«, sagte Bellamus. »Nimm so viele Thingalith mit, wie du kannst, und verschwinde!«

»Ich lasse dich nicht zurück. Du sollst ihnen nicht in die Hände fallen!«, widersprach Stepan.

Bellamus machte eine abwehrende Geste. »Sie wollen nur mich! Um die anderen werden sie sich nicht kümmern, solange sie mich bekommen. Wenn ich bei euch bleibe, dann werden sie uns verfolgen. Bitte, ich flehe dich an, geh! Kehr zurück zu deiner Frau und deinem Besitz und deinen Apfelbäumen. Kümmere dich um sie. Die Anakim werden uns finden, und sie werden mich bekommen, ob du dabei bist oder nicht. Hier, nimm das!« Bellamus drückte ihm die Botschaft auf dem Seidenstoff in die Hand. Jetzt spielte Geheimhaltung keine Rolle mehr. »Finde eine Möglichkeit, es der Königin zu zuspielen. Und jetzt geh!«

Stepan hielt den Seidenfetzen in der Hand und wechselte noch einmal einen Blick mit Bellamus. Die beiden Männer verstanden sich. Es war ein Abschied ohne Worte. Ein Blick, der besagte, dass Stepan länger protestiert hätte, wenn die Zeit es erlaubt hätte. Ein liebevolles und tief empfundenes *Viel Glück, mein Bruder!* Dann wandte sich der Ritter um, eilte zur Tür und duckte sich unter dem Sturz hindurch. Bellamus atmete tief durch.

»Du auch, Aelfwynn«, sagte er dann. »Bitte, geh jetzt.« Sie hastete in den frühen Morgen hinaus.

Bellamus blieb zurück, umgeben von plötzlicher Stille. Er betrachtete all das, was er für einen Angriff der Anakim vorbereitet hatte: seinen vergifteten Gänsekiel, seinen bleibeschwerten Stock, den Handschuh mit dem blendenden Pulver darin. All das wirkte plötzlich so armselig im Angesicht des herannahenden Feindes. Die Anakim machten keine Gefangenen.

»So endet es also«, sagte er in die Stille hinein. Er hätte nie erwartet, überhaupt so weit zu kommen. Es war schon eine Überraschung gewesen, dass sie nach ihrer ersten Invasion aus dem Schwarzen Königreich hatten entkommen können. Und eine noch größere war es gewesen, dass er Harstathur überlebt hatte sowie den Zorn des Königs, als er in Ungnade nach Süddal zurückkehrte.

»Der Zufall«, hatte er einmal Stepan gegenüber geprahlt, als die beiden sich nach Harstathur betrunken hatten, »ist mein Freund.« Jedenfalls hatte er ihm bisher immer wieder unglaublicherweise seine Gunst erwiesen. Dass er jetzt die Zeche zahlen musste, schien irgendwie nur folgerichtig zu sein.

Er hörte die angstvollen Schreie, als seine Anhänger sich aufmachten, Brimstream zu verlassen. Pferde galoppierten über die Straße, und er betete, in einem seiner ungewöhnlichen Anfälle von Glauben, dass sie es schaffen würden. Dass er recht hatte und die Anakim nur seiner habhaft werden wollten. Er war sich dessen zwar nicht sicher, aber die Hoffnung war das Einzige, was er seinen Leuten zu bieten hatte.

Was letzten Endes wohl nur eine Frage übrig ließ, vermutete er.

Wie will ich sterben? Das hatte zwar keinen Einfluss darauf, wie man sich an ihn erinnern würde, aber wie immer empfand er diesen hartnäckigen Willen, sich zu widersetzen. Er war nicht so weit gekommen, indem er schnell aufgab. Der Zufall war kein Freund derjenigen, die sich einfach zusammenkauerten und seine unberechenbaren Launen hinnahmen. Er wollte so sterben, wie er gelebt hatte: aufrecht und wie ein Mann. Wie ein Südmensch.

Er zog sein Lederwams an, befestigte die Spinnenbrosche der Königin an seiner Brust, fuhr in seine Stiefel und warf sich den prachtvollen roten Umhang über die Schultern. Er klebte den Lederflecken auf den Fuß der hölzernen Königin und stellte sie auf ihren Platz auf dem Schachbrett. Dann trank er einen letzten Schluck aus dem Weinschlauch, legte ein frisches Scheit auf das Feuer und darauf den Holzrahmen, mit dem er seine Nachrichten an Aramilla verschlüsselt hatte. Daraufhin trat er vor die Herberge. Der letzte Thingalith ritt gerade aus der Siedlung. Sie hatten ihre Waffen und Rüstungen zurückgelassen. Alle bis auf einen. Er hielt einen Speer in der Faust, als er das Dorf verließ. Garrett. Zweifellos würde er das Kommando über all die Männer und Frauen übernehmen, die aus Brimstream entkamen. Die armen Teufel! Sie würden bald feststellen, dass er kein angenehmer Hauptmann war.

Bellamus schlenderte ans Ende der Straße. Es war ein grauer Morgen, aber er empfand den kalten Wind diesmal als ungewöhnlich angenehm, den Geruch des Regens, der sich mit dem Staub der Straße vermischte, und das Gefühl der Erde unter seinen Stiefeln. Er blieb am Rand von Brimstream stehen und beobachtete die dunkle Flut aus Pferden, die sich ihm näherte.

Er lachte laut auf, als er sah, wer sie anführte. Der Mann ritt diesmal nicht sein graues Schlachtross, auf das er wahrscheinlich zugunsten eines schnelleren Pferdes verzichtet hatte, und kein Banner mit dem silbernen Wolfskopf flatterte über ihm. Aber seine aufrechte Haltung, seine ungewöhnliche Größe und die robuste Figur verrieten unverkennbar Roper Kynortasson, den Schwarzen Lord höchstpersönlich.

Roper erreichte ihn als Erster. Er hielt *Kaltschneide* in der Hand und schwang sich aus dem Sattel. Noch während er zu Boden sprang, hielt er die Klinge unter Bellamus' Kinn. »Rühr dich nicht vom Fleck«, knurrte er. »Durchsucht das Dorf!«, schrie er über die Schulter zurück. »Aber lasst sie einstweilen am Leben.«

»Ein Stoßtrupp, angeführt vom Schwarzen Lord persönlich.« Bellamus war stolz, dass es ihm gelang, gelassen zu klingen. »Ich fühle mich geehrt.«

»Diese Ehre hast du dir verdient«, versicherte Roper ihm grimmig. »Gibt es hier Lebensmittel?«

»Wenig«, sagte Bellamus. »Längst nicht genug, um eine derartig große Armee zufriedenzustellen.«

»Besser als nichts«, gab Roper zurück.

Diese Worte riefen in Bellamus, der Roper kannte, das Gefühl hervor, dass dieser Mann hier genauso dachte wie er. Roper bedeutete Bellamus, sich umzudrehen, und führte ihn die Straße hoch. Um sie herum sprangen Heilige Wächter von ihren Pferden, die Schwerter in den Händen, und traten die Türen aller Häuser ein.

»Die Türen öffnen sich leichter, wenn ihr den Riegel anhebt«, erklärte Bellamus. »Und die Gebäude sind leer. Nur ich bin noch hier.«

»Du bist der einzig Wichtige«, erwiderte Roper.

Ein Heiliger Wächter mit ein paar schwarzen Geierfedern an seinem Helm trat aus der Herberge vor ihnen. Er stieg über die zertrümmerte Tür am Boden hinweg. *Der Hauptmann der Wache,* dachte Bellamus. *Gray Konrathson.*

»Mylord?« Gray deutete mit einer Handbewegung an, dass Roper einen Blick in die Herberge werfen sollte.

Bellamus spürte die Schwertspitze in seinem Rücken, die ihn zurück in das Spinnennetz dirigierte. Er gehorchte und betrachtete finster die zersplitterte Tür auf dem Boden. War es wirklich nötig, sein Lebenswerk auf diese primitive Art und Weise zu zertrümmern?

In Bellamus' Hauptquartier zeigte Gray Roper die Tische mit den Waffen, die der Emporkömmling entwickelt hatte. Einige wurden weitergegeben, ohne dass die Anakim ihren Zweck erkannt hätten. Der Gänsekiel. Die erstickenden Kerzen. Ein paar Bücher mit Klingen in ihren Deckeln. Andere dagegen wurden sofort als das erkannt, was sie waren. Der Handschuh mit dem Geheimfach für Gift, der Bleistab, ein paar versteckte Messer. Auf Bellamus hatte jedes Einzelne dieser Werkzeuge überzeugend gewirkt, aber anscheinend hatte irgendetwas daran den Anakim verraten, was sie wirklich waren. *Interessant*, dachte er. Ganz offensichtlich begriff er immer noch nicht, wie die Anakim die Welt sahen.

Roper ließ Bellamus unbewacht hinter sich stehen, nahm vorsichtig den vergifteten Handschuh hoch und hielt ihn auf Armlänge von sich entfernt, während er ihn inspizierte. Dann legte er ihn wieder auf den Tisch zurück. »Kann irgendetwas davon uns Schaden zufügen?«, fragte er Bellamus, ohne sich umzudrehen.

»Nicht, wenn Ihr vorsichtig damit seid«, erwiderte Bellamus.

Roper nahm eine Schachfigur in die Hand. Es war die Königin, die Bellamus präpariert hatte, damit sie die Nachricht an Aramilla aufnehmen konnte. Er drehte sich um und sah Bellamus gelassen an. »Und was ist ihr Geheimnis?«

Bellamus war so schockiert, dass er sich fast verraten hätte. Beinahe hätte er gefragt: *Woher weißt du das?* Doch er riss sich zusammen und lächelte nur. »Das ist nur eine Schachfigur, Mylord.«

»Das bezweifle ich.« Roper stellte die Königin vorsichtig wieder auf das Brett zurück. »Spielst du?«

»Ich spiele sehr gern«, sagte Bellamus. »Aber bei aller Bescheidenheit muss ich sagen, dass ich nicht allzu häufig einen ebenbürtigen Gegner finde.«

Roper sah ihn wieder an, und Bellamus durchzuckte plötzlich die absurde Hoffnung, dass er möglicherweise doch mit dem Leben davonkommen könnte. Roper wollte ihn ganz offensichtlich nicht töten, jedenfalls nicht sofort.

Der Hauptmann der Heiligen Wache spürte das offenbar

auch. »Wir können viel in Erfahrung bringen, wenn wir ihn am Leben lassen, Lord«, sagte er beiläufig.

»Einverstanden«, antwortete Roper brüsk. »Könntest du ihm die Hände fesseln, Gray?«

Würde er etwa verhört werden? Unbehaglich hielt er Gray die Hände hin, damit der sie fesseln konnte.

»Auf den Rücken«, befahl der Hauptmann mit einer Stimme, die keinen Widerspruch duldete. Er ließ sich von dem charmanten Lächeln des Emporkömmlings nicht beeindrucken.

Bellamus' Lächeln wurde reumütig, und er drehte Gray den Rücken zu. Der band ihm fest die Hände zusammen.

»Wir nehmen das mit, einverstanden?« Roper deutete auf das Schachbrett. »Vielleicht kann ich dir ja ein interessantes Spiel bieten.«

»Das würde mir gefallen«, antwortete Bellamus vorsichtig. Er fragte sich nur, was für ein Spiel ihm da gerade angeboten worden war.

»Ich nehme an, dass unser Leben sehr viel einfacher wird, nachdem du jetzt in unserer Gewalt bist«, stellte Roper fest. Er nahm einen kleinen Leinenbeutel, der Bellamus gehörte, und verstaute Schachfiguren und Schachbrett darin. »Du hast uns diesen Feldzug außerordentlich erschwert.«

Ein Legionär trat über die zertrümmerte Tür. Nein, es war ein Kommandeur mit einem Gesicht, das durchaus harmonisch war, wenn auch hart, selbst für einen Anakim. Er warf Bellamus einen kurzen Seitenblick zu, der sowohl brutal als auch amüsiert war, und wandte sich dann an Roper. »Gute Neuigkeiten, Mylord. Sie dürften schätzungsweise gut die Hälfte der Waffen und Rüstungen hier aufbewahren, die für die Unhieru bestimmt waren.«

»Was hast du mit dem Rest gemacht?« Roper sah Bellamus an.

»Wir haben sie eingeschmolzen, um selbst Waffen daraus zu schmieden, muss ich zu meinem Bedauern zugeben«, antwortete er. »Waffen dieser Größe nutzen uns nichts.«

Die drei Anakim musterten ihn prüfend, aber es war die Wahrheit, und Bellamus erwiderte offen ihren Blick.

Der Neuankömmling trat zu Bellamus, beugte sich zu ihm hinab und spähte ihm ins Gesicht. »Was ist mit deinem Auge passiert?« Er war nicht besonders groß für einen Anakim, aber er strahlte Autorität aus, und das weit weniger subtil als Roper.

»Ich bin gestürzt«, erwiderte Bellamus gleichgültig. »Und auf einen Felsbrocken gefallen.«

»Wie unachtsam«, antwortete der Kommandeur, sichtlich entzückt. Er sah Roper an. »Ihr habt ihn gefesselt. Also soll er am Leben bleiben?«

»Wenn man bedenkt, was er alles gegen uns hat mobilisieren können, ist er lebendig erheblich wertvoller für uns als tot«, sagte Roper. »Er könnte in Zukunft sehr hilfreich sein.«

Der Kommandeur lächelte Bellamus bösartig an. »Das ist Pech für dich«, erklärte er und wandte sich ab. *Roper hat wirklich eine höchst interessante Art,* dachte Bellamus. *Er ist sanftmütig, aber seine Meinung hat offenbar Gewicht, selbst für diesen autoritären Neuankömmling.*

Die vier gingen hinaus, und Bellamus spürte Grays wachsamen Blick im Rücken.

»Ich denke, wir schicken die Wächter und Bellamus zurück ins Lager«, verkündete Roper den Wächtern, die sich draußen zusammengeschart hatten. »Tekoa.« Er wandte sich an den Kommandeur. »Können die Skiritai hier aufräumen und den Rest der Waffen für die Unhieru zurückbringen?«

»Sicher«, sagte Tekoa. »Aber sie sollten sich erst ausruhen können, bevor wir zurückkehren.«

»Das haben sie sich verdient«, stimmte Roper zu. »Wir erwarten deine Rückkehr. Brennt diesen Ort nieder, bevor ihr abzieht, und seid vorsichtig in dieser Herberge.« Er deutete auf das Spinnennetz. »Bellamus hat sicherlich noch einige Überraschungen auf Lager.«

Bellamus sah Tekoa an und hob spöttisch die Brauen. Der

Mann erwiderte seinen Blick ausdruckslos. »Er ist ein ziemlich frecher Mistkerl, stimmt's?«

»Hast du etwas anderes erwartet?« Roper packte Bellamus an den Schultern und hob ihn ohne große Mühe auf ein Pferd. Bellamus landete vor einem Heiligen Wächter, und seine gefesselten Hände wurden hart gegen dessen Kürass gepresst. Dann brachte jemand Roper ein Pferd, und er stieg in den Sattel. Bellamus drehte sich nach Brimstream um, weil er seinem Hauptquartier ein letztes Lebewohl sagen wollte.

Im selben Moment wäre ihm fast das Herz stehen geblieben. Er atmete tief aus, aber seine Kehle schien zu eng zu sein, um die Luft hindurchzulassen. Unvermittelt blickte er wieder nach vorn, während er versuchte, sich zu beruhigen.

Er hatte die infizierten Legionäre in der Scheune vollkommen vergessen. Einer von ihnen war hinter ihm herausgeführt worden. Man hatte ihm eine Decke um die Schultern gelegt. Der andere wurde hinter ihm hergetragen.

Guter Gott, wir müssen von hier verschwinden. Bitte, bitte, wir müssen sofort los.

Bevor irgendjemandem auffiel, dass diese gefangenen Legionäre entsetzlich krank waren. Bevor Roper Fragen stellte, entweder den Legionären oder Bellamus, weil er wissen wollte, wie das passiert war. Bevor die Anakim die Konsequenzen dessen begriffen, was sie da gerade machten. Indem sie den ersten Legionär angefasst hatten und sich um den zweiten kümmerten. Ob Bellamus das nun gewollt hatte oder nicht, es hatte begonnen.

Seine Waffe war zum Einsatz gekommen, und sie mussten sofort hier verschwinden.

26. KAPITEL

WIE DIE HEUSCHRECKEN

Roper fühlte sich seltsam teilnahmslos, als sie zu ihrem Lager zurückritten, als hätte er in der Nacht zuvor zu viel getrunken. Die Landschaft, die er bei ihrem nächtlichen Ritt nach Brimstream nicht hatte sehen können, nahm er auch nun durch den Schleier seiner Erschöpfung kaum wahr.

Er war daran gewöhnt, müde zu sein. Auf diesem Feldzug hatte er nur selten einen anderen Zustand erlebt. Aber noch bevor Jokul mit der Information zu ihm gekommen war, wo Bellamus sich versteckte, war er so erschöpft gewesen, wie er es noch nie zuvor erlebt hatte. Nur das Wissen, dass sie sofort handeln mussten, um des Emporkömmlings habhaft zu werden, hatte ihm die Energie verliehen, diesen Nachtritt durchzustehen. Jetzt jedoch konnte er kaum noch die Augen offen halten und sehnte sich nach nichts so sehr wie nach dem gemütlichen Fleckchen Erde neben seinem Feuer, eingehüllt in seinen Umhang und mit dem Sattel als Kopfkissen. Seine Entschlossenheit war versiegt. Er sagte sich, dass er dieses eine Mal zulassen würde, dass seine Männer ihn schlafen sahen. Als sie schließlich ankamen und ein Helfer sein Pferd hielt, damit er absteigen konnte, wäre er fast aus dem Sattel gefallen.

»Danke«, hörte er sich sagen. »Gray?«

»Lord?«

»Wie fühlst du dich? Du musst sehr müde sein.«

»Nein, Lord, ich kann noch weitermachen.« Roper hörte das Verständnis in der Antwort seines Hauptmanns und hätte ihn dafür am liebsten gesegnet. »Was soll ich für Euch tun?«

»Würdest du dafür sorgen, dass Bellamus irgendwo sicher untergebracht wird? Und dann ruh dich aus, mein Freund. Der Allmächtige weiß, dass du dir das verdient hast.«

»Das werde ich, Lord.«

Roper wurde magisch von seinem Feuer angezogen. Als er dort anlangte, fand er Sturla, den Kommandeur von Ramneas Hunden, und Keturah in ein liebenswürdiges Gespräch vertieft. »Ist alles in Ordnung?«

»Hier ist alles gut, mein Gemahl«, antwortete Keturah. »Was ist mit deiner Mission?«

»Wir haben ihn«, antwortete Roper.

Sturla ballte triumphierend die Faust.

»Tot?«, erkundigte sich Keturah.

»Lebendig. Wir haben ihn hierhergebracht. Was ist …? Was …?«

»Du bist erschöpft, Gemahl«, sagte Keturah amüsiert. »Leg dich hin. Hier ist alles unter Kontrolle.«

Roper wusste nicht genau, ob er es geschafft hatte, seinen Dank laut auszusprechen. Er hatte warten wollen, bis Gray zurückkehrte, aber dann lag sein Kopf auf einmal im Gras, und er atmete dessen beruhigenden Duft ein. Er spürte, wie ihm kühle Hände einen Sattel unter den Kopf schoben, während seine Augen sich bereits schlossen, und er fiel in einen tiefen, traumlosen Schlaf.

Schließlich wurde er durch Stimmen geweckt und durch das sanfte Prasseln des Feuers. Er öffnete die Augen und setzte sich auf. Es war Nacht. Sein Kopf schien unendlich schwer. Einige Kommandeure unterhielten sich auf der einen Seite des Feuers, und Keturah saß neben der Leitenden Historikerin auf der anderen Seite. Sie starrten beide schweigend in die Flammen.

Neben ihnen schliefen Pryce und Gray in ihre Umhänge gewickelt.

Keturah sah ihn an. »Willkommen zurück«, sagte sie. »Wir wollten uns hinlegen, aber wir haben dir noch ein bisschen Eintopf aufgehoben.«

»Danke. Legt euch nur hin«, sagte Roper und rutschte nach vorn. »Ich bediene die anderen, sobald sie aufwachen.« Er wünschte sich, dass er nicht vor ihnen allen geschlafen hätte, aber die Müdigkeit war einfach stärker gewesen als er. »Noch kein Zeichen von Tekoa?«

»Keins. Aber ich habe Bellamus besucht.«

»Tatsächlich?«

»Er sieht aus wie ein Kind«, fuhr Keturah fort, »aber er redet so klug.«

Roper erinnerte sich an seine erste Begegnung mit dem Südvolk. Ihre Gesichter hatten ihn verstört, sie waren so offen, ausdrucksstark und sonderbar liebenswürdig. »Sie sind alle so«, antwortete er.

»Er schwitzt seine Gefühle förmlich aus«, fuhr Keturah amüsiert fort. »Sie sind so einfach zu durchschauen!«

»Nein, sie sind hinterhältig«, fuhr die Leitende Historikerin dazwischen. »Man muss bei ihnen sehr vorsichtig sein. Es sind launische Menschen, leicht zu unterschätzen.«

»Ich habe nicht vor, ihn loszubinden, Lady«, sagte Keturah.

»Noch nicht«, antwortete die ältere Frau.

Keturah verdrehte die Augen, aber Roper war geneigt, der alten Historikerin zuzustimmen. Der Ruf des Meisterspions war so groß geworden, dass Ropers Neugier von seiner Vorsicht etwas gedämpft wurde. Selbst hier, unter Bewachung, wusste niemand, wozu er fähig war.

»Und was erwartet uns morgen?«, fragte Keturah. »Wir haben unseren großen Feind gefesselt und an einen Schandpfahl gebunden. Wir haben die größte Stadt im nördlichen Süddal eingenommen und niedergebrannt. Wie geht es weiter?«

Roper stocherte mit einem Ast im Feuer herum. »Wir haben die Hälfte der Rüstungen und Waffen für die Unhieru zurückbekommen, als wir Bellamus aufgespürt haben. Den Rest werden wir neu anfertigen, sie losschicken und dann abmarschieren.«

»Wohin?«

»Zur nächsten Nahrungsquelle: Deorceaster. Dass wir die Lebensmittel hier verloren haben, war ein Fiasko. Wir müssen uns weiterkämpfen, so gut wir können, bis wir die nächste Stadt erreichen. Die Südmenschen horten ihre Nahrung, also marschieren wir von einem Vorrat zum nächsten und werden schnell feststellen, wie sie durchhalten, wenn wir ihnen ihren Proviant wegschnappen. Wir werden alles verzehren und weiterziehen, und das machen wir so lange, bis Lundenceaster vor uns liegt.«

»Wo wir gerade von Essen reden, Liebster, iss ein wenig Eintopf.« Keturah beugte sich vor und schob ihm den Topf hin. Roper zog ihn zu sich und aß und verbarg dabei seine Enttäuschung darüber, wie wenig gehaltvoll er war.

Schon bald zogen sich Keturah und Frathi zurück, ebenso die Kommandeure. Roper blieb wach, um den Eintopf im Auge zu behalten, damit er nicht anbrannte, falls Gray und Pryce aufwachten und hungrig waren. Er selbst war immer noch hungrig, und er war erleichtert, als Gray endlich aufwachte und ihn vom Essen ablenkte.

»Er wird schrecklich gereizt sein, wenn er aufwacht.« Gray warf einen Blick auf seinen schlummernden Protegé. »Pryce neigt zum Jähzorn, wenn er hungrig ist.«

»Dann werden wir sehr viel von seinem Jähzorn ertragen müssen«, meinte Roper und betrachtete den schlafenden Wächter. »Ich habe großen Respekt vor Pryce. Und ich schulde ihm ganz bestimmt mehr, als ich jemals gutmachen kann. Aber ehrlich gesagt habe ich das Verhältnis von euch beiden nie wirklich verstanden.« Er sah etwas verlegen zu Gray hoch, aber der Hauptmann erwiderte den Blick interessiert. »Wie kommt es, dass du ganz allein seinen Respekt und seine Zuneigung genießt?«

»Ich schlage vor, das fragt Ihr ihn selbst«, antwortete Gray.

Roper grinste. »Ich würde ihn niemals fragen. Er würde mich nur anstarren und irgendetwas Abfälliges sagen, von wegen ich würde zu viel reden und zu wenig handeln, etwas in der Art.«

»Das ist wohl wahr.« Gray dachte einen Moment nach. »Er liebt Extreme, mein Protegé. Ich glaube, er hat etwas Ungewöhnliches in mir gesehen, eine ungewöhnliche Energie und Hingabe an meine Überzeugungen. Er ist genauso, was seine Hingabe an das betrifft, was er für richtig hält. Das teilen wir, und das ist entscheidend, aber darüber hinaus ergänzen wir uns einfach. Die wenigen Dinge, an denen es ihm mangelt, sind die Fähigkeiten, die ich mir durch harte Arbeit erworben habe.«

»Du wirst dir selbst gegenüber nicht gerecht«, erwiderte Roper. »Du bist nicht einfach nur ein Esel, der wie ein Arbeitstier zu seinem Ziel trampelt. Einige deiner Talente sind angeboren, ebenso wie Pryce' Selbstsicherheit. Ich glaube kaum, dass du jemanden dazu ausbilden kannst, unter Druck ebenso kühl zu denken, wie du es tust.«

»Oh, ich weiß nicht, ob ich dem zustimmen möchte«, entgegnete Gray. »Ich konnte mich jedenfalls nie gut kontrollieren, wenn ich unter Druck stand. Ich glaube, dass sich die Leute über ihren Mangel an bestimmten Fähigkeiten gern hinwegtrösten, indem sie sich einreden, dass solche Eigenschaften für sie unerreichbar seien. Seinen eigenen Charakter zu verändern kostet ungeheuren Aufwand. Es fällt den Menschen leichter zu glauben, dass sie mit einer Eigenschaft, nach der es ihnen verlangt, nicht geboren wurden und sie sie daher auch niemals erlangen werden, als zuzugeben, dass es sie sehr viel harte Arbeit und Selbstkritik kosten würde, der zu werden, der sie sein wollen. Wir sagen immer: *Du musst dir selbst treu bleiben* und erklären das zu einer Tugend. Dabei ist es oft nur eine Entschuldigung dafür, dass wir unsere Gewohnheiten einfach weiterführen wollen. Denn unsere gesamte Persönlichkeit besteht aus Gewohnheiten. Man kann nicht erwarten, dass sich jemand unter Druck am besten verhält, wenn es nicht bereits tief in seinen Gewohnheiten verwurzelt ist, sobald dieser Moment kommt.«

Er warf Roper einen kurzen Blick zu. »Aus diesem Grund dürft Ihr niemals der Besessenheit verfallen, Mylord«, fuhr er fort. »Wenn Ihr der erliegt, dann wird es Euch viel natürlicher erscheinen, in Zukunft der Furcht, der Gier oder dem Eigeninteresse nachzugeben. Lasst Euch von nichts unterwerfen. Lebt nach Euren Prinzipien. Ihr seid zwar mit einem bestimmten Charakter geboren, aber Ihr könnt ihn jeden Tag durch tausend kleine Entscheidungen formen. Ihr seid die Summe Eurer Gewohnheiten.«

Ergib dich nichts und niemandem, dachte Roper.

Die beiden legten sich schlafen, als klar wurde, dass Pryce in dieser Nacht nicht mehr aufwachen würde. Als Roper schließlich erwachte, hatte er seine Nase in Keturahs Haar gegraben. Sie schlief immer noch tief und fest, und er rückte ein bisschen näher an sie heran. Ihr Geruch war ihm mittlerweile sehr vertraut: Holzrauch vom Feuer und die aromatischen Düfte, die die Akademie in ihre Kleider gepresst hatte. Und dazu ihr eigener süßer Duft, der für Roper der Duft des Trostes und der Dunkelheit war. *Ihr Geruch passt eigentlich nicht zu ihr,* dachte er. *Es sollte etwas Säuerliches sein, Zitronen vielleicht.* Er lachte leise.

»Was machst du da hinter mir?«, fragte sie irritiert.

»Gar nichts, entschuldige.« *Sie sollte wirklich nach Zitronen riechen.*

»Hör auf, in mein Ohr zu atmen!«, beschwerte sie sich.

Er setzte sich auf, zog seinen Mantel unter seinem Körper hervor und schüttelte sich. Es war kalt, und zum ersten Mal seit Tagen war der Himmel vollkommen klar. Er entzündete das Feuer für die anderen und verkündete dann, dass er losgehen und versuchen wollte, Bellamus auf ihre Seite zu ziehen. Keturah verriet ihm, wo sie Bellamus letzte Nacht gefunden hatte.

Roper stand zu schnell auf, sodass sein leerer Magen ihn schwindeln ließ und er fast wieder zu Boden gestürzt wäre.

Bellamus wurde genau dort festgehalten, wo Keturah ihn hingeschickt hatte, ein paar Minuten weiter nördlich. Als Roper ihn erreichte, fand er Bellamus mit dem Kopf gegen den Pfahl gelehnt, um den seine Hände gebunden waren. Er versuchte zu schlafen, aber wann immer sein nicht verbundenes Auge sich schloss, kippte sein Kopf zur Seite und rutschte von dem Pfahl ab. Er wachte kurz auf und positionierte den Kopf neu, nur um dann langsam aufs Neue wegzusacken.

Roper setzte sich vor ihn und sah eine Weile zu. Schließlich kippte Bellamus' Kopf vor und blieb unten, das Gesicht zum Boden gerichtet. Roper hörte, wie er leise seufzte und sich dann aufsetzte. Der Blick seines verbleibenden Auges richtete sich allmählich auf Roper.

»Vielleicht möchtest du lieber mit einem Strick gefesselt werden«, sagte Roper. »Dann könntest du dich hinlegen.«

»Und was wollt Ihr dafür?« Der Meisterspion kniff sein gesundes Auge zusammen.

»Gibt es etwas, was du mir gern sagen würdest?«, fragte Roper schlicht.

Bellamus blinzelte, und Trotz schlich sich in seinen erschöpften Blick. »Was zum Beispiel?«

Interessant, dachte Roper. *Ihn beschäftigt also etwas.* »Ich denke, das weißt du«, wich er aus.

Bellamus beobachtete ihn eine Weile. »Ich weiß wirklich nichts.«

Roper war nicht überzeugt. Irgendetwas hing zwischen ihnen in der Luft, und Bellamus wusste, was es war. Roper nicht. »Wir werden uns einen ungestörten Ort suchen, Meisterspion. Wir haben einiges zu besprechen.«

Bellamus leckte sich die Lippen. »Reden, wo?«

»Einer meiner Offiziere besitzt ein Zelt. Ich bin sicher, dass er es uns für eine Weile borgen wird.« Roper befreite den Meisterspion vom Pfahl, ließ aber seine Hände hinter dem Rücken gebunden, als er ihn durch das Lager zu Vigtyrs braunem Segeltuchpavillon führte. Die westliche Seite bewegte sich und beulte sich nach außen wie das Segel eines Schiffs. Der Eingang war fest verschlossen.

»Vigtyr?«, rief Roper. »Bist du da drin?«

»Was gibt es?«, erwiderte eine barsche Stimme. »Ich bin beschäftigt!«

»Ich bin es, Lord Roper«, erwiderte Roper knapp.

Nach einer langen Pause antwortete Vigtyr plötzlich außerordentlich höflich. »Lord Roper, wie kann ich Euch dienen?«

»Du könntest zum Beispiel anfangen, mir von Angesicht zu Angesicht zu antworten statt durch die Wände deines Zeltes. Ich habe gehofft, es für ein Verhör benutzen zu können.« Zu seiner Überraschung hörte er einen geflüsterten Dialog im Inneren.

»Selbstverständlich, Lord«, erwiderte Vigtyr schließlich. »Ich bitte untertänigst um Verzeihung. Wenn Ihr mir vielleicht noch einen Moment Zeit geben würdet? Ich bin gerade nicht … präsentabel.«

»Wann immer du so weit bist«, antwortete Roper.

Als nach etlichen Minuten die Riemen, die den Eingang des Zeltes verschlossen, gelöst wurden, tauchte Vigtyr in der Öffnung auf und grinste entschuldigend. »Es tut mir sehr leid, Lord, ich hatte keine Besucher erwartet.«

»Das ist kein Problem, Liktor.« Roper trat zur Seite, damit Vigtyr herauskommen konnte. »Es ist sehr freundlich von dir, dass du uns dein Zelt leihst.«

»Ich besitze es nur dank Eurer Großzügigkeit, Lord«, erwiderte Vigtyr demütig. Er trat geduckt durch den Eingang und warf dann einen Blick zurück ins Innere. Eine Frau kam hinter ihm zum Vorschein. Sie war klein und untersetzt, hatte ein spitzes Kinn und hervorstehende Wangenknochen. Das Bemerkenswerteste an ihr war jedoch ihre Miene. Sie musterte Roper ungeniert von Kopf bis Fuß und schien nicht besonders beeindruckt von dem zu sein, was sie sah.

Roper erwiderte ihren Blick. Er hatte gehört, dass Vigtyr einer neuen Frau den Hof machte. Hier war der leibhaftige Beweis. Keturah hatte Roper die beiden früheren Frauen des Zuchtmeisters gezeigt, und er musste zugeben, dass diese Frau ihnen überhaupt nicht glich. Beide waren schlank und zierlich gewesen, mit einer oberflächlichen und, wie Roper fand, unreifen Schönheit. Diese Frau wirkte rau und energisch, und obwohl sie kein einziges Wort gesagt hatte, strahlte sie eine derartige Ungeniertheit aus, dass Roper sie fast schon dreist fand.

»Mylord«, erklärte Vigtyr feierlich, »das ist Adras, meine Gefährtin.«

»Ich bin sehr erfreut, Euch kennenzulernen, Lord Roper«, sagte Adras und nickte mehr, als sie sich verbeugte.

Roper sah Vigtyr an. »Zuchtmeister, da du uns dein Zelt leihst, werde ich über diesen Vorfall hinwegsehen. Aber eine Gefährtin in dein Zelt mitzunehmen ist ein schwerer Missbrauch eines Privilegs. Du bist ein führender Offizier. Ich hatte mehr Disziplin von dir erwartet.«

Vigtyr senkte den Kopf. »Ich bitte um Verzeihung, Mylord. Ihr habt selbstverständlich recht. Es wird ganz sicher nicht wieder vorkommen.«

»Das hoffe ich.«

Vigtyr verbeugte sich, und der Tadel schien Adras zu überzeugen, ebenfalls so etwas wie eine Verbeugung zu versuchen. Sie überließen Roper und seinem Gefangenen das Zelt, und Roper folgte ihnen mit dem Blick, als sie davongingen. Keiner von beiden hatte Bellamus auch nur einen einzigen Blick zugeworfen. Nachdenklich bedeutete Roper dem Meisterspion, das Zelt zu betreten, und folgte ihm in das dämmrige Innere.

Ropers erster Eindruck war der einer zwanghaften Ordnung. Zwei dicke Umhänge, auf denen Vigtyr ganz offensichtlich schlief, lagen an der Seite des Zeltes wie ein schwarzer Graben.

Sie wiesen nicht eine einzige Falte auf. Auf der anderen Seite hatte Vigtyr seine Rüstung und seine Waffen penibel geordnet, als hätte er damit einen unsichtbaren Leichnam geschmückt. In einem Segeltuchbeutel am oberen Ende der Ausrüstung schien sich Vigtyrs Proviant zu befinden. Aus der Art, wie dieser Beutel auf dem Boden stand, schloss Roper, dass alles darin vermutlich ebenso ordentlich verstaut war, und es kam ihm sogar so vor, als hätte Vigtyr den Beutel glatt gestrichen, um Falten zu vermeiden.

»Außerordentlich«, sagte Roper. Er empfand die Ordnung in diesem Zelt fast schon wie einen Schlag ins Gesicht. War sogar das Gras unter seinen Füßen gefegt worden? Das war sicherlich nur eine Marotte, aber tatsächlich schien es so, als wäre das Gras flach gepresst worden, als das Zelt errichtet wurde, damit es einen glatten Teppich aus dunklem, glänzendem Grün bildete.

Roper machte eine Handbewegung, und Bellamus drehte sich um, damit der Schwarze Lord die Fesseln an seinen Händen lösen konnte. Sie waren außerordentlich festgezogen. Roper brauchte eine Weile, um die Lederbänder zu lösen. Als Bellamus' Hände frei waren, stöhnte der Mann leise und sank auf die Knie. Er presste seine weißen Finger zwischen die Beine, als das Blut und damit der Schmerz in sie zurückkehrten. Roper hatte einen Beutel über eine Schulter geschlungen und ließ ihn jetzt zwischen ihnen zu Boden fallen.

»Es gibt zwei Möglichkeiten, wie wir weitermachen können«, sagte er zu der zusammengekauerten Gestalt. »Die erste wird einigermaßen erträglich für dich sein. Die zweite nicht. Aber in beiden Fällen wirst du uns alles erzählen, was wir wissen wollen. Welchen Weg bevorzugst du?«

Bellamus blieb eine Weile stumm, das Gesicht ins Gras gedrückt. »Den ersten«, murmelte er dann.

Roper nickte und griff in den Beutel. Bellamus blickte ruckartig auf und kroch auf Händen und Knien zurück, aber als Roper die Hand aus dem Beutel zog, hielt er darin eine weiße hölzerne Königin: die Schachfigur, die er aus dem Spinnennetz mitgenommen hatte. Er wog sie in der Hand und bemerkte, dass die Balance zu sehr zum Fuß der Figur verschoben war, und fragte sich, was daran verändert worden war. Er warf Bellamus einen langen Blick zu, zog dann jedoch auch das Schachbrett aus dem Beutel und stellte die Figur ohne ein weiteres Wort sorgfältig auf ihren Platz. Ebenso stumm baute er die anderen Spielfiguren auf.

»Wir spielen?«, fragte Bellamus misstrauisch.

»Wir spielen, und wir reden«, erwiderte Roper.

»Darf ich dann vielleicht eine Frage stellen?«

»Ich stelle hier die Fragen«, gab Roper zurück.

»Das ist klar. Aber trotzdem, wie habt Ihr mich gefunden? Ich dachte, ich hätte meine Spuren gut verwischt.«

Roper wollte Bellamus nicht nachgeben, aber in diesem Fall hätte er die Antwort ohnehin nicht gewusst. Jokul war zu ihm gekommen und hatte gesagt, er wüsste, wo Bellamus wäre, aber die Kryptea hätte nicht genug Männer, um ihn dort herauszuholen.

»Wie hast du das in Erfahrung gebracht?«, hatte Roper misstrauisch gefragt.

»Wenn ich Ihr wäre, Lord Roper«, hatte der Meister der Kryptea geantwortet, »würde ich keine Zeit damit verschwenden, lange zu fragen. Wir wissen, wo er sich in diesem Moment aufhält, aber sobald er das erfährt – und das wird er, wenn man bedenkt, wie stark unsere Armee mit seinen Spionen durchsetzt ist –, wird er verschwinden. Wenn Ihr seiner habhaft werden wollt, dann ergreift ihn sofort.«

Roper hatte sich trotzdem eine letzte Frage erlaubt. »Wie viele Männer werde ich brauchen?«

Mittlerweile waren die Schachfiguren aufgebaut, und ihre beiden Armeen standen sich erneut auf einem Schlachtfeld gegenüber.

»Noch etwas, bevor wir spielen«, sagte Roper. »Vorhin, als du noch am Pfahl angebunden warst, hast du befürchtet, ich wüsste etwas Bestimmtes. Vergiss nicht, dass sich deine Gefangenschaft in zwei Richtungen entwickeln kann. Also, was war es?«

Bellamus blickte schweigend auf das Schachbrett. »Ich habe befürchtet, Ihr wüsstet, dass Garrett das Kommando über die Einsiedlerkrebse übernommen hat, und wolltet von mir erfahren, wo sie sich befinden. Bedauerlicherweise weiß ich das nicht.«

Roper glaubte ihm nicht, aber ebenso wenig ging er davon aus, dass er Bellamus durch Gewalt zu einem Geständnis bringen konnte. Er vermutete, dass man diesen Mann nicht einschüchtern konnte, also deutete er auf das Brett. »Du fängst an.«

Der Meisterspion packte seine Figuren mit der ganzen Faust, als er sie über das Brett bewegte, während allmählich wieder Gefühl in seine Finger zurückkehrte. Roper fragte sich, ob er versuchte, seine Bewegungen ungeschickter wirken zu lassen, als sie waren. Denn zweifellos war er mit seinem Verstand erheblich schneller als mit seinen Fingern. Er begann damit, dass er Roper zwei Fallen rasch hintereinander stellte und ihn zu einem Angriff einlud, was dazu geführt hätte, dass sein König ungeschützt gewesen wäre. Roper tat mit ausdruckslosem Gesicht so, als hätte er es nicht bemerkt, und griff seinerseits an.

Es fühlte sich nicht wie ein Spiel an. Auf einem echten Schlachtfeld mit echten Soldaten hatte Roper ihren Wettkampf nur deshalb gewonnen, weil das Schicksal eingegriffen hatte, und zwar mittels eines gigantischen Blitzschlags, der noch jetzt jede Windung von Ropers Gehirn durchzog. Die Helligkeit. Der Knall, unhörbar für seine Ohren, sodass sie aus Protest einfach nur geklingelt hatten. Dieser brutale Kitzel, der ihn durchzuckt hatte. Wenn Bellamus ihn auf diesem kontrollierteren Schlachtfeld besiegte, dann, so schien es Roper, hatte er vielleicht bei ihrem nächsten Zusammentreffen mit echten Soldaten einen mentalen Vorteil.

Falls wir uns je wieder auf dem Schlachtfeld begegnen, rief er sich ins

Gedächtnis. Was ganz bestimmt nicht mehr geschehen würde. Denn Bellamus war jetzt in seiner Gewalt, und er hatte ohnehin nicht mehr genug Einfluss, um eine Armee der Südlande zu befehligen.

Aber er war abgelenkt, weil er sich den Kopf zermarterte, wie er Bellamus auf ihre Seite ziehen könnte.

»Du musst uns abgrundtief hassen, Bellamus«, sagte er bedächtig und blickte auf das Brett, als würde er den nächsten Zug planen.

Bellamus hob ruckartig den Kopf. »Euch hassen?«

»Von all unseren Feinden bist du der hartnäckigste und listenreichste. Und doch war dein Spionagehauptquartier nur sehr klein. Es erfordert ungewöhnliche Motivation, so hartnäckig so viel Schaden anzurichten, wenn man sich so vielen Hindernissen gegenübersieht.«

»Oh.« Bellamus blickte wieder auf das Brett und lächelte spöttisch. »Nein. Nein, ich hasse Euch überhaupt nicht, genau genommen.«

Sie spielten ein paar Minuten weiter, bevor Roper den Faden wieder aufnahm. »Warum tust du es dann?«

Bellamus ließ sich Zeit mit seiner Antwort. Roper hatte keine Ahnung, auf welcher Bühne er seinen nächsten Zug plante, aber sein spöttisches Lächeln bei Ropers letzter Frage ließ ihn vermuten, dass Bellamus genau wusste, was der Schwarze Lord vorhatte. »Ehrgeiz«, sagte er schließlich.

»Gibt es keine andere Möglichkeit für dich, deinen Ehrgeiz zu befriedigen?«

»Für mich nicht wirklich, nein. Ihr versteht das nicht, Lord Roper. In meiner Welt bin ich einer der niedrigsten Menschen, und zwar nur wegen meiner Abstammung. Normalerweise wäre ich nur bis zu einem bestimmten Rang aufgestiegen, bevor meine Oberen meinen weiteren Aufstieg verhindert hätten. Aber das befriedigt mich nicht. Jeder Adelige in Erebos fürchtet und verachtet Euer Volk. So sehr, dass sie niemals auch nur versuchen würden, Euch zu verstehen. Denn damit wären sie in den Augen der Gesellschaft krank und würden gemieden. Nur ein Außenseiter, der keinen Status zu verlieren hatte, konnte über Euer Volk Wissen sammeln. Und sosehr sie es auch hassen, das zuzugeben, diese Eigenschaft macht mich für den Adel unschätzbar wertvoll.« Er sah Roper an. »Ich muss allerdings gestehen, dass ich das meiste von meinem Wissen durch Zufall herausgefunden habe. Als ich anfing, die Anakim zu studieren, habe ich das getan, weil ihr mich fasziniert habt.«

»Also hasst du uns nicht.«

»Nicht im Geringsten.«

»Das macht dich einzigartig«, bemerkte Roper. »Aber du sagst, du wärest unersetzlich für den Adel, und doch schienst du allein zu operieren in dieser Siedlung, in der wir dich gefunden haben.«

»Ich bin unersetzlich«, antwortete Bellamus. »Aber ich bin nicht immun. Und die vernichtende Niederlage unserer Streitkräfte auf dem Harstathur sprach sehr deutlich gegen mich. Ich hatte gehofft, dass in dem Chaos, das Eure Invasion nach Süden erzeugt, der König möglicherweise wieder begreift, wie sehr er mich braucht, und mir königlichen Pardon gewährt.«

»Trotz allem, was du erreicht hast, wirst du also immer noch auf Armlänge von Lundenceaster ferngehalten.« Roper lächelte. »In meinem Land werden wir von Geburt an gleich behandelt, unabhängig von unserer Herkunft. Und wenn wir den Rang des vollwertigen Bürgers erreichen, dann nennen wir uns ›Standesgenossen‹, um zu zeigen, dass wir alle gleich sind.«

»Das weiß ich.«

»Es war sehr frustrierend, gegen dich zu kämpfen. Wärest du einer von uns, wärst du ein hoher Offizier. Vielleicht sogar ein Kommandeur, der Kommandeur einer Legion. Und dein eigenes Volk will dir diese Ehre nur wegen der Umstände deiner Geburt nicht erweisen?«

Bellamus blickte sehr langsam von dem Brett auf und sah

Roper an. Sein Gesicht wirkte entschlossen und amüsiert, als wollte er mit seiner Miene sagen: *Ich weiß genau, was Ihr da macht, Lord Roper.* »Allerdings«, sagte er stattdessen.

Roper erwiderte seinen Blick. »Du musst uns helfen, Bellamus. Das ist die einzige Möglichkeit, wie ich rechtfertigen kann, dich am Leben zu lassen.«

»Was wollt Ihr von mir?«

»Deine volle Mitarbeit«, antwortete Roper. »Angefangen damit, dass du mir den Standort und die Größe der Streitkräfte der Südlande verrätst.«

»Ich kenne sie nicht«, sagte Bellamus. Er klang so offensichtlich erleichtert, dass Roper ihm glaubte. »Es gab immer das Risiko, dass ich gefangen genommen werden würde. Bei allem, was ich getan habe, habe ich darauf geachtet, so wenig Informationen wie möglich zu erhalten. Meistens habe ich Informationen über Eure Streitkräfte gesammelt und sie nach Lundenceaster geschickt, mit Vorschlägen, wie man diese Informationen dort nützen könnte. Aber ich habe nur sehr wenige Antworten bekommen.«

»Dann möchte ich, dass du eine Botschaft nach Lundenceaster schickst und ihnen falsche Informationen lieferst.«

Bellamus schüttelte den Kopf, noch während Roper sprach. »Meine Botschaften nach Lundenceaster mussten mit einem Code chiffriert werden, den ich zerstört habe, als ich Euch kommen sah. Ich kann weder Nachrichten in den Süden schicken noch empfangene Nachrichten entschlüsseln.«

»Ich glaube dir nicht«, sagte Roper.

Bellamus zuckte mit den Schultern. »Es spielt keine Rolle, ob Ihr mir glaubt oder nicht. Ich kann es einfach nicht.« In dem angespannten Schweigen wandte sich Roper als Erster wieder dem Brett zu.

Das Spiel wurde fortgesetzt. Roper nahm Bellamus die letzten Figuren ab und stellte schließlich seinen König. »Schachmatt«, verkündete er so beiläufig, er konnte.

Bellamus blickte mit seinem gesunden Auge auf das Brett. »Verdammt!« Seine Bestürzung klang so höflich, dass Roper lachen musste. »Noch einmal?«

»Ich habe Pflichten zu erfüllen«, sagte Roper, schlug jedoch ein neues Spiel für den nächsten Tag vor, da sie immer noch auf Tekoas Rückkehr warteten. Roper überlegte, wie er Bellamus' Ehrgeiz als Hebel benutzen konnte, um ihn auf ihre Seite zu ziehen. Aber auch wenn er auf dem Schachbrett gewann, war er seinem Ziel, den Meisterspion für die Anakim zu rekrutieren, keinen Schritt näher gekommen.

Er führte Bellamus wieder zu seinem Pfahl und war gerade dabei, ihn anzubinden, als er Tekoa erblickte, der zurückgekehrt war. Er ging in einiger Entfernung an ihnen vorbei und blickte finster zu Boden.

»Du siehst heute besonders streitsüchtig aus, Kommandeur!«, rief Roper ihm zu.

Tekoa blickte die beiden an und blieb unvermittelt stehen. »Einer meiner Legionäre, die wir in der Scheune gefunden haben, ist tot, Meisterspion«, sagte er gereizt. »Und ein anderer ist schwer krank. Und seit wir deinen Bau aufgesucht haben, klagen etliche weitere über Lethargie und starke Schmerzen.« Er ging auf Bellamus zu, und der Blick seiner Augen bohrte sich förmlich in den Südmenschen. »Also frage ich dich, du Geheimniskrämer, was hast du getan?«

27. KAPITEL

KRANKHEIT

Der Adel von Lundenceaster bewegte sich bevorzugt in Sänften durch die Stadt. Aramilla fand diese Art der Fortbewegung unerträglich und stickig und ging lieber zu Fuß. Doch auch wenn ihre Hofdamen ihr in allen Dingen nachzueifern versuchten, das war zu viel. Ihre Pantoffeln waren aus feinstem Satin, ihre Gewänder aus Seide, ihr Haar aufgetürmt und geölt, doch all das würde sich nach wenigen Augenblicken des Kontakts mit den schmutzigen Straßen auflösen. Also ging Aramilla an der Spitze einer kleinen Flottille von Sänften durch die Stadt, während zwei Dutzend königliche Bedienstete ihr auf Schritt und Tritt folgten.

Auf dem Pflaster der Straßen wimmelte es von Menschen. Die Nachttöpfe wurden fast feierlich entleert, der ausgeschüttete Inhalt bespritzte Knie und Schienbeine. Die Stadtbewohner, die, wie Aramilla bemerkte, braun waren, sowohl was ihre Haarfarbe als auch ihre Gewänder, ihre Schuhe und sogar den Schmutz auf ihren Gesichtern anging, kreischten und klagten wie Hühner, schleppten Mehl, Teppiche, Schubkarren voll Holzkohle und Gänse durch die Gegend.

Als sie ihre Königin und deren königliche Wache sahen, traten sie hastig beiseite, rissen sich die Mützen von den Köpfen und verbeugten sich tief. Jedenfalls die meisten. Die Huren in den Fenstern im Obergeschoss der Häuser riefen ihr laszive Aufforderungen zu und machten ihr hilfreiche Vorschläge, wie sie ihren König vielleicht erfreuen könnte. Die Kinderlosigkeit des königlichen Paars war eine allgemein verbreitete Quelle des Spottes und der Verwunderung, aber die derben Schreie entlockten Aramilla nur ein Lächeln. Die Huren freuten sich über diese königliche Anerkennung. »Gott segne Ihre Majestät! Gott segne König Osbert!«, kreischten sie dann.

Gott segne König Osbert! Seit ihrer Begegnung in der Bibliothek hatte er nicht einmal mehr mit ihr gesprochen. Jedes Mal, wenn Aramilla versuchte, sich ihm bei Hofe zu nähern, hatte er sich demonstrativ abgewendet. Sie wurde von einem ihr bislang fremden Gefühl umgetrieben: dem Gefühl der Unsicherheit.

Schließlich erreichten sie die Kasernen an der Stadtmauer, wo Aramilla ihren Vater antraf. »Ah, Liebes.« Er packte fest ihren Arm und zog sie von ihren Wachen weg, als sich die Sänften wie Austern öffneten und jede eine glitzernde Adlige ausspuckte. »Gibt es Nachrichten von deinem gemeinen Verehrer?« Er klang angewidert.

Aramilla sah sich um, aber niemand schien die Worte des Earls gehört zu haben. »Er hat eine Waffenlieferung an die Unhieru abgefangen, ohne die die Giganten nicht in den Kampf ziehen werden.«

»Wirklich, das hat er gut gemacht«, gab der Earl beiläufig zurück. »Wir werden auf diesem Erfolg aufbauen.«

Um sie herum quollen Männer aus den Kasernen. Sie gingen zum Tor und zu dem riesigen Sammellager außerhalb von Lundenceaster. Aramillas Hofdamen stiegen die Treppe zu den Zinnen hinauf und beobachteten wie eine ordentlich aufgereihte Gruppe von Möwen, wie sich die Armee versammelte, die die Anakim besiegen sollte. Sie würde unter Earl Seatons Befehl nach Norden ziehen, unterwegs Ritter und die Fyrd aufsammeln, eine Streitmacht aus bewaffneten Bauern, bis sie groß genug war, um sich dem Schwarzen Lord auf dem Schlachtfeld zu stellen. Bellamus berichtete, dass Ropers Streitkräfte durch den Hunger geschwächt wurden und jeder Tag in der Ferne ihr Heimweh vergrößerte. Währenddessen wurden die Streitkräfte Süddals stärker. Die Zeit war auf ihrer Seite. Sie würden vielleicht ein paar Städte und Siedlungen im Norden verlieren, aber das eigentliche Ziel war es, Süddal selbst zu halten. Und je länger sie warteten, desto größer wurden ihre Chancen.

»Hast du Seiner Majestät von Bellamus erzählt?«, fragte Aramilla ruhig. Sie betrachtete mit ihren grauen Augen die Armee unter sich.

»Ich? Nein, aber nein … Warum? Bist du im Moment nicht besonders gut angesehen?«

»Er nimmt mich nicht einmal zur Kenntnis.«

»Ich fürchte, das hast du deinem eigenen Leichtsinn zuzuschreiben.«

Aramilla schien bei diesen Worten zu welken. Der König war noch nie zuvor so misstrauisch gewesen, und sie hatte keine Möglichkeit, ihn zu besänftigen, wenn er nicht einmal mit ihr reden wollte. Sie konnte sich nicht erinnern, wann sie sich jemals so schutzlos gefühlt hatte, ein Gefühl, das auch nicht gerade dadurch besser wurde, dass sie in den letzten Tagen keine Nachricht von Bellamus bekommen hatte. Sie sah ihren Vater an. »Ich habe seit einiger Zeit nichts von Bellamus gehört. Ich habe Botschaften erwartet, aber nichts ist eingetroffen. Das ist sehr ungewöhnlich.«

»Meine Güte, sowohl bei deinem Gemahl als auch bei deinem Liebhaber in Ungnade zu fallen, und das auch noch gleichzeitig«, sagte der Earl. »Deine Macht scheint zu schwinden.«

Die Adligen auf den Zinnen spendeten der Armee Beifall, aber auf Aramilla wirkte die Streitmacht, die sich unten sammelte, eher schwach. Es waren weit weniger Soldaten, als sie im Jahr zuvor hatten versammeln können, und diese Armee war von den Anakim nahezu vollkommen vernichtet worden.

»Ich muss zu den Truppen«, erklärte Earl Seaton. Er lächelte

Aramilla an und küsste sie leicht auf die Wange, eine Geste für die Zuschauer auf den Zinnen. »Denk daran, wer unser Feind ist, Tochter«, sagte er leise. »Und erinnere dich daran, wie du überleben kannst.«

Aramilla blieb nicht lange auf der Mauer. Zum ersten Mal, seit sie denken konnte, sehnte sie sich nach Gesellschaft. Sie bemerkte, dass eine ihrer Hofdamen ebenfalls die Mauer verließ, und ignorierte die Etikette. Sie trat zu ihr. »Ihr geht schon so früh, Lady Cathryn?«

Lady Cathryn war plump und hatte Grübchen und knickste fröhlich vor der Königin. »Oben auf der Mauer ist es zu voll, Euer Majestät. Es gab gar nicht viel zu sehen.«

»Vielleicht teile ich mir auf dem Rückweg mit Euch Eure Sänfte«, sagte Aramilla huldvoll.

Lady Cathryn deutete entspannt in das üppige Innere der Sänfte. »Wie Ihr wünscht, Majestät.«

Ich bin wirklich schwach, dachte Aramilla. Zum ersten Mal in ihrem Leben hatte sie keine mächtigen Verbündeten. Das Missfallen des Königs schwächte ihren Status, und sie nahm das Gefühl von Einsamkeit wahr, das neu für sie war und sie auslaugte. Sie lächelte Cathryn mit aufrichtiger Dankbarkeit an und stieg in die Sänfte.

* * *

»Ich?«, erkundigte sich Bellamus ungläubig, während Tekoa ihn finster ansah. »Was kann ich getan haben? Es klingt ganz so, als wären Eure Männer einfach krank geworden.« Aber das Herz des Meisterspions hämmerte.

Seine Erwiderung wurde mit einem durchdringenden Blick aufgenommen. »Krank, ja, das sind sie sicherlich. Aber warum?«

Bellamus zuckte mit den Schultern. »Krankheiten kommen vor. Ich kann sie nicht kontrollieren.« *Wenn der Erste tot ist und der Zweite bewusstlos,* dachte er, *gibt es keine Zeugen, die mir widersprechen könnten.* Er starrte ausdruckslos in Tekoas wütendes Gesicht.

»Du verlangst von mir zu glauben, dass es sich hier um einen Zufall handelt?«, fragte der Kommandeur. »Dass wir dein Nest aufgesucht haben, wo du zwei meiner Männer isoliert von den anderen gefangen gehalten hast, die sich als Überträger einer Krankheit erweisen, die sich jetzt unter meinen Männern ausbreitet?«

»Was habe ich Eurer Meinung nach denn getan?« Bellamus bemühte sich, empört zu wirken, und es wäre ihm auch fast gelungen. »Die beiden wurden von den anderen getrennt, weil wir bei den anderen keinen Platz mehr für sie hatten.« Das entsprach ebenfalls fast der Wahrheit. Bellamus dachte nicht über die Konsequenzen dieser Krankheit nach oder ob er wollte, dass sie sich weiter ausbreitete, als sie es schon getan hatte. Im Moment ging es nur darum, diese Konfrontation zu überleben. Über alles andere konnte er in den langen Stunden nachdenken, in denen er an den Pfahl gefesselt war.

Tekoa sah Roper an. »Ich glaube, das war eine Falle. Ich glaube, er wollte gefunden werden und unsere Armee mit dieser Seuche infizieren.«

Das wäre der perfekte Weg gewesen, um es zu erreichen, dachte Bellamus. *Wenn ich dazu neigen würde, mich selbst zu opfern.*

»Das scheint mir ein bisschen weit hergeholt«, gab Roper zurück. »Hast du die Männer unter Quarantäne gestellt?«

»Ich bin nicht schwachsinnig!«, fuhr Tekoa hoch. »Selbstverständlich habe ich sie von den anderen isoliert. Aber die beiden Gefangenen haben mit Dutzenden meiner Männer Kontakt gehabt, und diese Seuche scheint keinen körperlichen Kontakt zu benötigen, um sich zu verbreiten. Vielleicht wirkt noch nicht einmal Quarantäne.«

»Dann müssen wir wachsam sein«, gab Roper ruhig zurück. »Und was die Idee angeht, dass Bellamus diese Krankheit herbeigeführt hat … Wie hätte er das tun sollen?«

Auch darauf wusste Tekoa keine Antwort. Er blickte zwischen Roper und Bellamus hin und her, die funkelnden Augen zusammengekniffen. »Wie ich sehe, manipuliert er Euch bereits, Lord Roper. Nehmt Euch in Acht!« Damit wandte er sich auf dem Absatz um und marschierte davon. Sein Umhang wehte wie ein Schatten hinter ihm her.

Bellamus atmete mehrmals tief durch und versuchte, sein heftig hämmerndes Herz zu beruhigen. »Er schien sehr aufgebracht zu sein«, sagte er.

»Nein, das war ziemlich normal«, widersprach Roper. Er trat hinter Bellamus, der spürte, wie er an einem Lederseil zog, mit dem er ihn mit dem Rücken an den Pfosten band. »Wir unterhalten uns bald wieder. Guten Morgen, Hauptmann Bellamus.«

Er hörte, wie Roper davonging und seine Schritte allmählich verklangen.

Zuerst lehnte sich Bellamus einfach nur an den Pfahl und blickte starr geradeaus. Dann rutschte er zu Boden, drückte die Knie an die Brust und atmete keuchend. Er vermutete, dass Quarantäne in dieser Phase nicht funktionieren würde. Zu viele waren bereits seinen Gefangenen und der Sklavenpest ausgesetzt gewesen. Es war ein schlechter Name, denn es war keine Pest, aber die Krankheit schien sich durch die Luft zu übertragen. Also wirkte seine Waffe. Bellamus war froh darüber. Von allen denkbaren Maßnahmen war die Verbreitung dieser Krankheit die richtige gewesen. Immerhin zog eine mörderische Invasionsarmee durch sein Land: Was hätte er von einer Krankheit mehr erwarten können, als dass sie nur seine Feinde befiel? Aber es war sinnlos, jetzt lange darüber nachzudenken. Selbst wenn er seine Beteiligung zugegeben hätte, hätte er nicht gewusst, was diese Seuche aufhalten sollte.

Da Bellamus nichts weiter zu tun hatte, sah er sich im Lager um und dachte an die vernichtenden Auswirkungen, die sich schon bald hier zeigen würden. Er nahm eine sonderbar friedliche Atmosphäre wahr, die über diesem Ort des Krieges hing. Es roch frisch, nach Gras und Holzrauch, und jetzt im Spätfrühling war die Luft warm. Als er gestern Nacht zitternd an dem Pfahl gestanden hatte, hatte ihn die Musik im Lager getröstet. Die Anakim mochten hungern, aber dennoch ertönten süße Hymnen in der flackernden Dunkelheit und traurige Flötentöne. Sie spielten immer mit dem Wind, die Anakim. Sie hatten weder Saiteninstrumente noch Glocken. Sie kannten nur die geisterhafte und halb vergessene Musik der Flöten. Bellamus hatte Musik geträumt, als er das letzte Mal im Norden gewesen war. Silbrig und wie von einer anderen Welt hatte sie geklungen, und er hatte den Melodien letzte Nacht sehr genau gelauscht, ob er vielleicht einige davon erkannte.

Jetzt war er nicht im Schwarzen Königreich, das ihn so faszinierte und fast zu einer Besessenheit geworden war, dass der Name noch in der Luft zu vibrieren schien, lange nachdem er ausgesprochen worden war. Aber dies hier fühlte sich wie eine dünne Schicht davon an. Die Anakim unternahmen den Versuch, den Abus zu begradigen, sodass er Süddal und das Schwarze Königreich perfekt trennte. Sosehr ihn das Schwarze Königreich auch faszinierte, sosehr er sich danach sehnte, diese gewaltigen Bäume wiederzusehen und die Schatten, die dazwischen herumschlichen, hier in Süddal wollten sie das nicht. Wie er einmal zu Aramilla gesagt hatte: *Man muss sich für eine Seite entscheiden und dann alles in seiner Macht Stehende tun, um diese Seite voranzubringen.* Er hatte sich für eine Seite entschieden, und die Sklavenpest, diese furchtbare, grauenvolle Krankheit, war ihre stärkste Waffe.

* * *

Roper sah Tekoa erst einige Tage nach seiner Konfrontation mit Bellamus wieder. Der Kommandeur saß mit Keturah an seinem Feuer. Offenbar war ihr Streit nicht vergessen, denn er warf Roper einen finsteren Blick zu. »Was ist mit dem Geheimniskrämer passiert?«

»Ich versuche weiterhin, ihn zu rekrutieren. Ich glaube, er bewundert uns ein bisschen. Vielleicht bringen wir ihn ja dazu, dass sein Netzwerk von Spionen für uns arbeitet!«

Tekoa sah ihn scharf an. »Ihr seid bereits viel zu nachsichtig mit ihm, Lord Roper. Ich will, dass er verschwindet.«

»Verschwinden? Wie verschwinden?«

»Ich will, dass er stirbt.«

»Glaubst du nicht, dass er wertvolle Informationen besitzt?«

»Das schon, aber er wird sie uns nur geben, wenn Ihr bereit seid, ihn zu foltern. Seid Ihr das?«

Roper musterte den Kommandeur kühl. »Wenn es erforderlich ist.«

»Sieh an, ich hätte gedacht, es wäre längst erforderlich geworden. Auf jeden Fall hätte er eine solche Behandlung verdient.«

Roper überlegte, ob Tekoas Warnungen begründet waren. Andererseits, was konnte der Meisterspion schon anrichten? Er hatte im Augenblick nicht die geringste Macht. Er kam zu dem Schluss, dass die Leute vor allem wegen seines Rufs so nervös waren.

Keturah hatte sich bis auf ein leichtes Untergewand ausgezogen. Die Wölbung ihres Bauches war ohne ihren weiten Umhang nun deutlich sichtbar. Sie war barfuß, da sie mit den anderen Historikerinnen laufen wollte, weil sie glaubten, das würde das Gedächtnis verbessern. »Was hast du vor, mein Gemahl?«, fragte sie, als sie beobachtete, wie Roper ebenfalls seine dickere Kleidung ablegte.

»Training mit Vigtyr. Das erste Mal, seit ich ihn vor ein paar Tagen mit dieser Frau in seinem Zelt aufgescheucht habe«, sagte Roper. »Wie hieß sie noch gleich? Adras?«

»Ja.« Keturah blickte interessiert hoch. »Tatsächlich? Was hatten sie denn vor?«

»Er hat ihr offenbar geholfen, ihre Kleider loszuwerden«, erklärte Roper.

»Dann scheinen ihm ihre Kleider wohl nicht gefallen zu haben«, kommentierte Tekoa trotz seiner schlechten Laune.

»Vater!«, rief Keturah tadelnd, konnte aber einen belustigten Unterton nicht unterdrücken.

»Bist du sicher, dass du laufen willst, Gemahlin? Wir werden uns noch eine Weile mit halben Rationen begnügen müssen.«

»Frathi wird mich niemals zur Historikerin machen, wenn ich einen Lauf verpasse«, antwortete Keturah. »Trainiere gut, mein Gemahl. Lass dich von Vigtyr nicht besiegen.«

Roper stieg auf den Hügel, während sich am Himmel ein Sturm zusammenbraute. Es grollte in den dunklen Wolken, als würde ein riesenhafter Vogel mit den Flügeln schlagen. Leichter Regen fiel. Er ging an Legionären vorbei, die sich um glühende Holzkohlenfeuer kümmerten oder erlegtes Wild ins Lager schleppten. Sie konnten nicht weiter nach Deorceaster ziehen, bis die Waffenlieferung an die Unhieru vollständig war. Also hatte Roper die ganze Armee auf diese Aufgabe angesetzt. Diejenigen, die keine Holzkohle produzierten, sammelten Eisen, das zu riesigen Waffen und Rüstungen geschmiedet wurde, oder suchten die wenigen Lebensmittel, die in diesem Land für sie übrig geblieben waren.

Die Atmosphäre war angespannt und gereizt. Er spürte das Verlangen jedes einzelnen Legionärs, umzukehren und nach Hause zu gehen. Sie waren krank vor Hunger und bedrückt von dem Gewicht der *Kjardautha*, dem Heimweh der Anakim. Solche Gefühle waren ansteckend, und die Stimmung wurde jeden Tag angespannter.

Vigtyr ging bereits auf der Hügelkuppe auf und ab, als Roper ankam.

»Ich muss mich wirklich für den Vorfall in meinem Zelt entschuldigen, Lord«, begrüßte der Zuchtmeister ihn. »Es wird nicht wieder vorkommen.«

»Dann ist es vergessen, mein Freund.« Roper hob sofort ein Schwert. »Denk nicht mehr daran.«

»Ihr habt also nicht …« Vigtyr machte eine Pause. »Ihr habt also nicht Pryce gebeten, mich im Auge zu behalten? Um sicherzustellen, dass so etwas nicht mehr passiert?«

»Pryce?« Roper war verblüfft. »Warum denkst du das?«

»Er scheint in letzter Zeit häufig in meiner Nähe zu sein. Als würde er mich beobachten. Aber vielleicht stimmt das auch nicht«, setzte er hinzu, als er Ropers offensichtliche Verblüffung wahrnahm. »Vielleicht habe ich mich geirrt.«

Vigtyr hob sein Schwert ebenfalls. Erfreut stellte Roper fest, dass der Zuchtmeister jetzt ein wenig Abstand zu ihm hielt. Er hatte Ropers Fähigkeiten zuvor so geringgeschätzt, dass er furchtlos dicht bei dem Schwarzen Lord gestanden hatte, ihn nach Belieben angegriffen hatte und nur selten dazu gezwungen gewesen war, einen Angriff abzuwehren. Jetzt jedoch zeigte er einen Hauch von Respekt für Ropers Fähigkeiten, und sie kämpften miteinander, wobei sie den Schwerpunkt auf ihre Fußarbeit legten und die Balance des anderen prüften.

»Das ist gut«, sagte Vigtyr anerkennend. »Ja.« Er machte einen Ausfallschritt, aber Roper hielt den Abstand zwischen ihnen. »Und das auf nassem Untergrund. Eure Haltung ist stark.«

Dieses eine Lob war mehr, als Vigtyr ihm während ihres ganzen Trainings hatte zuteilwerden lassen, doch Roper versuchte, nicht darauf zu achten. *Stille,* dachte er. *Stille.*

Dann griff er plötzlich an. Vigtyr hatte versucht, ihn mit einem weiteren kleinen Vorwärtsschritt herauszufordern, aber Roper stürmte ihm schnell entgegen und schloss die Lücke zwischen ihnen. Er hatte es nicht geplant und auch nicht darüber nachgedacht. Es passierte einfach. Vigtyr zog sich so schnell zurück, dass sein Fuß kurz auf dem nassen Gras ausrutschte. Das hielt ihn auf, und er war gezwungen, den Schlag zu parieren. Roper schlug erneut zu und zwang ihn zu einer weiteren Abwehr. Angriff, Abwehr. Angriff, Abwehr. Ducken. Kaum musste Vigtyr sich nicht mehr verteidigen, griff er sofort an und schlug sein Holzschwert auf Ropers Hals. Der stolperte zurück, freute sich aber trotzdem. Er hatte seinen Lehrer noch nie zu mehr als zwei Paraden hintereinander gezwungen.

Vigtyrs Gesicht war kalt. »Ihr habt vorhin Eure Absicht ausgezeichnet verborgen«, räumte er ein. Und genau das war es, was der Zuchtmeister ihn hatte lehren wollen: Ropers Gesicht sollte eine steinerne Maske sein. Die Südmenschen, so erklärte er, verrieten jede Bewegung, bevor sie auch nur dazu ansetzten, weil ihre Gesichter so ausdrucksstark waren. Ropers Gesicht sollte die ganze Zeit ausdruckslos sein, und er musste dafür sorgen, dass sein Blick nicht sein beabsichtigtes Ziel verriet. Aber das fiel Roper schwer, weshalb er überlegt hatte, ob es vielleicht eine bessere Möglichkeit gab. Wenn er gar keine Absichten hatte, gab es auch nichts, was er hätte verbergen müssen. Wenn er diesen Zustand der Stille aufrechterhalten konnte, von dem Sigrid gesprochen hatte, nämlich alle Geräusche von außen auszuschließen und nur noch im Moment zu leben, dann gab es keine Gedanken, die sich auf seinem Gesicht hätten zeigen können. Gedanken waren langsam, folgerte Roper. Er musste seinen Nerven erlauben, die Kontrolle zu übernehmen, und einfach nur agieren.

Vigtyr prüfte ihn mit einem seiner vorgetäuschten Angriffe. Er wirkte nicht besonders schnell, aber weil seine Bewegungen so ökonomisch waren und weil es keinerlei Vorwarnung gab, hatte er Roper für gewöhnlich erreicht, bevor dieser die Gefahr überhaupt registrierte. Diesmal jedoch bewegte sich sein Handgelenk wie von selbst, sein Holzschwert wehrte Vigtyrs Waffe ab, und dann griff er selbst an. Vigtyr war jedoch seinem Angriff nicht gefolgt und wich Ropers Schwert aus, und er parierte auch den folgenden Schlag. Roper griff erneut an, schlug nach Vigtyrs Knie und dann nach seinem Hals. Ein Gefühl störte die Stille in seinem Kopf, ein wortloser Schrei des Triumphs und der Ungläubigkeit, als sich Vigtyr zurückzog. Dieser Triumph störte Ropers Konzentration wie ein gedankenloses Kind. Er bemühte sich, das Gefühl abzuwehren, doch im nächsten Moment lag Vigtyrs Holzschwert an seiner Kehle.

»Ihr habt Euer Vertrauen verloren«, erklärte der Zuchtmeister.

Nicht ganz, dachte Roper. Was er verloren hatte, war die Stille.

Und sie kehrte auch für den Rest ihrer Trainingseinheit nicht zurück. Er versuchte viel zu angestrengt, sie wiederzufinden, aber sie erwies sich als höchst flüchtig. Als es jedoch stärker regnete und sie das Wasser mit einem öligen Lappen von ihren Klingen wischten, war Roper ermutigt. Beim nächsten Mal, wenn er frisch war und die Lektion bevorstand, würde er die Stille wiederfinden, sagte er sich. Und dann konnte er sie vielleicht auch etwas länger halten.

»Ihr habt sehr gut angefangen, Lord«, sagte Vigtyr. »Ihr habt mich ein paarmal unter Druck gesetzt. Habt Ihr allein geübt?«

»Ein bisschen.« Roper dachte, wenn er das behauptete, wäre es einfacher zu verstehen, als wenn er ihm die Wahrheit sagte – dass seine Verbesserung vor allem auf einem Gespräch über Stille beruhte. Sie gingen gemeinsam den Hügel hinunter. Erneut bot Vigtyr Roper großzügig sein Zelt an, damit er noch einmal mit Bellamus sprechen konnte.

»Es regnet! Bist du sicher, Zuchtmeister? Du musst dich nicht dazu verpflichtet fühlen. Ich würde dich nicht fragen, wenn ich nicht versuchte, Theater zu spielen und den Meisterspion auf unsere Seite zu ziehen.«

»Nein, Lord, nein, nehmt es gern«, erwiderte Vigtyr, auch wenn seine Stimme melancholisch klang. »Ich sollte ohnehin die Herstellung der Holzkohle beaufsichtigen. Was für ein Theater habt Ihr geplant?«

»Kommandeur Randolph wird dem Meisterspion fürchterliche Angst einflößen«, antwortete Roper. »Wir werden sehen, ob das zu irgendetwas führt.«

Sie verabschiedeten sich. Roper ging zu Bellamus, der zitternd im strömenden Regen stand, und führte ihn zum Zelt.

»Eine Partie Schach?«

»Ja, bitte«, erwiderte der benommen.

Der Regen prasselte gemütlich auf die Segeltuchwände des Zelts, und es donnerte. Bellamus schüttelte immer wieder die Finger in dem Versuch, die Blutzirkulation anzuregen, denn er zitterte am ganzen Körper. Roper stellte gerade die Schachfiguren auf und blickte hoch. »Ich möchte dich nicht schlagen, nur weil dir zu kalt ist, um nachzudenken.« Er nahm einen der Umhänge von Vigtyrs Bett und legte ihn dem Meisterspion über die Schultern. Der nickte dankbar, zog den Umhang fester um sich und sah zu, wie Roper seinen ersten Zug machte.

»Ich hoffe, dass Euch klar ist«, sagte der Mann aus dem Süden, »dass ich an einen Pfahl gebunden bin und reichlich Zeit habe, mich mit diesem Schachspiel zu beschäftigen. Ihr werdet aufpassen müssen, Lord Roper.«

»Dann darf ich wohl große Dinge erwarten«, versicherte ihm Roper. Sie spielten eine Weile schweigend, und Bellamus schien tatsächlich die Oberhand zu gewinnen. Er zwang Roper, seine Figuren zu einem Verteidigungsring um seinen König zurückzuziehen. Aber Roper war abgelenkt, seine Aufmerksamkeit auf das Umfeld um das Zelt gerichtet. Randolph müsste sie jeden Moment unterbrechen. »Warum bist du eigentlich der einzige Mensch aus dem Süden, der uns nicht hasst?« Er wollte Bellamus ablenken.

»Ich glaube, man mag, was man mag«, antwortete Bellamus. »Es muss keinen Grund dafür geben … obwohl meine erste Begegnung mit den Anakim wirklich ausgesprochen faszinierend war.«

»Aha?«

»Vor vielen Jahren, ich war noch ein Jüngling, landete ich in einem Dorf am Fuße der Berge, weit im Norden von Safinim. Die Menschen dort lebten in ständiger Angst vor den Anakim, die etwas weiter oben in den Bergen hausten. Man gab mir gutes Gold … verdächtig viel Gold, das hätte mir klar sein müssen, nur um sie zu beobachten und Alarm zu schlagen, wenn sie sich dieser Siedlung näherten. Ehrlich gesagt wusste ich nichts über die Anakim.« Er machte eine kleine Pause und verschob eine Figur, mit der er den Druck auf Ropers bereits belagerte Verteidiger erhöhte.

Roper blickte hoch. »Sprich weiter.«

»Was sagte ich gerade? Ah, ich wusste also nichts über sie und nichts über Euch. Wir hatten zwar in Safinim von den Anakim gehört, aber eher so, wie ich von Elefanten oder von Rhinozerossen gehört hatte. Ich hatte nicht einmal die leiseste Ahnung, wie ein Anakim aussehen mochte, und ich war begierig darauf, das herauszufinden. Also akzeptierte ich die Bezahlung, kaufte mir davon einen Mantel aus Schafswolle und ging in die Berge. In ihr Gebiet. Ihr habt letztes Jahr unsere Armee in Eurem Land erlebt: Ihr könnt Euch sicher vorstellen, wie ungeschickt ich dort herummarschiert bin. Folglich war nicht ich es, der sie im Auge behielt, sondern sie beobachteten mich.« Bellamus hob die Hand und deutete auf seine beiden fehlenden Finger.

Roper war vollkommen fasziniert von der Geschichte und schrak deshalb ernsthaft zusammen, als die Zeltklappe aufgerissen wurde und ein regennasser Randolph hereinstürmte. Sein Gesicht war gerötet, und er hielt ein blankes Schwert in der Hand.

»Da ist er ja!«, stieß der Kommandeur hervor und trat auf Bellamus zu, der zurückfuhr. Roper stand auf und trat sofort zwischen die beiden Männer.

»Beruhige dich, Kommandeur!«, verlangte er.

»Mich beruhigen?« Randolphs Gesicht war so rot angelaufen, dass Roper nicht mehr sicher war, ob er das wirklich spielte. »Während der Grund unseres Untergangs hiersitzt und immer noch atmet? Tretet zur Seite, Lord Roper. Wir haben noch nie zuvor Gefangene gemacht, und dieser hier ist der Letzte, mit dem wir anfangen sollten!« Er versuchte, sich an Roper vorbeizuschieben, der ihm in den Weg trat und ihn daran hinderte.

»Er steht unter meinem Schutz, Kommandeur! Verlass das Zelt, bevor ich dich zur Rechenschaft ziehe. Sofort!«

Die beiden Männer starrten sich eine Weile an. Dann wich Randolph langsam zurück. »Ihr werdet ihn nicht immer schützen können, Lord Roper!«, zischte er. »Nicht angesichts der vielen Feinde, die dieser Mann hat.« Er schob sein Schwert in die Scheide, wandte sich abrupt um und verschwand im Regen.

Dieser Auftritt war zwar auf Ropers Befehl hin erfolgt, aber er war trotzdem leicht erschüttert. Randolph genoss Scherze und Geschichten und hatte, wie Roper gehofft hatte, dieser Scharade wirklich Glaubwürdigkeit verliehen. Roper kehrte zu seinem Platz zurück, und Bellamus betrachtete ihn über das Schachbrett hinweg.

»Wie du gehört hast«, erklärte Roper müde, »wird es immer schwieriger zu rechtfertigen, warum ich dich am Leben lasse. Wenn du uns nicht helfen kannst, wird es mir schwerfallen, gleichzeitig deine Sicherheit zu gewährleisten und meine Armee zusammenzuhalten.«

Bellamus zuckte mit den Schultern. »Es ist genau so, wie ich bereits gesagt habe, Lord Roper. Ich bin jetzt für niemanden mehr von Nutzen. Ich bin gefangen, mein Netzwerk ist zerschlagen, und ich weiß weder mehr als Ihr, noch habe ich die Möglichkeit, etwas herauszufinden.« Seine Worte klangen so überzeugend, dass Roper ihm tatsächlich glaubte.

Sie spielten weiter, und der Meisterspion verstärkte den Druck auf Ropers Position. Roper jedoch hatte den Eindruck, dass sein Widersacher sich überschätzte, und genau das war auch der Fall. Er machte einen Fehler, verlor seine Dame, und von da an wandte seine Strategie sich gegen ihn. Bellamus fuhr verärgert mit der Hand über das Brett. »Verflucht! Doppelt verflucht! Ich dachte wirklich, ich hätte Euch besiegt.«

»Es wäre dir fast gelungen.« Roper baute die Figuren neu auf. Der Regen prasselte immer noch gegen die Zeltwände, es wurde dämmrig im Inneren. Roper taxierte Bellamus kurz und trat dann vor das Zelt, um nach Kerzen und Feuer zu verlangen. Dann ging er schnell wieder zurück, aber Bellamus saß friedlich an seinem Platz. Kurz darauf kam ein Legionär mit einem knisternden Kiefernzweig und zwei Talgkerzen herein, die Roper rechts und links neben dem Brett aufbaute. Er brauchte nicht zu fragen, ob Bellamus spielen wollte, weil die Alternative darin bestand, dass der Meisterspion an seinen nassen Pfahl zurückkehren würde.

»Dieses Zelt ähnelt dem, das ich letztes Jahr für meine Verhöre benutzt habe«, bemerkte Bellamus. »Ich habe immer Öllampen aufgestellt. Die Menschen neigen dann eher dazu zu reden.«

»Du hast es verloren?«

»Der Rückzug von Githru hat uns nicht allzu viel Luxus gelassen«, antwortete Bellamus trocken. Nach ein paar Zügen fuhr er leiser fort: »Das war wirklich schrecklich.«

»Der Rückzug?«, fragte Roper und betrachtete das Brett.

»Ja. Viele Männer sind erfroren oder haben Finger und Zehen verloren. Wir wurden gehetzt wie Vieh. Und dann die Wölfe und die Bären. Ich weiß wirklich nicht, wie Ihr mit ihnen leben könnt.«

»Sie bereiten uns keine Schwierigkeiten«, antwortete Roper. »Es sei denn, man ist außerordentlich gedankenlos.«

Bellamus sah ihn interessiert an. »Warum behelligen sie Euch nicht?«

»Ich weiß es nicht. Sie tun es einfach nicht, es sei denn, man geht achtlos mit seinen Nahrungsmitteln um oder bewegt sich, als wäre man schwach. Aber wenn du wissen willst, warum sie euch zusetzen, würde ich sagen, es liegt an der Art, wie ihr geht. Ich habe eure Armee letztes Jahr in den Wäldern gesehen. Ihr bewegt euch, als würdet ihr euch ständig verirren. Ihr wandert ziellos und unsicher umher. Wenn man sich in unserem Land nicht sicher fühlt, dann spüren die Raubtiere das.«

»Das war eines der ersten Dinge, die mir an den Anakim aufgefallen sind. Ihr habt eine ausgesprochen selbstsichere und zielstrebige Kultur.«

Roper musterte den Meisterspion einen Moment. »War das eine Beleidigung?«

»Nein, aber nein!«, versicherte Bellamus ihm. »Nur eine Beobachtung. Ich behaupte nicht, dass eine der beiden Lebensweisen der anderen überlegen wäre. Ich glaube, dass die Gesellschaft Süddals mehr dem Zweifel und dem Jammern zugeneigt ist. *Haben wir das richtig gemacht? Wie kann ich zeigen, dass ich zu den anderen gehöre und trotzdem anders bin? Vielleicht sollten wir das für unsere Kultur übernehmen? Wie können wir uns verändern?*«

»Das klingt ermüdend«, erwiderte Roper. »Und zudem entzweiend.«

»Es ist beides«, bestätigte Bellamus. »Aber es sorgt auch dafür, dass die Kultur Süddals dynamisch bleibt. Wir haben ein Wort, das es auf Anakim nicht gibt: *Mode*. Es ist eine Bezeichnung für etwas, das nur kurze Zeit populär ist und dann langsam untergeht, bis es plötzlich peinlich ist.«

»Das klingt so, als könnte ich das auf meine Regentschaft anwenden«, merkte Roper an.

Bellamus hob amüsiert einen Finger. »Nicht ganz. Ich habe nicht die beste Definition geliefert. Normalerweise wird dieses Wort in Bezug auf Kleidung, Haare oder Freizeitbeschäftigungen verwendet. Für eine Beschäftigung mit solchen Dingen ist Euer Volk viel zu streng, glaube ich. Musik«, setzte er dann plötzlich hinzu. »Ihr liebt Musik. Habt Ihr Lieder, die eine Weile von allen geliebt werden und dann plötzlich in Ungnade fallen?«

Roper dachte nach. »Ich … glaube nicht. Wir singen unterschiedliche Lieder zu unterschiedlichen Gelegenheiten oder zu unterschiedlichen Jahreszeiten. Manche Lieder sind nur für ein besonderes Fest einmal im Jahr reserviert oder bei der Eichelernte. Aber sie verschwinden nicht nach Gutdünken oder wegen mangelnder Beliebtheit.«

»Also kennt Ihr so etwas wie Mode nicht. Vielleicht ist das der Grund, warum Eure Gesellschaft so selbstsicher ist. Niemand bemüht sich, sich von den anderen zu unterscheiden, weil alle mit ihrer Kultur glücklich sind, wie sie ist. Das ist Souveränität.«

Roper trommelte mit den Fingern auf das Brett. »Was du beschreibst, klingt in meinen Ohren eher frivol und wankelmütig als dynamisch.«

»Das ist es auch alles«, gab Bellamus zu. »Frivol, wankelmütig und dynamisch. Aber aus diesem Grund auch anpassungsfähig.«

Roper hob bei diesen Worten die Brauen. *Selbstvertrauen gegen Anpassungsfähigkeit,* dachte er. Dieser Feldzug entschied vielleicht darüber, welche dieser beiden Eigenschaften der anderen überlegen war. Sie spielten weiter, und ein heftiger Kampf um die Vorherrschaft über die Mitte des Bretts entbrannte. Das Spiel endete knapp zu Ropers Gunsten.

»Ich habe meine Geschichte über meine erste Begegnung mit den Anakim noch nicht zu Ende erzählt«, sagte Bellamus.

»Nein, das hast du nicht.«

»Ihr erinnert Euch noch, dass ich sagte, ich wäre in die Berge gegangen, um nach ihnen zu suchen«, fuhr Bellamus fort. »Aber ich hörte sie, bevor ich sie sah. Sie sangen, und zwar auf eine Art, wie ich es noch nie zuvor gehört hatte.«

Seine Augen leuchteten sonderbar, sehnsüchtig und fast schmerzerfüllt, und plötzlich wirkte sein Gesicht nachdenklich. »Es waren unirdische Geräusche, die durch den verschneiten Wald hallten. Eine Zikade erklang, dann eine Eule oder ein Wolf, die in einem unheimlichen Konzert vereint waren. Ich spürte, wie sich mir die Nackenhaare aufrichteten, und ich kroch langsam auf ein Feuer zu, an dem acht Anakim saßen. Zwei sangen, und einer spielte eine Art Flöte. Sie waren so groß und schlank und anmutig, und eine von ihnen hielt ein Baby. Das war fast das Sonderbarste daran, dass dieses Kind so still war. Ich blieb dort, bis es dunkel wurde, die ganze Nacht und bis zum nächsten Morgen. Das Baby gab keinen einzigen Mucks von sich. Dann erwischten sie mich.« Bellamus verzog das Gesicht.

»Und du konntest entkommen?« Roper war kurzzeitig von dem Spiel abgelenkt. »Sie hätten dich niemals am Leben gelassen.«

»Und doch haben sie es getan«, sagte Bellamus und machte seinen Zug, bevor er weitersprach. »Ich hatte mich davor gefürchtet, dass sie mich gefangen nehmen könnten, und als sie es taten, war die Atmosphäre ganz anders, als ich es mir vorgestellt hatte. Sie war viel, viel schlimmer. Sie waren entspannt und fröhlich. Für sie war es offenbar nicht so, als würden sie eine Person töten, sondern eine Art von Tier, das ihnen in die Falle gegangen war. Und ich dachte, um zu überleben, müsste ich mich in ihren Augen als Mensch beweisen.«

Roper blickte Bellamus über das Brett hinweg amüsiert an. »Machst du das jetzt auch, Meisterspion?«

Bellamus' Schachfiguren waren auf dem Rückzug. Er besänftigte seinen Stolz damit, dass er einen Kleinkrieg gegen Ropers Bauern führte, aber am Ende war es ein weiterer Sieg für Roper. Bellamus erklärte sein größtes Bedauern und wollte wissen, ob Roper sich zu einem weiteren Spiel überreden ließe. Vergeblich. Stattdessen fesselte Roper dem Mann aus dem Süden die Hände und brachte ihn zu seinem einsamen Pfahl im Regen zurück.

Als Roper durch den Schlamm zu seinem Feuer ging, loderte es bereits. Alle Kommandeure, Historikerinnen und Offiziere standen darum herum und versuchten sich zu wärmen. Alle blickten Keturah an, die eine Anekdote erzählte, die Roper schon zuvor gehört hatte. Sie hatte sich in der Akademie verirrt und musste mehrere Stunden Gesänge ertragen, weil es ihr zu peinlich gewesen wäre, den Raum zu verlassen. Roper bezweifelte, dass diese Erfahrung so langweilig gewesen war, wie sie sie beschrieb. Er hatte einmal gehört, wie die Leitende Historikerin Keturah als einen »Gesangsvielfraß« beschrieb, dessen Appetit auf Geschichte unersättlich wäre. Als sie endete, brandete Gelächter auf, und als es erstarb, übernahm Tekoa die Aufgabe des Geschichtenerzählens. Aber irgendwie wirkten die Zuhörer distanziert, dachte Roper.

Er setzte sich neben Keturah. »Meine Güte, ihr beide habt

euch Stunden in diesem Zelt verkrochen. Was habt ihr gemacht?«, fragte sie.

»Wir haben geredet«, sagte er.

»Er ist charmant, stimmt's? Und auf eine sonderbare Art und Weise sieht er sehr gut aus.«

»Ich habe versucht herauszufinden, ob wir ihn auf unsere Seite ziehen könnten. Und ich genieße auch seine Gesellschaft«, gab Roper zu.

Bei diesem Geständnis wandte Keturah ihm den Kopf zu. Ihr Profil wurde vom Feuer erleuchtet. »Tatsächlich? Die Gesellschaft unseres größten Feindes, des Schöpfers von Tausenden von Sabotageplänen, die unseren Vormarsch so entsetzlich verlangsamt haben?«

»Ich weiß, was er getan hat«, erwiderte Roper. »Aber er ist erfrischend. Und er ist so anders als alle anderen. Ich kenne nur Männer, die im Haskoli erzogen wurden. Sie sind alle gleich … direkt, hart, selbstbewusst und energisch.« Roper begleitete jedes Wort mit einer Handbewegung, als wollte er Rauch verscheuchen. »Das ist mir erst klar geworden, nachdem ich Bellamus kennengelernt habe. Er ist subtil, höflich und von großen Fragen fasziniert. Ich kann mit ihm reden wie mit Gray, nur ist seine Perspektive eine ganz andere.«

Keturah grinste. »Mein Gemahl, wie entzückend! Du hast also einen Freund gewonnen?«

»Keinen Freund, es ist einfach nur erhellend. Wie war das Laufen?«, fuhr er dann hastig fort, in der Hoffnung, weiteren Fragen aus dem Weg zu gehen.

Bei seinem Versuch, Bellamus auf ihre Seite zu ziehen, war es ihm bisher nur gelungen, eine gewisse Zuneigung für den Meisterspion zu entwickeln. Er hatte bemerkt, dass Bellamus ein- oder zweimal versucht hatte, ihn zu manipulieren. Aber statt wütend zu werden, bewunderte Roper die Intelligenz des Mannes. Er hatte Bellamus schon immer gemocht, trotz allem, was zwischen ihnen stand. Vielleicht hatte er geahnt, dass dies passieren würde, wenn er ihn am Leben ließ. Und als er das Schachbrett mitnahm.

»Oh, der Lauf war sehr gut, aber hier gibt es ein großes Drama.« Keturah strich sich eine Haarsträhne hinter das Ohr.

»Ach, tatsächlich?«

»Unter den Skiritai ist eine schreckliche Krankheit ausgebrochen«, sagte sie.

»Oh, das wusste ich bereits. Hoffen wir, dass die Quarantäne hilft.«

»Eben das meine ich ja«, erklärte Keturah. »Die Quarantäne hilft *nicht*. Jedenfalls sagt Vater das. Es sind bereits mehr als fünf Dutzend Krieger erkrankt, und stündlich werden weitere ins Lazarett geschafft.«

»Nein!« Das Wort kam ihm unwillkürlich über die Lippen. Er erinnerte sich an die Seuche vom letzten Jahr. Wie er versucht hatte, in dem Rauch der brennenden Leichen Luft zu bekommen. An die Barrikaden, die Furcht … die von Toten übersäten Straßen. Ihm stockte der Atem. Er blickte zu Tekoa, der müde in die Flammen starrte.

»Nein, nicht«, murmelte der Schwarze Lord. »Bitte nicht.«

28. KAPITEL

HUNGER

Roper ging um die im Schatten sitzenden Zuhörer herum und gesellte sich zu Tekoa.

»Ich habe gehört, die Quarantäne hat versagt«, murmelte er.

Tekoa drehte sich vom Feuer zu Roper herum und ging dann mit ihm ein paar Schritte von den anderen weg. »So weit würde ich nicht gehen«, erwiderte er leise. »Aber sie scheint tatsächlich nichts zu bewirken. Was sollen wir jetzt tun?«

Es war ein ziemlich großer Schock für Roper, dass dieser jähzornige Mann mit all seiner Erfahrung die Verantwortung auf die Schultern des jungen Schwarzen Lords abwälzte.

»Wie ernst ist die Lage denn? Ist das nur eine Krankheit, von der sich die Leute wieder erholen, oder ist es schlimmer? Tötet sie?«

»Sie tötet«, erklärte Tekoa.

»Wie oft?«

»Beide Gefangene, die wir aus der Scheune dieses Meisterspions gerettet haben, sind tot. Es ist schwer zu sagen, wie weit fortgeschritten die anderen Krankheitsfälle sind, denn bei den meisten ist sie gerade erst ausgebrochen. Aber etwa ein Dutzend Männer wird meiner Einschätzung nach die Nacht nicht überleben. Und von allen Infizierten dürfte mehr als die Hälfte sterben.«

Roper knirschte mit den Zähnen und riss sich zusammen, um sich seine Wut nicht anmerken zu lassen. Hätte er zu Wutanfällen geneigt, wäre jetzt genau der richtige Moment, um die Beherrschung zu verlieren. Er spürte das dringende Bedürfnis, irgendetwas zu zerbrechen und so lange darauf herumzuhacken, bis nur noch Splitter übrig waren, oder so lange im Feuer herumzutrampeln, bis es nur noch Asche war. Aber das kam nicht infrage. Die Sitten und Gebräuche seines Landes waren tief in ihm verankert und formten ihn. Ihm blieb nichts anderes übrig, als weiterzumachen.

»Tekoa«, sagte er. »Mein Bruder. Das darf nicht so weitergehen.«

»Ganz richtig«, erwiderte der Kommandeur leise.

»Alle müssen isoliert werden«, sagte Roper ebenso leise. »Alle, die auch nur in der Nähe der beiden Gefangenen gewesen sind. Außerdem natürlich alle, die bereits erkrankt sind. Sie müssen von der Armee getrennt gehalten werden. Sonst wird die Krankheit jeden einzelnen Legionär befallen.«

»Das heißt meine gesamte Legion«, sagte Tekoa.

Roper blickte bedrückt in Tekoas glänzende Augen. Er wollte es nicht aussprechen, zwang die bitteren Worte aber dennoch über seine Lippen.

»Und auch du, mein Freund.«

Es klang noch schlimmer, als er erwartet hatte. Tekoa und er sahen einander lange an. Die anderen am Feuer redeten immer noch miteinander und versuchten, einander aufzuheitern, während der Kommandeur und der Schwarze Lord diesen schweren Moment stumm teilten.

»Ich sollte gehen«, sagte Tekoa schließlich leise. »Wir alle sollten gehen.«

Tekoa hatte es gewusst. Er hatte nur gewollt, dass jemand es laut aussprach. Tapferkeit in Isolation ist nahezu unmöglich, und selbst Tekoa Urielson brauchte diese kleine Bestätigung, bevor er sich selbst dazu verurteilte.

»Ich …«, begann Roper. Aber was gab es noch zu sagen? Dass er nicht sicher war, ob er diesen Feldzug ohne die Führung dieses erfahrenen Kommandeurs bewältigen konnte? Dass er seine Gesellschaft schrecklich vermissen würde? Dass Keturah ihm höchstwahrscheinlich niemals verzeihen würde, wenn er ihren Vater gehen ließ? Dass die Armee ohne die Skiritai verloren war? Selbst eine Umarmung, die vieles davon unausgesprochen ausgedrückt hätte, war unter diesen Umständen nicht ratsam. Tekoa hatte eine Nacht in Gesellschaft dieser kranken Männer verbracht. Und der Teil der Armee, für den er verantwortlich war, war verseucht. Sie mussten sehr viel gesundes Fleisch aus ihrem Leib herausschneiden, um sicherzugehen, dass sie alles Erkrankte erwischt hatten.

»Auf Wiedersehen, Lord Roper. Viel Glück.« Das Spiel der Flammen, die sich in Tekoas Augen spiegelten, veränderte sich, und Roper wusste, dass er einen Blick zu Keturah hinter ihm geworfen hatte.

»Ich werde es ihr sagen. Wir treffen uns wieder, mein Bruder.«

»In dieser Welt oder der anderen«, erwiderte Tekoa, und seine Zähne schimmerten hell, als er lächelte.

Damit wandte er sich um und verschwand im Regen. Roper sah ihm nach, bis sein Umhang mit der Dunkelheit verschmolz. Dann atmete er tief durch und kehrte zum Feuer zurück, als wäre nichts geschehen. Niemand hatte bemerkt, dass Tekoa gegangen war, und es war besser, wenn es erst einmal so blieb. Sobald Keturah es erfuhr, würde sie darauf bestehen, bei ihrem Vater zu bleiben. Er warf einen Blick auf ihren Bauch, der sich deutlich unter dem Umhang abzeichnete. Sie hatte eine Hand daraufgelegt. Dann blickte er in ihr Gesicht. Ihre Augen blitzten vergnügt, als sie eine weitere Anekdote zum Besten gab. Er blieb schweigend stehen und lächelte, wann immer Gelächter aufbrandete. Roper war klar, dass er Keturah hinterging, und da er wusste, auf welche Geräusche er achten musste, bemerkte er sogar, dass die Skiritai zusammenpackten und aufbrachen. Tekoa würde sie wahrscheinlich zur Küste führen, wo es mehr Nahrung gab, und dort darauf warten, was das Schicksal ihnen zugedacht hatte.

Jedes Gespräch war eine Anstrengung für ihn, und als die Unterhaltungen nach einer weiteren Stunde erstarben, bemerkte Roper ein Phantom im Lichtkreis des Feuers.

Jokul.

Ohne nachzudenken, sprach Roper ihn an. Der kleine Mann blieb stehen und wandte sich halb zu ihm um. Roper entschuldigte sich kurz und verließ den Kreis, um sich dem Meister anzuschließen. Er musste herausfinden, ob Tekoa recht gehabt hatte und Bellamus diese Seuche absichtlich auf sie losgelassen hatte. »Meister, würdest du mir sagen, wie du Bellamus aufgespürt hast?«

Er hörte, wie Jokul gereizt mit der Zunge schnalzte. »Also wirklich, Lord Roper, Ihr braucht euch nicht mit den Einzelheiten unserer Arbeit zu belasten.«

»Bitte, Meister, das ist keine Neugier. Es ist wichtig. Würdest du es mir sagen? Von mir aus auch auf eine Weise, die deine Agenten nicht kompromittiert.«

Jokul schwieg einen Moment, aber Roper spürte, dass der alte Mann nicht widerstehen konnte, die Geschichte loszuwerden. »Einverstanden. Bevor ich Euch diese Information überbrachte, haben wir jetzt schon etliche Tage lang zwei Personen beschattet, die wir der Spionage verdächtigten. Einer von ihnen hat bemerkt, dass man ihm folgt, und er wurde getötet, um die Identität unseres Agenten zu schützen. Der andere war dabei gesehen worden, wie er in der Nacht rund um das Lager nach Proviant suchte und etwas unter kleinen Steinhaufen versteckte. Natürlich haben wir sie bewacht, und in der Nacht, nachdem er diese Haufen errichtet hatte, wurde eine Frau aus den Südlanden dabei beobachtet, wie sie sich einem näherte und darunter etwas ausgrub. Als sie sich zurückzog, verfolgten wir sie. Sie führte uns direkt nach Brimstream.«

»Brimstream? In das Spionagenest?«

»Allerdings. Wir haben noch eine Weile weitergeforscht, damit wir sicher sein konnten, was unsere Entdeckung anging, bevor wir Euch die Neuigkeiten mitteilten. Befriedigt Euch das?«

»Das tut es. Ich danke dir, Meister.« Roper kehrte ans Feuer zurück und dachte über diese Informationen nach. Ihm kam es nicht so vor, als hätte Bellamus die Krankheit absichtlich ausgelöst. Offenbar war es so schwierig gewesen, ihn zu finden, dass es wirklich gegen seinen Willen passiert war.

Keturah bemerkte Tekoas Abwesenheit erst, als sie sich zum Schlafen niederlegten. »Wohin ist mein Vater gegangen? Weiß das jemand?«

Natürlich wusste es niemand außer Roper, der sich einredete, es wäre Freundlichkeit und nicht Feigheit, dass er es noch verschwieg, damit sie es erst am nächsten Morgen herausfand. Sie legten viel Holz auf das Feuer und deckten sich mit einem eingewachsten Leinenumhang zum Schutz gegen den Regen zu.

Am nächsten Morgen wachte Roper nach unruhigem Schlaf auf, und zwei Worte gingen ihm im Kopf herum, die er zu verdrängen versuchte. Er fachte das Feuer wieder an und setzte Wasser zum Kochen auf. Er fürchtete sich vor dem, was jetzt auf ihn zukam.

Als Keturah aufwachte, galt ihr erster Blick dem leeren Platz am Boden, wo Tekoa für gewöhnlich schlief. Sie sah Roper an. »Hast du Vater gesehen? Ist er schon aufgestanden?«

»Nein, Liebes.« Ropers Stimme klang tonlos. »Er ist gegangen.«

»Gegangen?« Keturah sah ihn erstaunt an. »Wohin?«

»Wir haben uns gestern über die Krankheit unterhalten«, erwiderte Roper. »Sie verbreitet sich zu schnell, ist tödlich, und man muss noch nicht einmal einen Kranken berühren, um sich zu infizieren. Er und der Rest der Skiritai waren zu eng mit den Kranken zusammen. Sie sind abgerückt.«

Keturah beugte sich ungläubig vor. »Wohin?«

»Das weiß ich nicht«, erwiderte Roper. Er widerstand dem Impuls, die Augen zu schließen, als er den Ausdruck auf Keturahs Gesicht sah. »Irgendwohin weit weg, um das Wüten der Krankheit abzuwarten und den Rest der Armee zu schützen.«

Keturahs Stimme war eiskalt, als sie schließlich wieder sprach. »Du hast meinen Vater ohne ein einziges Wort des Abschieds weggeschickt, damit er mit einer Gruppe von Kranken zusammen stirbt?«

»Ich hoffe, er wird nicht sterben«, entgegnete Roper. »Er ist nicht leichtsinnig. Er wird die Männer danach einteilen, welchem Risiko sie ausgesetzt waren, und versuchen, so viele seiner Leute wie möglich zu retten. Aber wir waren uns in einem Punkt einig«, setzte er verzweifelt hinzu, als Keturah plötzlich aufstand. »Er wusste, dass du versuchen würdest, ihn aufzuhalten, wenn er sich von dir verabschiedete, oder womöglich sogar mit ihm gehen würdest. Er wollte dich beschützen. Was er getan hat, hat er für dich getan, und möglicherweise hat das uns alle gerettet.«

Roper bekam noch den verächtlichen Ausdruck in ihrer Miene mit, bevor Keturah sich abwandte und ohne einen Blick zurück das Feuer verließ. Roper ließ den Kopf in die Hände sinken.

»Ihr habt das Richtige getan, Lord Roper.« Beim Klang der kühlen Stimme hob Roper den Kopf und sah die Leitende Historikerin, die sich aufgesetzt hatte und ihn beobachtete. »Von allen schrecklichen Möglichkeiten habt Ihr die beste gewählt.«

Aus irgendeinem Grund war das mehr, als Roper ertragen konnte. Ihm verschwamm alles vor den Augen, und er stand unvermittelt auf. Er grüßte die Historikerin mit einer Handbewegung, wandte sich ab, um seine Tränen zu verbergen, und ging ins Lager. Dabei achtete er darauf, dass er die entgegengesetzte Richtung einschlug wie Keturah.

* * *

Als Roper eine Stunde später an sein Feuer zurückkehrte, waren Keturahs Sachen verschwunden. Er nahm an, dass sie sich Sigrid und Hafdis angeschlossen hatte, also folgte er ihr nicht. Seine Armee brauchte ihn, daher musste er weitermachen. Er begann damit, dass er den Kommandeuren erzählte, warum Tekoa verschwunden war. Die meisten jedoch wussten bereits davon, weil die Wächter ihnen vom Aufbruch der Skiritai in der vergangenen Nacht berichtet hatten.

»Es ist nur eine Vorsichtsmaßnahme«, erklärte Roper. »Tekoa und ich hoffen sehr, dass er die Krankheit auf die Skiritai begrenzen kann und sie schon bald wieder zu uns stoßen werden. Aber es ist vollkommen ausgeschlossen, dass wir den Rest unserer Armee unnötig der Gefahr einer Erkrankung aussetzen. Von jetzt an müssen wir außerordentlich wachsam sein. Beim ersten Anzeichen dafür, dass diese Krankheit sich auch unter uns ausbreitet, isoliert ihr sofort die Kranken und informiert mich augenblicklich. Und sagt das all euren Männern noch heute Morgen, sobald wir hier aufgebrochen sind. Ansonsten ändert das nichts an unseren Plänen. Wir ziehen weiter. Unsere Waffenschmiede brauchen noch einen Tag, um die Waffen und Rüstungen der Unhieru fertigzustellen, dann schicken wir sie zu Gogmagoc. Die Insel-Legion wird sie eskortieren. Wir anderen marschieren nach Deorceaster und belagern die Stadt. Wir greifen an, sobald wir die Möglichkeit dazu bekommen. Dann geht es weiter, zur nächsten Siedlung und weiter zur nächsten. Hat irgendjemand eine Frage?«

Randolph hob die Hand. »Was machen wir ohne die Skiritai?«

»Jede der restlichen Legionen wird jeden Tag zwei Hundertschaften als Kundschafter bereitstellen. Die Skiritai haben ihre Pferde hiergelassen, also können wir darüber verfügen. Das sollte uns keine allzu großen Schwierigkeiten bereiten.«

Das Schweigen, das seinen Worten folgte, legte nahe, dass die Kommandeure diesen Gedanken für ebenso unwahrscheinlich hielten wie er selbst. Die Skiritai waren spezialisierter als alle anderen Legionen der Armee, und sie waren außerordentlich geschickt, was ihre Arbeit anging. Sie waren nur sehr schwer zu ersetzen.

Als Nächster ergriff Sturla das Wort. »Und was ist mit Proviant? Wir verhungern. Wenn wir noch sehr viel länger auf halbe Ration gesetzt bleiben, werden wir nicht mehr in der Lage sein zu marschieren geschweige denn zu kämpfen.« Die Skiritai waren auch die besten Jäger der Legion, und ihr Fehlen verschlimmerte die Nahrungsmittelknappheit noch, statt sie zu lindern.

Roper drehte sich zu der Leitenden Historikerin um. »Mylady, gibt es irgendwelche Wälder weiter im Süden, in denen wir jagen könnten?«

»Die gibt es«, antwortete sie. »Einer ist in der Nähe von Deorceaster.«

»Gut. Dann werden wir einen großen Teil der Armee auf die Jagd schicken, sobald wir Deorceaster belagern, und ich hoffe, dass wir dann genug Proviant haben werden, um weiterzumachen. Noch etwas?«

Randolph räusperte sich und sah sich hilfesuchend im Kreis der Anwesenden um. »Glaubt Ihr, dass die Zeit gekommen ist umzukehren, Mylord?« Roper neigte den Kopf, als hätte ihn diese Frage überrascht, aber Randolph sprach weiter, sichtlich ermutigt von dem zustimmenden Murmeln rund um das Feuer. »Wir haben unser Bestes getan, aber die Armee leidet Hunger. Wir haben unsere Kundschafter verloren. Die Unhieru sind in ihrer Heimat geblieben. Wir haben erst eine Stadt eingenommen, und um diesen Feldzug zu einem guten Ende zu bringen, müssen wir bis nach Lundenceaster marschieren und es ebenfalls einnehmen. Allein diese Stadt wäre bereits ein ebenbürtiger Gegner für unsere Armee.« Er schüttelte den Kopf. »Wir können Süddal nicht unterwerfen. Wir sind zu wenige, und dieses Land ist zu fremdartig.« Etliche am Feuer nickten nachdrücklich mit dem Kopf. »Es wird Zeit, nach Hause zurückzukehren.«

Roper hob nicht einmal die Stimme. »Habt ihr wirklich geglaubt, diese Aufgabe wäre leicht, Standesgenossen?« Er blickte die Männer im Kreis der Reihe nach an. »Das alles kommt euch jetzt vielleicht überwältigend vor. Der Grund dafür ist euer Hunger und das Gerede über *Kjardautha*. Ich empfinde das genauso stark wie jeder von euch, aber wir haben diesen Feldzug unternommen, weil er notwendig ist. Es gibt keine Umkehr, und ich will nichts mehr davon hören.« Randolph kniff zwar die Augen zusammen, aber er erhob keinen weiteren Einwand. Ein halbes Dutzend andere Offiziere schien widersprechen zu wollen, aber nachdem Roper einen nach dem anderen kalt angesehen hatte, senkten sie ihre Blicke.

»Wir ziehen weiter.«

In unbehaglichem Schweigen entfernten sich die Männer, um ihren Legionen die Befehle zu übermitteln. Roper blieb allein am Feuer zurück. Plötzlich überkam ihn eine unergründliche Furcht, und er machte sich auf die Suche nach Bellamus.

»Mylord!« Er hatte das Feuer kaum verlassen, als Vigtyr neben ihm auftauchte.

»Guten Morgen, Liktor.«

»Ich wollte Euch anbieten, Lord, dass Bellamus mein Zelt bekommt.«

Roper blieb stehen und wandte sich zu Vigtyr um. »Das ist ein ungewöhnlich großzügiges Angebot, Liktor. Wie kommst du dazu?«

»Aus vielerlei Gründen, Lord«, antwortete Vigtyr leise. »Zunächst einmal habe ich darüber nachgedacht, was Ihr über das Verhalten gesagt habt, das von mir erwartet wird. Ihr habt natürlich recht. Ich darf meine Privilegien nicht missbrauchen, und es erscheint mir nicht gerecht, dass ich ein Zelt habe, meine Männer aber nicht. Aber ich dachte auch, dass Ihr dieses Zelt für Euer Verhör dieses Südmannes nutzt. Sein Gesundheitszustand wird sich schnell verschlechtern, wenn er weiter an diesen Pfahl gefesselt bleibt. Ich wollte Euch nur anbieten, mein

Zelt die ganze Zeit über zu nutzen, damit Ihr nicht erst danach fragen müsst.«

Roper musste einen Moment nachdenken, wie er diese Geste angemessen würdigen sollte. »Das ist ein sehr umsichtiges Angebot, Liktor. Außerordentlich umsichtig sogar. Möglicherweise nehme ich dich beim Wort, falls du es tatsächlich ernst gemeint hast. Denn ich fürchte, dass du recht hast, und sich der Zustand des Meisterspions ohne einen gewissen Schutz rasch verschlechtern wird.«

»Ich habe gehört, dass sich die Menschen aus den Südlanden auflösen, wenn sie zu sehr dem Regen ausgesetzt werden«, antwortete Vigtyr spöttisch. »Aber ja, natürlich meine ich es ernst. Doch darf ich vielleicht eine kleine Bitte an Euch richten, Lord? Ich muss zugeben, dass ich mit … Unordnung Schwierigkeiten habe.«

»Das ist mir bereits aufgefallen.« Roper lächelte. »Ich habe weit unordentlichere Plätze als dein Zelt gesehen.«

»Gewiss, Lord. Ich habe mich gefragt, ob ich meine Nahrungsmittel dort ebenfalls aufbewahren kann. Natürlich nichts, was der Meisterspion als Waffe benutzen oder was ihm bei seiner Flucht helfen könnte. Aber ich bewahre meine Dinge gern so ordentlich wie möglich auf. Wenn ich einen Ort hätte, wo ich meine Nahrung verstauen könnte, wäre das sehr hilfreich.«

»Sicherlich«, räumte Roper etwas widerstrebend ein. »Es ist dein Zelt, mein Freund. Dir eine Ecke darin zu überlassen, wo du deinen Proviant aufbewahrst, ist das Mindeste, was ich tun kann.«

»Ich bin sehr dankbar dafür, Lord.«

»Das ist nicht nötig. Wenn du bereit bist, dann werde ich Bellamus dorthin bringen lassen.«

»Ich räume das Zelt sofort aus, Lord«, antwortete Vigtyr.

»Danke, Liktor.« Roper sah zu, wie Vigtyr sich tief verbeugte und abwandte. Er dachte erneut darüber nach, dass jeder Vigtyr für sein distanziertes Verhalten verurteilte. Er setzte sich in Bewegung und überlegte, ob er diese Entwicklung möglicherweise als Druckmittel gegen Bellamus einsetzen könnte. Aber das Verschwinden von Tekoa und Keturah bedrückte ihn und ebenso die Tatsache, dass die ganze Armee gegen ihn zu sein schien. Eigentlich wollte er nur mit dem Meisterspion reden.

Bellamus war sichtlich mitgenommen, als Roper ihn erreichte. Rund um seinen Pfahl war der Schlamm tief und aufgewühlt. Der Meisterspion hockte mit nassen, schmutzigen Kleidern in dem Matsch wie ein Haufen Lumpen und zitterte heftig. Als Roper kam, öffnete er sein gesundes Auge und setzte sich mit einem schwachen Anflug von Energie auf. »Mylord. Zeit für ein Revanchespiel?«

»Nicht jetzt«, antwortete Roper. Er hockte sich vor Bellamus hin. »Ich bin hier, weil ich dir ein paar Fragen stellen will.«

»Oh.« Bellamus sackte in sich zusammen.

»Du hast gehört, was mit den Skiritai passiert ist?«

»Ich habe gesehen, wie gestern Nacht eine Legion abgerückt ist, Lord, und ich habe Gesprächsfetzen aufgeschnappt, in denen von einer Krankheit die Rede war. Sie sind gegangen, um den Rest der Armee zu retten?«

»Genau so ist es. Ich habe eine ganz besondere Frage an dich, und ich möchte wirklich die Wahrheit hören. Hast du uns absichtlich mit dieser Krankheit angesteckt?«

»Nein, Lord.« Die Antwort kam prompt.

»Weißt du irgendetwas darüber?«

Bellamus zuckte mit den Schultern. »Es klingt sehr nach der Sklavenpest, Lord, die regelmäßig die Mischlinge südlich des Abus überkommt.«

»Wie ansteckend ist sie? Und wie oft tötet sie?«

»Ich habe keine Ahnung, Lord.« Bellamus ließ sich müde an den Pfahl zurücksinken. »Sie fordert regelmäßig Todesopfer, das weiß ich, aber ich wusste bis vor einem Monat wirklich nicht viel über sie.«

Roper starrte ihn eine Weile ausdruckslos an. »Wir haben vor, dich von diesem Loch hier in das Zelt zu verlegen, in dem wir spielen.« Er deutete auf den Schlamm, in dem Bellamus saß. »Sollte ich jedoch argwöhnen, dass du mich belügst, wird deine Lage schlimmer, statt sich zu verbessern. Ich frage dich also noch ein letztes Mal: Bist du sicher, dass du nichts über diese Krankheit weißt?«

»Ganz sicher, Lord.«

Roper konnte kein Zögern in dieser Antwort erkennen. Er nickte langsam, ohne Bellamus anzusehen. »Willst du jetzt in dein Zelt?«

»Sehr gern.«

Roper löste seine Fesseln und führte ihn zu Vigtyrs Zelt.

* * *

Am nächsten Tag rückten sie ab.

Die Legionen packten zusammen, und die Erschöpfung der Männer zeigte sich in jeder Bewegung. Unerwarteterweise schienen die Skiritai das Herz der Armee mitgenommen zu haben. Ohne die effizienten Skiritai, die die Hügel etliche Wegstunden im Voraus auskundschafteten, kam die Armee nur quälend langsam voran. Allerdings hätten sie ohnehin nicht schneller marschieren können, selbst wenn die Skiritai da gewesen wären. Die Legionäre schienen jetzt zu erschöpft zu sein. Roper konnte sich nicht einmal vorstellen, dass sie die Energie zum Kampf aufgebracht hätten, wenn sie in einen Hinterhalt geraten wären. Der größte Teil ihrer Streitmacht marschierte drei Tage lang nach Süden, nach Deorceaster. Die Waffenlieferung an die Unhieru war wieder vollständig und wurde, eskortiert von einer ganzen Hilfslegion, nach Westen geschickt.

Am Abend trainierte Roper mit Vigtyr und wäre nach jedem Kampf vor Hunger fast ohnmächtig geworden. Es war überhaupt nicht daran zu denken, in diesen Zustand der Stille zurückzukehren, den er bei ihrer letzten Lektion in sich erzeugt hatte. Er ging zu Bellamus, und sie redeten. Roper wiederholte ihren Wettkampf auf dem Schachbrett. Als er die Einsamkeit nicht mehr ertragen konnte, machte er sich schließlich auf die Suche nach Keturah.

Sie saß an Sigrids Feuer, wie er vermutet hatte. In einem verzweifelten Versuch, sich die Landschaft vertrauter zu machen, hielten die Feuer in jedem neuen Lager ihre Positionen zu den anderen Lagerfeuern, so wie die Sterne am Himmel. Keturah saß zwischen Hafdis und Sigrid und versuchte, die Kadenz eines Gesanges zu meistern.

»Was gibt es, Gemahl?«, erkundigte sie sich ruhig, als er auftauchte.

»Können wir uns vielleicht unter vier Augen unterhalten?«, fragte Roper.

Keturah seufzte und stand auf. »Entschuldigt mich, Schwestern.« Sie verließ das Feuer und führte Roper etwas abseits. Dann drehte sie sich mit verschränkten Armen zu ihm um, im Niemandsland zwischen drei Feuern.

»Wirst du zurückkommen?«, fragte Roper.

»Nein«, antwortete sie. »Noch nicht. Ich vermute stark, dass meine Wut irgendwann verraucht, aber vorher wirst du noch einiges davon ertragen müssen.« Sie lächelte nicht, als sie das sagte.

»Es tut mir leid.« Roper versuchte, diese Worte so aufrichtig wie möglich auszusprechen. »Wirklich.«

»Es tut dir leid, dass ich wütend bin?«

Offenbar schien sie die Quelle seiner Aufrichtigkeit zu kennen, selbst wenn er es nicht wusste. Eine Weile antwortete er nicht. »Ja!«, platzte er dann heraus. »Denn ich glaube nicht, dass ich eine Wahl hatte.«

Sie lachte verächtlich. »O mein Gemahl. Deine Pflicht kommt immer vor mir, das weiß ich. Ich hatte gar nicht auf eine Ehe zu hoffen gewagt, in der ich an erster Stelle stehe. Ich weiß, wer du bist, und es ist sinnlos, dagegen aufzubegehren und zu versuchen, dich zu ändern. Du hast als Schwarzer Lord dein Bestes gegeben und jede Entscheidung, die du getroffen hast, danach ausgerichtet, was das Beste für das Königreich scheint. Ich kam die ganze Zeit nur an zweiter Stelle und war nur in dem Moment das Wichtigste für dich, als du mich brauchtest, um deinen Thron zu sichern. Habe ich mich jemals beschwert? Habe ich jemals etwas anderes getan, als dir zur Seite zu stehen und dich zu unterstützen? Habe ich auch nur einmal das gleiche Ausmaß an Loyalität von dir verlangt, wie ich sie dir gegenüber zeige?«

Der Moment, den sie ihm für eine Antwort einräumte, war gnädigerweise sehr kurz. »Aber als du meinen eigenen Vater weggeschickt hast, damit er krank und im Verborgenen stirbt, ohne mir zu erlauben, mich von ihm zu verabschieden, bist du zu weit gegangen. Du hättest mir und meinem Pflichtgefühl vertrauen müssen. Ich hätte ihn nicht aufgehalten, denn ich verstehe, warum er so handeln musste. Aber ich wäre mit ihm gegangen. Das Recht, diese Entscheidung zu treffen, lag bei mir, nicht bei dir. Das ist das Mindeste, was ich in dieser Ehe erwarte: die Freiheit, meine Loyalität zu zeigen, und zwar denen, die sie verdienen. Ganz gleich, was du denkst, meine Auffassung von Pflicht ist ebenso wichtig wie deine. Musst du an der Spitze jeder Schlacht kämpfen? Natürlich nicht, aber du deutest deine Pflicht heroisch. Meine Deutung ist liebend. Ich will jenen gegenüber loyal sein, die mir am nächsten stehen. Du hast mir diese Möglichkeit nicht gegeben, weil du meine Form der Loyalität für weniger wichtig hältst als die deine. Wird mein Vater jemals erfahren, dass ich mit ihm gegangen wäre?«

»Er wusste es vorher«, antwortete Roper leise.

»Er hat es gehofft.«

Roper sah sie an, und plötzlich löste sich das Fundament auf, auf dem er seine Zuversicht errichtet hatte. Es war genau so, wie sie vor vielen Monaten behauptet hatte: Der Krieg war das Einzige, das seine Aufmerksamkeit lange genug fesselte, dass er ihn wirklich verstand. *Es stimmt,* sagte eine ruhige Stimme in seinem Kopf. *Alles, was sie sagt, stimmt.*

»Du hast von mir erwartet, dass ich all das weiß, ohne dass du es mir jemals sagst?«, erwiderte er störrisch. »Angesichts dessen, wie viel du vor mir verbirgst und wie sehr du zögerst, mir irgendetwas zu sagen, das dir wichtig ist?«

Sie sah ihn müde an. »O nein, mein Gemahl. Ich habe noch viel mehr von dir erwartet. Das hier war die unausgesprochene Grenze, von der ich annahm, dass du sie respektieren würdest.« Roper schüttelte verärgert den Kopf, aber Keturah sprach weiter. »Stattdessen muss ich sie dir unter die Nase halten. Mein ganzes Leben habe ich damit verbracht, mich um meine geisteskranke Mutter zu kümmern. Daran kann ich nichts ändern. Es ist zwecklos, mir zu wünschen, dass ich eine Kindheit erlebt hätte, in der sich jemand um mich kümmert, statt umgekehrt. Aber dies hier ist jetzt das Einzige, was mir wirklich wichtig ist: die Loyalität meiner engsten Familie gegenüber. Wage es nicht, mir das noch einmal zu versagen.«

Bei ihrem Tonfall sträubten sich Ropers Nackenhaare leicht. Sein Widerstand regte sich, wie stets, wenn er sich mit Feindseligkeit konfrontiert sah. Eine lange Pause folgte, in der sie ihn mit ihren giftgrünen Augen beobachtete.

»Mit tut diese Situation und der Schmerz, den sie dir verursacht, wirklich sehr leid«, sagte er schließlich. »Ich weiß sehr wohl, wie sehr du mich unterstützt, denn ich verlasse mich auf dich. Aber ich würde dieselbe Entscheidung jederzeit wieder treffen. Ich hätte dich niemals mit Tekoa ziehen lassen. Es gab keine andere Möglichkeit.«

Sie lachte bitter. »Ich weiß, wer du bist!«, stieß sie dann leise hervor. »Ich weiß, dass du niemanden absichtlich verletzt, bis auf deine Feinde. Aber du bist gedankenlos, mein Gemahl. Du bist von jeder Aufgabe, in die du deine Zähne schlägst, so in Anspruch genommen, dass du niemanden um dich herum noch wahrnimmst. Ich habe es satt, deine Aufmerksamkeit auf den Schaden zu lenken, den du dabei verursachst.«

»Du verstehst mich nicht.« Roper gab nicht nach. »Ich wusste, dass es dich verletzen würde, und trotzdem habe ich es für das Richtige gehalten. Ich lasse mich nicht in meinen Entscheidungen beeinflussen, egal, wie viel du mir bedeutest. Niemals.«

Etwas in Keturah veränderte sich. Ihr Gesicht verwandelte sich in eine Maske, während sie ihn mit zusammengekniffenen Augen musterte. »Ich verstehe durchaus, mein Gemahl. Lass mich einfach in Ruhe.«

Damit wandte sie sich um und ging mit etwas weniger Haltung zum Feuer zurück, als sie zuvor gezeigt hatte.

Roper fühlte sich elend. Er hatte sich noch nie zuvor auf jemanden wirklich verlassen, aber plötzlich war sein Glück mit dem Glück eines anderen Menschen verbunden. Er fragte sich, ob eine Liebesbeziehung eine Schwäche war, die er sich als Schwarzer Lord nicht leisten konnte. Er ging ein paar Schritte mit gesenktem Kopf und hängenden Schultern, doch dann richtete er sich entschlossen wieder auf.

Es musste weitergehen, immer weiter.

Im Norden wäre es *Kartha* gewesen: die Woche der kurzen Schatten, die das Ende des Frühlings und den Anfang des Sommers markierte. Obwohl dieses Land so feist und üppig war, in jedem Tal grüne Büsche wuchsen, als wären sie in einer besonders windigen Nacht hereingeweht worden, schien es keine Tiere zu geben, die die Landschaft mit Geräuschen erfüllten. Stattdessen begleitete sie auf ihrem Marsch nur das widerliche Krächzen der Krähen und der ermüdende Wind aus dem Westen.

Zwei Roper schienen abends durch das Lager zu streifen. Der Sichtbare war der Schwarze Lord: energisch, selbstsicher und lebhaft. Er grüßte seine Männer, hatte stets ein beruhigendes Wort parat und ging damit auch freigebig und selbstsicher um. Er marschierte neben seinen Männern, half ihnen mit entschlossenem Perfektionismus, das Lager aufzuschlagen, und brachte irgendwie noch die Energie auf, unablässig mit seinem Schwert zu trainieren und den Meisterspion Bellamus jeden

Abend zum Schwitzen zu bringen. Er verströmte eine Aura von Willenskraft und Energie, der seine Männer abgestumpft nach Süden folgten.

Weniger sichtbar, wie eine Illusion, die nur bei einem bestimmten Licht zu erkennen ist, war der andere Roper. Er fühlte sich immer allein. Sein Herz sprang wie ein gefangener Hase in seiner Brust umher, und sein Kopf fuhr bei jedem unerwarteten Geräusch herum. In seiner Brust schienen Scherben zu klimpern, und er blickte oft ins Leere, wurde von den zwei Worten abgelenkt, die wie gefangene Fledermäuse in seinem Kopf umherflatterten. Wer diesen zweiten Charakter sah, wusste nicht, wie er reagieren sollte. Nur Gray versuchte, tiefer zu blicken, legte ihm sanft eine Hand auf die Schulter und fragte ihn, wie es ihm ginge. Dann verschmolzen die beiden Persönlichkeiten einen Moment, und Roper wurde klar, wie froh er war, Gray bei sich zu haben.

Gray zögerte einen Moment. »Ihr wisst, dass es keine Schande wäre, den Feldzug hier abzubrechen, Lord. Wir haben es nach Kräften versucht«, sagte er dann.

»Nein«, kam Roper Gray zuvor, bevor der weitersprechen konnte. »Nein. Weiter.«

Er versuchte, jeden Augenblick des Tages zu füllen, aber selbst in dem kleinen Moment, wenn er zwischen dem Training mit Vigtyr und dem Schachspiel mit Bellamus durch das Lager ging, wurde er gehetzt. Von Gedanken an Keturah oder an Tekoa und seine sterbende Legion, wo auch immer sie jetzt sein mochte. Oder von Gedanken an Helmecs Schicksal oder an seinen toten Bruder dort oben im Haskoli am Avonsee, von wo er keine Nachrichten mehr bekommen hatte, seit sie ausgerückt waren. Und vor allem setzte ihm die Frage zu, ob er sein Volk vernichtete, ob die anderen alle recht hatten und er sich irrte, ob sie das Unmögliche versuchten.

Immer weiter.

An einem grauen Tag marschierten sie über ein abgebranntes

Feld etwa fünfzehn Wegstunden von Deorceaster entfernt, als ein Reiter zu Roper kam und um seine Anwesenheit an der Spitze der Heereskolonne bat.

»Es ist das Beste, wenn Ihr Euch das selbst anseht, Lord«, sagte der Mann. Er war einer seiner Aushilfskundschafter, die sie während der Abwesenheit der Skiritai einsetzten. Roper bestieg ein Schlachtross, und zusammen mit Pryce folgte er dem Reiter die Kolonne der Legionäre entlang, die ohne Hoffnung und Mut marschierten. Roper fühlte die beiden Worte erneut in seinem Kopf und verscheuchte sie entschlossen.

Der Reiter führte Roper und Pryce von der Heereskolonne in ein Waldgebiet, das den Rand ihrer Route säumte. Sie ritten ein kurzes Stück in die Dämmerung zwischen den Bäumen, als der Reiter sein Pferd zügelte. Roper und Pryce blieben neben ihm stehen.

»Was ist?«, wollte Pryce wissen.

»Die Federn, Lord.« Der Reiter deutete nach vorn.

Roper folgte seiner ausgestreckten Hand mit dem Blick. Er sah gedämpftes Grün und Braun und nahm einen schwachen, ekelerregenden Geruch wahr, den er nicht genau zuordnen konnte. Dann sah er die erste zerrupfte Feder, die an einem der Baumstämme befestigt war. Es war eine schwarze Falkenfeder, die sich sachte im schwachen Wind bewegte. Kurz darauf sah Roper eine weitere Feder an einem anderen Baum und am nächsten noch eine. Nachdem er jetzt wusste, wohin er blicken musste, wurde ihm klar, dass es in dem Wald von diesen Federn nur so wimmelte. Die schwarzen Falkenfedern hingen an allen Bäumen in allen Richtungen, so weit Roper blicken konnte. Die einzelnen Fasern waren auf den Boden gesunken und wurden von dem schwachen Wind über das Laub geweht. Jedem Skiritai war beim Eintritt in die Legion eine Feder überreicht worden, und sie hatten sie als stolzes Abzeichen ihrer Zugehörigkeit im Haar getragen. Jetzt hingen die Federn in diesem Wald. Hunderte davon.

»Tekoa ist hier durchgekommen«, sagte Roper leise. Hatte eine dieser Federn dem Kommandeur selbst gehört?

»Gehen wir«, sagte Pryce barsch. »Wahrscheinlich sind sie ebenfalls infiziert.« Aber Roper ritt weiter und ließ seine beiden Gefährten zurück, während er entsetzt die Federn betrachtete. Schon bald sah er, dass an jedem einzelnen Baum eine dieser Federn hing. Er hörte den Hufschlag nicht, als Pryce sich ihm näherte, sondern bemerkte den Läufer erst, als dieser Ropers Pferd am Zaumzeug packte.

»Das hier verheißt nichts Gutes«, erklärte er, zog Ropers Pferd herum und führte es aus dem Wald, während Roper sich weiterhin verzweifelt im Wald umsah. Als sie wieder zu der Kolonne zurückritten, tippte Roper dem Boten auf die Schulter.

»Weiß noch jemand davon?«

»Ich bin direkt zu Euch gekommen, Lord.«

»Gut. Zu keinem ein Wort davon, verstanden?« Er sah aus den Augenwinkeln, wie Pryce kurz nickte. Der Moral der Armee hätte diese Nachricht den Rest gegeben.

Am nächsten Tag veränderte sich alles. Sie waren nur noch drei Wegstunden von Deorceaster entfernt, und Roper marschierte mit Ramneas Hunden an der Spitze der Kolonne. Er plauderte mit einem ehemaligen Legionär der Pendeen, den er flüchtig kannte. Vor ihnen galoppierten Reiter aufgeregt durcheinander, die Infanterie wurde unruhig, und Kommandeure und Zuchtmeister scharten sich verschwörerisch zusammen. Roper verabschiedete sich von dem Legionär, ließ sich ein Pferd bringen und ritt dorthin, um nachzusehen, was die Ursache dafür war.

Sie hatten eine Armee entdeckt.

Eine Wegstunde vor ihnen waren einige Kundschafter auf eine Gruppe der Kavallerie Süddals gestoßen. Sie hatten sie angegriffen und gerade, als sich der Kampf zu ihren Gunsten wendete, tauchte eine große Zahl von Kriegern der Südlande auf. Die Kundschafter zogen sich hastig zurück, aber es hatten nur sehr wenige überlebt, um Ropers Streitkräfte zu warnen. Die Krieger Süddals hatten frische, wohlgenährte Schlachtrösser, ihrer Ausdauer nach zu urteilen. Die vom Nahrungsmangel geschwächten Kundschafter waren niedergeritten worden. Ohne die Erfahrung der Skiritai, so erklärten die Offiziere, hatten sie jetzt nur eine sehr dürftige Vorstellung, wo der Feind stand und wie viele es waren. Roper ignorierte ihre Besorgnis.

»Schickt die Kavallerie vor. Die Legionen sollen im Laufschritt folgen. Wenn sie sich endlich zur Schlacht stellen, spielt es keine Rolle, wie viele sie sind. Wir sind im Vorteil. Versuchen wir, sie festzunageln.«

Dann fuhr er zur Infanterie herum. »Eine Schlacht, Standesgenossen! Endlich gibt es eine Schlacht! Der Moment ist gekommen, los, los, los!« Die Adjutanten setzten ihre schrecklichen Knochentrompeten an ihre Lippen, und die melodischen Töne drangen durch die Luft wie der Alarmruf eines fremden Vogels. Die Banner flatterten über den Soldaten. Dröhnend erwachte der Herzschlag der Armee, die Trommeln, zum Leben. Roper schrie aus voller Kehle, trieb seine Männer fluchend und brüllend an. Die Kolonne stürmte förmlich nach vorn, und Roper ließ sich Zephyr bringen, sein riesiges graues Schlachtross, mit dem er neben seinen Männern ritt.

In den nächsten zwei Stunden schien es jeden Moment zur Schlacht zu kommen. Roper trieb die Legionen an, jagte jeder Meldung von einer Begegnung mit der Kavallerie des Südens hinterher, auf die man im Wald gestoßen wäre, oder dem Auftauchen irgendwelcher Ritter, die sich gerade erholten, oder dem Schmettern ferner Trompeten. Die Kavallerie ritt vor den Legionen her und reagierte auf jede auch nur halb glaubwürdige Meldung. Einmal hörte Roper das ferne Klirren von Schwertern. Es dauerte nicht lange, und der einzige Beweis, dass es real gewesen war, waren zwei Dutzend tote Krieger Süddals, die an den Rand der Straße geschleppt worden waren. Er hatte den Eindruck, dass sie stets nur den Rand einer Armee streiften, die vor der ausschwärmenden Schwarzen Kavallerie hastig zurückwich, die Roper ihnen nachschickte wie eine mordgierige Hand. Die kleinen Scharmützel mehrten sich, aber sie waren derartig in alle vier Winde verstreut, dass selbst Gray und die Leitende Historikerin, die Roper halfen zu verstehen, was da geschah, ratlos mit den Schultern zuckten und bei jeder neuen Meldung hilflos die Hände hoben.

»Allmächtiger, ich wünschte mir, Tekoa wäre bei uns!«, stieß Gray schließlich hervor.

»Wir sind mehr als genug«, gab Roper zurück.

Er trieb die Armee direkt bis vor Deorceaster und kam durch einen niedrigen Wald der Südlande, den die Leitende Historikerin angekündigt hatte. Es war bis auf das Waldgebiet mit den Federn der erste richtige Wald, den Roper gesehen hatte, und sie marschierten fast eine ganze Wegstunde hinein, bevor ihm klar wurde, dass sich der Baumbestand nicht verdichten würde. Es war kein Randgebiet mit Gestrüpp zwischen den baumlosen Hügeln und der wahren Wildnis. Sondern das war er selbst. Der Wald.

Gray und er sahen sich bestürzt in diesem Refugium um. Die Bäume schienen verkümmert, geduckt und sonderbar einsam zu sein. Wo waren die Schlingpflanzen und die Kletterpflanzen? Wo die Holzwespen, die Libellen und Stechfliegen, von denen es in der Luft am Fluss nur so summte? Wo waren die Hühnerhabichte und ihre geisterhaften Rufe? Wo das Gefühl von Mysterium, die Erwartung von Dingen, die man nicht sehen konnte, die im Norden so präsent war? Das war kein Wald, es war das Skelett eines Waldes. Generationen lang hatten die Südmenschen die geradesten und größten Bäume wegen ihres Holzes gefällt und nur die verkümmerten und verkrüppelten zurückgelassen, die nicht in der Lage waren, ähnliche Bäume wie ihre Vorfahren zu reproduzieren. Doch trotz allem, was in diesem Wald fehlte, war er mit Rotwild verseucht, das zwischen den Bäumen wie Rindvieh herumlief. Zweifellos war das ein weiterer

Grund, warum die Bäume so verkrüppelt waren. Es waren zu wenige Raubtiere hier, aber das spielte keine Rolle mehr. Denn jetzt waren sie ja da.

Zwei Stunden vor Einbruch der Dunkelheit erreichten sie die Stadt. Dort ließ Roper die Infanterie endlich anhalten und rasten und überließ es der Kavallerie, das Gelände zu säubern und ihnen freien Raum zu verschaffen, in dem sie ihr Lager aufschlagen konnten.

Alles, was sie von Deorceaster sahen, war ein geschlossenes Tor mit einer Palisade aus frischem Holz rechts und links davon. Von deren Zinnen starrten Hunderte Silhouetten der nahenden Armee entgegen. Roper trabte mit Zephyr so weit nach vorn, dass er gerade außerhalb der Reichweite ihrer Bogenschützen war, und verbeugte sich vor den Verteidigern. Sie antworteten mit einer kleinen Pfeilsalve, die ihr Ziel aber weit verfehlte, und Roper kehrte achselzuckend wieder um.

Als die Legionäre wie gewohnt ihr Lager rund um die Stadt aufschlugen, trafen die ersten Nachrichten von der Kavallerie ein. Einige Abteilungen hatten die Hauptarmee des Südens gesichtet. Angeblich waren es zu viele gewesen, um sie anzugreifen, und außerdem waren sie ohnehin auf dem Rückzug. Roper sorgte dafür, dass sich diese Nachricht rasch innerhalb der Legionen herumsprach, und hoffte, dass die Neuigkeit die Entschlossenheit der Männer stärkte. Da eine Armee Süddals in der Nähe war, wurden am Rand des Lagers Gräben ausgehoben und Holzpfähle in die Erde gerammt. Weitere Befestigungen wurden vor den Toren von Deorceaster errichtet, falls deren Verteidiger auf die Idee kamen, einen Ausfall zu wagen.

Am Ende des Tages trainierte Roper mit so viel Energie wie schon seit Wochen nicht mehr mit Vigtyr. Sie hatten eine Lichtung in dem Wald hinter dem Lager ausgewählt, wo die niedrigen und dicht belaubten Bäume sie vor neugierigen Blicken schützten.

Vigtyr litt besonders unter den halben Rationen. Er wurde immer barscher während der Übungsstunden, und gelegentlich bemerkte Roper den fanatischen Ausdruck auf seinem Gesicht, wenn er dem Schwarzen Lord wirklich schmerzhafte Schläge mit dem stumpfen Trainingsschwert versetzte. Roper weigerte sich, sich zu beschweren. Er versuchte die Stille zu finden, diesen flüchtigen Zustand des Geistes, den er immer nur ein paar Sekunden halten konnte, bevor er ihm erneut entglitt. Aber jedes Mal fand er ihn schneller.

Häufig konnte er bis zu einem Dutzend Schläge lang mit Vigtyr mithalten und seinem Repertoire eine Anzahl nützlicher Schlagfolgen hinzufügen. Als sie schließlich fertig waren, verschwitzt und keuchend in der feuchten Luft, nickte Vigtyr Roper zu. »Ich bin beeindruckt.« Er klang überrascht, fast schon schockiert, und Roper strahlte. Durch sein wachsendes Verständnis der Stille wusste er jetzt etwas über den Zustand, in dem man am besten kämpfte, das Vigtyr nicht kannte. Konnte er vielleicht, wenn er dieses Wissen der exzellenten Technik des Zuchtmeisters hinzufügte, ihn eines Tages sogar übertreffen? Es war ein berauschender Gedanke, wenngleich er im Augenblick auch noch recht fern zu sein schien.

»Danke, Liktor.«

»Ich spüre Eure Energie kurz vor Beginn einer Schlacht«, setzte Vigtyr hinzu und lächelte schwach. »Ihr seid erheblich motivierter, wenn Ihr unter Druck steht.«

»Das stimmt«, gab Roper zu. *Aber nur unter bestimmtem Druck,* setzte er in Gedanken hinzu. Andere Ablenkungen, wie zum Beispiel die Entfremdung von seiner Gemahlin, beschäftigten ihn immer noch sehr, ebenso wie der unaufhörliche Zweifel, ob er seine Legionäre nicht vielleicht doch in ihren Untergang führte. Das laugte ihn ständig aus.

»Werden wir bald kämpfen, Lord?«, fragte Vigtyr, als sie ihre Schwerter ölten und Roper die beiden kleinen Scharten auswetzte, die er an seiner Waffe entdeckt hatte. »Wird das wirklich eine Belagerung, oder müssen wir eine Schlacht an zwei Fronten schlagen?«

»Wir müssen annehmen, dass die Armee Süddals die Absicht hat, irgendwann gegen uns zu kämpfen, da sie nun schon ins Feld gezogen ist«, antwortete Roper. »Ich vermute, sie glauben, dass wir durch den Hunger schon so gut wie besiegt sind, sonst hätten sie wohl länger auf diese Konfrontation gewartet. Das lässt vermuten, dass sie ohne Bellamus' Informationen Schwierigkeiten haben, die Lage richtig einzuschätzen.«

»Wie weit sind sie entfernt?«, fragte Vigtyr. »Sind wir ausreichend geschützt, wenn sie versuchen, uns mitten in der Nacht zu überfallen?«

»Sie sind nicht sehr weit weg«, erwiderte Roper. »Vielleicht zwei Wegstunden. Aber sie werden heute Nacht nicht angreifen. Sie werden eine Weile brauchen, um den Mut dafür aufzubringen. Wir haben ihnen heute arg zugesetzt. Sie werden ihre Wunden lecken und hoffen, dass der Hunger uns weiter schwächt, bevor sie reagieren. Aber in diesen Wäldern lässt sich gut jagen. Wir können unsere Vorräte hier etwas auffrischen, glaube ich.«

»Gut«, erwiderte Vigtyr mürrisch. »Es wäre außerordentlich willkommen, wenn wir wieder zu vollen Rationen zurückkehren könnten.«

Als sie zum Lager zurückgingen, war es dämmrig, und es regnete leicht. Sie redeten darüber, wie es ihrer Meinung nach weitergehen würde. Roper war zuversichtlich, dass die Entschlossenheit der Garnison von Deorceaster zusammenbrechen würde, wenn sie erst einmal die Armee Süddals im Feld geschlagen hatten. Sie würden sich vermutlich eher ergeben, statt auf einen Angriff zu warten.

Vigtyr dagegen fürchtete, ihnen würde noch erheblich Schlimmeres bevorstehen.

29. KAPITEL

DER EARL UND DER HÜNE

Vigtyr hatte große Sorge, dass Pryce ihn verdächtigte. Wann immer er den Läufer ansah, kam es ihm vor, als würde der den Kopf hastig abwenden, als hätte Vigtyr ihn ertappt, wie er ihn beobachtete. Viel zu oft schien er in seiner Nähe zu sein und sich mit etwas zu beschäftigen, das Vigtyr nicht sonderlich überzeugend fand.

Er durfte Pryce nicht noch mehr Grund zum Argwohn geben, und als er diesmal zu der kleinen Lichtung ging, wo Roper und er noch vor ein paar Stunden trainiert hatten, war ihm sehr bewusst, dass er es sich nicht leisten konnte, gesehen zu werden.

Das Wetter war auf seiner Seite. Aus dem schwachen Nieseln war ein Wolkenbruch geworden, der das Lager unter Wasser setzte, Regen in die Augen der Wachen peitschte und den Mond vollkommen verdeckte. Er übertönte auch die Geräusche von Vigtyrs schmatzenden Schritten im Schlamm, als er sich durch die Dunkelheit tastete.

Plötzlich sah er die undeutliche Silhouette eines Wachpostens vor sich. Er versuchte auszuweichen, aber die Gestalt bewegte sich, und Vigtyr fluchte leise. Er war entdeckt worden.

»Wer ist da?«

»Zuchtmeister Vigtyr, Ramneas Hunde!«, antwortete Vigtyr.

»Tretet näher, Zuchtmeister«, antwortete der Wachposten misstrauisch.

Vigtyr näherte sich dem Mann und lächelte. »Ich habe nicht bemerkt, dass ich mich so weit vom Lager entfernt habe«, sagte er. »Eine unangenehme Nacht, um Wache zu halten.«

Er hörte, wie der Wachposten erleichtert aufatmete, als er Vigtyrs hünenhafte Gestalt erkannte. »Jawohl, Sir. Vor allem, da die Südlinge so nah sind.«

Vigtyr lachte und klopfte dem Wachposten auf die Schulter. Der Mann sah das Messer nicht kommen, das Vigtyr ihm in die Kehle rammte. Blut spritzte, und der Mann griff reflexartig nach Vigtyr und zerkratzte ihm mit den Nägeln die Haut. Aber er brachte nur ein rasselndes Gurgeln hervor. Vigtyr hielt ihn fest, während der Mann schwächer wurde und schließlich starb. Dann ließ er ihn sanft zu Boden gleiten und zog sein Messer heraus. Hastig sah er sich um, aber offenbar hatte ihn niemand beobachtet. Jedenfalls konnte er im Dunkeln niemanden sehen. Er schleppte die Leiche des Wachmanns zwischen die Bäume und richtete sich fluchend auf. Er musste wieder zurück sein, bevor der Leichnam entdeckt wurde. Sonst wurde möglicherweise ein Anwesenheitsappell durchgeführt und sein Fehlen entdeckt. Und die Kryptea suchte immer noch nach Verrätern.

Während seines Trainings mit Roper hatte er sich dieses Gelände so gut wie möglich eingeprägt und wusste, dass er schon bald an einen Fluss kommen würde, der nach Westen durch den Wald strömte. Die Armee des Südens würde zweifellos irgendwo an seinem Ufer lagern, und er hoffte, dass der Fluss ihn zu ihnen führte. Schließlich hörte er das Wasser, noch bevor er es sah. Als etwas Licht durch die Wolkendecke fiel, sah er die vom Regen aufgewühlte Oberfläche und folgte ihr vorsichtig am Ufer entlang.

Schon bald konnte er das gedämpfte Licht erkennen, das von den Wolken zurückgeworfen wurde. *Karmipp* nannten die Anakim es. Es bezeichnete das Licht, das die Lagerfeuer einer

Armee gegen die Unterseite der Wolken warfen. Vigtyr lief los und folgte dem Licht aus dem Wald auf ein breites, von Schatten übersätes Feld. Dahinter sah er die Lagerfeuer der anderen Armee. Einige dunkle Gestalten hielten Wache. Vigtyr ging direkt auf eine zu.

»Halt!«, rief eine Stimme auf Angelsächsisch verängstigt. »Wer ist da?«

»Ein Informant der Anakim. Ich will zu Earl Seaton!«, erwiderte Vigtyr ebenfalls auf Angelsächsisch.

Der Wachposten rief einen Gefährten herbei, und drei weitere Männer näherten sich ihm und Vigtyr. »Runter auf die Knie!«, verlangte einer der Neuankömmlinge und bedrohte ihn mit einem schwarzen Spieß. »Streck deine Hände aus!«

Vigtyr warf sein Messer ins Gras. »Ich bin unbewaffnet«, sagte er, ohne sich zu rühren. »Ich bin ein Informant«, wiederholte er ungeduldig. »Bringt mich zu Earl Seaton.«

Einer der Wachposten lachte. »Zum Earl, ja?«, erkundigte er sich spöttisch. »Und danach vielleicht zu Seiner Majestät dem König?« Seine Kameraden lachten nicht über seinen Scherz, sondern beäugten stattdessen Vigtyrs riesenhaften Umriss.

»Ich habe einen Brief bei mir, den er zweifellos lesen will!«, erwiderte Vigtyr gereizt. »Ich kann dir versichern, dass keiner von euch den morgigen Tag überlebt, wenn er herausfindet, dass ihr mich weggeschickt habt.« Seine Worte zeigten Wirkung, aber der Mann mit dem Spieß blieb hartnäckig.

»Du gehst nirgendwohin, bevor wir dir nicht die Hände gebunden haben.«

Vigtyr streckte die Hände aus, und die Männer fesselten sie mit den Stiefelschnüren eines Wachpostens. Dann wurde er ins Lager gezerrt. Weitere Soldaten tauchten aus der Dunkelheit auf, angelockt von Vigtyrs Anblick. Zischen und Murmeln folgten ihnen, als die Männer ihre Kameraden weckten und auf seine Gestalt deuteten.

Schließlich kamen sie zu einem Offizier und berieten sich

kurz. Offensichtlich fand der Offizier die ganze Situation albern. »Stecht ihn einfach ab«, befahl er. Vigtyr ließ ein paar wohlgesetzte Bemerkungen fallen, und plötzlich war sich der Offizier nicht mehr so sicher. Endlich wurde er weitergeführt. *Das alles dauert zu lange,* dachte Vigtyr und sah nach Osten, ob schon der Tag graute. Die Zeit wurde knapp, wenn er unbemerkt zurückkehren wollte.

Schließlich tauchte vor ihm in der Dunkelheit ein niedriger Pavillon auf, dessen Segeltuchwände im Wind flatterten. Er war riesig und wurde von sechs gepanzerten Männern bewacht. Als sie erfuhren, dass dieser gefangene Anakim den Earl sehen wollte, schlug ihm Ungläubigkeit entgegen.

»Seine Lordschaft schläft bereits seit einer ganzen Weile«, flüsterte einer gepresst. »Ich werde ihn auf keinen Fall wecken.«

»Ich glaube, in diesem Fall wäre es besser, kein Risiko einzugehen«, erwiderte der Offizier, der Vigtyr hierhergeführt hatte. Er verzichtete darauf, seine Stimme zu senken.

»Du musst auch nicht die Konsequenzen tragen, wenn Seine Lordschaft verärgert ist«, zischte der Leibwächter eigensinnig.

Eine gebieterische Stimme aus dem Pavillon mischte sich in das Gespräch. »Was in Gottes Namen ist da draußen los?« Die Gestalten vor dem Zelt sahen einander stumm an. »Antwortet gefälligst!«, verlangte die Stimme.

»Verzeiht, Mylord«, antwortete der Leibwächter. »Wir haben hier einen Anakim, der behauptet, er wäre ein Informant und müsse Euch sprechen.«

»Schlitzt ihn auf und werft ihn in den Fluss!«, befahl die Stimme ungeduldig.

Vigtyr trat ruckartig einen Schritt vor. »Ich bringe Nachricht von Bellamus von Safinim!«, platzte er heraus.

Seinen Worten folgte Stille.

Der Wachposten, der Vigtyr festhielt, versuchte ihn zurückzuziehen, aber Vigtyr widersetzte sich erfolgreich. Die Zeltklappe wurde geöffnet, und Vigtyr stand Earl Seaton gegenüber. Ein weites Nachthemd aus Baumwolle hing um seine knochige Gestalt wie ein Segel an einem Mast. Einen Moment lang betrachtete er Vigtyr von Kopf bis Fuß.

»Es überrascht mich nicht, dass ihr ihn zu mir gebracht habt«, sagte er zu den Leuten, die Vigtyr gefolgt waren. »Ich hätte auch getan, was er mir befiehlt. Was für ein Kerl!«

Nervöses Lachen brandete rund um Vigtyr auf.

»Du kommst wohl besser herein«, sagte der Earl und wandte sich dann an einen seiner Leibwächter. »Und ihr behaltet ihn im Auge, verstanden? Galbert, bring mir sofort Licht und Kerzen!«

Der Earl verschwand wieder in dem riesigen Pavillon, und der Druck von etwas Hartem, Spitzem in seinem Rücken forderte Vigtyr unmissverständlich auf, ihm zu folgen. Er musste sich durch die Öffnung des Zeltes ducken, und als er im dunklen Inneren stand, strich das Zeltdach über seinen Kopf. Sehen konnte er nichts. Er hörte nur das Klappern von Rüstungen, als sich die anderen Männer in den Raum drängten. Die Zeltwände rochen feucht und nach Wachs, und Vigtyr fragte sich, wer in dieser allumfassenden Dunkelheit wohl der Earl sein mochte.

Nach einem Moment tauchten ein glänzendes Gesicht und Hände in einer Öffnung auf. Der Mann schützte eine kleine Flamme, mit der er zu verschiedenen Stellen in dem Raum ging, wo er kleine Lichtpunkte hinterließ, die rasch größer wurden. Die Kerzen standen auf eisernen schwarzen Ständern, und in ihrem Schein wurde allmählich das Innere des Zeltes sichtbar, einschließlich Earl Seatons. Zuerst sah Vigtyr seine Augen, dann seine Hände und sein Gesicht, dann die schwarze Robe, die er sich über sein Nachthemd geworfen hatte, und am Ende den soliden Stuhl, auf dem er saß.

Earl Seaton schien sich damit zufriedenzugeben, Vigtyr stumm zu betrachten, während weitere Kerzen hereingebracht und entzündet wurden. »Nicht den Feuerkorb!«, fuhr er Galbert an, als der Mann sich daran zu schaffen machte. »Wir sind nicht lange hier.« Galbert schien das als Aufforderung zu verstehen wegzutreten und wich hastig zurück. Der Earl beugte sich auf seinem Stuhl vor und schnippte mit den Fingern. »Du, Hüne ... knie dich hin!«

Vigtyr gehorchte.

»Da du eine Nachricht von Bellamus von Safinim bringst, wird es dich vielleicht überraschen zu erfahren, dass er tot ist.«

»Wie? Nein, Lord«, widersprach Vigtyr. »Er lebt.«

»Das ist ausgesprochen ermüdend«, erwiderte der Earl. »Ich habe Dutzende von Zeugen, die gesehen haben, wie er von Streitkräften der Anakim ergriffen wurde. Dein Volk macht bekanntermaßen keine Gefangenen, und wir haben zudem seit Wochen nichts von diesem Emporkömmling gehört. Er ist genauso tot, wie du es bald sein wirst. Denn du bist nur hier, um falsche Informationen zu streuen. Also, worum geht es? Sprich!«

»Er wurde gefangen genommen, Lord«, sagte Vigtyr rasch und stolperte in seiner Hast über die Aussprache der angelsächsischen Worte. Die Soldaten lachten. Vigtyr spürte, wie sich Wut in seine Furcht mischte. Er war vielleicht von seinen höflichen Gesprächen mit Bellamus ein wenig verwöhnt, aber er hatte zumindest erwartet, ernst genommen zu werden. »Der Schwarze Lord hat ihn am Leben gelassen«, fuhr er fort. »Er dachte, dass Bellamus als Meisterspion vielleicht über Informationen verfügt, die den Anakim nützen könnten. Ich habe einen Brief von ihm als Beweis bei mir.«

»Wo?«

Vigtyr kannte das angelsächsische Wort für Taschen nicht und klopfte mit seinen gefesselten Händen auf seinen rechten Schenkel. Earl Seaton nickte einem gepanzerten Wächter zu, der eine Hand in Vigtyrs Tasche schob und einen Leinenfetzen herauszog. Seaton faltete ihn auseinander, blickte darauf und schnaubte verächtlich. Er hielt ihn hoch, um ihn den Zuschauern zu zeigen. In dicken, mit Holzkohle verfassten Strichen standen dort die Worte:

Ich lebe.
Bellamus von Safinim

»Sonderbar«, sagte der Earl. »Bellamus schreibt jetzt genauso gut angelsächsisch, wie du es sprichst.« Wieder lachten die Männer spöttisch. »Aber ich nehme an, er hat erst relativ spät schreiben gelernt.«

Vigtyrs Ärger wuchs. Die Nachricht war echt, und es war schwer gewesen, sie zu verfassen. Als Vigtyr sein Zelt Bellamus anbot, hatte er damit einen Ort geschaffen, an dem er den Meisterspion treffen konnte. Und seinen Proviant in dem Zelt zu lassen gab ihm einen glaubwürdigen Vorwand, es betreten zu dürfen. Auf diese Weise hatten sich Bellamus und er am Abend zuvor besprechen können, wenn auch nur sehr kurz. »Diese Nachricht ist echt«, sagte er verärgert. »Wir Anakim können nicht schreiben. Das ist seine Handschrift.«

Seaton betrachtete die Nachricht etwas genauer. »Du da!« Er deutete auf einen der Soldaten. »Schaff mir diesen Ritter her, der mit dem Emporkömmling befreundet war.«

Hinter Vigtyr klatschte die Zeltplane, als ein Soldat hinausging. »Wir werden die Wahrheit sehr bald herausfinden«, sagte der Earl.

Sie warteten eine Weile schweigend. Vigtyrs Panik wuchs. Selbst wenn er diesen Pavillon lebendig verließ, würde er zweifellos nicht mehr rechtzeitig bis zum Tagesanbruch oder zum Anwesenheitsappell zum Lager der Anakim zurückkehren können.

»Wenn Ihr nicht bald auf mich hört, Lord«, sagte Vigtyr, »dann ist es zu spät.« Der Earl reagierte mit einer wegwerfenden Handbewegung auf seine Worte, als wäre Vigtyr ihm lästig. Im selben Moment wurde die Zeltklappe hinter dem Zuchtmeister erneut geöffnet.

»Ah, Sir Stepan.« Der Earl blickte über Vigtyrs Schulter. »Wir könnten Eure Hilfe gebrauchen.«

»Wie Mylord wünschen«, antwortete eine Stimme hinter Vigtyr. Dann trat ein Südkrieger in sein Blickfeld, der ungewöhnlich groß und breitschultrig war. Er hatte einen roten Bart, und sein langes Haar war zu einem Pferdeschwanz zurückgebunden.

»Der da«, der Earl deutete mit einem Finger auf Vigtyr und grinste den Zuchtmeister spöttisch an, als hätte er ihn bei einem Fehlverhalten erwischt, »behauptet, dass Bellamus immer noch am Leben ist und dass dies hier«, er wedelte mit dem Stofffetzen vor Stepans Nase, »die Handschrift des Emporkömmlings wäre. Könnt Ihr das bestätigen?«

Stepan nahm die Nachricht mit einer kleinen Verbeugung entgegen und musterte sie. »Schwer zu sagen«, erklärte er dann. »Die Buchstaben sind so groß, weil die Linien so dick sind.« Vigtyr starrte verzweifelt zu dem Neuankömmling hoch. »Aber … irgendwie kommen sie mir bekannt vor. Es würde mich tatsächlich nicht überraschen, wenn er das selbst verfasst hätte.« Stepan sah Vigtyr mit aufkeimender Hoffnung an, während der mit seiner Miene zu verdeutlichen suchte, dass er die Wahrheit sagte.

»Höchst interessant.« Der Earl ließ sich die Nachricht geben und musterte sie nun seinerseits erneut. Schließlich ballte er sie zusammen und warf sie geziert in den kalten Feuerkorb. »Ihr dürft gehen, Sir Stepan.«

»Würdet Ihr erlauben, dass ich bleibe, Mylord?«, bat Stepan höflich. »Ich würde gern hören, was bei diesem Gespräch hier herauskommt.«

»Wenn Ihr wollt. Also«, er wandte sich wieder an Vigtyr. »Wenn das wahr ist … Ich kann nicht leugnen, dass es mir lieber wäre, er wäre nicht in der Gewalt des Schwarzen Lords. Aber warum solltest du dem Emporkömmling helfen?«

»Ich bin schon seit Monaten sein Informant«, antwortete Vigtyr. »Ich habe einen persönlichen Zwist mit dem Schwarzen Lord. Ich will, dass er untergeht, und Bellamus hilft mir dabei.«

»Was für ein Zwist ist das?«, setzte Seaton nach.

Vigtyr zögerte. »Ich habe ihm letztes Jahr gut gedient. Er hat mir eine Belohnung versprochen, nach der ich mich schon lange gesehnt habe, und sie mir dann doch verweigert. Er hat mich benutzt, um den Thron zu gewinnen, und mich dann einfach weggeworfen.«

»Und was, denkst du, soll ich mit dieser Information anfangen?«, erkundigte sich der Earl. Er war unerbittlich. Vielleicht war es einfach nur seine Art, oder aber er misstraute Vigtyr und versuchte ihn unter Druck zu setzen, damit er einen Fehler machte.

»Ich dachte, Ihr könntet einen Überfall befehlen, um ihn zu befreien«, sagte Vigtyr. Er spürte, wie Stepan hinter ihm Seaton ansah, aber Vigtyr hielt den Blick fest auf den Earl gerichtet.

»Das vergrößert meinen Argwohn nur«, antwortete Seaton. »Es ist nämlich erheblich plausibler, dass du uns in eine Falle zu locken versuchst. Ich habe keinerlei Gewissheit, dass du wirklich für den Emporkömmling arbeitest, abgesehen von diesem wenig überzeugenden Leinenfetzen. Mir erscheint es genauso gut möglich, dass du für den Schwarzen Lord arbeitest und hierhergeschickt wurdest, um uns hereinzulegen.«

»Ich glaube ihm, Mylord«, sagte Stepan, noch bevor Vigtyr antworten konnte. »Ich glaube, dass das Bellamus' Handschrift ist.«

Seaton betrachtete ihn misstrauisch. »Wahrscheinlicher ist, dass Ihr ihm glauben *wollt*. Ich misstraue auch Euch, Sir Stepan, weil Eure Loyalität mehr bei diesem gemeinen Meisterspion liegt als bei Eurem König.«

»Bellamus ist mein Freund, Lord«, erwiderte Stepan höflich. »Das ist gewiss.«

»Kann man denn mit einem solchen Mann befreundet sein?« Die Verachtung in Seatons Stimme war unüberhörbar.

»Das glaube ich, ja.« Stepan erwiderte den Blick des Earls gelassen. »Nun, Ihr werdet davon jedenfalls geblendet«, meinte

Seaton herablassend. »Einen Trupp loszuschicken, um ihn zu befreien, würde höchstwahrscheinlich bedeuten, dass meine Männer vom Schwarzen Lord gefoltert und ermordet werden.«

»Ich würde gehen!«, sagte Stepan sofort. »Ebenso wie die dreißig Männer, mit denen ich hierhergekommen bin. Wenn Ihr die Wachen ablenken könntet, Lord, und mir helft, die Legionäre aus dem Lager zu locken, würde ich losreiten und Bellamus befreien.«

Seaton tippte sich mit dem Fingernagel gegen die Zähne. Er sah nicht Stepan an, sondern Vigtyr. »Erzähl uns von der Arbeit, die du in der Vergangenheit für den Emporkömmling erledigt hast!«, befahl er.

»Ich habe ihm Informationen geschickt, Lord.« Vigtyr klammerte sich an die vage Hoffnung, die in ihm aufkeimte. Noch vor Tagesanbruch wieder ins Lager zurückzukehren war längst nicht mehr seine größte Sorge. Vor allem musste er die Begegnung in diesem Zelt überleben.

»Wie?«

»Ich habe ihm Nachrichten mit Schafsmilch geschrieben.«

»Geschrieben, wie? Die Anakim können nicht schreiben, das hast du selbst gesagt.«

»Man hat es mir beigebracht, Lord«, erwiderte Vigtyr mit einem Anflug von Stolz. »Bellamus hat eine seiner Anakim-Agentinnen mit mir nach Norden geschickt, eine Frau namens Adras. Sie hat mich gelehrt, angelsächsische Worte und Zahlen zu schreiben.«

»Bei Gott«, sagte Stepan leise. »Er sagt die Wahrheit, Lord. Bellamus hatte einen Informanten der Anakim, der schreiben konnte und der dem Schwarzen Lord nahestand. Seine Nachrichten waren in unsichtbarer Tinte verfasst, und wenn Bellamus das Papier über eine Flamme hielt, konnte er die Buchstaben lesen. Ich habe es selbst gesehen.« Seaton hob seine Brauen, und Vigtyr versuchte, weiterhin eine ausdruckslose Miene zu machen. Er konnte sein Glück kaum fassen.

»Sieh an, sieh an, sieh an!«, sagte der Earl schließlich gedehnt. »Der Emporkömmling lebt also tatsächlich noch, was? Seine Fähigkeit zu überleben ist wirklich außerordentlich. Wenn wir ihn finden sollen, muss er aber an einem leicht zu erkennenden Ort sein.«

»Ich habe ihn in das einzige Zelt im ganzen Lager bringen lassen, Lord«, erklärte Vigtyr. »Es liegt direkt in der Mitte des Lagers, vor den Toren von Deorceaster.«

»Wirklich?« Der Earl warf Vigtyr einen sonderbaren Blick zu. Der Zuchtmeister wusste nicht, ob Seaton wirklich beeindruckt war oder sich einfach nur über seinen Eifer, behilflich zu sein, lustig machte. »Und wie sollen wir deine Dienste belohnen?«

»Ich dachte, ich könnte vielleicht Euch dienen, Lord?« Die Worte sprudelten förmlich aus Vigtyrs Mund. Earl Seaton riss erstaunt die Augen auf, und der Zuchtmeister redete rasch weiter. »Ich habe unter hohem persönlichem Risiko wertvolle Informationen geliefert. Ich bewundere Euer Volk, Lord, und habe gehofft, dass ich eines Tages unter Euch eine angesehene Position bekleiden könnte.«

Seaton stand vor Verblüffung der Mund offen. Dann brach er in höhnisches Gelächter aus, in das die anderen im Zelt einstimmten. Vigtyr senkte den Blick und verfluchte sich innerlich. *Du Idiot! Du hättest warten sollen, bis Bellamus befreit worden ist.* Er würde für Vigtyr bürgen können.

Seaton wischte sich die Lachtränen aus den Augen. »Gebt dieser außerordentlichen Kreatur etwas Gold.« Er nickte einem Lakaien zu. Der Mann holte eine Lederbörse aus einer Kiste an der Wand und schob sie samt ihrem klirrenden Inhalt in Vigtyrs Tasche.

Gold, dachte Vigtyr mürrisch. Schon das Gewicht hätte ihn einst entzückt, aber auf einem Feldzug war es nur eine Last. Er fragte sich allmählich, ob er nicht Pryce ein wenig nacheifern sollte. Der Läufer schien so zufrieden zu sein und verachtete materielle Dinge und Schmuck zutiefst.

»Bring ihn zum Rand des Lagers und lass ihn frei!«, befahl der Earl einem Mann hinter Vigtyr. »Wir entscheiden unterdessen in Ruhe, was wir mit dieser neuen Information anfangen werden.«

30. KAPITEL

MEISTERSPION AUF FREIEM FUSS

Keturah wachte mit einem Ruck auf und stellte fest, dass die Leitende Historikerin neben ihr stand, ein halbes Dutzend Akolythen im Schlepptau. Sie waren leicht bekleidet und zitterten in der Kälte. Frathi selbst trug nur eine kurze Tunika, aber offensichtlich hatte sie keine Zeit, um sich mit der Kälte zu beschäftigen. »Komm!«, rief sie. »Die Sonne steht schon hoch am Himmel.« Die Sonne war gerade erst aufgegangen: ein blutroter Schein, der die grauen Streifen am Horizont vertrieb und Vigtyrs Pavillon, in dem Bellamus eingesperrt war, neben ihrer Lagerstatt leuchten ließ. Die anderen an ihrem Feuer rührten sich schwach, und Keturah stand auf und legte ihren Umhang ab. Die Leitende Historikerin betrachtete Keturahs runden Bauch. »Du hältst dich gut, Tekoasdottir, vor allem angesichts dieser kleinen Rationen. Du musst erschöpft sein.«

»Ich kämpfe mich durch, Mylady«, antwortete Keturah ernst. Sie war erschöpft. So erschöpft und elend, dass sie kaum stehen geschweige denn einen Morgenlauf absolvieren konnte. Aber die Gewohnheit zwang sie dazu.

Es gab kein Aufwärmen oder Dehnen. Die Leitende Historikerin lief in einem langsamen Trab durch das Lager, und die Akolythen folgten ihr. Schon bald war ihre kleine Gruppe in dem dunklen, regennassen Wald verschwunden. Frathi legte ein

Tempo vor, das Keturah mithalten konnte, einstweilen. Die Historikerin mit ihren nahezu hundertsiebzig Jahren war nicht schnell, aber sie kehrte mit derselben Geschwindigkeit ins Lager zurück, in der sie losgelaufen war. Ihre dünnen Arme und Beine bewegten sich in demselben mechanischen Schwung, und ihr faltiges Gesicht war ausdruckslos wie stets.

Tauben gurrten auf den Zweigen, und Keturah hörte das Hämmern eines Spechtes. Der Schlamm schmatzte zwischen Keturahs Zehen. Einmal rutschte sie eine Böschung hinunter und landete klatschend in dem kalten Fluss. Frathi warf einen kurzen Blick über die Schulter zurück, sah, dass ihr nichts passiert war, und lief weiter. Eine Gestalt sprang neben ihr ins Wasser, und Keturah spürte, wie jemand ihr die Hände unter die Achseln schob und versuchte, ihr beim Aufstehen zu helfen.

»Danke, Liebes.« Sie drehte sich um in der Erwartung, Sigrid zu sehen. Stattdessen stand Hafdis vor ihr. Uvorens Witwe hatte bis jetzt nie sonderlich viel Energie gezeigt und war der Gruppe immer hinterhergelaufen. Und doch opferte sie jetzt ihre kostbaren Reserven, um Keturah auf die Füße zu helfen. Keturah lächelte ihr zu und merkte etwas spät, dass sie zweifellos ziemlich ungläubig aussah. Dann setzte Hafdis auch schon den anderen Läuferinnen nach, die bereits entschwunden waren.

Dieser Morgenlauf war für Keturah anstrengender als üblich. Die anderen gewannen immer mehr Abstand, und sie musste sich bemühen, ihnen zu folgen. Ihr war übel, und sie fühlte sich schwach. Ihr Verstand beschwor Gründe für ihre Schwächen: ihre Schwangerschaft, die gekürzten Essensrationen, vielleicht auch die Nachwirkungen des Giftes, das man ihr auf Uvorens Befehl hin verabreicht hatte. Sie glaubte, dass sie sich seitdem nie wieder so gefühlt hatte wie davor, aber es war schwierig, sich daran zu erinnern. Vielleicht machte sich jetzt auch ihre Müdigkeit stärker bemerkbar. Was auch immer der Grund war, sie schnalzte gereizt mit der Zunge und stöhnte leise, während sie mit ansah, wie ihre Gefährtinnen, angeführt von der schlanken Gestalt der Leitenden Historikerin, zwischen den Bäumen verschwanden. Schließlich war sie ganz allein im Wald und folgte nur noch den Fußspuren, die die anderen hinterlassen hatten. Keturah hatte sich sehr danach gesehnt, dieses Land zu erkunden, aber jetzt empfand sie nur noch Sehnsucht nach ihrer nördlichen Heimat.

Der Pfad führte schließlich wieder zum Lager zurück, die Bäume wurden dünner, und beunruhigende Geräusche drangen an ihre Ohren. Misstönend und chaotisch, aber sie konnte es nicht identifizieren.

Als sie zwischen den Bäumen heraustrat, sah sie funkelnde Gestalten im ganzen Lager, wie eine Welle, die sich vom Ufer zurückzieht. Die Männer waren gerüstet, und ein helles Rasseln erfüllte die Luft, als hätte diese Welle Millionen von Kieseln mit sich gezogen. Heute war kein Marsch angesetzt, und die Legionäre, die sie sehen konnte, hatten nur ihre Waffen und ihre Rüstungen dabei. Rucksäcke und Proviant ließen sie zurück. Die Armee Süddals musste sie angegriffen haben.

In der Ferne überragte eine gewaltige Gestalt auf einem stahlgrauen Schlachtross die anderen. Der Mann gestikulierte und schien die Ströme der Krieger um sich herum zu dirigieren. Sie spürte selbst aus dieser Entfernung seine Willenskraft, die sonderbare und wunderschöne Symmetrie, mit der die Soldaten um ihn herum gehorchten. Sie lächelte, und Stolz auf ihren Ehemann durchströmte sie, bevor ihr einfiel, dass sie ja noch wütend auf ihn war. Es gelang ihr, das Lächeln in eine finstere Miene zu verwandeln. Langsam ging sie zu ihrem Feuer. Sie hoffte, dass dort Sigrid und Hafdis auf sie warteten und sie sich unterhalten konnten.

Sie suchte sich einen Weg zwischen den vorbeistürmenden Soldaten hindurch, wünschte ihnen Glück und einen guten Kampf und forderte sie auf, es dem Feind zu zeigen und keine Gefangenen zu machen. Als sie am Feuer ankam, drängten sich ihre Freundinnen darum. Sie waren aufgeregt und nahmen sich eine Kelle Haferbrei aus dem Gemeinschaftstopf, bevor sie ihn weitergaben.

»Wir haben dir etwas aufbewahrt, Liebes«, sagte Sigrid und reichte Keturah ein Schälchen mit Haferbrei.

»Das ist mehr als reichlich«, sagte Keturah und gab mit dem Löffel etwas von ihrem Brei zurück in den Topf.

»Du bist schwanger«, erinnerte Sigrid sie.

»Das spielt keine Rolle. Was ist hier los?«

»Ich nehme an, dass die Südmenschen angegriffen haben.« Sigrid nahm sich ebenfalls einen Löffel Haferbrei. »Eine große Truppe hat unsere Westflanke angegriffen. Zum Glück sind sie auf Ramneas Hunde gestoßen, die sie zurückgeschlagen haben. Und jetzt führen wir einen Gegenangriff durch. Dein Ehemann will, dass wir die Gelegenheit ergreifen und den Süden jetzt brechen, wie ich gehört habe. Wir haben vor, ihnen eine Feldschlacht aufzuzwingen!«

»Das sind aufregende Neuigkeiten!«, meinte Keturah. »Viel Glück, Standesgenossen! Erledigt sie. Vorwärts!« Es waren nicht mehr allzu viele Legionäre in der Nähe, da die meisten bereits in Richtung Westen abgerückt waren. Aber Keturah wünschte auch den letzten Kriegern Glück, bis sie verschwunden waren und sie sich ihrer Mahlzeit widmete. »Allmächtiger, ich hoffe wirklich, dass sie sie einholen«, sagte sie zu ihren Gefährtinnen. »Wenn wir ihre Armee vernichten können, wäre das seit Wochen der erste spürbare Fortschritt. Dieser ganze Feldzug ist schrecklich frustrierend.«

»Ich hoffe, dass wir sie schlagen können«, stimmte ihr eine der Akolythen zu. »Ich habe noch nie gehört, dass eine Schwarze Armee so geschwächt in die Schlacht gezogen wäre.«

»Lord Roper glaubt, dass wir trotzdem noch Lundenceaster einnehmen können«, ergriff eine andere das Wort. »Dabei sind bei diesem Versuch ausgeruhte Armeen von mehr als hunderttausend Kriegern gescheitert.«

Keturah warf ihr einen scharfen Blick zu, aber Sigrid bewahrte sie vor einer Antwort. »Lord Roper versteht es zu kämpfen«, sagte sie. »Wenn einer diese Armee der Südlande besiegen kann, dann er.«

»Wir sollten auf die Jagd gehen, solange sie weg sind«, erklärte Keturah. »Mir wäre etwas Fleisch wirklich sehr lieb, und es ist auf jeden Fall besser, als hier untätig herumzusitzen, bis sie zurückkehren.«

Ihr Vorschlag traf auf allgemeine Zustimmung. Behutsam wickelten die Frauen ihre Bögen aus geölten Tüchern, holten die Sehnen aus Darm aus ihren kleinen Beuteln und wetzten kurz ihre Messer. Dann teilten sie sich in kleine Gruppen auf. Keturah ging mit Sigrid und Hafdis. Letztere hatte keinen Bogen, wollte aber lieber nicht alleine zurückbleiben. Sie schaffte es trotzdem, als Letzte fertig zu sein, weil sie nicht wusste, was sie anziehen sollte, und sich darüber beschwerte, wie kalt es im Wald gewesen war. Als sie endlich aufbrachen, waren die anderen Jägerinnen längst verschwunden.

Keturah ging auf den Wall zu, spürte jedoch, wie Sigrid hinter ihr zögerte, und drehte sich um. Grays Gemahlin stand neben dem Feuer und blickte forschend nach Osten. »Bist du bereit, Liebes?«, fragte Keturah.

»Ja, ja sicher, ich bin bereit«, antwortete Sigrid zerstreut. »Aber seht mal dort.« Sie deutete auf den am weitesten entfernten Rand der Palisadenwand von Deorceaster. Etwas Dunkles bewegte sich auf dem Land dahinter.

»Das sieht nach Pferden aus«, erklärte Keturah. »Dort hat doch das Kavalleriekorps kampiert, stimmt's? Sie hängen offenbar ein bisschen zurück.«

»Die Kavallerie ist schon längst abgerückt«, sagte Sigrid. »Sie sind bereits losgeritten, bevor Ihr zurückgekommen seid.«

Jetzt runzelte auch Keturah die Stirn. Plötzlich machte sich eine entsetzliche Stille breit. Die noch weit entfernte Masse aus Pferden hielt unverkennbar auf sie zu. Ein fernes, endloses Donnergrollen eilte ihnen voraus.

»Allmächtiger Gott«, stieß Hafdis atemlos hervor. »Mein Gott, es sind Ritter. Zu den Bäumen! Lauft, lauft!«

»Das ist zu weit!«, rief Keturah. »Sie reiten uns nieder, bevor wir die Bäume erreichen.« Sie sah sich um, und ihr Blick fiel auf Vigtyrs Zelt, als Sigrid in dieselbe Richtung deutete.

»Zum Pavillon!«

Er bot nur einen schwachen Schutz, aber die Alternative war, auf freiem Feld erwischt zu werden. Sie hörten auf, über eine andere Lösung nachzudenken, drehten sich um und rannten zum Zelt. Keturah warf ihren Bogen neben das Feuer und hoffte, er würde heil bleiben, ganz gleich, was die Krieger Süddals mit ihrem Lager vorhatten. Der Donner kam näher, und Keturahs Müdigkeit wurde von der Energie des Entsetzens vertrieben. Sie hasteten an der abkühlenden Holzkohle des Feuers vorbei, an zerstreuten Töpfen, Umhängen und Decken, während sich hinter und neben ihrem Ziel die dunkle Welle der Kavallerie donnernd näherte. Sie würden das Zelt nur knapp vor den Rittern erreichen.

So viele sind es nicht, dachte Keturah. *Höchstens ein paar Hundert.* Sie hätte fast gelacht. Ungeachtet dessen hatten sie ohnehin keine Chance. Sie waren zu dritt und nur mit Sigrids Jagdbogen und zwei Messern bewaffnet. Sie erreichten das Zelt, öffneten die Schnüre, die den Eingang verschlossen, sich bewusst, dass der Feind sie jeden Moment erreichen würde. Hastig öffneten sie einen Schlitz drei Fuß weit über dem Boden und drängten sich in das Innere wie Kaninchen in ihren Bau.

Im Inneren des Zeltes war Bellamus an den Mittelpfosten gefesselt, die Hände auf dem Rücken gebunden. Er hatte die Zähne gefletscht, und seine Kleidung war vollkommen in Unordnung geraten. Es war ganz offensichtlich, dass ihr plötzliches Auftauchen seine verzweifelten Befreiungsversuche gestört hatte. Der Lappen über seinem Auge hatte sich gelockert, darunter war sein vernarbtes, milchiges Auge zu sehen. Ansonsten befanden sich in dem Zelt nur noch ein Sack sowie ein niedriger

Holztisch, auf dem ein paar Kerzen und ein Schachbrett standen.

Schweigend betrachteten der Mann aus dem Süden und die Anakim einander. *Wir sollten ihn töten,* dachte Keturah. Wenn die Ritter das Zelt durchsuchten, was sie zweifellos tun würden, würden sie Bellamus befreien. Und wenn er erneut seine Ränke gegen die Anakim schmieden konnte, war die Armee dem Untergang geweiht. Er durfte auf keinen Fall in die Hände der Südmenschen fallen.

Keturah hielt ihr Messer in der Faust, tat aber nichts. Es kam ihr nicht richtig vor, einen Mann zu töten, der an einen Pfahl gefesselt war, nicht einmal, wenn es sich um einen Südling handelte. Und auch nicht dieser besondere Südling. Sie waren keine Soldaten. Sie hatten alle drei schon in frühen Jahren gelernt zu jagen und empfanden einen tiefen Respekt für ihre Beute. Wenn sie auf ein Tier gestoßen wären, das so gefesselt gewesen wäre, die Augen vor Angst weit aufgerissen, hätten sie es freigelassen. Es verstieß gegen die unausgesprochenen Regeln der Jagd, ein Tier zu töten, das sie nicht durch ihre eigenen Anstrengungen zur Strecke gebracht hatten. Und das hier war kein Tier, sondern ein Mensch, der sie flehentlich anstarrte. Ganz offensichtlich war er überzeugt, dass diese drei Frauen, die mit gezogenen Messern vor ihm standen, hier waren, um ihn zu erledigen.

Dann war keine Zeit mehr zum Nachdenken, denn einzelne Hufschläge lösten sich aus dem Donnern, Pferde schnaubten und wieherten, und sie hörten, wie die Ritter sich gegenseitig etwas zuriefen, als sie sich dem Pavillon näherten. Sigrid hatte einen Pfeil eingenockt und richtete ihren Blick ruhig auf den Spalt, durch den sie hereingekommen waren. Hafdis keuchte vor Entsetzen und stöhnte leise, während sie ihr Messer mit beiden Händen gepackt hielt. Keturah trat vom Eingang weg und wich mit dem Rücken bis an das Segeltuch zurück. Dann schob sie das Messer in den Gürtel und kippte den niedrigen Tisch vor Bellamus um. Sie hielt ihn als Schild vor ihren Bauch. Jeder

Gedanke daran, den Meisterspion zu töten, war verraucht. Irgendwie schien es ihr, als wären sie alle hier in diesem Zelt Flüchtlinge. Diese Krieger draußen waren der Feind.

»Ihr solltet gehen«, sagte Bellamus. »Bitte. Ihr könnt diesen Kampf unmöglich gewinnen.«

»Halt den Mund!«, befahl Keturah gebieterisch.

Ein Harnisch klirrte auf der anderen Seite des Segeltuchs, und die Hufschläge rund um das Zelt verstummten. Dann klapperte es, und ein Schlag ertönte, als ihr Feind abstieg. Das schlimmste Geräusch war jedoch das Schaben, mit dem ein Schwert aus der Scheide gezogen wurde.

Graues Licht drang durch den Schlitz am Eingang des Zeltes, und Keturah glaubte zu sehen, wie ein Schatten darüberfiel. Es war ein gepanzerter Mann, den sie versuchen mussten zu töten. Sie verfluchte sich, weil sie ihren Bogen hatte liegen lassen, sodass sie jetzt nur noch mit diesem Tisch auf jeden einschlagen konnte, der in das Zelt eindrang.

Es zischte, und ein Lichtstrahl erschien in dem Stoff vor ihnen. Ein breites Schwert durchtrennte das Segeltuch, die Klinge nur von einer der Lederschnüre gebremst, die die Zeltplane verschnürten. Ein Fuß, umkleidet mit mörderischem Stahl, ragte kurz in das Zelt hinein, bevor Sigrid ihren Pfeil durch den Spalt feuerte. Ein Schmerzensschrei ertönte, das Schwert verschwand langsam aus dem sich dehnenden Spalt, und draußen fiel etwas zu Boden. Jemand schrie ein unverständliches Wort auf Angelsächsisch, und Sigrid nockte einen weiteren Pfeil ein, als ein zweiter Schwerthieb den Eingang vollkommen öffnete.

Ein Mann in einer Plattenrüstung mit einem Schwert in der Faust trat in das Zelt. Seine Augen wurden von einem Helm mit Federbusch verdeckt, sodass man von seinem Gesicht nur den Mund mit den gefletschten Zähnen sah. Genau dorthin feuerte Sigrid ihren zweiten Pfeil. Die eiserne Spitze zertrümmerte die Zähne des Mannes, der wie erstarrt dastand, bevor er durch einen Stoß von hinten ihnen entgegenkippte und ein weiterer Ritter ins Zelt stürmte. Das Schwert in seiner Faust blitzte.

Der Ritter sah, wie Sigrid hastig nach einem weiteren Pfeil griff, und stürzte sich mit erhobenem Schwert auf sie. Keturah dachte nicht lange nach, sondern riss den Tisch zwischen ihnen hoch. Das Schwert grub sich in den Rand, und ein heftiger Stoß durchfuhr ihre Arme. Sie stolperte zurück. Das Schwert klemmte im Holz fest, und sie zog den Tisch mit sich, fest entschlossen zu verhindern, dass Sigrid davon getroffen wurde. Das Möbelstück ruckte in ihren Händen, als der Ritter versuchte, sein Schwert herauszureißen, aber sie hielt den Tisch mit aller Kraft fest. Ein weiterer Ritter drang in das Zelt ein, einen Streithammer in der Hand, und ihm folgte noch ein Krieger. Der Mann mit dem Streithammer schlug nach Hafdis, die sich kreischend duckte. Keturah war entschlossen, ihren Angreifer beschäftigt zu halten, und stolperte in eine Ecke. Dabei zog sie den Ritter mit sich und verlor Hafdis aus den Augen. Aus den Augenwinkeln sah sie, wie Sigrid einen weiteren Pfeil in Hafdis' Richtung abfeuerte. Es krachte, Sigrid schrie, ließ den Bogen fallen und stürzte mit dem Messer vor.

Keturah hatte keine Zeit, sich zu fragen, was da gerade passierte, weil der Tisch in ihren Händen heftig ruckte. Die Spitze des Schwertes zitterte unmittelbar über ihrer Schulter. Sie packte den Tisch immer fester. Ihr Widersacher mochte ein Krieger sein, und sie war untrainiert, schwanger und verzweifelt. Aber sie war eine Anakim: ein wildes, kraftvolles Wesen, so anders als dieser Südling, dessen Blutlinie schon lange von der natürlichen Ordnung abgewichen war. Also packte sie die Beine des Tisches fester, biss die Zähne zusammen und schwor sich, dass nichts, gar nichts, sie dazu bringen konnte loszulassen.

Erneut verdunkelte sich der Eingang, als eine weitere Gestalt, eine erschreckend große Silhouette, durch den Spalt trat. Sie bewegte sich mit beunruhigender Ruhe und hielt eine Spaltaxt in der Hand. Dann war sie aus Keturahs Blickfeld verschwunden. Sie hörte ein Geräusch, als hätte jemand eine stählerne Trommel geschlagen, dann wiederholte es sich. Das Reißen an ihrem Tisch hörte unvermittelt auf, aber Keturah wollte immer noch nicht loslassen. Sie stieß den Tisch nach vorn und schrie, bis eine gebieterische Stimme zu ihr durchdrang.

»Lass den Tisch los, Tekoasdottir! Es kommt keiner mehr.«

Keturah ließ die Beine los, und der Tisch fiel zu Boden. Das Gewicht des Schwertes, das immer noch im Holz feststeckte, ließ ihn auf die Seite kippen. Vor ihr war das knochige Gesicht der Leitenden Historikerin aufgetaucht. Sie hielt eine blutige Axt in einer Hand und hatte die andere ganz ruhig nach Keturah ausgestreckt. Keturah packte sie, ließ sich aus der Ecke ziehen und trat über den Leichnam des Ritters, der sie angegriffen hatte. Sie sah Sigrid, die in der gegenüberliegenden Ecke kniete. Ihre Schultern bebten, und ein blutiges Messer lag neben ihr. Neben ihr lag Hafdis.

Sie war tot. Der Leichnam eines Ritters verdeckte sie zur Hälfte. Er hatte eine blutige Wunde am Hals und sie eine vom Streithammer zertrümmerte Brust.

»Der Allmächtige möge uns helfen!«, flüsterte Keturah und schlug die Hände vors Gesicht.

»Für Verzweiflung haben wir keine Zeit«, erklärte Frathi. Sie trat zu Sigrid und zog sie hoch. »Nimm deinen Bogen. Es werden noch mehr kommen.«

Keturah konnte nicht fassen, was geschehen war. Alle Gefühle wurden durch den Lärm der Zerstörung ausgelöscht, der um das Zelt herum toste. Bellamus saß immer noch an den Pfosten gebunden da, aber auch sein Gesicht war verzerrt vor Schreck. Denn unmittelbar neben seinem Hals steckte ein Schwert im Pfahl. Er war gezwungen, seinen Kopf sonderbar schräg zu halten, um der Klinge auszuweichen. Jemand hatte versucht, den Meisterspion zu enthaupten. Dieser hatte offenbar gerade noch schnell genug reagiert, sodass ihn der Pfosten, an den er gefesselt war, gerettet hatte. Keturah starrte den Südling benommen an.

»Bindet mich los!«, schrie er. »Bindet mich los, dann kämpfe ich mit euch. Sie sind gekommen, um mich zu töten, nicht um mich zu retten!«

Wie in Trance wollte Keturah gehorchen, aber eine eiserne Hand hielt sie am Handgelenk fest. »Närrin!«, schrie die Leitende Historikerin sie an. »Fass diese Schlange nicht an! Bewaffne dich!«

Sigrid griff nach einem auf dem Boden liegenden Schwert, und Keturah riss die Klinge heraus, die Bellamus hatte töten sollen. Sie hob das entsetzlich schwere Schwert und stellte sich dicht neben Sigrid und die Leitende Historikerin, die immer noch ihre blutige Axt hielt. Auf der anderen Seite der Segeltuchwände herrschte schrecklicher Lärm, aber niemand schien auch nur zu ahnen, dass die Männer, die geschickt worden waren, um Bellamus zu töten, jetzt selbst alle tot waren. Allerdings würden sie das zweifellos bald bemerken, schon allein wegen der herrenlosen Pferde, die vor dem Zelt standen.

Keturah beugte sich plötzlich tiefer und zog den Tisch vor die Öffnung. Dabei hörte sie einen Schrei von draußen. Es waren unverständliche Worte, aber Bellamus sah sie flehentlich an. »Sie kommen«, sagte er. »Lasst mich frei.«

»Auf keinen Fall!«, befahl die Leitende Historikerin. Sie hatte nur Augen für den Eingang. Keturah wich langsam zurück. Sie waren jetzt bewaffnet, und irgendwie hatte Frathis unerbittliche Entschlossenheit eine Art von Ordnung in das Zelt gebracht. Sie ließ nicht zu, dass ihr Blick zu Hafdis glitt, die regungslos in der Ecke lag. Sie verdrängte jeden Gedanken an ihre Gefährtin, indem sie überlegte, wie sie sich noch weiter auf den Angriff vorbereiten konnte. Eines gab es noch, schien ihr.

Sie wartete einen Herzschlag lang neben dem Mittelpfosten des Zeltes und zog dann die Schneide des Schwerts über die Lederriemen, mit denen Bellamus gebunden war. Sie wurden sauber durchtrennt, und Bellamus bewegte sich. Er streckte die Arme und stieß einen zufriedenen Seufzer aus.

»Du Närrin!«, schrie Frathi. Bellamus war aufgesprungen. Er riss das Schwert aus dem Tisch, reckte die Arme und hielt die Klinge hoch in beiden Händen.

»Endlich!«, brüllte er. »Endlich!«

31. KAPITEL

AUF GEGENSEITIGKEIT

Wo sind die Angreifer?«, wollte Keturah wissen. »Du hast gesagt, es würden mehr kommen!«

»Ich habe gelogen«, gab Bellamus zu. »Verzeiht mir, aber es schien der einzige Weg zu sein, wie ich Euch dazu bringen konnte, mich freizulassen.« Er stand vor ihnen, beide Hände um den Griff des Schwertes gelegt.

»Meisterspion.« Die Stimme der Leitenden Historikerin war so kalt wie eine wolkenlose Nacht. »Wenn dies eine weitere List war, so wird es deine letzte gewesen sein. Ich sorge dafür, dass dein Ende erheblich schlimmer sein wird als eine Enthauptung.«

»Wir alle haben eine bessere Chance zu überleben, wenn ich ein Schwert in der Hand halte«, sagte Bellamus. »Ich werde nicht gegen euch kämpfen.«

»Du verdankst uns dein Leben.« Sigrids Stimme zitterte. »Vergiss das nicht!«

Bellamus lächelte spöttisch. »Noch nicht, ganz bestimmt nicht. Mein Leben steht ebenfalls auf Messers Schneide. Jetzt!« Er riss sein Auge auf. »Da kommen mehr. Ich kann sie hören!«

Er drehte sich zum Eingang um und kehrte Sigrid den Rücken zu. Sie hatte das Schwert gegen die Leinwand des Zeltes gelehnt und nockte einen neuen Pfeil ein. Die vier warteten, während Keturah immer wieder über ihre Schulter blickte, für den Fall, dass irgendjemand versuchte, den Stoff der rückwärtigen Zeltwand zu durchschneiden und sich ihnen von hinten zu nähern. Aber der Angriff kam erneut vom Eingang.

Der erste Mann, der sich durch den Spalt drängte, zuckte unvermittelt zurück, als er Sigrids gespannten Bogen sah. Der Pfeil, der auf seine Kehle gezielt war, prallte mit einem metallenen Geräusch von seinem Brustpanzer ab. Keturah trat vor und bemerkte, dass die drei Gestalten neben ihr dasselbe taten. Der Ritter versuchte, mit seiner Hellebarde nach Bellamus zu stoßen, aber der parierte den Hieb mit dem Schwert. Im selben Moment krachte Frathis Axt auf seinen Helm. Keturah stieß mit dem Schwert nach seinem Brustpanzer. Ihr Stoß wurde von der glatten Rüstung abgelenkt, aber Frathi hatte mehr Glück. Der Ritter brach auf dem Boden zusammen.

Klirrend drangen drei weitere Ritter nacheinander durch den Spalt ins Zelt. Der erste griff Frathi mit einem Streithammer an. Sie wich zurück, aus Keturahs Blickfeld. Der zweite schlug mit einem Breitschwert nach Keturah und Bellamus und trieb sie damit zurück. Aber dann bohrte sich ein gefiederter Schaft in sein Auge, sein Kopf ruckte zurück, und er stürzte wie ein gefällter Baum zu Boden. Der dritte sprang hinter seinem fallenden Kameraden vor und griff Bellamus mit seiner Hellebarde an. Der Meisterspion duckte sich, Sigrid schnappte sich ihr Schwert und schlug zu. Aber der Schlag war zu schwach, sodass der Ritter ihn mit seinem gepanzerten Unterarm abwehren konnte.

Keturah ließ die beiden allein und eilte Frathi zu Hilfe, die von ihrem Angreifer in eine Ecke gedrängt wurde. Die Historikerin konnte die Hiebe des Mannes nur mit Mühe parieren. Keturah hob ihr Schwert und ließ es auf den Ritter herabsausen. Sie spürte die Vibration im Handgriff, als Eisen, Schädelknochen und Gehirn unter der Wucht des Stahls nachgaben, während sich die Klinge in seinen Helm bohrte. Unerklärlicherweise stürzte der Ritter nicht zu Boden, griff allerdings auch nicht mehr an, sondern schwankte nur mit dem Schwert im Schädel hin und her, bis Frathi ihn mit einem Hieb ihres Beils fällte.

Keturah hätte sich fast übergeben, als ihr bewusst wurde, was sie da getan hatte, aber Frathi ließ das nicht zu. Sie drehte sie an der Schulter zu dem Ritter hinter ihnen herum. Bellamus hatte die Arme des Mannes gepackt und hielt sie fest, ohne an seine Waffe zu denken, und Sigrid feuerte einen Pfeil über die Schulter des Meisterspions in den Hals des Ritters. Er stürzte, aber weitere Männer drängten durch den Riss, und Keturah stöhnte auf, als ihr klar wurde, dass sie ihr Schwert in der Leiche des Ritters hatte stecken lassen.

Ein Angreifer stürzte sich auf Frathi, der andere auf Keturah. Sie wich nur knapp dem Stoß der Hellebarde aus und wäre fast gestolpert. Suchend sah sie sich nach einer Waffe um, aber obwohl der Boden vor ihr von Waffen übersät war, würde sie nicht genug Zeit haben, eine zu ergreifen, bevor sie von der Hellebarde aufgespießt wurde. Der Mann holte gerade zu einem neuen Stoß aus. Hastig sprang sie zur Seite und packte den Schaft und das Blatt der Hellebarde, bevor der Ritter sie zurückziehen konnte. Der Südling riss heftig daran, doch Keturah ließ nicht los. Blut quoll zwischen ihren Fingern hervor, aber sie spürte keinen Schmerz in ihren betäubten Händen und hielt die Waffe grimmig fest, weil sie dem Ritter keine weitere Chance zu einem Stoß geben wollte. Entsetzt starrte er auf ihre blutigen Hände, dann in ihr Gesicht, als sie einfach nicht nachgab.

Mit diesem Ausdruck auf dem Gesicht starb er auch. Er taumelte keuchend nach vorn, und Bellamus stieß ihm erneut das Schwert in den Rücken, sodass der Mann zu Boden stürzte. Keturah empfand das absurde Bedürfnis, dem Meisterspion zu danken, aber in dem Moment tauchte ein weiterer Ritter hinter ihm auf, also stieß sie stattdessen eine Warnung aus. Doch dieser Ritter fiel ebenfalls, gefällt durch einen von Sigrids Pfeilen. Es kamen immer mehr Ritter, und Keturah schnappte sich die am Boden liegende Hellebarde mit ihren blutigen Händen. Ihr war erschreckend bewusst, dass ihrer aller Leben nur noch an einem seidenen Faden hing.

In diesem Augenblick ertönte ein durchdringender Schrei hinter ihr, und plötzlich fiel Tageslicht in das blutige Innere des Zeltes. Dann brüllte jemand wie ein Löwe, und hünenhafte Anakim tauchten zwischen ihrer kleinen bedrängten Gruppe auf. Sie trugen die schwarzen Kürasse der Heiligen Wache. Keturah erkannte Grays Mund unter dem Visier seines Helmes. Der Hauptmann griff den Ritter an, der mit Frathi kämpfte, und gab der Historikerin dadurch die nötige Zeit, ihre Axt in seinen Brustpanzer zu hacken. Dann stürzte eine weitere Gestalt in das Zelt, die sich nicht mit ihrem Schwert aufhielt, sondern einfach nur zwei Ritter mit ihrer gepanzerten Brust zu Boden schleuderte.

Roper! Er stieß den Schrei eines Geiers aus und trennte einem Widersacher mit einem einzigen Hieb seines Schwertes den Kopf von den Schultern. Der Schlag war so heftig, dass seine Klinge Sigrid gefährlich nah kam, aber die Flut der Wächter hörte nicht auf und säuberte das Zelt von den Rittern. Die Südlinge stolperten und wurden zurückgetrieben, waren plötzlich zahlenmäßig unterlegen. Keturah schrie triumphierend auf und griff mit ihrer Hellebarde an. Die Ritter waren zwar auf dem Rückzug, aber sie folgte den Wächtern aus dem Zelt hinaus in den hellen Sonnenschein. Doch da war niemand mehr, gegen den sie hätte kämpfen können. Alle Männer aus dem Süden, die sie sehen konnte, saßen auf ihren Pferden und flüchteten vom Schlachtfeld, verfolgt von der Heiligen Wache.

Jemand packte sie hart an der Schulter, dann stand plötzlich Roper vor ihr. Er musterte sie forschend, suchte nach einer Verletzung. »Gemahlin?« Mehr sagte er nicht, aber seine Stimme zitterte leicht, und sein Blick war auf ihr Gesicht gerichtet.

Und dann strömten Keturah unvermittelt die Tränen über die Wangen. Sie ließ die Hellebarde fallen, schlug die Hände vor das Gesicht und weinte. Roper ließ ebenfalls sein Schwert zu

Boden sinken und nahm sie in die Arme. So standen sie da, und endlich war der Zwist zwischen ihnen vergessen, während sie an seiner Schulter weinte und er sonderbare Töne ausstieß, die sie wohl beruhigen sollten.

»Hafdis!«, schluchzte sie.

»Ich weiß«, murmelte Roper. »Ich habe sie gesehen.«

Immer noch starben Männer um sie herum, aber die Heilige Wache hatte die Situation nun scheinbar fest im Griff. Keturah erschauerte, als sie sich an das Gefühl erinnerte, wie sie mit dem Schwert den Helm des Ritters zertrümmert hatte. Und dann der Anblick von Hafdis, die zerschmettert in einer Ecke lag, während sich Sigrid über sie beugte. Keturah wurde übel.

»Es tut mir leid«, sagte Roper. »Es tut mir so leid. Aber so etwas wird nie wieder geschehen. Nie wieder! Ich war dumm, so dumm.«

»Was machst du hier?«, wollte Keturah wissen. Ihre Stimme klang wütend, obwohl ihr das gar nicht bewusst war.

»Wir haben keine Zeit, das zu klären, Liebes«, sagte er und schob sie behutsam zurück. »Ich muss gehen. Wir können es immer noch schaffen. Wir können sie bezwingen, hier und jetzt!« Die Besessenheit in seiner Stimme war nun unüberhörbar. »Wir sind nur deinetwegen zurückgekommen, aber die Armee rückt immer noch voran. Sturla hat das Kommando, doch die Männer brauchen mich.«

»Du wirst mich nicht noch einmal zurücklassen.«

»Nein, nein, komm mit mir! Wir holen dir ein Pferd, aber wir müssen uns beeilen. Wir können die Sache beenden, jetzt! Sie haben sich überschätzt, ich habe sie in die Enge getrieben.«

Gray kam heran. Er führte Zephyr mit einer Hand und ein schnelleres Pferd mit der anderen. Roper und er halfen Keturah in den Sattel, die sich noch nie so schwach gefühlt hatte. Roper stieg neben ihr auf Zephyr. Um sie herum sammelten sich die Heiligen Wächter. Sie sah, wie Bellamus, dessen Hände wieder gebunden waren, auf ein Pferd gewuchtet wurde. Pryce stieg hinter ihm in den Sattel. Sigrid und Gray teilten sich ein anderes Tier, und die Leitende Historikerin galoppierte in makelloser Haltung auf einem Rappen an ihnen vorbei.

Keturah streckte impulsiv die Hand aus. »Mylady!«

Frathi wandte sich zu ihr um. Ihr Blick und ihre Haltung wirkten wie die eines Adlers.

»Danke. Ihr habt mich gerettet, mich und Sigrid.«

»Ihr wart es, die sie aufgehalten hat, Tekoasdottir. Aber noch ist es nicht vorbei. Jetzt kommt! Wir müssen reiten!«

Die Reiter schwärmten in V-Formation wie ein Schwarm Wildgänse aus, Roper an der Spitze, und seine Gefährten hinter ihm galoppierten wie die Besessenen.

Von einer Schlacht wie der, in die sie kurz darauf gerieten, hatte Keturah noch nie gehört. Es gab keine Schlachtreihen, keine lang anhaltenden Gefechte oder Kriegshymnen, die über die Ebene hallten. Sie wurde in einem gewaltigen Wirbel rund um die Stadt ausgetragen, auf Feldern und zwischen Bäumen. Die Krieger Süddals wichen zurück, verfolgt von den Legionen, die zu erschöpft schienen, um ihren Feind einholen zu können. Bis Roper kam. Er schrie seine Männer an, setzte sich an ihre Spitze und zog sie mit sich, sodass sie die Verfolgung aufnahmen. Es gelang ihnen, zuerst den einen und dann den anderen Teil der Armee in die Enge zu treiben. Wenn die Legionen nicht mithalten konnten, galoppierte Roper mit der Heiligen Wache voraus und griff die flüchtenden Streitkräfte Süddals mit seiner kleinen Gruppe an. Er nagelte sie fest und spornte so seine Legionäre an, sie einzuholen und sie zu retten, bevor sie überwältigt wurden. Sie reagierten immer, fanden stets die Energie, die Wache zu verstärken, kurz bevor sie überwältigt wurden. So zerschmetterten sie erst eine Gruppe der Südarmee und marschierten dann weiter zur nächsten.

Irgendwann donnerte die Reiterei Süddals von links mit Tausenden Kriegern heran, direkt auf die Heilige Wache zu. Nur Augenblicke später wurden sie von der Schwarzen Kavallerie abgefangen. Die beiden Truppen umschwärmten einander wie Wespen, die gegen Bienen kämpften. Die Formationen passierten einander wie kollidierende Sternenkonstellationen, und doch fielen überraschend wenige Reiter in diesem Gewühl.

Roper und die Wache marschierten weiter, umkreisten die Stadt in einem Katz-und-Maus-Spiel, das absurd hätte wirken können, wären in ihrem Kielwasser nicht so viele Leichen im Gras zurückgeblieben. Die Verteidiger auf den Wällen feuerten Pfeilsalven auf die Anakim, und die Südlinge blieben dicht an den Palisaden, auch wenn diese nur geringen Schutz boten.

Einmal wurden die Stadttore geöffnet, und eine Welle von Verteidigern strömte heraus. Sie stürmten in den Rücken der Heiligen Wache, in der Hoffnung, sie zu überrumpeln. Aber anscheinend hatte Roper so etwas erwartet. Denn eine vollständige Legion hatte sich im Wald versteckt. Sie stürmte jetzt vor und schlug den Angriff zurück. Chaos herrschte, und nichts in diesem Tumult war ohne die aufklärerische Arbeit der Skiritai klar, aber Roper gestikulierte mit *Kaltschneide,* als wäre es ein Taktstock, und er war so gnadenlos, dass das Chaos keine Rolle zu spielen schien. Am Ende des Tages schäumte Zephyr und schlug mit dem Kopf, ebenso erschöpft wie die Legionäre, und weigerte sich, schneller zu laufen als im Trab.

Man nahm später an, dass Earl Seaton nur geplant hatte, die Legionen abzulenken und seinen Rittern Zeit zu geben, die ohnehin kargen Proviantvorräte der Anakim zu zerstören und den Meisterspion zu töten. Doch er hatte unterschätzt, wie schnell sich auch erschöpfte Legionäre der Anakim auf unebenem Gelände bewegen konnten. Seine Streitkräfte waren von Anfang an überfordert, und er zeigte nicht das geringste Verlangen, eine Schlacht zu schlagen, die er sicher verlieren würde. Er zog sich zurück und opferte dem Wolf, der ihnen so zusetzte, einen Teil seiner Armee nach dem anderen, um die wichtigsten Truppenteile zu retten. Der Rest wurde gestellt, bekämpft und in hoffnungslose Splittergruppen aufgespalten, die sich ergaben.

Aber die Legionen machten keine Gefangenen.

Als es vorbei war, hing die Sonne tief und blutrot über den Bäumen. Es war ein milder, ruhiger Abend, und die Legionäre kehrten müde in ihr Lager zurück, über dem der neblige Dunst der Holzfeuer hing. Sie ließen sich einfach zu Boden fallen, hatten nicht einmal die Kraft, die Helme und Brustpanzer abzulegen, sondern blieben keuchend im zertrampelten Gras liegen. Roper führte Keturah, die immer noch zornig war, weil ihr Körper sie im Stich gelassen hatte, zu den Überresten ihres Feuers. Dann ging er mit Gray los, um Wasser für seine erschöpften Krieger zu holen. Der Tross, der in den Wald geflüchtet war, als die Ritter angegriffen hatten, tauchte staunend über diese Atmosphäre unerwarteten Friedens wieder auf – eine Armee, die durch ihren Sieg vollkommen erschöpft war. Sie hatten im Vergleich zu der Menge von Kriegern, die sie getötet hatten, kaum Verluste erlitten, aber trotzdem fühlte es sich nicht wie ein Sieg an. Sie hatten Earl Seatons Armee geschwächt, vielleicht sogar entscheidend, aber diese Schlacht war taktisch unbedeutend. Am Ende des Tages waren sie ihrem Ziel keinen Schritt näher gekommen: Deorceaster stand immer noch, und ihr Sieg war in fünfzig winzige Stücke aufgeteilt worden.

Sigrid trat zu Keturah an ihre Feuerstelle. Die beiden wechselten einen kurzen Blick und umarmten sich, dann setzten sie sich nebeneinander hin. Keturah fühlte sich leer, so leer, dass es sie nicht einmal überrascht hätte, wenn sie geschrumpft, ihre Haut faltig geworden und zerknittert wäre, während sie in ihrem hohlen Inneren zusammensank. Aber sie war trotz ihrer Erschöpfung auch stolz. Sie hatten überlebt. Sie hatten den Angriff auf ihr Lager vereitelt und den Meisterspion gerettet. Keturah, die so schnell mit einem Scherz oder einer zynischen Bemerkung bei der Hand war, hatte noch nie das Gefühl gehabt, so wenig Sinn für Humor zu haben. Für den Moment wollte sie einfach nur schweigen, in dieser Stille, zusammen mit ihrer Freundin.

Nach einer Weile konnte sie den Gedanken nicht mehr ertragen, dass Hafdis ganz allein in diesem Zelt lag. Sie warf einen Blick auf Sigrid, die nur nickte. Gemeinsam gingen sie zu dem zerfetzten Segeltuchhaufen zurück. Keturah trat über die gepanzerten Leichen hinweg, den Blick fest auf Hafdis gerichtet. Gemeinsam mit Sigrid zog sie den Leichnam unter dem Ritter hervor, der sie getötet hatte, und machte sich daran, ihn zu säubern. Sie holten Wasser, wischten Blut von Hafdis' Lippen, kämmten ihr das Haar und schlossen ihre Augen. Sigrid zog ein paar Falkenfedern von der Fiederung eines ihrer Pfeile, die sie zu einem Halsband flochten. Dann legten sie es Hafdis um und richteten ihren Leichnam nach Osten aus, bevor Sigrid sie mit einem Mantel bedeckte.

Keturah wollte sie begraben, aber sie zitterte so heftig, dass Sigrid ihre Hände nahm und auf die tiefen Wunden blickte, die sich Keturah zugezogen hatte, als sie die Hellebarde gepackt hatte. »Das können wir später tun«, sagte sie und führte Keturah zum Feuer zurück, wo sie Pinientee tranken und gemeinsam trauerten.

Roper kehrte kurz danach zur Feuerstelle zurück. Er schüttelte still seinen Kommandeuren und der Leitenden Historikerin die Hände und dankte ihnen für ihren Anteil an dem Sieg an diesem Tag. »Es mag sich nicht wie ein großer Schritt anfühlen, aber es ist einer. Wir mussten es tun, und es war ein Triumph!« Dann trat er zu Sigrid, die er fest umarmte. »Ich bin sehr froh, dass Keturah dich bei sich in dem Zelt hatte, Mylady«, sagte er. Sigrids Lächeln war müde und trostlos.

Zum Schluss ging Roper zu seiner Frau. Sie saß regungslos auf dem Boden und blickte ihn mit tränennassen Augen an, als er sich vor ihr hinhockte. Er legte ihr sanft die Hände auf die Wangen, und sie beugten sich vor, berührten sich mit der Stirn. Zum ersten Mal seit Monaten kam er ihr ruhig vor.

* * *

Es war dunkel, als Roper sich dem zerfetzten Zelt von Vigtyr näherte. Die Vorder- und Rückseite klafften wie zerfetzte Vorhänge. Die Luft war kühl, da die Wolkendecke der letzten Wochen aufgerissen war, und zum ersten Mal, seit sie den Abus überquert hatten, sah Roper wieder die Sterne. Sie linderten das Heimweh, das das Lager fest im Griff hielt. Die Stahlspitzen glänzten immer noch in ihrem vertrauten Muster. Der Bär und der Sterbende Jäger. Die Winterstraße und die Dunklen Vögel, die darüber hinwegflogen.

Die beiden Heiligen Wächter, die vor dem Zelt saßen, standen auf, als sie Roper herankommen sahen. Er bedeutete ihnen mit einer Handbewegung, sich zu entspannen, dann schüttelte er jedem von ihnen die Hand und fragte sie, wie es ihnen an diesem Tag ergangen war.

»Ich bin erschöpft, Lord«, gestand einer. »Das war sehr hart.«

»Es war eine ungeheure Mühe«, stimmte Roper ihm zu. »Aber die Legionäre haben mit ihrem gewohnten eisernen Willen gekämpft. Süddal hat nicht damit gerechnet, dass wir noch über so viele Energiereserven verfügen. So haben wir uns eine Atempause verschafft. Morgen gehen wir auf die Jagd und besorgen so viel Nahrung wie möglich. Wenn wir das erst geschafft haben, haben wir unsere Lage deutlich verbessert.«

Sie bestätigten das müde, aber Roper wusste, dass sie nicht glaubten, dass ihr Hunger sehr bald gestillt werden würde. Er beobachtete, wie sie sich wieder setzten, noch bevor er in den Schatten des Zeltes trat. Er hatte befohlen, die Leichen herauszuschaffen, aber in der Dunkelheit konnte er nichts erkennen. »Ich hoffe, du bist immer noch hier«, sagte er in die Schatten hinein.

Ein leises Lachen antwortete ihm. »Bedauerlicherweise ja.«

Roper holte seine Zunderbüchse heraus. Nachdem er sich etwas am Boden zu schaffen gemacht hatte, gelang es ihm, die Ecke eines Stück Leinens anzuzünden. An der kleinen gelben Flamme entzündete er drei Kerzen, die auf dem niedrigen Tisch vor Bellamus standen. Er hatte eine tiefe Scharte, seitdem Keturah ihn als Schild benutzt hatte. Das Gesicht des Meisterspions tauchte aus der Dunkelheit auf.

Roper schloss seine Zunderbüchse und ließ sich auf den Boden sinken. Die Knie zog er dicht an seine Brust. Eine Weile sahen sich die beiden nur an.

»Es tut mir leid.« Bellamus deutete schließlich auf die blutbefleckten Wände und dann in die Ecke, wo Hafdis gestorben war. »Ich bedaure, was hier geschehen ist.«

»Ich ebenfalls«, gab Roper zurück. Er war so erschöpft, dass er kaum noch etwas spürte und noch nicht in der Lage war, den Tod und die Gewalt dieses Tages zu verarbeiten. »Warum versuchen deine Leute, dich zu töten?«, wollte er dann wissen.

Bellamus verzog die Lippen zu einem schwachen Lächeln. »Hauptsächlich, denke ich, weil Earl Seaton kein besonders guter Freund von mir ist. Das war schon immer so, und es wird sich durch einige … Informationen, die ihm kürzlich zugetragen wurden, noch verstärkt haben.«

»Was für Informationen?«

»Das ist nicht wirklich von Bedeutung«, gab Bellamus gleichgültig zurück. »Aber vor allem wäre es einfacher gewesen, mich zu töten, als mich hier herauszuholen. Wahrscheinlich glaubt er, ich wüsste Dinge, die für Euch außerordentlich hilfreich wären.«

»Ich gehe auch davon aus, dass es so ist«, sagte Roper ruhig. Die beiden sahen sich erneut eine Weile an. Dann fuhr Roper leise fort: »Keturah hat mir gesagt, dass du ihr das Leben gerettet hast.«

Bellamus schnaubte nur. »Vielleicht, aber auf jeden Fall hat sie das meine gerettet.«

Roper nahm eine Schachfigur von dem Tisch vor Bellamus und fuhr mit seinen Fingern über die raue Oberfläche des Holzes. »Wie auch immer, Meisterspion. Jedenfalls gibt mir das Anlass, mein Bedauern darüber einzuräumen, dass wir Feinde sind.«

»Das wusste ich«, gab Bellamus beiläufig zurück. »Ich bedaure es ebenfalls.«

Roper hatte fast das Gefühl, als wären die nächsten Worte ohne sein Zutun aus seinem Mund gekommen. »Ich weiß nicht, ob ich einen Mann gefangen halten kann, der an der Seite meiner Frau und meines ungeborenen Kindes gekämpft hat.«

Bellamus sah ihn ungläubig an.

»Der einzige Grund dafür, dich am Leben zu lassen, mit dir zu sprechen war, Informationen aus dir herauszuquetschen. Jetzt weiß ich, dass ich das niemals tun werde.«

»Ihr wollt mich also gehen lassen?«, fragte Bellamus hoffnungsvoll.

Roper lachte. »Jetzt, wo du das laut aussprichst, kommt es mir absurd vor. Aber ich glaube, dass ich genau das tun werde.« Erneut starrten sich die beiden an.

»Ein letztes Spiel?« Bellamus deutete mit einem Nicken auf die Figur in Ropers Händen.

»Das würde mir sehr gefallen«, antwortete Roper. Er befreite den Meisterspion von seinen Fesseln, und die beiden setzten sich erneut einander gegenüber. Roper zog als Erster.

»Wie war es?« Er deutete auf das Innere des zerstörten Zeltes. »Hier drin, meine ich.«

»Es war eine verzweifelte Situation. Wir waren hoffnungslos unterlegen. Unser aller Leben hing an einem seidenen Faden. Wärt Ihr nicht rechtzeitig gekommen … Warum seid Ihr eigentlich zurückgekommen?«, fragte er plötzlich.

»Wir hätten es niemals so weit kommen lassen dürfen«, sagte Roper und machte seinen Zug. »Wie du weißt, haben wir die Skiritai, unsere Kundschafter, an diese Krankheit verloren. Wir hätten wissen müssen, dass ein Überfall bevorstand, aber unsere Kundschafter waren unerfahren und haben es erst herausgefunden, als es bereits zu spät war. Einer von ihnen kam im letzten Moment zu mir, und glücklicherweise war die Wache bereits aufgesessen, sodass wir sofort die Verfolgung aufnehmen konnten. Allmächtiger, es war außerordentlich knapp.«

Bellamus gewann allmählich eine Vormachtstellung auf dem

Schachbrett, und Roper runzelte die Stirn und begann, sich zu konzentrieren. Seine Spielfiguren und die des Meisterspions hatten Angriffsposition bezogen, aber sie konnten ihre Drohungen nur selten wirklich ausführen.

»Und was machst du jetzt mit deiner Freiheit?«, erkundigte sich Roper.

»Versucht Ihr, mich abzulenken, Lord Roper?« Bellamus lächelte. »Ihr könntet mich ruhig gewinnen lassen, dieses eine Mal.«

»Ich möchte es wirklich wissen«, meinte Roper. »Ich vermute, dass du jetzt nicht mehr viel tun kannst, um uns aufzuhalten, aber ich wüsste trotzdem gern, was ich da auf mich loslasse.«

Bellamus hob seine Brauen. »Wie Ihr ganz richtig sagt, jetzt kann ich nicht mehr allzu viel tun. Mein Spionagenetzwerk ist zerschlagen. Ihr habt es in alle Winde zerstreut, als Ihr in Brimstream aufgetaucht seid. Ich werde Jahre brauchen, um diese geheime Gruppe von Männern und Frauen erneut um mich zu scharen. Sie alle halten mich für tot und werden ihr altes Leben wieder aufnehmen. Sie werden in ihre Heime zurückkehren, und die Erinnerung an meine Belohnungen und meine Drohungen wird allmählich verblassen.« Er zuckte mit den Schultern. »Ich bin am Ende. Jetzt bin ich wieder ein ganz gewöhnlicher Gemeiner, ohne das Druckmittel, das ich einmal gegen meine Oberen in der Hand hatte.« Er dachte finster nach. Dann sah er hoch und grinste. »Vielleicht ist ja auch die Zeit gekommen, dass ich mir eine Frau suche. Ich hatte einen Freund, in Brimstream. Er hat mich daran erinnert, wie ein friedliches Leben aussehen kann. Eine gute Frau, ein kleiner Hof, ein paar Hunde, ein paar Obstbäume und die Jagd. Ein Leben, in dem meine Pflichten und die Dinge, die mich befriedigen, eins sind. Als Meisterspion war ich ständig in Gefahr und auf der Flucht, und die Dinge, die ich tat, haben sich selten ausgezahlt oder auch nur irgendeinen erkennbaren Effekt gehabt. Ich muss es nur immer weiter versuchen. Vielleicht ist ja die Zeit gekommen, mir etwas Lohnenderes zu suchen.« Er lächelte. »Stellt Euch das vor.«

Roper erwiderte das Lächeln. »Das klingt nach einem guten Leben. Jedenfalls nach einem, das ich will. Deshalb sind wir hier. Um unserer Sicherheit willen. Wenn ich jetzt einfach weggehen würde und dieses Leben führte, müssten meine Kinder diese Aufgabe erledigen oder meine Enkelkinder. Und sie hätten dafür weit weniger Krieger zur Verfügung. Dieser Krieg endet niemals. Er wird uns auslaugen, bis ganz plötzlich der Moment gekommen ist, in dem wir nicht mehr die Kraft haben, ihn endgültig zu beenden. Dann werden sie ihre Vorfahren verfluchen, die in dieser trügerischen Sicherheit lebten und die Zeit und die Kraft verstreichen ließen, um dem ein Ende zu bereiten. Wir können ihnen ein besseres Leben ermöglichen, als wir es geführt haben.«

»Und was habt Ihr mit den Menschen des Südens vor, wenn Ihr das Land erobert habt?«, wollte Bellamus wissen.

»Sie unterwerfen«, sagte Roper. »Sie können bleiben, aber man wird ihnen nicht erlauben, Waffen zu tragen oder sich zum Krieger ausbilden zu lassen. Und am Ende, ob in hundert Jahren oder eintausend, müssen sie nach Erebos weiterziehen. Diese Insel wird wieder der Wildnis anheimgegeben. Die Menschen des Südens gehören einfach nicht hierher.«

Bellamus betrachtete Roper sehr lange. Schatten huschten über die Zeltwände, als Nachtfalter um die Kerzen flatterten. Dann nickte er bedächtig und blickte wieder auf das Schachbrett. Die Figuren des Meisterspions zogen sich vor Ropers neuerlichem Angriff zurück. Roper rückte vor und bemühte sich, Bellamus' König in die Enge zu treiben. Der Weg war zwar nicht ganz frei, aber Bellamus' Spielfiguren waren hoffnungslos zerstreut.

Bis sie sich plötzlich um Roper zusammenscharten. Ein Gegenangriff begann, und Bellamus rollte Ropers Formation von hinten nach vorn auf. Zuerst waren es nur einzelne Verluste, ein

Läufer. Dann ein Springer. Dann verlor Roper seine Dame. Bis Roper diesen Zerfall erkannte, war es bereits zu spät. Bellamus lenkte ihn ab und nahm eine seiner Spielfiguren nach der anderen, bis Ropers König allein dastand. Das Endspiel war außerordentlich kurz. Die hölzerne Zange umschloss den König.

Roper betrachtete verwirrt das Brett. Dann lachte er. »Verdammt! Ich wollte meine makellose Bilanz behalten! Aber diese Taktik war unglaublich. Das war genial. Wie hast du das gemacht?« Er runzelte die Stirn, als plötzlich ein Gedanke in ihm aufkeimte.

Bellamus lächelte zufrieden. »Ihr habt Euch überschätzt, Lord Roper. Ihr seid selbstgefällig geworden!«

Roper lächelte zurück. »Tatsächlich? Wahrscheinlich hast du recht.« Aber er betrachtete Bellamus weiterhin, der seinen Blick erwiderte.

»Also gut.« Schließlich streckte Roper die Hand aus. »Gratuliere. Gut gespielt.« Sie schüttelten einander die Hände. »Ich kann nicht glauben, dass ich unsere Spiele mit einer Niederlage abschließe«, sagte er missbilligend.

Bellamus lachte. »Ihr erwägt doch nicht wirklich, mir meine Freiheit nur deshalb nicht zurückzugeben, weil Ihr ein letztes Schachspiel verloren habt?«

»Du hast eine Art, meine Gedanken auszudrücken, dass sie wirklich absurd erscheinen«, räumte Roper ein. »Also komm. Ich bringe dich an den Wachen vorbei.«

Bellamus schien es immer noch nicht fassen zu können, als Roper aufstand und ihm die Hand hinhielt, um ihn hochzuziehen. Die Knie des Meisterspions knackten, als er sich erhob. Er blieb eine Weile nach vorn gebeugt stehen und wirkte auf einmal seltsam zerbrechlich.

Sie verließen zusammen das Zelt und schritten einfach durch das Lager. Bellamus ging mit leeren Händen, wie er gekommen war. Roper entließ die erstaunten Wächter. Sie kehrten dem gedämpften Schein von Deorceaster den Rücken zu und gingen zu den Bäumen, in die Vigtyr in der Nacht zuvor geflüchtet war. Die Außenposten starrten Roper ungläubig an und fragten sicherheitshalber nach, ob es ihm wirklich ernst wäre. Schließlich ließen sie die beiden passieren, und sie traten an den Waldrand. Roper nahm seinen Umhang ab und gab ihn Bellamus. Er war zwar viel zu groß und würde hinter dem Meisterspion auf der Erde herschleifen wie ein Schatten, aber er würde ihn warmhalten, bis er irgendwo Schutz fand. »Schwörst du, dass du nicht mehr gegen uns kämpfen wirst?«, fragte Roper. »Schwörst du, dass du dir eine Frau und einen Bauernhof suchst? Schwörst du, dass ich meine Großzügigkeit nicht bereuen werde?«

»Das schwöre ich«, sagte Bellamus. »Ich bin erschöpft, müde. Und außerdem ist es jetzt fruchtlos. Ich werde losgehen und mich endlich amüsieren. Ich danke Euch, Lord Roper. Vielleicht begegnen wir uns eines Tages ja wieder.«

Ropers Zähne blitzten im Dunkeln. »Ehrlich gesagt hoffe ich nicht, dass wir uns noch einmal begegnen. Leb wohl, Bellamus.«

»Lebt wohl.«

Roper wandte sich um und meldete dem Wachposten, dass er zurückkam.

Er glaubte Bellamus nicht. Nicht wirklich. Ein Mann konnte sein Wesen nicht ändern, jedenfalls nicht mit einer einzigen Entscheidung. Das kostete Mühe und Kampf, und am Ende, wenn man es lange genug versucht hatte, konnte die versuchte Veränderung vielleicht tatsächlich zur Gewohnheit werden. Bellamus war ein Meisterspion. Ein fanatischer, ehrgeiziger Emporkömmling, der vom Verlangen nach Ruhm besessen war. Er würde niemals mit den schönen Dingen zufrieden sein, von denen er geredet hatte, selbst wenn er kurz danach suchte. Vielleicht fand er sie sogar, bevor ihm klar wurde, dass es ihm nicht genügte. Aber er hatte sein Spionagenetz verloren und würde sich irgendwo verkriechen müssen. Er würde viele Jahre spinnen müssen, bevor er wieder im Mittelpunkt so vieler unsichtbarer Spinnenfäden saß und ihrem Feldzug erneut gefährlich werden konnte.

Bei einem ihrer Spiele hatte Roper sich mit dem Meisterspion über Pflichtgefühl unterhalten. Er hatte ihm gesagt, dass die Erfüllung der vom Leben auferlegten Pflichten das Leben erst lebenswert machte. Diese Worte enthielten eine tiefe Wahrheit. Sie gaben Roper ein Ziel, doch wenn er sich an diesem Abend an seine Pflichten gehalten hätte, hätte er Bellamus hingerichtet oder ihn gefoltert, um herauszufinden, ob er irgendetwas wusste, das ihrer Sache helfen könnte. Aber er mochte den Meisterspion und fühlte, dass er in seiner Schuld stand, da Keturah und er Seite an Seite gekämpft hatten. Er hatte sein Leben lang seine Pflichten erfüllt, ganz gleich, was es ihn gekostet hatte, und dieses eine Mal war es eine Erleichterung gewesen, sie zu ignorieren. Er war von einer unverkennbaren Leichtigkeit erfüllt, als er in das Lager zurückging. Dieses eine Mal handelte er nicht aus Pflichtgefühl oder Notwendigkeit. Sondern nur aus eigenem Interesse. Und für Keturah.

32. KAPITEL

HILF MIR

Unmittelbar außerhalb des Lagers blieb Bellamus im Dunkeln stehen und sah zu, wie Roper verschwand.

Er fühlte sich nicht schuldig, weil er ihn getäuscht hatte. Bellamus konnte diese Träume von Frauen und Landbesitz nachvollziehen, aber er konnte sie sich niemals selbst leisten. Nicht, wenn er jeden Moment unter die Knute irgendeines Lords geraten konnte, der die Pacht oder die Steuern erhöhte. Oder noch schlimmer, unter die eines Herrn der Anakim, der nicht verstand, wie wichtig es war, Weizen zu säen, die Gräben zu säubern und die Hecken zu trimmen. Dennoch hatte er fast mit diesem Krieg abgeschlossen gehabt, bis Roper ihm schilderte, was mit Süddal geschehen würde, wenn er vorbei war. Vollständige Vertreibung. Ein gewaltiges Umwälzungsprojekt, das alle Spuren des südländischen Einflusses in diesem Land auslöschen würde. Und damit konnte Bellamus unmöglich seinen Frieden schließen.

Sicher, er hätte nach Safinim zurückgehen können oder nach Iberia, aber was erwartete ihn dort? Nichts. Lange vergessene Beziehungen, eine fade Landschaft und Lebensart. Dunkelheit. Hier jedoch hörte eine Königin auf seinen Rat, wenn er ihr nur eine Nachricht übermitteln könnte. Sein Netz war noch nicht völlig zerstört. Er verfügte immer noch über Vigtyr, den einzigen seiner Informanten, der aus eigenem Antrieb handelte statt auf Bellamus' Anweisungen hin. Mit seiner Hilfe konnte er viel erreichen. Die Sache war noch nicht vorbei. Er war noch nicht geschlagen.

Wenn Roper zu dem Schachbrett zurückkehrte, würde er feststellen, dass eine Figur fehlte. Die Dame mit dem Geheimfach. Bellamus hatte bereits Pläne, wie er sie nutzen konnte.

Es gab nur sehr wenige Dinge wie Feuer, Sprache und Gelächter, die allen Menschen gemein waren, überlegte der Meisterspion. Ansonsten unterschieden sie sich in fast allem. Ihr Zahlensystem war unterschiedlich, ebenso wie ihre Moralvorstellungen, die Struktur ihrer Sprache, ihr Geschmack, die Bemessung der Zeit und ihre Werte. Sie wurden geprägt von irgendeinem sonderbaren, unsichtbaren und unfehlbar einzigartigen Kodex, durch den sich das Denken der Anakim und der Menschen aus dem Süden unterschied. Aber es gab noch etwas Neues, das Bellamus erst in den letzten Jahren bemerkt hatte. Einen universellen Instinkt, der all das transzendierte – eine mächtige Verpflichtung, die man nicht umkehren oder durch die Kultur verändern konnte ebenso wenig wie durch Pflichtgefühl oder Erziehung, und er hatte sie genutzt, um seine Freilassung zu erreichen.

Das Gefühl von Gegenseitigkeit.

Den Umhang des Schwarzen Lords über den Schultern, wandte er sich um und verschwand in der Dunkelheit. Es war noch lange nicht vorbei.

* * *

Roper schürte das Feuer. Er war sich bewusst, dass Keturahs Blick auf ihm ruhte.

»Wo bist du gewesen, mein Gemahl?«

Er wies mit einem Nicken in die Dunkelheit. Sie hielt ihm die Hand hin, und er starrte entsetzt auf ihre zerfetzten Handflächen.

»Es tut nicht weh«, sagte sie ruhig. »Sonderbar eigentlich. Ich wäre jetzt tot, hätte Uvoren mich nicht vergiftet.« Nachdenklich hielt sie die Hände in die Höhe, und Roper packte ihre Handgelenke und zog sie hoch.

»Die Wunden müssen so schnell wie möglich gesäubert werden.«

Keturah zuckte mit den Schultern. »Zuerst muss ich Hafdis beerdigen.«

»Wo liegt sie?«

Keturah deutete in Richtung Deorceaster. »Da drüben. Wir haben ihre Leiche mit einem Tuch bedeckt.«

Eine Weile gingen sie schweigend nebeneinander her. Als sie den Lichtkreis der Flammen hinter sich gelassen hatten, drehte er sich zu ihr herum. »Ich habe eben Bellamus freigelassen.«

»Das überrascht mich nicht.« Sie lächelte schwach. »Du magst ihn ganz offensichtlich und das schon lange.«

Er erwiderte ihr Lächeln nicht, sondern sah sie nur prüfend an, weil er nicht genau wusste, wie er mit dem beginnen sollte, was er ihr unbedingt sagen musste. »Ich will ehrlich zu dir sein. Ich kann nicht denken, wenn du hier bist. Meine ganze Aufmerksamkeit sollte eigentlich diesem Feldzug meiner Armee gelten, aber meine Gedanken gleiten zu dir, immer und immer wieder.« Er hielt inne, überlegte, wie er es ihr verständlich machen konnte. »In deiner Gegenwart fühle ich mich schwach.« Er legte seine Hand an ihre Wange, und sie schmiegte sich hinein. »Eines Tages werde ich dieser Schwäche ganz und gar nachgeben. Ich werde zulassen, dass sie vollkommen Besitz von mir ergreift und mich damit begnügen, irgendwo in der Wildnis an deiner Seite zu leben. Wir werden im Wald leben, selbst für unsere Nahrung sorgen, unseren eigenen Zufluchtsort errichten und uns um unser eigenes Feuer kümmern. Wir werden unsere Kinder großziehen, und jeder Tag wird um seinetwillen gelebt. Und wir werden das nur können, weil wir diesen Feldzug hier gewagt haben. Wegen der Zukunft, die wir uns sichern werden.

Aber zuerst müssen wir diese Aufgabe beenden. Jetzt gehört mein Leben noch nicht mir. Ich habe Pflichten, Dinge, die ich erledigen muss.«

Keturah ergriff plötzlich das Wort. »Schon gut, mein Gemahl.« Sie legte die Hand auf ihren Bauch. »Es wird ohnehin Zeit, dass ich nach Norden gehe. Das ist kein Land, in dem ein Kind der Anakim geboren werden sollte, noch nicht. Aber ich weiß, dass du es dazu machen wirst, eines Tages.«

Diese Antwort raubte Roper fast die Beherrschung. Wo blieb ihre eigensinnige Erwiderung? Ihre scharfzüngige Erklärung, dass er sich irrte und warum? Er umarmte sie stumm. Als sie sich schließlich wieder voneinander lösten, betrachtete sie ihn prüfend. »Es hat so viele sonderbare Momente gegeben, in denen du abgelenkt gewesen bist. Wenn wir nachts zusammenliegen, fühle ich dein Herz hämmern. Was geht dir im Kopf herum? Ich bin nicht die Einzige, die deine Aufmerksamkeit fordert.«

Er packte ihre Ellbogen und spürte den Druck der beiden vernichtenden Worte, die schon so lange in seinem Kopf kreisten. »Ich hatte …«, er holte tief Luft, um Mut zu sammeln. »Seit Monaten gehen mir zwei Worte im Kopf herum.« Er packte ihre Arme noch fester, atmete erneut durch und fühlte sich fast bereit, sie auszusprechen. Aber sie waren einfach zu groß. Sie kamen nicht über seine Lippen. Erneut setzte er an und stieß sie endlich gepresst, atemlos hervor.

»Hilf mir.« Tränen traten ihm in die Augen und liefen über seine Wangen, als er in ihr verschwommenes Gesicht starrte.

»Mein Liebster.« Sie klang entsetzt. »Wie? Wie kann ich das tun?«

»Ich weiß es nicht.« Roper schüttelte den Kopf. »Aber ich bin sicher, dass ich es nicht mehr länger aushalten kann. Seit Monaten spüre ich, wie die Furcht in mir wächst. Ständig habe ich das Gefühl, ich müsste mich übergeben. Ich kann es nicht aufhalten, ich kann nicht damit leben, und ich kann nicht allein so weitermachen. Hilf mir.«

Sie legte ihre Hand auf das wild pochende Herz in seiner Brust. »Also gut«, sagte sie mit so viel Autorität in der Stimme, dass er schlagartig ruhiger wurde. »Es ist alles gut, Liebster. Ich weiß schon, wie.«

Er wartete.

»Ich bin erstaunt, dass du so lange durchgehalten hast. Zuerst musst du akzeptieren, wie du dich fühlst. *Asappa.* Lebe damit. Dann wird es einfacher. Dies hier ist der Preis, den du dafür bezahlst, dass du dir die größte Verantwortung aufgebürdet hast, von der ich je gehört habe. Du hast dir ein Problem auf die Schultern geladen, das schon zu Beginn ungeheuerlich war und das dann bei jedem Rückschlag noch größer wurde. In der richtigen Gesellschaft kann man alles bewältigen, aber du trägst all dies alleine, weil du allein es bist, der nicht umkehren will. Du bist schon so lange der Wille und die Energie dieser Armee gewesen, dass dich das vollkommen von allen isoliert hat.«

Also verstand sie es. Ropers Bemühungen waren so überzeugend gewesen, dass er ihnen selbst zum Opfer gefallen war. Niemand hatte daran gedacht, ihn zu beruhigen, ihm von dem frischen Mut und dem Schwung zu berichten, den er erzeugte, und so lebte er mit dem Gefühl, die endlose Energie, die er aufbrachte, würde spurlos versickern.

Er holte tief Luft. »Und du?«, fragte er. »Selbst Gray hat es vorgeschlagen. Alle glauben, dass wir geschlagen sind. Würdest du umkehren?«

Sie sah ihm in die Augen. »Wir haben schon darüber gesprochen, Liebster. Die Entscheidung ist gefallen. Es gibt keine Umkehr. Wir müssen es zu Ende bringen.«

Er nahm ihre Hand und lehnte seine Stirn gegen ihre.

»Du musst Folgendes tun.« Behutsam legte sie ihre gespreizte Hand auf sein Herz. »Nimm Lundenceaster ein.« Sie sah ihm lächelnd in das tränenüberströmte Gesicht. »Beende es. Aber du musst es alleine tun. Du hast recht, es gibt hier zu viele Ablenkungen für dich, als dass du dich konzentrieren könntest. Ich gehe nach Norden, und bevor unser Kind geboren wird, hast du Süddal in die Knie gezwungen, und die Last der Verantwortung wird nicht mehr auf deinen Schultern ruhen. Dann gehen wir in die Wildnis, jenseits unseres dunklen Flusses, und heilen uns. Versprichst du mir das?«

Roper nickte.

»Bleib gesund, bis es so weit ist. Such dir etwas, das dich ablenkt. Suche diese Stille. Bete mit Gray. Das Training mit Vigtyr sollte ebenfalls helfen, denn du kommst immer erheblich fokussierter zurück. Stürz dich hinein, bis die Hauptstadt Süddals gefallen ist und König Osbert tot zu deinen Füßen liegt.«

Ihre Worte beruhigten und verstörten ihn gleichzeitig, ebenso wie sein Kontrollverlust. Mit jeder Faser seines Körpers hatte er versucht, derjenige zu sein, den diese Armee brauchte – und das so lange, dass es ihm wie ein Verrat vorkam, all dies Keturah gegenüber zuzugeben. Er begann bereits wieder, seine inneren Mauern zu errichten. Keturah hatte einen Arm um seine Taille geschlungen und wartete ab, bis er sich gefasst hatte, während sie ihn wissend beobachtete.

»Sollen wir zurückkehren?«

Roper nickte und legte ihr noch einmal kurz die Hand auf die Wange, bevor er mit ihr zum Feuer zurückging. Dort kam er den Fragen der Kommandeure zuvor. »Ich habe Bellamus freigelassen.«

»Ihr habt was?«, fuhr Randolph hoch. Die Gesichter aller Personen am Feuer wandten sich ihm zu. In vielen war blankes Entsetzen zu erkennen.

»Ich habe ihn freigelassen!« Roper hob das Kinn und sah sie alle der Reihe nach herausfordernd an. »Seine Macht ist gebrochen. Wir haben sein Netz vernichtet. Und im Übrigen, was sind wir? Also?« Er sah sich um. »Was sind wir? Eine Spinne ist keine Bedrohung für einen Wolf!« Niemand antwortete, aber dann ging Roper um das Feuer herum und erwiderte die Blicke aller, die ihn ansahen. »Er ist bedeutungslos, vergesst ihn. Vergesst die Südlinge und ihre Pläne. Das ist unser Plan: Wir werden noch einige Tage Nahrung im Wald sammeln. Wir füllen für eine letzte Herausforderung unsere Vorräte auf. Und dabei werden wir so tun, als hätten wir nichts anderes im Sinn, als hierzubleiben und die Belagerung fortzusetzen. Aber diese Stadt ist für uns nicht von Belang. Wir haben heute ihre Garnison vernichtet. Deorceaster ist weder eine Bedrohung für uns, noch hat es sonst irgendeinen Wert. Earl Seaton und seine Männer werden sich nach Lundenceaster zurückziehen. Sobald sie in der Stadt sind, werden wir einen Gewaltmarsch nach Süden unternehmen und den ganzen verdorbenen Haufen in der Stadt einkesseln, König und alle anderen.«

Kommandeure und Historiker lauschten schweigend, während Roper vor ihnen auf und ab marschierte, erneut von seiner fast magischen Energie erfasst. »Aber schweigt! Sagt kein einziges Wort darüber zu jemandem, der nicht an diesem Feuer gesessen hat. Trefft eure Vorbereitungen zum Aufbruch mit äußerster Geheimhaltung, dann ist das Überraschungsmoment auf unserer Seite.« Er drehte sich zu ihnen herum, und sein Blick schien wie ein Blitz über die Gruppe zu zucken. »Hat irgendjemand irgendetwas dazu zu sagen?«

Niemand ergriff das Wort.

»Jetzt wisst ihr es«, schloss Roper. Er wollte sich abwenden, hielt dann jedoch noch einmal inne. »Eines noch. Wenn jemand von euch nach Hause gehen will, so soll er es tun.« Er deutete nach Norden. »Der Weg dorthin ist gerade und einfach. Und möge die Geschichte eurer Entscheidung gnädig sein.« Er nickte ihnen knapp zu. »Wenn jemand mich zu sprechen wünscht, ich trainiere mit Vigtyr.« Damit verschwand er in der Dunkelheit.

Roper fand Vigtyr allein an einem Feuer. Er zögerte zu trainieren. Es sei schon spät, sagte er, sie hatten ein paar Stunden zuvor bis zur Erschöpfung gekämpft, und einer von ihnen könnte sich im Dunkeln verletzen. Aber Roper konnte nicht einfach tatenlos herumsitzen, und schließlich gab der Zuchtmeister nach.

An diesem Abend war Vigtyr kein Gegner für seinen Lord. Vielleicht lag es daran, dass er nicht Ropers Ausdauer besaß, oder es lag an der Dunkelheit oder einfach nur daran, dass Roper von einer überwältigenden Energie besessen war. Sie fachten das Feuer mit harzigen Pinienzweigen an, und in den tanzenden Schatten zwang Roper Vigtyr immer wieder zum Rückzug. Er schlug seine Verteidigung zurück und konzentrierte sich vollkommen auf Vigtyrs dunkles Schwert. Manchmal war es zu sehen, manchmal nicht. Und zum ersten Mal überhaupt konnte Roper Vigtyr einen Hieb mit seiner stumpfen Holzklinge versetzen. Dann noch einmal und immer wieder. Vigtyrs Zähne blitzten in der Dunkelheit auf, und die beiden knurrten und keuchten, während er versuchte, Ropers Aggression etwas entgegenzusetzen. Aber seine eigene Energie war weit weniger fokussiert, und das gereichte Roper zum Vorteil.

Schließlich hörte Roper auf, aber nicht aus Genugtuung oder weil er müde gewesen wäre, sondern weil er sich schuldig fühlte. Er brauchte eine Weile, bis er seine Besessenheit abschütteln konnte, aber schließlich nahm er Vigtyrs Stimmung wahr. Der Zuchtmeister hatte Angst. Roper verletzte ihn bei ihrem Training nicht körperlich, aber er legte die Schichten seines Charakters frei. Hinter der kämpferischen und distanzierten Fassade und den gefletschten Zähnen erhaschte Roper einen Blick auf etwas Kleines und Verängstigtes, das in der Dunkelheit zitterte. Vigtyrs Identität als Schwertkämpfer, die er jahrelang durch ständige Vergleiche seiner Fähigkeiten in Kämpfen mit anderen bestätigt hatte, wurde plötzlich infrage gestellt. Roper war kein echter Gegner für ihn … Bei Tageslicht, wenn beide Männer ausgeruht waren, wäre es dem Schwarzen Lord zweifellos nach wie vor kaum gelungen, auch nur einen einzigen Treffer bei dem Zuchtmeister zu landen. Doch erschöpft und in der Dunkelheit kam es nur auf die Energie an. Roper hatte sie. Vigtyr nicht.

Roper trat plötzlich zurück. Vigtyr war dankbar für die

Atempause und trat ebenfalls beiseite, aus dem Lichtschein des Feuers heraus.

»Es tut mir leid, Vigtyr«, sagte Roper. »Das war nicht fair. Das war überhaupt nicht fair. Du hast nach den Anstrengungen des heutigen Tages eine Pause verdient.«

Vigtyr keuchte noch immer und nickte nur kurz mit dem Kopf.

»Danke, dass du trotzdem mit mir trainiert hast.«

»Ihr werdet besser, Lord«, sagte Vigtyr leise. »So wie Ihr heute gekämpft habt, wäre es unter jeden Umständen schwierig gewesen, sich gegen Euch zu behaupten.«

Roper streckte die Hand aus und schüttelte die Vigtyrs. »Danke, mein Freund. Morgen bist du von allen Pflichten entbunden. Du hast dir eine Pause verdient.«

Vigtyr schien schockiert zu sein von dieser Eröffnung, und Roper, der nicht wusste, wie er die Situation in diesem Augenblick noch hätte retten können, verließ ihn mit einem Anflug von Scham. Er war so mit seinen Gedanken beschäftigt, dass er gegen einen Legionär prallte, der ihm hastig entgegenkam. »Entschuldigung«, sagte Roper.

»Meine Schuld, Lord«, erwiderte der Legionär. Er kam Roper außerordentlich jung vor, obwohl er kaum ein Jahr jünger sein konnte als der Schwarze Lord. Aber als Roper ihn jetzt genauer betrachtete, stellte er fest, dass der Mann gar kein Legionär war, sondern ein *Nemandi.* Ein Schüler. »Wenn Ihr erlaubt, Lord, ich habe Euch gesucht. Ich habe eine Botschaft für Euch.«

»Ach?« Ropers erster Gedanke war, dass Tekoa ihn davon in Kenntnis setzen wollte, dass er die Krankheit besiegt hatte. »Komm an mein Feuer, dort trinken wir Tee. Kommst du von weit her?«

»Von sehr weit her, Lord.« Der Bote marschierte neben Roper her. »Vom Haskoli am Avonsee.«

Roper blieb unvermittelt stehen. Er hatte überhaupt nicht mehr an die Inquisitorin und die beiden Wächter im Norden gedacht und an ihre Aufgabe, den Mörder seines Bruders zu finden. »Allmächtiger, ja! Ja, natürlich. Wie lautet die Nachricht?«

»Es geht um Eure Inquisitorin, Lord«, antwortete der Bote. »Leider muss ich Euch berichten, dass sie tot ist. Und der Heilige Wächter Salbjorn ist verschwunden.«

⁂ ⁂ ⁂

Roper versorgte den Boten mit Tee, winkte Keturah und Gray zu sich und bat den Mann dann, ihnen einen umfassenden Bericht zu geben.

»Ich fürchte, es hat Verrat im Haskoli gegeben, Lord«, sagte der Bote. »Wächter Leon ist jetzt bereits seit langer Zeit allein dort. Seit Monaten.«

»Seit Monaten?«, fragte Roper. »Wurdest du aufgehalten?«

»Nein, Lord, ich bin so schnell nach Süden gereist, wie ich konnte. Zu der Verzögerung kam es, weil niemand zum Haskoli vordringen konnte. In den Bergen hat es dieses Jahr unverhältnismäßig viel geschneit, und Eure Inquisitorin und Eure Wächter saßen im Haskoli fest. Ich wurde vom Berjasti dorthin geschickt, um herauszufinden, wie viele Tutoren am Avonsee dieses Jahr gebraucht würden, und stellte fest, dass der Schnee gerade so weit geschmolzen war, damit ich durchkam. Als ich ankam, berichtete mir Wächter Leon von der toten Inquisitorin und seinem verschwundenen Protegé und bat mich, diese Nachricht so schnell wie möglich zu übermitteln. Er selbst hat es nicht gewagt, Euren Bruder allein zu lassen.«

»Ormur geht es gut?«

»Ja, Lord. Ich habe ihn gesehen. Er trauert noch, aber körperlich ist er unversehrt.«

»Was ist mit der Inquisitorin geschehen?«

Der Bote zögerte. »Wächter Leon hat gesagt, dass sie vom Meister des Haskoli selbst ermordet wurde, Lord. Er hat sie vom Rand einer Klippe gestoßen. Sie hat gerade noch lange genug gelebt, um ihn als Täter zu benennen.«

Roper war vollkommen vor den Kopf gestoßen. »Der Meister?«, wiederholte er. »Er hat sie getötet?«

»Leon sagt, er wäre ein Verräter gewesen, Lord. Er hätte für den Ellengaest gearbeitet.«

»Und was ist mit Salbjorn?«, fragte Gray.

»Er hat den Jungen eines Tages allein bewacht«, sagte der Bote. »Laut Leon hat Salbjorn gesehen, wie der Assassine versucht hat, zu Eurem Bruder vorzudringen. Der Wächter hat den Mörder verfolgt und wurde nicht wieder gesehen. Wächter Leon glaubt, dass der Meuchelmörder sich absichtlich gezeigt hat, um Salbjorn dazu zu bringen, ihn zu verfolgen und zu töten, wenn er allein war. Leon ist Ormur seitdem nicht mehr von der Seite gewichen.«

»Allmächtiger Gott«, sagte Gray leise. »Der arme Salbjorn. Er wird also ebenfalls seit Monaten vermisst und ist höchstwahrscheinlich auch tot.«

Der Bote nickte. »Ich fürchte ja, Herr.«

»Eine treue Seele ist von uns gegangen. Ebenso wie Inger«, sagte Roper. »Sie schien eine gute Frau zu sein.« Eine Weile schwiegen sie alle, mit leicht gesenkten Köpfen.

»Mylord«, sagte Gray dann bedächtig, »Leon wird Hilfe brauchen. Wenn er den Jungen allein bewacht, dann ist das eine immerwährende Aufgabe, Tag und Nacht. Ormur ist zwar vollkommen in Sicherheit, solange er von ihm geschützt wird, aber Leon kann den Mörder unmöglich fangen. Selbst wenn er die Freiheit hätte, ihn zu verfolgen, so verfügt er doch nicht über besonders viel Fantasie. Er hätte nur die Chance, den Assassinen zu finden, wenn er in einer dunklen Nacht über ihn stolpert.«

Roper drehte sich zu dem Boten herum, der ein paar Schlucke heißen Tee trank. »Hat er Fortschritte bei der Identifikation des Mörders gemacht oder ein paar Verdächtige überführt, bevor du abgereist bist?«

»Sie haben einen Komplizen des Mörders eingesperrt«, sagte der Bote. »Einen Lehrer im Haskoli. Aber Leon meint, er wäre ein gebrochener Mann und wüsste nichts über diesen Assassinen und auch nichts über den Ellengaest, von dem er laut seiner Aussage Anweisungen erhielt.«

Roper dachte an diesen obskuren Feind, der so verzweifelt den Tod seines Bruders herbeiführen wollte. Seit Monaten hatte dieser Ellengaest jetzt im Norden seine Furcht einflößende Präsenz gezeigt, und irgendwann würde der Assassine Erfolg haben, ganz gleich, wie gut Leon aufpasste. Selbst ein Mann von der Disziplin des Wächters würde irgendwann ermüden. Sein Widersacher brauchte nur einen einzigen Moment, um seinen Auftrag zu erfüllen. »Also braucht Leon jemanden mit mehr Fantasie im Norden, der ihm hilft, diesen Meuchelmörder zu finden«, sagte er und sah Gray an. »Fallen dir irgendwelche geeigneten Kandidaten ein?«

Gray dachte nach, doch bevor er etwas sagen konnte, ergriff Keturah das Wort. »Schick mich.«

Niemand antwortete. Ropers Blick war weiterhin auf Gray gerichtet.

»Ich meine es ernst«, wiederholte sie hartnäckig. »Wenn ich mit Leon zusammenarbeite, bin ich vollkommen sicher. Ich muss ohnehin den Abus überqueren, und ich habe, denke ich, genau die Eigenschaft, an der es Leon mangelt.«

»Ich werde dich nicht hochschwanger losschicken, damit du einen Meuchelmörder zur Strecke bringst«, erwiderte Roper. »Das ist eine schwere Aufgabe, obwohl du sie wahrscheinlich bewältigen würdest.«

»Tatsächlich!«, stieß sie empört hervor. »Und wen willst du dann entsenden?«

Wieder antwortete niemand.

»Du brauchst deine Krieger«, fuhr sie fort. »Und jeder, der geschickt genug ist und ausreichend Fantasie hat, den Mörder zur Strecke zu bringen, wird hier dringender gebraucht. Ich dagegen nicht. Du hast die Möglichkeit, mich nach Norden zu schicken, wo ich mich im Hindrunn zu Tode langweile, oder du kannst mich einsetzen, um zu helfen, diesen Mörder zu erwischen. Ich habe mit der Schlachten-Historikerin über die Methoden der Inquisition gesprochen, und du weißt, dass ich gut bin. Komm schon.« Sie legte Roper die Hand auf die Schulter. »Der Plan ist perfekt. Genau genommen kannst du mich gar nicht aufhalten. Wenn ich nach Norden gehe, werde ich einen Abstecher zum Haskoli machen. Es war wirklich nett da oben in den Bergen.«

Roper schüttelte den Kopf. »Das erlaube ich nicht«, widersprach er. »Eine Inquisitorin und ein Wächter sind bereits tot. Ich werde dein Leben auf keinen Fall aufs Spiel setzen.«

Keturah sah zu Gray. »Normalerweise kann ich auf dich als Verbündeten setzen, Hauptmann«, wandte sie sich auffordernd an ihn.

»Diesmal nicht, Lady Keturah«, erwiderte Gray. »Lord Roper hat recht. Das Haskoli hat sich als ein sehr gefährlicher Ort erwiesen.«

Keturah lehnte sich unzufrieden zurück und stützte sich auf ihre Hände. »Lass mich deine Wunden untersuchen«, sagte Roper und nahm seine Medizinrolle, die neben ihm lag. Sie streckte die Hände aus, und Roper säuberte sie, während er gleichzeitig Keturah unauffällig beobachtete, um sich zu vergewissern, dass er ihr nicht wehtat. Sie sah jedoch einfach nur müde aus. Schließlich war er fertig und wickelte ausgekochte Leinenstreifen um ihre Handflächen, die er fest zuknotete.

»Danke«, sagte sie. »Und jetzt muss ich Hafdis begraben.«

»Ich komme mit und helfe dir«, sagte Roper und stand auf. Sigrid erhob sich ebenfalls.

»Nein, Liebster. Wir waren bei ihr. Also machen wir das.« Und Keturah und Sigrid verschwanden in der Dunkelheit, Spitzhacken in den Händen, um ihre Freundin zu begraben.

* * *

Am nächsten Morgen bereiteten sich die Legionäre und der

Tross auf eine Jagd in den Wäldern vor. Roper ließ die Pferde für Keturah und den Boten satteln, mit denen sie zurück nach Norden reiten sollten. Sie würden zum Hindrunn reiten und Skallagrim, der in Ropers Abwesenheit regierte, darüber informieren, dass eine Inquisitorin, ein Meister und ein Dutzend Legionäre im Haskoli gebraucht wurden.

Da Roper eine Verbesserung ihrer Proviantlage erwartete, stopfte er ihre Satteltasche mit Getreide, Käse, Trockenobst und gedörrtem Hammelfleisch voll. Als er fertig war, bemerkte Keturah, dass das arme Pferd es kaum bis Deorceaster schaffen würde geschweige denn den ganzen Weg bis zum Hindrunn.

»Das Pferd wird es schaffen«, beruhigte Roper sie.

»So wie ich auch.« Keturah hob gebieterisch ein Bein, damit Roper ihr beim Aufsteigen half. Der junge Bote schwang sich auf das andere Pferd. Keturah überprüfte Zaumzeug und Zügel, dann ergriff Roper ihre Hand.

»Wirst du auf dich aufpassen?«

»Das werde ich, wenn du mir Nachricht schickst, sobald du etwas von meinem Vater hörst.«

Roper nickte. »Selbstverständlich. Wenn wir uns das nächste Mal sehen, dann haben wir Lundenceaster eingenommen.«

»Und du bist vielleicht Vater«, erwiderte sie.

»Ich hoffe, dass dieses Vergnügen so lange wartet, bis unsere Pflichten hier erfüllt sind«, entgegnete Roper. »Reite vorsichtig. Und halte stets die Augen offen.«

»Auf Wiedersehen, Liebster.«

Roper ergriff kurz ihre Hände, dann wendete sie das Pferd und trieb es nach Norden. Der Bote folgte ihr, und Roper sah ihnen nach. Er fragte sich, ob sie sich wohl noch einmal umdrehen würde.

Die nächsten drei Tage verbrachten sie mit der Jagd, aber es war eine freudlose Aufgabe. Die Legionen operierten wie ein riesiger Kamm. Sie durchkämmten den Wald und trieben alle Arten von Beute vor sich her. Schon bald tauchten Rotwild,

Kaninchen, Hasen, Eichhörnchen, Füchse und sogar ein paar Dachse zwischen den Bäumen auf und rannten auf die freien Felder. Sie wurden von der Kavallerie flankiert und daran gehindert auszubrechen. Man trieb sie in halbkreisförmige Gräben, an deren Rändern die Leute vom Tross standen, Bögen und Speere bereit. Als die panischen Tiere in die Gräben stürmten oder vor dem Sturz hinein zurückscheuten, nagelten die Speere und Pfeile sie am Boden fest. Es war auf monströse Weise effizient, und schon bald waren die Gräben mit allen Arten von zerzausten Fellen gefüllt. Das Fleisch der Hasen, Kaninchen und des Rotwilds wurde sofort weggebracht, um es einzusalzen, zu trocknen oder zu räuchern. Die Füchse, Eichhörnchen und Dachse, die nicht einmal frisch besonders schmackhaft waren, wurden dessen ungeachtet geröstet und von jenen gegessen, die sich um die Nahrungsbeschaffung kümmerten. Es war eine scheußliche Arbeit, aber nach drei Tagen hatten sie Proviant für mindestens zwei Wochen.

Das sollte genügen, dachte Roper.

Sie machten einen Tag Pause, doch das war so ungewöhnlich, dass die Legionäre sofort Verdacht schöpften. Sie vermuteten, dass sie am nächsten Tag Deorceaster angreifen würden. In dieser Nacht erfüllte das Geräusch von Wetzsteinen auf Metall die Dunkelheit.

Doch schon lange vor Tagesanbruch schickte Roper den ersten Stromstoß durch das Nervensystem der Armee. Er weckte die Legionskommandeure, die ihre Ersten Hauptleute versammelten, die die Zweiten und schließlich die Zuchtmeister verständigten. Die Legionen sollten sich in aller Stille auf einen langen Marsch vorbereiten.

Als dann der Morgen graute und die Verteidiger von Deorceaster über die Wälle hinwegblickten, sahen sie im Morgenlicht ein leeres Feld vor sich, übersät mit Leitern, die zu kurz für die Mauern von Lundenceaster waren.

Die Legionen waren auf dem Marsch.

33. KAPITEL

DIE ANRUFUNG

Das Schauspiel nahm einfach kein Ende.

Aramilla kochte förmlich auf ihrem dicken Kissen. Neben ihr konnte Earl Seaton trotz seiner gewollt ausdruckslosen Miene seine Belustigung nicht vollständig verbergen. König Osbert sprang in dem klappernden Kostüm eines edlen Ritters über die Bühne, unter dem wohlwollenden Applaus und den aufmunternden Rufen der Zuschauer.

Vor einiger Zeit hatte Seine Majestät den Wunsch nach einem neuen Abenteuerstück geäußert, mit dem er seine Untertanen von der Bedrohung durch die Anakim im Norden ablenken wollte. Er hatte die besten Dramaturgen des Landes versammelt und ihnen mitgeteilt, was er von ihnen erwartete. Anschließend hatte er jeden Entwurf verworfen. Der König hatte sie freundlich darüber in Kenntnis gesetzt, dass es ihnen im Gegensatz zu ihm an wahrer Vorstellungskraft mangelte oder sie einfach die Wünsche ihres Volkes nicht mehr spürten. Am Ende wurden alle Dramaturgen zu bloßen Schreibern degradiert. Der König hatte jedes Wort der aufwühlenden Rede, die er jetzt vor den Zuschauern hielt, selbst diktiert. Und der inbrünstige Glaube an seine eigenen Worte spiegelte sich unübersehbar auf seinem Gesicht, als er wild gestikulierend über die Bühne schritt.

Der tyrannische König, vor dem er vordergründig diese Rede hielt, ein Mann, dessen Figur noch mehr an die einer Taube erinnerte als Osbert selbst, saß gelangweilt und vergessen auf einem Thron im hinteren Teil der Bühne. Durch die Akklamation der Zuschauer, die man darüber informiert hatte, dass sie die Rolle der Höflinge spielten, würde er schon bald durch den würdigen König Osbert ersetzt werden.

Wie man munkelte, war das längst nicht alles. Osbert war so inspiriert von seiner Arbeit an diesem Theaterstück, dass er sogleich ein zweites begonnen hatte. Allerdings vertraute er solche Dinge Aramilla nicht mehr an. Er hatte sich immer weiter von ihr distanziert, was eine Erleichterung gewesen wäre, hätte sie nicht bemerkt, wie er sie immer wieder mit höchst argwöhnischen Blicken musterte. Er verdächtigte sie vage, nur war nicht klar, wessen er sie bezichtigte.

Schließlich ertönte ein triumphierender Aufschrei aus den Zuschauerreihen, als Osbert endlich den Tyrannen erfolgreich von seinem Thron stieß und ihn selbst bestieg. Earl Seaton sprang auf und applaudierte heftig. Aramilla erhob sich mit den anderen Zuschauern und spendete ebenfalls pflichtbewusst Beifall.

In dem darauffolgenden Geschiebe und Gedränge hätte Aramilla fast den Herold übersehen, der sich zu ihnen hindurchzwängte. Unter seiner vor Anstrengung verzerrten Miene, mit der er sich an dem prachtvoll herausgeputzten Adel vorbeidrängte, zeigte sein Gesicht unverkennbar Angst. Er beugte sich vor, als er ihren Vater erreichte, und zischte ihm etwas ins Ohr.

In dem Lärm und dem anhaltenden Applaus nahm sie drei Dinge wahr, die genügten, um sie vollkommen zu fesseln. Die ersten zwei waren Worte: »Anakim« und »draußen«. Das dritte war die Geste, mit der Earl Seaton reagierte: Er bog langsam und ungläubig den Kopf zurück. Dann flüsterte er eine Erwiderung, und der Herold schüttelte vehement den Kopf. »Nein, Mylord. Ich versichere es Euch.«

Earl Seaton verließ den Raum, ohne auf die aufwendige Garderobe der Zuschauer Rücksicht zu nehmen, die er streifte. Das Spiel war noch nicht zu Ende, aber Aramilla hatte gehört, dass der letzte Akt hauptsächlich darin bestand, dass Osbert weise regierte. Der Pausenapplaus war ihre beste Chance, vorher unbemerkt zu entkommen. Sie eilte ihrem Vater nach, durch die Menschenmenge und hinaus ins Freie. Nach dem gedämpften Licht im Theater empfand sie die letzten Strahlen der untergehenden Sonne fast als Überraschung. Earl Seaton schritt durch eine menschenleere Straße, begleitet von vier Leibwächtern. Er näherte sich einer Sänfte, und die Träger sprangen hastig auf. Aramilla folgte ihm, verärgert über ihre raschelnden Seidenröcke, und erreichte die Sänfte in dem Moment, als ihr Vater einstieg.

»Deine Anwesenheit ist nicht vonnöten!«, rief er ihr aus dem Inneren zu. »Geh wieder zurück ins Theater.«

Sie ignorierte ihn, stieg ein und setzte sich neben ihn. Der Earl schnalzte missbilligend mit der Zunge.

»Was ist los?«

»Das werden wir gleich sehen.« Earl Seaton schnippte mit den Fingern, und die Sänfte wurde ruckelnd angehoben.

»Was hat der Bote gesagt?« Die Antwort bestand aus einem weiteren Schnalzen. Den Rest des Weges, der etwas mehr als eine halbe Stunde in Anspruch nahm, machte der Earl bis auf das regelmäßige Klacken eines schweren Goldrings gegen einen anderen weder ein Geräusch noch eine Bewegung. Aramilla blickte aus dem Fenster auf die vorübergleitenden Gebäude und vermutete, dass sie zu den nördlichen Stadtmauern unterwegs waren. Die Sänfte schaukelte heftig hin und her, als eine Menschenmenge ihnen entgegenkam und die Leute dagegenstießen. Sie sagten nicht viel, und was sie von sich gaben, waren schrille Rufe. Zudem war dieser Mob ungewöhnlich zielstrebig. Die Furcht der Menschen war offenkundig und ansteckend, denn Seatons Ringe klickten immer schneller gegeneinander.

Aramilla bemerkte plötzlich ein sonderbares Geräusch, das immer lauter wurde. Es war ein so tiefes Dröhnen, dass sie es mehr spürte als hörte. Es ähnelte sehr dem Klang der Furcht.

Die Sänfte kam mit einem Ruck vor der Stadtmauer zum Stehen. Der Earl sprang aus der Sänfte, noch bevor sie abgesetzt wurde. Hastig folgte Aramilla ihm. Sie landeten mitten in einer Szene militärischer Aktivität. Die Straßen waren von Fuhrwerken verstopft, die Waffen und Rüstungen geladen hatten, Männer mit Bündeln von Fackeln und Pfeilen in den Armen rannten die Treppen zu den Zinnen hinauf. Halb angekleidete Soldaten, die fehlenden Kleidungsstücke oder Teile ihrer Rüstungen unter den Armen, trampelten hinter ihnen her, ganz offensichtlich in dem verzweifelten Bemühen, nicht allein zurückzubleiben.

Der Earl folgte ihnen, und Aramilla hängte sich an ihn. Sie strich mit der rechten Hand über die moosbedeckten Steine, als sie die Stufen hinaufging. Nur eine einzige Sache konnte einen derartigen Aufruhr erzeugt haben, aber trotzdem zweifelte sie noch. Es war einfach unvorstellbar. Trotz dieses immer lauter werdenden, schrecklichen Dröhnens jenseits der Mauern, das zu einer unverständlichen Anrufung angeschwollen war: eine gruselige Mischung aus Gesang und Rezitation.

Als sie die Bastionen erreichte, konnte sie endlich über die Zinnen hinweg auf die Felder rund um die Stadt blicken. Sie taumelte zurück, als wäre sie von einem Pfeil getroffen worden.

Unter ihr, knapp außerhalb der Schussweite von Bogenschützen, hatte sich eine metallische Schlinge um die Stadt gelegt. Sie erstreckte sich, so weit das Auge reichte, endlose Reihen von gepanzerten Kriegern, die im Licht der letzten Sonnenstrahlen schimmerten. Über ihnen wehte eine Wolke von zerfetzten Bannern in grotesken und fremdartigen Formen. Sie zitterten und schwankten bei jedem Schritt. Es war, als wäre eine gepanzerte Hand aus der Wildnis aufgetaucht und griffe nach der Stadt. Dann ertönten Trompetensignale. Sie klangen bösartig und roh im Vergleich zu dem sauberen Ton von Messing.

Und um sie herum dröhnte diese Anrufung, die sich selbst durch die Steine der Stadtmauern fortzupflanzen schien. Es fühlte sich an wie ein Klingeln in ihren Ohren, das Rauschen von Blut oder wie kalter Schweiß auf der Haut. Es sprach die primitive Sprache des Leibes – das Knurren eines Wolfs, der Gesang eines Wales oder das Krachen eines Blitzes. Sie musste sich abwenden und hielt sich die Hände über die Ohren. Und sie war nicht die Einzige. Viele Soldaten um sie herum hatten dasselbe getan oder klammerten sich aneinander, als die Schlachthymnen der Anakim ihr Crescendo erreichten.

Earl Seaton starrte vollkommen fassungslos, mit weit offenem Mund auf diese Belagerungsarmee. Aramilla lief zu ihm. »Du sagtest doch, sie wären noch viele Meilen im Norden, vor Deorceaster!«

»Das waren sie auch.« Er konnte seinen Blick nicht von den Gestalten unter der Mauer losreißen. »Das waren sie.«

Doch jetzt standen die Anakim vor Lundenceaster.

Sie saßen in der Falle.

TEIL III

LUNDEN-
CEASTER

34. KAPITEL

DER GERUCH VON BLUT

Sie sind wirklich enorm.«

»Mächtiger als in meiner Erinnerung«, stimmte Gray ihm zu.

»Ich wusste nicht, dass die Menschen aus den Südlanden so etwas bauen können.«

Roper hatte viel von den Ehrfurcht einflößenden Mauern Lundenceasters gehört, aber er konnte immer noch nicht glauben, was er da vor sich sah. Sie waren immens, und die untere Hälfte war von Moos bedeckt wie von einer Schicht grünen Filzes. Nun verstand er auch, warum Earl Seaton sich mit dem besten Teil seiner Armee hierher zurückgezogen hatte, um die Garnison zu verstärken. Dadurch war jetzt der größte Teil von Süddals Streitkräften in Lundenceaster konzentriert und wurde durch die stärksten Mauern von Albion geschützt, abgesehen von denen des Hindrunn.

Wenigstens sind wir überhaupt bis hierher gekommen, dachte Roper. Endlich waren die Legionen und alle ihre Feinde am selben Ort. *Auf jeden Fall ist es jetzt bald vorbei, so oder so.* Wenn sie die Stadt einnehmen konnten, würden sie Süddals König, ihre Hauptstadt und ihre Armee vernichten. Wenn sie die Stadt nahmen, musste sich Süddal ihnen unterwerfen.

»Also, wie kommen wir da hinein?«, sagte er jedoch laut.

»Für gewöhnlich hungert man sie aus«, stellte Gray fest.

»Ich hege nicht den geringsten Zweifel daran, dass alle Nahrungsmittel, die wir auf unserem Marsch vermisst haben, bereits in die Stadt geschafft worden sind. Wir werden eher verhungern als sie. Wir müssen diese Mauern nicht nur überwinden, sondern wir müssen sie schnell überwinden. Sonst sind wir erledigt.«

»Ich habe es hier schon einmal mit Leitern versucht«, erwiderte Gray. »Es war ein Fiasko. Wenn man so hoch klettern muss, während über einem der Feind lauert und unter einem ein Abgrund, dann ist man fast schon besiegt, bevor man die Verteidiger erreicht hat. Wir haben an den Toren auch einen Mauerbrecher eingesetzt, der jedoch keine Wirkung gezeitigt hat. So, wie der Zustand unserer Männer ist, kommen Leitern und Mauerbrecher nicht infrage.«

»Das glaube ich auch. Was bleibt uns also noch?«

»Wir sollten die Historikerin zurate ziehen. Sie kennt vielleicht ein paar Präzedenzfälle.«

Roper und Gray gingen zusammen zur Schlachten-Historikerin. Ihre Position war einer der höchsten Ränge innerhalb der Akademie, und sie unterstand nur der Leitenden Historikerin, deren Stellvertreterin und den Tiefen Historikerinnen. Statt sich einer besonderen Epoche zu widmen, wie die meisten anderen Historikerinnen es taten, bestand ihre Aufgabe darin, den Krieg in all seinen nur möglichen Varianten zu studieren.

Interessiert hörte sie sich Ropers und Grays Wunsch an. »Belagerungswaffen sind vielleicht das Schnellste«, sagte sie schließlich. Es wurde allmählich dunkel, und die Mauern, die sie gemeinsam betrachteten, waren nur noch ein Fleck in der Finsternis. »Und unter diesen sind Katapulte zweifellos die einfachsten. Aber sie haben einen entscheidenden Nachteil: Sobald Ihr eine Bresche in eine Mauer geschlagen habt, wissen die Verteidiger genau, wo Ihr angreifen werdet. Und eine Bresche kann noch viel mehr Leben kosten als ein Angriff mit Leitern, wenn der Feind genug Zeit zur Vorbereitung hat.«

»Das kommt also nicht infrage«, antwortete Roper. »Gibt es noch etwas?«

Sie dachte eine Weile nach. »Man hat bei solchen Gelegenheiten auch bereits versucht, den Feind zu unterminieren«, bemerkte sie schließlich. »Allerdings kostet das Zeit.«

»Ich habe so etwas noch nicht miterlebt«, sagte Gray. »Wie genau geht es vor sich?«

»Man hebt Gräben rund um die Mauern aus, wie gewöhnlich«, sagte die Historikerin. »Dadurch sieht es aus, als wolltet ihr nur Vorbereitungen für die Belagerung treffen, aber in einem dieser Gräben legt ihr einen Tunnel zu den Mauern hin an. Für gewöhnlich zielt er auf eine Ecke oder einen Turm. Seid ihr dann unterhalb der Mauer, entfernt ihr das Fundament und ersetzt es durch Holzpfähle. Wenn die Mauern schließlich nur noch auf den Pfählen ruhen, wird ein Feuer entzündet, das die Stützen verbrennt, und die Mauer bricht zusammen. Wenn das geschieht und ihr bereit für den Angriff seid, könnt ihr diese Bresche stürmen und so die Befestigungen überwinden.«

Schweigen herrschte, während Roper und Gray über ihre Worte nachdachten. »Das klingt ausgezeichnet«, sagte Roper schließlich. »Wenngleich es uns zeitlich an die Grenzen bringt. Unsere Vorräte reichen vielleicht gerade aus, wenn wir sofort damit beginnen.«

»Das wäre klug«, pflichtete ihm die Historikerin bei.

»Und was ist mit den Unhieru, Lord?«, erkundigte sich Gray. »Sollen wir mit dem Angriff warten, bis sie da sind?«

Roper zuckte mit den Schultern. »Wenn sie hier eintreffen, bevor wir den Tunnel zu Ende gegraben haben, dann werden wir sie einsetzen. Aber wir können nicht länger auf sie warten. Wir müssen die Stadt einnehmen, bevor der Hunger uns bezwingt.«

»Es gibt immer noch keine Nachricht von Tekoa?«

Roper blieb eine Weile stumm, als er sich an den Wald mit den zitternden Falkenfedern erinnerte, durch den sie auf ihrem

Marsch gekommen waren. Gray wusste nicht, was sie da gefunden hatten, ebenso wenig wie der Rest der Armee. Nur Roper und Pryce wussten Bescheid, und der Bote hatte schwören müssen, es geheim zu halten.

»Nichts«, sagte er sehr leise.

Spät in der Nacht tauchte einer der Skiritai wieder auf. Roper konnte nicht schlafen, wurde von seinem schmerzenden Herzen wach gehalten und stand zufällig neben einem Wachposten, mit dem er sich unterhielt, während er in die von Sternen erleuchtete Dunkelheit blickte. »Ich sehe Lichter, Lord«, erklärte der Wachposten plötzlich. Sie standen auf einem Hügel am Rand des Lagers. Auf dem Feld unter ihnen funkelten drei geisterhafte Lichter, die sich langsam näherten. »Seht Ihr sie?«

»Ich sehe sie«, sagte Roper. Wer auch immer diese Lichter trug, schien sich nicht verstecken zu wollen. Die Fackeln wurden rasch größer und heller. Roper merkte an ihren Bewegungen, dass sie offenbar von Männern auf Pferden gehalten wurden, und legte eine Hand auf den Griff von *Kaltschneide.* »Ich glaube, es sind Südlinge«, sagte er leise. »Halte deinen Bogen bereit.«

Der Wachposten nockte einen Pfeil ein und rief die Reiter an, als die Pferde im Licht des Feuerkorbs auftauchten. Es waren Südlinge – sie waren mit den Knochenplatten der Anakim gepanzert wie Bellamus' Einsiedlerkrebse. Der Wachposten spannte den Bogen, und die Einsiedlerkrebse zügelten ihre Pferde. Ihre Gesichter lagen im Schatten.

»Wollt ihr reden?«, fragte Roper ruhig.

Statt einer Antwort warf einer der Reiter etwas von seinem Pferd, das mit einem lauten Scheppern auf dem Boden landete. Dann machten sie kehrt und galoppierten mitsamt ihren Fackeln in die Nacht davon. Der Gegenstand, den sie zu Boden geworfen hatten, lag reglos vor dem Wachposten und dem Schwarzen Lord.

Roper bewegte sich zögernd darauf zu, als der Gegenstand

unerwarteterweise plötzlich hustete. Der Schwarze Lord erstarrte und hielt den Wachposten mit ausgestreckter Hand zurück. Angestrengtes Keuchen ertönte aus der Dunkelheit, dann hörten sie ein leises Stöhnen.

»Wer ist da?«, fragte Roper in Richtung der Silhouette.

Keine Antwort erfolgte, bis auf ein weiteres heiseres Husten. »Er braucht Hilfe«, stellte der Wachposten fest und wollte sich in Bewegung setzen, doch Roper hielt ihn an der Schulter fest.

»Nein! Nähere dich diesem Menschen nicht!«

Die beiden lauschten angestrengt, während das rasselnde Atmen immer angestrengter wurde. Wer auch immer es war, Roper hatte den Eindruck, als würde er Kraft für irgendetwas sammeln. Dann stieß er zwei Worte erstickt in der Dunkelheit hervor.

»Bleibt … zurück …!« Erneut ertönten ein paar rasselnde, angestrengte Atemzüge, denen ein letztes, kaum vernehmliches Wort folgte, bei dem Roper die Kälte bis ins Mark drang. »Sklavenpest.«

Roper tippte dem Wachposten auf den Arm. »Gib mir deinen Bogen.« Der Mann reichte ihm stumm den Bogen. Roper spannte die Sehne, zielte in Richtung des angestrengten Keuchens. Er schoss, und der Pfeil zischte in die Dunkelheit. Erneut ertönte ein Rasseln, gefolgt von einem erstickten Husten, dann herrschte Schweigen. Roper gab dem Wachposten den Bogen zurück.

»Wir dürfen nicht zulassen, dass sich die Infektion erneut in der Armee ausbreitet«, sagte er leise.

»Was machen wir mit der Leiche?«

»Hol Öl, tränke den Leichnam damit und verbrenne ihn.« Ganz offensichtlich hatten sich die Einsiedlerkrebse also nicht aufgelöst, sondern wurden in Bellamus' Abwesenheit von jemandem befehligt. Roper konnte sich zwar nicht vorstellen, wo sie einen infizierten Skiritai gefunden hatten, aber wo einer war, waren sicher noch weitere.

»Wir brauchen heute Nacht Bogenschützen am Rand des

Lagers. Ich bezweifle, dass dies hier der einzige Versuch bleiben wird.«

Roper sollte recht behalten. Er ging ins Lager zurück, um die Neuigkeiten zu überbringen. Er wurde bereits von drei Boten erwartet, jeder mit einer ähnlichen Geschichte von kranken Skiritai, die am Rand des Lagers abgelegt worden waren. »Verteilt Bogenschützen rund um das Lager!«, befahl Roper. »Heute gibt es keine Parole. Jeder, der versucht, sich dem Lager zu nähern, wird getötet.«

Wie sich herausstellte, hatte in einem Fall ein Wachposten den infizierten Mann berührt, bevor er sich seines Fehlers bewusst wurde. Er wartete jetzt offenbar am Rand des Lagers auf Ropers Entscheidung, was mit ihm geschehen sollte.

»Führt mich zu ihm«, befahl Roper. Er wurde eine halbe Stunde lang durch das vom Feuerschein erleuchtete Lager geführt und überlegte die ganze Zeit, was er mit dem Mann anstellen sollte, wenn er ihn erreichte. Er bestand darauf, einen kleinen Abstecher zu seinem eigenen Feuer zu machen, wo er seinen Bogen und ein halbes Dutzend Pfeile holte. Als sie den Wachposten erreichten, kauerte dieser ängstlich in der Nähe des infizierten Leichnams des Skiritai, etwa zehn Meter von dem Feuerkorb entfernt, neben dem er Wache gehalten hatte. Roper blieb an dem Feuerkorb stehen und sah den Wachposten an. »Es tut mir leid, dass dich dieses Los getroffen hat, mein Freund«, sagte er.

»Es ist eine schlechte Nacht, Lord«, antwortete der Wachposten. Plötzlich keuchte der infizierte Skiritai auf, der ein paar Schritte von ihm entfernt dalag.

»Er lebt noch?«, erkundigte sich Roper.

»Ja, Lord.«

Roper blieb stumm und blickte in die Flammen des Feuerkorbs. »Liebst du deine Standesgenossen?«, fragte er schließlich und sah den Mann wieder an.

»Ja, Lord.«

»Du liebst auch dein Heim? Und deine Familie?«

»Ich liebe sie, Lord.«

Roper nickte. »Dann weißt du, was du zu tun hast?«

»Dasselbe, was die Skiritai getan haben, Lord!« Die Worte sprudelten dem Mann über die Lippen. »Ich gehe fort.«

»Ja, ich fürchte, das musst du«, stimmte Roper ihm zu. »Aber … lass nicht zu, dass dir dasselbe widerfährt wie ihm.« Er deutete auf den keuchenden Skiritai. »Erlaube ihnen nicht, dass sie dich gegen diejenigen einsetzen, die du liebst. Versprichst du mir das?«

»Sie werden mich nicht lebendig erwischen, Mylord«, antwortete der Wachposten finster.

»Du bist ein guter Mann. Gott sei mit dir. Ich hoffe, dass du eines Tages zu uns zurückkehrst.«

Die Wache verbeugte sich tief vor Roper. »Mylord.«

Roper lächelte, und der Wachposten erwiderte das Lächeln, bevor er in der Dunkelheit verschwand. Er sang leise, als er in die Nacht hinein ging. Roper wartete, bis er nicht mehr zu sehen war, und machte dann seinen Bogen bereit. Er war erleichtert, dass er seinen Pfeil nicht für den Wachposten benutzen musste, und zielte stattdessen auf den sterbenden Skiritai. Er brauchte einen zweiten Pfeil, bevor der Mann verstummte. Dann wandte sich Roper zu dem Boten um, der ihn hierhergeführt hatte. »Bedecke sorgfältig dein Gesicht, wenn du die Leiche verbrennst«, sagte er. »Und berühre sie auf keinen Fall.«

* * *

Im Morgengrauen trugen die Legionäre ihre Arbeitskleidung und gruben, während sie sich in den Pausen über die infizierten Skiritai der Nacht zuvor unterhielten. Es dauerte nicht lange, tiefe Gräben rund um die Stadt auszuheben. Die Erde hatten sie zu Wällen hinter sich aufgehäuft und davor angespitzte Pfähle in den Boden gerammt. All das war für die ängstlichen Verteidiger gut zu erkennen, die ihnen von den Mauern aus zusahen.

Nicht zu sehen war für sie der Tunnel, der am östlichen Graben begonnen wurde und sich wie das Myzel eines zerstörerischen Pilzes zur Stadtmauer erstreckte. Ropers Meinung nach war es nur angemessen, dass sie die Mauern von Osten aus unterminieren würden. In der Religion der Anakim war dies die Richtung der Apokalypse. Es erschien ihm passend, dass die Südlinge eine ähnliche Furcht verspüren sollten, wenn sie in die aufgehende Sonne blickten.

Roper leistete seinen Männern beim Graben des Tunnels Gesellschaft und verbrachte den Morgen in beengter Dunkelheit, bevor er erschöpft, schmutzig und blinzelnd wieder ins Tageslicht trat. Es gab Neuigkeiten: Weitere infizierte Skiritai waren in der Nähe von Flüssen und Bächen gefunden worden, aus denen die Anakim Wasser holten. »Erschießt sie«, sagte Roper leise. »Wir können für diese Männer nichts mehr tun, und wenn die Krankheit die Armee erneut überkommt, ist es unser aller Untergang.«

Insgeheim hielt er es für ein Wunder, wenn sich keiner der Legionäre mit dieser Krankheit infizieren würde. Er ging durch das Lager und wurde von jedem Husten, jedem Schnauben, jedem Niesen abgelenkt, von jedem Mann, der etwas blass wirkte. Aber mittlerweile herrschte kein Mangel mehr an bleichen und erschöpften Männern.

Vigtyr war von den Ausgrabungsarbeiten freigestellt, damit er mit Roper an diesem Nachmittag trainieren konnte. Als die beiden schließlich kämpften, hatte sich irgendetwas zwischen ihnen verändert. Vigtyr war zögerlicher und Roper kühner, und er war in der Lage, die Stille leichter zu finden als zuvor. Obwohl Vigtyr immer noch häufiger gewann als er, gelang es Roper wenigstens, ihm bei drei Gelegenheiten einen Hieb zu versetzen, der mit einem echten Schwert tödlich gewesen wäre.

Roper hatte nicht schlagartig die Fähigkeiten seines Widersachers im Umgang mit dem Schwert übertroffen. Er verbesserte sich zwar schnell, aber die größte Veränderung war die zwischen den beiden Männern. Mittlerweile hatten sie sich an den Stil des jeweils anderen gewöhnt, und irgendwie gelang es Roper, mehr mentale Stärke zu entwickeln. Er beobachtete, wie Vigtyr abwechselnd wütend auf ihn wurde oder sich vor ihm fürchtete, und auch wenn das vielleicht erbärmlich war, so konnte er das Vergnügen darüber doch nicht unterdrücken, das ihn allmählich überkam. Die Freude, etwas zu überwinden, das man zuvor gefürchtet hatte, eine Herausforderung angenommen zu haben und festzustellen, dass man der Aufgabe gewachsen war.

Aber es war auch die Begeisterung über etwas Bestürzenderes, das sich weniger gut in Worte fassen ließ und Roper von seinen Erfahrungen als Jäger vertraut war. Was für ein Gefühl auch immer es sein mochte, es entsprang der wilden Seite von Ropers Charakter und war unberührt von der Disziplin, auf die das Schwarze Königreich bestand. Da ihm die Worte fehlten, um es zu beschreiben, verglich Roper es mit einer Sinneswahrnehmung.

Mit dem Geruch von Blut.

35. KAPITEL

DER TUNNEL

Die Anakim belagerten die Stadt jetzt schon seit mehr als zwei Wochen. Zuerst waren die Straßen verlassen gewesen, aber es dauerte nicht lange, bis die Bedrohung nicht mehr so ernst genommen wurde und die Geschäfte so gut wie möglich fortgeführt wurden. Die Getreidesilos waren bis zum Bersten gefüllt, und es herrschte allgemein die Überzeugung, dass die Anakim die Mauern nicht überwinden konnten. Diese Barbaren wussten nicht, wie sie es anfangen sollten, und der Hunger würde sie bezwingen, ehe die Stadt wirklich in Gefahr geriet.

Nein, die eigentliche Gefahr kam aus der Stadt selbst.

König Osbert hatte den Verstand verloren.

Aramilla und ihr Vater waren zum König gegangen, um ihm zu berichten, was sie mit eigenen Augen gesehen hatten. Seine Reaktion war zutiefst bestürzend gewesen.

Sie knieten vor Seiner Majestät, hinter der Bühne des Theaters, umgeben vom Geruch nach frischer Farbe. Der König trug immer noch dieselbe glänzende Rüstung wie auf der Bühne und schien ihre Worte kaum wahrzunehmen. Stattdessen blickte er zu Boden, dann begann er, in einem Haufen Requisiten neben seinen Füßen herumzuwühlen. Er nahm einen Bogen auf und überprüfte dessen Elastizität.

Earl Seaton und Aramilla wechselten einen Blick. »Eure

Majestät?«, fragte Earl Seaton. »Majestät, habt Ihr gehört, was ich gesagt habe?«

König Osbert antwortete nicht, schüttelte aber den Kopf, während er den Bogen in seinen Händen weiter untersuchte. Dann entfuhr ihm ein Laut, fast wie ein Stöhnen. Aber er sagte immer noch nichts.

Earl Seaton stupste Aramilla mit dem Ellbogen an, und sie gehorchte. »Majestät«, sagte sie sanft.

»Oh! Sie spricht!« König Osbert sah auf und starrte Aramilla an, während eine tiefe Röte sein Gesicht zu überziehen begann. »Ihr wagt es? Ihr wagt es in diesen Zeiten?« Er ließ den Bogen fallen und wies mit zitterndem Finger auf sie. »Ihr, die sich gegen mich verschworen hat! Ihr, die sie hierhergeführt hat. Gebt es zu, gesteht. Ihr seid mit ihnen im Bunde!«

Diese Anschuldigung war so absurd, dass Aramilla es für überflüssig hielt, sich zu verteidigen. Sie hätte fast gelacht. Ihr Vater jedoch sah das offensichtlich anders. Er stand plötzlich auf, packte ihren Arm und zerrte sie aus der Kammer. Aramilla stolperte hinter ihm her. Das wahnsinnige Geheul des Königs folgte ihnen. »Verrat! Hochverrat!«

»Halte dich von ihm fern!«, fuhr der Earl Aramilla an und ließ sie los – ein vollkommen überflüssiger Rat.

Aramilla hatte die letzten Tage hauptsächlich in einer der Hallen ihres Vaters verbracht, in der Erwartung, jeden Moment in den Kerker geworfen zu werden. Der König war vor allem des Nachts entsetzlich ängstlich. Jeder Morgen, an dem sie in ihrem eigenen Bett aufwachte, ohne dass die königlichen Wachen sie gepackt hatten, kam ihr zu gut vor, um wahr zu sein. Sie sagte sich, dass der Wahnsinn des Königs viel zu weit fortgeschritten war, als dass er sich mit ihr abgegeben hätte. Es kursierten Gerüchte, dass er nur noch stumm auf seinem Thron saß, alle Diener weggeschickt hatte und allmählich verkümmerte. Aber sie mochte nicht daran glauben. So sicher, wie die Blätter im Herbst von den Bäumen fielen, würde sich der König irgendwann erheben, und dann würde Aramilla vor ein Scheingericht gestellt und öffentlich enthauptet.

Gelegentlich dachte sie an Flucht, aber die war ebenso unwahrscheinlich wie die Hoffnung, dass die Anakim gekommen waren, um sich König Osberts Theaterstück anzusehen.

Am elften Morgen der Belagerung wachte Aramilla auf und spürte, dass sich irgendetwas verändert hatte. Die Zimmertür knarrte, als ein Dienstmädchen den Raum betrat, wortlos ein Feuer im Kamin entzündete und wieder ging. Aramilla ignorierte sie und blieb unter ihren seidenen Laken liegen, während sie den Geräuschen des erwachenden Haushalts lauschte. Unter ihr schalt jemand einen Diener wegen seiner Achtlosigkeit. Ein anderer stampfte durch den Gang vor ihrer Kammer und trug etwas Schweres, seinen Schritten nach zu urteilen. Alles klang so, wie es sollte, aber trotzdem hatte sie das Gefühl, dass sich etwas verändert hatte. Sie drehte sich um, und ihr Blick fiel auf etwas Neues.

Auf ihrem Nachttisch stand eine geschnitzte Schachfigur. Eine Dame aus Eibenholz, die sie ansah und nicht da gewesen war, als sie ins Bett gegangen war. Aramilla setzte sich auf und blickte zur Tür: Die Dienstmagd war verschwunden. Sie griff nach der Königin und untersuchte sie. Die Figur war grob geschnitzt und so ungewöhnlich, dass sie sofort Bellamus' Werk darin erkannte. Aber kein Teil der Figur ließ sich bewegen. Die einzige lockere Verbindung, die sie sehen konnte, war die zwischen dem Holz und dem Lederflicken, auf dem die Dame stand. Das Leder wirkte nach einer flüchtigen Untersuchung unauffällig, und sie sah sich im Zimmer nach etwas um, das sie benutzen konnte, um es zu lösen. Neben dem Kamin lag ein Messer, mit dem das Dienstmädchen ein paar Holzspäne von den Scheiten als Kienspan abgetrennt hatte. Aramilla holte es und legte sich wieder ins Bett. Sie schob die Klinge unter das Leder und zog es schließlich vollkommen vom Fuß der Figur.

Darunter kam ein Loch zum Vorschein.

Die Figur war hohl, und nach einigem heftigen Schütteln fiel ein kleiner Stein auf die Bettdecke, um den ein Pergament gewickelt war. Sie warf einen weiteren Blick zur Tür, faltete das Papier auseinander und las die Nachricht darauf.

Meine Königin – die Anakim unterminieren die Stadtmauern. Geht zur Ostseite der Stadt, wo Ihr zwei Fahnen vorfinden werdet, die den Ausgang des Tunnels anzeigen. Dieser Bereich muss befestigt werden. Sagt das Eurem Vater noch HEUTE und erwartet heute Abend weitere Instruktionen. Bereitet Euch darauf vor, die Stadt zu verlassen.
In Eile, B.

Aramilla drehte das Pergament um, ohne allerdings damit zu rechnen, noch mehr zu finden. Sie schob einen Finger in den Hohlraum der Figur, ertastete aber nur grobes Holz. Schließlich richtete sie ihre Aufmerksamkeit wieder auf die Nachricht.

Es sah aus wie Bellamus' Handschrift, aber sie konnte unmöglich von dem Emporkömmling stammen. Sie hatte keine Ahnung, wie er ihr diese Botschaft hatte zustellen können, und vor allem war sie auch nicht wie üblich chiffriert. Es kam ihr wahrscheinlicher vor, dass es eine Falle war, die König Osbert ihr gestellt hatte, um einen Beweis für ihre Schuld zu haben. Wenn sie diese Information weitergab, und sei es nur an ihren Vater, konnte man das als Beweis für ihren Verrat ansehen. Vielleicht hatte Earl Seaton eine Abmachung mit dem König getroffen, um seinen eigenen Status zu erhalten, indem er sie opferte. Das hätte Aramilla nicht überrascht. Je länger sie darüber nachdachte, desto wahrscheinlicher erschien es ihr.

Trotzdem, wenn sie in der Stadt blieb, würde sie getötet werden, entweder von ihrem Ehemann oder von den Anakim, sofern sie dem Inhalt dieser Nachricht Glauben schenkte. Und wenn Bellamus tatsächlich in die Stadt gekommen sein sollte, um sie ihr überbringen zu lassen, dann gab es vielleicht doch eine Möglichkeit zur Flucht.

Ihr blieb nur eins zu tun. Rasch zog sie sich an, ohne sich die Mühe zu machen, nach ihren Zofen zu rufen. Dann warf sie die Schachfigur ins Feuer, knüllte das Pergament zusammen, schob es in die Tasche ihres Rocks und ging in die Küche hinunter. Geschäftiges Treiben empfing sie, während ein Frühstück aus Roggenbrot, Haferbrei und Fisch zubereitet wurde.

»Cathryn? Ist Cathryn hier?« Die Frauen in der Küche knicksten.

»Sie holt Wasser, Majestät!«, rief die Köchin. Sie hatte ein großes rosa Gesicht und schwitzte neben dem Feuer. »Sie ist bald wieder da.« Cathryn tauchte einen Moment später wieder auf. Sie trug zwei große Kübel, die sie neben der Köchin auf dem Boden abstellte. »Nicht hier!«, fuhr die Köchin sie an. »Sonst stolpere ich noch über sie. Bring sie irgendwo anders hin.«

»Komm mit mir, Cathryn!«, rief Aramilla gebieterisch. »Ich habe eine Aufgabe für dich.«

Cathryn ließ die massige Gestalt der Köchin stehen und drängte sich durch das Gewühl in der Küche zu Aramilla durch. Die Königin packte ihre Hand und führte sie nach draußen auf die Straße, in die Menschenmassen, gegen die sie sich nach Osten durchkämpften. Aramilla trug ihre schlichtesten Röcke und hoffte, unbehelligt zu bleiben. Cathryn war in dunkle Gewänder gekleidet, passend für die Küche, und wirkte noch weniger verdächtig.

»Wohin gehen wir?«, wollte Cathryn wissen.

»Zu den Mauern«, antwortete die Königin. »Da gibt es etwas, das ich mir ansehen will.«

Aramilla hatte noch nie zuvor Begleitung gebraucht. Auch das verdankte sie ihrer seit Neuestem so gefährlichen Situation.

»Wir starren doch nicht schon wieder die Anakim an, oder?«

»Diesmal nicht.«

»Wohin wir auch gehen, es ist auf jeden Fall besser, als in der Küche zu sein. Die Köchin ist so fettig, dass ich Angst um sie habe, wenn sie in der Nähe des offenen Herdes steht.«

Aramilla reagierte nicht darauf, aber Cathryn brauchte wie gewöhnlich nur wenig Ermunterung von ihren Zuhörern. »Sie ist sehr unzufrieden mit mir«, fuhr sie fort. »Ich bin gestern auf den Bratenspieß geklettert, und sie kam in dem Moment herein, als ich mich über dem Herd drehte.«

Aramilla blieb distanziert, während Cathryn weiter Geschichten von ihren abwechselnd tollpatschigen oder mutwilligen Taten erzählte. Obwohl er von hoher Geburt war, hatte Cathryns nachsichtiger Vater irgendwann doch die Geduld mit seiner frivolen Tochter verloren und sie in die Küche abgeschoben, in einem viel zu späten Versuch, ihr Verantwortungsgefühl beizubringen.

Sie erreichten den nordöstlichen Rand der Stadt, und Aramilla führte sie an der inneren Mauer entlang nach Süden. Sie dachte an die Nachricht, die sie in den Rock gesteckt hatte, und fragte sich, wie die Fahnen wohl aussehen mochten und ob sie überhaupt existierten.

Die Frage wurde beantwortet, als sie die erste erreichten.

In der Erde steckte ein etwa vier Meter hoher Stab mit einem zerfetzten schwarzen Tuch. Darüber war ein Auge befestigt, das böse Auge der Anakim, geflochten aus Stechpalmenblättern. Dieses kleine Stück Anakim-Kunst wirkte hier, zwischen all dem Holz und dem Ried vollkommen deplatziert. Sie zeigte es Cathryn.

»Ein bisschen barbarisch, stimmt's?«, stellte die unbekümmert fest.

»Deshalb sind wir hierhergekommen«, erklärte Aramilla. »Etwas weiter entfernt sollte es noch so eine Fahne geben.« So war es auch. Sie steckte etwa dreihundert Schritt hinter der ersten im Boden. Aramilla blickte entsetzt an der Mauer entlang. »Es wird ein Tunnel unter den Mauern zwischen diesen beiden Fahnen gegraben«, sagte sie dann zu Cathryn. Sie war vollkommen fasziniert von dem Gedanken, dass dieses wilde und unirdische Volk die Erde unter ihren Füßen unterminierte, und ihr fiel gar nicht auf, dass sie begann, der Nachricht Glauben zu schenken.

»Ein Tunnel? Wofür das denn?«

»Die Anakim graben ihn, um unsere Mauern zum Einsturz zu bringen.«

»Es sind Kreaturen, die sich durch die Erde graben?« Cathryn schien die Bedeutung dieser Beobachtung nicht begriffen zu haben.

Kann das wirklich wahr sein? Und wenn es stimmte, wie hatte Bellamus diese Nachricht in die Stadt schmuggeln können? Zudem war es nicht seine Handschrift, das vor allem war verdächtig. In diesem Moment beschloss sie, das Risiko nicht einzugehen, es ihrem Vater zu erzählen. Am wahrscheinlichsten schien ihr immer noch, dass es eine Falle war, die er und der König ihr gestellt hatten. Die Möglichkeit zur Flucht aus Lundenceaster war einfach zu schön, um wahr zu sein.

Während Aramilla mit Cathryn zurück in die Halle ihres Vaters ging, erklärte sie ihrer Hofdame, wie sie von den Tunneln erfahren hatte. Cathryn war skeptisch. »Glaubt Ihr wirklich, dass es eine Falle ist? Wenn der König Euch in den Kerker werfen will, dann braucht er keinen Beweis. Er könnte es einfach tun, und niemand würde ihn daran hindern. Nicht in dem Zustand, in dem er sich zurzeit befindet.«

»Aber warum sonst sollte diese Nachricht unverschlüsselt sein?«, wollte Aramilla wissen. »Bellamus hat mir noch nie unverschlüsselte Nachrichten geschickt, und schon gar nicht Nachrichten von einer derartigen Tragweite.«

Darauf wusste Cathryn nichts zu erwidern. Als sie wieder in der Halle waren, führte Aramilla sie in ihre eigenen Gemächer. Dann ließ sie etwas zu essen für sie beide bringen. Sie aßen Roggenbrot und salzigen Käse, aber Aramilla war zu abgelenkt, als dass sie irgendetwas geschmeckt hätte.

Bereitet Euch darauf vor, die Stadt zu verlassen.

Sie packte einen warmen Mantel, zwei Laibe Brot und etwas

Käse in einen Lederbeutel. Alles andere hätte albern gewirkt, so, als würde sie tatsächlich die Stadt verlassen wollen. Dennoch forderte sie Cathryn auf, ihrem Beispiel zu folgen, und nachdem ihre Hofdame mit ihrem Beutel zurückgekehrt war, verbrachten die beiden den Tag in Aramillas Gemächern. Cathryn las und redete, Aramilla machte nichts Besonderes. Sie wartete einfach nur ab. Mehrmals nahm sie einen Gänsekiel zur Hand, Tinte und Pergament, und brütete über einer Nachricht. Aber sie kam nie über das erste Wort hinaus.

Vater …

Die Häuser vor dem Fenster wurden von der Dunkelheit verschlungen, und Cathryn, der Aramillas Tatenlosigkeit ein Rätsel war, ließ Kerzen bringen. Aber in ihrem flackernden Licht füllte sich das Zimmer mit Schatten und Geistern der Verschwörung. Wenn Bellamus eine weitere Nachricht schickte, würde sie sie dann hier erreichen? Oder vielleicht in der Nähe der Fahnen, die sie heute Morgen inspiziert hatten? Cathryn löcherte sie mit Fragen, ob sie einen Plan hätte, aber Aramilla ignorierte sie, denn sie hatte keine Ahnung. Sie wartete einfach nur.

Als eine Kirchenglocke in der Nähe Mitternacht schlug, warf Cathryn einen Blick zum Fenster und erklärte, dass sie ins Bett gehen wollte. »Die Köchin wird mich noch vor Tagesanbruch wecken, damit ich beim Frühstückmachen helfe.« Aramilla hielt den zerknüllten Zettel mit der Nachricht in ihrer Hand und sah nicht einmal hoch, als Cathryn aufstand. »Lasst es mich wissen, falls Ihr etwas hört, Majestät«, setzte die Hofdame müde hinzu. Mit einem gleichgültigen Knicks nahm Cathryn ihren gepackten Beutel vom Boden und schlurfte zur Tür. Aramilla sah immer noch nicht hoch, sondern hörte nur, wie es knarrte, als der Riegel der Tür betätigt wurde und diese aufschwang.

Dann herrschte Stille. »Majestät?«

Aramilla stand sofort auf. »Was gibt es?«

Cathryn stand in der Tür und blickte auf etwas vor ihren Füßen. Aramilla hätte ihre Vertraute fast mit dem Ellbogen zur

Seite gestoßen, als sie sah, dass auf dem Boden vor der Tür eine glitzernde Brosche lag. Es war die Spinne, die sie Bellamus vor etlichen Monaten als Zeichen ihrer Gunst geschickt hatte. Zwischen der Nadel und dem reich verzierten Körper der Spinne klemmte ein Stück Papier. Aramillas Mut sank. Zu welch primitiven Mitteln griff Bellamus da, um ihr eine Nachricht zu übermitteln? Dennoch hob sie Spinne und Nachricht auf, faltete das Papier auseinander und überflog die hingekritzelten Buchstaben.

Meine Königin – geht zu den Fahnen an der östlichen Mauer. Um Mitternacht werde ich Euch aus der Stadt schaffen.
B.

Die Botschaft war ebenfalls nicht verschlüsselt und zudem weit primitiver überbracht als alles, was sie je zuvor von Bellamus bekommen hatte. Aber es war seine Brosche. Sie musste von ihm kommen. Jetzt hatte sie nur noch die Wahl, das zu glauben oder zu sterben.

»Komm mit!« Sie lief los. »Wir sind spät dran.« Sie war bereits mehrere Schritte durch den Korridor gegangen, dicht gefolgt von Cathryn, als sie unvermittelt stehen blieb. Einen Moment rang sie mit sich, dann wandte sie sich um. »Warte hier.« Hastig eilte sie in ihre Gemächer zurück, stürmte zu ihrem Schreibtisch und schrieb ihrem Vater eine Nachricht.

Die Anakim unterminieren die Mauern im Osten, der Tunnel wird von zwei Fahnen markiert. Die Information stammt von Bellamus.

Er würde sie rechtzeitig finden. Und damit bekam die Stadt vielleicht eine Chance.

Sie ließ das mit Tintenflecken übersäte Papier auf dem Tisch liegen und lief zu Cathryn zurück. Zusammen traten sie auf die leere Straße hinter der Halle hinaus. Es war eine schwüle Nacht.

Schon nach wenigen Metern schwitzten sie. Aramilla hielt mit einer Hand ihren Beutel und raffte mit der anderen die Röcke. Ihre Waden brannten nach kurzer Zeit, und die pummelige Cathryn hatte Mühe, mit ihr Schritt zu halten. Es konnte sehr gut sein, dass sie das Treffen mit Bellamus bereits versäumt hatten. Bis auf die Ratten, die vor ihnen flüchteten, war alles um sie herum ruhig. In einem Fenster eines Hauses, an dem sie vorbeikamen, leuchtete eine Kerze. Das Licht fiel zwischen den Fensterläden hindurch auf die Straße.

Die schwarze Masse der Stadtmauer wurde immer größer, und als sie dort ankamen, sah Aramilla sich hastig um. Sie keuchte. Dieser Ort schien ebenso verlassen wie der Rest der schlafenden Stadt. Sie hörte, wie Cathryn sich mit lauten und unbeholfenen Schritten näherte, und fluchte leise. Sie hatten eine Chance gehabt und sie versäumt. Hätte sie nur früher vor der Tür nachgesehen!

Als Cathryn sie erreichte, atmete sie pfeifend. »Wo … ist er?«, brachte sie schließlich heraus.

»Wir haben ihn verpasst«, antwortete Aramilla bitter. Es war mindestens eine halbe Stunde nach Mitternacht, und Bellamus wurde von den Männern des Königs gesucht. Er würde sich nicht lange hier aufhalten.

Plötzlich kreischte Cathryn auf.

Es war ein alarmierender Schrei, und Aramilla durchfuhr ein Schlag wie von einem Blitz, bevor sie sah, was diesen Schrei ausgelöst hatte. Eine riesenhafte Gestalt, dunkel, muskulös und unverkennbar andersartig, war aus einer Gasse aufgetaucht. Sie sagte etwas, das möglicherweise »Still!« bedeuten sollte, aber der Akzent war so stark, dass sie das Wort nicht wirklich verstand.

Aramilla wich zurück, doch die Erscheinung verfolgte sie nicht. Cathryn umklammerte ihren Unterarm, während sie die Gestalt anstarrten. Diese hob die Hand und winkte sie zu sich. »Folgt mir«, sagte sie.

Cathryn schrie erneut auf, und Aramilla legte ihr hastig die Hand über den Mund. »Still!« Sie musterte die Gasse hinter der Gestalt, konnte aber keine Wachen sehen. Auf den Zinnen blieb es ruhig, die Straßen waren menschenleer und schimmerten schwach im Licht des Mondes. Dann sah sie wieder die hünenhafte Gestalt vor sich an.

»Bist du ein Anakim?«, fragte sie.

»Folgt mir!«, wiederholte die Gestalt knurrend.

Es war, als stünden sie einem Bären gegenüber. Auf dieser Straße wirkte die Kreatur, dieser Mann, vollkommen deplatziert. Vielleicht war es seine Haltung, die kampfbereit und zugleich selbstbewusst zu sein schien. Er strahlte Wachsamkeit aus, die vollkommen auf Aramilla und ihre Umgebung gerichtet war, und wartete nicht auf ihre Antwort, sondern wandte sich zur Mauer um. Sie hatte noch nie einen so zielstrebigen Gang gesehen. Jeder Schritt war entschlossen und auf eine Art konzentriert, die sie zum Nachdenken über ihre eigene Art zu gehen brachte. Plötzlich kam sie sich albern und ungelenk vor, wie ein Hündchen, das zur Zitze der Mutter rennt. Dieser Wilde strahlte eine Selbstbeherrschung aus, die sie selbst nur in ihren konzentriertesten Momenten abrufen konnte.

»Wir müssen ihm folgen!«, stieß sie hervor und zog Cathryn mit sich.

»Nein! Lasst mich los!«

»Närrin!«, zischte Aramilla, die ihre Hofdame unnachgiebig festhielt. »Das ist unsere einzige Fluchtmöglichkeit. Er ist gewiss ein Informant von Bellamus.«

Sie zog Cathryn hinter dem Hünen her, der um eine Ecke in eine Straße eingebogen war, die an der Innenseite der Mauer entlangführte. Als sie um die Biegung kam, kauerte er neben einem Pflasterstein, der etwas höher aufragte als die anderen Steine um ihn herum. Er nahm ihn heraus und hob auch die anderen Steine vom Boden, bis er eine Öffnung von etwa einem Quadratmeter freigelegt hatte. Dann griff er hinein und zog einen Holzrahmen heraus, auf dem die Steine offenbar gelegen hatten. Er sah zu den beiden Frauen hoch, die etwa zehn Schritt von ihm entfernt dastanden.

»Da rein.« Er deutete auf das Loch.

»Nein!«, kreischte Cathryn erneut, die versuchte, sich zu befreien. »Lasst mich los! Ich werde diesem Ding da nicht in seine Grube folgen!«

Aramilla packte ihre Schultern. »Sieh mich an!«, fuhr sie ihre Hofdame an, aber Cathryn wehrte sich immer noch. »Sieh mich an!« Schließlich gelang es ihr, Cathryns Blick für einen Moment zu halten. »Die Stadt ist umzingelt, und du hast den Beweis dafür vor Augen, dass sie die Mauern unterminiert haben. Sie werden durchbrechen. Entweder wir verschwinden jetzt, oder wir sterben.«

»Ich steige nicht in dieses Loch da!«, schrie Cathryn.

»Du musst! Wir beide müssen es tun!«

Cathryn hielt einen Moment inne, und Aramilla nutzte den Augenblick. »Komm!«, befahl sie und zog ihre Gefährtin zu dem Loch. Sie ignorierte das Stöhnen ihrer Hofdame. »Ich gehe zuerst.« Ihr Blick streifte das Gesicht des Anakim, der sie unbewegt anstarrte.

»Ich kann nicht! Ich kann das nicht! Ich kann nicht!«, wiederholte Cathryn hysterisch und starrte in das Loch.

»Rein da!«, sagte der Anakim. Seine Worte und seine Stimme brachten Cathryn zum Schweigen.

Aramilla ließ ihren Beutel in das Loch fallen, der sofort in der Dunkelheit verschwand. Unmittelbar danach ließ sie sich ebenfalls hinabgleiten und versuchte, nicht darüber nachzudenken, was sie da tat. Sie konnte nicht einmal Umrisse in dem Loch erkennen. Zitternd streckte sie die Hand aus und fühlte die Wände unter ihren Fingern. Die Erde bröckelte unter ihrer Berührung ab. Sie keuchte, als die Angst sie in der Finsternis enger zu umschließen schien. Der Tunnel war vielleicht einen Meter zwanzig hoch, und sie kroch etwas hinein, während sie ihren

Beutel vor sich herschob. Der Gang fiel leicht nach unten ab, tiefer in die Erde hinein. Sie hörte ein Plumpsen und ein Stöhnen, als Cathryn hinter ihr in dem Loch landete.

»Milly!« Cathryn benutzte vor Schreck ihren Kosenamen, als sie in den Tunnel hineinrief.

»Ich bin hier«, gab Aramilla zurück. »Geh einfach weiter und folge meiner Stimme, das ist alles.«

Wieder ertönte ein dumpfer Aufprall hinter Aramilla. »Er ist hinter mir!«, schrie Cathryn.

»Selbstverständlich ist er hinter dir«, gab Aramilla zurück und unterdrückte ihre eigene Angst. Sie hatte Begeisterung erwartet, wenn sie das erste Mal einem seiner Art begegnete. Doch alles, was sie empfand, waren Angst und Unbehagen angesichts dieser Kreatur hinter ihr, die ihr im Groben ähnelte und doch so anders war. »Er hilft uns bei unserer Flucht.«

»Still!«, befahl die fremdartige Stimme. Die beiden Frauen verstummten, und Aramilla nahm die Welt nur noch mithilfe ihrer tastenden Fingerspitzen wahr.

Sie ging weiter und zuckte leicht zusammen, als Cathryn ihren Knöchel packte und sie als Führerin durch die Dunkelheit benutzte. Sie ertrug es sogar, dass Cathryn sie festhielt, da sie froh um jede Gesellschaft war.

»Du hältst dich gut, Cathryn«, flüsterte sie. »Sprich weiter. Wir können aus der Stadt entkommen, denk daran.«

Aramilla fragte sich, ob sie Licht vor sich sehen konnte. Kleine Steine und Lehmklumpen pressten sich unangenehm in ihre Knie. Sie krabbelte schneller auf das gelbliche Licht zu, das sie jetzt auf den Holzbalken sah, die die Mauern stützten. Der Tunnel wurde eben, und sie stieß einen leisen Schrei der Erleichterung aus, als sie aus diesem kleinen Seitentunnel in eine weit größere Kammer gelangte. Sie wurde von einer dicken qualmenden Fackel erleuchtet, die ein Anakim hielt, der noch größer war als der hinter ihnen.

»Bellamus schickt uns«, sagte der Fackelträger. Sein Akzent

machte seine Worte fast genauso unverständlich wie die seines Kameraden. »Wir bringen euch hier raus.«

Aramilla nickte und stand vorsichtig auf. Der Tunnel war so hoch, dass sie aufrecht stehen konnte und noch etwas Platz über dem Kopf hatte. Cathryn tauchte hinter ihr aus dem Gang auf und schrak sichtlich zusammen, als sie den Fackelträger sah. Im Licht seiner Fackel sahen sie, dass sich die unterirdische Kammer zu beiden Seiten erstreckte und ihre Decke in regelmäßigen Abständen von hölzernen Pfählen gestützt wurde. An vielen dieser Pfähle lagen Reisigbündel. Als sie zur Decke hinaufblickte, die in diesem größeren Gang etwa sechs Fuß vom Boden entfernt war, sah sie zu ihrem Schrecken flache Steinquader. Sie spürte das gewaltige Gewicht der Mauer über sich, die nur von diesen dünnen Pfählen gestützt wurde.

Dann begriff sie den Zweck dieser Reisighaufen: Sie würden damit die Pfähle verbrennen, sodass der Tunnel einstürzte. Dadurch würde ein großer Teil der Mauer einbrechen, und anschließend konnten die Anakim die Straßen der Stadt überfluten. Selbst wenn ihr Vater die Nachricht fand, die sie hinterlassen hatte, konnte sie sich nicht vorstellen, dass er es verhindern konnte.

Die Anakim waren fast fertig.

Ein paar grobe Worte hinter ihr veranlassten sie, sich umzudrehen. Sie sah, dass der erste Anakim ebenfalls aus dem Seitengang auftauchte und sich umwandte, um einen Haufen Erde in den Eingang zu stopfen. Das macht er so lange, bis der Gang, aus dem sie gekommen waren, nicht mehr von der nackten Erde an beiden Seiten zu unterscheiden war. Offenbar wussten nicht einmal die Befehlshaber der Anakim von diesem Gang, durch den sie gerade aus der Stadt entkommen waren. Was auch logisch war, denn sie würden der Königin Süddals ganz sicher nicht helfen zu fliehen. Bei dieser Erkenntnis wurde ihr schlagartig bewusst, dass die größte Gefahr nicht hinter ihr lag, sondern vor ihr. Die beiden mussten sie aus ihrem Lager herausschmuggeln.

»Kommt mit!«, befahl der Fackelträger. Er war so groß, dass

er den Kopf senken musste, obwohl er bereits auf Händen und Knien war. Er kroch davon und ließ sie in der Dunkelheit zurück. Aramilla nahm Cathryns Hand und folgte ihm, während der erste Anakim die Nachhut bildete.

Die Fackel spendete genug Licht, sodass sie sehen konnten, wohin sie krochen. Dann wurde es dunkler, als die Flamme blau und schwächlich wurde, bis sie schließlich qualmend erlosch. Als der Hüne sie achtlos in den Gang warf, stöhnte selbst Aramilla auf. Sie kroch weiter, so schnell sie es wagte, aber sie konnte hören, wie der Anakim vor ihr sich immer weiter von ihnen entfernte.

»Beeilen!« Das Wort drang zischend durch den Tunnel. Aramilla verfiel in einen langsamen Laufschritt, während sie mit den Händen an den Wänden entlangfuhr, bis sie glaubte, erneut Licht vor sich zu sehen. Aber es war nicht der orange-gelbliche Schein einer blakenden Fackel oder einer Kerze, sondern das silbrig mitternachtsblaue Licht von Mond und Sternen am Firmament.

Sie trat in die Nacht hinaus und atmete tief die frische Luft ein. Dann stellte sie fest, dass sie sich in einem Graben befanden, dessen eine Seite von einem Erdwall begrenzt wurde, der von dornigem Unterholz gespickt war. »Hinlegen!«, befahl der große Anakim und deutete auf einen schmutzigen hölzernen Trog, der im Graben lag. Der Rahmen war mit Riemen an zwei Ponys befestigt. Unter dem strengen Blick des Fackelträgers legte sie sich bäuchlings auf die harte Oberfläche des flachen Trogs. Sie spürte, wie sich Cathryn neben sie quetschte. Die Hofdame atmete keuchend. Leder knarrte, als der Anakim sich bückte. Dann sprach er unmittelbar neben ihrem Kopf. »Wir werden euch mit Erde bedecken. Behalte Raum für Luft vor deinem Gesicht. Beweg dich nicht, bis die Erde weggenommen wird, sonst stirbst du. Gib kein Geräusch von dir, sonst stirbst du. Es gibt nur ein Pferd. Ihr teilt es euch. Reitet nach Westen, so weit ihr heute Nacht kommt. Bellamus erwartet euch in Wiltun.«

Aramilla verstand nicht alles, was er sagte, wagte es jedoch nicht, Fragen zu stellen. Sie nickte, ohne den Kopf zu heben. Die Gestalt sprach weiter: »Ich bin ein Freund der Südmenschen, wann immer ihr mich braucht. Ihr habt meinen Namen vielleicht bereits gehört: Vigtyr.«

Der Anakim machte eine Pause, als erwartete er eine Bestätigung, aber Aramilla wartete einfach nur auf das, was jetzt kam.

Es knallte, als irgendein steifes Stück Segeltuch auseinandergeklappt wurde. Dann warf der Anakim das Tuch über die beiden.

Behalte Raum für Luft vor deinem Gesicht.

Aramilla hob ihren Kopf etwas, um eine Art Luftblase unter dem Segeltuch zu erzeugen, aber sie prallte fast augenblicklich auf das Holz zurück, als die erste Schaufel Erde auf den beiden landete. Cathryn neben ihr schrie erneut. »Nein! Nein, nein, hört auf, das ist zu viel!«

»Still!«

»Cathryn, wir können jetzt nicht mehr umkehren«, sagte Aramilla, obwohl ihre eigene Stimme zitterte. Noch mehr Erde wurde auf das Segeltuch geschaufelt, so lange, bis Aramilla glaubte, dass die Anakim selbst auf ihr standen. Ihr Gesicht wurde auf die Unterarme gepresst. Verzweifelt rang sie nach Luft. Ihr wurde bewusst, wie wenig davon es unter diesem Segeltuch gab. Das Gewicht über ihnen wurde so schwer, dass sie kaum noch Luft holen konnte. Und es hörte immer noch nicht auf. Sie spürte, wie Cathryn neben ihr von Panik überwältigt wurde und versuchte, sich freizukämpfen. Aber es gelang ihr nicht. Sie wurden beide erbarmungslos auf die Bretter hinabgedrückt, und ihre Nase presste sich schmerzhaft gegen das Holz.

Sie spürte einen Ruck, als der Trog durch den Graben gezogen wurde. Die Luft schien bereits weniger zu werden, denn jeder Atemzug war weniger befriedigend als der vorige. Nichts in ihrem Leben hatte sie auf eine derartige Situation vorbereitet – auf diesen gewaltigen Druck, der auf ihr lastete und sie erbarmungslos festhielt, auf die Furcht, dass sie vielleicht entdeckt und von den Anakim hingerichtet wurden, auf die zwingende Notwendigkeit, ruhig zu bleiben, damit sie nicht die kostbare Luft durch ihre Panik und ihr schnelles Keuchen verbrauchte.

Sie versuchte, Erinnerungen zu beschwören, und klammerte sich an die Tintenflecke auf der Nachricht an ihren Vater, die jetzt in ihrem Gemach lag. Dann an das Gefühl des rauen Inneren der Schachfigur, als sie ihren Finger hineingesteckt hatte, um zu überprüfen, ob sich mehr als nur diese Nachricht darin befand, die sie an diesen Ort hier gebracht hatte. Dann an das Gefühl, mit dem ihre Nase und ihre Lippen auf das Holzbrett unter ihr gepresst wurden, und wie sich ihre Stirn in ihren eingeklemmten Unterarm bohrte. Sie nahm die zunehmende Wärme wahr. All das lenkte sie ein bisschen ab, sodass sie sich ihrem Entsetzen nicht stellen musste.

Cathryn war verstummt, und sosehr Aramilla sich auch dagegen wehrte, sie wurde schließlich von ihrer Panik überwältigt. *Bitte, bitte bleibt stehen. Grabt mich aus.* Aber das Brett wurde immer weitergezogen. Sie atmete mühsam die heiße, kostbare Luft ein und zählte ihre Herzschläge.

Aramilla hätte nicht sagen können, was auf dem Rest dieser Fahrt passierte. Plötzlich spürte sie, wie die Last über ihr leichter wurde, und stemmte sich hoch. Die Erde gab nach, sie drückte sich gegen das Segeltuch, entschlossen, dieser erstickenden Atmosphäre zu entkommen, ob man sie nun entdeckte oder nicht. Plötzlich war aller Druck verschwunden, und sie schlug gegen das Segeltuch, das weggerissen wurde. Kalte Luft strich über ihr Gesicht, sie schrie auf, rollte sich von dem Trog und spürte Gras unter ihren Fingern. Sie hörte leises Schluchzen hinter sich und ein gezischtes »Still!«, als Cathryn ausgegraben wurde. Aramilla konnte nur daliegen und keuchen, fühlte, wie leicht sich ihre Rippen bewegten, und spürte die Kühle der Nachtluft.

Jemand stieß sie mit einem Stiefel an, und sie drehte sich auf die Seite. Der erste Anakim blickte auf sie herab. Hinter ihm war ein Pferd mit den Zügeln an einen Baum gebunden.

»Westen«, sagte er. Dann wandte er sich ab und führte die Ponys mit dem leeren Trog den Weg zurück, den sie gekommen waren.

Cathryn lag immer noch da und schluchzte leise in die Erde. Aramilla wurde plötzlich von einem Gefühl unerklärlicher Dringlichkeit gepackt. Sie waren zu zweit, und es gab nur ein Pferd. Mühsam rappelte sie sich auf, griff nach den Zügeln und verhedderte sie bei dem Versuch, den Knoten zu lösen. Sie riss an dem Leder, bekam sie dann endlich frei und zog sich in den Sattel. Dann bohrte sie dem Pferd die Hacken in die Seiten und warf einen Blick zurück auf Cathryn, die sich nicht gerührt hatte, sondern Aramilla nur verwirrt anstarrte.

Die Königin zügelte das Pferd. Dann wandte sie es zu Cathryn herum. »Nun komm schon, Cathryn!«

»Wolltet Ihr mich etwa hier zurücklassen?«

»Ich reite auch ohne dich, wenn du dich nicht beeilst!«

Cathryn rappelte sich mühsam und ungeschickt auf, und es dauerte einen Moment, bis sie endlich hinter Aramilla auf dem Pferd saß. Vor ihnen in der Nacht lagen etliche Wegstunden offenes Land, und hinter ihnen befand sich eine belagerte Stadt, die von einer wilden Armee eingeschlossen war und von einem Wahnsinnigen regiert wurde.

Ohne zu zögern, ritt Aramilla nach Westen.

36. KAPITEL

ELLENGAEST

Wie heißt du?«, fragte Keturah den Boten, der sie begleitete. Es war ein grauer Tag, und sie ritten fernab von allen Straßen, um nicht entdeckt zu werden, bis sie es wieder zurück ins Schwarze Königreich geschafft hatten.

Der Bote, ein zierlicher schwarzhaariger Jüngling, lächelte Keturah schüchtern an. »Gero, Mylady.«

»Gefallen dir die Berge, Gero?«

»Ja, Mylady.«

»Das ist wirklich ein Glück«, meinte Keturah liebenswürdig. »Denn ich habe das Gefühl, dass wir einen kleinen Abstecher dorthin unternehmen werden, bevor wir ins Hindrunn zurückkehren.«

»Mylady?«

»Das Haskoli hat mir so gefallen, dass ich es gern noch einmal sehen möchte. Außerdem möchte ich dem Heiligen Wächter Leon persönlich meine Grüße überbringen.«

Gero wirkte etwas unglücklich. »Ich dachte, wir würden ins Hindrunn zurückkehren, Mylady, um die Nachricht zu überbringen, dass das Haskoli am Avonsee Hilfe benötigt.«

»Ich kann erheblich besser beurteilen, welche Form der Hilfe benötigt wird, wenn ich es selbst besuche«, erklärte Keturah. »Und jetzt komm, wir wollen die Reise genießen.«

Das gelang ihnen auch. Sie durchquerten Süddal und überquerten den Abus in der Woche *Kossi,* der Woche des Lichts der Glühwürmchen.

Kurz nachdem sie den Abus ins Schwarze Königreich überquert hatten, stießen sie auf einen Steinkreis. Es war ein Steinkreis wie der, an dem sie in der Nähe des Freyi vorübergekommen waren, vor all diesen Monaten. Er markierte die Heilige Grenze zur Anderwelt, war von den Vorfahren der Anakim errichtet worden und besaß eine immense Macht. Damals hatte Keturah respektvollen Abstand gehalten, da man behauptete, dass diese Steinkreise sich angeblich bewegten. Zweimal auf einen zu stoßen war zu unwahrscheinlich, als dass es ein Zufall hätte sein können. Sie befahl Gero, sich außerhalb des Kreises zu halten, und trat auf das Gras im Inneren. Es war dicht und grün, als würde selbst das Wild es nicht wagen, hier zu grasen. Zwischen den Steinen war es kalt. Keturah kniete sich in die Mitte des Kreises. Dort betete sie um die Kraft, Numas Mörder zu finden, und um den Durchblick, um zu erkennen, was vor ihr lag. Dann stand sie auf, verbeugte sich respektvoll in Richtung der Steine und ging zu ihrem Pferd zurück. Gero sagte kein Wort, und Keturah deutete ebenfalls schweigend, nur mit einem Nicken auf den Pfad und den Weg nach Norden.

Wie sich herausstellte, war Gero eine unerwartet gute Gesellschaft, und Keturah neckte ihn die ganze Zeit während ihrer Reise. Einmal überzeugte sie ihn sogar, dass sie eine *Teetir* wäre, ein Geist, der den Raum unter den hängenden Zweigen einer Weide bewohnte. Sie amüsierte sich über sein Entsetzen und verunsicherte ihn noch weiter, indem sie ihm alle nur möglichen wilden Legenden erzählte, auch wenn sie sich nur halb daran erinnern konnte. Hatte er schon von den *Vesihest* gehört, Pferden mit Fellen aus klappernden Muscheln, die in der Gischt lebten und sich von Menschen ernährten? Hatte er den Hirsch gesehen, der Pinienzweige anstelle eines Geweihs trug? Das war ein sicheres Zeichen, dass die Anderwelt nahe war und sie jederzeit damit rechnen mussten, von einem unnatürlichen Nebel verschlungen zu werden. Der würde sie in ein Land tragen, das in Perlmutttönen gemalt war. Dort schillerte die Luft wie Brühe, und alle Worte und Lieder prickelten von uralter Macht.

So verging die Zeit, und schließlich erreichten sie die Berge. Sie ritten am Avonsee entlang, an den verkrüppelten Bäumen vorüber und gelangten ins Haskoli. Hier zwischen den Gipfeln schien der Sommer noch keinen Einzug gehalten zu haben, aber es war immerhin Frühling. Auf den Hängen lagen immer noch vereinzelte Schneefelder.

Keturah hatte auf dieser Reise den Rat der Schlachten-Historikerin befolgt und überlegt, wie sie vorgehen würde, sobald sie dort angekommen waren. Sie führte Gero direkt in den Hof des Haskoli, wo sie neugierig von den Schwarzmänteln beobachtet wurden, und erkundigte sich gebieterisch, wo sie den Wächter Leon finden konnte. Er war, wie sich herausstellte, zusammen mit Ormur unter dem Federbaum. Sie fanden ihn, wie er außerhalb eines Kreises von etwa einem Dutzend Jungen stand und wartete, während die Schüler ihre Lektion beendeten. Ein Tutor instruierte sie gerade im Gebrauch eines Birkenpilzes. Es war ein kühler Tag, die Luft war frisch, und ein leichter Wind wehte. Keturah stieg von ihrem Pferd und lehnte sich zufrieden an den warmen Körper des Tieres. Dort wartete sie, bis Ormur fertig war.

Leon sah Keturah in dem Moment, in dem die Klasse weggeschickt wurde, und verbeugte sich dann müde vor ihr. Die Schüler standen auf und gingen schweigend davon. Sie bildeten eine Zweierreihe und marschierten zum Avonsee, um Proviant zu holen. Keturah sah ihnen nach, ein bisschen bestürzt über die eiserne Disziplin dieser so jungen Burschen.

»Lady Keturah.« Leon trat einen Schritt auf sie zu. »Der Schwarze Lord hat Euch geschickt?«

»Allerdings«, antwortete Keturah und ignorierte Gero, der bei dieser Lüge zusammenzuckte. »Ich bin hier, um mehr Informationen zu sammeln und dir zu helfen, Numas Mörder zu finden, wenn ich kann.« Keturah erwartete, dass Leon überrascht reagieren würde, und war ein wenig enttäuscht, als er sich nicht das Geringste anmerken ließ.

»Gut«, sagte er nur. »Wo wollt Ihr anfangen?«

»Ich habe gehört, du hast einen Gefangenen namens Hagen«, sagte Keturah.

Leon runzelte die Stirn. »Dieser Wurm«, knurrte er. »Er ist vollkommen am Ende. Er hat zu große Angst vor diesem Ellengaest, als dass er in irgendeiner Weise von Nutzen für uns sein könnte.«

»Trotzdem möchte ich ihn gern befragen.«

Leon zuckte mit den Schultern. »Ich führe Euch hin. Junge, du begleitest mich.« Ormur sah ihn aufsässig an, folgte ihm jedoch, als sie zu dem Langhaus gingen, wo Hagen festgehalten wurde. Gero folgte den dreien und führte ihre beiden Pferde mit sich.

Leon nahm einen Schlüssel, der an einer Kette um seinen Hals hing, und steckte ihn in das quietschende Schloss der Tür des Langhauses. Dann stieß er sie auf. Das Erste, was Keturah entgegenschlug, war ein stechender Gestank. Sie rümpfte die Nase und trat in den Schatten.

»Das sind üble Bedingungen, unter denen du hier haust«, sagte sie ins Dunkel hinein. Ketten klirrten leise, als jemand sich in dem Raum bewegte. Auf dem Boden lag Stroh, und im Licht, das durch die offene Tür hereinfiel, konnte sie einen Jüngling erkennen, der festgekettet an der Wand kauerte. Er blickte blinzelnd zu ihr hoch, ohne zu antworten. Man hatte ihm die Arme hinter den Rücken gebunden. Neben ihm stand ein fast leerer Wasserkübel und ein kleiner Holzteller mit ein paar Strohhalmen darauf.

Keturah hockte sich in Augenhöhe vor Hagen hin und verzog keine Miene, als ihr der strenge Geruch von Urin in die Nase stieg. Sein Haar war zerzaust, das Gesicht hager und bleich, und seine Augen waren blutunterlaufen. »Du hast schon bessere Tage gesehen«, bemerkte sie und musterte ihn von Kopf bis Fuß. Sie hörte, wie Leon hinter ihr ungeduldig mit dem Fuß auf den Boden stampfte.

»Wie heißt du?« Der Gefangene wich ihrem Blick aus und sah zu Boden. »Mein Name ist Keturah. Es wäre unhöflich, nicht zu antworten«, sagte sie nachsichtig.

Er flüsterte etwas, schüttelte dann den Kopf und räusperte sich. »Hagen«, wiederholte er etwas deutlicher.

»Ein schöner Name.« Keturah legte ihm einen Finger unter das Kinn und drehte seinen Kopf zu ihr herum. Hagen erwiderte ihren Blick einen Moment. In seinen Augen lagen Schmerz und Argwohn, doch dahinter schimmerte ein schwacher Funke Hoffnung.

»Wie lange bist du schon hier?«

»Ich …« Er räusperte sich erneut. »Ich weiß es nicht.«

»Nun, du wirst nicht mehr länger hier sein müssen, wenn du mir helfen kannst«, behauptete Keturah.

Der Gefangene lehnte den Kopf müde an die Wand. Er schloss die Augen, und eine Träne rollte über seine Wange. Sie streckte die Hand aus und berührte ihn sachte an der Schulter. »Hagen? Was ist los?«

Er stöhnte hoffnungslos.

»Ich werde dir helfen«, sagte sie freundlich. »Du armer Mensch, du bist lange genug hier gewesen. Aber zuerst brauche ich etwas von dir.«

»Ich kann nicht helfen«, flüsterte Hagen heiser.

»Deine Lage kann nicht mehr schlimmer werden, als sie bereits ist.« Keturah drückte mitfühlend seine Schulter. »Du bist verloren, wenn du nicht sprichst. Aber wenn du redest, dann kann ich dich freilassen.« Keturah besaß nicht die Autorität, irgendetwas von dem zu tun, was sie diesem Mann versprach, aber das bereitete ihr kein allzu großes Kopfzerbrechen. Ihre Verantwortung galt Ormur und Roper und Numas Andenken und nicht diesem verlorenen Verräter hier vor ihr.

»Ihr könnt mich nicht freilassen.«

»Tatsächlich kann ich das sehr wohl … Ich verfüge über die Macht einer Inquisitorin«, log sie. »Ich habe hier das Sagen.«

»Der Meister …«, erwiderte Hagen schwach.

»Ist tot«, beendete Keturah seinen Satz. Hagen blickte plötzlich auf und zeigte zum ersten Mal so etwas wie einen Anflug von Energie.

»Tot?«

»Selbstmord«, sagte Keturah. Sie betrachtete den Gefangenen interessiert. »Er war ein Verräter und hat sich selbst getötet, als er überführt wurde.«

»Wann?«, keuchte Hagen. »Seid Ihr sicher?« Er richtete sich plötzlich gerade auf und schien sich zu erholen, als wäre ein großes Gewicht von seinen Schultern genommen.

»Selbstverständlich bin ich mir sicher. Das ist bereits vor etlichen Monaten passiert. Hast du das denn nicht gehört?«

»Ich …« Hagen brach ab und warf einen Blick über ihre Schulter. Sie wusste, dass er Leon ansah. Der Wächter stand in der offenen Tür. »Es hat schon eine ganze Weile niemand mehr mit mir gesprochen.«

»Jedenfalls ist er tot. Und ich habe die Macht, dich zu befreien, wenn du mir die richtigen Antworten gibst.«

Der Gefangene betrachtete den Raum, als sähe er ihn zum ersten Mal. »Was wollt Ihr?«, fragte er schließlich.

»Ich weiß, dass du den Assassinen herbeirufen kannst«, sagte Keturah. »Du hast es schon einmal getan. Denn du kennst das Signal, auf das er reagiert.«

Hagen und sie starrten sich an.

»Ruf ihn heute Nacht, dann kümmern wir uns um ihn. Dafür kommst du in einen angenehmeren Raum, irgendwohin, wo du sicher bist. Du bekommst Licht und besseres Essen, und du wirst auch nicht mehr gefesselt werden.«

»Was werdet Ihr tun, wenn er kommt?«, flüsterte Hagen kaum hörbar.

»Wir stellen ihm ein paar Fragen«, antwortete Keturah. »Vielleicht führt er uns zum Ellengaest.« Sie sah, wie Hagen bei der Erwähnung dieses Namens erbleichte, und sprach rasch weiter. »Niemand wird erfahren, dass du uns geholfen hast. Die Leute werden glauben, dass der Meuchelmörder einfach nur einen Fehler gemacht hat. Einer, für den Leon«, sie deutete über die Schulter auf den Wächter in der Tür, »ihn zahlen lassen wird.«

Hagen schien nicht in der Lage zu sein zu antworten.

»Ich denke, du musst dieses Risiko eingehen.« Keturah wagte kaum zu hoffen, dass er vielleicht tatsächlich kapitulieren würde. »Denn falls du es nicht tust, wirst du hingerichtet, weil du geholfen hast, einen Erben des Steinernen Throns zu ermorden. Du hast die Möglichkeit, das Richtige zu tun, mir zu helfen und dafür belohnt zu werden, oder aber dich dem sicheren Tod gegenüberzusehen, in Elend und Schande. Natürlich besteht ein Risiko für dich durch Ellengaest, wenn du hilfst, aber ich würde lieber ein kleines Risiko mit Ehre eingehen, als ein großes mit Schande. Ich vermute, dass es dir genauso geht.«

Sie drückte erneut seine Schulter, und er wandte den Blick ab. »Hagen? Sieh mich an. Was sagst du dazu? Wirst du ihn für uns rufen?«

Er starrte sie hoffnungslos an. »Er wird meinem Zeichen nicht mehr vertrauen«, erwiderte er heiser. »Ich konnte schon sehr lange keinen Kontakt mehr zu ihm aufnehmen, seit …«

Er schüttelte den Kopf und blickte Leon an.

»Seit Monaten«, half ihm der Wächter gleichgültig aus.

»Erst Monate«, meinte Hagen verbittert. »Aber er wird die ganze Zeit darauf gewartet haben, etwas von mir zu hören … Er wird misstrauisch sein.«

»Trotzdem«, sagte Keturah. »Wirst du es für mich versuchen?« Er erwiderte nichts, aber sie spürte, wie er schwankte.

»Bitte«, sagte sie und drückte seine Schulter ein drittes Mal. Diesmal zuckte er unter ihrer Berührung zusammen. Dann ließ er den Kopf sinken und nickte schließlich, schwach und hoffnungslos.

»Du hast die richtige Entscheidung getroffen.« Keturah warf einen Blick über die Schulter auf den Wächter. »Würdest du ihn bitte losbinden, Leon? Ich glaube, er hat sich etwas zu essen verdient und auch einen angenehmeren Ort, wo er auf den Abend warten kann.«

Leon löste pflichtschuldigst die Fesseln des Gefangenen. Keturah hatte keine Angst vor ihm, denn der Mann war so gebrochen, dass er aus eigenem Antrieb nichts mehr tun konnte. Gero und sie halfen ihm nach oben in den Raum, wo er dem Meuchelmörder das erste Mal ein Zeichen gegeben hatte. Keturah ließ ihm Essen bringen. Hagen schlang die Speisen mit sichtlichem Heißhunger hinunter.

»Wir machen es heute Nacht«, sagte Keturah. »Wir haben Leon bei uns.« Sie machte eine Pause, denn der Gefangene war bei der Erwähnung des Namens des Wächters heftig zusammengezuckt. »Und Ormur, damit wir wissen, dass er in Sicherheit ist. Dann wirst du das Signal geben, und wir warten ab, was geschehen wird.«

»Und wenn er reagiert?«

»Dann wird Leon auf ihn warten. Wir werden ihn gefangen nehmen und herausfinden, ob er weiß, wer der Ellengaest ist.«

»Und dann?«

Keturah zuckte gleichmütig die Achseln. »Dann wird er sterben.«

* * *

»Erklärt es mir noch einmal«, bat Leon.

Keturah hätte sich fast die Hände vor das Gesicht geschlagen. »Du brauchst nur zu wissen, dass du unten wartest. Wenn der Mörder durch die Tür kommt, dann nimmst du ihn gefangen.«

Leon nickte, sichtlich zufrieden.

»Da ist noch etwas, worüber ich nachdenke«, sagte sie nach

einem Moment. »Nachdem der Mörder Salbjorn weggelockt hatte, war Ormur den ganzen Tag unbewacht, bis du zurückgekehrt bist. Warum wurde er nicht getötet?«

»Das habe ich mich auch gefragt«, antwortete Leon. »Ich kann mir nur denken, dass Salbjorn, ganz gleich, was mit ihm geschehen ist, den Assassinen eine ganze Weile beschäftigt hat. Und als er schließlich fertig war, hatte er nicht mehr genug Zeit, um zu dem Jungen zurückzukehren. Vielleicht hat Salbjorn den Meuchelmörder ja verletzt, oder sie haben sich gegenseitig getötet.«

Die beiden schwiegen und dachten an Salbjorn, der in seinen letzten Stunden allein gekämpft hatte, vielleicht in dem Wissen, dass Ormurs Chancen zu überleben größer wurden, je länger er Widerstand leistete.

»Wenigstens deutet das darauf hin, dass der Assassine jetzt allein arbeitet«, sagte Keturah schließlich. »Er sollte das letzte Puzzleteil sein.«

Ormur stand hinter Leon und sah überallhin, nur nicht zu Keturah. Sie war bestürzt, wie blass und ausgemergelt der Junge wirkte.

»Ormur?«

Er erwiderte kurz ihren Blick, bevor er wieder zu Boden sah.

»Du bleibst hier oben bei uns.« Sie deutete auf Gero, der einen dicken Stock in beiden Händen hielt und Hagen bewachte. »Du bist vollkommen in Sicherheit, und wir werden sehen, ob Leon jetzt endlich seinen Assassinen fangen kann.« Der Jüngling antwortete nicht. Keturah betete still, dass sie seiner Qual endlich ein Ende bereiten konnten. *Wenn nicht, dann wird seine Trauer ihn noch umbringen,* dachte sie.

Draußen senkte sich Zwielicht über den Hof. Die Sonne hing unmittelbar über den Berggipfeln, und die Jungen und die Tutoren, die in den Hof eilten, warfen seidene Schatten. Gero schlug vor, ein Feuer im Raum zu entzünden und Tee zu zubereiten, aber Keturah untersagte es. Nichts durfte vom Üblichen abweichen.

Aber es gab offenbar einen reichlichen Vorrat an Birkensaft, und Keturah holte einen Krug, den sie miteinander leerten. Sie warteten schweigend, tranken ab und zu einen Schluck Saft, der frisch und leicht süßlich schmeckte. Ormur lag müde gegen die Wand gelehnt. Gero zappelte nervös herum, und Hagen sah aus wie tot.

Schatten breiteten sich draußen im Hof aus. Der Mond ging auf. Die Schneeflächen schimmerten jetzt wie poliertes Silber. Und die stählernen Spitzen der Sterne funkelten in der Nacht.

»Du kannst anfangen, Hagen.« Keturah nickte ihrem Gefangenen zu. »Leon? Bitte geh nach unten.« Leon schlich aus dem Zimmer. Keturah reichte Hagen eine Zunderbüchse und eine harzig stinkende Fackel. Die Fackel erwachte prasselnd zum Leben, und Hagen hielt sie sorgfältig nach unten, als er sich dem Fenster näherte. Es blickte in Richtung See.

»Wenn er kommt«, flüsterte Keturah, und Hagen blieb stehen, »wirst du belohnt werden.«

Hagen zögerte, die Fackel in der Hand. Er blickte zu Keturah zurück und dann noch einmal auf die Berge. Schließlich hob er die Fackel sechsmal über das Fensterbrett und senkte sie wieder. Dann wartete er einen Moment und wiederholte es fünfmal. Dann viermal und am Ende dreimal. Dann hielt er die Fackel vom Fenster weg und steckte sie kopfüber in einen eisernen Feuerkorb, wo sie knisterte und qualmte.

»Was hast du ihm jetzt mitgeteilt?«, fragte Keturah.

»Das war das Signal«, erwiderte Hagen heiser, »das ich auf Geheiß des Meisters an der Stelle geben sollte, wo der Junge unbewacht schläft. Ich werde dieses Signal die ganze Nacht über wiederholen. Wenn der Meuchelmörder uns noch vertraut, wird er kommen.«

»Der Meister?«, flüsterte Keturah. Sie hatte bis jetzt die Verwicklung des Meisters des Haskoli in diese Angelegenheit noch gar nicht richtig erfasst. Jetzt erst begriff sie, dass sie die Hilfe Hagens mehr durch den Tod seines obersten Folterknechts gewonnen hatte, als durch ihre Überredungskunst.

Sie warteten. Keturah hielt sich vom Fenster fern und beobachtete den mondbeschienenen Hof aus ihrer dunklen Ecke. Alles blieb ruhig, und als die Fackel im Feuerkorb allmählich verlöschte, wiederholte Hagen sein Signal.

Es blieb in dem Raum ebenso still wie auf dem Hof, während die fünf warteten. Etwa gegen Mitternacht bemerkte Keturah plötzlich eine Bewegung draußen unter dem Fenster. Sie legte einen Finger auf die Lippen und schlich etwas dichter ans Fenster heran, um in den perlmuttschimmernden Hof zu blicken. Eine Kreatur starrte ihr direkt in die Augen. Sie schillerte schwach im Mondlicht.

Ein Wolf.

Er funkelte, als wäre er gepanzert, und sah mit seinen goldenen Augen direkt zu ihrem Versteck auf. Dann ging er weiter, glitt wie ein Rauchschleier über den Hof. Keturah lächelte und schlich wieder in ihre Ecke zurück.

Eine Weile später bat sie Gero, hinunterzugehen und nachzusehen, ob Leon wach war. Gero nickte und schlich die Treppe nach unten. Unmittelbar danach ertönte ein Schlag. Gero tauchte kurz danach auf und wirkte etwas zerrupft.

»Er ist allerdings wach«, murmelte er.

Hagen entzündete eine zweite Fackel und gab das Signal erneut. Doch die Berge jenseits des Haskoli verweigerten eine Antwort. »Er beobachtet uns heute Nacht nicht«, flüsterte Hagen.

»Versuch es weiter«, beschied ihn Keturah. Aber die Fackel brannte herunter, und noch immer erfolgte keine Antwort. Es konnten nur noch ein paar Stunden bis zum Morgengrauen sein, als sie merkte, wie Hagen sie ansah. »Entzünde die letzte Fackel«, sagte sie.

»Er ist misstrauisch«, flüsterte Hagen. »Oder er ist selbst auch tot.«

»Dann kann es ja nicht schaden«, gab Keturah zurück. »Zünde die Fackel an.«

Hagen gehorchte und gab zum fünften Mal in dieser Nacht das Zeichen.

Und dann zum sechsten Mal.

Der Mond war mittlerweile hinter den Wolken verschwunden, und im Osten färbte sich der Himmel rauchgrau. Keturah atmete tief aus. »Verdammt«, sagte sie sehr leise. Sie stand auf und reckte sich. Ormur schien in der Ecke geschlafen zu haben und rührte sich jetzt plötzlich, sah sich im Raum um und lehnte sich dann wieder an die Wand.

Es klapperte leise im Hof. Gero stand immer noch neben Hagen und blinzelte. »Habt Ihr das gehört?«

»Der Morgen graut bald«, erwiderte Keturah gleichgültig. »Die ersten Tutoren werden aufgestanden sein.« Sie fragte sich, was sie jetzt machen sollte und ob Salbjorn den Assassinen möglicherweise tatsächlich getötet hatte. Vielleicht mussten sie die Prozedur in der folgenden Nacht noch einmal wiederholen.

Sie sah noch einmal zu Hagen hinüber und schrie unvermittelt auf. Auf dem Fensterbrett hinter ihm hob sich, deutlich sichtbar in der grauen Dämmerung, der Umriss einer schwarzen Gestalt ab. Der Assassine.

Er war untersetzt, hatte ein Messer zwischen den Zähnen, und sie konnte nur seine Augen erkennen, mit denen er den Raum musterte. Er hatte ganz offensichtlich nicht erwartet, dass er so voll sein würde. Offenbar war er misstrauisch gewesen, weil das Signal erst so spät gekommen war, und hatte nicht den Haupteingang genommen. Stattdessen war er an der Außenwand hinaufgeklettert und hatte so ihren Hinterhalt umgangen.

»Leon!«, schrie Keturah.

Hagen taumelte in die Ecke. Ihm traten fast die Augen aus den Höhlen, als die Gestalt vom Fensterbrett heruntersprang und Gero mit dem Messer attackierte. Der parierte den Hieb mit seinem Stab, die beiden kämpften, und der Assassine trieb seinen Widersacher zurück zu einem anderen Fenster. Gero prallte gegen das niedrige Fensterbrett und wurde so weit gegen das Fenster gedrängt, bis er hinauszufallen und auf dem Hof aufzuschlagen drohte. Er wollte sich am Fensterrahmen festklammern, aber dafür musste er den Stab loslassen. Damit hatte er bisher das Messer auf Abstand halten können. Jetzt holte der Meuchelmörder damit aus, um es Gero in den Leib zu rammen. In dem Moment stürzte sich Ormur wie aus dem Nichts auf die beiden, schrie mit seiner hellen Jungenstimme und umklammerte die Messerhand des Mörders. Keturah folgte ihm, packte ebenfalls die Hand, mit der Ormur rang, und versuchte, die Finger aufzubiegen und das Messer zu lösen. Doch der Assassine war ungeheuer stark. Selbst Ormur und Keturah zusammen wurden nur von seiner rechten Hand hin und her geschleudert. Mit der linken hatte er Geros Hals umklammert und drängte ihn immer weiter aus dem Fenster hinaus, sodass er fast das Gleichgewicht verlor.

Schritte ertönten auf den Stufen hinter Keturah, deren Griff um das Handgelenk des Assassinen immer schwächer wurde.

»Hagen, hilf uns!«, rief sie. Aber der Tutor hatte sich in der Ecke zusammengekauert und die Hände vor den Mund geschlagen, als sein Albtraum in diesem Raum aufgetaucht war. Jetzt befreite der Meuchelmörder seine Hand aus Keturahs Griff, und sie taumelte zurück. Ormur umklammerte immer noch das Handgelenk des Mannes und fletschte die Zähne, als er durch die brutale Kraft des Mörders seines Bruders vom Boden hochgehoben wurde. Er würde die Hand ebenfalls bald loslassen müssen, und Gero, der rot im Gesicht war und verzweifelt nach Luft rang, war kurz davor, aus dem Fenster zu fallen.

Es krachte.

Etwas prallte so fest gegen den Assassinen, dass Keturah den Aufprall durch die Bodendielen fühlte. Der Meuchelmörder sackte zusammen, Ormur flog zur Seite, und Gero konnte sich gerade noch am Fensterrahmen festhalten.

Der Assassine lag auf dem Boden und winselte und zischte wie ein gefangenes Tier, als Leon sich auf ihn stürzte, ihm seine glänzende Klinge durch das Bein bohrte und ihn so am Boden festnagelte.

Die aufgespießte Gestalt fluchte und trat mit seinem freien Bein blindlings nach Leon, aber der Wächter war unnachgiebig. Er hielt den Mann am Boden fest und gab kein bisschen nach.

Plötzlich wurde der Assassine ruhig. Er lag keuchend am Boden, das Schwert immer noch im Bein, während dunkles Blut unter ihm eine Pfütze auf den Dielen bildete.

»Ihr Bastarde!« Er zischte, als würde glühender Stahl in Wasser gelöscht. »Ihr dreckigen Bastarde, lasst mich frei!« Er drehte sich leicht zur Seite, um den Schmerz von Leons Klinge in seinem Bein zu lindern.

»Ich verspreche dir«, erwiderte Leon, »dass du niemals wieder aus eigener Kraft irgendwo hingehen wirst.«

Die Gestalt hustete. »Monate!«, flüsterte er rau. Wenn sich Keturah die Stimme einer Schlange hätte vorstellen müssen, so wäre es die Stimme dieses Mannes gewesen. »Eiskalte Monate in diesen verfluchten Bergen, von Insekten zerbissen, und ich habe diesen Burschen nicht mal erwischt! Ich wusste, dass das zu schön war, um wahr zu sein. Ich bin so dumm! Dumm! Dumm! Dumm!«

»Du hast also Numa ermordet?« Keturah trat vor. »Und den Wächter Salbjorn? Gut gemacht, Leon«, sagte sie zu dem Heiligen Wächter.

»Selbstverständlich!« Der Assassine schnappte nach Luft, als Leon das Schwert in der Wunde drehte. Wieder quoll Blut unter dem Schatten über den Boden.

»Ich glaube, du hast eine Arterie verletzt«, sagte Keturah zu Leon.

»Ganz bestimmt«, antwortete der Wächter.

»Wir brauchen ihn lebendig! Zieh das Schwert heraus, damit ich die Wunde verbinden kann.« Sie wollte gerade Streifen von ihrem Umhang abreißen, als Leon den Kopf schüttelte.

»Er ist erledigt!«

»Das bin ich«, stimmte ihm der Assassine zu. Seine Zähne schimmerten. »Was für eine blöde Art, seine letzten Monate zu vergeuden!« Sein Blick glitt zu Ormur, und Keturah sah die Gier in seinen Augen. »Und dabei war ich so kurz davor.« Er lächelte den Jungen kalt an. Ormur war bleich, erwiderte den Blick jedoch trotzig.

»Wer bist du?«, fragte Keturah. Sie legte ihre Hand auf Leons Ellbogen, damit er sein Schwert ruhig hielt. Sie war zutiefst besorgt, spürte die Gefahr, dass dieser Mann möglicherweise starb, ohne ihr die Informationen zu geben, die sie brauchte. Sie wusste nicht, ob sie Roper jemals wieder in die Augen sehen konnte, wenn ihre Einmischung die einzige Spur zerstörte, die sie hatten. Obwohl sie wusste, dass er großherzig sein und ihr nicht die Schuld daran geben würde.

»Endre«, antwortete der Mann.

»Und wer hat dich hierhergeschickt, Endre?«

Endre knurrte nur. Es hörte sich fast belustigt an, und ganz sicher war es ein Hinweis darauf, dass er nichts mehr sagen wollte.

»Ich weiß, dass du für Ellengaest arbeitest«, sagte Keturah. »Warum solltest du Loyalität für einen Mann empfinden, der dich zum Sterben hierhergeschickt hat?«

»Ellengaest hat mich aus dem Gefängnis befreit«, antwortete Endre. »Ich wäre auf einem dieser Gefängniskähne verrottet, wäre er nicht gewesen. Selbst die Zeit in den Bergen war besser als das. Alles ist besser als das. Also ja, ich empfinde mehr Loyalität ihm gegenüber als gegenüber den Mistkerlen, die mich an den Boden genagelt haben!«

»Ellengaest versucht, das Schwarze Königreich zu vernichten«, sagte Keturah. »Wusstest du das?«

Endre hob gleichgültig die Hand. »Ja.« Die Blutlache unter ihm wurde größer, und plötzlich legte er den Kopf auf den Boden. »Macht der Sache ein Ende!«, keuchte er.

»Einverstanden.« Keturah sprach ganz ruhig, obwohl sie

spürte, wie die Zeit zwischen ihren Fingern verrann. »Als Handlanger von Ellengaest werden wir deinen Leichnam in alle Winde zerstreuen, sobald wir dich getötet haben.«

Wieder blitzten seine Zähne auf. »Nein. Nicht dafür.«

Keturah lachte. Sie war so geübt darin, dass es ernsthaft entzückt klang. »Aber selbstverständlich dafür! Du liegst da, sterbend und reuelos, ein Mörder und Handlanger des Mannes, der versucht, unser Königreich dem Untergang zu weihen. Nenn mir seinen Namen, seinen wirklichen Namen, dann werde ich deinen Leichnam vor der vollkommenen Auslöschung bewahren!«

Die einzige Antwort war ein angestrengtes Keuchen.

»Was schuldest du ihm?« Keturah gelang es, erstaunt zu klingen. »Er hat dich befreit, aber nur, um dich in einen Sklaven zu verwandeln. In seinen Hund.«

»Ich bin keines Mannes Hund!«, zischte die Stimme. Die Worte waren etwas undeutlich.

»Du bist vollkommen gezähmt«, erklärte Keturah unerbittlich. »Aber das spielt keine Rolle. Wenn du uns nicht den Namen deines Herrn nennst, werden wir deinen Körper vernichten. Die weinenden Einzelteile deiner Seele werden in einer Wolke aus Elend durch die Welt irren. Das ist alles, was für die Ewigkeit überleben wird.«

Endres Wange lag in der Blutpfütze. »Vigtyr«, sagte er plötzlich leise. »Vigtyr Forraederson. Vigtyr der Schnelle.«

Keturah trat einen Schritt zurück.

Endlich!

Endlich hatten sie den Namen, und ihr erster Gedanke galt Roper, der so eng mit dem Hünen, dem Verräter, zusammenarbeitete. Er schwebte in schrecklicher Gefahr.

Dann richtete sie ihre Aufmerksamkeit wieder auf Endre und beugte sich über ihn. Sie sprach hastig. »Wie lautet sein Plan? Was hat er vor?«

Der Assassine hatte die Augen geschlossen, und Keturah fürchtete schon, dass er nichts mehr sagen würde. Dann jedoch begann er zu sprechen, aber die Worte waren so undeutlich, dass sie sie kaum verstehen konnte.

»Die Armee ist durchsetzt mit seinen Informanten«, murmelte er. »Mit Leuten, die in seiner Schuld stehen. Er schickt ihre Informationen an den Meisterspion Süddals, um ihm zu helfen, Roper zu besiegen … Vigtyr glaubt, dass Roper von der Kryptea hingerichtet wird, wenn sein Feldzug scheitert. Und auch, dass er die Dankbarkeit der Südlinge gewinnen wird und sich einen Platz am Hof ihres Königs verdient.« Endres Gesicht war totenbleich, und er keuchte immer stärker. »Das ist sein Plan«, sagte er. »So. Ich habe es euch verraten. Mehr weiß ich nicht. Verschont meinen Leichnam.«

Keturah blickte auf ihn herab. »Ich danke dir für deine Hilfe, Endre. Sie war unschätzbar wertvoll. Dein Leichnam wird in Stücke gehackt!«

»Nein!«, schrie der Assassine und riss die Augen auf.

Leon beugte sich vor und sah den Assassinen finster an. »Für Salbjorn!« Er drehte das Schwert in der Wunde, und frisches dunkles Blut strömte unter Endre hervor, dessen Zucken nach wenigen Herzschlägen aufhörte.

»Vigtyr«, stieß Keturah hervor. »Vigtyr!« Die weißen Berggipfel, die sie durch das Fenster sehen konnte, glühten in orangefarbenem Licht. »Leon, reite! Nimm mein Pferd und reite sofort los. Warne sie. Wenn du vor dem Angriff auf Lundenceaster dort eintriffst, rettest du vielleicht Tausende. Bellamus ist erledigt. Er hat nur noch Vigtyr: Du musst ihn aufhalten!«

»Ich habe die Pflicht, dich und den Jungen zu beschützen«, sagte Leon und zog sein Schwert aus Endres Bein.

Keturah stampfte mit dem Fuß auf. »Das ist unbedeutend! Geh! Geh sofort! Los, geh schon!«

Leon wich zur Treppe zurück, und Keturah setzte ihm nach. »Reite los, und zwar so schnell dieses Pferd dich trägt! Nach Lundenceaster. Suche Vigtyr und töte ihn. Los!«

37. KAPITEL

DIE MAUERN VON LUNDENCEASTER

Wir sind bereit, Mylord«, sagte Gray.

»Wir sind bereit?«, fragte Roper. »Wir können die Tunnel in Brand setzen?«

»Und die Mauern werden einstürzen. Jedenfalls behaupten das unsere Konstrukteure.«

Es war wieder ein bewölkter Tag. Roper, Gray und Pryce standen nebeneinander in einem der östlichen Gräben und betrachteten die Mauern.

Roper spürte nur Feuchtigkeit. Er hatte nasse Füße, weil er durch das Wasser in den Gräben waten musste, das ihm jetzt bis zu den Knöcheln reichte. Seine Finger waren klamm und schrumpelig, und er kämpfte gegen ein ständiges Zittern an. Und ebenso wie sein Hunger nagte das Wissen um diese schier unüberwindliche Aufgabe an ihm, die vor ihnen lag. »Ich weiß, dass ich gesagt habe, wir würden es nicht hinauszögern«, erwiderte er. »Der Allmächtige weiß, dass ich es endlich beenden will, so oder so. Aber ich glaube nicht, dass wir die Stadt in unserem Zustand einnehmen können. Die Verteidigungsanlagen sind zu mächtig. Es gibt zu viele Verteidiger. Und wir fühlen uns schon lange schwach und krank vor Heimweh. Unsere Entschlossenheit ist am Bröckeln. Wir brauchen die Unhieru, um diese Aufgabe zu bewältigen.«

»Wie weit sind sie noch entfernt?«, erkundigte sich Gray.

»Nicht sehr weit«, antwortete Roper. »Man hat mir berichtet, dass sie zusammen mit der Insel-Legion innerhalb von zwei Tagen hier sein werden.«

»Und wenn sie noch zwei Tage länger aufgehalten werden?«, gab Gray zu bedenken. »Angesichts unserer kargen Rationen könnte sich unsere Streitmacht einfach auflösen.«

»Ich weiß«, erwiderte Roper. »Das weiß ich, aber dieses Risiko müssen wir eingehen. Unsere Kundschafter sind zuversichtlich, dass sie dann hier sein werden.«

»Die Nachrichten unserer Kundschafter sind zurzeit nicht gerade sehr zuverlässig«, merkte Pryce an.

»Trotzdem. Wir warten auf die Unhieru.«

»Wenigstens werden keine Skiritai mehr vor unserem Lager abgelegt«, warf Gray ein. Seit mehr als einer Woche waren immer wieder Fackeln am Rand des Lagers aufgetaucht, wenn die Einsiedlerkrebse versucht hatten, sie mit den erkrankten Skiritai zu infizieren. Sie waren jede Nacht durch einen wahren Pfeilhagel zurückgetrieben worden. Aber die Quelle, von der sie die infizierten Skiritai bekommen hatten, schien mittlerweile versiegt zu sein. Roper hoffte, dass sie möglicherweise von dieser tödlichen Seuche verschont blieben, aber das Risiko, sich zu infizieren, hatte vor allem die Beschaffung von Nahrung, Feuerholz und Wasser sehr erschwert. Die Armee war so restlos erschöpft, dass Roper nicht einmal sicher war, ob sie die Moral aufbrachte, Lundenceaster selbst mithilfe der Unhieru zu erobern.

Sie unterhielten sich noch eine Weile, und Gray fragte Roper, wie die Trainingsstunden mit Vigtyr liefen.

»Ich hatte erst heute Morgen wieder eine«, berichtete Roper. »Ich habe den Eindruck, als würde ich deutliche Fortschritte machen.«

»Jedenfalls genießt Vigtyr die Trainingseinheiten nicht mehr«, meinte Pryce. »Das ist ein sicheres Zeichen dafür, dass Ihr Fortschritte macht.«

»Diesen Eindruck habe ich auch«, stimmte Roper zu. »Es gefällt ihm überhaupt nicht, dass ich besser werde.«

»Ich habe neulich gehört, wie er Euch als außerordentlich talentiert beschrieben hat«, erklärte Gray. »Er glaubt, Ihr könntet ein Meister des Schwertkampfs werden.«

Das erstaunte Roper, und er hätte gern mehr erfahren, aber sie wurden von einem Trompetensignal aus dem Norden unterbrochen. *Soldaten im Anmarsch.* Die drei Männer sahen sich an. »Noch mehr Infizierte?«

»Finden wir es heraus«, sagte Roper. Sie stiegen aus dem Graben und verschmierten Schlamm auf der Vorderseite ihrer Gewänder, als sie sich über den Rand schoben. Roper sah in einiger Entfernung eine große Anzahl von Männern, die sich zwischen den Bäumen hinter ihnen bewegten. Einen Moment vergaß er, wie klein die Bäume in Süddal waren, und überschätzte die Größe dieser Gestalten erheblich. Waren die Unhieru bereits früher eingetroffen? Doch als er näher kam, erkannte er das Banner, das über den Köpfen der Soldaten flatterte: zerfetzte Falkenfedern.

»Ich glaube es nicht!«, stieß er hervor. »Das glaube ich einfach nicht.«

Vor der Kolonne von müden Männern, die in das Lager trotteten, ritt eine einsame, hoch aufgerichtete Gestalt. Der Reiter bemerkte Roper und lenkte sein Pferd in seine Richtung. Roper lief auf ihn zu, während sich ein Grinsen auf seinem Gesicht breitmachte.

Strahlend blieb er vor dem Reiter stehen. »Kommandeur Tekoa«, sagte er. »Willst du dich uns zum letzten Tanz anschließen?«

»Wir brennen darauf!«, erwiderte Tekoa.

»Was ist mit der Pest?«

»Sie ist besiegt. Seit zwei Wochen ist niemand mehr krank geworden.«

Roper trat näher und hielt Tekoa die Hand hin. Die beiden

schüttelten sich die Hände, dann war Gray an der Reihe. Nur Pryce blieb stehen, wo er war.

»Du bist wieder zurück«, sagte er.

»Ja, Neffe. Ich bin wieder da.«

»Wie viele Skiritai haben überlebt?«, erkundigte sich Pryce unverblümt.

Als Tekoa antwortete, war seine Stimme tonlos. »Es sind noch fünfzehnhundert von uns übrig.«

»Fünfzehnhundert mehr, als ich zu hoffen gewagt habe«, warf Roper ein. »Und dass du dazugehörst, ist noch besser.«

»Es ist nicht nötig, mir zu schmeicheln, Lord Roper«, gab Tekoa zurück.

»Und sag mir ...« Pryce' Stimme klang immer noch tonlos. »Wieso konnten die Einsiedlerkrebse so viele unserer infizierten Männer in die Finger bekommen?«

Es herrschte Schweigen, während Tekoa seinen Neffen musterte. »Davon höre ich zum ersten Mal«, antwortete er schließlich.

»Zu deinem Glück«, erwiderte Pryce. »In der Zwischenzeit hatten wir alle Hände voll zu tun mit deinen kranken Männern, die von den ...«

»Es ist geschafft«, fiel Roper ihm ins Wort. »Die Skiritai sind gesund. Mehr gibt es dazu nicht zu sagen.«

»Du musstest dich mit meinen kranken Männern abgeben?«, übertönte Tekoa Roper und starrte Pryce kalt an. »Sag mir, wie sich das angefühlt hat, Neffe. Ich kann mir wirklich nicht vorstellen, wie das ist.«

Pryce kniff die Augen zusammen und machte einen Schritt nach vorn, aber Roper legte ihm nachdrücklich die Hand auf die Brust. »Das reicht, ihr beiden! Wir gewinnen nichts bei einem Streit, die Sache ist erledigt. Der Hunger ist dafür verantwortlich, dass ihr euch streitet.« Roper deutete auf die hohen Mauern von Lundenceaster. »Wenn wir nicht all unsere Energie auf den Angriff konzentrieren, dann ist alles, was wir bisher erreicht haben, hinfällig. Gefühle sind ansteckend. Ihr müsst beide auf eure achten.«

Tekoa und Pryce starrten sich immer noch wütend an, bis Gray schließlich Pryce am Arm ergriff. »Wir gehen bald in die Gräben, Pryce. Machen wir uns bereit.«

Die beiden zogen sich zurück, und Pryce warf einen letzten wütenden Blick auf seinen Onkel, bevor er sich wegziehen ließ. Roper betrachtete Tekoa und stellte fest, dass unter seinem Ärger eine unerwartete Verletzlichkeit durchschimmerte.

»Die kranken Skiritai, die die Einsiedlerkrebse uns geschickt haben, haben nichts angerichtet, Kommandeur«, sagte er. »Sobald uns klar wurde, worauf sie aus waren, haben wir sie mit Pfeilen vertrieben.«

Tekoa fuhr sich mit der Hand über sein Gesicht. Er schwieg eine Weile, und Roper trat einen Schritt näher an ihn heran.

»Ich … Ich entschuldige mich, Lord Roper. Ich habe nicht erwartet, dass so etwas passieren könnte.«

»Denk nicht mehr daran«, antwortete Roper. »Der bevorstehende Angriff ist das Einzige, was jetzt von Bedeutung ist.«

Tekoa nickte widerstrebend. »Wo ist meine Tochter?«

»Sie ist zurück nach Norden gegangen, um unser Kind zu bekommen. Sie sollte mittlerweile wieder im Hindrunn sein.« Eine kleine Pause trat ein, und Roper strahlte, weil er wusste, wie sehr die Ankunft der Skiritai seinen Männern Mut machen würde. »Ich bin außerordentlich froh, dich wieder hierzuhaben, Kommandeur.«

Tekoa nickte erneut, ohne Roper jedoch direkt anzusehen. Seine Augen waren hart wie Marmor, und alle Scherze waren vergessen. Auch seine Worte klangen nicht freudig. Aus ihnen sprach nur der Zwang weiterzumachen.

»Bringen wir die Sache zu Ende«, sagte er.

* * *

Tekoa sprach nie mit Roper darüber, wie es gewesen war, so

abgeschnitten von allen anderen auszuharren, während die Krankheit in seiner Legion wütete. Roper hörte Berichte von anderen Skiritai, die erzählten, wie brutal die Quarantäne gewesen war, die er ihnen aufgezwungen hatte. Die gesamte Legion wurde aufgeteilt in *Eindeutig Kranke, Möglicherweise Kranke,* und *Eindeutig Gesunde.* Letztere wurden sorgfältig geschützt. Sobald Tekoa das Lager verlassen hatte, versammelte er seine Männer um sich herum und teilte ihnen unverblümt mit, dass sie ihre Leben für ihre Standesgenossen und ihr Königreich opfern müssten. Sollte jemand auch nur die Vermutung haben, dass er erkrankt war, hatte er sich zu den *Möglicherweise Kranken* zu melden. Bestätigte sich diese Diagnose, musste er irgendwo in den Wald gehen und darauf warten, wie sie sich entwickelte. Das war die bevorzugte Methode, mit dieser höchst ansteckenden Seuche umzugehen. Wer überlebte, durfte zu den *Möglicherweise Kranken* zurückkehren. Kein gesunder Mann durfte sich um die Infizierten kümmern, und Tekoa hatte sich selbst zweimal zu den *Möglicherweise Kranken* gesellt – und hatte zweimal überlebt.

Als Roper das hörte, wurde ihm klar, dass die *Eindeutig Kranken* in den Wald gegangen sein mussten und dort von den Einsiedlerkrebsen gefangen worden waren. Tekoa musste das ebenfalls begriffen haben, aber er erwähnte es mit keinem Wort, und Roper drängte ihn auch nicht. Der Legionskommandeur war finsterer und sein Humor beißender, aber trotzdem war Roper froh, ihn und seine Waldläufer hierzuhaben. Vor allem, als die Unhieru eintrafen.

Sie kamen von Westen.

Roper, Tekoa, Gray und Pryce unterhielten sich gerade, als erneut das Hornsignal für *Soldaten im Anmarsch* erklang. »Das werden die Unhieru sein«, sagte Tekoa.

Roper hätte gedacht, er wäre zu müde dafür, aber beim Klang der Trompete spürte er, wie seine Handflächen feucht wurden. »Vorwärts«, sagte er, ohne nachzudenken. Die vier liefen los, in die Richtung, aus der das Trompetensignal gekommen war.

»Gibt es irgendetwas, das ich wissen sollte, bevor wir diese Leute treffen?«, erkundigte sich Gray.

»Es ist dasselbe wie immer«, antwortete Tekoa. »Gib unter gar keinen Umständen nach.«

Roper hatte erwartet, dass er die Unhieru bereits aus großer Entfernung sehen würde, aber das erste Anzeichen dafür, dass sie näher kamen, war eine Gruppe von Legionären, die regungslos dastand und in den Wald starrte. Unter dem schattigen Blätterdach nahm Roper Bewegungen von gewaltigen, schattigen Gestalten wahr. Er drängte sich durch die versammelten Soldaten, die sofort eine Gasse bildeten, als sie ihn erkannten. Ganz offensichtlich waren sie alle sehr froh darüber, dass er diese Situation in die Hand nahm. Roper roch den scharfen Gestank von Urin.

Als die Legionäre zur Seite traten, sah Roper Gighath – die aggressiv wirkende braunhäutige Frau, die sich so herablassend über ihre Delegation amüsiert hatte. Sie marschierte auf einen Hauptmann zu, der vor der Gruppe der Soldaten stand und Schritt um Schritt vor ihr zurückwich. Roper sah, wie die Erde unter ihren nackten Füßen unter ihrem Gewicht nachgab. Er legte dem Hauptmann die Hand auf die Schulter. Der Mann trat erleichtert hinter Roper, der seinerseits Gighath entgegenging. Hinter ihr tauchten weitere Unhieru zwischen den Bäumen auf, sowohl Männer als auch Frauen. Sie bewegten sich mit dem majestätisch geschmeidigen Gang von Bären.

Roper verbeugte sich höflich vor Gighath. Dabei entblößte er seinen Nacken vor ihr und blieb länger in dieser Position als normal. »Es ist eine Ehre, dich hier willkommen zu heißen, Mylady. Sag mir, weißt du, wo Gogmagoc ist? Ich möchte ihn begrüßen.«

»Ist das nicht dieses giftige Miststück Gighath?«, ertönte Pryce' Stimme hinter Roper.

Gighath zeigte ihre schartigen Zähne, erwiderte jedoch nichts. Roper hörte ein Geräusch rechts von sich, das seine Aufmerksamkeit erregte, als würde ihn jemand am Ohr dorthin ziehen. Es war ein Klirren, als sich etwas Langsames, Gepanzertes zwischen den Bäumen auf ihn zu bewegte. Als er in die Dunkelheit spähte, erkannte er etwas Gewaltiges, Glänzendes, das beim Gehen leicht hin und her schwankte. Gighath folgte Ropers Blick und stieß erstickt ein Wort hervor. »*Hokhmakhoc.*«

Roper nickte und verabschiedete sich höflich von Gighath, obwohl sie es seiner Meinung nach nicht verdient hatte. Er trat vor und rief: »Gogmagoc! Gogmagoc!«

Ein schreckliches Metallgesicht tauchte plötzlich über Roper auf. Als einziger Unhieru hatte Gogmagoc seine Rüstung für diese besondere Gelegenheit angelegt. Da die Waffenschmiede der Anakim die Gesichter der Unhieru nicht genau kannten, hatten sie die Löcher für Augen und Mund in jedem Helm erheblich größer gemacht. Das Ergebnis, das man jetzt auf Gogmagocs Kopf bewundern konnte, sah aus wie ein riesiger umgekippter Eimer aus Stahl. Er war pechschwarz, sah höchst befremdlich aus, und auf der Vorderseite waren perfekt runde Löcher für die Augen über einem riesigen Oval für den Mund. Darunter hing ein Kettenhemd über seinen Leib, das bereits rostige Glieder aufwies und so formlos war, dass Gogmagoc einem gewaltigen eisernen Phantom ähnelte. Mit einer Hand hielt er den Kopf einer gewaltigen Axt, deren Schaft er wie einen Pflug über die Erde hinter sich herzog.

Roper spürte, wie seine Standesgenossen vor dem König der Giganten zurückwichen. Er musste unwillkürlich daran denken, was wohl erforderlich sein würde, diese Kreatur aufzuhalten, so gepanzert und bewaffnet, wie sie war. Eine Kanone oder ein Feuerwerfer würden das vielleicht schaffen. Aber Roper konnte sich nicht vorstellen, was dieses Kettenhemd im Feld, wo Hieb- und Stichwaffen nur mit Muskelkraft bedient wurden, durchdringen sollte. Vorausgesetzt, man überlebte überhaupt, sobald man sich in die Reichweite seiner Axt wagte. Wieder dachte er an Gilius, an die Pferde, diesen Zustand des *Andergeists*, an Gogmagocs Aura des Wahnsinns und war sich nicht mehr ganz so sicher, ob es klug gewesen war, dieses Volk zu Hilfe geholt zu haben.

Die eiserne Erscheinung war stehen geblieben und starrte Roper aus den riesigen Augenlöchern an. Der verbeugte sich erneut und spürte die animalische Intelligenz, die ihn unter diesem schockierenden Helm betrachtete und ihn anhand eines Maßstabs abschätzte, den Roper nicht kannte.

»Willkommen in unserer Armee, Mylord Gogmagoc. Du kommst gerade rechtzeitig.«

»Rechtzeitig wofür?«, knurrte die Erscheinung.

»Für einen guten Wettkampf.« Roper blinzelte ihm zu.

Gogmagoc lachte. Es klang wie ein Erdrutsch, und Ropers Nackenhaare richteten sich auf.

»Komm und setz dich an mein Feuer, Lord König, dann reden wir.«

Gogmagoc machte eine vielsagende Handbewegung, die wohl *Nur zu* bedeuten sollte, erwiderte aber nichts. Roper drehte sich um und führte den König zu seiner Feuerstelle. Die Soldaten um ihn herum bildeten schweigend eine Gasse. Roper und dem Gigantenkönig folgten Gray, Pryce, Tekoa sowie eine ganze Prozession Unhieru. Erst waren es nur ein paar Dutzend, dann strömten Hunderte zwischen den Bäumen hervor. Sie hielten Abstand zu den Legionären, und auch wenn beide Seiten sich gegenseitig beäugten, kommunizierten sie nur untereinander.

An seinem Feuer legte Roper frisches Holz nach und stellte zwei Töpfe Pinientee auf die Flammen. Gogmagoc setzte den Helm ab und schüttelte seine gewaltige, zerzauste Mähne, dass die darin eingeflochtenen Knochen klapperten. Dann ließ er sich auf den Boden fallen. Gray und Tekoa standen neben dem Feuer und betrachteten den Giganten, während der Tee zog. Pryce dagegen ließ sich einfach neben dem Unhieru auf den Boden fallen und zupfte am Gras.

»Wie war deine Reise, Lord Gogmagoc?«, erkundigte sich Roper.

Der König zuckte mit den Schultern. »Sie ist zu Ende. Wo ist Eoten-Draefend?«

»Das wissen wir nicht genau«, gab Roper zu. »Aber die große Mehrheit der Streitkräfte Süddals befindet sich hinter diesen Mauern.«

Gogmagoc betrachtete Lundenceaster. »Also kommen wir nicht an ihn heran«, grollte er.

Wie Roper gehofft hatte, ging Gogmagoc davon aus, dass Garrett ebenfalls in der Stadt war, und er wollte ihm diese Idee unter keinen Umständen ausreden.

»Überlass uns die Mauern«, sagte er. »Aber es sind viele Verteidiger, gegen die wir zusammen kämpfen müssen.«

»Viele Verteidiger, aber nicht genug«, erklärte Gogmagoc. »Wir gehen zuerst hinein.«

Roper lächelte. »Genau das wollte ich vorschlagen, Lord. Angesichts eurer Rüstungen dürfte der Feind große Schwierigkeiten im Kampf gegen euch haben. Wir werden heute Nacht eine Bresche in die Mauer schlagen, ein Loch. Vielleicht solltest du eintausend deiner Männer auswählen, die als Erste hineingehen. Wenn es mehr sind, hast du vielleicht keinen Raum, dich zu bewegen.«

Und außerdem könnten wir die Kontrolle über dich verlieren, dachte er.

»Ja«, stimmte Gogmagoc ihm schlicht zu.

»Gut.« Roper betrachtete seinen Gast. »Sehr gut. Wenn es dunkel wird, legen wir los.« *Endlich.*

»Dann ist es beschlossen.« Gogmagoc nahm den kochend heißen Topf mit dem Tee und leerte ihn in einem Zug. Roper blickte den König entsetzt an, der sich unbeholfen erhob. Ohne ein weiteres Wort marschierte er ins Lager, den Helm locker an der Seite.

* * *

Es wurde dunkel.

Roper ging durch das Lager und atmete durch den Mund, um den beunruhigenden Gestank von Moschus zu meiden, den die Unhieru verströmten. Er hatte noch nie eine Armee erlebt, die so ruhig war. Beinahe glaubte er zu sehen, wie die Bürde dessen, was sie unternehmen wollten, auf seinen Legionären lastete. Er hatte befohlen, dass sie den Rest ihrer Rationen aßen, um Kraft zum Kämpfen zu haben. Ganz gleich, ob sie gewannen oder verloren, sie würden sie morgen nicht brauchen. Aber obwohl sie alle hungrig waren, starrten die meisten nur stumm auf ihr Essen.

Roper hatte seine eigene Ration heruntergezwungen und wusste, wie seine Männer sich fühlten. Als er in einem ruhigen Moment mit Gray allein am Feuer war, wandte er sich dem Hauptmann zu. »Ich fühle mich nicht gut.«

Gray lächelte ihn aufmunternd an. »Inwiefern, Lord?«

»Krank, schwach.« Roper überlegte kurz. »Ängstlich.«

Gray nickte. Im Spiel von Licht und Schatten sah sein Gesicht alt aus. »Ich empfinde genauso, Mylord. Lundenceaster hat einen einschüchternden Ruf. Vor diesen Mauern sind Armeen vernichtet worden, und jetzt kämpfen wir nicht nur um unser eigenes Leben. Sondern für die Zukunft der Anakim. Das spüren die Männer.«

»Ich auch«, gab Roper leise zu. Er warf einen Blick auf die dunklen Stadtmauern. »Ich sage das nur zu dir, mein Bruder. Noch nie in meinem ganzen Leben habe ich etwas weniger gern tun wollen.«

»Ich weiß, Mylord. Ich bin auch nicht besonders erpicht darauf.« Sie schwiegen einen Moment, bis Roper wieder zu Gray blickte.

»Aber wenigstens ist die Entscheidung einfach, habe ich recht? Wenn wir uns abwenden, verhungern wir. Sollten wir dagegen diese Mauern überwinden und die Straßen erobern, sichern wir unsere Zukunft. Wir müssen es tun. Für unsere Familien im Norden und die noch ungeborenen Generationen.«

Gray legte Roper den Arm um die Schultern. »Und jetzt ist der Tag der Entscheidung gekommen, Lord. Allein diese Armee hierherzubringen ist eine Leistung, für die die Akademie Euch auf ewig in Erinnerung halten wird.«

»Ich werde mich selbst mit der Ehre belohnen, der erste Anakim zu sein, der durch die Bresche geht.«

»Mylord!« Gray zog seinen Arm zurück. »Das könnt Ihr nicht.«

»Ich kann.«

»Nein!«, widersprach Gray nachdrücklich. »Ihr müsst mir in dem Punkt vertrauen. Es ist ganz einfach. All jene, die an der Spitze eines Angriffs stehen, überleben ihn nicht. Ihr werdet gebraucht. Ohne Euch wird die Armee auseinanderfallen, und Ihr werdet es nicht überleben, wenn Ihr der Erste in dieser Bresche seid. Glaubt mir, Ihr dürft nicht gehen.«

Roper antwortete nicht. Er fühlte sich so unruhig, dass er nicht wusste, ob er es ertragen konnte, jenseits der Mauern zu warten. Es war besser, aktiv und in Gefahr zu sein, was beides das unnatürliche Hämmern seines Herzens erklären würde. Dieses Gefühl war es eigentlich, das ihn zu seiner Entscheidung trieb, aber Gray hatte recht. Seine erste Pflicht galt der Armee. »Einverstanden, Gray. Ich werde warten.«

Andere Offiziere versammelten sich um Ropers Feuer, um auf den nächtlichen Angriff zu warten. Pryce tauchte ebenso auf wie Vigtyr. Die Leitende Historikerin, Tekoa, Sturla und ein halbes Dutzend anderer Kommandeure suchten im Schein des Feuers Zuflucht vor dem fernen Geheul der Unhieru. Durch die Anwesenheit der Giganten fühlte sich das Lager plötzlich seltsam fremd an.

Roper und Gray plauderten miteinander. Der einzige Zweck dieses Gesprächs bestand darin, ihre Gefährten abzulenken und zu verhindern, dass sie sich in ihren eigenen Gedanken verloren. »Ich muss gerade an eines der Gespräche denken, das ich mit Bellamus geführt habe«, sagte Roper.

»Erzählt mir davon.« Gray schärfte sein Schwert im Licht des Feuers.

»Es ging um die Freiheit der Entscheidung«, sagte Roper. »Und ich versuche herauszufinden, ob er die Wahrheit gesagt hat oder ob alles, was er in diesem Zelt getan und gesagt hat, eine Art Schauspiel gewesen ist.«

»Wie kommt Ihr darauf, dass er nur gespielt hat?«

»Durch das Schachspiel«, sagte Roper nachdenklich. »Ich habe alle Spiele gegen ihn gewonnen, bis auf das letzte. Und in diesem letzten Spiel hat er mich praktisch auseinandergenommen. Ich hatte … hatte das Gefühl, dass er mich vorher hat gewinnen lassen und nur bei diesem letzten Mal richtig gegen mich gespielt hat.«

Gray runzelte die Stirn. »Warum sollte er das tun?«

»Ich weiß es nicht, aber er ist ein ungewöhnlich engagierter und listenreicher Mann. Und deshalb frage ich mich natürlich, ob ich irgendeinem Wort von ihm trauen kann. Oder ob er all das nur gesagt hat, um mich auf eine Art und Weise in die Irre zu führen, die ich zurzeit nicht verstehe.«

»Was also hat er über die freie Entscheidung gesagt?«

»Er hat behauptet«, antwortete Roper langsam, »dass für die Menschen von Süddal die freie Entscheidung etwas sehr Positives ist. Sie lieben es. Sie glauben, man wäre glücklicher, wenn man die Freiheit besitzt zu wählen.«

»Das ist die Philosophie eines Kindes«, warf Pryce schneidend ein. »Wer ist glücklicher, der Mann, der akzeptiert, was er hat und das Beste daraus macht, oder derjenige, der immer über die Schulter blickt und sich fragt, ob er vielleicht doch besser einen anderen Weg hätte einschlagen sollen? Die freie Wahl ist eine schreckliche Last.«

»Sie kann durchaus willkommen sein, in Kleinigkeiten wohlgemerkt«, warf Gray ein. »Was man zum Beispiel am Abend macht, was man isst – aber ich muss dir trotzdem zustimmen. Stellt euch vor, ihr müsstet stets entscheiden, was ihr mit eurem

Leben anfangen wolltet. Stellt euch vor, ihr müsstet euren eigenen Namen wählen oder sogar euer eigenes Schwert. Ihr solltet durch Eure Lebensumstände wachsen, statt zu versuchen, sie zu verändern.«

»Ja, sicher«, antwortete Roper. »Das alles habe ich auch gesagt. Ich habe ihn gefragt, wie er mit dieser Unsicherheit leben kann, wenn er sich ständig fragen muss, was hätte sein können. Er antwortete, es wäre eine Gelegenheit, seine Persönlichkeit zu entwickeln. Vor jeder Entscheidung fragt er sich: ›Welche Wahl würde der Mann treffen, der ich gern wäre?‹ Jede Entscheidung ist ein Weg, dem näher zu kommen, der man gern sein möchte. Das, sagte er, wäre befreiend.«

Seinen Worten folgte Schweigen. »Das ist sehr interessant«, meinte Gray, während er seinen Wetzstein in die Tasche legte und sich nachdenklich zurücklehnte. Sein Schwert lag immer noch auf seinem Schoß. »Ich glaube nicht, dass Ihr alles anzweifeln müsst, was er gesagt hat. Ich glaube, dass ein Mann davon durchaus überzeugt sein kann.«

»Ein einäugiger Mann«, merkte Pryce an.

»Ich glaube kaum, dass du in der richtigen Position bist, Leute zu kritisieren, denen Sinnesorgane fehlen, Pryce«, konterte Tekoa, und die Anwesenden lachten plötzlich. Pryce ignorierte die Stichelei.

»Ich habe Pryce nur einmal in meinem ganzen Leben lachen sehen«, sagte Roper und beobachtete den Sprinter. »In dieser Nacht am Feuer vor Githru, als Uvorens vier Wächter mich in einen Hinterhalt gelockt und mich angegriffen haben. Pryce ist uns gefolgt. Bevor Asger mich angriff, sagte er, ihm würde ein Gedanke durch den Kopf gehen, und ich erwiderte, den müsste ihm wohl jemand anders eingegeben haben.« Wieder lachten die Umsitzenden. »Und Pryce lachte. Ich glaube nicht, dass ich ihn seitdem habe lachen sehen.«

»So amüsant das auch sein mag, kann ich mir vorstellen, dass du wahrscheinlich ein bisschen nervös gewesen bist, Neffe«, sagte Tekoa. »Du musst gewusst haben, dass du gerade versucht warst, vier Heilige Wächter zu bekämpfen und zu töten.«

Pryce schwieg einen Moment. »Ich war nicht nervös.« Er spielte mit seinem langen Pferdeschwanz und wickelte ihn kurz um seine Finger, bevor er zu Tekoa hochblickte. »Bis Lord Roper das gesagt hatte, habe ich keinen Gedanken daran verschwendet, gegen jemanden zu kämpfen oder jemanden zu töten.«

Als Pryce das sagte, ließ Gray den Kopf in die Hände sinken. Es herrschte ein langes Schweigen, während die Anwesenden diese Worte verdauten. Tekoa sah seinen Neffen ungläubig an. »Du willst damit doch wohl nicht sagen … Gibst du ernsthaft zu, dass der Witz, den Lord Roper gemacht hat, dich zu der Entscheidung gebracht hat, ihn zu beschützen?«

Pryce zuckte mit den Achseln.

»Dass du ansonsten zugelassen hättest, dass Uvorens Männer ihn ermorden?«, setzte Tekoa nach.

»Ja«, erwiderte Pryce schlicht.

Diesmal schwiegen alle wie betäubt.

»Was sagt Ihr dazu, Lord Roper?«, brach Tekoa die Stille. Es fiel ihm offenbar schwer zu fassen, was sein Neffe da zugab.

Roper lächelte Pryce an. »Das wusste ich bereits«, gab er beiläufig zurück. »Es war für mich ziemlich offenkundig, wann Pryce seine Entscheidung getroffen hat.«

»Und ich würde diese Entscheidung wieder treffen«, sagte Pryce knapp. »Ganz gleich, wie oft Ihr fragt.«

Roper blinzelte und wandte plötzlich den Blick ab. Gray bewahrte ihn davor, eine Antwort geben zu müssen.

»Das ist wohl die wertvollste Entscheidung, die wir treffen können«, sagte der Hauptmann. »Dass wir in der Lage sind, jene zu belohnen, die es unserer Meinung nach verdient haben.« Roper dachte an Keturah und ihr Verlangen, Tekoa zu folgen, als er aus der Armee ins Exil geschickt wurde. Tekoa selbst dachte ganz offensichtlich über andere Dinge nach.

»Das ist alles sehr rührend«, sagte er beißend. »Aber wollen wir einfach über die Tatsache hinwegsehen, dass Pryce sich entschlossen hat, allein gegen vier Wächter zu kämpfen, und zwar nur wegen eines Witzes, der ihm gefiel?«

Pryce schien sein hochmütiges Schweigen wahren zu wollen, aber dann zuckte er erneut die Achseln. »Es war nicht der Witz. Meine Entscheidung beruhte darauf, dass ich einen Mann vor mir sah, der sich weigerte niederzuknien, obwohl er gleich sterben würde.«

»Ihr hättet sehen sollen, was dann passierte«, sagte Roper. Er berichtete, wie Pryce seine vier hoch angesehenen Widersacher besiegt hatte. Irgendwie machte die Absurdität der Geschichte sie in dieser Nacht komisch. Pryce jedoch trug nichts dazu bei, sondern wirkte gelangweilt von der Aufmerksamkeit, die ihm zuteilwurde, als man ihn fragte, wer ihm das Ohr abgeschlagen und wer die weißen Narben auf seinem Unterarm hinterlassen hatte und wer am leichtesten gestorben war.

In dem Gelächter ertönte eine Frage, die ganz offensichtlich im Ernst gestellt wurde. »Fällt dir alles so leicht, Pryce?« In der Stimme schwangen blanker Neid und Bewunderung mit, und zwar so deutlich, dass etliche Offiziere zu Boden blickten, als hätten sie etwas Unschickliches wahrgenommen. Roper hob den Kopf und stellte erstaunt fest, dass Vigtyr die Frage gestellt hatte. Er starrte Pryce sehnsüchtig an, der Vigtyrs Blick aufmerksam erwiderte.

»Alles, was mir wichtig ist.«

Vigtyr schlug die Augen nieder und starrte ins Feuer. Roper hatte plötzlich Mitleid mit dem Mann.

Dem Austausch folgte ein sehr langes Schweigen, das nur durch das leise Knistern der abkühlenden Glut gestört wurde. Roper sah der Reihe nach die Gesichter rund um das Feuer an und stellte fest, dass ihn fast alle anblickten. Er erwiderte die Blicke einen nach dem anderen und nickte dann, als wollte er sich etwas bestätigen. »Meine Freunde. Es ist Zeit.« In der Dunkelheit standen die Gestalten um das Feuer der Reihe nach auf.

Anakim und Unhieru sammelten sich vor Lundenceasters moosbedeckten Steinmauern. Während die Kommandeure vor ihre Legionen ritten und sie unter dem geflochtenen Auge aus Stechpalmenzweigen segneten, betrachteten die Soldaten den Rauch. Aus drei Löchern in der Erde quollen Rauchsäulen, die jeweils am Fuß dunkelrot glühten durch die Flammen, die unter der Erde loderten. Es war zu dunkel, um zu erkennen, ob irgendwelche Verteidiger auf den Mauern standen, aber die Südlinge hatten zweifellos begriffen, was dieser Rauch bedeutete, und hatten diesen Abschnitt ihrer Verteidigungsanlagen aufgegeben.

Die Unhieru warteten in den Gräben. Eine Schlachtreihe, vollkommen von Kettenhemden bedeckt und mit ihren unheimlichen Helmen, durch deren Löcher sie alles beobachteten. Dahinter standen die Legionen in ihren Plattenrüstungen, tödlich ruhig unter ihren Bannern.

Als der Moment schließlich kam, entwickelte er sich rasch zu einer Kettenreaktion.

Zuerst ertönte ein lautes Krachen, und eine Mörtelwolke stieg von einem der Mauertürme auf. Die Wolke hing in der Luft, beleuchtet durch den schwachen Schein der Stadt. Dann sackte die Erde vor dem Turm sonderbar zusammen, und eine schwarze Rauchwolke und lodernde Flammen schossen aus den drei Rauchabzügen auf. In deren Licht zuckten zwei Risse über die Mauer, rechts und links neben dem Turm.

Dann herrschte Stille.

Der Rauch verflüchtigte sich, und Roper hatte schon Angst, dass die Untergrabung fehlgeschlagen sein könnte und sie die Mauer nur geschwächt hätten. Für diesen Fall hatten sie die Unhieru mit Seilen und Haken ausgestattet, damit sie versuchten, die Mauer niederzureißen. Roper stand an dem Graben über Gogmagoc und holte schon Luft, um den Befehl dazu zu geben.

Aber ein Krachen von der Mauer kam ihm zuvor. Dann noch eines.

Und dann, unglaublich langsam und in der Dunkelheit schwer zu erkennen, aber am Ende doch unverkennbar, fing der Turm an, sich zu neigen. Wie ein gefällter Baum fiel er immer schneller, erst sanft und dann mit atemberaubender Geschwindigkeit. Er landete mit einem donnernden Krachen, und Roper spürte den Aufprall und das Beben des Bodens durch seine Stiefel hindurch. Eine riesige Staubwolke stieg in die Luft. Trümmer stürzten von der Mauer hinter dem Turm hinab und bildeten eine hohe Bresche.

Die Bresche.

Die Unhieru mussten trotzdem etwa zehn Meter unebener Trümmer erklimmen, auf die man von beiden Seiten der Mauer blicken konnte. Die Krieger Süddals würden sie zweifellos mit Bogenschützen bestücken und damit diese Passage zu einem tödlichen Zugang machen. Aber die Bresche war da. Es wurde Zeit. Süddal war zum Greifen nahe. Sie mussten einfach nur durch die Bresche klettern und die Stadt dahinter erobern.

Roper legte Gogmagoc die Hand auf den gepanzerten Rücken.

»Viel Glück euch allen!«

38. KAPITEL

DIE BRESCHE

Das Trommeln begann: durchdringende, dröhnende Wellen, die von den Tausenden Kriegern hinter Roper erzeugt wurden. Lundenceaster wusste ohne Zweifel, was da kam. Mit einer Energie, die Roper überraschte, sprang Gogmagoc aus dem Graben. Sein Kettenhemd schwang klirrend um seine Knie, und er hielt die Axt mit der langen Schneide an seiner Seite. Dann stieß er einen ohrenbetäubenden Schrei aus. Es war ein gurgelndes, heulendes Gebrüll, das von den dunklen Mauern widerhallte und die anderen Unhieru aufforderte, aus dem Graben zu klettern. Angeführt von ihrem Gigantenkönig rannten sie mit langen Sätzen auf die Bresche zu.

Roper sah zu. Die Heilige Wache hatte hinter ihm Aufstellung genommen. Dahinter standen Ramneas Hunde. Vor den Unhieru regnete es Feuer von den Mauerteilen, die noch rechts und links von der Bresche standen. Die Verteidiger warfen brennende Heubündel hinunter, die das Schlachtfeld erhellten, damit ihre Bogenschützen zielen konnten. Sie verwandelten die Bresche in einen glühenden Schlund, der von Zähnen aus Feuer gespickt war.

Die Unhieru waren bereits dreihundert Schritte von ihnen entfernt, und ihr animalisches Gebrüll wurde leiser, als Gray sich neben ihn stellte. Furcht machte sich in Roper breit. Sein

Herz hämmerte fast im gleichen Rhythmus wie das Stampfen, das die Luft vibrieren ließ. Er drehte sich um und lächelte Gray an, während er eine Hand auf sein Herz legte. »Was auch immer hinter dieser Bresche liegt, es ist besser als das hier«, sagte er.

Gray erwiderte das Lächeln. »Das ist närrisch, Lord.«

Roper zog *Kaltschneide* und drehte sich zu der Heiligen Wache um. Er sah in die Gesichter der Männer, die er erkennen konnte. »Folgt ihr mir?« Dreihundert Schwerter wurden aus ihren Scheiden gezogen.

»Bringen wir's hinter uns!« Roper wandte sich wieder zu der Bresche um und lief über die Holzstege, die die Gräben überspannten. Seine Wächter folgten ihm ungeordnet.

Sie strömten in das Niemandsland vor den Mauern, auf deren Zinnen Hunderte von Fackeln leuchteten, als die Verteidiger sich auf den Bastionen drängten. Die Knochentrompeten kreischten auf. Donnernd setzten sich Ramneas Hunde sich in Bewegung. Ihre Stiefel stampften in unheimlicher Gleichzeitigkeit auf den Boden, und die zerfetzten Banner schwankten wie Fragmente der Nacht selbst. Die Legion erwachte zu donnerndem Leben und stimmte die Hymne des Vormarsches an. Die Trommelschläge wurden lauter. Ein Jubelschrei ertönte, den Roper nicht erwartet hatte, der ihn vorantrieb.

Drei Angriffswellen marschierten jetzt auf die Mauer zu – zwei große und eine kleinere. Zuerst kamen eintausend Unhieru, angeführt von Gogmagoc. Verheerende Sturmtruppen, die, wie Roper hoffte, die anfänglichen Verteidigungslinien überwältigen und ihnen einen mentalen Vorteil verschaffen würden. Dann kam die kleinste Welle – Roper und seine dreihundert Wächter. Sie würden Gogmagoc in die Bresche folgen und den Angriff anführen. Sie würden sich ihre Ziele genau aussuchen und die Stoßrichtung der dritten Welle koordinieren, die ihnen im Abstand von ein paar Hundert Metern folgte – Ramneas Hunde. Die besten Krieger des Schwarzen Königreiches. Die meisten waren kampferprobte Veteranen. Neben ihnen fochten sehr begabte jüngere Krieger, die sich einen Namen machen wollten, um sich einen Platz bei der Heiligen Wache zu verdienen. Es waren vielleicht nur wenige, zudem hungrig, heimwehkrank und erschöpft, aber sie besaßen die Energie für ein letztes Aufbäumen. Sie würden gemeinsam die Bresche sichern. Sobald das gelungen war, konnten sie sie als Einfallstor nach Lundenceaster benutzen. Die Legionen würden in die Stadt strömen, durchsetzt von Gruppen der Unhieru, um die Stadt Straße um Straße, Gebäude um Gebäude einzunehmen. Das war die Aufgabe dieser ersten Wellen. Sie sollten die Bresche sichern. Gelang ihnen das, würde Lundenceaster fallen.

Weit vor ihnen ertönte ein Pfeifen und ein trockenes Knallen, als Langbogenschützen ihr Feuer auf die Unhieru eröffneten. Roper wusste nicht, welche Wirkung diese Geschosse hatten, aber sie zielten ausschließlich auf ihre gigantischen Verbündeten. Er ging schneller, weil er so nahe wie möglich an der Bresche sein wollte, bevor die Bogenschützen auf sie zielten. Die einzigen Geräusche waren der hastige Atem der Männer, die mit ihm marschierten, das Klirren und Klappern von Rüstungen und das dumpfe Stampfen von Schritten. Ein Nebel aus zertrümmerten Steinen und Mörtel und Rauch verhüllte ihren Weg, trocknete Ropers Mund aus und brannte ihm in der Kehle.

Gogmagoc hatte mittlerweile die Trümmer der Bresche erreicht und führte seine Gruppe an der Seite hinauf. Er umging die brennenden Heubündel auf ihrem Weg. Pfeile prallten von ihren Rüstungen ab. Die ersten Unhieru erhoben sich als Silhouette über der Bresche vor dem Staub, der darüberschwebte. Er wurde von den Feuern in orangerotes Licht getaucht. Die Unhieru schienen dort jedoch zu zögern, und ihre Schatten erstarrten auf der Spitze des Trümmerhaufens, bevor einige von ihnen zurückgeschleudert wurden. Sie rollten über die Trümmer herab und hinterließen einen Schweif aus Steinstaub, bis sie am Fuß der Bresche zum Liegen kamen. Tot. Roper wurde langsamer und sah sich staunend um. Irgendetwas Schreckliches ging hinter dieser Bresche vor sich. Etwas, das mächtig genug war, um einen gepanzerten Unhieru aufzuhalten. Aber was es auch sein mochte, Gogmagoc ignorierte es und führte den Rest seiner Gruppe weiter, über den Gipfel der Trümmer und außer Sicht.

Der Boden war jetzt von Pfeilschäften gespickt, aber die Bogenschützen auf den Mauern ignorierten die Anakim immer noch. Sie hatten ganz eindeutig zu viel Angst vor den Unhieru, um sich mit Roper und seinen Wächtern abzugeben, die jetzt den Fuß der Bresche erreicht hatten. Die Giganten waren alle mittlerweile auf der anderen Seite verschwunden, und Roper legte seine Hand auf die zertrümmerten Steine am Fuß der Bresche.

Dann begann er hinaufzuklettern.

Die Unhieru hatten es problemlos geschafft, diese steile Halde aus lockerem Felsen und Gestein zu erklimmen, aber sie waren auch gewaltig und kräftig. Diese erste Barriere war beeindruckend. Unter jedem Schritt löste sich eine Kaskade aus Trümmern, und Roper schaffte eineinhalb Meter vom Boden nach oben, bevor sein Abschnitt der Halde plötzlich ganz ins Rutschen kam und er zurückgeworfen wurde. Er landete auf dem Leichnam eines Unhieru, der mit dem Gesicht auf dem Boden lag. Das Kettenhemd umgab seinen massigen Körper wie ein Tuch. Roper stand auf, versuchte es erneut und schaffte diesmal fast sechs Meter, bevor die Steine wieder nachgaben und er am Fuß des Trümmerfeldes landete. Seine Glieder waren schwer von dieser langen Zeit des Hungers. Keuchend hielt er einen Moment inne, bevor er es erneut versuchte. Wächter schwärmten vor ihm und um ihn herum, hatten jedoch ähnlich wenig Erfolg. Einer prallte gegen Roper, der mit dem Hintern auf dem Boden landete.

Jetzt konzentrierten sich die Pfeile auch auf sie. Zischend flogen sie von den intakten Mauern auf beiden Seiten der Bresche auf sie zu, prallten von den Steinen ab und landeten klirrend auf ihrer Rüstung. Roper antwortete mit Aggression. Er erhob sich, sammelte seine Kraft und stieg wieder auf die Steine. Diesmal schaffte er drei Meter, ehe das Geröll erneut unter seinen Füßen nachgab, aber er hatte genug Schwung geholt, um sich von diesem kleinen Erdrutsch zu befreien und weiterzuklettern. Er machte einen Bogen um einen der brennenden Heuballen, die von der Mauer herabgeworfen worden waren. Seine Beine waren bleischwer, obwohl er erst die Hälfte des Geröllfelds geschafft hatte. Er keuchte, seine Kehle war gereizt, und er hatte den trockenen Geschmack von Steinstaub im Mund. Aber er gab nicht auf und überholte alle Wächter bis auf Pryce. Der Läufer agierte mit ähnlich wahnsinniger Aggression, und gemeinsam mühten sie sich die Bresche hinauf. Ihre schwere Rüstung klapperte, ihre Schenkel und Waden brannten, und Pfeile umschwirrten sie, als sie schließlich die Spitze erreichten.

Zum ersten Mal sahen sie Lundenceaster unter sich. Enge Straßen voll dunklen Holzes, mit riedgedeckten Lehmhäusern. Moosige Dächer erstreckten sich weit vor ihnen wie der Baldachin eines Waldes. Aber es war der Boden direkt vor ihnen, der Ropers Blick anzog. Es war ein breiter Streifen zwischen dem inneren Hang der Bresche und den nächsten Häusern der Stadt. Er war von Hunderten brennender Holzbündel erleuchtet, in denen die umherschwärmenden Unhieru schreckliche Schatten warfen. In diesem flackernden Licht erkannte Roper, dass die Häuser vor ihnen umgebaut worden waren. Jede hochliegende Fensteröffnung war erweitert und mit Männern besetzt worden, die Speerschleudern bemannten. Jede dieser Waffen, die wie gewaltige Armbrüste aussahen, war auf einem Holzrahmen montiert und spuckte eiserne Bolzen in die wimmelnden Unhieru unter ihnen. Und jeder Raum, der nicht von Speerschleudern besetzt war, wimmelte von Langbogenschützen, die ihre Salven in das Gewühl feuerten.

Roper blieb wie angewurzelt stehen, und Pryce verharrte an seiner Seite, als sie auf die Szenerie blickten. Die Krieger des

Südens hatten gewusst, wo die Bresche sein würde, und deshalb diese Häuser zu winzigen Wachtürmen umfunktioniert. Sie und die Bogenschützen auf den Mauern darüber feuerten Pfeilsalven ab, die wie Hagel auf das Schlachtfeld prasselten. Allmählich kamen weitere Wächter zu ihnen auf die Spitze der Bresche. Sie waren von Staub bedeckt, keuchten und starrten auf die Leichen der Unhieru, die überall herumlagen wie ausgebrannte Heuballen.

Vorwärts, Roper!

»Folgt mir!«, schrie er und stürmte vor. Er stieg auf die Trümmer der Bresche und rutschte herunter, ohne sein Tempo kontrollieren zu können. Ein Pfeil prallte von seinem Brustpanzer ab, so heftig, dass es ihm den Atem nahm. Ein anderer zischte an seiner Wange vorbei und hinterließ eine brennende Schramme. Er glitt immer noch abwärts, und die Haut auf seinen Handflächen wurde zerfetzt, als er versuchte, den Sturz zu verlangsamen. Trotzdem schien der Boden förmlich auf ihn zuzufliegen, und als er ihn schließlich erreichte, gaben seine Beine unter ihm nach, und er landete in einer Staubwolke auf dem Boden.

Das rettete ihm das Leben. Denn gerade als er aufstehen wollte, pfiff der Bolzen einer Speerschleuder über seinen Kopf hinweg und riss einen Wächter zu Boden, der hinter Roper aufstand. Er durchbohrte seinen gepanzerten Oberkörper und drang auf der anderen Seite wieder heraus. Der Körper des Mannes erzitterte durch den Aufprall, und er brach zusammen. Einen Moment fürchtete Roper, es könnte Pryce sein, aber dann sah er den Läufer rechts von sich. Er half gerade Gray auf die Füße.

Roper war vollkommen von Staub bedeckt und sich jedes Zentimeters seiner ungepanzerten Haut bewusst, als die Pfeile um ihn herum in den Boden einschlugen. Er stand erneut auf, als ein ohrenbetäubendes Krachen ertönte und etwas über ihn hinwegfegte. Steinbrocken landeten prasselnd auf seiner Rüstung. Die Verteidiger auf der Mauer hatten einen Felsbrocken heruntergeworfen, der auf den Hang der Bresche geprallt war und kaum einen Schritt von Roper entfernt zum Halten gekommen war. Zwei Wächter waren darunter gefangen, einer mit dem Bein, der andere mit dem Arm. Beide versuchten verzweifelt, sich zu befreien.

Roper konnte nichts für sie tun. Er rief Gray und Pryce zu sich und rannte mit einer kleinen Schar von Wächtern weiter. Sie mussten das freie Gelände hinter der Bresche schleunigst verlassen, denn es gab einen Grund, warum dort so viele Leichen der Unhieru lagen. Vor ihnen befand sich eine Gasse zwischen zwei befestigten Häusern, die vielleicht ein wenig Schutz bot. Sie suchten sich einen Weg zwischen den brennenden Heuballen und den blindlings umherrennenden Unhieru hindurch. Die Luft war geschwängert mit heißem Rauch und Staub.

Als sie die willkommene Dunkelheit der Gasse erreichten, suchte Roper nach einem Eingang. Wenn es ihnen gelang, in eines der Häuser einzudringen, konnten sie die Bogenschützen töten, die aus diesen Fenstern hoch oben auf sie herunterfeuerten. Er sah eine Tür und trat dagegen, aber das Holz gab nicht nach. Sie war ganz offensichtlich auf der anderen Seite verbarrikadiert.

Er wandte sich von der Tür ab und humpelte durch die schmale Gasse, gefolgt von seinen Wächtern. Er wollte nur so weit wie möglich von der Bresche weg. Sie bogen um eine Ecke und blieben unvermittelt stehen. Vor ihnen erhob sich ein flacher Schatten – eine frisch gebaute Palisadenwand, die die gesamte Gasse blockierte und mit Langbogenschützen gespickt war. Eine Pfeilsalve zischte ihnen entgegen. Eines der Geschosse traf Roper in den Magen, und er bekam kaum noch Luft. Hastig zogen sie sich mit den anderen Wächtern hinter die Ecke zurück, mussten jedoch drei zurücklassen. Zwei waren tot, aber einer der Wächter lag auf den Pflastersteinen. Beide Beine waren von jeweils einem Pfeil durchbohrt. Gray rannte zu ihm zurück und wurde von einer zweiten Salve zu Boden geschleudert.

Wundersamerweise erhob er sich jedoch wieder, weil seine Rüstung ihn geschützt hatte, und zog seinen verletzten Standesgenossen um die Ecke. Roper stöhnte bei jedem Atemzug, während er versuchte, wieder Luft in seine Lungen zu bekommen. Gray legte ihm die Hand auf die Schulter.

»Alles in Ordnung, Lord?«

»Solange du hier bist«, stieß Roper aus und richtete sich auf. »Da kommen wir nicht durch. Wir müssen einen anderen Weg suchen!«, keuchte er.

Sie versuchten es wieder, rannten den Weg zurück, den sie gekommen waren, auf die von flackernden Flammen erleuchtete Fläche vor der Bresche. Hier drängten sich immer noch die Unhieru, und jetzt rutschten auch einige von Ramneas Hunden den Hang hinunter und gesellten sich dazu. Während sie weiterliefen, stürzte ein Wächter neben Roper mit einem heiseren Laut zu Boden. Er war von einem Pfeil gefällt worden, dessen gefiederter Schaft aus seinem Nacken herausragte. Dann fiel durch einen Treffer ins Auge der nächste.

»Bewegt euch!«, schrie Roper, senkte den Kopf und hob die Arme, um sich vor den unaufhörlichen Salven zu schützen. Er führte eine kleine Gruppe nach links, an einem Haus vorbei, bevor er in die nächste dunkle Straße stürmte. Aber auch hier stießen sie nach wenigen Metern auf eine hastig errichtete Palisadenwand, die ebenfalls von Langbogenschützen gesäumt war.

Eine weitere Salve schlug ihnen entgegen. Also stürmten sie zurück, verließen die Straße und tauchten in das geisterhafte Licht vor der Bresche ein. Roper war entsetzt, als er die vielen Leichen und die zahllosen Pfeilschäfte auf dem Boden sah.

»Eine andere Straße!«, rief er.

Sie war blockiert.

»Eine andere!«

Blockiert.

Roper trat erneut auf die Fläche vor der Bresche und sah sich verzweifelt um. Die Südlinge hatten diesen Teil ihrer Stadt in ein riesiges Netz verwandelt. Jede Straße war von einer frisch errichteten Palisadenmauer blockiert, sodass die Angreifer wie in einem Pferch zwischen Lundenceasters Steinmauern und den befestigten Häusern festsaßen. Pfeile regneten von den Fenstern und von der Innenseite der hohen Außenmauern auf sie herab. Sie verwandelten dieses Netz in ein blutiges Schlachtfeld. Sie saßen in der Falle.

Ramneas Hunde vergrößerten das Problem noch, weil sie weiterhin durch die Bresche strömten und dann nicht weiter vordringen konnten. Sie drängten sich so dicht zusammen, bis sie sich kaum noch bewegen konnten. Dadurch boten sie ein hervorragendes Ziel für Pfeile, Bolzen und Steine, die aus den Häusern und von den Mauern über ihnen auf sie herunterregneten.

Der Angriff brach zusammen, weil sich jetzt selbst die Unverletzten hinter allem duckten, was an diesem Platz eine Deckung bot. Was Roper am meisten Angst machte war, dass keine Gesichter verzweifelt zu ihm aufblickten, in der Hoffnung, dass er eine Lösung finden würde. Sie hielten die Köpfe gesenkt und schützten sie mit ihren Armen. Sie schienen akzeptiert zu haben, dass ihr großer Feldzug zur Rettung des Nordens hier endete. Auf diesem von Pfeilen zerpflügten Acker, wo die einzige Lösung der Soldaten sich darin erschöpfte, auszuhalten und zu sterben.

Ropers Gruppe erregte jetzt Aufmerksamkeit, weil sie die größte Ansammlung von Männern waren, die noch standen. Der Bolzen einer Speerschleuder fuhr in die Gruppe, riss einen Wächter von den Füßen und schleuderte ihn gegen zwei seiner Gefährten, die ebenfalls zu Boden stürzten.

»Runter!«, schrie Roper. »Sucht Deckung, runter!« Er ließ sich hinter den Leichnam eines Unhieru fallen und presste sich gegen dessen Kettenhemd, um zumindest vorübergehend Schutz vor den Pfeilen zu finden. Zwei Wächter legten sich neben ihn und pressten sich ebenfalls so dicht wie möglich an den gepanzerten Leichnam. Einer von ihnen lag flach auf dem Gesicht, aus der Rückseite seines Helms ragte ein Bolzen. Aus dem Loch spritzte Blut. Sein Gefährte reagierte kaum, außer dass er sich noch dichter hinter diesen spärlichen Schutz presste.

Roper wusste nicht, ob er die Deckung dieses Leichnams noch einmal verlassen konnte, nachdem er sich dort in Sicherheit gebracht hatte. Er sah das innere Geröllfeld der Bresche hinauf und fragte sich, ob sie wohl überlebten, wenn sie zurückwichen. Aber der Hang war zu steil, und außerdem rückten dort immer noch Legionäre vor. Sie mussten der Armee das Signal geben, den Vormarsch einzustellen, aber Roper wusste nicht, wie ihm das gelingen sollte. Wenn er sich bewegte, würde er sterben. Der Gesang von Ramneas Hunden war verstummt, doch außerhalb der Mauern dröhnten die Trommeln weiter, wie monströse Fässer auf Pflastersteinen.

Roper sah weder Pryce noch Gray. Und ebenso wenig Gogmagoc. Er sah nur überall Männer, die sich duckten und zusammenkauerten. Über ihnen loderten Flammen, und Schatten tanzten über alles hinweg. Es fühlte sich an wie bei seiner allerersten Schlacht. Er war für sie alle hier verantwortlich, doch es gab einfach keine gute Option, die er hätte wählen können. Er legte die Hände auf die Ohren, um das Dröhnen der Trommeln auszuschließen, das Zischen der Pfeile, die Flammen, die Unhieru.

Nach ein paar Dutzend Herzschlägen bemerkte er, dass alles ruhig geworden war. In der Bresche herrschte Stille.

Roper hob den Kopf. Pfeile flogen immer noch an ihm vorbei, aber sie pfiffen nicht mehr. Die Schreie seiner Legionäre und das Geheul der Unhieru machten keinen Eindruck mehr auf Roper.

Stille.

Nach Monaten des Ringens darum schien es Roper plötzlich, als wäre die Stille ein Werkzeug, das er ebenso leicht verwenden konnte wie das Schwert, das er umklammerte. Es war genauso, wie Gray gesagt hatte: *Du bist die Summe deiner Gewohnheiten.*

Roper sah die Bresche vor sich jetzt ganz klar, und sein Blick fiel auf den Enterhaken, der am Gürtel des Leichnams des Unhieru baumelte, an den er sich drückte. Er nahm den Haken und stand auf.

Es war, als hätte er versucht, in ein sturmgepeitschtes Meer zu waten. Eine Welle von Geschossen schlug wie mit Prügeln auf ihn ein. Steinsplitter gruben sich in seine Wangen, und er konnte kaum etwas sehen, so eng hatte er die Augen zusammengekniffen. »Folgt mir!«, übertönte er das Knallen der Geschosse, das Zischen der Pfeile. »Folgt mir! Zu mir, wenn ihr euch bewegen könnt! Zu mir!«

Sein wild hämmerndes Herz fühlte sich endlich ruhig an. Die Furcht in seiner Brust war verschwunden, verdrängt von Stille. Er war immer noch erschöpft bis ins Mark, aber er musste in diesen Pfeilhagel hineingehen, und das tat er auch. Hölzerne Schäfte zersplitterten unter seinen Stiefeln, zwei trafen seine Rüstung und hinterließen tiefe Dellen im Stahl. Er taumelte.

Um ihn herum erhoben sich die Männer, als sie seine Stimme hörten, krochen zu ihm, stolperten zu ihm und stemmten sich gegen das Entsetzen.

»Krallen!«, schrie Roper. »Bringt die Haken mit!« Sie nahmen sie den toten Unhieru ab. Gray tauchte neben Roper auf. Er hatte einen dieser Haken in seiner rechten Hand, und in seinem linken Unterarm steckte ein Pfeil. Er klopfte mit der Faust auf Ropers Schulter, der seine Hand fest drückte. »Ich bin froh, dass du da bist, Bruder!«

»Solange ich dazu in der Lage bin, Lord«, erwiderte Gray. Gemeinsam und gefolgt von einer geduckten Schar von Wächtern und Legionären drängten sie in die nächstgelegene Straße.

»Ihr da!« Roper schrie zwei Unhieru an, die sich unter der Mauer eines befestigten Hauses duckten. »Kommt mit!« Sie richteten sich auf und verstärkten ihre Gruppe. Ein Pfeil grub sich in Ropers Oberarm, unmittelbar über dem Ellbogen. Er keuchte vor Schmerz und ließ den Haken fallen. Eine Gestalt hob ihn sofort für ihn auf, und als sie sich aufrichtete, erkannte Roper Pryce' hochmütiges Gesicht unter dem Visier. Immer mehr Männer scharten sich um sie: Legionäre, Wächter und Unhieru, selbst als einige von ihnen im Pfeilhagel zusammenbrachen. Roper trieb sie vorwärts, ohne auf die Worte zu achten, die er unablässig brüllte. »Zu mir, zu mir! Hoch mit euch! Es ist noch nicht vorbei! Wir hören erst auf, wenn wir gesiegt haben!«

Sie liefen durch eine Straße, in der Roper bereits einmal gewesen war. Der Schein der Feuer blieb hinter ihnen zurück, und sie bogen um eine Ecke, mitten in eine Pfeilsalve hinein. Roper wurde zweimal getroffen, aber die Schläge waren so schwach, dass er nicht wusste, ob sie seine Rüstung oder seinen Körper getroffen hatten.

»Tötet!«, brüllte er. »Tötet! Tötet! Tötet!«

Sie standen knapp zwei Schritte vor der Palisade. Über ihnen glänzten weiß die zusammengebissenen Zähne der Bogenschützen, als sie ihre Pfeile auf die Angreifer feuerten. »Werft die Haken über die Palisade!«

Die Haken flogen auf die dunkle Palisade, und einige Legionäre fingen an, sich an den Seilen hochzuziehen. »Runter!«, schrie Roper, »Runter damit!« Er deutete auf die Unhieru. »Reißt sie ein!«, befahl er. »Reißt die Palisaden nieder!« Die Langbogenschützen lösten etliche Haken und warfen sie hinunter, aber ein paar Legionäre hatten fest an den Tauen gezogen, sodass sich die scharfen Zähne der Haken tief in das Holz gebohrt hatten.

Ein Unhieru packte ein Tau und zog daran. Ein Bogenschütze neben der Kralle zog sein Messer und sägte damit an dem Seil, das unter dem Druck riss. Aber es wurden immer mehr Haken hinaufgeworfen, und die Unhieru zogen sie sofort straff, wenn sie sich in das Holz gegraben hatten. Unter ihrer vereinten

Kraft begann die Palisadenmauer, sich nach außen zu neigen. Die Erde am Fuß der Stämme quoll auf, und Roper trat zurück, damit er nicht unter dem Holz begraben wurde. Es knallte, wenn die Seile durch den Druck rissen oder von den Messern durchtrennt wurden, und einige Unhieru fielen zurück, als der Widerstand an ihren Tauen verschwand. Aber ein halbes Dutzend zerrte immer noch an den Tauen, und unter lautem Ächzen und Krachen brach ein großer Teil der Pfähle, aus denen die Wand bestand, nach außen weg.

Dann hatten die Unhieru, die keine Taue hielten, plötzlich etwas, das sie packen konnten. Sie rissen mit blanken Händen an den Pfählen, zogen sie herunter und schufen so Lücken. Dadurch verloren einige Langbogenschützen ihren Halt auf dem kleinen Wehrgang darüber und stürzten in die wartenden Arme der Anakim hinab. Die schienen plötzlich von einer wütenden Energie überkommen zu werden. Sie wimmelten wie eine Masse von Heuschrecken über den Gestürzten. Ihre Wut übertrug sich auf alle und schien nahezu greifbar zu sein. Roper schrie so laut er konnte, als der Wall begann, auf ganzer Länge nachzugeben.

»Ja, weiter! Weiter, meine Brüder, meine Standesgenossen! Sie können uns nicht aufhalten!« Immer noch prasselten Pfeile auf sie herab, aber die Langbogenschützen schienen hauptsächlich auf die Unhieru zu zielen. Die Pfeile prallten wirkungslos von den dicken Kettenhemden ab.

Mittlerweile war der Spalt in der Palisadenwand breit genug, dass ein Anakim sich hindurchquetschen konnte. Pryce stand am nächsten an einer Lücke und drehte sich zu Gray herum. »Heb mich hoch!«, befahl er. Gray packte Pryce' Fuß, und Roper half ihm mit seinem unverletzten rechten Arm. Sie hoben den Zuchtmeister hinauf, wo er sich an einem zersplitterten Pfahl festhielt. Pryce hielt das Schwert mit den Zähnen und kletterte den Rand der Palisadenwand hinauf. Ein Verteidiger sah ihn und zielte mit seinem Langbogen aus weniger als einem

Schritt Entfernung auf Pryce' Kopf. Roper schrie eine sinnlose Warnung hinauf, denn es gab nichts, was Pryce hätte dagegen tun können. Dann wirbelte Grays Schwert aus dem Nichts auf den Bogenschützen zu, der ausweichen musste und dabei auf dem hölzernen Wehrgang den Halt verlor. Mehr brauchte Pryce nicht. Er packte den Stiefel des Bogenschützen und zog ihn herunter, obwohl der Mann fluchend um sich schlug.

Dann war Pryce auf dem Wehrgang. Er überragte die Verteidiger, die sich ihm stellten, um etliches, war gepanzert und hielt eine lange Klinge in seiner Hand. Die Langbogenschützen konnten ihm auf dem schmalen Wehrgang nur einzeln gegenübertreten, waren lediglich mit ihren Bögen und Langmessern bewaffnet und trugen Lederrüstungen.

Sie lösten sich förmlich vor ihm auf.

Pryce' Schwert schwang in großen Bögen durch die Luft und schleuderte Körperteile von dem Wall in die Tiefe. Drei Pfeile krachten einer nach dem anderen in seine Brust, aber der Krieger taumelte nur kurz, bevor er sich erneut auf die Bogenschützen stürzte.

Hinter Pryce schwankte die Palisadenwand erneut, bis ein Abschnitt von etwa acht Metern unter lautem Krachen niedergerissen wurde. Drei Unhieru stürmten sofort durch die Lücke. Sie stürzten sich auf die Verteidiger dahinter, und Roper konnte sie nicht mehr zurückhalten. Er packte Grays Handgelenk. »Führ die Wache hindurch und halte diese Lücke unter allen Umständen. Das hier ist unser einziger Weg in die Stadt, und wir müssen ihn verteidigen! Ich gehe zurück und zeige den anderen den Weg.«

Gray nickte und warf einen letzten Blick auf Pryce, dessen Arbeit auf der Palisade beendet war. Der blutbespritzte und von Pfeilen gespickte Wächter ging jetzt gelassen über den verlassenen Wehrgang und trat am Boden liegende Bogenschützen in die Tiefe.

Roper wandte sich um und drängte sich durch die Menge der

Invasoren zurück, die durch die Lücke wollten, die er geschaffen hatte. Er kämpfte sich bis zur Bresche vor. Sie glühte hinter den Häusern wie der Landeplatz eines Meteoriten. Er trat aus dem Schutz der Straße heraus in das Licht des Schlachtfeldes, wo ein Meer von Männern sich immer noch vor den Pfeilen und Bolzen duckte, die über sie hinwegflogen.

»Hierher!«, brüllte Roper und drehte sich zur Seite, sodass ein Pfeil schräg gegen seine Rüstung prallte, statt direkt von vorn. Er wurde abgelenkt und landete am Boden. »Hier entlang, wenn ihr leben wollt! Hier entlang, dann beenden wir, was wir angefangen haben! Vorrücken! Vorrücken! Vorrücken!«

Anakim und Unhieru rappelten sich hoch, tauchten hinter Felsbrocken, Häusern und Leichen auf und rannten geduckt zu Roper. Unvermittelt wurde der von einem Pfeil von den Füßen geholt, dessen Wucht ihn auf die Pflastersteine schleuderte. Seine Rüstung hatte ihn erneut gerettet, aber ihm war klar, dass sein Glück nicht ewig halten konnte. Er spuckte Staub aus und richtete sich auf. Unter seinen Fingern fühlte er etwas Weiches. Er blickte hinab und bemerkte, dass er sich auf dem Gesicht eines toten Legionärs abstützte.

Er taumelte weiter und wurde von einer Masse splitternden Holzes abgelenkt, das aus einem Fenster über ihm hinausgeschleudert wurde. Es krachte zu Boden, und Roper brauchte einen Moment, bis er erkannte, dass es die Reste einer Speerschleuder waren. Aus dem Fenster drangen panische Schreie, dann wurden die drei Schützen der Schleuder hinterhergeworfen, einer nach dem anderen. Der erste landete Funken stiebend in einem brennenden Heuballen und schlug heftig um sich, als er versuchte, sich aus den Flammen zu retten. Ein anderer landete auf seinem Kopf und rührte sich nicht mehr. Der dritte landete mit den Beinen zuerst auf dem Boden und schrie gequält auf, als die Beine unter ihm nachgaben. Er rollte sich auf den Bauch und versuchte, vor dem wegzukriechen, was in dem Haus war.

Es war Gogmagoc. Sein gepanzerter Leib presste sich durch das Fenster und riss dabei den Rahmen auseinander, bevor er hinter seinen Opfern zu Boden sprang. Mit der Axt in der Hand und ohne auf die Pfeile zu achten, die um ihn herumzischten, ging er zum nächsten Haus. Die Mannschaft in dem Haus sah die Bedrohung und richtete ihre Speerschleuder auf ihn. Die gewaltige Maschine erzitterte einmal heftig, als sie ausgelöst wurde. Roper sah den Bolzen nicht. Er war zu schnell, und hier an der Bresche war es zu dunkel, aber er sah, wo das Kettenhemd auf Gogmagocs Rücken zuckte, als der Bolzen seinen Körper durchschlug und auf der anderen Seite wieder herauskam. Er sah das dunkle Blut, das herausspritzte, und die Wolke aus zertrümmerten Steinen, in der der Bolzen hinter dem Giganten landete. Roper sah all das, Gogmagoc jedoch achtete nicht darauf. Er hatte das Haus erreicht und mit zwei Schlägen seiner Axt einen Eckpfeiler zertrümmert. Die Besatzung der Speerschleuder taumelte vom Fenster zurück, als das ganze Haus sich neigte. Gogmagoc zerrte an dem Gebäude, das schließlich in einer riesigen Staubwolke und einem Haufen aus Holzsplittern auf dem Boden landete. Gedämpfte Schreie ertönten im Inneren der Ruine, über der der Gigantenkönig regungslos aufragte. Ein glänzender Umriss mit zwei vollkommen runden schwarzen Augenlöchern im Helm, aus denen er über die Bresche blickte.

Eine Hand packte Ropers Schulter, und er wandte sich um. Ein schmutziger Legionär stand vor ihm. »Mylord, in den Straßen sind Soldaten der Südlinge! Hunderte von Rittern, die versuchen, uns den Weg in die Stadt zu versperren!«

Roper antwortete nicht, sondern warf einen Blick auf die Männer, die auf sie zuströmten. Er sah ein halbes Dutzend Unhieru und befahl ihnen mit einem lauten Schrei, sich ihm anzuschließen. Sie folgten seinem Befehl und drängten sich durch die Menge der Legionäre.

»Mylord?«, wiederholte der Bote. »Die Ritter.«

»Ich habe dich gehört«, antwortete Roper. »Sie sind so gut wie tot.« Er blickte zu den Unhieru hoch, die ihn umringten und ihn durch diese schrecklichen Augenlöcher ihrer Helme anstarrten. »Folgt mir«, sagte er und kehrte der Bresche den Rücken.

Sie ließen das flackernde Licht der Heuballen hinter sich und bogen wieder in die Straße ein. Roper konnte nur noch Leichen und dunkle Gänge sehen, hörte jedoch vor sich lautes Krachen, Klirren und darüber eine Schlachtenhymne, die von den wilden Männern gesungen wurde, die mit ihm durch die Palisadenwand gebrochen waren. Irgendwo außerhalb seines Blickfeldes hatte die Heilige Wache ihre Energie wiedergefunden und kämpfte wie verhungernde Hunde.

Roper drängte sich zu der Lücke vor, die sie in die Palisadenwand geschlagen hatten, und geriet in eine dichte Gruppe von Männern, die sich ihren Weg hindurchbahnten. Aber der Druck ließ sofort nach, als die Männer die Unhieru sahen, die Roper folgten. Seine Krieger traten zurück und ließen den Schwarzen Lord und seine gigantischen Verbündeten passieren. Als er die Palisadenwand durchschritt, ertönte eine Stimme links von ihm. »Mylord!« In der Dunkelheit sah er die Ritter, die durch eine Gasse auf diese Straße stürmten und versuchten, seine Streitkräfte zu umgehen. Er brüllte den Unhieru zu, dass sie sich der Ritter annehmen sollten. Der Angriff der Südlinge geriet ins Stocken, als der Weg plötzlich von riesigen Gestalten in Kettenhemden und unheimlichen Helmen blockiert war.

Roper ließ sie hinter sich zurück und bog um eine andere Ecke. Dort hatte Gray die Heilige Wache zu einer Schlachtlinie formiert, die eine Kompanie Ritter zurücktrieb. Sie waren gekommen, um die Lücke zu schließen, die der einzige Fluchtweg aus der Falle war.

Die Wache sang dröhnend die *Hymne in der Fremde,* als Roper losrannte und laut brüllte, damit die Krieger vor ihm wussten, dass er kam. *Kaltschneide* blitzte an seiner Seite. Einige der hinteren Wächter drehten sich um und jubelten, als sie ihn zur Schlachtreihe rennen sahen.

»Weg da!«, brüllte er. »Zur Seite! Weg da!« Vier Wächter hatten etwas Platz und sprangen zur Seite. Daraufhin stand die feindliche Schlachtreihe frei vor Roper, der den Kopf senkte. Er krachte gegen die stehenden Ritter, und drei von ihnen bekamen die volle Wucht seines Angriffs ab. Sie wurden zu Boden geschleudert, und Roper taumelte, stolperte über sie, stieß einen mit dem Ellbogen weg und stürmte weiter vor durch ihre Schlachtreihe. Er drehte sich um, hob sein Schwert und sah, wie die Wächter ihm in die Lücke folgten, die er für sie freigemacht hatte. Vier weitere Ritter wurden rasch hintereinander zu Boden geschleudert und rollten klirrend über die Pflastersteine. Was die Wächter mit ihnen machten, war so blutrünstig, dass ihre Kameraden zögerten. Sie schienen zu glauben, dass sie die Anakim hier nicht aufhalten würden. Denn zu dieser Konfrontation hätte es eigentlich erst tiefer in der Stadt kommen sollen. Die Schlachtreihe wurde von diesem Gedanken geschwächt und löste sich auf. Die Ritter wichen zurück, immer schneller und schneller, und rannten schließlich den Weg zurück, den sie gekommen waren. Einer schlug im Vorbeilaufen nach Ropers Hals. Nach dem Training mit Vigtyr reagierte Roper instinktiv. Er wehrte den Angriff ab und bohrte mit der gleichen Bewegung sein Schwert in die Achselhöhle seines Widersachers. Der Mann heulte auf und stürzte zu Boden. Roper erledigte ihn mit einem kurzen Stoß seines Schwertes.

Die Wächter schickten sich an, den Rittern über die Straße in die dunkle Stadt zu folgen, aber Roper rief sie zurück. »Hierher! Kommt hierher! Ich brauche euch hier!« Gray reagierte zuerst, gefolgt von Dutzenden von Wächtern. »Hilf mir«, bat Roper Gray und hielt ihm seinen verletzten Arm hin, während sich etwa dreißig Wächter um sie scharten. Gray packte den Pfeil, der aus Ropers Ellbogen herausragte, und schnitt das hervorstehende Teil ab, damit Roper nicht hängen blieb, wenn er kämpfte. Die Pfeilspitze würde er später entfernen müssen.

»Kommt näher und hört zu!«, stieß Roper zwischen den

Zähnen hervor, während Gray die Arbeit an seinem Ellbogen beendete. Während er redete, behandelte er Grays Pfeilwunde auf dieselbe grobe Art. »Wir müssen auf die äußeren Mauern und die Langbogenschützen erledigen!« Die keuchenden Wächter folgten seinem Beispiel und banden rasch Leinenfetzen um ihre blutigen Wunden oder stabilisierten verletzte Gelenke mit Lederstreifen. Ihre Gesichter waren mit Staub bedeckt und von Schweiß gezeichnet.

»Wir müssen es so schnell wie möglich tun. Jede Sekunde, die wir den Bogenschützen noch geben, sterben mehr Legionäre, die über die Bresche kommen und in diesem tödlichen Pferch festsitzen. Vor allem anderen und bevor dieser Angriff weitergeht, müssen wir die äußere Mauer erreichen. Also folgt mir!« Er lief in eine andere dunkle Straße, die von Lehmhäusern gesäumt war, weil er in dieser Richtung die Mauer vermutete. Er winkte seine Männer hinter sich her.

Die Lieder der Anakim, das Kläffen von Hunden und Schreie aller Art erfüllten die Nacht. Die Bewohner hatten zweifellos gehört, was die Anakim mit Städten vorhatten, die sich ihnen widersetzten. Sie lehnten sich aus den Fenstern im Obergeschoss und schleuderten Tische, Geschirr und Fensterläden auf die Krieger herab. Einige hatten ihre Jagdbögen herausgeholt und beschossen Roper und seine Gruppe mit Pfeilen. Roper wurde von einem Ziegel getroffen, dann prallte ein Topf auf seinen Helm. Es klingelte ihm in den Ohren. Er verlor die Beherrschung, drehte sich um und trat die Tür hinter sich ein. Im Inneren bewegten sich Schatten, die er mit *Kaltschneide* kurzerhand erledigte. Auf der Straße rückte seine Gruppe weiter vor und gelangte schließlich auf einen Markt, wo es etwas heller war. Die Gebäude standen hier nicht so dicht, und hinter den Hausdächern sah Roper ihr Ziel: die Mauern.

»Hier entlang!« Er führte sie zu einer anderen Straße, die von dem Marktplatz abging. Aber als sie näher kamen, ertönte lautes Gebrüll, und Licht flackerte über die Mauern. Eine Gruppe von

Männern stürmte aus der Straße heraus und bog um die Ecke. Ihre Fackeln schienen zu tanzen. Es war die Stadtgarde. Sie waren mit Kettenhemden gepanzert, trugen große viereckige Schilde und hielten Speere in den Händen. Sie griffen Ropers kleinen Voraustrupp an. Roper schrie, seine Wächter heulten, und die beiden Formationen prallten aufeinander. Die Heiligen Wächter waren zwar in der Unterzahl, aber es gab einen Grund, warum Anakim keine Schilde hatten. Die Einstellung eines Kriegers mit einem Schild ist eher defensiv, und die Anakim verstanden die Macht des Schocks besser als ihre Widersacher.

Roper rannte zu seinem ersten Gegner, krachte in dessen Schild, schlug ihn zu Boden und balancierte über seinen Körper zum nächsten Mann. Er parierte einen Speerstoß nach seinen Lenden und packte mit der freien Hand die Kehle seines Feindes. Er zuckte zusammen, als ein stechender Schmerz durch seinen Ellbogen fuhr, zog den Mann jedoch so dicht zu sich heran, dass dessen Speer nutzlos war. Er versuchte ihn zu erwürgen, während er mit *Kaltschneide* den Angriff eines anderen Wächters abwehrte. Doch seine linke Hand war zu schwach, und der Gardist konnte sich losreißen. Er holte mit dem Speer zum Stoß aus, aber plötzlich brach die Spitze einer Klinge durch das Kettenhemd auf seiner Brust, und er fiel wie ein Stein zu Boden. Gray zog sein Schwert ruhig aus der Leiche und ließ es dann auf den erhobenen Schild eines anderen Soldaten niederkrachen.

»Achtung, hinter uns! Hinter uns!«, schrie ein Wächter. Roper trat zurück, um sich eine kurze Atempause zu gönnen, und warf einen Blick über die Schulter.

Ritter.

Es waren etwa vierzig, die mit ihren glänzenden Rüstungen auf dem Platz standen, im Rücken von Ropers Gruppe. Sie griffen an.

»Zurück!«, schrie Roper. »Hierher!« Sie waren schon in der Unterzahl gewesen, doch jetzt wurden sie von zwei Seiten angegriffen. Roper löste sich von den Gardisten und rannte zur

Ecke des Platzes, sodass es wenigstens nur eine Richtung gab, aus der der Feind sie angreifen konnte. Aber als die ersten Wächter zu ihm liefen, begriff er seinen Fehler. Es wäre weit besser gewesen, wenn sie in eine der leeren Straßen gerannt wären, die von dem Platz wegführten, aber das hätte zu sehr nach Rückzug ausgesehen, als dass Roper darauf gekommen wäre. Die Ecke war vielleicht etwas einfacher zu verteidigen, aber sie konnten von hier nicht entkommen. Er hatte sie in eine Falle geführt.

Noch während er zusah, wurden zwei Wächter, die zu ihm liefen, niedergeschlagen und abgeschlachtet. Der Rest hatte kaum die Zeit, eine Reihe zu bilden, als die Ritter und Gardisten auch schon auf sie zustürmten. Roper wehrte erst einen Schwerthieb ab, dann einen Speerstoß. Er hätte gern zurückgeschlagen, aber es prasselten so viele Schläge auf ihn ein, und die Mauer aus Schilden war so dicht, dass er sich nur verteidigen konnte. Er spürte den Schock, als der Schwertstoß eines Ritters seine Plattenrüstung durchdrang und nur von der Knochenrüstung darunter aufgehalten wurde. Wütend wollte er zurückschlagen, aber dann setzte er sich zwei weiteren Schlägen aus. Ein Speerstoß kratzte an seinem Bauch vorbei, und ein Schlag mit einem Morgenstern streifte sein Kinn und hätte ihm fast den Kiefer gebrochen. Er schwang *Kaltschneide* und taumelte zurück, während die Wächter um ihn herum seinem Beispiel folgten.

Roper hatte sie zum Untergang verurteilt.

In einem gedankenlosen Moment hatte er sie in dieser Ecke des Platzes in die Falle geführt, wo sie von einer dreifachen Übermacht angegriffen wurden. Die Ritter und die Gardisten teilten sich die Schilde. Dahinter schlugen so viele Krieger auf die Wächter ein, dass sie unmöglich zurückschlagen konnten, ohne sich einem Angriff auszusetzen. Roper musste sich verteidigen, als ein Wächter links von ihm, ein Standesgenosse namens Yaddur, mit dem Roper gelacht und gegessen hatte, einen

Speer in den Hals bekam. Er hob die linke Hand, als wollte er das Blut in seinem Körper halten, und blieb noch einen Moment stehen, bevor er zusammenbrach. Dadurch verlor der Wächter links von Yaddur seine Deckung, und ein Schwerthieb fuhr durch sein Gesicht. Sein Kopf zuckte zurück, sodass seine Kehle ungeschützt war. Ein Speerstoß durchbohrte seine Kiefer, schlug ihm drei Zähne aus und tötete ihn auf der Stelle.

Die Wächter zogen sich immer weiter in die Ecke zurück. Jetzt war der Mann rechts neben Roper Gray, und Roper wurde von Furcht überwältigt, dass er mit ansehen musste, wie sein Hauptmann fiel. Sie kämpften Schulter an Schulter. Roper hätte am liebsten die Augen angesichts des Meeres aus spitzen Waffen vor ihnen geschlossen. Er wehrte einige mit seinem Schwert ab, andere mit seiner Rüstung, und einige wurden von Gray abgelenkt, der offenbar aufgehört hatte, sich selbst zu verteidigen, und immer weiter vor Roper rückte. Der schob den Hauptmann wieder mit seinem verletzten Arm neben sich. Seine Bewegungen wurden immer langsamer, als die Erschöpfung zunahm und seine Atemzüge immer schwerer wurden.

»Es tut mir leid!«, keuchte er Gray zu, aber dem Wächter fehlte die Luft für eine Antwort. Roper sah nur seine zusammengebissenen Zähne und den Schweiß, der ihm vom Kinn tropfte, als er einen weiteren Angriff abwehrte.

Plötzlich traf eine Welle der Furcht Roper so hart, dass er sich fast übergeben hätte. Er taumelte und begriff zuerst gar nicht, dass er plötzlich etwas Raum gewonnen hatte. Die Südlinge wichen zurück. Sie griffen nicht mehr an – der Hagel aus Schlägen ließ abrupt nach. Offenbar spürten sie die Angst ebenfalls. Die Pause gab Roper Gelegenheit, den Kopf zu heben und über die Köpfe der Südlinge hinwegzublicken. Jetzt sah er, was sie alle fühlten.

Ein Monster war auf den Platz gekommen.

Es war einer der Unhieru, der von zahllosen Pfeilen durchbohrt und dessen Kettenhemd zerfetzt war. Er war von einer

Schicht aus Staub und Blut bedeckt und schleppte sich über die Pflastersteine, näherte sich von hinten den Kriegern des Südens. Es war nicht Gogmagoc, denn er hatte weder ein Loch in der Brust noch im Rücken, aber dieser Dämon war fast genauso riesig. Die gewaltige Kriegsaxt an seiner Seite klirrte, als er sie über die Pflastersteine zog, was die hinteren Südlinge veranlasste, sich umzudrehen. Ihnen blieb nur ein kurzer Moment Zeit, in dieses wahnsinnige behelmte Gesicht zu starren, in die weiten runden Augenlöcher, die sie ausdruckslos anzustarren schienen. Dann krachte die gewaltige Axt in ihre Formation. Drei Männer wurden über den halben Platz geschleudert. Ihre Schilde und Speere flogen klirrend über die Pflastersteine. Einer der Gardisten landete in zwei Hälften auf dem Boden, die nur von ein paar Hautfetzen zusammengehalten wurden. Erst dann begriffen die meisten Südlinge, was hinter ihnen vor sich ging. Sie drehten sich um, doch der Unhieru setzte seinen Angriff bereits fort und krachte in die Schlachtreihe der Südlinge.

»Angriff!«, schrie Roper. Ihr Feind war abgelenkt, und plötzlich hatten die Anakim eine Chance. Zusammen trieben Gray und er einen Keil in die Formation, denn die meisten Südlinge waren zu beschäftigt, um zu reagieren. Die Wächter griffen erneut an, aber Roper versuchte gar nicht erst, Feinde zu töten, sondern trieb den Keil weiter durch ihre Reihen und schaffte es so, sie aus ihrer gefährlichen Ecke zu befreien.

Vor ihnen hatte ein Ritter einen kleinen Angriff gegen den Unhieru geführt und stieß seine Hellebarde gegen dessen Brust. Aber sie hinterließ keinerlei Spuren auf dem dicken Kettenhemd, und der Ritter wurde durch einen Schlag mit der Axt quer über den Platz geschleudert. Trotzdem kämpften die Südlinge weiter und starben. Roper war verblüfft über ihre Tapferkeit. Als der Gigant in ihre Formation krachte, griffen die unverletzten Südlinge ihn von hinten an. Ein Ritter bohrte ihm das Schwert in den Rücken. Er drehte die Klinge mit beiden Händen, bis sie endlich das Kettenhemd durchstieß und fast zwanzig Zentimeter tief in den Körper des Unhieru eindrang.

Das verschaffte ihm die Aufmerksamkeit des Giganten.

Sein albtraumhaftes Gesicht wandte sich dem Ritter zu, und er versuchte mit seiner Axt zuzuschlagen, aber aus irgendeinem Grund war sein Arm zu schwach, um die Waffe zu heben. Trotzdem gelang es ihm, den Helm des Ritters mit der linken Pranke zu packen. Er riss den Mann vom Boden hoch und schüttelte ihn. Es knallte wie von Peitschenhieben, als ein Gelenk im Leib des Ritters nach dem anderen sich unter diesem heftigen Schütteln ausrenkte. Aber die Südlinge hatten die Schwäche ihres schrecklichen Feindes gewittert und stürzten sich auf ihn. Sie schlugen mit allen Waffen, die sie hatten, auf ihn ein.

Roper und Gray hatten endlich die Formation der Südlinge durchstoßen und standen jetzt auf dem Platz. »Los!«, schrie Roper. »Wir müssen zu den Mauern! Los, los, los!«

Er hielt die Lücke in der Schlachtreihe der Südlinge offen, als die überlebenden Wächter an ihm vorbeistürmten, zu der Straße, die zu den Mauern führte. Der Unhieru heulte, wirbelte herum, und es gelang ihm tatsächlich, alle Südlinge von sich abzuschütteln. Aber sie gönnten ihm nur ein paar Herzschläge lang Pause, bevor sie sich erneut auf ihn stürzten. Sie hackten und schlugen auf ihn ein, und ein Teil seines Kettenhemdes fiel plötzlich von seinem Körper ab. Darunter war er blutüberströmt, sein rechter Arm hing nutzlos herab. Klingen bohrten sich in das ungeschützte Fleisch, und schließlich stürzte der Gigant zu Boden, wobei er zwei weitere Gardisten unter sich begrub.

Roper blieb einen Moment stehen, um dem sterbenden Hünen seinen Respekt zu erweisen, dann packte Gray seinen Arm und zog ihn weg.

Sie verließen den Platz, ließen die Schreie der Südlinge und das letzte Stöhnen des Unhieru hinter sich und taumelten ins Dunkel. Roper atmete unter Schmerzen, seine Kehle war wund

und wie zugeschnürt, aber trotzdem hasteten sie weiter. Sie waren gerade noch einmal entkommen. Roper hielt den Blick auf die dunklen Mauern gerichtet, die sich vor ihnen erhoben. Aus den Fenstern der Häuser prasselten erneut Wurfgeschosse auf sie herunter.

»Immer weiter!«, keuchte Roper, hob die Arme über den Kopf und taumelte, als ein Topf auf seinen Armschienen landete und Porzellanscherben um ihn herum prasselten. Er wich einem Tisch aus, der vor ihm auf dem Pflaster zerbarst. Plötzlich schwoll das Bellen, das er schon die ganze Nacht über gehört hatte, zu einem wilden Kläffen an. Unwillkürlich zögerte Roper, als der Lärm größer wurde. Im nächsten Moment raste ein Rudel kläffender Hunde um die Ecke. Dreißig, vierzig dieser Bestien stürzten sich mit gefletschten Zähnen und Geifer, der ihnen aus dem Maul hing, auf sie. Roper hörte Grays Stimme hinter sich. »Hunde! Hunde greifen an!«

Roper blieb stehen und hob sein Schwert, als ein Funkengitter aus einem Fenster über ihm auf seiner Schulter landete. Er taumelte etwas und ließ das Schwert sinken, und der erste knurrende Hund packte sein linkes Handgelenk und zerrte wie wild daran. Roper versuchte, das Tier auf Distanz zu halten, während er nach dem nächsten Hund trat, der sich auf ihn stürzte. Er erwischte das Tier am Hals. Es wurde zurückgeschleudert und landete auf dem Rücken. Aber ein anderer Hund war über seinen am Boden liegenden Gefährten gesprungen und landete auf Ropers Brust. Er stürzte zu Boden. Der erste Hund hatte immer noch sein Handgelenk gepackt und riss brutal an seiner Haut, während der andere das Maul aufriss und Roper in den Hals beißen wollte. Roper verdankte es nur seinem Instinkt, dass er *Kaltschneide* quer vor seine Brust bekam, die Klinge dem Hund zwischen die aufgerissenen Zähne schieben und ihn damit zurückhalten konnte. Er konnte den stinkenden Atem des Tieres riechen, dessen Zähne nur noch Zentimeter von seinem Gesicht entfernt waren. Dann riss er das Schwert mit aller Kraft zur Seite, und dem Tier wurde der Kiefer abgetrennt. Der Hund brach tot zusammen. Aber das Kläffen war immer noch ohrenbetäubend. Die ganze Nacht schien von Knurren und Geifern erfüllt zu sein. Er spürte, wie ein Hund seinen ledernen Stiefel packte und daran zerrte, hörte, wie die Wächter hinter ihm fluchend um sich schlugen.

Roper kämpfte mit dem Hund, der immer noch sein Handgelenk gepackt hielt. Er hämmerte *Kaltschneide* in seinen Rücken. Das Tier fiel von ihm ab, aber ein anderer Hund stürzte sich auf ihn. Er wurde von dem Wächter vor ihm gerettet, der den Hund mit seinem Schwert aufspießte und zur Seite schleuderte. Roper richtete sich hastig auf und versuchte seinen Fuß aus dem Maul des Hundes zu ziehen, der ihn immer noch gepackt hatte und den Kopf hin und her schwang, als wäre der Fuß ein Kaninchen, das er töten wollte. Er schlug mit dem Schwert nach ihm, aber als das Tier nicht losließ, trennte er ihm mit einem gezielten Hieb den Kopf vom Leib. Er fluchte wütend. »Mist, verflucht! Verfluchter Mist!«

Seine Hand blutete, und immer noch regneten Steingut, Töpfe, Lampen und Möbelstücke aus den Fenstern auf sie herab. Eine Lampe landete auf den Pflastersteinen, während ihr Docht noch brannte. Sie zerbarst, und im nächsten Moment loderten Flammen in der Straße auf. Die restlichen Hunde jaulten und sprangen zurück. Roper wollte sie verfolgen, aber er war zu erschöpft. Stattdessen taumelte er direkt durch die Pfütze aus brennendem Öl. Noch etliche Schritte später leckten Flammen an seinen Stiefeln.

»Wir müssen ... die Mauern erreichen!« Er hustete so stark, dass er kaum sprechen konnte. Die Wächter trotteten hinter ihm durch das Feuer, während die Hunde das Weite suchten. Die Anakim hoben die Arme zum Schutz gegen den Regen aus Stühlen, Schürhaken, Kübeln und Pfannen.

Am Ende der Straße erhob sich endlich der dunkle Schatten von Lundenceasters äußerer Mauer. Roper war so außer Atem, dass jeder Atemzug ein angestrengtes Stöhnen war, aber er stolperte zu einem Turm in der Mauer, von dem aus man die Bresche übersehen konnte. In dem Turm würde es Treppen geben, über die sie endlich auf die Zinnen kamen und die Langbogenschützen erledigen konnten. In jedem Moment, der ungenutzt verstrich, feuerten die Südlinge ihre Pfeile in die Falle, die sie rund um die Bresche errichtet hatten, und Legionäre starben.

Am Fuß des Turms hielten drei Männer Wache. Sie sahen Ropers Bande kommen, drehten sich um und verschwanden durch die Tür im Inneren des Turms. Als Roper ankam, war die Tür verrammelt und verriegelt. Sie bestand aus solider Eiche und war mit Eisen verstärkt. Er versuchte sie erst mit der Schulter zu öffnen, dann mit einem Stiefel einzutreten, aber sie gab nicht nach. Einen Moment beugte er sich vor, stützte die Hände auf die Knie und rang nach Luft. Die Wächter erreichten ihn, und mehrere von ihnen lehnten sich an die Mauern des Turms und sanken keuchend zu Boden.

»Wir brauchen eine Ramme!«, stieß Roper schließlich hervor. Er brachte die Worte kaum heraus, so atemlos war er.

Gray nickte. Ihm lief der Schweiß über das blutverschmierte Gesicht und tropfte von seiner Nase. Einen Moment lang schöpften die zwei Dutzend Krieger, die ihm geblieben waren, einfach nur Atem. Roper sah sich nach weiteren Feinden um, aber die Straßen waren leer. Das war auch ganz gut so, denn ihre kleine Gruppe war vollkommen erledigt. Jeder Mann war von unzähligen Wunden übersät. Gray, Roper und drei andere Wächter hatten Pfeilwunden davongetragen. Die Schäfte ragten noch aus ihrem Fleisch. Zwei Wächter hatten ihre Helme verloren, und der eine hatte einen riesigen blutigen Fleck auf dem Kopf, wo vorher sein Haar gewesen war.

Ropers verletzte Hand pulsierte schmerzhaft, und er konnte sie kaum bewegen. Dadurch und durch den Pfeil im Ellbogen war sein linker Arm kaum noch zu etwas nütze.

»In der Gasse vorhin lag eine Bank, die vielleicht als Ramme eingesetzt werden könnte«, stieß Gray keuchend hervor. »Jemand hat sie auf die Straße geworfen.«

Zusammen mit zwei Wächtern humpelte er den Weg zurück, den sie gekommen waren, und tauchte kurz darauf mit einer schweren Eichenbank wieder auf.

»Also los.« Roper schob *Kaltschneide* in seinen Gürtel, damit die schmutzige Klinge die Scheide nicht verunreinigte, und griff nach der Bank.

»Ihr seid wirklich unerbittlich, Lord Roper.« Ein Grinsen erschien auf Grays schmutzigem Gesicht. Einer seiner Zähne war abgebrochen. Er nahm die andere Seite der Bank, zwei weitere Männer stellten sich hinter sie, und ein fünfter Wächter stand am Ende. Als sie nur noch fünf Meter entfernt waren, stürmten sie auf die Tür des Turms los. Roper und Gray zielten mit der Bank auf den Griff. Bei dem Aufprall hatte Roper das Gefühl, als hätte er sich die Schulter ausgekugelt, aber die Tür flog auf. Roper prallte von der steinernen Fassung der Tür zurück, während Gray und die beiden anderen zur Tür stolperten.

Roper schwindelte, als er *Kaltschneide* wieder aus dem Gürtel zog und über die Bank hinweg in den Turm trat. Hinter der Tür wartete ein Mann auf ihn. Er griff ihn mit blitzender Klinge an. Roper war noch von dem Aufprall auf die Tür benommen und konnte sich nicht verteidigen. Das Schwert drang durch die verbeulte Oberfläche seiner Rüstung. Erneut wurde der Hieb von der Knochenrüstung abgefangen. Roper taumelte zurück und wäre fast über die Bank hinter ihm gestolpert. Er blieb nur auf den Beinen, weil jemand ihm stützend die Hand in den Rücken legte. Dann hob er *Kaltschneide* und hämmerte seinem Feind den Griff auf den Schädel. Etwas gab unter diesem Hieb nach, und sein Widersacher brach am Boden zusammen. Roper trat über die Leiche auf die erste steinerne Stufe der Wendeltreppe, die unmittelbar hinter der Tür begann.

Ein anderer Mann wartete über ihm in der Dunkelheit und hackte mit einem Schwert auf Roper ein. Der stellte fest, dass seine Möglichkeit, sich zu verteidigen, durch den Mittelpfeiler der Wendeltreppe stark beeinträchtigt wurde. Vigtyr und er hatten zwar daran gearbeitet, dass er sowohl links als auch rechts kämpfen konnte, doch da seine Handfläche von dem Hund verletzt worden war, konnte Roper seine Waffe nicht richtig greifen. Aber sie mussten das Treppenhaus hinauf, also begann Roper, die Stufen hochzusteigen. Er hielt seinen von einem dicken Handschuh und von den Armschienen geschützten linken Arm als Schild vor sich. Die dunkle Gestalt über ihm wich zurück und schlug immer wieder auf Roper ein, der versuchte, den Schlägen auszuweichen. Wenn ihm das nicht gelang, wehrte er die Hiebe mit seinem Handschuh ab. Jeder Schlag, der seinen Arm traf, löste einen stechenden Schmerz in der Pfeilwunde aus, aber er biss die Zähne zusammen und marschierte weiter. Gnadenlos trieb er den Verteidiger zurück, dann war ihm, als hätte sein Feind einen Schlag falsch eingeschätzt. Er trat dem Mann den Fuß unter dem Leib weg. Der Verteidiger polterte die Stufen hinunter. Roper ging einfach an ihm vorbei und überließ es den Männern hinter ihm, ihn zu töten.

Jetzt war niemand mehr vor ihm. Es war dunkel, so dunkel, dass er kaum die Stufen sehen konnte, und er musste sich zur Seite drehen, damit seine gepanzerten Schultern durch das schmale Treppenhaus passten. Seine Beine waren wie Blei, er keuchte und erwartete jeden Augenblick, auf den dritten Verteidiger zu treffen, den sie vor dem Turm gesehen hatten. Aber er kam nicht. Allmählich schimmerte rötliches Licht in dem Treppenhaus auf, und Roper wusste, dass sie sich der Tür näherten, die auf die Zinnen führte. Da fanden sie den letzten Verteidiger. Er stand vor der Tür, gewappnet mit einem Schild und bewaffnet mit einer Axt.

Während Roper die letzten Stufen hinaufstieg, schwang der Mann die Axt gegen ihn. Er riss den Arm hoch und packte den Schaft der Axt, keuchte, als erneut ein stechender Schmerz durch seinen Arm zuckte. Aber er hielt den Arm hoch, hielt die Axt hoch in der Luft und stand so Brust an Brust mit seinem Feind. Er atmete rasselnd, sammelte sich und drängte den Verteidiger langsam durch die Tür zurück auf die Zinnen. Erneut durchzuckte ein heftiger Schmerz seinen Arm, als er dem Verteidiger die Axt aus der Hand riss und sie von der Mauer warf.

Der Mann drückte seinen Schild gegen Ropers Brust und versuchte sich zu widersetzen. Aber er war kein Gegner für den Schwarzen Lord. Er nutzte den letzten Rest seiner Kräfte und trieb seinen Widersacher zurück. Jetzt rangen die beiden in ihrer tödlichen Umarmung auf einer der Mauern, von der aus man die Bresche überblicken konnte. Sie war dicht besetzt mit Bogenschützen, die auf die Legionäre unter ihnen feuerten. Aber als sie jetzt einen Anakim auf den Zinnen sahen, wendeten sie ihre Bögen gegen Roper. Er duckte sich und benutzte den Körper des Verteidigers als Schild. Dann schob er ihn weiter vor, bis er mit einem der Bogenschützen zusammenprallte. Roper hatte die Schulter gegen die Brust des Verteidigers gestemmt und schob ihn weiter zurück, quetschte die Südlinge immer mehr zusammen, bis ein Bogenschütze, der am äußersten Rand der Mauer stand, hinunterfiel und mit rudernden Armen in das flammende Chaos am Boden stürzte.

»Helft ihm, helft Lord Roper!«, ertönte Grays Stimme. Er spürte, wie sich Körper gegen seinen Rücken drückten und ihm halfen, den Verteidiger wie eine Ramme vor sich herzuschieben. Dadurch presste er die Bogenschützen dahinter zusammen. Der Mann bemühte sich verzweifelt, sich zu Boden fallen zu lassen, aber durch den Druck zwischen Roper auf der einen und den Bogenschützen auf der anderen Seite wurde er aufrecht gehalten. Der Druck wurde immer größer, bis Roper selbst kaum noch Luft bekam. Rechts von ihm lag ein Abgrund, und seine Gruppe begann allmählich, ihre Widersacher an der Wand entlangzuschieben. Jetzt wurden die Bogenschützen so fest zusammengedrückt, dass sie ihre Waffen nicht mehr benutzen konnten. Dann ertönten unmittelbar hintereinander zwei Schreie, als zwei Bogenschützen von der Mauer geschoben wurden. Der eine zog den anderen mit sich in die Tiefe, als er versuchte, sich auf dem Wehrgang zu halten.

»Schieben!«, keuchte Roper. »Schieben!« Sie drückten die Bogenschützen immer weiter zusammen, bis ihren Feinden der Platz ausging. Der Druck wurde durch die Reihe der Bogenschützen weitergegeben, bis zu jenen ganz hinten. Sie taumelten auf dem abgebrochenen Ende der Mauer über der Bresche.

Schließlich stürzten sie hinab, zu zweit und zu dritt, ins Nichts. Der Widerstand, den Roper spürte, ließ deutlich nach, als die Bogenschützen aufhörten zu schieben und stattdessen einfach nur noch versuchten, Halt zu finden. Jeder wusste sehr genau, auf welchen Abgrund er da zugeschoben wurde. Eng zusammengepresst wurden die Langbogenschützen in die Tiefe gestoßen, immer und immer mehr landeten in der Bresche. Einige versuchten, zur Seite auszuweichen, hockten sich auf die Zinnen, aber sie wurden von den Heiligen Wächtern im Vorbeigehen hinabgestoßen. Roper sah, wie der zerbrochene Rand der Mauer näher kam, sah den Abgrund dahinter und befürchtete plötzlich, dass er durch die Kraft in seinem Rücken selbst hinabgestoßen würde. »Halt!«, keuchte er. Der Abgrund war nur noch drei Schritte von ihm entfernt. »Halt! Halt!« Der Druck in seinem Rücken hörte auf, als Roper nur noch einen Verteidiger vor sich hatte. Es war der Mann, dem Roper seine Axt abgenommen hatte. Er drückte seinen Schild immer noch gegen Ropers Brust.

Der Schwarze Lord stieß ihn einfach hinab. Der Verteidiger schlug mit den Armen um sich, seine Fingernägel kratzten über Ropers Rüstung. Aber sein Schild war zu schwer, sodass er sich drehte und auf die Trümmer in der Tiefe stürzte.

Roper war zu erschöpft, um von dem Abgrund zurückzutreten, der nicht einmal dreißig Zentimeter von ihm entfernt war. Er ließ sich auf den Wehrgang fallen und legte seinen schmerzenden pochenden Arm um die Zinnen. Seine Gliedmaßen zitterten vor Erschöpfung, er war vollkommen schweißüberströmt.

»Gray.« Der Hauptmann ließ sich neben ihn fallen, legte einen Arm über Ropers gepanzerte Schultern und lehnte seinen Kopf gegen Ropers. Sie keuchten, während der Lärm der Schlacht unter ihnen toste, als säßen sie auf einer Klippe und blickten auf eine stürmische, eisige See hinab. Die Heuballen unter ihnen waren ausgebrannt und sahen jetzt aus wie glühende Kohlen. Sie beleuchteten ein Feld voller Pfeile und Leichen. Es waren immer noch Hunderte von Legionären in der Bresche gefangen, und aus den meisten der befestigten Häuser flogen noch immer Wurfgeschosse auf sie hinab.

»Wir müssen das Zeichen zum Vormarsch geben«, stammelte Roper und packte Grays Handgelenk. »Die Legionen müssen durch die Bresche in die Stadt kommen.«

Ein Wächter erhob sich und nahm drei Fackeln auf, die auf der Bastion lagen. Während seine Kameraden sich über die Zinnen beugten und mit glasigen Augen auf den Tumult unter ihnen starrten, legte er die drei Fackeln zusammen. Und mit ihrer großen gemeinsamen Flamme gab er den Legionen unterhalb der Mauern das Zeichen vorzurücken.

Ein fernes Heulen antwortete, dann änderte sich der Trommelrhythmus und gab das Marschtempo vor. Roper hörte einen lauten Jubelschrei in der Nacht, der von den Mauern widerhallte und sich in die *Hymne des Vorstoßes* verwandelte. Eine glitzernde metallene Welle von Soldaten rollte zu der Bresche. Die Pendeen-Legion.

»Wir haben es geschafft, Lord«, sagte Gray heiser. In seiner Stimme schwang unverhohlenes Staunen mit. Er klopfte auf Ropers Helm und lachte. »Wir haben es geschafft!«

Roper fühlte noch nichts, aber ihm war so, als würden ihm Tränen in die Augen treten. Sein Gesicht verzerrte sich, und es war nicht allein die Erschöpfung, die seine Brust heftig hob und senkte.

Solange sie diese Bresche kontrollierten, konnten sie Legionäre und Unhieru nach Lundenceaster hineinschleusen. Sie mussten die Stadt trotzdem Straße um Straße einnehmen. Denn die Verteidiger würden bis zum letzten Mann kämpfen, aber da keine Mauern mehr zwischen ihnen und Ropers Streitkräften lagen, war der Sieg der Anakim nur eine Frage der Zeit. Gray hatte recht.

Es war geschafft.

»Ist Euch klar, was Ihr da getan habt?« Gray versagte fast die Stimme. »Was Ihr erreicht habt? Das wart nur Ihr, Mylord. Ihr habt uns hierhergebracht, Ihr habt dies hier vollbracht.« Die Wächter auf der Mauer umarmten sich. Einer riss seinen Helm ab und hob den Kopf, als er laut zum Himmel schrie. Ein anderer ließ sein Schwert fallen, sank auf die Knie und lachte.

Erleichterung. Eine kühle Welle der Erleichterung durchströmte Roper, während er auf der Befestigung saß und über die Stadt blickte. Es stank nach Rauch, aber jeder Atemzug fühlte sich wie Nektar an. Sie mussten bereits in dieser Nacht Tausende verloren haben. Und Tausende Männer würden sterben, bevor die Sonne aufging. Aber das war jetzt unvermeidlich. Lundenceaster gehörte ihnen.

Süddal gehörte ihnen.

Roper lachte ebenso trunken wie Gray und konnte die Tränen nicht länger zurückhalten. »Ich glaube es nicht«, sagte er, während die Tränen über sein Gesicht liefen. Er lachte und weinte gleichzeitig, und der Schmerz seiner Verletzungen fühlte sich seltsam süß an.

»Es ist vorbei.« Er schlang seinen unversehrten Arm um Gray, dann sank er an die Schulter des Hauptmanns. *Jetzt, Roper …*, sagte er zu sich selbst, *jetzt kannst du dich endlich ausruhen.*

Über den Gebäuden hallten die Trommeln, das Klirren der Schwerter und die Kriegshymnen der Anakim wider. Der strahlende Hauptmann und er halfen sich gegenseitig auf, sodass Roper auch die anderen Wächter umarmen konnte, die seine

Hand schüttelten und ihm auf die Schulter klopften. »Gut gemacht, meine Brüder!«, stieß er unter Tränen hervor. »Gut gemacht, ihr alle! Was für eine Leistung!«

Obwohl er müde bis in die Knochen war und jeden Moment auf dieser Mauer genießen wollte, deutete er hinab, wo sich die Banner von Ramneas Hunden durch die Straßen wanden. »Aber wir sind noch nicht fertig. Wir dürfen das Kämpfen nicht den anderen überlassen«, sagte er. »Noch einmal, meine Freunde? Hinunter in die Straßen, noch ein weiteres Mal?«

Seine Gefährten nickten erschöpft.

»Dann kommt. Das könnte die letzte Schlacht sein, die wir jemals zu kämpfen haben.«

39. KAPITEL

DER KÖNIG SÜDDALS

Als Roper König Osberts Halle erreichte, waren die Straßen verlassen, und der Morgen graute bereits. Er humpelte wegen seiner verletzten Wade und hielt seinen von einem Pfeil durchbohrten und von einem Hund gebissenen Arm steif von der Seite ab. Ihm folgte eine zusammengewürfelte Gruppe von Legionären. Mit grimmiger Miene erklomm er die Stufen der Treppe zur Halle. Er stieß die unbewachten Türen auf und fand in der Halle ein Chaos aus umgestürzten Möbeln vor. Mehrere Säcke Bohnen waren auf dem Boden verteilt, die für Roper wie Rubine glänzten. Die einzige Gestalt in der Halle war ein Mann in grotesk verzierter Kleidung, der beim Anblick der Anakim ein graviertes Silbertablett fallen ließ, das mit lautem Krachen auf dem Boden landete. Er wich zur Wand zurück und rutschte dort langsam zu Boden, bis er nur noch ein Haufen hilfloser Roben war. Roper beobachtete ihn leidenschaftslos einen Herzschlag lang, und der Mann schloss die Augen. Dann ging Roper weiter zu einer Tür am Ende der Halle. Die Stiefel seiner Kameraden dröhnten hinter ihm auf den Steinen. Er zog die Tür auf und stand im Eingang eines dämmrigen Raums, in dem sich fünf Männer aufhielten. Vier waren königliche Leibwächter, von denen einer seine Hellebarde auf Roper richtete, als der sich unter den Sturz der Tür hindurchduckte. Der Krieger war bleich, und seine Gefährten machten keinerlei Anstalten, sich zu widersetzen. Hinter ihnen saß König Osbert auf seinem Thron, zitternd wie ein gejagtes Wildtier.

Roper starrte den König an. Er ähnelte einer fetten Raupe in einem morschen Baumstumpf. Schutzlos, weich und hilflos. Das war die Person, gegen die sie die ganze Zeit gekämpft hatten? Der goldene Helm auf seinem Kopf wirkte so lächerlich wie ein umgekehrter Eierbecher. Ein König sollte ein Anführer sein, ein Zauberer, erfahren in machtvoller Magie. Er musste in der Lage sein, Reden zu halten, die Resonanz in seinen Untertanen erzeugten und sie zu der Überzeugung brachten, dass ihre eigenen Wünsche und die ihres Herrn in harmonischem Gleichtakt schwangen. Roper konnte keine Macht in diesem König spüren, die nicht falsch und oberflächlich gewesen wäre.

Als die Leibwächter Ropers Miene sahen, wichen sie zurück. Einer ließ seine Hellebarde einfach fallen, und es klirrte laut, als die anderen seinem Beispiel folgten. Roper trat langsam zwei Schritte auf König Osbert zu. Er erinnerte sich an die Wut, die ihn gepackt hatte, nachdem die Skiritai von dieser Seuche dahingerafft wurden, an den brennenden Drang zu vernichten. Er hob *Kaltschneide* und starrte seinem Feind ins Gesicht. König Osbert wimmerte leise und kauerte sich auf seinem Thron zusammen. Seine Lippen bewegten sich, ohne dass ein Wort aus seinem Mund gekommen wäre.

Hinter Roper ertönte eine Stimme. »Disziplin darf niemals der Besessenheit weichen. Niemals.«

Roper drehte sich um. Gray stand im Eingang und betrachtete die Szenerie vor sich. Roper sah ihn kurz an, dann wandte er sich mit geheuchelter Aufmerksamkeit wieder dem König zu. »Ist das Besessenheit?«, fragte er leise. König Osbert wimmerte erneut, als die Worte des Anakim durch den Raum drangen.

»Von der schlimmsten Sorte«, bestätigte Gray. »Sie ist so überzeugend, dass man sie nicht einmal als solche erkennt. Ihr seid Eure Gewohnheiten, Mylord. Lasst dies nicht zu einer werden. Lasst Eure Wut nicht an einem feindlichen König aus, der unbewaffnet ist.«

Roper dachte an die Monate des Hungers, die Kämpfe auf den Straßen, die sie hinter sich hatten, an diese schreckliche tödliche Bresche und die Pfeile, die wie Hagel gefallen waren. »Denk an das, wofür dieser Mann verantwortlich ist.« Sein Blick war immer noch auf den König gerichtet.

»Wir verteidigten unsere zukünftigen Generationen«, erwiderte Gray. »Er hat sein Heim verteidigt. Tötet ihn, wenn es sein muss. Aber Euch muss klar sein, was Ihr tut und dass Ihr es aus den richtigen Gründen tut. Tötet ihn, weil wir die Kontrolle über die Insel erlangen müssen und er diesem Ziel im Weg steht. Tötet ihn als Botschaft an jene, die sich uns widersetzen. Aber lasst Euch nicht von Eurer Wut übermannen, auch nicht jetzt. Noch nicht einmal seinetwegen.«

Roper verstand nicht, was Gray meinte. Er sah nur eine Kreatur vor sich, die so schwach und verhasst war, dass ihr Tod beinahe unbedeutend schien. Welches Vergnügen zog dieses weiche, blasse Ding aus diesem dunklen Raum, der so isoliert von der kühlen frischen Luft war, dem sanften Schwanken der Bäume und dem Weg der Sterne?

»Wie du meinst, Hauptmann.« Er ließ *Kaltschneide* sinken. Dann nickte er den Legionären neben sich zu, die vortraten und König Osbert vom Thron zerrten. Der König schrie jetzt lauthals, stöhnte und schlug um sich, als man ihn an den Armen packte und aus der Kammer schleppte. Roper warf einen Blick auf die Leibwächter, die mit erhobenen Händen an der Wand standen. »Und ihr«, sagte er auf Anakim, ohne sich darum zu kümmern, dass sie kein Wort verstanden. »Ihr habt diesem Mann Treue geschworen und ihn nicht vor seinem Todfeind verteidigt.« In einem solchen Gelöbnis lag etwas Heiliges, das selbst von Feinden verstanden werden sollte. »Ergreift sie.« Die Leibwächter wurden ebenfalls aus dem Thronsaal gezerrt. Dann waren Roper und Gray allein.

Roper ging zu dem Thron. Es war ein hässliches Stück Holz, abgetrennt von dem Baum, der es vorgebracht hatte, und mit ordinärem Gold und Troddeln gedemütigt.

»Gehört die Stadt uns?«, fragte er, ohne den Blick zu heben.

»Der Widerstand ist zusammengebrochen«, antwortete Gray. »Aber wir können die Unhieru nicht aufhalten. Sie sind vollkommen außer Rand und Band.«

Roper konnte es sich gerade noch verkneifen zu sagen: »Gut.« Die Leute mussten es am eigenen Leib erfahren. Sie mussten lernen, dass es Vergeltung gab, wenn die Legionen gezwungen waren, sich gewaltsam ihren Weg in eine Stadt zu bahnen. Das war das Gesetz, ebenso unausweichlich, wie das Meer dem Mond folgt. »Aber unsere Soldaten haben aufgehört zu kämpfen?«

»Größtenteils, ja.«

»Dann lassen wir die Unhieru weitermachen, solange sie die Lebensmittel nicht vernichten.«

Hier gab es nichts mehr zu tun für Roper. Gray und er gingen wieder hinaus. Roper betrachtete den Adligen, der immer noch zusammengekauert an der Wand saß. »Hast du Ramnea wiedergefunden?« Das war Grays Schwert, und er erinnerte sich daran, dass er es über die Palisade geschleudert hatte, um Pryce zu retten.

»Nein, Lord. Ich habe den größten Teil der Nacht mit einem gekämpft, das ich von der Straße aufgeklaubt habe.«

Die Sonne ging auf, und die beiden traten hinaus. Schweigend gingen sie über die bleifarbenen Straßen, vorbei an zerstörten Häusern und Gruppen von toten Soldaten, die von der extremen Energie zerfetzt worden waren, gegen die sie gekämpft hatten. Ein toter Unhieru lag rücklings auf der Straße. Man hatte ihm mit sichtlich verzweifelten Schlägen den Kopf vom Körper getrennt. Etwas später kamen sie an eine Stelle, die Roper erkannte. Dort hatten die Bewohner nicht nur Dinge aus den Fenstern geschleudert, sondern auch mit Tischen und

Haushaltsgegenständen auf den Straßen gekämpft. Es war, als hätte man sich durch ein Möbellager geschlagen. Wenn Männer in Rüstungen kämpften, hielt sie das zusammen, das fiel ihm auf. Doch hier waren nur Splitter von Holz und Knochen zu sehen, die auf einem weichen roten Teppich lagen.

Sie stießen auf eine Gruppe Legionäre. Roper betrachtete jedes schmutzige Gesicht auf der Suche nach Freunden, die diesen Kampf überlebt hatten. Tekoa war unter ihnen, zusammen mit etwa einem Dutzend Skiritai. Roper und er umarmten sich wortlos.

»Das sah ziemlich hart aus, Lord«, stellte Tekoa fest, als die beiden sich aus ihrer Umarmung lösten. »Die Bresche. Ich habe all die Leichen gesehen, als ich dort vorbeikam.« Er warf einen Blick auf Ropers blutigen Arm und seine verletzte Wade. »Geht es Euch gut?«

»Mir geht es gut.« Roper verspürte plötzlich das Bedürfnis, über die Stille zu reden, die ihn in der Bresche überkommen hatte, und die Kraft, die er daraus gezogen hatte. Aber er wusste nicht, wie er das in Worte fassen sollte, damit Tekoa ihn verstand. Also wiederholte er einfach: »Mir geht es gut. Wie ist es den Skiritai ergangen?«

»Die Kämpfe waren zum größten Teil schon vorüber, als wir schließlich durch die Bresche kamen. Es ging nur noch darum aufzuräumen. Sturla ist tot, habt Ihr das gehört?«

Sturla Karson, der Kommandeur von Ramneas Hunden. Vielleicht der ruhigste Mensch, den Roper jemals getroffen hatte, der eine Tapferkeitsauszeichnung erhalten hatte und eine Position in der Heiligen Wache ablehnte, um seine Legion behalten zu können. Er war an der Front gewesen, als sie durch die Bresche gestürmt waren.

»Nein«, antwortete Roper leise. »Nein, das wusste ich nicht.«

Tekoa nickte, und sie standen eine Weile mit gesenkten Köpfen schweigend da. »Habt Ihr Pryce gesehen?«, erkundigte sich Tekoa schließlich.

Roper sah zu Gray hinüber, der den Kopf schüttelte. »Schon seit einer Weile nicht mehr.«

»Behaltet ihn im Auge, wenn es Euch möglich ist, Lord«, sagte Tekoa. »Ich habe immer Angst um ihn. So, wie er kämpft, wird er nicht lange überleben.«

»Das mache ich.«

Gray und Roper gingen weiter. Die Heilige Wache schien sich über die ganze Stadt verteilt zu haben. Jedes Mal, wenn sie einem von ihnen begegneten, war es eine Erleichterung. Sie umarmten sich, wechselten ein paar Worte und fragten nach allen, von denen sie wussten, dass sie noch am Leben waren. Viele waren gefallen, aber niemand wusste, was aus Pryce geworden war. Ropers Unruhe wuchs, als sie weitergingen und die Liste der Verluste immer länger wurde. Wie es aussah, hatten sie die Hälfte der Heiligen Wache in der Bresche verloren. Roper spürte, dass Grays Stimmung immer trüber wurde, weil niemand etwas über den Verbleib seines Protegés wusste, doch sie gingen weiter in der Hoffnung, ihn bald zu finden.

Was ihnen schließlich auch gelang. Er saß nicht weit von der Bresche entfernt auf einem toten Unhieru. Sein Gesicht war mit getrocknetem Blut überkrustet. Unvermittelt stand er auf, als sie näher kamen, und hielt Gray ein Schwert hin. Es war Ramnea, Grays Klinge. Pryce hatte sie irgendwie wiederbeschafft. Gray nahm das Schwert und umarmte seinen Protegé. Roper folgte seinem Beispiel. Aus Pryce' Brust ragten immer noch die Stummel von drei Pfeilschäften.

»Geht es dir gut?«, erkundigte sich Gray.

»Sie wurden von der Knochenrüstung aufgehalten«, antwortete Pryce. »Mir geht es gut.«

»Noch mehr Heldentaten von dir«, bemerkte Roper. »Wenn deine Taten an der Palisade nicht eine weitere Tapferkeitsauszeichnung wert waren, dann waren sie zumindest nahe dran. Ich muss darüber nachdenken.«

»Ich tue, was ich tue«, erwiderte Pryce.

»Ich glaube, am heutigen Tag gebührt die Tapferkeitsauszeichnung Euch, Lord, wenn überhaupt jemand eine bekommt«, meinte Gray. »Ich weiß nicht, wie wir diese Bresche überleben konnten, aber wir hätten es ganz sicher nicht, wenn Ihr nicht dort gewesen wäret.«

»Dem stimme ich zu.« Pryce' hellblaue Augen bohrten sich in Ropers. »Niemand hatte den Mut weiterzukämpfen. Ich dachte, das wäre unser Ende. Wir waren zu schwach, zu viel *Kjardautha*.«

»Ich habe uns aber auch fast umgebracht«, wandte Roper ein.

Seine beiden Gefährten betrachteten ihn. »Ihr meint dort auf diesem Platz?«, erkundigte sich Gray schließlich, doch ehe Roper antworten konnte, sagte Pryce unvermittelt: »Rauch.« Er blickte über Ropers Schulter.

Roper drehte sich um. Pryce hatte recht. Eine graue Rauchsäule schwebte über den Häusern in der Ferne. »Nein«, sagte Roper erschöpft. »Bitte nicht.«

»Wollen wir diese verfluchte Stadt überhaupt haben?«, erkundigte sich Pryce. »Soll das Feuer sie doch verschlingen.«

»Wir brauchen die Nahrungsmittel«, widersprach Roper. »Wir müssen sie retten, und zwar schnell! Gray, du kommst mit mir. Pryce, ich habe … Vigtyr nicht gesehen. Würdest du ihn suchen? Ich glaube, ich kann mich daran erinnern, dass er gefallen ist. Oder jemand von seiner Größe.«

Pryce runzelte ungeduldig die Stirn, nickte jedoch nur knapp. Roper und Gray eilten davon, und Pryce ging zur Bresche zurück. Im Vorbeigehen inspizierte er die Leichen. Aber von Vigtyr war nichts zu sehen. Nach einem flüchtigen Blick auf die Leichenhaufen vor der Bresche kam er zu dem Schluss, dass es sinnlos wäre zu versuchen, ihn dort zu finden. Er konnte verletzt sein, und in diesem Fall würde er zum Lager zurückgebracht worden sein. Pryce begann, die Bresche hinaufzuklettern, aber er fühlte sich steif und kam nur langsam voran. Tausende von Soldaten waren mittlerweile darüber hinweggegangen, weshalb die Steine zusammengepresst und erheblich stabiler waren als beim ersten Mal, als er darüber hinweggeklettert war.

Er schlenderte ins Lager zurück und suchte dabei an den Kochfeuern nach dem großen Zuchtmeister. Aber das Lager war nahezu verlassen. Die Ersten, die nach dem Angriff weggeschafft worden waren, würden weiter hinten im Feldlazarett liegen. Pryce nahm mit schleppenden Schritten Kurs darauf. Dann jedoch lenkte ihn der Anblick von Vigtyrs neuem Zelt ab, das einsam zwischen den ausgebrannten Feuern stand. Er ging darauf zu und schlug auf das Segeltuch. »Vigtyr?« Als keine Antwort erfolgte, machte er sich an den Schnüren zu schaffen, bis er den Zelteingang öffnen konnte, und duckte sich ins Innere.

Dort erwartete ihn eine Szene von derartiger Ordnung, dass er unwillkürlich fasziniert stehen blieb. Er blinzelte, trat weiter ins Innere und empfand fast so etwas wie Widerwillen beim Anblick einer derartig peniblen Ordnung. Selbst das Gras auf dem Boden schien gefegt worden zu sein, sodass alle Halme in dieselbe Richtung zeigten. Nur der Tisch in einer Ecke war ein wenig unordentlich. Ein Stück Pergament lag darauf, das nicht an den Ecken des Holzes ausgerichtet war, und irgendein Instrument, das Tinte auf das Papier gespritzt hatte. Pryce trat vor, um es zu untersuchen, und nahm es vom Tisch. Das Papier war von unregelmäßigen, aber ganz offensichtlich absichtlich so angeordneten Mustern überzogen, die in parallelen Reihen auf das Papier gezeichnet worden waren. Eine Zeichnung vom Meer? Dann runzelte er die Stirn.

Das war Schrift – die Kunst des Südens, Worte auf Papier zu bringen. Pryce hatte es im Tempel in Lincylene gesehen, wo es einen sonderbaren Raum gegeben hatte, fast wie ein Speicher für Papier. Er war mit Rollen vollgestopft, die alle diese sonderbaren chaotischen Zeichen aufwiesen.

Vigtyr konnte schreiben! Plötzlich erinnerte sich Pryce an das Angelsächsisch, das Vigtyr in Unhierea gesprochen hatte.

Die Leinwand hinter Pryce klatschte, und er wandte sich um. Vigtyr stand halb geduckt in der Öffnung und starrte ihn mit großen Augen an. Er hatte sein Schwert umgegürtet und war vollkommen unversehrt. Seine Rüstung war makellos und wies keinerlei Flecken auf, nichts von dem Schmutz und dem Staub, der all jene bedeckte, die durch die Bresche gegangen waren.

Einen Moment herrschte Stille.

»Pryce.« Der Zuchtmeister trat ganz ein und richtete sich auf. »Du hast mich erschreckt. Was machst du hier?« Er warf einen Blick auf das Papier, das Pryce noch immer in der Hand hielt.

Pryce hielt es ihm hin. »Erzähl du mir zuerst, was du hier machst.«

Vigtyrs Blick wanderte kurz zu dem Pergament, dann lachte er. »Oh, das?« Er zuckte mit den Schultern. »Ich habe nur ein bisschen geübt. Es kam mir wie Magie vor, Worte auf Papier zu lagern. Ich habe versucht, es zu lernen, aber es macht mich krank.«

Pryce nickte langsam und ließ das Papier zu Boden fallen. »Du bist also der Spion.«

»Was? Aber nein. Nein, Pryce, das verstehst du falsch.«

»Was ich verstehe, Vigtyr«, erwiderte Pryce, »ist, dass ich dir alle Glieder abhacken werde, wie es dir verräterischem Wurm gebührt, wenn du nicht aus dem Zelt gehst und dich flach auf den Boden legst.«

Vigtyr warf einen Blick über die Schulter und trat dann noch etwas weiter ins Zelt. »Nein, das werde ich nicht, Pryce«, sagte er und lächelte leicht. »Du hast das Ganze falsch verstanden.«

Pryce zog eines seiner Schwerter, *Hauer*. Vigtyrs Lächeln vertiefte sich. »Ich lasse mir nicht drohen, Pryce.«

»Ich drohe dir«, sagte Pryce. »Und jetzt, Vigtyr, gebe ich dir eine letzte Chance. Schnall das Schwert ab und leg dich draußen hin.«

Vigtyr hob die Brauen und lachte leise. Seine Hand glitt langsam zum Griff seines Schwertes. »Ich habe gehofft, dass ich eines Tages diese Chance bekommen würde.«

Noch bevor Vigtyrs Hand auch nur den Griff berühren konnte, griff Pryce an. Seine Klinge blitzte auf und zwang Vigtyr, zur Seite zu treten. Er erwischte mit dem Stiefel einen Kochtopf, der neben seiner Bettrolle stand, und trat ihn in Richtung von Pryce' Kopf. Der wehrte ihn mit dem Schwert ab, und in dieser kurzen Zeitspanne gelang es Vigtyr, sein Schwert zu ziehen. Dann standen sich die beiden Männer im Zelt gegenüber und betrachteten sich abschätzend. Die Spitze von Vigtyrs Schwert zitterte erst, dann begann sie zu summen.

»Du kannst mich nicht schlagen, Pryce«, sagte er leise.

»Das habe ich schon so oft gehört«, erwiderte Pryce. »Aber irgendwie gelingt es mir doch immer.«

Vigtyr hob die Brauen, und noch im gleichen Moment schoss sein Schwert auf Pryce zu. Dieser Angriff kam so plötzlich, war so sauber und perfekt ausbalanciert an Arm, Fuß und Oberkörper, dass er jeden Mann damit durchbohrt hätte, der langsamer gewesen wäre als Pryce. Aber die falkenartigen Reflexe des Wächters retteten ihn. Er schlug die Klinge zur Seite und antwortete mit einem harten Schlag auf Vigtyr. Der größere Anakim wehrte den Schlag ab, und plötzlich griffen beide grimmig an. Sie wechselten eine ganze Reihe von schnellen, brutalen Schlägen mit Spitze und Schneide. Die Schwerter klirrten, bei jedem Aufprall sprühten die Funken. Hier standen Vigtyrs Reichweite, seine Präzision und Koordination gegen Pryce' Geschwindigkeit und Aggression, und anfangs schien Pryce im Vorteil zu sein. Er kämpfte so schnell und fließend, dass er Vigtyrs sparsamen Bewegungen überlegen war. Er griff an und zwang den größeren Mann zum Rückzug. Dadurch gewann er Zeit. Pryce verfolgte ihn, und die beiden kreisten durch das Zelt, wobei Vigtyr stets rückwärtsging. Aber dabei achtete er immer auf die Segeltuchwände und den Tisch in der Ecke, denen er ausweichen musste, und darauf, dass er über seine Bettrolle steigen musste. Doch selbst Pryce war nicht schnell genug, um Vigtyrs Verteidigung zu durchbrechen. Nicht, solange der Hüne sich bewegen und ihn auf Armlänge auf Abstand halten konnte.

Währenddessen lernte Vigtyr. Niemand konnte ihn in diesem Spiel schlagen. Niemand. Er vertraute seiner Geschicklichkeit im Umgang mit dem Schwert. Er überstand den ersten Angriff gelassen, schätzte dabei seinen Feind ein, testete ihn hier und da, um herauszufinden, wozu er fähig war, und prägte sich jede Reaktion ein. Allerdings brauchte er dafür länger als gewöhnlich. Pryce' brutaler Angriff hatte kaum ein Muster, aber schließlich glaubte Vigtyr zu wissen, welche Schläge sein Feind in seinem Repertoire hatte, und wartete auf seine Gelegenheit. Als sie kam, erkannte er es am Aufblitzen der Zähne seines Gegners. Pryce wollte einen harten Schlag anbringen, und Vigtyr wusste, wohin er sich wenden würde und wie er sich ducken musste. Wie er erwartet hatte, zischte der glänzende Stahl an seinem Ohr vorbei, und mit einer leichten Drehung seines Handgelenks gelang es Vigtyr, seine Klinge vor seinen Körper zu bringen und in Richtung von Pryce' Handgelenk zu drehen. Haut und Schneide trafen aufeinander, und Vigtyr riss sein Schwert mit aller Kraft zurück. Die Schneide drang tief durch Fleisch und Sehnen. Pryce war zurückgesprungen, als seine Finger plötzlich gefühllos wurden und nicht mehr reagierten. Das Schwert fiel ihm aus der Hand.

Ob der Läufer die Wunde wirklich registriert hatte, war schwer zu sagen. Denn noch bevor der Schaden tatsächlich Wirkung zeigte, hatte er mit seiner Linken nach *Knochen* gegriffen, seinem zweiten Schwert. Damit schlug er erneut nach Vigtyr, der so verblüfft war, dass er gerade noch rechtzeitig parieren konnte. Jetzt wurde er von seinem wahnsinnigen Widersacher zurückgetrieben, immer und immer wieder. Vigtyr war sich so sicher gewesen, dass die Verletzung an Pryce' Handgelenk die Angelegenheit beenden würde, dass er nicht weitergedacht hatte. Als er jetzt auswich, hatte er seine Balance verloren und konnte sich nicht mehr so frei bewegen wie zuvor. Pryce gelang es, ihn in eine Ecke zu drängen. Der Zuchtmeister konnte seine rechte Hand zwar nicht mehr gebrauchen, aber offenbar konnte er genauso schnell mit der linken kämpfen. Und während er Vigtyrs Klinge bearbeitete, trat er nach dessen Knie. Vigtyr konnte nicht zur Seite ausweichen und musste den Tritt hinnehmen. Er knirschte mit den Zähnen, als das Knie knackte und schmerzte. Seine zusammengebissenen Zähne schienen ein Signal für Pryce zu sein, dessen nächster Angriff seinem Mund galt.

Vigtyr duckte sich, aber im selben Moment trat Pryce zu, und sein Stiefel landete auf dem Mund seines Gegners. Er war ein Sprinter und konnte deshalb ungeheure Geschwindigkeit und Kraft in diesen Tritt legen. Vigtyrs Vorderzähne krachten und brachen ab. Er stöhnte, und Tränen traten ihm in die Augen, sodass er den nächsten Angriff nicht kommen sah. Es war ein Stoß gegen seinen Brustpanzer. Er durchbohrte die Rüstung, und wäre die Klinge aus Stahl gewesen, hätte sie vielleicht auch seinen Knochenpanzer und Vigtyrs hämmerndes Herz durchbohrt. So aber blieb sie knirschend stecken, und Vigtyr konnte Pryce mit seiner freien Hand zurückstoßen. Der Heilige Wächter taumelte nach hinten, sprang dann jedoch erneut vor, ohne einen Herzschlag zu zögern, und landete Brust an Brust mit Vigtyr, wo er die Wucht seines Schwertes mit Füßen und Stirn vergrößern konnte.

Allerdings hatte Pryce einen Fehler gemacht. Denn Vigtyr hatte jetzt die Ecke verlassen. Trotz seines heftig blutenden Mundes und der Fleischwunde in seiner Brust hatte er nun wieder genug Raum, um sich zu bewegen. Als Pryce angriff und erneut mit dem Schwert nach der verwundbaren Stelle an Vigtyrs Brust stieß, wich Vigtyr geschmeidig aus. Pryce war eine Spur zu wild, zu sehr von seiner Wut gesteuert, und sein Widersacher war zur Seite gesprungen, stand nun hinter ihm und schlug mit seinem Schwert von hinten auf Pryce' Bein. Der Hieb durchtrennte die Kniesehne, die wie ein zerfetztes Seil riss und den Sprinter zwang, sein Gewicht auf ein Knie zu verlagern. So blieb er stehen, schwer atmend, während Vigtyr hinter ihm lauerte.

Pryce drehte sich ruckartig auf einem Knie herum, sodass er seinem Feind gegenüberstand. Mit gefletschten Zähnen starrte er Vigtyr an, der durch das Zelt ging und seine abgebrochenen Zähne ausspuckte. Der erwiderte den wütenden Blick.

»Du bist zu gedankenlos, Pryce«, lispelte Vigtyr und stieß dabei einen Blutschwall aus. »Und dein Angriff war viel zu wild. Du hast mich zu lange beobachtet. Du musst mich wirklich hassen.«

Pryce reagierte mit schallendem Gelächter. »Dich hassen? Ich denke überhaupt nicht an dich, Vigtyr. Selbst wenn du mich tötest, wirst du dich deshalb nicht weniger unzulänglich fühlen.«

Vigtyr blieb wie angewurzelt stehen. Er starrte Pryce an, während das Blut über sein Kinn tropfte. »Was?«

Pryce lachte erneut. »Du wirst niemals zufrieden sein!«, stieß er höhnisch hervor. »Ganz gleich, was du tust, du wirst den Rest deines Lebens damit verbringen, alles um dich herum zu vernichten. Und das Schlimmste daran ist, dass du es weißt.«

Vigtyr schluckte den Köder und reagierte so heftig, dass Pryce fast nicht darauf gefasst war. Fast.

Vigtyr griff an, hatte die blutigen Lippen gefletscht, obwohl keine Zähne mehr in seinem Mund waren, und zielte mit dem Schwert auf den Hals seines Feindes. Und genau wie Pryce gehofft hatte, überschätzte er sich in seiner Wut. Er trat zu dicht an Pryce heran, der sich blitzschnell nach vorn warf, sich unter Vigtyrs Angriff hindurchduckte und ihm *Knochen* in den Fuß rammte. Vigtyr hatte sein ganzes Gewicht in diesen Stoß gelegt, und die Klinge durchdrang Vigtyrs Fuß und grub sich zwei Fuß tief in den Boden. Dadurch nagelte er Vigtyr förmlich fest. Aber mit nur einer gesunden Hand und einem gesunden Bein konnte Pryce sich nicht erheben. Er ließ sein gesamtes Gewicht auf seinem Schwert ruhen, trieb es immer tiefer durch Vigtyrs Fuß, und sein ganzer Körper vibrierte, als er wie verrückt lachte. »Du kommst mit mir, Vigtyr!«

Vigtyr schrie auf und rammte sein Schwert in Pryce' Rücken. Der Sprinter jedoch ignorierte den Stoß, stützte sich auf den Ellbogen und griff mit einer erschreckend kräftigen linken Hand hoch, fuhr damit an Vigtyrs Körper nach oben. »Deine Schwertkunst bedeutet gar nichts«, sagte er mit rasselnder Stimme. »Du wirst sterben, du Bastard. Du Verräter. Du Stück Dreck!«

Vigtyr stieß erneut sein Schwert in Pryce' Rücken, doch dann musste er es dort stecken lassen, weil er von dem eisenharten Griff an seiner Brustplatte heruntergezerrt wurde. Er versuchte, sich aufzurichten, zog aber stattdessen nur seinen Feind vom Boden hoch, dichter an sein Gesicht. Pryce warf sich nach vorn, warum, wusste Vigtyr nicht. Bis er spürte, wie der Sprinter ihm die Zähne in den Hals schlug. Vigtyr schrie auf, griff mit den Händen nach Pryce' Kopf und versuchte, ihn zurückzudrücken, doch vergeblich.

Vigtyr bekam keine Luft mehr. Er keuchte und würgte, lief rot an und wurde immer verzweifelter, je fester der Läufer zubiss. Aber Pryce war noch nicht fertig. Er fuhr mit den Fingern über Vigtyrs Kopf, über sein Gesicht und griff nach seinen Augen. Vigtyr fühlte den Druck, als seine Finger eines fanden, die Hand sich drehte und die Fingernägel sich in seine Kopfhaut gruben, um Halt zu finden, während er Vigtyr einen Daumen in die Augenhöhle drückte.

Vigtyr ließ sich zu Boden fallen, versuchte, seinen Widersacher von sich abzuschütteln, und die beiden Männer stürzten übereinander. Vigtyr versuchte zu schreien, brachte aber nur ein Stöhnen heraus. Seine Bewegungen wurden immer ruckartiger, während er krampfhaft nach einer Waffe suchte. Sein

Auge wurde immer weiter in die Höhle gedrückt und pochte schmerzhaft unter Pryce' Daumen. Ihm wurde erst weiß vor Augen, dann rot. Er spürte, wie sich die Zähne des Wächters in seinem Hals bewegten. Schließlich landeten Vigtyrs Hände auf einem Griff an Pryce' Gürtel: ein Dolch. Er riss ihn heraus und rammte ihn dem Sprinter in den Hals, einmal, noch einmal und noch einmal, bis heißes Blut herausspritzte. Vigtyrs Haut kribbelte, als wären Pryce' Hände, seine Nägel überall.

Aber das war nur eine Illusion, denn Pryce rührte sich nicht mehr.

Seine Zähne lösten sich von Vigtyrs Hals. Dieses wahnsinnige Lachen hatte aufgehört. Auch sein Daumen bohrte sich nicht mehr in Vigtyrs Auge. Schließlich konnte Vigtyr mit zitternden Händen den Kopf zur Seite schieben. Er stöhnte bei jedem Atemzug, den seine zerquetschte Kehle hindurchließ. Mühsam wand er sich unter seinem Widersacher hervor und versuchte zurückzuweichen, stürzte jedoch. Er versuchte es erneut und stürzte wieder, und er verstand einfach nicht, warum er sich nicht bewegen konnte. Dann begriff er, dass sein Fuß immer noch von Pryce' Schwert an den Boden genagelt war. Mit zitternden Händen beugte er sich vor, um die Klinge herauszuziehen und sich zu befreien. Dann kroch er zurück, lehnte sich vollkommen blutüberströmt gegen die Segeltuchbahnen und starrte wie betäubt auf den toten Läufer in seinem Zelt.

Pryce der Wilde trug seinen Namen zu Recht. Es war fast so gewesen, als hätte er gegen einen Bärenmarder gekämpft. Der Versuch, ihn zu töten, hatte sich angefühlt, als wolle man eine Schlange erwürgen. Und selbst jetzt noch spürte Vigtyr die Vibration des wahnsinnigen Gelächters seines Gegners in seinem Körper.

40. KAPITEL

DAS WITAN

Bellamus saß allein am Kamin einer Herberge vor einem Krug mit Bier. Er hatte sich zwar Wein versprochen, aber der Wirt hatte bei diesem Wunsch nur gelacht. Es gab keinen Wein. Durch die Invasion der Anakim war der Handel in Süddal fast vollkommen zum Erliegen gekommen. Jeder Schiffseigner scheffelte ein Vermögen damit, Flüchtlinge aus Süddal so schnell wie möglich ins Frankenreich zu transportieren. Und es war wenig profitabel, die Reise zu verzögern, um Wein an Bord zu nehmen, für den sich ohnehin kein Mensch interessierte. In den Häfen drängten sich verzweifelte Menschen, die versuchten, all ihre Besitztümer für eine Passage ans Festland einzutauschen. Auch auf den Straßen herrschte Chaos, doch für einen Mann wie Bellamus war es nicht allzu schwierig gewesen, Geld zu beschaffen, um für etwas zu trinken und eine Schlafgelegenheit bezahlen zu können.

Er starrte mit glasigem Blick in die Flammen und fragte sich, ob Aramilla aus Lundenceaster entkommen war und ob sie es über die verstopften Straßen hierher schaffen würde. Die Stadt hieß Wiltun und lag an der Vereinigung von zwei klaren Flüssen, weit im Westen von Lundenceaster.

Als jemand eine Hand auf seine Schulter legte, drehte er sich nur langsam um. Er erwartete einen weiteren Banditen, der eine günstige Gelegenheit witterte, und seine Hand glitt unauffällig zu dem versteckten Messer in seinem Stiefel. Doch sein Blick fiel auf ein vertrautes breites Gesicht, das jedoch in diesem Moment so unerwartet auftauchte, dass er es nicht unterbringen konnte. Dann klappte ihm der Mund auf. Er stand auf, und Bier schwappte aus dem Krug in seinen Fingern auf den mit Binsen ausgelegten Boden. »Stepan?«

Der Ritter strahlte. »Hauptmann.«

Bellamus lachte auf. »Stepan!« Sie umarmten sich, schlugen sich auf den Rücken und johlten vor Freude. »Bei Gott, wie kann das sein? Was machst du hier?« Sie lösten sich aus ihrer Umarmung, die Hand auf der Schulter des anderen, und grinsten sich an, als wären sie schwachsinnig. Der Ritter hatte Tränen in den Augen. »Ich habe dich gesucht.«

»Du Narr, warum? Was ist mit deinem Hof? Deiner Frau? Ich bin nur ein ausländischer Bauer!«

»Du wirst niemals ein Bauer sein, solange du lebst«, erwiderte Stepan. Es gab so viel zu sagen, dass eine ganze Weile lang gar nicht gesprochen wurde. Erst als der Ritter Bellamus ein frisches Bier und sich selbst ebenfalls einen Krug besorgt hatte und sie beide neben dem Feuer saßen, konnten sie reden.

»Ich hätte nicht gedacht, dass ich dich jemals wiedersehen würde.« Stepan fixierte Bellamus mit seinen blauen Augen.

»Das ging mir genauso«, erwiderte Bellamus. »Wie ist es dir gelungen? Wie hast du mich gefunden?«

»Bei Gott, es war ein langer Weg.« Der Ritter schüttelte den Kopf. »Ich weiß nicht, wo ich anfangen soll.«

»Am Anfang«, meinte Bellamus. »Wohin bist du gegangen, nachdem ich gefangen genommen wurde?«

Also erzählte ihm Stepan alles. Zuerst war er bei den Thingalith geblieben, die sich jedoch ohne Bellamus' Einfluss rasch in einen bösartigen und brutalen Haufen verwandelt hatten.

»Es lag an Garrett«, erklärte Stepan. »Er hat sofort die Kontrolle übernommen. Die Leute waren sich nicht einig, ob er oder ich den Befehl übernehmen sollten, nachdem du fort warst, aber sie fürchteten Garrett mehr. Als klar wurde, dass er den Befehl übernehmen würde, musste ich verschwinden. Dreißig Männer wollten ihr Glück mit mir versuchen, und wir haben uns Seatons Armee angeschlossen.«

»Warum? Ich dachte, du wolltest nach Hause gehen?«

»Das wollte ich auch. Das werde ich auch. Aber ich musste immer daran denken, dass du noch am Leben sein könntest, und ich war der Meinung, mich Seaton anzuschließen, wäre die beste Chance für mich herauszufinden, was aus dir geworden war.«

Er sagte das beiläufig, aber danach sahen Bellamus und er sich lange an. Schließlich hob Bellamus seinen Krug und prostete dem Ritter zu. Dann blickte er zu Boden.

Stepan sprach weiter. Er erzählte, wie Vigtyr in Seatons Zelt gekommen war und die Nachricht überbracht hatte, dass Bellamus tatsächlich noch am Leben war. Wie Stepan versucht hatte, mit in die Gruppe aufgenommen zu werden, die ihn befreien sollte. Aber nachdem Vigtyr verschwunden war, war klar geworden, dass Seaton Bellamus ermorden lassen wollte. Als sie in dem Chaos am nächsten Morgen von den Anakim rund um die Mauern von Deorceaster getrieben wurden, hatte ein desillusionierter Stepan die Armee unerlaubt verlassen. »Seaton ist ein Schurke. Ich hatte nicht die Absicht, ihm bis nach Lundenceaster zurück zu folgen. Und als der Angriff auf das Lager der Anakim abgewehrt wurde, glaubte ich, dass du vielleicht noch am Leben sein könntest. Also wartete ich in der Nähe von Deorceaster, bis die Anakim nach Norden marschiert waren, und machte mich dann auf die Suche nach deinem Leichnam. Aber ich fand ihn nicht und schloss daraus, dass du immer noch ihr Gefangener wärest. Ich hatte vor, dir zu folgen, und habe an einer kleinen Schenke haltgemacht, um einen Abschiedsschluck mit den beiden letzten Thingalith zu nehmen, die noch bei mir geblieben waren. Wir sind zusammen desertiert, aber sie wollten nicht weitergehen. Ich kann nicht behaupten, dass ich es ihnen verübelt hätte.«

»Wohin sind sie denn stattdessen gegangen?«

Stepan verzog das Gesicht. »Zurück zu Garrett. Angeblich macht er sehr viel Beute, zum größten Teil von unseren eigenen Leuten, und er benutzt sie, um die Thingalith zu einer Privatarmee zu formen, die die Anakim bekämpfen. Er befreit Mischlinge im ganzen Norden und bildet sie zu Kämpfern aus. Himmel, ich würde für kein Geld der Welt zu ihm zurückgehen. Jedenfalls wurde in dieser Schenke nur über die Invasion geredet und ob die Anakim aufgehalten werden könnten. Jemand sagte, am Abend zuvor wäre ein einäugiger Mann dort gewesen, der behauptet hätte, er wäre von den Anakim gefangen genommen worden und hätte überlebt.« Sie strahlten sich erneut an. »Also wusste ich, dass du am Leben warst. Sie sagten weiterhin, du wolltest nach Lundenceaster. Ich bin dir gefolgt, aber meine Suche nach dir wurde von Garrets Bande behindert. Sie schlichen herum und brachten diese von der Seuche befallenen Menschen zu den Anakim. Ich wollte ihm nicht begegnen, also musste ich mich oft verstecken, weil ich ihm und den Patrouillen der Anakim aus dem Weg gehen musste. Ich war der Meinung, dass ich in Herbergen und Schänken die besten Informationen bekommen würde, und richtig, ich fand auch eine, in der du in der Nacht zuvor geschlafen hattest. Ich wusste also, dass du nach Westen gingst.« Er grinste. »Es ist gut, dass du so viel trinkst. Ich konnte deiner Spur bis hierher folgen.«

Bellamus hob eine Braue. »Mir war nicht klar, dass ich eine so deutliche Spur hinterlassen habe.«

»Das wusstest du nicht?« Stepan lachte schallend. »Oh, Hauptmann! In den meisten Tavernen, in denen du gewesen bist, musste ich nicht einmal nach dir fragen, bevor man über dich redete. Sie alle sprachen über den Einäugigen mit den fehlenden Fingern, der soff wie ein Pferd und so bedrohlich wirkte.

So subtil du auch sein kannst, du hinterlässt schon ziemlich deutliche Spuren.«

Sie holten sich mehr Bier, und die Panik, die die Invasion ausgelöst hatte, war in ihrer kleinen Ecke bald vergessen. »Ich kann nicht glauben, dass ich dich gefunden habe«, sagte Stepan. »Und jetzt kannst du mit mir zurückkommen.«

Bellamus runzelte die Stirn. »Zurück? Wohin?«

»Auf meinen Besitz«, antwortete Stepan. »Wir gehen zusammen nach Norden. Du kannst bei mir bleiben, während wir das Kämpfen den anderen überlassen.«

Bellamus sah seinen Gefährten ausdruckslos an. »Das klingt wunderschön, Bruder … aber dein Besitz wird keine sechs Monate mehr existieren.«

»Was?«

»Nichts nördlich von Lundenceaster wird überleben. Es tut mir leid.« Er beugte sich vor und legte seinem Freund eine Hand auf den Arm. »Ich habe mit dem Schwarzen Lord während meiner Gefangenschaft viele Gespräche geführt. Am Ende war ich fast sein Vertrauter. Die Anakim sind gekommen, um zu bleiben. Sie wollen sich nicht einfach nur rächen und sich anschließend zurückziehen oder über uns herrschen und einen jährlichen Tribut einsammeln. Sie sind hier, um uns auszulöschen. Jede Spur unseres Volkes wird aus Süddal getilgt werden. Niemand soll überleben, das hat der Schwarze Lord im Sinn. Nichts.«

Stepans Augen wurden so groß, dass sie aus den Höhlen zu treten schienen. »Aber das kann nicht sein. Sie sind unglücklich, wenn sie weit weg von ihrem Zuhause sind. Sie können unmöglich bleiben.«

»Der Schwarze Lord hat einen ungewöhnlich starken Willen«, versicherte ihm Bellamus. »Diese Armee ist krank, aber sie humpelt nach seiner Pfeife. Sie sind so heimwehkrank wie immer, wenn sie nach Süden kommen, aber Ropers Bann hält sie hier. Wir müssen Widerstand leisten, sonst verlieren wir die ganze Insel. Alles, was von Wert für dich ist, musst du nach Süden bringen, wo wir eine Möglichkeit haben, es zu beschützen.«

Bellamus glaubte, was er seinem Freund sagte, aber das war nicht der Grund, warum er nicht nach Norden auf Stepans Besitz gehen wollte. Ohne diesen Konflikt, ohne die Königin war Bellamus ein Niemand. Und diese Rolle befriedigte ihn nicht. Er wollte das behagliche Leben, von dem Stepan träumte, nicht. Er wollte mehr.

Aus Stepan schien alle Energie gewichen zu sein. Er schrumpfte förmlich auf seinem Stuhl zusammen und starrte mit geschürzten Lippen in sein Bier.

»Es tut mir leid, Bruder«, versicherte ihm Bellamus. »Wirklich. Ich hoffe, dass ich es geschafft habe, die Königin aus Lundenceaster herauszubringen, und dass sie bald hier eintrifft. Wenn sie erst hier ist, dann werden wir sehen, was wir für deine Frau und deine Ländereien tun können.«

»Aber Lundenceaster ist noch nicht einmal gefallen«, protestierte Stepan schwach. »Die Mauern sind ungeheuerlich! Vielleicht werden die Anakim ja dort zurückgetrieben.«

Bellamus starrte in sein Bier. »Wir werden sie zurückschlagen, Stepan. Aber nicht dort.«

Die Freude über ihr Wiedersehen war verflogen. Sie tranken ihr Bier aus und gingen hinaus auf die Straße. Bellamus sagte, sie müssten Ausschau nach der Königin halten. Außerhalb der Schenke wälzten sich verzweifelte Menschenströme durch die Straßen. Reisende strömten zu den Toren, ihre Habseligkeiten auf den Schultern und flankiert von den üblichen Profiteuren des Chaos. Zweimal sahen Bellamus und Stepan, wie Banditen ein Fuhrwerk überfielen, das mit Nahrungsmitteln vollgeladen war. Sie verjagten die Besitzer ohne viel Federlesens und machten sich dann mit der Beute aus dem Staub. Niemand reagierte, und niemand half. Der Menschenstrom floss zu beiden Seiten dieser Szene einfach vorbei, denn die Aufmerksamkeit der Menschen war auf die Küste in der Ferne gerichtet, die von hier aus nicht sichtbar war.

Sie entdeckten die Königin am nächsten Tag.

Stepan und Bellamus saßen an den Toren von Wiltun. Sie waren jeder mit einem Langschwert bewaffnet und trugen ein Kettenhemd. Beides hatte Stepan besorgt, um Briganten abzuschrecken. Die Königin kam zu Fuß. Ihre Kleidung war staubig und ihr Gesichtsausdruck gereizt, bis sie Bellamus erblickte und lächelte. Dieser Ausdruck war so aufrichtig, dass er nicht zu ihrem Gesicht zu passen schien. Sie lief, gefolgt von ihrer plumpen Gefährtin, auf Bellamus zu und umarmte ihn.

»Mein Emporkömmling!« Sie schob ihn etwas von sich weg und betrachtete ihn. »Großer Gott, es ist wahrhaftig eine Überraschung, dich endlich zu sehen. Was ist mit deinem Auge passiert?«

»Krieg«, antwortete er nur. »Majestät, darf ich Euch meinen guten Freund Stepan vorstellen, ein Ritter, der bis vor Kurzem noch Eurem Vater gedient hat.«

Aramilla reichte Stepan die Hand, ohne Cathryn vorzustellen. »Dieses allgemeine Urteil, Albion wäre verloren, war ziemlich dramatisch«, bemerkte sie stattdessen und betrachtete die Menschenmenge mit zusammengekniffenen Augen. »Wir haben bis jetzt noch nicht einmal Lundenceaster verloren.«

»Die Menschen haben vergessen, wie sich Krieg anfühlt, Euer Majestät«, gab Stepan freundlich zurück. »Die Geschichten über die Armee der Anakim waren ziemlich übertrieben. Die Menschen sagen, dass sie jeden massakrieren, der sich ihnen widersetzt, und es wird allgemein nur als eine Frage der Zeit betrachtet, wann Lundenceaster fällt. Und da sowohl Euer Vater als auch der König und so viele Soldaten in dieser Stadt sind, erscheint ihnen weiterer Widerstand sinnlos. Jetzt heißt es, jeder kämpfe für sich selbst«, sagte er betrübt und trat zur Seite, als eine Gruppe von Reitern zu den Toren galoppierte. Ihre prallen Satteltaschen tanzten auf dem Rücken ihrer Pferde.

»Ich habe doch ein Pferd für Euch bereitstellen lassen«, sagte Bellamus.

»Darauf reiten jetzt irgendwelche Briganten!«, erklärte Aramilla düster und packte plötzlich seinen Arm. »Und was ist mit dir? Du willst die Insel doch nicht etwa verlassen?«

»Ich habe keine Macht mehr«, sagte Bellamus und zuckte mit den Schultern. »Bis auf den Mann, der Euch geholfen hat, aus Lundenceaster zu entkommen, ist mein Spionagenetz zerrissen. Ich bin nur ein ganz gewöhnlicher Bürger. Aber ich denke trotzdem, dass Flucht zu diesem Zeitpunkt ein wenig voreilig wäre. Wir brauchen Führung, jemanden, der die restlichen Verteidiger des Landes um sich schart. Was wir brauchen, Euer Majestät, ist eine Königin.«

Aramilla schwieg einen Moment und betrachtete Bellamus unter gesenkten Wimpern hervor. »Ich bin nichts ohne den König.«

»Ihr könntet es aber sein«, widersprach Bellamus. »Wenn er gefangen genommen wurde, seid Ihr unsere rechtmäßige Anführerin. Selbst wenn Seine Majestät die Belagerung nicht überleben sollte …«

»Was der Himmel verhüten möge«, warf Stepan sichtlich aufgeräumt ein.

»Ihr habt keine Kinder mit ihm«, fuhr Bellamus fort. »Ihr seid unsere Königin.«

Aramilla blickte nachdenklich drein. »Seine Neffen würden meinen Anspruch anfechten«, behauptete sie schließlich.

»Seid Ihr Euch da sicher?«, fragte Bellamus. »Ich glaube nicht, dass es auch nur einen einzigen Adeligen in diesem Land gibt, der eine verantwortungsvolle Position innehaben möchte, wenn der Schwarze Lord auftaucht, um Süddals Kapitulation zu fordern.«

Darauf antwortete sie nicht. Bellamus bedeutete ihnen, ihm zu folgen. Schweigend gingen sie eine Weile in die Stadt zurück. »Wohin führst du mich?«, fragte sie schließlich.

»In das Haus von Earl Penbro, einem Ort, der ebenso von Feigheit befallen ist wie der Rest von Süddal.«

»Und du willst, dass ich dieser Fäulnis ein Ende bereite?«

»Tut, was Eurer Meinung nach das Richtige ist, Majestät«, antwortete Bellamus. »Aber wenn Ihr Euch ihm präsentiert, ist das auf jeden Fall klug, ganz gleich, was Ihr plant.«

»Wenn ich plane zu flüchten, meinst du.«

»Oder wenn Ihr bleiben wollt«, gab Bellamus zurück.

»Und du, Stepan.« Aramilla klang plötzlich gebieterisch. »Ich sehe, dass du ein Kämpfer bist. Habe ich deine Loyalität?«

»Ihr besitzt offenkundig die Loyalität des Hauptmanns«, erwiderte Stepan unbeeindruckt. »Und er besitzt meine.«

Das Haus von Earl Penbro lag auf der anderen Flussseite, hinter einer bemoosten Mauer, die fast drei Meter hoch war. Das Tor wurde von sechs Bewaffneten bewacht, die alle schwere Stöcke schwangen und beunruhigt die Flüchtlinge beobachteten, die vorbeizogen. Als Aramilla und ihre beiden Begleiter näher kamen, drehten sie sich zu ihr um und senkten ihre Waffen ein wenig. »Wir wollen den Earl sprechen!«, verkündete Bellamus gebieterisch. »Tretet zur Seite. Das ist Königin Aramilla, und man lässt eine Königin nicht warten.«

Einige der Soldaten lachten. Der erste betrachtete Bellamus vom Kopf über das rostige Kettenhemd bis zu seinen abgeschabten Lederstiefeln und sah dann zu Aramilla. Offensichtlich fand er sie genauso wenig beeindruckend. »Verschwendet meine Zeit nicht«, antwortete er kalt.

Bellamus lächelte und wollte etwas erwidern, aber Aramilla kam ihm zuvor. »Du Narr!«, zischte sie. »Ich bin deine Königin! Glaubst du, dass ich als Einzige, die aus Lundenceaster entkam, meine Juwelen und meine besten Gewänder dafür angelegt hätte? Wie soll deiner Meinung nach eine Königin aussehen, die wochenlang von den Anakim eingesperrt wurde?«

Den Soldaten war das Grinsen vergangen.

»Bring uns zum Earl. Auf der Stelle, dann werde ich über deine Unverschämtheit noch einmal hinwegsehen!« Ihre Stimme klang unverkennbar gebieterisch. So unwahrscheinlich ihre Behauptung, sie wäre die Königin, auch sein mochte, so offensichtlich war sie eine Frau, die es nicht gewohnt war zu warten. Die Soldaten sahen sich wortlos an.

»Bitte führt uns sofort dorthin«, setzte Bellamus hinzu und lächelte unschuldig.

»Und der Earl wird Euch erkennen …« Der Soldat machte eine kleine Pause. »Majestät?«, setzte er dann hinzu.

»Selbstverständlich!«, erwiderte sie schneidend.

Die Soldaten sahen sich erneut an, dann zuckte der Sprecher mit den Schultern. »Hier entlang.« Er klopfte an das Tor, und Bellamus zwinkerte den anderen Soldaten zu, als man sie einließ. Hinter der Mauer lag ein prachtvoller Garten mit vielen Pflanzen und Blumen. Ein Dutzend Bäche teilte ihn in Beete auf. Sie überquerten geschwungene Brücken und folgten einem Schotterweg zu einem Anwesen, das hinter den Bäumen undeutlich zu erkennen war.

Sie wurden hineingeführt. Im Inneren des Hauses huschten Bedienstete durch die Räume, räumten Truhen aus, nahmen Wandteppiche ab und warfen Aramilla verstohlene Blicke zu. Sie ging sofort weiter und ließ den Soldaten, der sie hierhergeführt hatte, hinter sich zurück. »Penbro?«, rief sie. Der Soldat eilte ihr nach und hielt sie am Arm fest. Sie ignorierte ihn. »Penbro?«

Ein alter Mann tauchte aus einem Zimmer am hinteren Ende der Halle auf und betrachtete die Neuankömmlinge kritisch. Er trug ein weites Baumwollhemd, und sein weißes Haar umrahmte ein gerötetes Gesicht. »Watt?«, fuhr er den Soldaten an. »Wer ist das?« Dann jedoch schnappte er unwillkürlich nach Luft. »*Euer Majestät?*«, fragte er ungläubig. »Ist das möglich?«

»Earl Penbro.« Aramilla schüttelte den Soldaten Watt ab, der sehr erleichtert zu sein schien, dass die Frau, die er hierhergebracht hatte, tatsächlich die Königin war. Sie ging auf den Earl zu und streckte die Hand aus. Penbro drückte seine trockenen Lippen auf ihre Finger, und seine Knie knackten, als er sie beugte.

»Wir haben gehört, Ihr wäret den Anakim in die Hände gefallen, Majestät.« Er richtete sich wieder auf. »Gott sei gelobt«, setzte er plötzlich hinzu. »Die Belagerung wurde also durchbrochen?«

»Leider nicht«, erwiderte Aramilla. »Ich bin nur dank der Hilfe meines Dieners Bellamus entkommen.« Sie deutete auf den Emporkömmling, der sich vor dem Earl verbeugte. Penbro riss die Augen auf, als er Bellamus' Namen hörte, aber Aramilla ließ ihm keine Zeit zu reagieren. »Wir brauchen sofort etwas zu essen, Penbro, und ein Quartier. Und dann beruft Ihr ein Witan ein.« Ein Witan war ein Konzil von Adligen und Kirchenmännern, das die Macht besaß, Entscheidungen zu treffen.

»Das Witan ist gestern zusammengetreten, Majestät«, erwiderte Penbro. »Es wurde entschieden, sich ins Frankenreich zurückzuziehen. Wir bereiten unseren Aufbruch vor.« Er deutete in die Halle.

Bellamus trat vor. »Ihr habt beschlossen, aus dem Land zu flüchten?«, stellte er klar. »Ihr wollt Euren König und Eure Königin im Stich lassen?«

Aramilla mischte sich erneut ein, bevor Penbro antworten konnte. »Sind noch Ratsmitglieder des Witan hier?«

»Die meisten, ja, Majestät. Wir reisen zusammen ins Frankenreich. Aber die Bischöfe sind bereits vor einer Weile gegangen. Wir müssen sie benachrichtigen.«

»Dafür ist keine Zeit«, erklärte Aramilla. »Wir werden jetzt essen, während Ihr all jene versammelt, die noch geblieben sind. Dann setzen wir uns zusammen und besprechen erneut, was wir zu tun gedenken.«

Penbro blieb keine andere Wahl, als zu gehorchen. Bellamus spielte seine Rolle als königlicher Bediensteter hervorragend und verlangte Wein, Forellen, Käse, Brot und geräucherten Schinken. Letzteres mit unverkennbarem Entzücken. Die Speisen wurden umgehend herangeschafft und auf einen Tisch gestellt, den sie allerdings auf ihrem Weg nach draußen abfangen mussten. Die Stühle schienen bereits vor einiger Zeit auf einen Karren geladen worden zu sein und waren »unzugänglich«, wie der Earl sagte. Also schleppten sie zwei Kisten an den Tisch. Bellamus und Stepan setzten sich auf eine, Cathryn und Aramilla auf die andere. Der Schinken war gut, aber die Forellen, die in einem der Bäche des Gartens gefangen und mit seltenem Pfeffer gewürzt waren, schmeckten noch besser.

Aramilla erklärte, dass die Geschichte ihrer Flucht langweilig wäre und sie keine Lust hätte, sie zu schildern, ganz abgesehen von der Würdelosigkeit, dass man ihnen die Pferde gestohlen hatte. Also unterhielt Bellamus sie alle mit Berichten darüber, wie es ihm als Gefangener der Anakim ergangen war. Ihm fiel auf, dass Aramilla nicht so selbstsicher war wie sonst. Aber sie würde ihr ganzes Selbstbewusstsein brauchen, wenn sie das Witan dominieren wollte, das war ihm klar. Sofort rief er nach Penbro und verlangte von ihm Kleider, die einer Königin angemessen waren. »Und irgendetwas, das einer Krone ähnelt, Lord Penbro. Ich nehme an, dass Ihr etwas Entsprechendes besitzt?«

»Meine verstorbene Frau besaß ein Diadem, das den Ansprüchen vielleicht genügt, bis wir etwas Passenderes finden«, erwiderte der Earl steif. Er beantwortete alle Fragen, die Bellamus ihm stellte, an Aramilla gewandt, als hätte sie ihn angesprochen.

»Das genügt vorläufig«, sagte Bellamus. Sein Benehmen wirkte gereizt, aber seine Stimmung war ausgezeichnet. »Kleider?«

»Einige der besseren Stücke sind zurückgeblieben«, räumte der Fürst mürrisch ein.

»Dann bringt sie her, sofort!«, befahl Bellamus gebieterisch.

»Seine Frau war ein giftiges altes Skelett«, erklärte Aramilla, nachdem der Fürst verschwunden war. »Selbst wenn ich mich eine Woche nur von Hagebutten ernährte, würde ich in keines ihrer Kleider passen.«

Die Kleider wurden von Lakaien gebracht, die gleichzeitig

Earl Penbros Entschuldigung für seine Abwesenheit überbrachten – ganz offensichtlich in der Hoffnung, dass Bellamus seine Gastfreundschaft nicht weiter auf die Probe stellte. Aramilla wartete, bis sie den Fisch verspeist hatten, dann entschuldigte sie sich und bedeutete Bellamus, ihr zu folgen. Während zwei Kammerzofen von Penbros Haushalt Aramilla halfen, die Kleider hinter einem Wandschirm anzuprobieren, marschierte Bellamus in dem Zimmer auf und ab.

»Ich kann mir keinen günstigeren Zeitpunkt als diesen vorstellen, Euer Majestät«, sagte Bellamus zu dem Wandschirm. »Unser großer Vorteil hier besteht darin, dass niemand regieren wollen wird. Die Nation ist in Aufruhr. Niemand will sich an das Ruder eines Schiffes stellen, das eindeutig sinkt. Vielleicht gibt es sogar zwei große Vorteile: Dass Ihr keine Kinder mit Seiner Majestät habt, macht Euch eindeutig zu seiner Nachfolgerin. Das ist in der Tat ein Glücksfall.«

Hinter dem Schirm ertönte spöttisches Lachen. »Glücksfall?«, sagte sie. Sie schien die beiden unbekannten Frauen nicht zu beachten, die ihr beim Anlegen der Kleider halfen. »König Osbert ist mehr ein Mann des Geistes als des Körpers. Die wenigen Male, die er Interesse an mir gezeigt hat, war es nicht allzu schwierig, ihn zu entmutigen.«

Bellamus schwieg einen Moment. »Es war also Absicht? Ihr wolltet niemals Kinder?«

»Kinder!«, stieß sie verächtlich hervor. »Kannst du dir einen anstrengenderen Weg vorstellen, dein Leben zu verbringen? Ich glaube, dass mein Zögern auch für den König eine Erleichterung war. Er hat sich nicht besonders wohl in meinem Bett gefühlt, und ein paar Gerüchte über meine Unfruchtbarkeit, die gestreut wurden, retteten seine Männlichkeit. Er wollte es nicht noch einmal versuchen. Ich glaube, er sah es eher als eine heilige Pflicht, die er auf sich nehmen musste.«

»Also hat er es gelegentlich doch vollzogen. Was habt Ihr dann getan?«

»Es gibt Kräuter für jede Gelegenheit«, erwiderte sie beiläufig. Bellamus wusste, dass sie die schockierten Blicke der Zofen genoss, die ihr beim Umkleiden halfen. Sie war jetzt wieder in Sicherheit, und nach dem Chaos der letzten Monate kam die alte Aramilla wieder zum Vorschein. Bellamus fürchtete, dass sie von ihrem rücksichtslosen Leichtsinn gepackt werden könnte. Sie wusste genug, um verlockt zu sein, aber nicht genug, um Angst zu haben.

Als sie hinter dem Schirm hervortrat, trug sie ein grünes Seidenkleid. Es war von so viel Gold und Perlen überzogen, dass es an Hochverrat gegrenzt hätte, hätte Penbros Gemahlin dieses Kleid jemals bei Hofe getragen. Sie ließ sich Wasser bringen, wusch sich das Gesicht und setzte dann das goldene Diadem auf. Ihr Gesicht nahm sofort wieder einen königlichen Ausdruck an. Dann schickte sie die Zofen weg und vertrieb sich mit Bellamus die Zeit mit Plaudereien. Sie rief Stepan und Cathryn in den Raum, wo sie gemeinsam auf den Abend und die Zusammenkunft des Witan warteten.

Es war schon dunkel, als Penbro wieder zu ihnen stieß und sie darüber informierte, dass die restlichen Mitglieder des Witan sich in der Halle versammelt hätten. Er machte eine Pause, und es war offensichtlich, dass er nicht bei ihnen bleiben wollte, aber offensichtlich noch weitere Neuigkeiten zu überbringen hatte. »Wir haben gerade eben Nachricht aus dem Osten erhalten, Majestät«, sagte er dann zögernd. »Es ist vielleicht ein Schock …«

»Teilt es mir sofort mit!«, verlangte sie.

»Lundenceaster ist gefallen, Euer Majestät.« Schweigen senkte sich über den Raum. »Wie es scheint, haben die Anakim die Verteidigungslinie durchbrochen und die Stadt niedergebrannt. Es gibt nur sehr wenige Überlebende. Und diejenigen, die entkommen sind …« Er machte eine wegwerfende Handbewegung. »Ich bezweifle, dass sie eines klaren Gedankens fähig sind.«

»Sprecht, Earl Penbro«, sagte Aramilla. »Was habt Ihr gehört?«

»Man sagt, der König … Gott sei der Seele Seiner Majestät gnädig … wäre gefangen genommen und vom Schwarzen Lord persönlich hingerichtet worden. Und man sagt auch, dass die Anakim bei der Belagerung Unterstützung von eisernen Dämonen gehabt hätten.«

Bellamus spürte, wie diese Nachricht ihn bedrückte. »Also sind die Unhieru doch eingetroffen«, murmelte er. Währenddessen stammelte Earl Penbro weiter. Seine Furcht wurde in jedem Wort und jeder Geste deutlich.

»Aber, Euer Majestät, das ist noch nicht alles. Sie haben irgendeine Art von infernalischer Hilfe beschworen – die Erde hat sich erhoben, um die Mauern zu verschlingen. Es gibt Berichte, dass Falken und Wölfe mit den Anakim gekämpft hätten, von Kirchen, die spontan zerbarsten und von magischen Anrufungen, die unsere Streitkräfte in die Flucht schlugen. Verzeiht mir, Majestät, aber wir können nicht hierbleiben! Wir müssen unverzüglich von hier fortgehen. Dieses Land ist verloren. Wir können uns gegen eine solche Macht nicht behaupten!«

Bellamus sah Aramilla an und stellte fest, dass die Geschichten des Earls ihr keine Angst einflößten, sondern sie stattdessen merkwürdig fasziniert davon zu sein schien. Sie betrachtete ihn eine Weile interessiert. »Kehrt in die Halle zurück, Mylord. Wir kommen und sprechen in Kürze zu Euch allen.« Penbro verbeugte sich und verließ zögernd den Raum.

»Können die Anakim so etwas tun?«, fragte sie Bellamus, als der Earl verschwunden war.

Er lachte darüber. »Das sind nur Geschichten, Majestät. Hörensagen, Entsetzen und Spekulation. Es sind Menschen, so wie wir. Ebenso wie die Unhieru. Allerdings muss ich zugeben, dass sie ziemlich Furcht einflößend wirken, wenn sie bewaffnet und gepanzert sind. Ebenso Furcht einflößend wie unsere Aufgabe dort drinnen, Majestät.« Er deutete auf die Tür der Halle, wo das Witan stattfinden sollte. »Ihr habt Penbro erlebt. Diese Nachrichten werden dem Witan eine heillose Angst eingeflößt haben. Wir werden Mühe haben, sie daran zu hindern, die Insel sofort zu verlassen und ins Frankenreich zu flüchten.«

»Nun gut, dann beginnen wir sofort«, sagte die Königin beiläufig. »Geht voran, Meister Bellamus.«

»Euer Majestät.« Bellamus erhob sich mit einer Verbeugung und verlangte nach Fackeln und einem halben Dutzend Zofen, um ihre kleine Prozession gewichtiger erscheinen zu lassen. Er betrat vor Aramilla die Halle und fand zwei Dutzend Adlige vor, die an der Wand standen und im Licht der Kerzen funkelten.

»Ihre Majestät, Königin Aramilla!«, verkündete er und trat zur Seite, um sie durchzulassen. Die Anwesenden verbeugten sich, als sie eintrat. Aramilla sah sich um und ließ das Schweigen andauern.

»Wollt Ihr Eurer Königin zumuten, sich auf einen Schemel zu setzen, statt auf einen Thron?«, fragte sie in den Raum hinein. Die Adligen reagierten und sahen sich hastig nach einem Ersatz um. Am Ende wurde der Tisch, an dem Aramilla gegessen hatte, als Podest ans Ende der Halle geschoben. Eine Kiste wurde als Sitz daraufgewuchtet, eine andere diente davor als Stufe. Bellamus reichte ihr die Hand, sodass sie diese Truhe mit einiger Würde besteigen konnte. Es gab ein kaum unterdrücktes Murmeln, als sie einen Emporkömmling so offensichtlich favorisierte, aber Aramilla fixierte das Witan mit strengem Blick. Sofort kehrte Ruhe ein.

»Das ist meine rechte Hand«, sagte sie und deutete auf Bellamus, während sie sich würdevoll auf die Truhe setzte. »Er war im Krieg gegen die Anakim von ungeheurem Wert für uns alle, ob ihr nun seinen Einfluss bemerkt habt oder nicht. Denn nur durch seine Hilfe wurden die Anakim so lange aufgehalten, bis sie Lundenceaster erreichten. Er war es, der mich aus der Stadt befreit und mich sicher hierhergebracht hat. Er spricht jetzt für mich.«

Sie nickte ihm zu und lehnte sich zurück, um auf seinen Beitrag zu warten. Sie lächelte, als sie sein erschrockenes Gesicht sah. Einen Moment lang fehlten Bellamus die Worte, und er sah ihr in die Augen, um herauszufinden, was sie von ihm erwartete. Aber ganz offensichtlich hatte er alle Freiheiten zu sagen, was er wollte, also wandte er sich zu dem Witan um.

Er war überrascht, aber nicht gänzlich unvorbereitet. Denn tatsächlich hatte er sich diesen Moment bereits ausgemalt. »Mylords«, begann er. »Meine Königin hat sich in größte Gefahr begeben, um hierherzukommen, und doch findet sie Euch bei ihrem Eintreffen bei den Vorbereitungen zur Flucht vor. Ihr wollt Eure Monarchin im Stich lassen? Eure Königin? Dieses Land? Euer Volk?« Er betrachtete sie alle der Reihe nach und ging in dem dämmrigen Raum vor dem improvisierten Thron auf und ab.

»Wir sind schwach nach den beiden gescheiterten Invasionen des letzten Jahres!«, gab Penbro plötzlich zurück. Er starrte Bellamus finster an, und der Vorwurf in seiner Stimme war unüberhörbar. »Genau die Invasionen, die diese Vergeltung der Anakim ausgelöst haben. Die meisten Krieger unseres Landes waren in Lundenceaster eingeschlossen. Ich habe dir das, was dort geschehen ist, selbst geschildert, Bellamus. Etwas Schreckliches kommt über dieses Land. Wir müssen sofort nach Erebos fliehen. Ich wäre sehr erleichtert, wenn meine Königin sich uns anschließt! Wir sollten auf der Stelle und ohne weitere Verzögerung über das Meer segeln. Das ist auf jeden Fall besser, als hierzubleiben und im Angesicht dieses Bösen zu sterben. Wir sind außerstande, uns gegen die Anakim zu wehren.«

»Wir sind alles andere als hilflos!«, konterte Bellamus scharf. »Ihr habt Euch von den Gerüchten des Krieges übertölpeln lassen, Lord Penbro. Ich habe die Schwarzen Legionen mit eigenen Augen gesehen. Sie leiden Hunger. Sie haben ihr Herz nördlich des Abus gelassen. Sie wollen nicht hier sein. Sie denken an ihre Wildnis zu Hause. Wir müssen ihnen nur einen guten Grund geben, dorthin zurückzukehren – ein Ansatz, der bisher ganz und gar gescheitert ist. Ja, sie haben Lundenceaster eingenommen, aber ich weiß, dass unsere Verteidigungslinien sehr gut vorbereitet waren. Ich versichere Euch, dass sie dadurch erheblich geschwächt worden sind.«

»So wie wir auch!«, rief jemand, und die anderen murmelten zustimmend.

Bellamus nickte beiläufig. »Ja, das stimmt. Wir sind nicht mehr die Streitmacht, die wir einst waren. Aber wir sind noch hier, hab ich recht?« Er sah sich in der Halle um. Düstere Gesichter erwiderten seinen Blick. »Wir leben noch, und wir sind noch nicht am Ende. Nicht, solange wir diese Insel nicht verlassen.« Seine Stimme gewann an Kraft, wurde von der Dunkelheit verstärkt. Jetzt war er in seinem Element. »Unser Feind versucht uns mit einer Zurschaustellung von Kraft und rücksichtsloser Taktik einzuschüchtern, aber sie haben nicht genug Soldaten, um dieses Land zu unterwerfen, wenn wir Widerstand leisten. Wer wäre besser dafür geeignet, die dafür benötigte Streitmacht zu mobilisieren, als wir hier in diesem Raum?« Er breitete die Arme aus. »Wenn Ihr glaubt, Erebos wird zulassen, dass diese Insel unter die Herrschaft der Anakim fällt, dass sie sich unseren Hilferufen verweigern, dann irrt Ihr Euch. Ihr kennt die Bruderschaft nicht, die jenseits des Meeres existiert und die bereit ist, alles stehen und liegen zu lassen und sich mit uns gegen den Schwarzen Lord zu erheben. Wir werden Verbündete in Erebos gewinnen, und wir werden unser Volk mobilisieren. Wir werden das tun, was die Anakim tun: Wir werden unsere Bevölkerung zum Kriegsdienst verpflichten. Wir werden Veränderungen in die Wege leiten müssen, wenn wir bis dahin durchhalten wollen, aber Veränderung ist mein Verbündeter!«, sagte er großspurig. Er richtete sich auf und sprach die Lords jetzt an, als wären sie seine Standesgenossen. »Ihr habt meinen Namen gehört, wie könnt ihr an meinen Worten zweifeln? Veränderung ist mein Verbündeter!« Er drehte sich zu Aramilla um und kniete vor ihr nieder. »Und ich diene meiner Königin. König Osbert ist in Lundenceaster gestorben. Aber wir haben immer noch eine Monarchin.« Er senkte den Kopf, und Aramilla betrachtete das Witan hinter ihm.

»Danke, Hauptmann Bellamus«, sagte sie dann. »Mylords, beendet Eure Vorbereitungen zur Flucht. Chaos schafft Gelegenheit. Viele unserer großen Landbesitzer sind untergegangen. Die Beute aus diesem Krieg wird Albion sein, und Ihr alle werdet einen Anteil bekommen, der selbst Eure kühnsten Träume übersteigt. Als meine Untertanen werdet Ihr womöglich mit den Belohnungen aus diesem Konflikt eine Dynastie begründen, die tausend Jahre währt. Ihr werdet vielleicht so mächtig, dass die Namen Eurer Familien niemals in Vergessenheit geraten werden. Wir lassen nicht zu, dass unsere Heimat überrannt wird. Ihr alle seid versiert in der Heiligen Schrift. Das Böse ist nicht das Werk des Teufels, sondern eine Prüfung des Glaubens, gesandt von Gott. Es ist genau so, wie mein Meisterspion gesagt hat. Wir sind noch nicht am Ende.«

»Aber!«, unterbrach Penbro sie barsch, sprach dann jedoch unterwürfiger weiter, »aber, Euer Majestät, was können wir denn wirklich tun?«

»Zuerst«, erklärte die Königin, »werdet Ihr alle mir hier in dieser Halle Eure Treue schwören. Dieser Ort ist die Hauptstadt von Süddal, so lange, bis wir alles zurückerobert haben, was wir verloren haben, und Lundenceaster neu aufgebaut haben. Danach werden wir unsere Männer hier versammeln und die Fyrd zusammenrufen, um diese Stadt zu befestigen. Alle, die noch Widerstand leisten, müssen sich um uns scharen. Wir werden Boten nach ganz Erebos schicken. Wir werden allen mitteilen, dass diese Insel jetzt der Mittelpunkt des Kampfes zwischen den Anakim und den Menschen der Südvölker ist. Und dass sie, wenn sie keine unbesiegbare Festung der Anakim direkt vor ihren Gestaden haben und sie nicht die Anakim in ihren Bevölkerungen ermutigen und marschbereit machen wollen, ihre Mühen hier konzentrieren müssen. Dieser Konflikt ist über viele Generationen hinweg entstanden, und dies hier ist nicht sein

Ende. Es ist nur der Anfang. Wohlan denn, Mylords. Schwört mir Eure Treue. Mein Meisterspion, der Oberbefehlshaber unserer Streitkräfte, den ich hiermit zu Lord Safinim erhebe, wird Eure Treueschwüre entgegennehmen.«

Bellamus hob den Blick, als er diesen Titel hörte, den Mund leicht geöffnet. Der Adel würde gegen diese Erhebung zweifellos meutern.

Doch niemand erhob auch nur ein Wort des Einspruchs.

Mit ihrer Autorität und der Aussicht auf reiche Belohnung hatte die Königin die Kontrolle an sich gerissen. Es war genauso, wie Bellamus gesagt hatte: Niemand wollte dieses untergehende Königreich regieren. Wer nach dem Zepter griff, herrschte unumstritten. Außerdem hätte sich der Adel niemals Befehle von einem Mann ohne Titel geben lassen.

»*Lord Safinim*«, flüsterte er leise, triumphierend, unfähig, dem Gefühl dieses Wortes auf seiner Zunge zu widerstehen.

Ein junger Lord kniete sich als Erster hin, und diejenigen um ihn herum folgten seinem Beispiel. Wie in einer Welle folgten die anderen von diesem Punkt aus. Nur der alte Earl Penbro blieb als Letzter stehen. Er sah sich bestürzt um, doch schließlich schnippte er mit den Fingern. Zwei Lakaien traten zu ihm, halfen ihm auf die Knie, und dann senkte auch er den Kopf.

Mit dem Chaos kommen Gelegenheiten. Die Kriegsmaschinen der Anakim rumpelten weiter, aber in Wiltun wurde in dieser Nacht die Königin der Anarchie gekrönt. Und neben ihr der Lord der Dunklen Orte.

Das große Spiel hatte begonnen.

41. KAPITEL

DAS FEUER

Die Feuer in Lundenceaster erwiesen sich als unkontrollierbar. Gogmagoc, dessen Stimme noch gurgelnder klang, nachdem der Bolzen aus der Speerschleuder seine Brust durchbohrt hatte, der aber ansonsten von der Wunde nicht weiter beeinträchtigt schien, erhob selbst Anspruch auf den Verdienst, das Feuer gelegt zu haben. Die Anakim wussten nicht, wie man ein derartiges Feuer bekämpfte, da sie nur mit Stein bauten. Sie konnten gerade noch die gelagerten Lebensmittel und ein Viertel ihrer Toten bergen, bevor sie die so hart erkämpfte Stadt den Flammen überlassen mussten.

Roper hatte jedoch noch Zeit für einen letzten Akt.

Er führte eine kleine Prozession von Wächtern an, die eine lange Reihe von Gefangenen in einen Garten in der Mitte der Stadt eskortierten. König Osbert ging zitternd und geistesabwesend summend neben Roper her, während seine königliche Leibwache von ihren Gegenstücken der Heiligen Wache flankiert wurde. Die Flammen loderten um sie herum, aber Roper wollte dieses Exempel in der Öffentlichkeit statuieren. Er wandte sich zu dem König um.

»Knie nieder!«, befahl er auf Angelsächsisch. Osbert reagierte nur insofern, dass er die Augen schloss. Zwei dicke Tränen liefen über seine Wangen, und plötzlich zitterte er heftig, während er immer noch diese tonlose Melodie summte. Gray trat vor und zwang den König fest auf die Knie. Hinter ihm wurden seine Lakaien und Leibwächter ebenfalls zu Boden gestoßen.

Roper hob *Kaltschneide* vor dem König an. Die Klinge war immer noch blutbefleckt von den Kämpfen der Nacht. Eine Hitzewelle strich über sein Gesicht, während riesige orangefarbene Flammen hinter Osbert in den Himmel loderten. Der König presste seine Augen immer noch fest zusammen. Die Luft war so heiß, dass Roper jeden Atemzug fühlte, der in seine Lunge drang. Sie mussten die Stadt so schnell wie möglich verlassen, sonst würden sie verbrennen. »König Osbert«, sagte er auf Angelsächsisch. »Ich erkläre die Herrschaft Süddals über dieses Land für beendet. Dein Volk wird diese Gestade verlassen, und für deinen Widerstand gegen uns verurteile ich dich zum Tode.« Der König winselte furchtsam. »Hast du noch irgendetwas zu sagen?«

Das hatte der König nicht.

Gray trat zurück und ließ den König los. Osberts Summen wurde lauter, und Roper ließ *Kaltschneide* auf den Nacken des Königs niedersausen. Der Kopf mit dem glänzenden goldenen Helm wurde sauber vom Körper abgetrennt und fiel zu Boden. Mit einem Geräusch, das mehr einem Klatschen als einem Schneiden glich, überantworteten die Heiligen Wächter die Leibwächter des Königs demselben Schicksal. Ihre Leichen, ihre Waffen, die goldene Kette um den Hals des Königs, all das wurde in die Flammen geworfen. Roper kehrte alldem ohne ein Wort oder eine Geste den Rücken.

Mittlerweile loderten die Flammen auf zwei Seiten des Gartens, und Roper spürte, wie ihm der Schweiß über das Gesicht lief, als die Hitze immer stärker und intensiver wurde. »Verschwinden wir!«, befahl er. »Und zwar schnell.«

Sie liefen durch die Straßen der Stadt und zogen eine Gruppe von Ramneas Hunden an sich, auf die sie unterwegs stießen. Dann gingen sie durch eine Reihe von Legionären, die die offenen Tore schützten. Lundenceaster hatte sich widersetzt, und jetzt musste die Bevölkerung den Preis dafür zahlen. Die wenigen Südlinge, die sich den Toren näherten, wurden ohne ein Wort niedergeschlagen. Ihre Leichen hielten andere von weiteren Versuchen ab.

Roper stand jetzt mit Gray außerhalb der Mauern und sah zu, wie das gewaltige Glühen den Abend zu verzehren schien. Eine schwarze, Funken stiebende Wolke verdeckte die letzten Sonnenstrahlen. Das Feuer fauchte, und der Wind heulte, als die Flammen loderten, und die Unterseite der Rauchsäule glomm rostrot.

Es war vollbracht.

Süddal gehörte so gut wie ihnen. Die große Mehrheit der feindlichen Streitkräfte hatte sich in diesen Mauern aufgehalten und war vernichtet worden. König Osbert war tot. Man hatte Earl Seaton nicht gefunden, aber er war zweifellos unter denen, die jetzt in den Straßen verbrannten. Diese Niederlage war ein Hammerschlag für die Moral der Südlinge. Ohne Anführer, ohne Hauptstadt und mit so wenigen Kriegern war der Widerstand zweifellos gebrochen.

Ropers Herzschlag verlangsamte sich. Er spürte, wie die Furcht aus seiner Brust wich und sich das Gewicht des Zweifels von seinen Schultern hob und kühle Erleichterung durch seine Adern rann. Zehntausend waren in dieser Bresche gefallen, und sie hatten auf dem ganzen Feldzug insgesamt sechzehntausend Legionäre verloren. Doch dieser Verlust für die Zukunft ihres Volkes war die Sache wert gewesen. Hätte man ihm das vor ihrem Marsch nach Süden angeboten, hätte er zugegriffen. Er hatte gewusst, wie dieser Krieg verlaufen würde.

Gray legte ihm eine Hand auf die Schulter, und sie umarmten sich erneut. »Es ist noch nicht vorbei, mein Lord«, sagte er leise. »Aber es bedarf nicht mehr viel.« Er drückte Ropers Schulter. »Nachdem wir Lundenceaster eingenommen, unsere Vorräte aufgefrischt und die Unhieru auf unserer Seite haben, kann nichts, was Süddal hat, uns noch aufhalten.«

Roper atmete ein und schmeckte den Ruß in der Luft. Er war vollkommen erschöpft. »Wir müssen sehr bald nach Westen ziehen«, sagte er. »Sorge dafür, dass wir jeden Widerstand niederschlagen können, bevor er Zeit hat, sich zu formieren. Aber ich bezweifle, dass sie hier im Süden ebenso gut auf uns vorbereitet sind, wie sie es im Norden waren. Und zudem können wir regelmäßig Nahrungsmittel finden.«

»Das wird Pryce aufmuntern«, erklärte Gray. »Vielleicht sollten wir statt der Legionen Herolde nach Westen schicken und sie auffordern zu kapitulieren?«

»Niemand verlangt so überzeugend eine Kapitulation wie eine Legion«, sagte Roper.

»Außer vielleicht die Unhieru.«

»Das mag sein«, pflichtete Roper ihm bei. »Aber es kann auch gut sein, dass sie eine Kapitulation einfach nicht akzeptieren.« Das war noch ein Grund, warum Roper die Legionen in Marsch setzen wollte. Er wollte sie von den Unhieru trennen. Der Angriff auf die Stadt wäre ohne sie nicht von Erfolg gekrönt gewesen. Und Roper selbst wäre ganz gewiss tot. Aber dennoch konnten sie kein Lager miteinander teilen.

Benommene Soldaten trotteten an Roper und Gray vorbei. Es waren mehr Anakim in dieser einen Schlacht gefallen als in den vielen Jahren zuvor, und doch ertönten die Flöten und wurden Lieder gesungen. Der Druck all dieser Monate, die Befürchtung, dass sie und ihre undurchführbare Mission dem Untergang geweiht waren, waren in einer einzigen, blutigen Nacht zerstreut worden.

Einige waren zu spät durch die Bresche gekommen, um überhaupt noch zu kämpfen. Ihr Eisen glänzte noch, die Waffen ruhten in ihren Scheiden. Der Staub auf ihren Stiefeln war das einzige Zeichen dafür, dass sie an diesem Angriff überhaupt teilgenommen hatten. Ruhig halfen sie sich gegenseitig, Kürasse und Helme abzunehmen, und ließen sie unbewacht auf dem Boden liegen, dieses eine Mal. Die Schwertgurte wurden abgenommen und dazugelegt. Diese frischen Kämpfer lachten leise, standen ruhig da und blickten verträumt auf die Rauchsäule, die sich in den Himmel erhob.

Unter ihnen gingen die Leichtverletzten. Männer, die Leinenfetzen auf ihren Körper drückten, in denen blutrote Flecken leuchteten. Ihre Rüstungen waren zerbeult, blutverschmiert und unordentlich. Wenn sie an ein Feuer kamen, ließen sie sich zu Boden fallen, wo ihre Standesgenossen sich um sie kümmerten, ihre Wunden versorgten und ihr Stöhnen ignorierten, wenn sie die Verletzungen säuberten, nähten und verbanden. Nur sehr wenige Kämpfer waren unbeschadet aus den Kämpfen hervorgegangen. Sie umklammerten ihre blutigen Waffen und wanderten ziellos umher, bevor man sie freundlich zu sich rief und sie sich zu einem warmen Frühstück niedersetzten. Zum ersten Mal seit Monaten konnten sie sich den Bauch vollschlagen und hatten auch genügend Rationen, um am nächsten Tag satt zu werden.

Doch Roper konnte noch nichts essen. Sein Körper schmerzte, als hätte man ihn niedergetrampelt. Alles brannte, seine Waden und seine Hüften verkrampften sich bei jeder hastigen Bewegung. Das Inferno und die glühende Luft über den Flammen verhexten ihn förmlich.

»Mylord.« Die Stimme hinter ihm gehörte Tekoa, aber sie klang so bestürzt, gebrochen und erschöpft, dass Roper sofort von einer düsteren Vorahnung überkommen wurde. Zwei Herzschläge lang blieb er wie versteinert stehen, dann wandte er sich langsam um.

Und blickte Tekoa ins Gesicht. Er war tränenüberströmt und hatte den Helm fest an seine Brust gepresst.

»Kommandeur?« Roper legte den Kopf schräg, um sehen zu können, was hinter Tekoa kam. Vier Männer trugen eine Bahre, auf der ein schrecklich zugerichteter Leichnam lag. Ein langer Pferdeschwanz lag neben dem Toten.

»Nein«, sagte jemand neben Roper, Verzweiflung in der

Stimme. »Bitte nicht …!« Die Stimme gehörte Gray. Im selben Moment erkannte Roper auch den Leichnam. Er sah ihn, traute jedoch seinen Augen nicht.

Pryce.

Gray stolperte an ihm vorbei zu der Trage und nahm den Leichnam in seine Arme. Er beugte den Kopf über den Toten und drückte fünf Herzschläge lang sein Ohr lauschend an Pryce' offenen Mund. Dann legte er seine Stirn gegen die von Pryce. »Oh, mein Bruder!«, stieß er gequält hervor, und eine Träne lief ihm über die Wange. Sein Stöhnen erschütterte Roper bis ins Mark. Es war ein leises Wimmern, das sein Inneres zutiefst anrührte.

»Nicht du«, flüsterte Gray.

Tekoa beobachtete sie stumm, während ihm Tränen über das Gesicht liefen. Roper kniete sich neben Gray, als der Hauptmann erneut gequält aufstöhnte und mit der Hand nach seiner Brust griff, als müsste er sie zusammenhalten. Die festen Zügel, mit denen er sonst seine Gefühle im Zaum hielt, waren verschwunden. Sein vernünftiges, ruhiges und rationales Wesen schien sich aufzulösen. Erneut gab er dieses entsetzliche Geräusch von sich: ein leises Heulen, als wäre er der letzte noch lebende Wolf, während er seinen Kopf auf den Leichnam legte. »Mein Bruder, ich möchte es an deiner Stelle erleiden … *Bitte.*«

Roper hatte das Gefühl, dass es weit angemessener wäre, jetzt zu weinen, als dort oben auf den Zinnen. Aber es wollten keine Tränen kommen. »Was ist passiert?«, fragte er dumpf. »Ich dachte, es wäre vorbei … Ich dachte, wir hätten es beendet.«

Tekoa schien sich mit Mühe zu sammeln. »Er wurde im Lager gefunden«, murmelte er.

»Im *Lager?*« Roper starrte auf Pryce' schreckliche Wunden. »Wo?«

»Am östlichen Rand. Niemand sonst war da. Wir wissen nicht, was passiert ist. Ob es Südlinge waren, Verräter oder …« Tekoa schüttelte hilflos den Kopf.

Roper hatte nicht genug Energie, um sich zu wundern. Er war nicht neugierig, spürte nicht das Gras unter seinen Knien oder die Müdigkeit in seinen Gliedern. Nur die Verzweiflung, die ihn durchströmte, und den schrecklichen Schmerz in seiner Brust, als einer der Pfeiler, auf dem er alles errichtet hatte, zu Staub zerfiel.

Pryce war mehr eine Naturgewalt als ein Mensch, er konnte unmöglich tot sein. Nicht nach allem, was sie gemeinsam überstanden hatten. Nicht, nachdem sie diese Bresche überlebt hatten, die Kämpfe auf den Straßen. Nicht, wo doch ihre große Aufgabe fast vollendet und der Frieden so nah war. Roper war immer wieder sowohl schockiert als auch entzückt darüber gewesen, dieses Individuum an seiner Seite und unter seinem Befehl zu haben. Eine Seele, bestehend aus reiner Energie: unbeugsam, direkt und unnachgiebig.

Tot.

EPILOG

Roper saß am Feuer und hatte den Kopf in die Hände gestützt. Neben ihm lag zusammengekauert ein Schatten des Menschen, der Gray einst gewesen war. Er war jetzt endlich still. Tekoa saß an seiner anderen Seite und brütete grimmig vor sich hin. Ein paar Kommandeure waren ebenfalls bei ihnen. Allerdings litten sie stärker unter den grauenvollen Verlusten, die ihre Legionen hatten erleiden müssen, als wegen des mit einer Decke verhüllten Leichnams, der unmittelbar außerhalb des Feuerscheins auf dem Boden lag. Unter der Decke ragte ein langer schwarzer Pferdeschwanz heraus.

Vigtyr war ebenfalls dort, oder vielmehr das, was von ihm übrig war. Er humpelte auf einem Bein, und die Verbände um seinen Fuß, seinen Nacken, seine Brust und seinem Auge waren blutig. Er hatte die meisten seiner Vorderzähne verloren. Die Wundärzte hielten es für unwahrscheinlich, dass er mit seinem verletzten Auge jemals wieder würde einigermaßen sehen können. Er schien nur noch ein blasses Abbild des Mannes zu sein, der er einst gewesen war. Aber das ging jedem so, der durch diese Bresche gegangen war.

Roper starrte dumpf auf einen Flecken Gras, und das Essen, das er zubereitet hatte, hing unberührt über den Flammen und verkochte langsam. Er konnte unmöglich etwas essen, und selbst der Gedanke an Trinken schien unerträglich. Er saß einfach nur da, unfähig, sich auch nur vorzustellen, woher er die Energie genommen hatte, nur wenige Stunden zuvor eine Bresche zu erstürmen.

Auf der anderen Seite des Feuers erhob sich Vigtyr und erklärte murmelnd, dass er in sein Zelt gehen würde. Er verschwand humpelnd in der Dunkelheit und schlug einen großen Bogen um Pryce' Leichnam.

Das waren die einzigen Worte, die in der letzten Stunde gesprochen worden waren. Das Feuer brannte langsam herunter, es wurde kalt, und ein faulig gelber Mond erschien am Himmel. Gray hob den Kopf und blickte auf die ersterbenden Flammen. Dann stand er unsicher auf. Roper sah ihn an, brachte aber nicht die Energie auf, ihn zu fragen, wohin er gehen wollte. Gray hielt den Kopf gesenkt und stieß nur heiser ein Wort aus: »Sigrid.« Er entfernte sich taumelnd, blieb jedoch nach ein paar Schritten stehen. Roper begriff erst nach einer Weile, warum.

In der Dunkelheit ertönten Hufschläge.

Ein Pferd näherte sich ihnen, aber sein Gang hörte sich unregelmäßig an, obwohl es schnell zu galoppieren schien. Der gleichmäßige Takt der Hufschläge wurde von stolpernden Schritten unterbrochen, und nach einer Weile hörte er das angestrengte Keuchen des Pferdes. Roper und Gray sahen sich an, und Ropers Brauen zogen sich fast unmerklich zusammen. Das Keuchen wurde lauter und rasselnder, und als das Tier endlich im Licht des Feuers auftauchte, mit bebenden Flanken, vollkommen schaumbedeckt, schien es total erschöpft zu sein. Dann brach es plötzlich zusammen. Die Beine gaben unter ihm nach, es stürzte auf die Seite und warf den Reiter zu Boden. Das Pferd lag da, vollkommen erledigt, während der Reiter sich befreite und mühsam aufrichtete.

Roper hatte noch nie ein so erschöpftes Pferd gesehen. Daneben stand ein Mann, dessen Gesicht er seit Monaten nicht mehr gesehen hatte. »Leon?« Die Überraschung drang durch seinen Schockzustand.

»Mylord, der Angriff!«, stieß Leon hervor.

»Er ist vorbei«, erwiderte Roper.

Leon atmete keuchend aus und sackte in sich zusammen. Einen Moment schien er dem Beispiel seines Pferdes folgen zu wollen und sank auf die Knie. Dann riss er sich zusammen und betrachtete die ausdruckslosen, gleichgültigen Gesichter am Feuer, von denen die meisten seinen Blick nicht einmal erwiderten.

»Vigtyr«, sagte er. »Wo ist er? Vigtyr der Schnelle.«

»In seinem Zelt.«

Leons Brust hob und senkte sich unter schweren Atemzügen. »Er … Mylord, er ist es. Er ist der Spion. Der Verräter. Ich habe es aus dem Mund des Mannes gehört, der Euren Bruder getötet hat. Des Mannes, der auf Vigtyrs Befehl hin gehandelt hat. Vigtyr arbeitet für die Südlinge. Er hat Numas Tod angeordnet.«

Roper runzelte die Stirn, weil er nicht fassen konnte, was er da hörte. Niemand reagierte, aber dann schien etwas Roper zu zwingen aufzustehen. »*Vigtyr?*« Er staunte über die Wut in seiner Stimme. Über das Zittern seines Körpers. »Vigtyr? Bist du ganz sicher?«

»Ohne jeden Zweifel!«, zischte Leon drängend. »Dieser Dreckskerl hat den Tod Eures Bruders befohlen. Er ist der Ellengaest.«

Die Welt wurde schlagartig wieder kalt und klar.

Und alles war plötzlich anders.

Energie strömte in Ropers Glieder, und er keuchte, während er ebenso verrückt lächelte wie Gogmagoc.

Gray stand plötzlich neben ihm. Roper war überrascht, denn er hatte ihn nicht kommen hören.

»Vigtyr hat Pryce getötet«, sagte der Hauptmann. »Pryce wurde geschickt, um Vigtyr zu suchen. Und er wurde ermordet.«

Tekoa war ebenfalls aufgesprungen. »Er hat ihnen verraten, wo unsere Bresche sein würde. Seinetwegen waren sie auf uns vorbereitet.«

Roper blickte auf *Kaltschneide*, sein Schwert, das er abgenommen und achtlos neben sich auf den Boden gelegt hatte.

»Wo ist das Zelt?«, zischte Leon.

Gray lachte plötzlich. Es war ein leises, eiskaltes Lachen, bei dem sich Ropers Nackenhaare aufstellten. »Ich führe dich dorthin«, sagte der Heilige Wächter. »Aber er gehört mir, Leon.«

Er bückte sich und hob sein Schwert auf. Roper schnappte sich *Kaltschneide*. Tekoa hatte seine Waffe bereits in der Faust, und Leons Klinge flog sirrend aus ihrer Scheide.

»Wir werden ihn uns teilen«, erklärte Roper.

»Keinen Laut!«, befahl Tekoa. »Er soll nicht gewarnt werden.«

Die vier drehten sich um und liefen in Richtung Zelt. Die Kommandeure folgten ihnen auf dem Fuß. Die Klingen blitzten, als sie in die Dunkelheit stürmten. Das Zelt war nicht weit entfernt, und plötzlich schien es überhaupt keine Anstrengung mehr zu sein zu rennen. Roper empfand eine Konzentration, wie er sie noch nie zuvor erlebt hatte. Seine Augen waren so weit aufgerissen, dass sie ihm aus den Höhlen zu treten schienen, als sie die Umrisse des Zeltes sahen.

»Vigtyr!«, rief Gray erschreckend liebenswürdig. »Vigtyr! Deine Freunde sind hier!« Sie wurden nicht langsamer, und Gray zerfetzte das Segeltuch mit einem lauten Ratschen und drängte sich durch den Spalt. Roper, Tekoa und Leon folgten ihm ins dunkle Innere. Drinnen brannten keine Kerzen, und sie konnten nichts sehen.

Gar nichts.

Sie hörten nur ihr eigenes Keuchen, dann ein leises, wütendes Knurren, das einer von ihnen ausstieß, das Geräusch eines Schwertes, das auf etwas einschlug, und ein sonderbares, verzweifeltes Jammern. Roper tastete im Dunkeln umher, und seine Hand fand eine Schulter. Er zog die Person zu sich – es war Tekoa.

»Wer hat ihn?«, zischte Roper. »Hat ihn jemand? Ist er hier?«

Niemand antwortete.

Nur sie vier standen im Zelt.

Vigtyr war verschwunden.

Sie starrten sich an, auch wenn sie in der Dunkelheit ihre Gesichter kaum erkennen konnten.

»Ihm nach«, befahl Roper dann. »Stellt das Lager auf den Kopf! Ihm nach!«

Gray sprang als Erster hinaus und schrie die Kommandeure an, dass sie ihre Soldaten wecken und das Lager durchsuchen sollten.

Tekoa folgte ihm und schwor, dass die Skiritai ihn finden und ihm das Fleisch von den Knochen lösen würden für seinen Verrat an Pryce.

Leon war der Nächste, der das Zelt verließ, zielgerichtet, konzentriert, wie ein Hund, der Fährte aufgenommen hatte.

Als Letzter kam Roper. Mit seinem Blick versuchte er, das Dunkel der Nacht zu durchdringen. Erneut schlug sein Herz wie wild in seiner Brust. »Vigtyr!«, flüsterte er, so leise, dass niemand sonst ihn hörte, »Vigtyr, ich schwöre, wir finden dich. Genieße deine letzten Momente auf der Flucht. Wir werden dich finden. Wir sind schon unterwegs.«

Die Schwarzen Legionen

Vollwertige Legionen:

Ramneas Hunde
Die Schwarzfelsen
Die Pendeen
Die Grauen
Die Skiritai

Hilfslegionen:

Gillamoor-Legion
Salzmäntel-Legion
Dunoon-Legion
Insel-Legion
Ulpha-Legion
Hetton-Legion
Hasgeir-Legion
Soay-Legion
Ancrum-Legion

Häuser und Hauptcharaktere des Schwarzen Königreichs

Große Häuser und ihre Banner:

Jormunrekur – *Der Silberne Wolf*
Kynortas Rokkvison, vermählt mit Borghild Nikansdottir (Haus Tiazem)
Roper Kynortasson, vermählt mit Keturah Tekoasdottir (Haus Vidarr)
Numa Kynortasson
Ormur Kynortasson

Lothbrok – *Die Wildkatze*
Uvoren Ymerson, vermählt mit Hafdis Reykdalsdottir (Haus Algauti)
Unndor Uvorenson, vermählt mit Hekla Gottwaldsdottir (Haus Oris)
Urthr Uvorenson, vermählt mit Kaiho Larikkadottir (Haus Nadoddur)
Tore Sturnerson
Leon Kaldison
Baldwin Duffgurson

Vidarr – *Desaster und der Baum*
Tekoa Urielson, vermählt mit Skathi Hafnisdottir (Haus Atropa)

Pryce Rubenson
Skallagrim Safirson

Baltasar – *Der Gespaltene Schlachtenhelm*
Helmec Rannverson, vermählt mit Gullbra Ternosdottir (Haus Denisarta)
Vigtyr Forraederson

Alba – *Das Wilde Einhorn*
Gray Konrathson, vermählt mit Sigrid Jureksdottir (Haus Jormunrekur)

Indisar – *Die Untergehende Sonne*
Sturla Karson

Oris – *Die Aufgehende Sonne*
Jokul Krakison

Algauti – *Der Engel des Wahnsinns*
Aslakur Bjargarson
Randolph Reykdalson
Gosta Serkison

Kinada – *Der Eisbaum*
Vinjar Kristvinson, vermählt mit Sigurasta Sakariasdottir

Neantur – *Der Gehäutete Löwe*
Asger Sykason
Hartvig Uxison

Rattatak – *Der Eisbär*
Frathi Akisdottir

Andere Häuser und ihre Banner:

Eris – *Der Weibliche Auerochse*
Atropa – *Das Steinmesser*
Kangur – *Der Engel der Göttlichen Rache*
Alupali – *Die Adlerkralle*
Keitser – *Der Allmächtige Speer*
Brigaltis – *Der Engel der Furcht*
Tiazem – *Der Dunkle Berg*
Horbolis – *Der Geköpfte*
Denisarta – *Der Sternenregen*
Hybaris – *Das Mammut*
Mothgis – *Der Engel des Mutes*
Nadoddur – *Der Schlagende Habicht*

DANKSAGUNG

Ein zweites Buch ist, wie ich herausgefunden habe, schwerer zu schreiben als das erste. Zumindest war es für mich so. Während des Schreibens hatte ich oft das Gefühl, mich himmelschreiend zu wiederholen, und kämpfte gegen das Gefühl an, eine Mogelpackung zu sein. Aus diesem Grund schätze ich die Unterstützung, die ich von so vielen Seiten erhielt, umso mehr. Ein riesiges Dankeschön gilt meinen Lektoren Ella Gordon und Alex Clarke für ihren brillanten kreativen Input, ihre große Geduld und ihr Verständnis, wenn ich mit dem Schreiben und der Umsetzung ihrer Anregungen länger brauchte. Genauso dankbar bin ich Lucy Morris und Felicity Blunt für ihre wunderbare Unterstützung und Becky Hunter für ihren grandiosen Einsatz und die Begleitung bei zahlreichen Lesungen und Veranstaltungen. Danken möchte ich zudem Patrick Insole, der für mein Buch erneut ein fabelhaftes Cover gestaltet hat, das ich noch in vielen Jahren bewundern werde, und der Legion von Mitarbeitern bei Headline, Wildfire und Curtis Brown, deren Liste so lang ist, dass ich sie hier nicht alle einzeln aufzählen kann.

Zu Hause hat die ersten Fassungen meines Romans (wie immer) meine Mutter gelesen, deren Urteil und Anregungen, stets mit viel Weisheit und Rat gespickt, ich voll vertraue. Mit Rat und Tat standen mir auch der Rest meiner Familie und meine Freunde zur Seite, die deutlich mehr Manie meinerseits erdulden mussten als normalerweise.

Und schließlich möchte ich Ihnen, liebe Leserinnen und Leser, danken, dass Sie sich auf dieses Buch eingelassen haben und es so haben Wirklichkeit werden lassen. Ich weiß, dass das nicht selbstverständlich ist, und ich bin jedes Mal überglücklich und verlegen zugleich, wenn mir jemand schreibt, dass ihr oder ihm meine Bücher gefallen haben. Schreiben Sie mir gerne weiter solche Nachrichten, wenn Ihnen danach ist.